London um 1890, Themse-Ufer

Arthur Conan Doyle
Sherlock Holmes

London um 1885,
Arbeiterviertel

London um 1890,
In the Strand

Dr. med. John H. Watson

Mr. Sherlock Holmes

London, Baker Street

Arthur Conan Doyle

SHERLOCK HOLMES

17 Detektivgeschichten

Verlag Neues Leben
Berlin

Herausgegeben und mit einem Nachwort versehen von
Reinhard Hillich

Illustrationen von Eberhard Binder-Staßfurt

ISBN 3-355-00580-0

5. Auflage, 1990
Lizenz Nr. 303
LSV 7323
Schutzumschlag und Einband: Eberhard Binder-Staßfurt
Typografie: Achim Kollwitz
Schrift: 11 p Sabon
Lichtsatz: (140) Druckzentrum Berlin Grafischer Großbetrieb
Offsetrotationsdruck: (52) Nationales Druckhaus Berlin
Buchbinderische Weiterverarbeitung: INTERDRUCK Leipzig – III/18/97
Bestell-Nr. 643 300 4

Das gefleckte Band

Blättere ich meine Notizen zu den über siebzig Fällen der letzten acht Jahre durch, bei denen ich die Methoden meines Freundes Sherlock Holmes studieren konnte, so stoße ich auf viele tragische, manche komische, eine Vielzahl von befremdlichen, aber nicht einen banalen Fall, denn da er eher aus Liebe zu seiner Kunst als des Honorars wegen arbeitete, lehnte er jeden Auftrag ab, der nicht zum Ungewöhnlichen, ja sogar Phantastischen tendierte. Von all den unterschiedlichen Fällen ist mir jedoch keiner erinnerlich, der einzigartigere Züge aufweist als die Sache mit einer wohlbekannten Familie aus Surrey, den Roylotts von Stoke Moran. Die besagten Ereignisse geschahen in der ersten Zeit meiner Bekanntschaft mit Sherlock Holmes, als wir noch gemeinsam als Junggesellen in der Baker Street wohnten. Ich hätte sie gewiß schon eher zu Papier gebracht, doch ich gelobte damals einer Dame Verschwiegenheit. Erst im vergangenen Monat wurde ich durch den viel zu frühen Tod jener Dame von meinem Gelöbnis entbunden. Es ist vielleicht sogar gut, daß die Tatsachen jetzt ans Licht der Öffentlichkeit gelangen, denn mir sind weitverbreitete Gerüchte über den Tod des Dr. Grimesby Roylott zu Ohren gekommen, die die Sache noch schlimmer machen als die Wahrheit.

Es war Anfang April des Jahres dreiundachtzig, als ich eines Morgens wach wurde und Sherlock Holmes fertig angekleidet an meinem Bett stehen sah. Normalerweise war er ein Spätaufsteher, und da die Uhr auf dem Kaminsims erst Viertel nach sieben anzeigte, blinzelte ich ihn überrascht und vielleicht ein wenig mürrisch an, denn ich für mein Teil legte Wert auf regelmäßige Lebensgewohnheiten.

„Tut mir sehr leid, Sie aus dem Schlaf zu reißen, Watson“, sagte er, „aber es ging uns heute morgen allen so. Mrs. Hudson wurde herausgeklopft, sie weckte mich und ich nun Sie.“

„Was ist denn los – ein Feuer?“

„Nein, eine Klientin ist gekommen. Eine junge, offenbar beträchtlich erregte Dame besteht darauf, mich zu sprechen. Sie wartet zur Zeit im Wohnzimmer. Nun, wenn junge Damen zu dieser frühen Morgenstunde durch London irren und schlafende Leute aus den Federn holen, dann haben sie vermutlich etwas sehr Dringendes mitzuteilen. Sollte sich dies als ein interessanter Fall erweisen, hätten Sie ihn sicher gern von Anfang an mitverfolgt. Ich dachte mir, daß ich Sie zumindest benachrichtigen und Ihnen die Chance dazu bieten sollte."

„Lieber Freund, um nichts in der Welt möchte ich sie verpassen!"

Es bereitete mir großes Vergnügen, Holmes bei seiner Ermittlungsarbeit zu begleiten; ich bewunderte seine raschen Schlüsse, die ihm wie Intuitionen zuzufliegen schienen, jedoch stets auf eine logische Basis gestützt waren und Stück für Stück die ihm übertragenen Probleme enträtselten. Eilig zog ich mich an und war in wenigen Minuten bereit, meinen Freund zum Wohnzimmer hinunterzubegleiten. Eine dichtverschleierte Dame in Schwarz, die am Fenster gesessen hatte, erhob sich, als wir eintraten.

„Guten Morgen, Madam", sagte Holmes aufgeräumt. „Mein Name ist Sherlock Holmes. Das hier ist mein enger Freund und Mitarbeiter Dr. Watson, vor dem Sie ebenso offen reden können wie vor mir. Aha, erfreulicherweise hat Mrs. Hudson Umsicht bewiesen und bereits Feuer gemacht. Setzen Sie sich doch näher zum Kamin. Ich lasse Ihnen gleich eine Tasse heißen Kaffee kommen, denn wie ich sehe, zittern Sie."

„Nicht vor Kälte zittere ich", sagte die Frau mit dunkler Stimme und nahm Platz.

„Sondern?"

„Es ist Angst, Mr. Holmes, nackte, kalte Angst." Bei diesen Worten hob sie ihren Schleier, und wir konnten sehen, daß sie tatsächlich in einer bedauernswerten Gemütsverfassung war. Ihr Gesicht wirkte ganz verhärmt und grau, die Augen irrten unstet und angstvoll umher wie die eines gehetzten Tieres. Dem Aussehen und der Figur nach war sie eine dreißigjährige Frau, aber vorzeitig ergraute Strähnen durchzogen ihr Haar, und ihr verstörtes Gesicht drückte Erschöpfung aus. Sherlock Holmes ließ einen seiner raschen, alles erfassenden Blicke über sie gleiten.

„Haben Sie keine Angst", sagte er begütigend, beugte sich vor und klopfte ihr sacht auf den Unterarm. „Wir werden alles sehr bald regeln, da habe ich keinen Zweifel. Sie sind heute früh hier mit dem Zug angekommen, sehe ich."

„Sie kennen mich?"

„Nein, aber ich bemerkte die Hälfte einer Rückfahrkarte, die in ihrem linken Handschuh steckt. Sie dürften zeitig aufgebrochen sein, zumal Sie im Dogcart noch eine beträchtliche Strecke über aufgeweichte Landstraßen fahren mußten, ehe Sie die Bahnstation erreichten."

Die Dame schrak heftig zusammen und starrte meinen Gefährten entgeistert an.

„Daran ist durchaus nichts Geheimnisvolles, Madam", erklärte dieser lächelnd. „Der linke Ärmel Ihres Mantels weist Schlammspritzer an nicht weniger als sieben Stellen auf. Die Flecke sind ganz frisch. Nur ein Dogcart schleudert derartig den Schmutz in die Höhe, und man bekommt auch etwas ab, wenn man links neben dem Kutscher sitzt."

„Wie immer Sie darauf kommen mögen, Sie haben völlig recht", sagte sie. „Ich brach vor sechs Uhr auf, war zwanzig nach sechs in Leatherhead und kam mit dem ersten Zug nach London. Sir, ich kann diese nervliche Belastung nicht länger aushalten. Wenn das so weitergeht, werde ich noch verrückt. Ich habe niemanden, an den ich mich wenden kann – keinen Menschen außer einem einzigen, der mir sehr nahesteht, aber er, der arme Kerl, kann mir wenig helfen. Ich habe von Ihnen gehört, Mr. Holmes, und zwar durch Mrs. Farintosh, der sie in einer schlimmen Lage geholfen haben. Von ihr bekam ich Ihre Adresse. O Sir, wenn Sie mir doch ebenso helfen könnten oder zumindest etwas Licht in dieses undurchdringliche Dunkel bringen würden, das mich umgibt! Gegenwärtig bin ich nicht in der Lage, Sie für Ihre Dienste zu entschädigen, aber in vier oder sechs Wochen werde ich verheiratet sein. Dann kann ich über mein Erbteil verfügen und Sie großzügig entlohnen."

Holmes ging zu seinem Schreibtisch, schloß auf und nahm ein kleines Notizbuch heraus, in dem er nachschlug.

„Farintosh", sagte er. „Ah ja, der Fall ist mir erinnerlich. Es ging um eine Tiara aus Opal. Ich glaube, das war vor Ihrer Zeit, Watson. Es wäre mir ein Vergnügen, Madam, wenn ich Ihren Fall ebenso zufriedenstellend lösen könnte wie den Ihrer Freundin. Was die Entlohnung angeht, so ist mir mein berufliches Hobby Lohn genug. Doch steht es Ihnen frei, mir etwaige Unkosten zu einem Ihnen genehmen Zeitpunkt zu ersetzen. Und jetzt erzählen Sie uns bitte alles, damit wir uns eine Meinung über die Sache bilden können."

„Ach", erwiderte unsere Besucherin, „das Schreckliche meiner Lage besteht ja gerade darin, daß meine Ängste so unbestimmt sind und mein Verdacht auf ganz winzigen Dingen beruht, die jedem Außenstehenden nichtig vorkommen mögen. Selbst er, der einzige Mensch, den ich um Hilfe und Rat fragen darf, hält alles für Phantastereien einer nervösen Frau, wenn ich davon anfange. Er spricht es nicht aus, aber seinen beschwichtigenden Antworten und skeptischen Blicken kann ich es entnehmen. Man hat mir gesagt, daß Sie tief in die mannigfaltigen Abgründe der menschlichen Seele blicken. Vielleicht können Sie mir sagen, wie ich mich gegen die Gefahren schützen kann, die mich umgeben."

„Ich bin ganz Ohr, Madam."

„Ich heiße Helen Stoner und lebe in Westsurrey bei meinem Stiefvater, dem letzten Nachkommen der Roylott von Stoke Moran; sie zählt zu den ältesten saxonischen Familien Englands."

Holmes nickte. „Der Name ist mir bekannt", sagte er.

„Die Familie gehörte einst zu den reichsten Englands. Ihr Grundbesitz ging über die Grenzen der Grafschaft hinaus bis nach Berkshire und Hampshire. Aber im vergangenen Jahrhundert gab es vier liederliche und verschwenderische Erben; schließlich hat die Herrschaft eines Spielers den Ruin der Familie besiegelt. Nichts blieb übrig außer ein paar Morgen Land und dem zweihundert Jahre alten Haus, auf dem eine hohe Hypothek lastet. Der letzte Gutsherr lebte dort schlecht und recht als verarmter Adliger, doch sein einziger Sohn, mein Stiefvater, begriff, daß er sich den neuen Bedingungen anpassen mußte. Er ließ sich von einem Verwandten einen Vorschuß geben, finanzierte damit sein Medizinstudium und ging dann nach Kalkutta, wo er dank seinen beruflichen Fähigkeiten und seinem resoluten Charakter bald eine große Praxis einrichten konnte. Aber in einem Wutanfall über mehrere Diebstähle, die in seinem Haus vorgekommen waren, erschlug er seinen eingeborenen Butler und entging nur knapp der Todesstrafe. Statt dessen mußte er eine lange Gefängnisstrafe verbüßen. Als er danach nach England zurückkehrte, war er ein verbitterter und vom Leben enttäuschter Mann. Noch in Indien hatte Dr. Roylott meine Mutter geheiratet, Mrs. Stoner, die junge Witwe des Generalmajors Stoner von der Bengal Artillery. Meine Zwillingsschwester Julia und ich waren erst zwei Jahre alt, als meine Mutter sich wieder verheiratete. Sie verfügte über ein beträchtliches Einkommen – mindestens tausend Pfund im Jahr –, das sie ganz auf Dr. Roylott überschreiben ließ, als wir bei ihm lebten. Als Klausel fügte sie ein, daß jedes von uns Mädchen im Falle einer Heirat eine bestimmte jährliche Summe ausgezahlt bekommen sollte. Kurz nach unserer Ankunft in England starb meine Mutter – sie verunglückte vor acht Jahren tödlich bei einem Eisenbahnunfall in der Nähe von Crewe. Danach gab Dr. Roylott seine Bestrebungen auf, in London eine Praxis zu gründen, und zog mit uns nach Stoke Moran in das alte Haus seiner Vorfahren. Das Geld, das meine Mutter hinterlassen hatte, reichte aus, alle unsere Bedürfnisse zu befriedigen, und unserem Glück schien nichts im Wege zu stehen.

Aber ungefähr um diese Zeit ging mit unserem Stiefvater eine furchtbare Veränderung vor sich. Anstatt Freunde zu gewinnen und die Nachbarn zu besuchen, die zunächst überglücklich waren, wieder einen Roylott von Stoke Moran auf dem alten Familiensitz zu sehen, zog er sich völlig zurück. Er ging selten aus dem Haus, und wenn, dann auch nur, um mit jedem beliebigen Menschen, der ihm über den Weg lief, endlose Streitereien anzufangen. Das gewalttätige, zur Raserei neigende Temperament ist schon immer ein Erbteil in dieser Familie gewesen, und bei meinem Stiefvater muß es der lange Aufenthalt in den Tropen wohl noch verstärkt haben. Es gab eine Reihe peinlicher Auseinandersetzungen, von denen zwei bis zum Polizeigericht gingen, und so wurde er schließlich der Schrecken des Dorfes. Wo er auftauchte, flüchteten die Leute, denn er ist ein Mann von immenser Körperkraft und völlig unberechenbar in seiner Wut.

Letzte Woche warf er den Dorfschmied von einer Brücke in den Bach, und nur indem ich dem Schmied alles Geld gab, das ich beschaffen konnte, ließ sich ein erneuter öffentlicher Skandal verhindern. Er hat keine Freunde außer den umherziehenden Zigeunern. Ihnen erlaubt er, auf den wenigen brachliegenden Feldern zu lagern, die vom Grundbesitz der Familie übriggeblieben sind. Seinerseits genießt er Gastrecht in den Zelten der Zigeuner, manchmal zieht er wochenlang mit ihnen fort. Er hat auch eine Schwäche für indische Tiere, die ihm von einem Briefpartner geschickt werden. Zur Zeit hält er einen Jagdleoparden und einen Pavian, die frei umherlaufen und von den Dorfbewohnern beinahe genauso gefürchtet werden wie ihr Herr.

Aus dem Gesagten können Sie unschwer erkennen, daß meine arme Schwester Julia und ich ein Leben ohne Freude führten. Kein Diener wollte bei uns bleiben, und lange Zeit mußten wir die gesamte Hausarbeit allein verrichten. Sie war erst dreißig, als sie starb, und doch hatte ihr Haar begonnen grau zu werden so wie meins."

„Ihre Schwester ist tot?"

„Sie starb vor zwei Jahren. Über ihren Tod möchte ich eigentlich mit Ihnen sprechen. Sie werden verstehen, daß uns dieses Leben, wie ich es Ihnen geschildert habe, kaum die Möglichkeit bot, einen Menschen unseres Alters und Standes kennenzulernen. Allerdings haben wir eine Tante, die unverheiratete Schwester unserer Mutter, Miß Honoria Westphail, die in der Nähe von Harrow wohnt. Gelegentlich durften wir ihr kurze Besuche machen. Julia war vor zwei Jahren über Weihnachten bei ihr und lernte dort einen Marinemajor mit Halbsold kennen, mit dem sie sich verlobte. Meine Schwester kam zurück, teilte uns ihre Verlobung mit, unser Stiefvater hatte auch gegen die Hochzeit nichts einzuwenden, doch vierzehn Tage vor der Trauung geschah das furchtbare Ereignis, das mich um meine einzige Gefährtin gebracht hat."

Im Sessel ganz zurückgelehnt, den Kopf auf ein Kissen gebettet und die Augen geschlossen – so hatte Sherlock Holmes bisher zugehört. Doch er hob die Lider jetzt etwas und blickte die Frau an.

„Schildern Sie die Einzelheiten bitte präzise", sagte er.

„Das fällt mir nicht schwer, denn jede kleinste Begebenheit aus jener schrecklichen Zeit hat sich wie ein Brandmal in mein Gedächtnis eingeprägt. Wie ich bereits sagte, ist das Gutshaus sehr alt. Nur ein Flügel wird jetzt bewohnt. In diesem Flügel liegen die Wohnzimmer oben und die Schlafzimmer im Erdgeschoß. Zuerst kommt Dr. Roylotts Schlafzimmer, dann das meiner Schwester und das dritte ist meins. Es gibt keine Verbindung zwischen ihnen, aber die Türen führen alle auf denselben Korridor. Können Sie mir folgen?"

„Sehr gut."

„Vor den Schlafzimmerfenstern befindet sich der Rasen. In der Unglücksnacht hatte sich Dr. Roylott früh zurückgezogen, aber noch nicht schlafen gelegt, denn meine Schwester fühlte sich durch den Geruch seiner starken indischen Zigarren belästigt, die er zu rauchen pflegte. Deshalb verließ sie ihr Zimmer und kam auf einen Plausch zu mir. Wir unterhielten uns eine Zeitlang über die bevorstehende Hochzeit. Um elf stand sie auf und wollte gehen, an der Tür zögerte sie jedoch und wandte sich noch einmal um.

‚Sag mal, Helen', fragte sie, ‚hast du vielleicht jemanden mitten in der Nacht manchmal pfeifen hören?'

‚Nein, nie', sagte ich.

‚Könnte es sein, daß du etwa im Schlaf pfeifst?'

‚Aber nein. Warum fragst du?'

‚Weil ich in den letzten Nächten gegen drei Uhr morgens immer ein leises, aber deutliches Pfeifen hörte. Ich habe einen leichten Schlaf und bin jedesmal davon aufgewacht. Von wo es kam, kann ich nicht sagen – vielleicht aus dem Zimmer nebenan, vielleicht vom Rasen. Ich dachte, ich sollte dich mal fragen, ob du es auch gehört hast.'

‚Nein, habe ich nicht. Das müssen diese verwünschten Zigeuner im Park sein.'

‚Wäre schon möglich. Aber wenn es vom Rasen kam, dann frage ich mich, warum du es nicht auch gehört hast.'

‚Ach, ich schlafe doch viel fester als du.'

‚Na schön, es ist sowieso nicht so wichtig.' Sie lächelte mir zu, verließ mein Zimmer, und wenige Augenblicke später hörte ich, wie sie den Schlüssel in ihrer Tür herumdrehte."

„So?" unterbrach Holmes. „Pflegten Sie sich nachts immer einzuschließen?"

„Immer."

„Und weshalb?"

„Ich habe wohl schon erwähnt, daß der Doktor einen Leoparden und einen Pavian hält. Wir fühlten uns erst sicher, wenn unsere Türen abgeschlossen waren."

„Ganz recht! Bitte, fahren Sie fort."

„In jener Nacht fand ich keinen Schlaf. Die dumpfe Vorahnung eines drohenden Unglücks bedrückte mich. Ich darf Sie daran erinnern, daß meine Schwester und ich Zwillinge waren, und Sie wissen ja, wie empfindsam die Bande zwischen zwei so eng verwandten Seelen sind. Es war eine stürmische

Nacht. Draußen heulte der Wind, der Regen prasselte und klatschte gegen die Fenster. Plötzlich, mitten im Toben des Sturmes, gellte der schrille Schrei einer geängstigten Frau. Daß es die Stimme meiner Schwester war, wußte ich sofort. Ich sprang aus dem Bett, warf mir einen Schal über und stürzte auf den Korridor. Als ich meine Tür öffnete, war mir, als hörte ich einen Pfiff, genau wie ihn meine Schwester beschrieben hatte, und kurz darauf folgte ein dröhnendes Geräusch, wie wenn ein schweres Stück Metall zu Boden gefallen wäre. Ich rannte den Gang entlang und bemerkte, wie die Tür zum Zimmer meiner Schwester langsam aufging. Im Licht der Flurlampe sah ich meine Schwester in der Türöffnung erscheinen. Ihr Gesicht war bleich vor Entsetzen, sie hatte ihre Hände hilfesuchend ausgestreckt und taumelte wie eine Betrunkene. Ich eilte auf sie zu und schloß sie in meine Arme, aber im selben Augenblick schienen ihre Knie nachzugeben, und sie fiel zu Boden. Sie krümmte sich wie jemand, der furchtbare Schmerzen hat, ihre Glieder waren schrecklich verkrampft. Zuerst dachte ich, sie hätte mich nicht erkannt, aber als ich mich über sie beugte, kreischte sie plötzlich mit einer Stimme, die ich nie vergessen werde: ‚O mein Gott, Helen! Das Band! Das gefleckte Band!‘ Sie wollte noch etwas sagen und deutete mühsam zum Zimmer des Doktors, aber ein erneuter Krampf schüttelte sie und erstickte ihre Worte. Laut nach meinem Stiefvater rufend, lief ich hinaus und stieß auf ihn, als er, nur mit einem Morgenmantel bekleidet, aus seinem Zimmer geeilt kam. Als wir zu meiner Schwester zurückkehrten, war sie bewußtlos, und obwohl Dr. Roylott ihr Brandy einflößte und nach medizinischer Hilfe ins Dorf schickte, waren alle Bemühungen vergebens. Sie verfiel zusehends und starb, ohne das Bewußtsein wiedererlangt zu haben. Das war das furchtbare Ende meiner geliebten Schwester.“

„Einen Moment“, sagte Holmes; „sind Sie sicher, dieses Pfeifen und das metallische Poltern gehört zu haben? Könnten Sie es beschwören?“

„Das hat mich der Kronrichter der Grafschaft bei der Verhandlung auch gefragt. Ich bin fast sicher, daß ich beides hörte, und doch könnte ich mich bei dem Tosen des Sturmes und dem Ächzen des alten Hauses möglicherweise auch getäuscht haben.“

„War Ihre Schwester angekleidet?“

„Nein, sie war im Nachthemd. In ihrer rechten Hand fand man ein abgebranntes Streichholz und in der linken eine Streichholzschachtel.“

„Was beweist, daß sie in ihrer Angst Licht machte und sich umsah. Das ist wichtig. Und zu welchen Schlußfolgerungen kam der Kronrichter?“

„Er untersuchte den Fall sehr sorgfältig – schließlich war Dr. Roylotts Verhalten schon berüchtigt in der Grafschaft –, aber er konnte keine genaue Todesursache ermitteln. Meiner Aussage zufolge war die Tür von innen abgeschlossen, die altmodischen massiven Fensterläden wurden wie jeden

Abend zugesperrt und mit dicken Eisenstangen verriegelt. Man klopfte die Wände ab, man untersuchte Fußboden und Decke – konnte aber nichts finden. Die Kaminöffnung ist groß, aber durch vier starke Gitterstäbe versperrt. Es ist deshalb sicher, daß meine Schwester ganz allein war, als ihr Schicksal sie ereilte. Außerdem hat man keine Spuren von Gewaltanwendung an ihr festgestellt."

„Und Gift?"

„Die Ärzte haben sie daraufhin untersucht – aber ohne Erfolg."

„Woran, glauben Sie, ist die Unglückliche dann gestorben?"

„Ich bin überzeugt, daß sie vor Entsetzen gestorben ist, an einem Nervenschock vielleicht, doch was sie so entsetzt hat, kann ich mir nicht vorstellen."

„Hielten sich zu dieser Zeit Zigeuner im Park auf?"

„Ja, da sind fast immer welche."

„Aha! Und wie deuten Sie diesen Hinweis auf ein Band – ein geflecktes Band?"

„Manchmal habe ich gedacht, daß es einfach ein wirrer Aufschrei im Delirium war, dann wieder glaubte ich, daß sie eine Bande gemeint haben könnte, vielleicht gerade die Zigeuner im Park. Ich weiß nicht, ob die getupften Stirnbänder, die viele von ihnen tragen, sie zu dem seltsamen Adjektiv veranlaßt haben."

Holmes schüttelte unwillig den Kopf, die Erklärungen befriedigten ihn nicht.

„Das sind sehr tiefe Wasser", sagte er; „bitte, erzählen Sie weiter."

„Zwei Jahre sind seitdem vergangen, und mein Leben ist bis vor kurzem trostloser denn je gewesen. Doch vor einem Monat hat mir ein lieber Freund, den ich seit vielen Jahren kenne, die Ehre erwiesen, um meine Hand anzuhalten. Sein Name ist Armitage – Percy Armitage –, der zweitälteste Sohn von Mr. Armitage aus Crane Water bei Reading. Mein Stiefvater hat keine Einwände gegen diese Verbindung erhoben, und wir beabsichtigen, noch im Lauf des Frühlings zu heiraten. Vor zwei Tagen hat man im Westflügel mit einigen Reparaturen begonnen und dabei die Wand meines Schlafzimmers aufgerissen, so daß ich in das Zimmer umziehen mußte, in dem meine Schwester starb. Ich schlafe nun im selben Bett, in dem sie geschlafen hat. Stellen Sie sich also mein Entsetzen vor, als ich gestern abend – ich lag noch lange wach und dachte an ihr furchtbares Schicksal – plötzlich in der nächtlichen Stille das leise Pfeifen hörte, das ihren Tod angekündigt hatte. Ich sprang auf und zündete eine Lampe an, aber im Zimmer konnte ich nichts finden. Trotzdem war ich viel zu erregt, wieder zu Bett zu gehen. Ich zog mich an, und sobald es hell wurde, stahl ich mich aus dem Haus. Am Gasthof ‚Zur Krone', der uns gegenüberliegt, nahm ich einen Dogcart nach Leatherhead und fuhr nach London, um mit Ihnen zu sprechen und Ihren Rat zu erbitten."

„Sie haben klug gehandelt", sagte mein Freund. „Aber haben Sie mir alles erzählt?"

„Ja, alles."

„Das glaube ich nicht, Miß Stoner. Sie decken Ihren Stiefvater."

„Wieso, was meinen Sie?"

Statt einer Antwort schob Holmes die schwarze Spitzenborte zurück, welche die auf dem Knie ruhende Hand unserer Besucherin bedeckte. Fünf bläuliche kleine Flecke, die Druckspuren von vier Fingern und einem Daumen, waren auf dem weißen Handgelenk zu sehen.

„Man hat Sie brutal behandelt", sagte Holmes.

Die Dame errötete heftig und verbarg das mißhandelte Gelenk. „Er ist ein harter Mann", sagte sie, „und kennt seine Kraft vielleicht gar nicht."

Eine lange Pause entstand, während der Holmes, das Kinn auf beide Hände gestützt, in das knisternde Feuer starrte.

„Das ist eine äußerst schwierige Geschichte", sagte er schließlich. „Es gibt da tausend Einzelheiten, die ich wissen müßte, bevor ich einen Plan für unser Vorgehen festlege. Aber wir dürfen keine Zeit verlieren. Wenn wir heute nach Stoke Moran kämen – wäre es dann möglich, die bewußten Zimmer zu besichtigen, ohne daß Ihr Stiefvater davon erfährt?"

„Das trifft sich gut, denn er wollte heute wegen einer sehr wichtigen Angelegenheit in die Stadt fahren. Wahrscheinlich bleibt er den ganzen Tag fort, Sie wären also völlig ungestört. Wir haben jetzt zwar eine Haushälterin, aber sie ist alt und verkalkt, die kann ich Ihnen leicht vom Leibe halten."

„Ausgezeichnet. Sie wären dieser Reise doch nicht abgeneigt, Watson?"

„Im Gegenteil."

„Dann kommen wir beide. Und was gedenken Sie zu tun?"

„Da ich nun einmal in der Stadt bin, möchte ich gern ein, zwei Dinge erledigen. Aber ich fahre mit dem Zwölfuhrzug zurück, damit ich Sie in Empfang nehmen kann, wenn Sie ankommen."

„Am frühen Nachmittag dürfen Sie mit uns rechnen. Ich muß mich auch noch um einige Kleinigkeiten kümmern. Wollen Sie nicht warten und mit uns frühstücken?"

„Nein, ich muß aufbrechen. Mir ist schon leichter ums Herz, da ich Ihnen meine Sorgen anvertraut habe. Ich bin sehr froh, daß Sie heute nachmittag kommen wollen." Sie zog ihren dichten schwarzen Schleier vors Gesicht und verließ uns.

„Und was halten Sie von alldem, Watson?" fragte Sherlock Holmes, der sich wieder in seinem Sessel zurücklehnte.

„Das scheint mir eine äußerst dunkle, böse Sache zu sein."

„Tja, reichlich dunkel ist sie und böse auch."

„Doch wenn die Frau recht hat – wenn Fußboden und Wände fest sowie Tür, Fenster und Kamin unpassierbar sind, dann muß ihre Schwester zweifelsfrei allein gewesen sein, als sie so mysteriös ums Leben kam."

„Wie verstehen Sie dann die nächtlichen Pfiffe und die sehr merkwürdigen Worte der Sterbenden?"

„Damit weiß ich nichts anzufangen."

„Wenn wir alles miteinander verbinden: die Pfiffe in der Nacht, die Anwesenheit einer Bande von Zigeunern, die mit dem alten Doktor befreundet sind, die begründete Annahme, daß der Doktor daran interessiert war, die Heirat seiner Stieftochter zu verhindern, den Hinweis der Sterbenden auf ein Band oder eine Bande und schließlich das metallische Poltern, das davon herrühren könnte, daß eine der eisernen Stangen, mit denen die Läden gesichert werden, wieder einrastete, dann haben wir doch wohl guten Grund zu der Annahme, das Rätsel in dieser Richtung entschlüsseln zu können."

„Aber was taten die Zigeuner denn nur?"

„Ich habe keine Ahnung."

„Ich sehe viele Vorbehalte gegen eine solche Theorie."

„Ich auch. Und genau aus diesem Grund fahren wir heute nach Stoke Moran. Ich will sehen, ob die Vorbehalte begründet sind oder nur zum Schein bestehen. Aber was, zum Teufel..."

Zu dem unwilligen Ausruf wurde mein Gefährte durch den Umstand veranlaßt, daß ein riesiger Mensch plötzlich die Tür aufgerissen und sich auf der Schwelle aufgepflanzt hatte. Seine wunderliche Kleidung verriet sowohl den Intellektuellen als auch den Gutsbesitzer – er trug einen schwarzen Zylinder, einen langen Gehrock, Langschäfter, und in seiner Hand wippte eine Reitpeitsche. Er war so groß, daß sein Hut sogar oben gegen den Türrahmen stieß, den seine massige Gestalt fast auszufüllen schien. Sein breites Gesicht, über das sich tausend Fältchen zogen, war von der Sonne ausgedörrt und von lasterhaften Zügen gezeichnet. Er blickte uns abwechselnd an, wobei ihm seine tiefliegenden, zornig funkelnden Augen und seine scharf geschnittene Hakennase eine gewisse Ähnlichkeit mit einem gereizten alten Raubvogel verliehen.

„Wer von Ihnen ist Holmes?" fragte diese gespenstige Erscheinung.

„Das ist mein Name, Sir, doch mit wem habe ich die Ehre?" erwiderte mein Gefährte ruhig.

„Ich bin Dr. Grimesby Roylott von Stoke Moran."

„Freut mich, Doktor", sagte Holmes gelassen. „Nehmen Sie bitte Platz."

„Ich denke nicht daran. Meine Stieftochter war hier. Ich bin ihr gefolgt. Was hat sie Ihnen erzählt?"

„Es ist etwas kühl für diese Jahreszeit", sagte Holmes.

„Was hat sie Ihnen erzählt?“ schrie der alte Mann wütend.

„Aber ich hörte, daß die Krokusse vielversprechend gedeihen“, fuhr mein Gefährte unbeirrt fort.

„Ha! Sie wollen mich wohl für dumm verkaufen?“ rief unser zorniger Besucher. Er kam einen Schritt näher und schüttelte seine Reitpeitsche. „Ich weiß Bescheid, Holmes. Ich habe schon von Ihnen gehört, Sie Lump. Sie sind der freche Kerl, der sich ungerufen in anderer Leute Angelegenheiten einmischt!“

Mein Freund lächelte.

„Holmes, der aufgeblasene Wichtigtuer!“

Ein strahlendes Lächeln war die Antwort.

„Holmes, der Clown von Scotland Yard!“

Holmes kicherte belustigt. „Ihre Konversation ist äußerst amüsant“, sagte er. „Schließen Sie die Tür, wenn Sie gehen; es zieht beträchtlich.“

„Ich gehe, wenn ich Ihnen die Meinung gesagt habe. Wagen Sie es nicht, sich in meine Angelegenheiten einzumischen. Ich weiß, daß Miß Stoner hier war, denn ich bin ihr nachgegangen. Mir in die Quere zu kommen ist gefährlich. Sehen Sie her!“ Er stürzte zum Kamin, ergriff den Schürhaken und bog ihn mit seinen riesigen braunen Händen krumm.

„Sehen Sie zu, daß Sie mir nicht in die Finger geraten“, knurrte er, warf den verbogenen Schürhaken an den Kamin und eilte mit Riesenschritten aus dem Zimmer.

„Das scheint ja ein besonders liebenswerter Mensch zu sein“, sagte Holmes lachend. „Ich bin zwar nicht so ein Muskelprotz, aber wenn er noch etwas geblieben wäre, hätte ich ihm beweisen können, daß mein Griff nicht viel schwächer ist als seiner.“ Während er sprach, hob er den eisernen Schürhaken auf und bog ihn mit einem plötzlichen Ruck wieder gerade.

„Die Unverschämtheit, mich zu den beamteten Polizeidetektiven zu zählen! Nun, jedenfalls bekommt unsere Ermittlung durch diesen Zwischenfall eine zusätzliche spannende Note. Ich hoffe nur, daß unsere Freundin nicht büßen muß, daß sie so unvorsichtig war und sich von diesem Scheusal hat verfolgen lassen. Aber nun bestellen wir uns das Frühstück, Watson, und danach gehe ich zur Anwaltskammer, wo ich einige Angaben zu bekommen hoffe, die uns in dieser Sache weiterhelfen.“

Es war fast ein Uhr, als Sherlock Holmes von seinem Erkundungsgang zurückkehrte. In der Hand hielt er ein bläuliches Blatt Papier, das mit Notizen und Zahlen bekritzelt war.

„Ich habe mir das Testament der verstorbenen Ehefrau angesehen“, sagte er. „Um seine exakte Bedeutung zu ermitteln, mußte ich die Wertpapiere auf die gegenwärtigen Kurse der Investitionen umrechnen, in denen sie angelegt sind. Das jährliche Gesamteinkommen, das zum Zeitpunkt von Mrs. Roylotts Tod wenig unter eintausendeinhundert Pfund lag, beträgt jetzt wegen der gesunkenen Agrarpreise nicht mehr als siebenhundertfünfzig Pfund. Jede Tochter kann im Fall ihrer Heirat einen Anspruch auf zweihundertfünfzig Pfund je Jahr geltend machen. Das beweist eindeutig, daß dem noblen Herrn nach der Heirat beider Töchter nur ein kläglicher Hungerlohn übriggeblieben wäre. Schon eine einzige Heirat dürfte eine empfindliche Einschränkung für ihn bedeuten. Meine Arbeit von heute vormittag war nicht umsonst, denn sie beweist, daß er ein starkes Motiv hat, um dergleichen zu verhindern. Aber wir dürfen jetzt keine Zeit verlieren, Watson, dazu steht die Sache viel zu ernst. Schließlich weiß der alte Bursche, daß wir uns für seine Angelegenheiten interessieren. Also, wenn Sie soweit sind, nehmen wir eine Droschke und fahren zur Waterloo Station. Ich wäre Ihnen dankbar, wenn Sie Ihren Revolver einsteckten. Ein Eley zwei ist ein ausgezeichnetes Argument gegen solche Herren, die eiserne Feuerhaken verknoten können. Revolver und Zahnbürste, mehr brauchen Sie nicht."

Auf der Waterloo Station erreichten wir glücklicherweise einen Zug nach Leatherhead. Dort angekommen, mieteten wir vor der Bahnhofswirtschaft einen Einspänner und fuhren über die malerischen Landstraßen von Surrey. Es war ein schöner Tag, die Sonne schien, und am Himmel hingen ein paar Wattewölkchen. Die Bäume und Sträucher am Straßenrand zeigten gerade ihre ersten grünen Knospen, und die Luft war erfüllt vom würzigen Geruch feuchter Erde. Ich empfand einen seltsamen Widerspruch zwischen der zarten Andeutung des Frühlings und der düsteren Angelegenheit, in der wir zu ermitteln hatten. Holmes hingegen, der mit verschränkten Armen auf dem Vordersitz saß, hatte den Hut tief in die Stirn gezogen und den Kopf nachdenklich gesenkt. Plötzlich jedoch fuhr er hoch, tippte mir auf die Schulter und deutete über die Wiesen.

„Da, sehen Sie!" sagte er.

Ein Park erstreckte sich einen sanften Hang hinauf, und oben, wo die Bäume ein kleines Wäldchen bildeten, lugten die grauen Giebel eines sehr alten Herrschaftshauses und ein Baugerüst hervor.

„Stoke Moran?" fragte Holmes.

„Ja, Sir, das muß das Haus von Dr. Grimesby Roylott sein", meinte der Kutscher.

„Dort wird gebaut", sagte Holmes, „wir sind also richtig."

„Links davon liegt das Dorf", erklärte der Kutscher und wies auf ein paar Dächer, die in der Ferne zu sehen waren. „Aber wenn Sie zu dem Haus wollen, dann gehen Sie am besten durch diese Zaunpforte und dann den Feldweg entlang. Dort ist er, wo die Dame steht."

„Die Dame wird Miß Stoner sein“, meinte Holmes leise und spähte in ihre Richtung. „Ja, wir nehmen diesen Weg.“

Wir stiegen aus, bezahlten das Fahrgeld, und der Wagen rasselte zurück nach Leatherhead.

„Soll der Bursche ruhig glauben“, erklärte Holmes, als wir die Zaunpforte passierten, „daß wir Architekten oder Bauunternehmer sind. Das beugt Gerüchten vor. Guten Tag, Miß Stoner. Sie sehen, wir halten Wort.“

Unsere Klientin war uns entgegengeeilt. Aus ihrem Gesicht sprach Freude. „Ich habe schon so auf Sie gewartet“, rief sie und schüttelte uns herzlich die Hand. „Alles steht ausgezeichnet. Dr. Roylott ist zur Stadt gefahren und wird kaum vor Anbruch der Dunkelheit zurück sein.“

„Wir hatten bereits das Vergnügen, seine Bekanntschaft zu machen“, sagte Holmes und berichtete in knappen Worten, was geschehen war. Miß Stoner wurde zusehends bleicher.

„Um Himmels willen!“ rief sie, „er ist mir also gefolgt.“

„Offensichtlich.“

„Er ist so gerissen, daß ich nie weiß, wann ich vor ihm sicher bin. Was wird er tun, wenn er zurückkommt?“

„Wahrscheinlich nichts. Er wird selbst auf der Hut sein müssen, wenn er merkt, daß ihm jemand auf den Fersen ist, der ihn an Gerissenheit noch übertrifft. Sie schließen sich heute abend ein. Wenn er gewalttätig wird, bringen wir Sie zu Ihrer Tante nach Harrow. Aber jetzt müssen wir die Zeit nützen, die wir zur Verfügung haben. Bitte führen Sie uns gleich zu den Räumen, die wir untersuchen wollen.“

Das Haus war aus grauem, flechtenbewachsenem Stein gebaut. Es bestand aus einem hoch aufragenden Mittelteil und zwei gekrümmten Seitenflügeln, die wie die Scheren eines Krebses nach vorn gereckt waren. Ein Flügel bot den Anblick einer Ruine. Die Fenster waren zerbrochen und mit Brettern vernagelt, das Dach halb eingefallen. Das Mittelgebäude sah nur wenig besser aus, aber der rechte Seitenflügel war in einem verhältnismäßig guten Zustand. Die Gardinen in den Fenstern und der blaue Rauch, der aus den Schornsteinen stieg, verrieten, daß dort die Familie wohnte. An der Seitenwand dieses Flügels stand ein Baugerüst. Das Mauerwerk hatte man an einigen Stellen aufgerissen, von Arbeitern war jedoch nichts zu sehen. Bedächtig ging Holmes auf dem schlecht geschnittenen Rasen hin und her und nahm die Fensterfront sehr gründlich in Augenschein.

„Wenn ich recht verstehe, befindet sich hinter diesem Fenster Ihr Schlafzimmer, daneben das Ihrer Schwester, und das Zimmer, das an das Hauptgebäude angrenzt, dürfte Dr. Roylott gehören?“

„Ganz recht, Mr. Holmes. Aber seit einiger Zeit schlafe ich im mittleren.“

„Wegen der Bauarbeiten, nicht wahr? Übrigens sehe ich keinen dringenden Grund für eine Reparatur an dieser Seitenwand.“

„Es gab auch keinen. Ich glaube, daß das Ganze nur ein Vorwand war, um mich aus meinem Zimmer zu vertreiben.“

„Ah, das ist aufschlußreich. Und auf der Rückseite dieses schmalen Flügels ist wohl der Korridor, über den man zu den Zimmern gelangt. Er hat natürlich Fenster, nicht wahr?“

„Ja, aber sehr kleine. Ein Mensch kommt da nicht durch.“ – „Da Sie und Ihre Schwester die Türen nachts abgeschlossen haben, waren Ihre Schlafzimmer also von dieser Seite nicht zugänglich. Würden Sie nun bitte in Ihr Zimmer gehen und die Läden von innen verriegeln?“

Holmes steckte den Kopf zum offenen Fenster hinein und studierte die Schließvorrichtungen auf der Innenseite. Nachdem Miß Stoner die Läden zugemacht hatte, versuchte er sie auf jede erdenkliche Weise aufzubrechen, aber ohne Erfolg. Es gab keine Ritze, durch die man mit einer Messerklinge die Eisenstange hätte anheben können. Dann untersuchte er die Angeln der Fensterläden mit der Lupe. Sie waren aus solidem Eisen und fest in die Wand eingemauert. Niemand konnte diese Läden öffnen, wenn sie verriegelt waren. „Hm!“ sagte er und kratzte sich einigermaßen verwirrt am Kinn, „meine Theorie bereitet mir doch einige Schwierigkeiten. Tja, wollen wir sehen, ob wir innen der Sache etwas näherkommen.“

Eine kleine Seitentür führte zu dem weißgetünchten Korridor, von dem die Schlafzimmertüren abgingen. Holmes interessierte sich nicht für das erste Zimmer, sondern ging gleich zum zweiten, in dem Miß Stoner zur Zeit schlief, dem Sterbezimmer ihrer Schwester. Es war eine anheimelnde kleine Kammer mit niedriger Decke und einem wuchtigen Kamin, wie man ihn in alten Landhäusern häufig findet. In einer Ecke stand eine braune Kommode, in einer anderen ein schmales weißlackiertes Bett und links neben dem Fenster ein Frisiertisch, dazu noch zwei kleine Korbstühle, und ein Teppich lag in der Zimmermitte – das war die gesamte Einrichtung. Dielen und Wandtäfelung bestanden aus brauner wurmstichtiger Eiche. Das Holz war alt und ausgebleicht, es stammte wohl noch aus der Zeit des Hausbaus. Holmes zog sich einen Korbstuhl in eine Ecke und setzte sich. Schweigend ließ er seine Blicke durch den ganzen Raum wandern, als wollte er sich jede Kleinigkeit fest einprägen.

„Wohin geht dieser Klingelzug?“ fragte er schließlich und wies auf eine dicke Kordel, die so dicht über dem Bett hing, daß ihre Troddel sogar das Kopfkissen berührte.

„Zum Zimmer der Haushälterin.“

„Er sieht neuer aus als die anderen Dinge.“

„Ja, man hat ihn erst vor ein paar Jahren angebracht.“

„Ihre Schwester hat vermutlich darum gebeten?"

„Nein, und ich hörte auch nie, daß sie die Klingel benutzt hätte. Wir waren gewöhnt, uns selbst zu holen, was wir brauchten."

„Dann erscheint es überflüssig, so einen hübschen Klingelzug dort anzubringen. Wollen Sie bitte etwas zur Seite treten, ich muß mir den Fußboden genauer ansehen." Er legte sich mit der Lupe in der Hand auf den Boden, kroch geschäftig hin und her und überprüfte jede kleinste Ritze zwischen den Dielen. Danach nahm er ebenso gründlich die Holztäfelung des Zimmers unter die Lupe. Schließlich ging er hinüber zum Bett und starrte es eine Weile sinnend an. Dabei glitt sein Blick mehrmals rasch an der Wand hinauf und hinab. Dann ergriff er die Klingelschnur und zog einmal kräftig daran.

„Nanu, das ist ja eine Attrappe", sagte er.

„Funktioniert die Klingel nicht?"

„Nein, die Kordel ist nicht einmal mit einem Draht verbunden. Man kann sogar sehen, daß sie an einem Haken dicht über der kleinen Ventilatoröffnung befestigt ist. Das ist sehr interessant."

„So etwas Sinnloses! Das ist mir nie zuvor aufgefallen."

„Sehr merkwürdig!" murmelte Holmes und zog noch einmal an der Schnur. „An diesem Zimmer ist noch mehr ganz eigenartig. Zum Beispiel, was muß das für ein Idiot von einem Architekten gewesen sein, der die Ventilatoröffnung in einer Trennwand zwischen zwei Zimmern vorsieht, während sie doch mit demselben Aufwand in die Außenwand hätte eingebaut werden können."

„Die Öffnung ist auch ziemlich neu", sagte die Frau.

„Wahrscheinlich ungefähr zur selben Zeit eingebaut wie der Klingelzug?" meinte Holmes.

„Ja, damals hat man einige kleine Modernisierungen vorgenommen."

„Interessante Modernisierungen, das muß ich schon sagen – Klingeln, die nur Attrappen sind, und Ventilatoren, die keine Frischluft zuführen. Wenn Sie erlauben, Miß Stoner, setzen wir unsere Untersuchung nun im nächsten Raum fort."

Dr. Grimesby Roylotts Zimmer war größer als das seiner Stieftochter, aber ebenso einfach eingerichtet. Ein Klappbett, ein kleines hölzernes Bücherregal mit Fachliteratur, ein Sessel neben dem Bett, ein einfacher Holzstuhl an der Wand, ein runder Tisch und ein großer Stahltresor waren die hauptsächlichen Einrichtungsgegenstände. Holmes ging langsam umher und betrachtete jeden einzelnen mit sichtlichem Interesse.

„Was ist hier drin?" fragte er und tippte gegen den Safe.

„Die Geschäftspapiere meines Vaters."

„Ah, Sie haben das Innere des Safes also schon einmal gesehen?"

„Nur ein einziges Mal, vor Jahren. Er war vollgestopft mit Papieren."

„Eine Katze ist nicht etwa darin?"

„Nein. Wie kommen Sie auf so etwas?"

„Nun, sehen Sie sich das an!" Er hob eine kleine Untertasse mit Milch hoch, die auf dem Safe stand.

„Nein, wir halten keine Katze. Nur einen Leoparden und einen Pavian."

„Ah ja, natürlich! Nun, ein Leopard ist ja eigentlich eine große Katze, aber daß ihn ein Schälchen Milch auch nur im mindesten zufriedenstellt, wage ich zu bezweifeln. Ich möchte vor allem einen Punkt klären." Er kauerte sich vor dem Holzstuhl nieder und untersuchte die Sitzfläche sorgsam.

„Danke, das wäre erledigt", sagte er, als er sich wieder aufrichtete und sein Vergrößerungsglas einsteckte. „Oh, was haben wir denn hier! Sehr interessant."

Der Gegenstand, der seine Aufmerksamkeit erregte, war eine kleine Hundepeitsche, die über dem Bett an der Wand hing. Aus dem Ende des Peitschenriemens hatte man jedoch eine Schlinge geknüpft.

„Was halten Sie davon, Watson?"

„Das ist eine ganz gewöhnliche Peitsche. Nur weiß ich nicht, warum sie so verknotet wurde."

„Das ist schon nicht mehr so gewöhnlich, nicht wahr? Ach ja, die Welt ist schlimm genug, doch am schlimmsten wird es, wenn ein scharfer Verstand Verbrechen ausheckt. Ich glaube, ich habe genug gesehen, Miß Stoner, und wenn Sie nichts dagegen haben, gehen wir wieder nach draußen."

Nie zuvor hatte ich bei meinem Freund ein so grimmiges, finsteres Gesicht gesehen wie jetzt, da wir das Haus verließen. Wir liefen einige Male auf dem Rasen auf und ab. Weder Miß Stoner noch ich wagten Holmes bei seinen Überlegungen zu stören. Endlich unterbrach er selbst seine Grübelei.

„Es ist sehr wichtig, Miß Stoner", sagte er, „daß Sie meinen Anweisungen bis ins kleinste folgen."

„Selbstverständlich werde ich das tun."

„Die Sache steht sehr ernst und duldet nicht den geringsten Aufschub. Ihr Leben hängt davon ab, daß Sie haargenau das tun, was ich Ihnen jetzt sagen werde."

„Verfügen Sie über mich."

„Erstens, mein Freund und ich müssen diese Nacht in Ihrem Schlafzimmer verbringen."

Miß Stoner und ich starrten ihn verblüfft an.

„Ja, das muß sein. Ich will es Ihnen erklären. Das dort drüben ist der Gasthof des Dorfes, nicht wahr?"

„Ja, die ‚Krone'."

„Sehr gut. Von dort kann man Ihre Fenster sehen?"

„Gewiß."

„Wenn Ihr Stiefvater zurückkehrt, bleiben Sie auf Ihrem Zimmer. Erfinden Sie irgendeine Ausrede. Lassen Sie ihm ausrichten, Sie hätten Kopfschmerzen. Wenn Sie hören, daß er schlafen geht, öffnen Sie die Läden einen Spalt und stellen als Signal für uns eine Lampe ins Fenster. Lassen Sie die Fensterflügel nur angelehnt. Dann nehmen Sie, was Sie für eine Nacht brauchen, und schleichen sich in das Zimmer, in dem Sie sonst schlafen. Meinen Sie, daß Sie trotz der Bauarbeiten dort eine Nacht zubringen können?"

„O ja, das wird gehen."

„Den Rest überlassen Sie uns."

„Gut, aber was wollen Sie tun?"

„Wir werden die Nacht in dem mittleren Schlafzimmer zubringen und die Herkunft jener Geräusche klären, die Sie so ängstigten."

„Ich glaube, Mr. Holmes, daß Sie die Erklärung eigentlich schon gefunden haben", sagte Miß Stoner und legte ihre Hand auf Holmes' Arm.

„Vielleicht."

„Dann sagen Sie mir um Himmels willen – was war der Grund für den Tod meiner Schwester?"

„Bevor ich mich dazu äußere, möchte ich klare Beweise."

„Sagen Sie mir wenigstens, ob meine Vermutung richtig war. Starb sie an einem Schock?"

„Nein, das glaube ich nicht. Ich denke, daß möglicherweise ein handfesterer Grund vorlag. Aber jetzt müssen wir Sie verlassen, Miß Stoner. Denn wenn Dr. Roylott zurückkäme und uns hier sähe, dann hätten wir unsere Reise umsonst gemacht. Leben Sie wohl und seien Sie tapfer! Wenn Sie meine Anweisungen befolgen, dann werden wir die Gefahren, die Ihnen drohen, sehr bald bannen. Das verspreche ich Ihnen."

Im Gasthof „Zur Krone" bekamen wir ohne Schwierigkeiten zwei Zimmer im oberen Stockwerk. Von dort konnten wir das Eingangstor und den bewohnten Flügel des Gutshauses beobachten. Bei Einbruch der Dunkelheit sahen wir Dr. Grimesby Roylott vorfahren. Seine mächtige Gestalt überragte den neben ihm sitzenden Burschen, der die Zügel führte. Der Kutscher sprang ab und mühte sich, die Flügel des schweren Eisentores aufzuschieben. Offenbar ging es dem Doktor nicht schnell genug, denn wir hörten sein heiseres Brüllen und sahen, wie er dem Burschen wütend mit der Faust drohte. Die Kutsche fuhr weiter, und wenig später flammte ein Licht hinter den Parkbäumen auf. Es kam aus dem Fenster eines Wohnzimmers.

„Wissen Sie, Watson", sagte Holmes, während wir im Dunkeln nebeneinander saßen und auf das Signal warteten, „ich habe doch einige Bedenken, ob ich Sie mitnehmen soll. Die Sache ist ziemlich gefährlich."

„Könnten Sie meine Unterstützung gebrauchen?"

„Ihre Anwesenheit wäre von unschätzbarem Wert."

„Dann komme ich selbstverständlich mit."

„Ich danke Ihnen."

„Sie sprechen von Gefahr. Offenbar haben Sie in den Zimmern mehr gesehen als ich."

„Nein, aber wahrscheinlich mehr daraus geschlußfolgert. Alles, was ich sah, war auch Ihnen sichtbar."

„Ich habe nichts Besonderes außer diesem Klingelzug gesehen, und was der zu bedeuten hat, kann ich mir beim besten Willen nicht vorstellen."

„Den Ventilator bemerkten Sie doch auch?"

„Ja, aber ich glaube nicht, daß eine derartige Verbindung zwischen zwei Zimmern etwas sehr Ungewöhnliches ist. Im übrigen ist die Öffnung so klein, daß kaum eine Ratte hindurchkommt."

„Ich wußte, daß wir eine Ventilatoröffnung finden würden, bevor wir nach Stoke Moran fuhren."

„Sie wollen mich auf den Arm nehmen, Holmes!"

„Keineswegs. Erinnern Sie sich, wie Miß Stoner erwähnte, daß ihre Schwester den Rauch von Dr. Roylotts Zigarre riechen konnte? Das deutete natürlich gleich darauf hin, daß eine Verbindung zwischen den beiden Zimmern bestehen mußte. Es konnte nur eine sehr kleine sein, denn andernfalls hätte sie bei der Untersuchung des Kronrichters eine Rolle gespielt. Ich schloß auf einen Ventilator."

„Aber was soll an einem Ventilator verdächtig sein?"

„Nun, zumindest gibt es eine merkwürdige zeitliche Koinzidenz. Ein Ventilator wird eingebaut, ein Klingelzug angebracht, und die Frau, die in dem darunter befindlichen Bett schläft, stirbt. Fällt Ihnen das nicht auf?"

„Schon, aber ich sehe immer noch keinen Zusammenhang."

„Haben Sie an dem Bett etwas Seltsames bemerkt?"

„Nein."

„Es ist mit Eisenklammern an den Dielen befestigt. Haben Sie schon einmal ein angenageltes Bett gesehen?"

„Nein, nicht daß ich wüßte."

„Die Frau konnte ihr Bett nicht an einen anderen Platz rücken. Es mußte stets in derselben Stellung zum Ventilator und zu dem nie als Klingelzug gedachten Strick bleiben."

„Holmes", rief ich, „so langsam ahne ich, worauf Sie hinauswollen. Wir kommen gerade noch rechtzeitig, um ein teuflisch raffiniertes Verbrechen zu verhindern."

„Teuflisch und raffiniert, jawohl. Wenn ein Arzt zum Verbrecher wird, dann gehört er zu den gefährlichsten. Er verfügt über Beherrschung und wissenschaftliche Kenntnisse. Erinnern Sie sich, Palmer und Pritchard gehörten zu den Kapazitäten auf ihrem Fachgebiet. Dieser Mann nun geht noch raffinierter vor, aber ich hoffe, Watson, wir können ihm das Handwerk legen. Doch genug davon. Wir werden heute nacht noch reichlich Gelegenheit haben, das Fürchten zu lernen. Gönnen wir uns ein gemütliches Pfeifchen und denken wir ein paar Stunden lieber an erfreulichere Dinge."

Gegen neun Uhr verlosch das Licht hinter den Bäumen, und völlige Dunkelheit senkte sich über das Gutshaus. Träge vergingen zwei Stunden, doch plötzlich, als es gerade elf schlug, leuchtete ein einzelnes helles Licht auf.

„Unser Signal", sagte Holmes und sprang auf; „es kommt aus dem mittleren Fenster."

Als wir hinuntergingen, wechselte Holmes einige Worte mit dem Wirt. Er erklärte ihm, daß wir noch einen Besuch bei einem Bekannten machen wollten und möglicherweise die Nacht bei ihm verbringen würden. Wenig später liefen wir die dunkle Landstraße entlang. Kalter Wind blies uns ins Gesicht. Aus der dunklen Ferne blinkte das gelbe Licht und wies uns den Weg bei unserem gefahrvollen Ausflug.

Es war nicht schwierig, auf das Gelände des Gutes zu gelangen, denn in der brüchigen Parkmauer klafften tiefe Lücken. Wir schlichen uns im Schutz der Bäume vorwärts, erreichten den Rasen, überquerten ihn und wollten gerade auf den Fenstersims klettern, als aus einem Lorbeerstrauch eine dunkle Gestalt hervorstürzte. Wie ein schrecklich verkrüppeltes, eigensinniges Kind warf sie sich mit zuckenden Gliedern ins Gras, flitzte dann wieselflink über den Rasen und verschwand in der Dunkelheit.

„Mein Gott!" preßte ich hervor; „haben Sie das gesehen?"

Für einen Moment war Holmes genauso erschrocken wie ich. Seine Hand umspannte wie ein Schraubstock mein Handgelenk. Dann begann er leise zu lachen und flüsterte mir ins Ohr:

„Ein reizender Haushalt! Das war der Pavian."

Ich hatte die exotischen Haustiere des Doktors ganz vergessen. Da gab es auch noch den Leoparden; vielleicht saß uns der im nächsten Augenblick im Genick. Ich gestehe, daß ich aufatmete, als ich, dem Beispiel von Holmes folgend, auf Strümpfen in das Zimmer gestiegen war. Geräuschlos schloß mein Gefährte die Läden, stellte die Laterne auf den Tisch und blickte sich im Zimmer um. Alles war so, wie wir es bei Tageslicht gesehen hatten. Dann stahl er sich zu mir, formte mit seinen Händen einen Trichter und flüsterte mir fast unhörbar ins Ohr:

„Der geringste Laut könnte alles verderben!"

Ich nickte zum Zeichen, daß ich verstanden hatte.

„Wir müssen die Lampe ausmachen. Er könnte das Licht durch die Ventilatoröffnung sehen."

Ich nickte wieder.

„Schlafen Sie nur nicht ein, es könnte Ihnen das Leben kosten. Halten Sie auf jeden Fall Ihren Revolver bereit. Ich setze mich auf die Bettkante und Sie dort auf den Stuhl."

Ich nahm meinen Revolver und legte ihn vor mich auf den Rand des Tisches.

Holmes hatte einen langen dünnen Rohrstock mitgebracht, den er nun neben sich auf das Bett warf, dazu Streichhölzer und eine Kerze. Dann löschte er die Lampe, und Dunkelheit umgab uns.

Wie könnte ich jene schreckliche Nachtwache jemals vergessen! Ich hörte keinen einzigen Laut, nicht einmal den Atemzug meines Gefährten, obwohl ich wußte, daß er nur wenige Fuß von mir entfernt saß und wie ich gespannt wartete. Da die Fensterläden das Zimmer gegen den geringsten Lichtschein abdichteten, umgab uns völlige Dunkelheit. Von draußen drang manchmal der klagende Ruf eines Nachtvogels an unser Ohr, und einmal bestätigte uns ein langgezogenes katzenartiges Fauchen direkt vor unserem Fenster, daß der Leopard tatsächlich frei umherlief. Aus der Ferne ertönten die tiefen Glockentöne der Kirchturmuhr, die jede Viertelstunde schlug. Wie lang sie uns vorkamen, diese Viertelstunden! Es schlug zwölf, ein Uhr, zwei, drei – und noch immer saßen wir und harrten reglos der Dinge, die geschehen sollten.

Plötzlich drang ein flackernder Lichtschimmer durch die Ventilatoröffnung. Er erlosch sofort wieder, doch kurz darauf war ein Geruch von brennendem Öl und erhitztem Metall wahrzunehmen. Jemand hatte im Nachbarzimmer eine Blendlaterne angezündet. Ich vernahm das Geräusch gedämpfter Bewegungen, dann war wieder alles still, nur der Geruch wurde stärker. Eine halbe Stunde lauschte ich angestrengt. Dann folgte plötzlich ein anderes Geräusch – ein sehr feines, lang anhaltendes Zischen, wie wenn ein dünner Strahl Dampf aus einem kochenden Wasserkessel entweicht. Im selben Augenblick sprang Holmes vom Bett auf, riß ein Streichholz an und schlug wie wild mit dem Rohrstock auf den Klingelzug ein.

„Sehen Sie sie, Watson?" schrie er. „Sehen Sie sie?"

Aber ich sah nichts. In dem Augenblick, als Holmes das Streichholz anrieb, hörte ich ein leises deutliches Pfeifen, doch der plötzliche grelle Lichtschein blendete meine müden Augen derartig, daß ich nicht erkennen konnte, worauf mein Freund so wild einhieb. Nur soviel sah ich: Sein Gesicht war totenblaß und verzerrt vor Grauen.

Inzwischen hatte er aufgehört zu schlagen und starrte zum Ventilator hinauf, als plötzlich ein furchtbarer Schrei die nächtliche Stille zerriß. Er wurde immer lauter und gellender und steigerte sich zu einem markerschütternden heiseren Brüllen, in dem sich Schmerz, Entsetzen und Wut miteinander vermischten. Man sagte mir später, daß dieser Schrei unten im Dorf zu hören war und selbst im entferntesten Winkel der Gemeinde einige Leute aus dem Schlaf riß. Uns stockte der Herzschlag. Holmes und ich standen wie gelähmt und starrten einander an, während das Schreien in ein Röcheln überging und erstarb. Stille umgab uns wieder.

„Was hat das zu bedeuten?" keuchte ich.

„Das bedeutet, daß alles vorbei ist", erwiderte Holmes. „Vielleicht ist es am besten so. Nehmen Sie Ihre Pistole, wir gehen hinüber in Dr. Roylotts Zimmer."

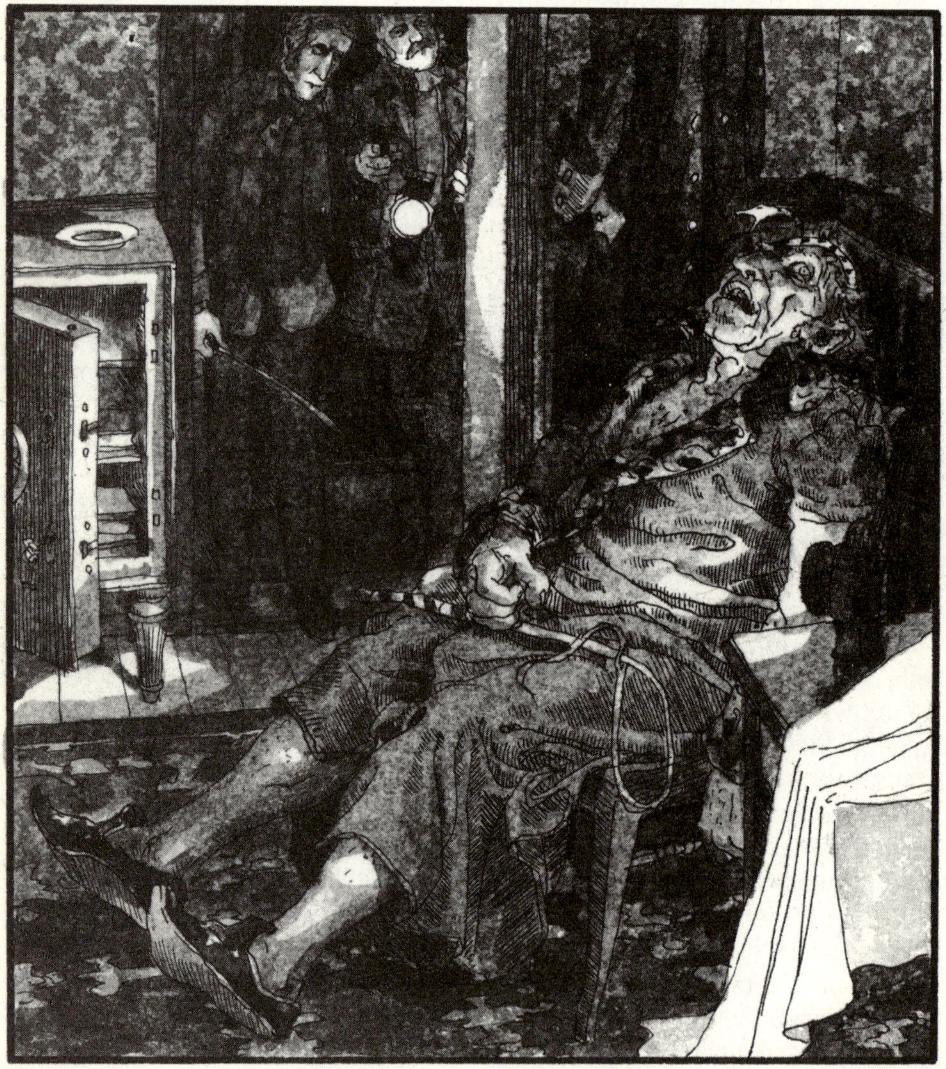

Mit ernstem Gesicht zündete er die Lampe an und ging hinaus auf den Korridor. Er klopfte zweimal an die Tür des Doktors, doch von drinnen kam keine Antwort. Darauf drückte er die Klinke nieder und trat ein. Den Revolver schußbereit in der Hand haltend, folgte ich ihm.

Es war ein ungewöhnlicher Anblick, der sich unseren Augen bot. Auf dem Tisch stand eine Blendlaterne. Ihr scharfer Lichtstrahl fiel auf den Safe, dessen Tür weit offenstand. Neben dem Tisch saß Dr. Roylott auf dem Holzstuhl. Er trug einen langen grauen Morgenrock und hatte die nackten Beine nach vorn gestreckt. Die Füße steckten in roten türkischen Pantoffeln. Auf seinem Schoß lag die langstielige Peitsche, die wir tags zuvor gesehen hatten. Sein Kopf war nach hinten gesunken, so daß das Kinn nach oben wies. Seine schrecklich starren Augen waren auf eine Ecke der Zimmerdecke gerichtet. Ein eigenartiges gelbes Band mit bräunlichen Flecken wand sich straff um seine Stirn. Er regte sich weder, noch gab er einen Laut von sich, als wir eintraten.

„Das Band! Das gefleckte Band!“ flüsterte Holmes.

Ich wagte mich einen Schritt näher. Augenblicklich begann sich der seltsame Kopfschmuck zu bewegen, und aus dem wirren Haar erhob sich der flache, kantige Kopf eines scheußlichen Reptils.

„Eine Sumpfnatter“, rief Holmes, „die giftigste Schlange Indiens! Zehn Sekunden nach ihrem Biß war Roylott tot. Gewalt kehrt sich mitunter gegen ihren Verursacher, oder wie es so treffend heißt: Wer anderen eine Grube gräbt... Sperren wir das Tier wieder ein. Dann können wir uns um Miß Stoner kümmern und die Polizei verständigen.“

Mit diesen Worten zog er die Hundepeitsche blitzschnell vom Schoß des Toten, streifte dem züngelnden Reptil die Schlinge über den Kopf und zerrte es von seinem makabren Ruheplatz. Mit weit ausgestrecktem Arm trug er die Schlange zum Safe, schleuderte sie hinein und schloß die Stahltür.

Dies sind die tatsächlichen Umstände, die zum Tod des Dr. Grimesby Roylott von Stoke Moran führten. Es ist unnötig, daß ich die ohnehin schon zu lang geratene Geschichte noch verlängere und schildere, wie wir der geängstigten Frau die traurige Botschaft überbrachten, wie wir sie mit dem Morgenzug zu ihrer Tante nach Harrow schickten und wie der langsame Gang der offiziellen Untersuchung zu dem Ergebnis führte, Dr. Roylott sei beim unachtsamen Spiel mit seinem gefährlichen Haustier verunglückt. Das wenige, das ich zu dem Fall noch wissen wollte, erklärte mir Sherlock Holmes auf unserer Heimreise am nächsten Tag.

„Ich war“, sagte er, „zu einer gänzlich falschen Schlußfolgerung gekommen. Das beweist wieder einmal, mein lieber Watson, wie gefährlich es ist, sich aus unzureichenden Fakten Theorien zu bilden. Die Anwesenheit der

Zigeuner und der unverständliche Ausdruck ‚Band‘ oder ‚Bande‘, mit dem das arme Mädchen zweifellos die schreckliche Erscheinung erklären wollte, die sie beim Licht ihres Streichholzes flüchtig gesehen hatte, genügten, um mich auf eine völlig falsche Fährte zu locken. Ich kann mir nur zugute halten, daß ich meine Auffassung jedoch sofort korrigierte, als mir klar wurde, daß die Gefahr für einen Bewohner dieses Zimmers weder vom Fenster noch von der Tür her kommen konnte. Wie ich bereits erwähnte, konzentrierte ich meine Aufmerksamkeit unverzüglich auf die Ventilatoröffnung und den bis zum Bett hinabreichenden Klingelzug. Die Entdeckung, daß dieser eine Attrappe war und man das Bett am Boden befestigt hatte, legte sofort den Verdacht nahe, daß der Strick als Brücke für irgend etwas diente, das durch die Öffnung kam und auf das Bett gelangen sollte. Ich dachte gleich an eine Schlange, und als ich mich erinnerte, daß sich der Doktor Tiere aus Indien schicken ließ, hatte ich das Gefühl, auf der richtigen Spur zu sein. Der raffinierte Plan und die Benutzung eines fremdartigen Giftes, welches mit den hierzulande üblichen chemischen Tests nicht nachweisbar war, paßten so ganz zu dem schlauen, kaltblütigen Arzt, der lange Jahre im Osten gelebt hatte. Die schnelle Wirksamkeit des Giftes verschaffte ihm zusätzliche Vorteile. Der Leichenbeschauer, der später noch in der Lage wäre, die zwei winzigen dunklen Pünktchen als Spuren von Giftzähnen zu identifizieren, müßte wirklich ganz besonders scharfäugig sein. Dann dachte ich über die Pfiffe nach. Natürlich mußte er die Schlange zurückrufen, ehe es hell wurde und das Opfer sie sehen konnte. Wahrscheinlich hatte er sie mit Hilfe des Milchschälchens so abgerichtet, daß sie auf seinen Pfiff hin zu ihm kam. Er brauchte die Schlange also nur zu einer ihm günstig erscheinenden Zeit in den Ventilator zu stecken und hatte die Gewißheit, daß sie am Seil hinuntergleiten und auf dem Bett landen würde. Ungewiß war nur, ob sie die Schlafende auch gleich beißen würde. Möglicherweise hatte die Frau eine ganze Woche lang jede Nacht Glück, doch früher oder später mußte sie dem tödlichen Biß zum Opfer fallen.

Soweit war ich mit meinen Schlußfolgerungen bereits, bevor ich sein Zimmer betrat. Ich untersuchte den Stuhl und stellte fest, daß der Doktor oft auf der Sitzfläche gestanden hatte. Dazu war er natürlich gezwungen, wenn er an den Ventilator reichen wollte. Der Safe, das Schälchen mit Milch und die Schlinge in der Peitschenschnur beseitigten meine letzten Zweifel. Das metallische Poltern, das Miß Julia Stoner gehört hatte, rührte offensichtlich daher, daß ihr Stiefvater die Tresortür hastig hinter dem gefährlichen Reptil geschlossen hatte. Ich war mir meiner Sache sicher, und Sie wissen ja, welche Schritte ich dann unternahm, um den Beweis zu liefern. Als ich die Schlange zischen hörte – Sie müssen sie auch gehört haben –, machte ich sofort Licht und schlug auf sie ein.“

„Mit dem Ergebnis, daß sie zurück durch den Ventilator getrieben wurde.“

„Und mit dem Ergebnis, daß sie am anderen Ende auf ihren Herrn losging. Ich hatte sie mit dem Rohrstock ein paarmal gut getroffen, so daß sie blindwütig die erste Person anschnellte, die sie sah. Auf diese Weise bin ich zweifellos indirekt verantwortlich für Dr. Grimesby Roylotts Tod, aber ich glaube kaum, daß mir diese Schuld allzuschwer auf dem Gewissen lasten wird.“

Die fünf Apfelsinenkerne

Wenn ich meine Notizen und Aufzeichnungen zu Sherlock Holmes' Fällen aus den Jahren 1882 bis 1890 überfliege, so stoße ich auf derart viele, die merkwürdige oder interessante Züge aufweisen, daß ich nicht recht weiß, welche ich aufgreifen soll und welche nicht. Immerhin sind jedoch einige bereits durch die Presse bekannt geworden, andere boten meinem Freund keine Gelegenheit, seine außergewöhnlichen Fähigkeiten zu entfalten, auf deren Darstellung es mir bei meinen Erzählungen ja gerade ankommt. Auch haben etliche Fälle sein analytisches Vermögen überstiegen – eignen sich also nur zu Geschichten ohne Schluß –, während andere nur zum Teil aufgeklärt wurden oder Holmes sich bei der Lösung stärker auf Verdachtsmomente und Vermutungen stützte als auf jenen absolut logischen Beweis, der ihm so am Herzen lag. Ein Fall von den letztgenannten war jedoch so bemerkenswert in den Details und so verblüffend hinsichtlich seiner Auswirkungen, daß ich versucht bin, über ihn zu berichten – ungeachtet dessen, daß es einige damit zusammenhängende Punkte gibt, die nie völlig geklärt wurden und es vielleicht auch niemals werden.

Das Jahr 1887 bescherte uns eine Reihe mehr oder weniger interessanter Fälle, über die ich Buch geführt habe. Zu den spannendsten aus jenen zwölf Monaten zählen für mich das Abenteuer mit der Kammer von Paradol, wo jene Amateurbettlergesellschaft einen luxuriösen Klub im Kellergewölbe eines Möbelkaufhauses unterhielt, die Umstände, die zum Verschwinden der britischen Barke „Sophy Anderson“ führten, die seltsamen Abenteuer der Grice Patersons auf der Insel Uffa und schließlich der Giftfall von Camberwell. Im letzteren konnte Sherlock Holmes nachweisen, daß die Uhr des Verstorbenen noch zwei Stunden davor aufgezogen worden war, und das Opfer folglich zur besagten Zeit zu Bett gegangen sein mußte. Man wird sich sicherlich erinnern, daß dieser Deduktion bei der Aufklärung des Falles entscheidende Bedeutung zukam.

Alle diese Fälle werde ich vielleicht später einmal ausführlich darstellen. Keiner von ihnen besitzt jedoch solch einzigartige Züge wie die seltsame Kette von Ereignissen, die zu schildern ich nun meine Feder ergriffen habe.

Es war in den letzten Septembertagen, die Herbststürme hatten mit außergewöhnlicher Heftigkeit eingesetzt. Den ganzen Tag heulte der Wind, und der Regen prasselte gegen die Fenster, so daß wir selbst hier, in der Großstadt London, unsere Aufmerksamkeit für einen Augenblick von der Alltagsroutine lösen und das Wirken jener gewaltigen Naturkräfte zur Kenntnis nehmen mußten, die die Menschheit durch die Gitterstäbe der Zivilisation hindurch anfauchen wie wilde Bestien in einem Käfig. Gegen Abend wurde der Sturm heftiger und lauter, er wimmerte und schluchzte im Schornstein wie ein Kind. Sherlock Holmes saß mürrisch am Kamin und ordnete seine Verbrechenskartei, während ich in eine von Clark Russels herrlichen Seegeschichten so vertieft war, daß das Heulen des Sturmes sich mit dem Text vermischte und das Prasseln des Regens zum langgezogenen Brausen der Meereswogen wurde. Da meine Frau zu Besuch bei ihrer Mutter weilte, war ich wieder für ein paar Tage Bewohner meines alten Quartiers in der Baker Street.

„Nanu", sagte ich und blickte zu meinem Gefährten Sherlock Holmes auf, „das war doch die Glocke! Wer könnte heute abend noch kommen? Vielleicht ein Freund von Ihnen?"

„Außer Ihnen habe ich keine", antwortete er, „und zu Besuchen ermuntere ich niemanden."

„Dann ein Klient?"

„Wenn, dann handelt es sich um einen ernsten Fall. Denn nur ein solcher könnte einen Menschen an so einem Tag und zu dieser Zeit hinaustreiben. Aber mir scheint eher, es wird ein Bekannter meiner Wirtin sein."

Mit dieser Vermutung hatte Sherlock Holmes jedoch unrecht, denn es waren Schritte im Korridor zu hören, und jemand klopfte an unsere Tür. Holmes richtete den Lichtkegel der Stehlampe auf den leeren Stuhl, auf dem der Ankömmling Platz nehmen sollte. „Herein!" rief er dann.

Ein junger Mann öffnete die Tür. Er war höchstens zweiundzwanzig, sah gepflegt aus und war adrett gekleidet. Sein Auftreten ließ gute Manieren und Geschmack erkennen. Der triefende Regenschirm in seiner Hand und der glänzende Gummimantel zeugten von dem ungestümen Wetter, aus dem er gekommen war. Im Schein der Lampe blickte er sich blinzelnd um, und ich konnte erkennen, daß sein Gesicht blaß und seine Augen müde wirkten, so wie die eines Menschen, dem eine große Sorge auf der Seele lastet.

„Ich bitte vielmals um Verzeihung", sagte er und hielt seinen goldgefaßten Kneifer vor die Augen. „Hoffentlich störe ich nicht. Ich fürchte, ich habe Spuren von Sturm und Regen in Ihre gemütliche Kammer getragen."

„Geben Sie mir ihren Schirm und den Mantel", sagte Holmes. „Sie kommen aus dem Südwesten, sehe ich."

„Ja, aus Horsham."

„Jene Mischung aus Ton und Kreide auf Ihren Schuhspitzen deutet unverkennbar darauf hin."

„Ich brauche einen Rat."

„Der ist leicht zu bekommen."

„Und Hilfe."

„Damit ist es nicht immer so einfach."

„Ich habe von Ihnen gehört, Mr. Holmes. Major Prendergast erzählte mir, wie Sie ihn bei dem Skandal im Tankerville Club gerettet haben."

„Ah, natürlich. Er wurde fälschlicherweise des Betruges beim Kartenspiel bezichtigt."

„Er sagte, Sie könnten alles aufklären."

„Da hat er zuviel versprochen."

„Und daß Sie noch niemals geschlagen worden wären."

„Ich bin viermal geschlagen worden – dreimal von Männern und einmal von einer Frau."

„Aber was bedeutet das im Vergleich zu Ihren Erfolgen!"

„Es stimmt, daß ich im allgemeinen erfolgreich gewesen bin."

„Dann sind Sie es gewiß auch in meiner Sache."

„Wollen Sie bitte Ihren Stuhl an den Kamin rücken und mich freundlicherweise in die näheren Einzelheiten Ihres Falles einweihen?"

„Es ist kein gewöhnlicher."

„Solche werden mir auch kaum übertragen. Ich gelte als Spezialist für hoffnungslose Fälle."

„Und dennoch wage ich zu bezweifeln, Sir, daß Sie, bei all Ihrer Erfahrung, schon jemals von einer so mysteriösen und unerklärlichen Kette von Ereignissen gehört haben, wie sie meiner Familie widerfuhren."

„Sie machen mich neugierig", sagte Holmes. „Schildern Sie uns bitte die wesentlichen Fakten von Anfang an, dann kann ich Sie anschließend über die Details befragen, die mir wichtig erscheinen."

Der junge Mann rückte den Stuhl zum Kamin und streckte seine feuchten Füße vor dem Feuer aus.

„Mein Name", sagte er, „ist John Openshaw, aber ich selbst bin in dieser furchtbaren Sache wahrscheinlich ganz unwesentlich. Es handelt sich um eine Erbschaftsangelegenheit, und um Ihnen eine ungefähre Vorstellung von den Fakten zu geben, muß ich zum Ausgangspunkt der Affäre zurückgehen.

Sie müssen wissen, daß mein Großvater zwei Söhne hatte – meinen Onkel Elias und meinen Vater Joseph. Meinem Vater gehörte eine kleine Fabrik in Coventry, die er, als das Fahrrad aufkam, vergrößerte. Er besaß ein Patent auf den unverwüstlichen Openshaw-Reifen, und sein Unternehmen florierte so gut, daß er es günstig verkaufen und sich mit einem stattlichen Auskommen zur Ruhe setzen konnte.

Mein Onkel Elias wanderte als junger Mann nach Amerika aus und wurde Pflanzer in Florida. Es soll ihm dort sehr gut gegangen sein. Als der Krieg kam, kämpfte er in Jacksons Armee und später unter Hood, wo er es bis zum Colonel brachte. Als Lee die Waffen niederlegte, ging mein Onkel wieder auf seine Plantage und blieb dort drei oder vier Jahre. Etwa 1869/70 kam er nach Europa zurück und erwarb ein kleines Anwesen in Sussex, nahe bei Horsham. Er hatte in den Staaten ein sehr beträchtliches Vermögen gemacht, und der eigentliche Grund, weshalb er von dort zurückkam, war seine Abneigung gegenüber den Negern. Er mißbilligte die republikanische Politik, die ihnen das Wahlrecht zuerkannte. Überhaupt war er ein sehr eigenartiger Mensch, mein Onkel: hitzig und jähzornig, ein großes Lästermaul, wenn er in Wut geriet, doch ansonsten ein verschlossener Eigenbrödler. Ich bezweifle, daß er in all den Jahren, die er bei Horsham lebte, jemals einen Fuß in die Stadt gesetzt hat.

Gewöhnlich arbeitete er in seinem Garten oder auf den drei Feldern, die das Haus umgaben, manchmal aber verließ er sein Zimmer wochenlang nicht. Er trank ziemlich viel Brandy und rauchte sehr stark, doch wünschte er weder Gesellschaft noch Freunde, nicht einmal seinen Bruder wollte er sehen.

Bei mir machte er eine Ausnahme, ja, er hatte sogar eine Schwäche für mich. Als er mich zum erstenmal sah, war ich ein Kind von etwa zwölf Jahren. Es muß 1878 gewesen sein, da lebte er schon acht oder neun Jahre in England. Er bat meinen Vater, mich bei ihm wohnen zu lassen und behandelte mich auf seine Art sehr freundlich. Wenn er nüchtern war, spielte er gern mit mir Backgammon oder Dame und machte mich zu seinem Stellvertreter sowohl der Dienerschaft als auch den Händlern gegenüber, so daß ich mit sechzehn fast als Hausherr fungierte. Ich besaß alle Schlüssel und konnte gehen, wohin ich wollte, und tun, was mir gefiel, solange ich ihn in seiner Privatsphäre nicht störte. Es gab nur eine einzige Ausnahme, und die betraf eine Rumpelkammer auf dem Dachboden, die stets verschlossen blieb und die niemand betreten durfte. Manchmal habe ich neugierig durch das Schlüsselloch gespäht, konnte aber nie mehr als ein paar alte Koffer und Bündel erkennen, wie sie in solch einem Raum eben zu erwarten sind.

Eines Tages – es war im März 1883 – lag auf dem Tisch neben dem Teller des Colonels ein Brief mit einer ausländischen Briefmarke. Post zu erhalten war für ihn etwas Ungewöhnliches, denn Rechnungen bezahlte er sofort, und Freunde hatte er nicht. ‚Aus Indien!‘ sagte er, als er den Brief in die Hand nahm, ‚abgestempelt in Pondicherry! Was kann das sein?‘ Als er ihn hastig öffnete, glitten fünf kleine getrocknete Apfelsinenkerne heraus und fielen auf seinen Teller. Ich fand das sehr komisch, aber das Lachen verging mir, als ich sein Gesicht sah. Mit weit aufgerissenen Augen, herabhängen-

dem Unterkiefer, weiß im Gesicht – so starrte er auf den Umschlag, den er noch immer in seiner zitternden Hand hielt. ‚K. K. K.!' ächzte er und rang die Hände:

‚Gott, mein Gott, meine Sünden haben mich eingeholt!'

‚Was bedeutet das, Onkel?' rief ich.

‚Tod', sagte er, erhob sich vom Tisch und ging in sein Zimmer, während ich starr vor Schreck zurückblieb. Ich nahm den Umschlag und sah, daß auf der Innenseite der Kuvertklappe, kurz über der Gummierung, dreimal der Buchstabe K mit roter Tinte geschrieben war. Außer den fünf getrockneten Kernen enthielt er nichts. Was konnte meinen Onkel so entsetzt haben? Ich verließ den Frühstückstisch und ging nach oben. Dabei begegnete ich meinem Onkel, der die Treppe herunterkam. In der einen Hand hielt er einen rostigen alten Schlüssel, wahrscheinlich der für den Dachbodenverschlag, in der anderen trug er ein kleines, wie eine Geldkassette aussehendes Messingkästchen.

‚Sollen sie tun, was sie wollen. Aber ich werde sie doch matt setzen', schwor er. ‚Richte Mary aus, daß ich heute Feuer in meinem Zimmer brauche, und laß Fordham, den Rechtsanwalt von Horsham, rufen.'

Ich tat wie befohlen, und als der Rechtsanwalt eintraf, führte ich ihn nach oben. Im Zimmer brannte ein helles Kaminfeuer, auf dem Rost lag eine Menge schwarzer, flockiger Asche, wie von verbranntem Papier. Neben dem Kamin stand die offene Kassette. Sie war leer. Als ich sie näher betrachtete, zuckte ich zusammen, denn auf dem Deckel war jenes dreifache K eingraviert, das ich am Morgen in dem Briefumschlag entdeckt hatte.

‚Ich wünsche, John', sagte mein Onkel, ‚daß du zum Zeugen meines Testaments wirst. Mein gesamtes Vermögen mit all seinen Vor- und Nachteilen hinterlasse ich meinem Bruder, deinem Vater, von dem es zweifellos an dich übergehen wird. Wenn du es in Frieden genießen kannst – meinen Segen dazu! Wenn nicht, dann, mein Junge, rate ich dir: Überlaß es deinem schlimmsten Feind! Es tut mir leid, daß ich dir eine so zweischneidige Erbschaft vermachen muß, aber ich weiß nicht, wie sich die Dinge entwikkeln werden. Unterschreib bitte das Papier, Mr. Fordham zeigt dir, wo.'

Ich unterzeichnete das Dokument wie verlangt, und der Rechtsanwalt nahm es an sich. Wie Sie sich denken können, hinterließ dieses merkwürdige Ereignis den tiefsten Eindruck auf mich. Ich grübelte darüber nach, drehte und wendete es im Geiste hin und her, ohne daraus klug zu werden. Doch das Gefühl einer unbestimmten Bedrohung, das es gleich in mir wachgerufen hatte, konnte ich nicht loswerden, selbst dann nicht, als die erste Spannung nachließ, denn die Wochen verstrichen, und nichts störte unseren Alltag. Aber an meinem Onkel konnte ich eine Veränderung feststellen. Er trank mehr denn je und wurde immer ungeselliger. Die meiste Zeit verbrachte er auf seinem Zimmer, dessen Tür von innen abgeschlossen war. Doch manchmal erschien er in einem Anfall von trunkener Raserei, rannte aus dem Haus, tobte mit dem Revolver in der Hand im Garten herum und schrie dabei, daß er vor niemandem Angst habe und sich nicht wie ein Schaf in die Hürde einpferchen lasse, weder von einem Menschen noch von einem Teufel. Doch waren diese Tobsuchtsanfälle vorüber, dann eilte er schleunigst wieder ins Haus und verschloß und verriegelte die Tür hinter sich wie jemand, der nicht mehr die Furcht bezwingen kann, die ihn bis ins Mark ergriffen hat. Bei solchen Gelegenheiten war sein Gesicht schweißüberströmt.

Nun, um die Sache etwas abzukürzen, Mr. Holmes, und Ihre Geduld nicht über Gebühr zu strapazieren: Eines Nachts machte er wieder einmal einen jener Ausflüge, kehrte jedoch nicht mehr zurück. Wir suchten und fanden ihn mit dem Gesicht in einem verkrauteten Teich liegend, der sich am unteren Ende des Gartens befindet. Es gab keine Anzeichen von Gewaltanwendung, und da das Wasser knapp zwei Fuß tief und mein Onkel als exzentrisch bekannt war, kam die Untersuchungskommission zu dem

Schluß: Selbstmord. Nur ich, der ich wußte, wie sehr ihn schon der bloße Gedanke an den Tod erschreckt hatte, konnte nicht glauben, daß er sich ertränkt haben sollte. Aber die Sache wurde zu den Akten gelegt, und mein Vater erbte das Anwesen sowie ein Bankguthaben von etwa vierzehntausend Pfund."

„Einen Moment", unterbrach Holmes, „mir scheint, Ihr Bericht ist einer der bemerkenswertesten, die ich je gehört habe. Nennen Sie mir den Tag, als der Brief ankam, und das Datum des angeblichen Selbstmordes."

„Der Brief traf am zehnten März achtzehnhundertdreiundachtzig ein. Mein Onkel starb sieben Wochen später, in der Nacht des zweiten Mai."

„Danke. Fahren Sie bitte fort."

„Als mein Vater das Anwesen bei Horsham übernahm, durchsuchte er auf mein Verlangen hin gründlich die Dachkammer, die stets verschlossen gewesen war. Wir fanden dort die Messingkassette, deren Inhalt mein Onkel vernichtet hatte. Auf der Innenseite des Deckels klebte ein Papierschildchen, wieder mit der Abkürzung K. K. K., und darunter stand: ‚Briefe, Notizen, Quittungen und ein Register'. Darüber hinaus stießen wir in der Kammer auf nichts von Bedeutung, außer auf vereinzelte Papiere und Notizbücher meines Onkels aus seiner Zeit in Amerika. Einige davon stammten aus dem Krieg und bewiesen, daß er treu seine Pflicht getan und sich einen Ruf als tapferer Soldat erworben hatte. Andere rührten aus der Rekonstruktionszeit der Südstaaten und drehten sich um politische Angelegenheiten. Ganz offensichtlich hatte sich mein Onkel stark in der Opposition gegen die republikanischen Politiker eingesetzt, die von den Nordstaaten in den Süden geschickt worden waren.

Nun, Anfang 1884 übersiedelte mein Vater nach Horsham, und alles ging gut bis zum April 1885. Drei Tage nach Silvester, als wir gemeinsam am Frühstückstisch saßen, schrie mein Vater plötzlich überrascht auf. Er saß da – in der einen Hand hielt er einen soeben geöffneten Brief, mit der anderen streckte er mir fünf getrocknete Apfelsinenkerne entgegen. Er hatte die Geschichte mit dem Colonel immer eine Räuberpistole genannt und darüber gelacht, aber nun, da ihm das gleiche widerfuhr, sah er sehr verstört aus.

‚Was, um Himmels willen, soll das bedeuten, John?' stammelte er.

Mir wurde schwer ums Herz. ‚K. K. K.', sagte ich.

Er schaute in den Umschlag. ‚Stimmt', rief er aus. ‚Hier sind genau diese Buchstaben. Aber da steht noch etwas darüber.'

‚Legen Sie die Papiere auf die Sonnenuhr!' las ich, während ich ihm über die Schulter blickte.

‚Was für Papiere? Welche Sonnenuhr?' fragte er.

‚Die Sonnenuhr im Garten. Eine andere gibt es nicht', sagte ich; ‚und die Papiere müssen diejenigen sein, die verbrannt worden sind.'

‚Pah!‘ sagte mein Vater, indem er seinen Mut zusammennahm. ‚Wir leben in einem zivilisierten Land und brauchen uns nicht von solchen Mätzchen ins Bockshorn jagen zu lassen. Von wo kommt denn dieser Scherzartikel?‘

Ich blickte auf den Poststempel. ‚Aus Dundee‘, sagte ich.

‚Da will sich wohl jemand einen albernen Spaß mit uns erlauben‘, sagte er. ‚Was habe ich mit Sonnenuhren und Papieren zu schaffen? Ich werde diesen Unsinn einfach ignorieren.‘

‚Ich würde auf jeden Fall zur Polizei gehen‘, sagte ich.

‚Um mich als Hasenfuß auslachen zu lassen? Kommt nicht in Frage.‘

‚Und wenn ich gehe?‘

‚Nein, das verbiete ich. Ich will nicht, daß um solchen Unsinn auch noch viel Aufhebens gemacht wird.‘

Er ließ nicht mit sich reden, denn er war ein sehr starrköpfiger Mensch. Aber ich blieb unruhig und voller dunkler Vorahnungen.

Drei Tage darauf machte mein Vater einen Besuch bei seinem alten Freund, Major Freebody, der eine der Festungen auf Portsdown Hill befehligt. Ich war froh, daß er fuhr, denn ich glaubte ihn vor der Gefahr sicherer, wenn er weit von zu Hause weg war. Aber das erwies sich als Irrtum. Zwei Tage nach seiner Abreise erhielt ich ein Telegramm vom Major, das mich zum sofortigen Kommen aufforderte. Mein Vater war in eine der vielen Kreidebrüche gestürzt, von denen es in dieser Gegend wimmelt, hatte mehrere Schädelbrüche und lag ohne Bewußtsein. Ich eilte zu ihm, aber er entschlief, ohne das Bewußtsein noch einmal erlangt zu haben. Wahrscheinlich war er bei Anbruch der Dunkelheit von Fareham weggegangen, und da er das Gelände nicht kannte und die Kreidebrüche nicht umzäunt waren, zögerte die Untersuchungskommission keinen Augenblick, den Befund ‚Tod durch Unfall‘ auszusprechen. So sorgfältig ich auch jeden Umstand nachprüfte, der mit seinem Tod in Verbindung stand, ich konnte nichts finden, was einen Mordverdacht nahelegte. Er war nicht beraubt worden, es gab keine Anzeichen für Gewaltanwendung und keine Fußspuren. Fremde hatte man auf der Landstraße auch nicht gesehen. Und doch brauche ich Ihnen nicht zu sagen, daß ich alles andere als beruhigt war. Ich hielt es für so gut wie sicher, daß man einen hinterhältigen Anschlag auf ihn verübt hatte.

Auf diese unheilvolle Weise fiel das Anwesen an mich. Sie werden fragen, warum ich es nicht veräußerte? Darauf antworte ich: Weil ich überzeugt war, daß unsere Schwierigkeiten irgendwie mit einem Vorfall im Leben meines Onkels zusammenhingen und daß die Bedrohung in diesem Haus ebensogroß sein würde wie in einem anderen.

Es war im Januar 1885, als mein Vater zu Tode kam. Seitdem sind zwei Jahre und acht Monate verstrichen. Während dieser Zeit habe ich unbehelligt bei Horsham gelebt und begann zu hoffen, daß der Fluch von der

Familie gewichen und mit der vorigen Generation verschwunden sei. Aber ich wähnte mich zu früh in Sicherheit, denn gestern morgen kam der Schlag in genau derselben Weise, in der er gegen meinen Vater geführt worden war."

Der junge Mann zog ein zerknittertes Kuvert aus seiner Westentasche, hielt es über den Tisch und schüttelte fünf kleine getrocknete Apfelsinenkerne heraus.

„Dies ist der Umschlag", fuhr er fort. „Poststempel London, Ostbezirk. Innen haargenau dieselbe Nachricht wie an meinen Vater: ‚K. K. K.' und dann: ‚Legen Sie die Papiere auf die Sonnenuhr!'"

„Was haben Sie unternommen?"

„Nichts."

„Gar nichts?"

„Um die Wahrheit zu sagen" – er ließ sein Gesicht in seine schmächtigen weißen Hände sinken –, „ich fühle mich wie ohnmächtig, wie ein Kaninchen vor der Schlange. Offenbar kommt ein unabwendbares, unerbittliches Unheil auf mich zu, gegen das Berechnung und Vorsichtsmaßnahmen nichts nützen."

„Ach was!" rief Sherlock Holmes. „Sie müssen handeln, Mann, sonst sind Sie verloren. Nur Energie kann Sie retten. Dies ist nicht die Zeit für Verzweiflung."

„Ich bin zur Polizei gegangen."

„Aha!"

„Aber man hat sich meine Geschichte mit einem Lächeln angehört. Ich bin überzeugt, der Inspektor ist der Meinung, daß es sich bei den Briefen um dumme Scherze handelt und daß die Todesfälle unter meinen Verwandten tatsächlich Unfälle waren, die nichts mit den brieflichen Aufforderungen zu tun haben."

Sherlock Holmes rang seine Hände. „Unglaublicher Schwachsinn!" rief er aus.

„Immerhin haben sie mir einen Polizisten mitgegeben, der das Haus bewachen soll."

„Hat er Sie heute abend hierherbegleitet?"

„Nein. Sein Befehl lautete, im Haus zu bleiben."

Wieder fuchtelte Holmes fassungslos in der Luft herum.

„Warum haben Sie sich nicht an mich gewandt", rief er aus, „warum sind Sie nicht gleich gekommen?"

„Ich kannte Sie ja nicht. Erst heute sprach ich mit Major Prendergast über meine Schwierigkeiten, und er riet mir, ich solle mich an Sie wenden."

„Es sind nun bereits zwei Tage verstrichen, seit Sie den Brief erhalten haben. Wir hätten schon eher handeln sollen. Sie können vermutlich keine weiteren als die geschilderten Beweise anführen, kein aufschlußreiches Detail, das uns von Nutzen wäre?"

„Da ist noch eine Sache." John Openshaw wühlte in seiner Manteltasche und förderte einen blaßblauen beschmutzten Zettel zutage, den er auf den Tisch legte. „An eins erinnere ich mich", sagte er. „An dem Tag, als mein Onkel die Papiere vernichtete, fiel mir auf, daß die kleinen unverbrannten Reste unter der Asche genau diesen besonderen Farbton trugen. Dieses einzelne Blatt fand ich auf dem Fußboden seines Zimmers. Ich neige zu der Ansicht, daß es zu den Papieren gehörte. Es ist vielleicht herausgerutscht und so der Vernichtung entgangen. Abgesehen davon, daß darauf die Kerne erwähnt werden, kann ich mir aber nicht vorstellen, daß es uns viel hilft. Ich glaube, es handelt sich um eine Seite aus seinem geheimen Tagebuch. Die Schrift ist zweifellos die meines Onkels."

Holmes zog die Lampe näher heran, und wir beugten uns beide über das Blatt Papier, dessen zerfetzte linke Kante bewies, daß es tatsächlich aus einem Büchlein herausgerissen worden war. Unter dem Datum „März 1869" standen folgende Notizen:

4. Hudson kam. Die alte Linie.
7. Die Kerne an McCauley, Paramore und John Swain aus St. Augustine geschickt.
9. McCauley geflitzt.
10. John Swain geflitzt.
12. Paramore besucht. Erledigt.

„Vielen Dank!" sagte Holmes, faltete den Zettel und gab ihn unserem Besucher zurück. „Und nun dürfen wir unter keinen Umständen auch nur einen einzigen Augenblick Zeit verlieren. Wir haben nicht einmal die Zeit, um über das zu diskutieren, was Sie uns berichtet haben. Sie müssen sich auf der Stelle nach Hause begeben und handeln."

„Was soll ich tun?"

„Nur eins, und das muß unverzüglich geschehen: Legen Sie den Zettel, den Sie mir gezeigt haben, in die besagte Messingkassette. Fügen Sie eine Erklärung bei, daß alle anderen Papiere von Ihrem Onkel verbrannt wurden und dieses Blatt das einzige Überbleibsel ist. Sie müssen diese Erklärung in den nachdrücklichsten, überzeugendsten Worten abfassen. Danach stellen Sie die Kassette, wie verlangt, auf die Sonnenuhr. Haben Sie verstanden?"

„Vollkommen."

„Denken Sie im Augenblick nicht an Rache oder etwas Ähnliches. Ich hoffe, daß wir Ihnen mit den Mitteln des Gesetzes Genugtuung verschaffen können, aber wir haben erst noch unser Netz zu weben, während deren Netz bereits fertig ist. Die erste Aufgabe besteht darin, die Ihnen unmittelbar drohende Gefahr abzuwenden, die zweite heißt, das Rätsel zu lösen und die Schuldigen zu bestrafen."

„Ich danke Ihnen", sagte der junge Mann, der aufstand und in seinen Regenmantel schlüpfte. „Sie haben mir Hoffnung und neuen Mut gegeben. Ich werde Ihren Rat genau befolgen."

„Verlieren Sie keine Zeit. Und vor allem, passen Sie unterdessen gut auf sich auf, denn es kann ja wohl kein Zweifel darüber bestehen, daß Ihnen ganz real und unmittelbar Gefahr droht. Wie fahren Sie zurück?"

„Mit dem Zug von Waterloo."

„Wir haben es noch nicht neun Uhr. Die Straßen werden belebt sein, also hoffe ich, daß Sie sicher sind. Aber dennoch können Sie nicht wachsam genug sein."

„Ich bin bewaffnet."

„Das ist gut. Morgen werde ich Ihren Fall in Angriff nehmen."

„Sie werden also nach Horsham kommen?"

„Nein, der Schlüssel zu diesem Geheimnis liegt in London. Ich werde hier nach ihm suchen."

„Dann melde ich mich in den nächsten Tagen bei Ihnen und teile Ihnen mit, was aus der Kassette geworden ist. Ich werde Ihren Rat in jeder Hinsicht befolgen." Er schüttelte uns die Hand und ging. Draußen heulte noch immer der Wind, und der Regen prasselte und klatschte gegen die Fenster. Es schien, als hätten die tobenden Naturgewalten diese düstere Geschichte ausgespien und wieder verschlungen – wie der Sturm ein Stück Seetang an Bord eines Schiffes schleudert und mit der nächsten Welle fortspült.

Sherlock Holmes blieb eine Weile reglos sitzen, den Kopf gesenkt, den Blick auf die rote Glut des Feuers gerichtet. Dann brannte er sich seine Pfeife an, lehnte sich im Sessel weit zurück und beobachtete, wie die blauen Rauchkringel zur Decke stiegen.

„Ich glaube, Watson", äußerte er schließlich, „daß dieser Fall der phantastischste ist, den wir je hatten."

„Außer dem Zeichen der Vier vielleicht."

„Nun ja, den vielleicht ausgenommen. Trotzdem, dieser John Openshaw befindet sich sicher in noch größerer Gefahr als die Sholtos damals."

„Aber haben Sie denn", fragte ich, „schon eine genauere Vorstellung, worin diese Gefahr besteht? Was bedeutet das Ganze? Wer ist dieser K. K. K., und warum verfolgt er diese unglückliche Familie?"

Sherlock Holmes schloß die Augen, stützte die Ellenbogen auf die Sessellehnen und preßte die Fingerspitzen gegeneinander.

„Wenn man dem idealen Logiker einen einzigen Fakt in allen seinen Bezügen vorlegte, so könnte er daraus nicht nur die Kette von Ereignissen deduzieren, die dazu geführt haben, sondern ebenso auch alle Auswirkungen, die er nach sich ziehen wird. Wie Cuvier aus der Untersuchung eines einzelnen Knochens auf das Aussehen des ganzen Tieres schließen konnte, so dürfte der scharfe Beobachter, der ein Bindeglied in einer Kette von Ereignissen vollständig erfaßt hat, in der Lage sein, alle anderen davor und danach zu bestimmen. Noch besitzen wir aber nicht genügend Anhaltspunkte, um rein logisch weiterarbeiten zu können. Es wurden bereits Fälle theoretisch vom Studierzimmer aus gelöst, welche die praktisch ermittelnden Beamten in Staunen versetzten. Doch um diese Kunst zu beherrschen, muß der Denker in der Lage sein, alle auf ihn einströmenden Fakten souverän zu verwerten, und das bedeutet, wie Sie sicherlich begreifen, daß er ein Universalwissen besitzen muß, was selbst heute, trotz all der offenstehenden Bildungsmöglichkeiten und der Nachschlagwerke, ziemlich unmöglich geworden ist. Nicht unmöglich scheint mir hingegen, daß ein Mensch über das gesamte Wissen verfügt, das er *höchstwahrscheinlich* in seinem Beruf braucht. Ich zumindest habe immer nach diesem Ziel gestrebt. Wenn ich mich recht erinnere, haben Sie einmal, ganz zu Anfang unserer Freundschaft, meine Kenntnisse und Fähigkeiten sehr präzise definiert."

„Ja", antwortete ich lachend, „das war ein einzigartiges Zeugnis. Kenntnisse in Philosophie, Astronomie und Politik gleich Null, erinnere ich mich. Botanik lückenhaft, Geologie zuverlässig – aber nur, was die regionale Herkunft von Schlammspritzern im Umkreis von fünfzig Meilen um die Stadt angeht, Chemie exzentrisch, Anatomie unsystematisch, Kriminalliteratur und -geschichte überdurchschnittlich, ansonsten Geiger, Boxer, Fechter, Rechtsanwalt und potentieller Selbstmörder durch übermäßigen Tabakgenuß. Ich glaube, das waren die hauptsächlichsten Ergebnisse meiner Analyse."

Holmes lächelte über den letzten Punkt. „Und ich kann nur wiederholen", entgegnete er, „was ich auch damals schon gesagt habe: Man sollte sein kleines Oberstübchen im Gehirn nur mit den Möbeln ausstatten, die man höchstwahrscheinlich benutzt, und den Rest kann man getrost in die Rumpelkammer, sprich Bibliothek, verlagern, wo er sich bei Bedarf hervorholen läßt. Nun, bei einem Fall wie dem, der uns heute abend anvertraut wurde, müssen wir ganz sicher alle unsere Reserven nutzen. Reichen Sie mir bitte den Band K der Amerikanischen Enzyklopädie, die neben Ihnen auf dem Wandbrett steht. Danke. Nun wollen wir die Situation einschätzen und überlegen, was sich daraus schlußfolgern läßt. Wir können wohl davon ausgehen, daß Colonel Openshaw einen Grund hatte, Amerika zu verlassen. Menschen seines Alters ändern nicht ohne weiteres alle ihre Gewohnheiten und tauschen das liebliche Klima Floridas gegen das einsame Leben in einer englischen Provinzstadt ein. Seine extreme Menschenscheu in England legt nahe, daß er vor jemandem Angst hatte. Also dürfen wir als Arbeitshypothese formulieren: Er fürchtete denjenigen in England, der ihn aus Amerika vertrieben hatte. Wen er fürchtete, können wir aus den gefährlichen Briefen ableiten, die er und seine Nachfolger erhielten. Haben Sie sich die Poststempel gemerkt?"

„Der erste stammte von Pondicherry, der zweite von Dundee und der dritte von London."

„Vom Londoner East End. Was schließen Sie daraus?"

„Es sind alles Seehäfen. Der Absender war mit einem Schiff unterwegs."

„Ausgezeichnet. Damit haben wir schon einen Anhaltspunkt. Mit an Sicherheit grenzender Wahrscheinlichkeit befand sich der Briefschreiber an Bord eines Schiffes. Und nun untersuchen wir einen anderen Punkt. Bei dem Brief aus Pondicherry vergingen sieben Wochen zwischen der Drohung und dem Mord, bei dem aus Dundee nur drei oder vier Tage. Sagt Ihnen das etwas?"

„Der Mörder mußte eine große Strecke zurücklegen."

„Aber der Brief war auch länger unterwegs."

„Dann muß ich passen."

„Zumindest besteht doch die Möglichkeit, daß das Schiff, auf dem der oder die Mörder sich befinden, ein Segelschiff ist. Es sieht so aus, als hätten sie ihre seltsame Warnung immer abgeschickt, wenn sie in See stachen. Sie sehen, wie schnell die Tat der Ankündigung folgte, als der Brief aus Dundee kam. Wenn Sie von Pondicherry einen Dampfer genommen hätten, dann wären sie fast zur selben Zeit wie ihr Brief eingetroffen. Aber in Wirklichkeit verstrichen sieben Wochen. Ich glaube, diese sieben Wochen ergaben sich aus der Zeitdifferenz zwischen dem Postdampfer, der den Brief nach England beförderte, und dem Segelschiff, das den Briefschreiber herbrachte."

„Das ist möglich."

„Mehr noch, es ist wahrscheinlich. Und nun begreifen Sie auch, wie lebensgefährlich dieser Fall jetzt für unseren Klienten ist und warum ich dem jungen Openshaw einschärfte, wachsam zu sein. Der Schlag ist bisher immer am Ende jener Zeitspanne erfolgt, die der Absender brauchte, um die Entfernung hinter sich zu bringen. Da dieser Brief jedoch aus London kommt, dürfen wir auf keinen Aufschub hoffen."

„Guter Gott!" rief ich aus. „Was kann diese hartnäckige Verfolgung nur bedeuten?"

„Die Papiere, die Openshaw besaß, sind ganz offenbar für die Person oder die Personen auf dem Schiff von großer Bedeutung. Ich glaube, es ist wohl klar, daß es sich um mehrere Personen handeln muß. Ein einzelner hätte keine zwei Morde so inszenieren können, daß den Leichenbeschauern nichts auffiel. Es müssen mehrere beteiligt gewesen sein, und sie müssen sowohl über Entschlossenheit als auch über entsprechende Mittel verfügen. Sie wollen die Papiere haben, wer immer sie auch in den Händen hält. Somit hört K.K.K. auf, die Abkürzung eines Personennamens zu sein und wird zum Zeichen einer Organisation."

„Aber welcher?"

„Haben Sie noch nie etwas", Sherlock Holmes beugte sich vor und dämpfte seine Stimme, „vom Ku Klux Klan gehört?"

„Nein, nie."

Holmes blätterte in dem Buch, das auf seinen Knien lag. „Hier steht es", sagte er im nächsten Moment:

„‚Ku Klux Klan. Ein Name, abgeleitet von der klanglichen Ähnlichkeit mit dem Durchladen eines Gewehrs. Diese furchtbare Geheimorganisation wurde nach dem Bürgerkrieg von ehemaligen konföderierten Soldaten gegründet und bildete rasch örtliche Ausläufer in verschiedenen Teilen des Landes aus, besonders in Tennessee, Louisiana, Carolina und Florida. Ihre Macht benutzte sie zu politischen Zwecken, hauptsächlich, um farbige Wähler zu terrorisieren und solche Personen zu ermorden oder außer Landes zu treiben, die ihren Zielen nicht zustimmten. Ihren Ausschreitungen ging gewöhnlich eine Warnung voran, die dem betreffenden Menschen zugeschickt wurde. Es handelt sich dabei um phantastische, aber allgemein bekannte Symbole: einen Zweig mit Eichenblättern in einigen Regionen, Melonen- oder Apfelsinenkerne in anderen. Wenn das Opfer diese Warnung erhielt, mußte es entweder sein Verhalten ändern oder außer Landes fliehen. Blieb es standhaft, ereilte es unweigerlich der Tod, und zwar gewöhnlich in einer merkwürdigen und unvorhersehbaren Weise.

Die Organisation der Geheimgesellschaft war so perfekt und ihre Methoden so systematisch, daß kaum ein Fall bekannt wurde, in dem einer ihrer erklärten Gegner unbehelligt blieb oder man die Täter ermitteln konnte. Einige Jahre lang florierte die Organisation trotz aller Gegenmaßnahmen seitens der Regierung der Vereinigten Staaten und der fortschrittlichen Bevölkerungsschichten des Südens. Schließlich brach sie recht unvermittelt im Jahre 1869 zusammen; seit diesem Datum konnten nur noch sporadische Aktivitäten dieser Art registriert werden.'

Sie werden bemerken", sagte Holmes, während er den Band beiseite legte, „daß der Zusammenbruch der Geheimorganisation zeitlich mit Openshaws Flucht aus Amerika, bei der er wahrscheinlich deren Unterlagen mitgehen ließ, zusammenfällt. Diese Koinzidenz kann Ursache und Wirkung gewesen sein. Es ist kein Wunder, daß hinter ihm und seiner Familie einige unerbittliche Geister her sind. Man darf annehmen, daß in dem Register und dem Tagebuch die Namen einiger führender Männer der Organisation standen und viele keinen ruhigen Schlaf finden können, bis man die Unterlagen wiederbeschafft hat."

„Dann gehört die Seite, die wir gesehen haben..."

„...zu den Geschäftspapieren des Ku Klux Klan, jawohl. Es hieß dort, wenn ich mich recht entsinne: ‚Die Kerne' – also die Warnung der Organisation – ‚an A, B und C geschickt.' Dann folgen Eintragungen, daß A und B ‚geflitzt' – das heißt außer Landes geflohen – sind. Schließlich wurde C besucht – mit tödlichen Folgen für C, fürchte ich. Nun, Doktor, ich hoffe, wir können etwas Licht in diese dunkle Angelegenheit bringen, und glaube, die einzige Überlebenschance für den jungen Openshaw besteht augenblicklich darin, daß er sich genau an meine Anweisungen hält. Mehr können wir heute abend nicht tun, deshalb reichen Sie mir meine Geige, und lassen Sie uns für eine halbe Stunde das miserable Wetter und das noch miserablere Verhalten unserer Zeitgenossen vergessen."

Am Morgen hatte es sich aufgeklärt, und die Sonne schien gedämpft durch den Rauchschleier, der über der Großstadt hing. Als ich nach unten kam, traf ich Sherlock Holmes bereits beim Frühstück an.

„Sie werden entschuldigen, daß ich nicht auf Sie gewartet habe", sagte er, „aber vor mir liegt ein langer Arbeitstag. Ich muß dem Fall des jungen Openshaw nachgehen."

„Welche Schritte werden Sie unternehmen?"

„Das dürfte sehr stark vom Ergebnis meiner ersten Nachforschung abhängen. Vielleicht muß ich doch noch nach Horsham fahren."

„Wollen Sie das nicht zuerst tun?"

„Nein, ich fange hier in der City an. Sie brauchen nur zu klingeln, dann wird Ihnen das Dienstmädchen den Kaffee bringen."

Während ich auf den Kaffee wartete, nahm ich die eben erst eingetroffene Morgenzeitung vom Tisch und blätterte sie durch. Mein Blick blieb an einer Überschrift hängen, die mir einen Stich ins Herz versetzte.

„Holmes", rief ich aus, „Sie kommen zu spät!"

„Ah!" sagte er und setzte seine Tasse ab, „das habe ich befürchtet. Wie ist es geschehen?" Er sprach ruhig, aber ich sah, daß er zutiefst erschüttert war.

„Ich bin auf den Namen Openshaw unter der Überschrift ‚Tragödie an der Waterloo Bridge' gestoßen. Ich lese Ihnen den Bericht vor:

‚Gestern abend zwischen 21 und 22 Uhr hörte der in der Nähe der Waterloo Bridge diensttuende Polizeikonstabler Cock (Division H) einen Hilferuf und danach das Aufklatschen eines Körpers auf das Wasser. Es war zu jener Zeit jedoch sehr dunkel und stürmisch, so daß es ihm trotz der Hilfe einiger Passanten nicht gelang, den Verunglückten zu retten. Er löste sofort Alarm aus. Die Wasserpolizei konnte schließlich die Leiche eines

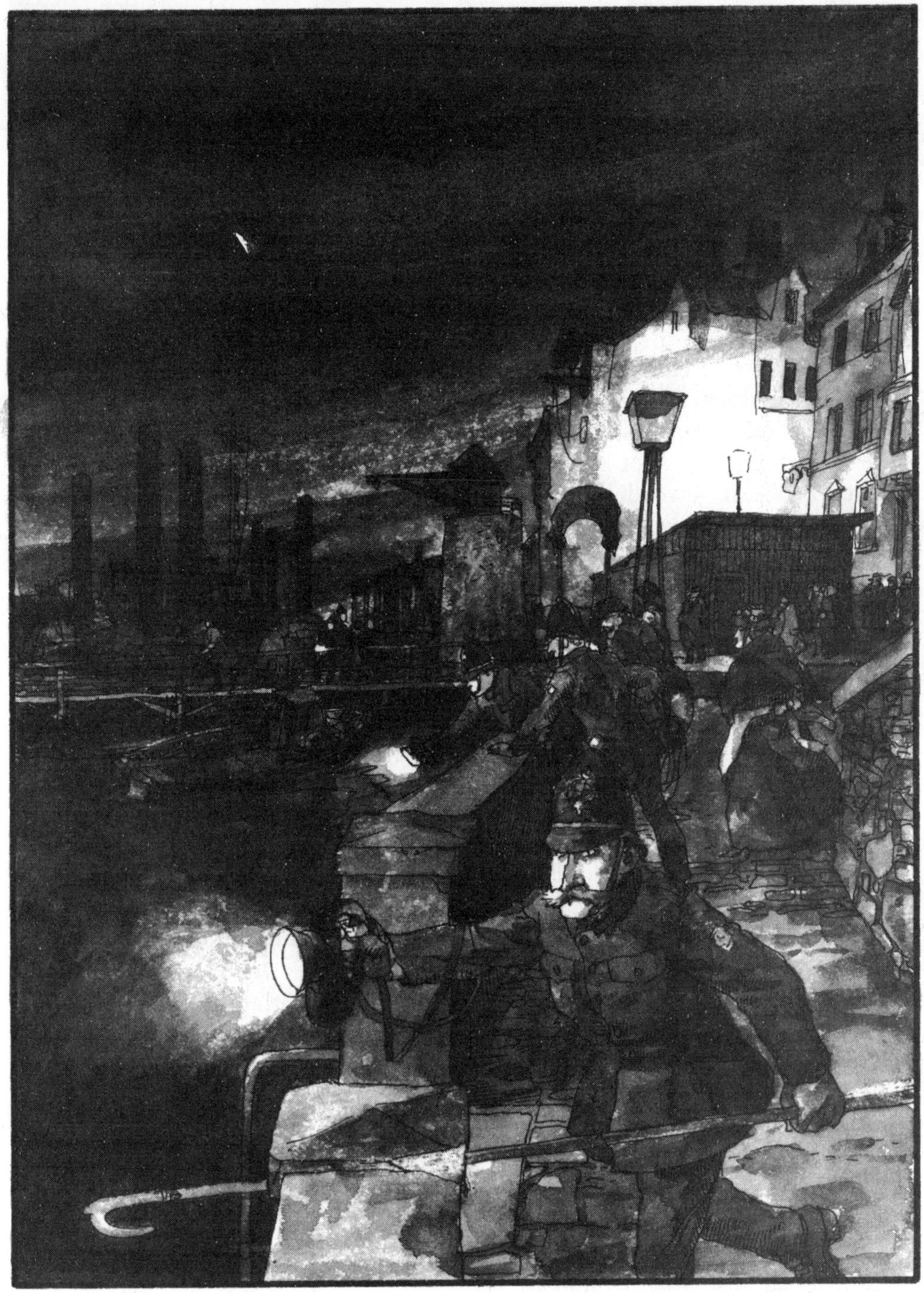

jungen Mannes bergen, der, einem Brief zufolge, den man in seiner Tasche fand, John Openshaw hieß und bei Horsham wohnte.
Die Polizei nimmt an, daß er zur Waterloo Station eilen wollte, um dort den letzten Zug nach Hause zu erreichen, in seiner Hast und wegen der völligen Dunkelheit jedoch den Weg verfehlte und statt dessen auf einen der schmalen Landungsstege für die Flußdampfer geriet, von dem er abstürzte. Der Leichnam wies keinerlei Spuren von Gewaltanwendung auf, weshalb kein Zweifel daran bestehen kann, daß der Verstorbene einem tragischen Unglücksfall zum Opfer fiel, der den Behörden Anlaß sein sollte, dem baulichen Zustand der Landungsstege mehr Aufmerksamkeit zu widmen.'"

Wir verharrten einige Minuten in Schweigen. So bedrückt und erschüttert hatte ich Holmes noch nie gesehen.

„Das kränkt meine Ehre, Watson", sagte er schließlich. „Zweifellos ein kleinliches Gefühl, aber es tut weh. Damit ist der Fall zu meinem persönlichen Problem geworden, und wenn Gott mir Gesundheit schenkt, werde ich die Bande fassen. Er kam zu mir um Hilfe, und ich schickte ihn in den Tod..." Er schnellte aus dem Sessel und lief völlig aufgewühlt im Zimmer umher, seine bleichen Wangen färbten sich langsam vor Zorn, er knetete seine langen dürren Hände.

„Es müssen ganz gerissene Teufel gewesen sein", stieß er endlich hervor. „Wie haben sie ihn bloß dorthin gelockt? Die Anlegestellen liegen doch nicht auf seinem Weg zum Bahnhof. Zweifellos war die Brücke selbst an jenem Abend zu bevölkert für ihr Vorhaben. Na gut, Watson, wir werden sehen, wer auf lange Sicht der Gewinner ist. Ich gehe jetzt."

„Zur Polizei?"

„Nein, ich bin meine eigene Polizei. Wenn ich das Netz gewebt habe, können sie meinetwegen die Fliegen einsammeln, aber nicht eher."

Ich hatte den ganzen Tag in meiner Praxis zu tun, und deshalb kam ich erst spät abends wieder in die Baker Street. Sherlock Holmes war noch nicht heimgekehrt. Erst gegen zehn betrat er das Zimmer; er sah blaß und erschöpft aus. Er ging zum Küchenschrank, riß vom Brotlaib einen Kanten ab, verschlang ihn gierig und spülte mit einem Schluck Wasser nach.

„Sie sind hungrig", bemerkte ich.

„Fast am Verhungern. Das fällt mir erst jetzt auf. Ich habe seit dem Frühstück nichts mehr zu mir genommen."

„Gar nichts?"

„Keinen einzigen Bissen. Ich hatte keine Zeit, daran zu denken."

„Und wie sind Sie vorangekommen?"

„Bestens."

„Sie haben also einen Anhaltspunkt?"

„Ich habe sie alle in meiner Hand. Der junge Openshaw wird nicht lange ungerächt bleiben. Ja, Watson, wir können es ihnen mit gleicher Münze heimzahlen. Es ist alles schon in die Wege geleitet!“

„Was meinen Sie?“

Er holte eine Apfelsine aus dem Küchenschrank, brach sie mittendurch und preßte die Kerne heraus, die auf den Tisch fielen. Davon nahm er fünf und steckte sie in einen Briefumschlag. Auf die Innenseite der Umschlagklappe schrieb er: „S. H. für J. O.“ Dann versiegelte er das Kuvert und adressierte es an „Kapitän James Calhourn, Bark ‚Lone Star‘, Savannah, Georgia“.

„Das findet er vor, sobald er den Hafen erreicht“, sagte er kichernd. „Das dürfte ihm eine schlaflose Nacht bereiten. Er wird merken, daß es für ihn von ebenso schicksalhafter Bedeutung sein wird wie für Openshaw.“

„Wer ist denn dieser Kapitän Calhourn?“

„Der Anführer der Bande. Die anderen kriege ich noch, aber er kommt zuerst dran.“

„Wie haben Sie das alles herausgefunden?“

Er zog ein großes Blatt Papier aus der Tasche, das über und über mit Zahlen und Namen bedeckt war. „Ich habe mich den ganzen Tag“, sagte er, „mit Lloyds Registern und alten Listen beschäftigt und so die Routen jedes einzelnen Seefahrzeuges ermittelt, das Pondicherry zwischen Januar und Februar des Jahres 1883 angelaufen hatte. Insgesamt gab es sechsunddreißig hochseetüchtige Schiffe zu überprüfen. Unter diesen fiel mir die ‚Lone Star‘ sofort auf, denn obwohl als ihr Heimathafen London angegeben war, trägt sie einen Namen, mit dem man einen Staat der USA bezeichnet.“

„Texas, glaube ich.“

„Ich war mir nicht sicher, welcher Staat, aber ich wußte, daß dieses Schiff etwas mit Amerika zu tun haben mußte.“

„Und dann?“

„Dann überprüfte ich die Anlegelisten von Dundee, und als ich feststellte, daß die Bark ‚Lone Star‘ im Januar 1885 dort festgemacht hatte, wurde mein Verdacht zur Gewißheit. Anschließend verschaffte ich mir einen Überblick über die Schiffe, die jetzt im Londoner Hafen liegen.“

„Ja und?“

„Die ‚Lone Star‘ war vorige Woche hier angekommen. Ich ging sofort zum Albert Dock, wo man mir allerdings sagte, daß sie heute früh mit der Morgenflut in Richtung Savannah ausgelaufen ist. Ich telegrafierte nach Gravesend und bekam zur Antwort, daß sie schon vor einiger Zeit vorbeigekommen sei, und da östliche Winde herrschten, muß sie auch bereits die Goodwins passiert haben und in der Nähe der Isle of Wight sein.“

„Was gedenken Sie also zu tun?“

„Oh, sie können mir nicht entkommen. Calhourn und die beiden Maate sind die einzigen Amerikaner an Bord. Soviel konnte ich in Erfahrung bringen. Die anderen sind Finnen und Deutsche. Das weiß ich von dem Staumeister, der die Fracht verlud. Wenn ihr Segelschiff Savannah erreicht, wird der Postdampfer den Brief bereits dorthin befördert haben, und durch mein Telegramm weiß die Polizei von Savannah längst, daß diese drei Gentlemen hier dringend wegen Mordes gesucht werden."

Aber auch der ausgeklügeltste menschliche Plan hat Lücken, und so kam es, daß die Mörder von John Openshaw nie jenen Brief mit den fünf Apfelsinenkernen erhielten, der ihnen klargemacht hätte, daß ihnen ein zumindest ebenso entschlossener und gerissener Mann wie sie auf den Fersen war. Lange und heftig tobten die Äquinoktialstürme in diesem Jahr. Wir warteten vergeblich auf Nachrichten von der ‚Lone Star' aus Savannah. Schließlich hörten wir, daß man einen zerschmetterten Besanmast mit den eingeschnitzten Buchstaben „L. S." in einem Wellental gesichtet hatte, und das ist wohl alles, was wir je über das Schicksal der ‚Lone Star' erfahren werden.

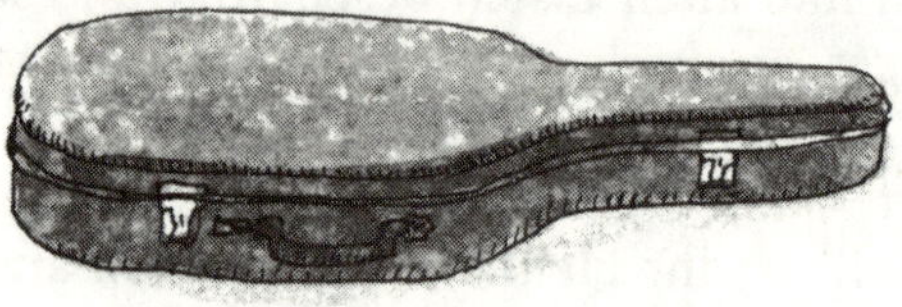

Das Abenteuer mit dem Berylldiadem

Holmes", sagte ich, als ich eines Morgens an unserem Erkerfenster stand und auf die Straße blickte, „da kommt ein Verrückter. Schlimm genug, daß ihn seine Angehörigen allein draußen herumlaufen lassen."

Mein Freund erhob sich gemächlich aus seinem Sessel und blickte mir, die Hände in den Taschen seines Schlafrockes, über die Schulter. Es war ein sonniger, klarer Februarmorgen, der Schnee vom Vortag bedeckte noch unberührt die Erde und schimmerte hell in der Wintersonne. Weiter unten in der Baker Street hatte ihn der Verkehr bereits in ein matschiges braunes Band zerpflügt, aber zu beiden Seiten der Fahrbahn und auf den Schneehaufen des Bürgersteigs sah er noch weiß aus. Das graue Pflaster war zwar gefegt worden, aber dennoch gefährlich glatt, so daß man weniger Passanten als sonst sehen konnte. Tatsächlich kam aus der Richtung der Metropolitain Station nur ein einzelner Passant, dessen ungewöhnliches Gebahren meine Aufmerksamkeit erregt hatte.

Er war ein Mann um die Fünfzig, groß, stattlich, beeindruckend, mit einem massigen, markanten Gesicht und imponierender Gestalt, dunkel und vornehm gekleidet: schwarzer Gehrock, glänzender Hut, saubere braune Gamaschen und gutgeschnittene perlgraue Hosen. Doch seine Bewegungen standen in absurdem Kontrast zur Würde seiner Kleidung und zu den Gesichtszügen, denn er hastete schwerfällig den Bürgersteig entlang, machte gelegentlich einen kleinen Sprung und wirkte dabei wie ein erschöpfter Mann, der es nicht gewohnt ist, seinen Beinen irgendeine Belastung zuzumuten. Beim Laufen ruderte er mit den Händen in der Luft umher, wackelte mit dem Kopf und verzerrte sein Gesicht auf die ungewöhnlichste Weise.

„Was um alles in der Welt ist bloß mit ihm los?" fragte ich. „Er sieht auf die Hausnummern."

„Ich glaube, er kommt zu uns", sagte Holmes und rieb sich die Hände.

„Hierher?"

„Ja, ich vermute, er will mich beruflich konsultieren. Ich kenne die Symptome. Na! Habe ich es nicht gesagt?" Während er noch sprach, war der Mann keuchend und ganz außer Atem zu unserer Tür gestürzt und hatte an der Klingel gezogen. Das ganze Haus hallte von diesem Geläute wider.

Einen Augenblick später stand er, immer noch keuchend und gestikulierend, in unserem Zimmer, aber mit einem so starren Blick voller Kummer und Verzweiflung, daß sich unser Lächeln augenblicklich in Erschrecken und Mitleid verwandelte. Eine Weile konnte er kein Wort herausbringen, dabei schwankte er und raufte sich die Haare wie jemand, der im Begriff ist, den Verstand zu verlieren. Plötzlich sprang er auf und schlug seinen Kopf mit solcher Wucht gegen die Wand, daß wir uns beide auf ihn stürzen und in die Mitte des Zimmers ziehen mußten. Sherlock Holmes drückte ihn in einen Sessel, setzte sich neben ihn, tätschelte seine Hand und plauderte mit ihm in jenem leichten und beruhigenden Ton, auf den er sich so gut verstand.

„Sie sind zu mir gekommen, um mir Ihre Geschichte zu erzählen, nicht wahr?“ sagte er. „Sie sind erschöpft durch die Eile. Warten Sie, bis Sie sich erholt haben, es wird mir dann ein Vergnügen sein, mich mit jedem Problem zu befassen, das Sie mir unterbreiten wollen.“

Eine Minute oder länger saß der Mann so da; seine Brust hob und senkte sich, er kämpfte mit seinen Gefühlen. Dann wischte er sich mit dem Taschentuch über die Stirn, preßte die Lippen aufeinander und wandte uns das Gesicht zu.

„Sie halten mich zweifellos für verrückt“, sagte er.

„Ich sehe, daß Sie große Sorgen haben“, erwiderte Holmes.

„Bei Gott, Sie haben nur zu recht – eine so unerwartete und furchtbare Sorge, daß mein Verstand auszusetzen droht. Öffentliche Schmach hätte ich ertragen können, obwohl ich ein Mann bin, auf dessen Ansehen nie ein Schatten gefallen ist; auch privates Leid trifft jeden, aber wenn beides zusammenkommt, noch dazu in derart schrecklicher Art und Weise, so reicht das, um mich in tiefster Seele zu erschüttern. Außerdem geht es nicht um mich allein. Die vornehmsten Familien im Lande könnten davon betroffen werden, wenn nicht ein Ausweg aus dieser entsetzlichen Situation gefunden wird.“

„Bitte fassen Sie sich, Sir“, sagte Holmes, „und schildern Sie mir präzise, wer Sie sind und was Ihnen widerfahren ist.“

„Mein Name“, antwortete unser Besucher, „ist Ihnen sicherlich vertraut. Ich bin Alexander Holder vom Bankhaus Holder & Stevenson aus der Threadneedle Street.“

Der Name war uns tatsächlich sehr geläufig, gehörte er doch dem älteren Partner des zweitgrößten privaten Bankkonzerns in der Londoner City. Was mochte geschehen sein, daß einer der angesehensten Bürger Londons in diese höchst bemitleidenswerte Lage geraten war? Wir warteten voller Neugier, bis er sich wieder mühsam aufgerafft hatte, um fortzufahren.

„Ich glaube, jede Minute ist kostbar“, begann er, „deshalb eilte ich sofort hierher, als der Polizeiinspektor vorschlug, daß ich mich Ihrer Mitarbeit versichern sollte. Ich nahm die Metro bis zur Baker Street und rannte von dort aus zu Fuß, denn die Taxis fahren bei diesem Schnee zu langsam. Deshalb war ich so außer Atem, denn ich bin ein Mann, der nur sehr mäßige körperliche Anstrengungen verträgt. Ich fühle mich jetzt besser und will Ihnen, so knapp und klar ich kann, die Fakten darlegen.

Es ist Ihnen natürlich bekannt, daß ein erfolgreiches Bankunternehmen sowohl davon abhängt, inwieweit es in der Lage ist, lohnenswerte Investitionen für sein festes Kapital zu finden, als auch davon, wie eine Bank ihre Beziehungen ausbauen und die Zahl ihrer Kunden erhöhen kann. Eins der gewinnbringendsten Mittel des Geldumlaufs besteht in der Vergabe von Darlehen – natürlich nur, wenn entsprechende Sicherheiten vorhanden sind. Während der letzten Jahre haben wir in dieser Hinsicht eine ganze Menge unternommen, und es gibt viele vornehme Familien, denen wir aufgrund solcher Sicherheiten, wie sie Gemälde, Bibliotheken oder silbernes Tafelgeschirr darstellen, große Geldsummen vorschießen konnten.

Gestern morgen nun saß ich in meinem Büro in der Bank, als mir einer meiner Angestellten eine Visitenkarte hereinreichte. Ich erhob mich unwillkürlich, als ich den Namen las, denn es war – nun, vielleicht sollte ich sogar Ihnen gegenüber nicht mehr verraten, als daß es ein Name war, der auf der ganzen Welt recht bekannt ist – einer der höchsten, vornehmsten, erhabensten Namen Englands. Ich war überwältigt von der Ehre und versuchte das auch in Worten auszudrücken, als der Besucher eintrat, aber dieser ging in der Art eines Mannes, der eine unangenehme Aufgabe möglichst schnell hinter sich zu bringen wünscht, sofort zum Geschäftlichen über.

‚Mr. Holder', sagte er, ‚ich habe gehört, daß Sie Geld vorzustrecken pflegen.'

‚Unsere Firma bemüht sich, in dieser Hinsicht tätig zu werden, wenn die Sicherheiten vertretbar sind', antwortete ich.

‚Für mich ist es sehr wichtig', fuhr er fort, ‚daß ich jetzt gleich über fünfzigtausend Pfund verfügen kann. Natürlich könnte ich mir eine derartig unbedeutende Summe auch zehnmal von meinen Freunden leihen, aber ich ziehe es vor, die Angelegenheit auf geschäftlicher Basis abzuwickeln. Sie werden sicher Verständnis dafür haben, daß es in meiner Position unklug wäre, sich jemandem verpflichtet zu fühlen.'

‚Für wie lange, wenn ich fragen darf, benötigen Sie diese Summe?' wollte ich wissen.

‚Nächsten Montag erwarte ich einen größeren Betrag, dann werde ich selbstverständlich das zurückzahlen, was Sie mir vorgestreckt haben, einschließlich aller Zinsen, die zu erheben Sie das Recht haben. Aber es ist für mich außerordentlich wichtig, daß ich sofort über das Geld verfügen kann.'

‚Ich wäre glücklich, wenn ich Ihnen ohne weitere Formalitäten den Betrag aus meiner eigenen Tasche überlassen könnte', sagte ich, ,wenn es nicht eine zu starke Belastung meiner Geldmittel zur Folge hätte. Wenn ich jedoch im Namen der Firma handeln soll, muß ich gerechterweise, auch im Interesse meines Partners, darauf bestehen, daß selbst in Ihrem Fall geschäftsmäßige Vorsichtsmaßnahmen getroffen werden müssen.'

,Ich ziehe vor, daß wir es auf diese Art regeln', entgegnete er darauf und stellte eine quadratische, schwarze marokkanische Kassette auf den Tisch. ,Sie haben zweifellos schon von dem Berylldiadem gehört?'

,Eins der kostbarsten nationalen Kulturgüter des Empire', sagte ich.

,Genau.' Er öffnete die Kassette, und da, in weichen fleischfarbenen Samt gebettet, lag das Meisterstück der Juwelierkunst. ,Es hat neununddreißig außerordenlich große Berylle', sagte er, ,und der Preis für die Goldziselierung ist nicht zu beziffern. Der niedrigste Schätzpreis veranschlagt den Wert des Diadems auf die doppelte Summe, um die ich Sie gebeten habe. Ich bin bereit, es Ihnen als Sicherheit zu überlassen.'

Ich nahm die kostbare Kassette in die Hand und schaute erst sie und dann meinen berühmten Kunden mit einiger Verwirrung an.

,Sie zweifeln an seinem Wert?' fragte er.

,Nein, wirklich nicht. Ich bezweifle nur...'

,...ob es richtig ist, es Ihnen zu überlassen. Sie sollten sich darüber keine Gedanken machen. Ich würde nicht im Traum daran denken, so zu handeln, wäre ich nicht absolut sicher, daß ich in vier Tagen in der Lage bin, es mir zurückzuholen. Eine reine Formsache. Ist die Sicherheit ausreichend?'

,Absolut.'

,Sie verstehen, Mr. Holder, es ist Ihnen gegenüber ein großer Vertrauensbeweis, der sich auf das gründet, was ich über Sie gehört habe. Ich verlasse mich nicht nur auf Ihre Diskretion, um jegliches Gerede in dieser Angelegenheit zu vermeiden, sondern vor allem, um dieses Diadem mit jeder möglichen Vorsichtsmaßregel zu schützen, weil ich wohl nicht zu sagen brauche, daß es einen großen öffentlichen Skandal geben würde, sollte irgend etwas damit passieren. Jede Beschädigung wäre fast so schwerwiegend wie ein vollständiger Verlust, denn auf der ganzen Welt gibt es keine Berylle, die zu diesen passen; es ist unmöglich, sie zu ersetzen. Ich überlasse es Ihnen jedoch in vollstem Vertrauen und werde es am Montag persönlich abholen.'

Da ich merkte, daß mein Kunde in Eile war, sagte ich nichts weiter, sondern rief nach meinem Kassierer und wies ihn an, fünfzig Tausendpfundnoten auszuzahlen. Als ich wieder mit der kostbaren Kassette vor mir auf dem Tisch allein war, konnte ich jedoch an nichts anderes denken als an die ungeheure Verantwortung, die mir das Diadem aufbürdete. Es handelte sich um ein nationales Besitzstück, und zweifellos wäre ein entsetzlicher Skandal die Folge, sollte es abhanden kommen. Ich bedauerte schon, es in meine

Obhut genommen zu haben. Es war jedoch zu spät, die Angelegenheit noch anders zu regeln, also verschloß ich es in meinem Privatsafe und vertiefte mich wieder in meine Arbeit.

Als es Abend wurde, hatte ich das Gefühl, daß es unvorsichtig wäre, ein so kostbares Stück im Büro zurückzulassen. Banksafes sind schon oft aufgebrochen worden. Sollte mir so etwas widerfahren – in welch schrecklicher Situation würde ich mich befinden! Ich beschloß deshalb, die Kassette in den nächsten Tagen ständig bei mir zu tragen, um sie stets in meiner Reichweite zu haben. Ich rief ein Taxi und fuhr hinaus zu meinem Haus in Streatham; die Juwelen hatte ich bei mir. Ich konnte erst wieder frei atmen, als ich sie nach oben gebracht und im Schreibtisch meines Ankleidezimmers eingeschlossen hatte.

Und jetzt noch ein Wort zu meinem Haushalt, Mr. Holmes, denn ich möchte, daß Sie sich ein vollständiges Bild machen. Mein Reitknecht und mein Diener schlafen außerhalb des Hauses und sind nicht von Belang. Ich beschäftige drei Angestellte, die schon seit einigen Jahren bei mir sind und deren Vertrauenswürdigkeit über jeden Verdacht erhaben ist. Dann noch Lucy Parr, das zweite Kammermädchen, Sie ist erst seit ein paar Monaten bei mir. Sie kam jedoch mit einer ausgezeichneten Empfehlung und hat stets zu meiner Zufriedenheit gearbeitet. Sie sieht gut aus und hat eine Menge Verehrer, die gelegentlich bei uns herumlungern, der einzige Nachteil, den wir an ihr feststellen konnten. Dennoch halten wir sie in jeder Hinsicht für ein wirklich gutes Mädchen.

Soweit die Dienerschaft. Meine Familie selbst ist so klein, daß ich nicht viel Zeit benötige, um sie zu beschreiben. Ich bin Witwer und habe einen einzigen Sohn, Arthur. Er ist eine Enttäuschung für mich, Mr. Holmes – eine schmerzliche Enttäuschung. Sicherlich habe ich selbst schuld daran. Die Leute sagen, ich hätte ihn zu sehr verwöhnt. Wahrscheinlich stimmt das auch. Als meine liebe Frau starb, fühlte ich, daß er alles war, was ich liebte. Ich konnte es nicht ertragen, sein Lächeln auch nur einen Augenblick aus seinem Gesicht verschwinden zu sehen. Ich habe ihm nie einen Wunsch abgeschlagen. Vielleicht wäre es für uns beide besser gewesen, wenn ich strenger gehandelt hätte, aber ich meinte es nur gut.

Selbstverständlich sollte er im Geschäft mein Nachfolger werden, aber das Geschäft lag ihm nicht. Er war wild, unberechenbar, und um die Wahrheit zu sagen, ich konnte ihm keine größeren Geldsummen anvertrauen. Er wurde, noch ziemlich jung, Mitglied eines aristokratischen Klubs und war dort bald wegen seiner blendenden Manieren der Vertraute einer Anzahl junger Männer mit dicken Brieftaschen und teuren Gewohnheiten geworden. Er lernte ausgiebig Karten zu spielen und Geld auf dem Turf zu vergeuden. Ein ums andere Mal kam er zu mir und bat mich um einen Zuschuß zu seinem Taschengeld, um seine Ehrenschulden zu begleichen. Er versuchte mehr als einmal, den Kontakt mit der für ihn gefährlichen Gesellschaft abzubrechen, aber jedesmal war der Einfluß seines Freundes Sir George Burnwell so stark, um ihn dorthin zurückzuholen.

Eigentlich wundert es mich nicht, daß ein Mann wie George Burnwell ihn derart stark anzieht. Arthur hat ihn in unser Haus eingeführt, und ich selbst konnte kaum der Faszination seines Wesens widerstehen. Er ist älter als Arthur, ein Mann von Welt bis in die Fingerspitzen; einer, der überall gewesen ist, alles gesehen hat, ein brillanter Erzähler und dazu noch ein Mann von vorzüglichem Aussehen. Doch wenn ich ihn mir ganz nüchtern vor Augen halte, bin ich mehr und mehr davon überzeugt, daß man ihm zutiefst mißtrauen sollte, und zwar wegen seiner zynischen Redeweise und dieses gewissen Flackerns in seinen Augen. Und so denkt auch meine kleine Mary, die den sicheren Scharfblick einer Frau in Fragen des Charakters besitzt.

Jetzt muß ich nur noch sie beschreiben. Sie ist meine Nichte; aber als mein Bruder vor fünf Jahren starb und sie allein auf der Welt zurückließ, adoptierte ich sie und habe sie seitdem als meine Tochter angesehen. Sie wirkt wie ein Sonnenstrahl in meinem Hause – bezaubernd, liebenswert, schön, eine hervorragende Haushälterin und so sanft, wie eine Frau nur sein kann. Sie ist meine rechte Hand. Ich weiß nicht, was ich ohne sie anfangen würde. Nur in einer Sache hat sie sich gegen meinen Wunsch gestellt. Zweimal machte mein Junge ihr einen Antrag, denn er liebt sie abgöttisch, aber jedesmal hat sie ihn abgewiesen. Ich glaube, wenn irgend jemand ihn auf den rechten Weg zurückbringen könnte, dann wäre sie es, und eine Ehe würde sein ganzes Leben verändern; aber leider! Es ist zu spät, für immer zu spät.

Nun, Mr. Holmes, kennen Sie die Menschen, die unter meinem Dach leben, und ich kann mit meiner unglückseligen Geschichte fortfahren.

Als wir an jenem Abend nach dem Essen im Salon unseren Kaffee nahmen, erzählte ich Arthur und Mary von meinem Erlebnis und von dem kostbaren Schatz, den ich unter unserem Dach aufbewahrte, verschwieg aber den Namen meines Kunden. Lucy Parr, die den Kaffee gebracht hatte, war nicht mehr im Zimmer – dessen bin ich sicher; aber ich kann nicht schwören, ob die Tür geschlossen war. Mary und Arthur zeigten sich sehr interessiert und wollten das berühmte Diadem sehen, aber ich hielt es für besser, es nicht anzurühren.

‚Wo hast du es aufbewahrt?' fragte Arthur.

‚In meinem Schreibtisch.'

‚Na, ich hoffe zu Gott, daß heute nacht niemand im Haus einbricht', sagte er.

‚Er ist verschlossen', antwortete ich.

‚Oh, zu diesem Schreibtisch paßt jeder alte Schlüssel. Als ich fast noch ein

Kind war, habe ich ihn schon mit dem Schlüssel von der Gerümpelkammer geöffnet.‘

Er führte oft solche losen Reden, so daß ich das, was er sagte, nicht weiter beachtete. Doch an jenem Abend folgte er mir mit ernstem Gesicht in mein Zimmer.

‚Hör mal, Dad‘, sagte er und schlug die Augen nieder, ‚kannst du mir zweihundert Pfund geben?‘

‚Nein!‘ entgegnete ich scharf. ‚Ich bin dir gegenüber in Geldsachen viel zu großzügig gewesen.‘

‚Du warst immer sehr entgegenkommend‘, sagte er, ‚und ich muß dieses Geld haben, sonst kann ich mich nie wieder im Klub sehen lassen.‘

‚Das wäre nur gut so!‘ rief ich aus.

‚Ja, aber du wirst doch nicht zulassen wollen, daß ich entehrt dort ausscheide‘, sagte er. ‚Ich könnte die Schande nicht ertragen. Ich muß das Geld irgendwie auftreiben, und wenn du es mir nicht gibst, muß ich andere Mittel versuchen.‘

Ich ärgerte mich, denn es war die dritte Geldforderung in diesem Monat. ‚Du bekommst keinen Penny von mir!‘ schleuderte ich ihm entgegen, worauf er sich verbeugte und ohne ein weiteres Wort das Zimmer verließ.

Nachdem er gegangen war, öffnete ich den Schreibtisch, überzeugte mich, daß der Schatz sicher verwahrt dalag, und schloß wieder ab. Dann machte ich einen Rundgang durch das Haus, um nachzuschauen, ob alles abgesperrt war – eine Pflicht, die ich gewöhnlich Mary überlasse, aber die ich in jener Nacht lieber selbst vornehmen wollte. Als ich die Treppe hinunterkam, bemerkte ich, wie Mary das Seitenfenster der Halle schloß und zusperrte.

‚Sag mal, Dad‘, meinte sie und sah dabei, wie mir schien, etwas verwirrt aus, ‚hast du Lucy, unserem Mädchen, heute nacht Ausgang gegeben?‘

‚Natürlich nicht.‘

‚Sie kam eben durch die Hintertür herein. Ich zweifle zwar nicht daran, daß sie nur an die Seitenpforte gelaufen ist, um dort jemanden zu sehen, aber wir müssen das unterbinden.‘

‚Du solltest morgen früh mit ihr darüber sprechen, besser noch, ich werde das übernehmen. Bist du sicher, daß alles abgeschlossen ist?‘

‚Ganz sicher, Dad.‘

‚Dann gute Nacht.‘ Ich küßte sie und ging wieder nach oben in mein Schlafzimmer, wo ich bald einschlief.

Ich bemühe mich, Ihnen all das zu erzählen, was in irgendeinem Zusammenhang zu meinem Fall stehen könnte, Mr. Holmes, doch ich bitte Sie, mich gleich zu fragen, wenn etwas unklar ist.“

„Im Gegenteil, Ihre Ausführungen sind überaus anschaulich.“

„Ich komme jetzt zu dem Teil meiner Geschichte, bei dem ich besonders genau sein möchte. Ich bin kein sehr fester Schläfer, und meine innere Unruhe bewirkte zweifellos, daß ich noch leichter schlief als sonst. Ungefähr gegen zwei Uhr morgens wurde ich durch ein Geräusch im Hause geweckt, das aber aufhörte, bevor ich ganz wach war. Ich hatte den Eindruck gehabt, als ob irgendwo ein Fenster geschlossen worden wäre. Ich lag und lauschte. Plötzlich, zu meinem Entsetzen, vernahm ich deutlich Schritte im Nebenzimmer. Vor Angst zitternd, schlüpfte ich aus dem Bett und blickte vorsichtig hinter die Tür meines Ankleidezimmers.

‚Arthur!' schrie ich. ‚Du Schuft! Du Dieb! Wie kannst du es wagen, das Diadem anzurühren!'

Die Gaslampe leuchtete noch so schwach, wie ich sie heruntergedreht hatte, und mein unglückseliger Junge, nur in Hemd und Hose, stand neben dem Licht und hielt das Diadem in den Händen. Er schien daran herumreißen oder es verbiegen zu wollen. Auf meinen Schrei hin fiel es ihm aus den Händen, und er wurde leichenblaß. Ich hob es schnell auf und untersuchte es. Eine der Goldecken mit drei Beryllen darin fehlte.

‚Du gemeiner Schuft!' schrie ich außer mir vor Wut. ‚Du hast es zerstört! Du hast mich auf ewig entehrt! Wo sind die Juwelen, die du gestohlen hast?'

‚Gestohlen!' rief er.

‚Ja, du Dieb!' brüllte ich und packte ihn an den Schultern.

‚Es fehlen keine. Es können unmöglich welche fehlen', sagte er.

‚Es fehlen drei Stück. Und du weißt, wo sie sind. Du bist nicht nur ein Dieb, sondern auch ein Lügner. Ich habe doch gesehen, wie du versucht hast, noch ein Stück herauszubrechen!'

‚Du hast mich lange genug beschimpft', sagte er, ‚ich halte das nicht länger aus. Ich sage in dieser Angelegenheit kein Wort mehr, da du es vorziehst, mich zu beleidigen. Ich werde morgen früh dein Haus verlassen und meinen eigenen Weg in der Welt machen.'

‚Du wirst es unter Polizeiaufsicht verlassen!' rief ich, halb verrückt vor Kummer und Wut. ‚Ich werde diese Sache gründlich überprüfen lassen.'

‚Von mir wirst du nichts erfahren', sagte er mit einer Ruhe, die ich nicht an ihm kannte. ‚Wenn du es vorziehst, die Polizei einzuschalten, soll sie herausfinden, was sie kann.'

Mittlerweile war das ganze Haus wach geworden, denn in meinem Zorn hatte ich laut gebrüllt. Mary kam als erste in mein Zimmer geeilt, und beim Anblick des Diadems und von Arthurs Gesicht ahnte sie schon die ganze Geschichte. Mit einem Schrei sank sie bewußtlos zu Boden. Ich schickte das Hausmädchen nach der Polizei. Als der Inspektor und ein Schutzmann das Haus betraten, fragte mich Arthur, der trotzig mit verschränkten Armen im Zimmer stand, ob ich beabsichtige, ihn wegen Diebstahls anzuklagen. Ich antwortete, daß der Fall keine private Affäre mehr sei, sondern zu einer öffentlichen Angelegenheit geworden wäre, da das beschädigte Diadem ein nationales Kulturgut sei. Ich war entschlossen, dem Gesetz in jeder Hinsicht Genüge zu tun.

‚Aber du wirst mich wohl doch nicht sofort verhaften lassen', sagte Arthur. ‚Es wäre sowohl zu deinem als auch zu meinem Vorteil, wenn ich das Haus für fünf Minuten verlassen könnte.'

‚Damit du verschwindest oder das verstecken kannst, was du gestohlen hast', erwiderte ich. Und dann, als mir klar wurde, in welch entsetzliche Lage ich gebracht worden war, flehte ich ihn an zu bedenken, daß nicht allein meine Ehre auf dem Spiel stehe, sondern die einer weitaus höhergestellten Persönlichkeit; daß er einen Skandal heraufbeschwöre, welcher die Nation erschüttern würde. Er könne all das vermeiden, wenn er mir erzählte, was er mit den drei fehlenden Beryllen gemacht habe.

‚Der Fall ist eindeutig', sagte ich, ‚du bist bei der Tat erwischt worden, und auch ein Geständnis könnte deine Schuld nicht verringern. Aber wenn du wieder etwas gutmachen willst, dann erzählst du uns, wo die Berylle sind, und alles soll vergeben und vergessen sein.'

‚Heb dir deine Vergebung für die auf, die dich darum bitten', erwiderte er und wandte sich spöttisch lächelnd von mir ab. Ich merkte, daß er gegenüber jedem meiner Worte, die ihn zu beeinflussen suchten, unempfindlich blieb. Es gab nur noch einen Weg für mich. Ich rief den Inspektor herein und ließ Arthur verhaften. Nicht nur er wurde sogleich durchsucht, sondern auch sein Zimmer und jeder Winkel des Hauses, in dem er möglicherweise die Edelsteine hätte verstecken können; aber weder fand man eine Spur von ihnen, noch wollte der verstockte Junge trotz all unserer Beschwörungen und Drohungen den Mund aufmachen. Heute morgen ist er ins Gefängnis übergeführt worden, und ich bin, nachdem ich sämtliche Formalitäten auf der Polizei über mich habe ergehen lassen, zu Ihnen geeilt, um Sie zu beschwören, Ihr ganzes Können einzusetzen, um den Fall aufzuklären. Die Polizei hat offen eingestanden, daß sie im Augenblick aus der Sache nicht klug wird. Sie können jede Forderung stellen, die Sie für notwendig erachten. Ich habe bereits eine Belohnung von tausend Pfund ausgesetzt. Mein Gott, was soll ich nur tun! Ich habe in einer Nacht meine Ehre, die Edelsteine und meinen Sohn verloren. Was soll ich nur tun?"

Er preßte beide Hände an den Kopf, schwankte mit seinem Körper vor und zurück und jammerte wie ein Kind, dessen Kummer sich nicht mit Worten ausdrücken läßt.

Sherlock Holmes saß einige Minuten stillschweigend da, die Augenbrauen zusammengekniffen, den Blick starr auf das Feuer gerichtet.

„Empfangen Sie viel Gesellschaft?" fragte er.

„Niemanden weiter außer meinem Partner und dessen Familie, gelegentlich auch einen von Arthurs Freunden. In letzter Zeit war Sir George Burnwell mehrere Male zu Gast. Weiter niemand, glaube ich.“

„Gehen Sie oft zu Gesellschaften?“

„Arthur schon. Mary und ich bleiben zu Hause. Wir machen uns beide nichts daraus.“

„Das ist ungewöhnlich für ein junges Mädchen.“

„Sie gehört zu den ruhigen Naturen. Außerdem, so jung ist sie gar nicht mehr. Sie ist vierundzwanzig.“

„Diese Angelegenheit scheint sie, wie Sie selbst gesagt haben, ebenfalls sehr erschüttert zu haben.“

„Furchtbar erschüttert. Sie ist noch betroffener als ich.“

„Keiner von Ihnen hegt Zweifel an der Schuld Ihres Sohnes?“

„Wie könnten wir, wo ich doch mit eigenen Augen gesehen habe, daß er das Diadem in Händen hielt.“

„Das ist aber kaum ein entscheidender Beweis. War das, was vom Diadem übriggeblieben ist, beschädigt?“

„Ja, es war verbogen.“

„Glauben Sie nicht, daß er versucht haben könnte, es geradezubiegen?“

„Gott bewahre! Sie tun für ihn und für mich, was Sie können. Aber die Sache ist zu schwerwiegend. Was hatte er dort schließlich zu suchen? Wenn er unschuldig war, weshalb hat er es dann nicht gesagt?“

„Genau. Und wenn er schuldig war, weshalb hat er nicht eine Lüge erfunden? Sein Schweigen scheint in jeder Hinsicht gravierend. Es gibt mehrere merkwürdige Indizien in diesem Fall. Was hielt die Polizei von dem Geräusch, das Sie geweckt hat?“

„Sie glaubte, das könnte durch Arthur verursacht worden sein, als er die Tür seines Schlafzimmers schloß.“

„Eine mögliche Erklärung! Als ob ein Mann, der ein Verbrechen im Schilde führt, seine Tür zuschlagen würde, so daß das ganze Haus erwacht. Was sagte sie dann zum Verschwinden der Edelsteine?“

„Sie ist noch dabei, die Fußbodenbretter zu untersuchen und auch die Möbel, in der Hoffnung, sie dort zu finden.“

„Hat sie außerhalb des Hauses gesucht?“

„Ja. Man hat außerordentlich viel Sorgfalt darauf verwandt. Der ganze Garten wurde bis in den letzten Winkel durchforscht.“

„Nun ja, Verehrtester“, sagte Holmes, „es wird Ihnen wohl klar sein, daß dieser Fall sehr viel tiefer geht, als Sie oder die Polizei zunächst annehmen konnten. Für Sie scheint es ein eindeutiger Fall zu sein, ich halte ihn für außerordentlich kompliziert. Überlegen Sie, was Ihre Thorie bedeutet. Sie gehen davon aus, daß Ihr Sohn aus seinem Schlafzimmer herunterkam, unter großem Risiko in Ihr Ankleidezimmer ging, die Tür Ihres Schreibtisches öffnete, das Diadem herausnahm, unter großer Anstrengung ein kleines Stück davon abbrach, damit irgendwo hinging, drei Juwelen von neununddreißig mit solcher Geschicklichkeit versteckte, daß sie bis jetzt niemand finden konnte, dann mit den verbleibenden sechsunddreißig in das Zimmer zurückkehrte, in dem er sich der größten Gefahr aussetzte, entdeckt zu werden. Und nun frage ich Sie, ist diese Theorie überzeugend?"

„Aber welche andere gibt es denn?" rief der Bankier verzweifelt. „Wenn seine Motive redlicher Art waren, weshalb erklärt er sie uns nicht?"

„Das herauszufinden wird unsere Aufgabe sein", erwiderte Holmes, „also, wenn es Ihnen recht ist, Mr. Holder, brechen wir zusammen nach Streatham auf und opfern eine Stunde, um uns ein wenig näher mit den Details vertraut zu machen."

Mein Freund bestand darauf, daß ich sie bei ihrem Unternehmen begleitete, und da meine Neugier und Anteilnahme durch die Geschichte, die wir gehört hatten, geweckt waren, stimmte ich nur zu gern zu. Ich gestehe, daß ich genauso überzeugt von der Schuld des Bankierssohnes war wie sein unglücklicher Vater, aber letztlich hatte ich doch großes Zutrauen zu Holmes' Urteilskraft und das Gefühl, es müsse noch Grund zur Hoffnung bestehen, solange er mit der gegebenen Erklärung unzufrieden war. Auf dem ganzen Weg zu dem südlichen Vorort sprach er kaum ein Wort, saß jedoch da, das Kinn auf der Brust und den Hut in die Augen gezogen, in tiefe Nachdenklichkeit versunken. Unser Klient schien frischen Mut geschöpft zu haben bei dem kleinen Hoffnungsschimmer, der ihm angeboten worden war, und er begann mit mir sogar ein flüchtiges Gespräch über seine geschäftlichen Angelegenheiten. Eine schnelle Eisenbahnfahrt und ein anschließender kurzer Spaziergang führten uns nach Fairbank, dem bescheidenen Anwesen des großen Finanziers.

Fairbank war ein gutaussehendes quadratisches weißes Steinhaus, das ein wenig abseits der Straße stand. Eine doppelte Kutschenauffahrt mit einem Streifen schneebedeckten Rasens dazwischen führte zu zwei großen Eisentoren, die den Eingang versperrten. Auf der rechten Seite der Auffahrt befand sich ein kleines Gestrüpp, das an einem engen Pfad mündete, der sich zwischen zwei gepflegten Hecken von der Straße bis zur Küchentür hinzog und den Dienstboteneingang bildete. Links führte ein schmaler Heckenweg zu den Ställen; der Weg gehörte eigentlich schon nicht mehr zum Grundbesitz, sondern bildete, wenn auch von der Öffentlichkeit wenig benutzt, einen Durchgang. Holmes ließ uns vor dem Tor stehen und ging langsam um das ganze Haus herum, erst an der Vorderseite, dann den Dienstbotenweg entlang und weiter durch den Garten bis zum Stallweg auf der anderen Seite. Er beschäftigte sich so eingehend mit dem Gelände, daß Mr. Holder und ich inzwischen das Haus betraten, ins Wohnzimmer gingen und am Kamin auf seine Rückkehr warteten. Wir saßen schweigend dort, als sich die Tür öffnete und ein junges Mädchen hereintrat. Sie war etwa mittelgroß, schlank, mit dunklen Haaren und Augen, die aufgrund der absoluten Blässe ihrer Haut noch dunkler erschienen. Ich glaube nicht, daß ich jemals zuvor eine solche Totenblässe im Gesicht einer Frau gesehen habe. Auch ihre Lippen waren blutleer, die Augen vom Weinen gerötet. Als sie schweigend ins Zimmer trat, beeindruckte sie mich, da sie anscheinend noch stärker litt als der Bankier. Das Leid wirkte um so eindringlicher bei ihr, da sie offensichtlich eine Frau von starkem Charakter war, die über die Fähigkeit zur Selbstbeherrschung verfügte. Meine Anwesenheit nicht weiter beachtend, ging sie direkt auf ihren Onkel zu und strich ihm in einer zärtlichen weiblichen Liebkosung mit der Hand über den Kopf.

„Du hast doch Anweisung gegeben, daß Arthur freigelassen wird, nicht wahr, Dad?" fragte sie.

„Nein, nein, mein Mädchen, die Angelegenheit muß gründlich untersucht werden."

„Aber ich bin überzeugt, daß er unschuldig ist. Du weißt doch, daß Frauen ein Gefühl dafür haben. Ich bin sicher, daß er nichts Unrechtes getan hat und daß es dir leid tun wird, so streng an ihm gehandelt zu haben."

„Warum schweigt er dann, wenn er unschuldig ist?"

„Wer weiß? Vielleicht, weil er so zornig darüber war, daß du ihn verdächtigen konntest."

„Was sollte ich anderes tun? Er stand schließlich vor mir und hatte das Diadem in Händen."

„Aber er hatte es doch nur aufgehoben, um es sich anzusehen. Wirklich, glaub mir, er ist unschuldig. Laß die Sache auf sich beruhen und sag nichts weiter. Es ist so schrecklich, daran denken zu müssen, daß unser lieber Arthur im Gefängnis ist."

„Ich werde die Sache nicht eher ruhen lassen, bis die Edelsteine gefunden sind – nicht eher, Mary! Deine Zuneigung zu Arthur macht dich blind gegenüber den entsetzlichen Konsequenzen, die das für mich hat. Ich bin weit davon entfernt, die Dinge zu vertuschen, deshalb habe ich einen Gentleman aus London mit hergebracht, der sich genauer mit der Sache befassen wird."

„Diesen Gentleman?" fragte sie und blickte sich nach mir um.

„Nein, seinen Freund. Er wollte, daß wir ihn allein lassen. Im Augenblick ist er hinten bei den Ställen."

„Auf dem Stallweg?" Sie hob ihre dunklen Augenbrauen. „Was hofft er dort zu finden? Ah, das ist er, nehme ich an. Ich vertraue darauf, Sir, daß Sie Erfolg haben werden, das zu beweisen, wovon ich überzeugt bin: daß mein Cousin Arthur tatsächlich unschuldig an diesem Verbrechen ist."

„Ich bin völlig Ihrer Meinung, und genau wie Sie glaube ich, daß wir das beweisen können", entgegnete Holmes und trat noch einmal zurück, um sich den Schnee von den Schuhen zu klopfen. „Ich glaube, ich habe die Ehre, mit Miß Mary Holder zu sprechen. Darf ich Ihnen ein oder zwei Fragen stellen?"

„Ja bitte, Sir. Wenn es hilft, diese schreckliche Affäre aufzuklären."

„Sie selbst haben in der letzten Nacht nichts gehört?"

„Nichts bis auf die laute Stimme meines Onkels. Daraufhin kam ich herunter."

„Sie hatten die Fenster und Türen vorige Nacht verschlossen. Haben Sie alle Fenster zugesperrt?"

„Ja."

„Waren sie heute morgen auch alle zu?"

„Ja."

„Sie haben ein Hausmädchen, das einen Liebhaber hat. Ich glaube, daß Sie Ihrem Onkel gegenüber bemerkten, daß diese draußen gewesen sei, um sich mit ihm zu treffen?"

„Ja, und sie war auch diejenige, die im Wohnzimmer wartete und die Onkels Bemerkungen über das Diadem gehört haben könnte."

„Ich verstehe. Ich schließe daraus, daß sie hätte hinausgehen können, um ihrem Liebhaber davon zu erzählen, und daß die beiden den Raub geplant haben könnten."

„Aber was haben denn all diese vagen Theorien für einen Sinn!" rief der Bankier ungeduldig dazwischen. „Ich erzählte Ihnen doch, daß ich Arthur mit dem Diadem in der Hand sah."

„Gedulden Sie sich ein wenig, Mr. Holder. Wir müssen noch einmal darauf zurückkommen. Was dieses Mädchen betrifft, Miß Holder, Sie sahen sie, wie sie durch die Küchentür zurückkam, nehme ich an?"

„Ja, als ich mich davon überzeugte, daß die Tür zur Nacht abgeschlossen ist, bin ich ihr begegnet. Ich habe auch den Mann in der Dunkelheit gesehen."

„Kennen Sie ihn?"

„O ja. Es ist der Gemüsehändler, der uns beliefert. Sein Name ist Francis Prosper."

„Er stand", sagte Holmes, „etwas links neben der Tür – das heißt den Weg weiter hoch als notwendig, um zur Tür zu kommen?"

„Ja, genau."

„Und er ist ein Mann mit einem Holzbein."

Etwas wie Angst flackerte in den ausdrucksvollen Augen der jungen Lady auf. „Aber ja, Sie sind ja ein Hellseher", sagte sie. „Woher wissen Sie das?" Sie lächelte, fand jedoch in Holmes' hagerem, eifrigem Gesicht kein Echo.

„Es wäre schön, wenn ich jetzt nach oben gehen könnte", meinte er. „Vorher will ich jedoch noch einen Blick auf die unteren Fenster werfen."

Rasch ging er von einem zum anderen und verweilte nur am größeren, das von der Halle zum Stallweg hinausführte. Er öffnete es und unterzog das Fensterbrett einer sehr gründlichen Untersuchung mit seiner mächtigen Lupe. „Jetzt können wir nach oben gehen", sagte er schließlich.

Der Ankleideraum des Bankiers war ein schlicht möbliertes kleines Zimmer mit grauem Teppich, einem großen Schreibtisch und einem hohen Spiegel. Holmes trat zuerst an den Schreibtisch und untersuchte dessen Schloß.

„Mit welchem Schlüssel wurde er geöffnet?" fragte er.

„Mit jenem, auf den mein Sohn selbst hinwies – dem vom Schrank der Gerümpelkammer."

„Haben Sie ihn hier?"

„Dort auf dem Toilettentisch liegt er."

Sherlock Holmes nahm ihn und öffnete damit mühelos den Schreibtisch. „Das Schloß schließt leise", stellte er fest. „Kein Wunder, daß Sie dadurch nicht geweckt wurden. Diese Kassette, nehme ich an, enthält das Diadem. Wir müssen es uns ansehen." Er öffnete die Kassette, nahm das Diadem heraus und legte es auf den Tisch. Es gab ein prachtvolles Zeugnis von der Juwelierkunst, und die sechsunddreißig Steine waren die schönsten, die ich jemals gesehen habe. Auf der einen Seite der Krone hatte der Dieb eine Ecke abgebrochen, und ein Bogen der Fassung, an dem drei Edelsteine befestigt gewesen waren, fehlte.

„Nun, Mr. Holder", sagte Holmes, „hier haben wir die Ecke der Fassung, die genau jener entspricht, die unglücklicherweise verlorenging. Darf ich Sie bitten, diese abzubrechen?"

Der Bankier schreckte voller Entsetzen zurück. „Ich denke nicht im Traum daran, so etwas zu versuchen", sagte er.

„Dann tue ich es." Holmes setzte all seine Kraft ein, um die Ecke zu verbiegen, jedoch ohne Erfolg. „Ich spüre, daß es ein bißchen nachgibt", sagte er, „aber obwohl ich ungewöhnlich viel Kraft in den Fingern habe, würde es mich einige Zeit kosten, es zu zerbrechen. Ein normaler Mensch schafft das nicht. Und was glauben Sie, würde passieren, wenn ich es zerbräche, Mr. Holder? Es gäbe ein Geräusch wie ein Pistolenschuß. Wollen Sie mir erzählen, daß dies alles in unmittelbarer Nähe Ihres Bettes geschehen ist, ohne daß Sie etwas davon gehört hätten?"

„Ich weiß nicht, was ich glauben soll. Mir ist das alles unbegreiflich."

„Nun, vielleicht können wir noch Klarheit in die Sache bringen. Was denken Sie, Miß Holder?"

„Ich muß gestehen, daß ich die Verwirrung meines Onkels teile."

„Ihr Sohn hatte weder Schuhe noch Hausschuhe an, als Sie ihm gegenüberstanden?“

„Er trug nichts weiter als Hemd und Hose.“

„Danke. Wir haben ganz außerordentliches Glück gehabt bei dieser Untersuchung, und wir wären gewiß selber schuld, sollten wir den Fall nicht erfolgreich abschließen. Mit Ihrer Erlaubnis, Mr. Holder, werde ich jetzt draußen meine Erkundungen fortsetzen.“

Er ging allein, da er meinte, daß unnötige Fußspuren seine Aufgabe nur erschweren könnten. Er arbeitete eine Stunde lang oder mehr und kehrte schließlich mit schneebeladenen Füßen und einem so undurchdringlichen Gesicht wie immer zurück.

„Ich denke, jetzt habe ich alles gesehen, was es zu sehen gibt, Mr. Holder“, sagte er, „und ich kann am meisten für Sie tun, wenn ich jetzt in meine Wohnung zurückkehre.“

„Aber die Edelsteine, Mr. Holmes, wo sind sie?“

„Ich weiß es nicht.“

Der Bankier rang die Hände. „Ich werde sie nie wieder zu Gesicht bekommen!“ rief er aus. „Und mein Sohn? Machen Sie mir Hoffnungen?“

„Meine Meinung hat sich in dieser Hinsicht nicht geändert.“

„Dann, um Gottes willen, was ist das für eine dunkle Sache, die sich letzte Nacht in meinem Hause abgespielt hat?“

„Wenn Sie mich morgen früh zwischen neun und zehn in meiner Wohnung in der Baker Street aufsuchen, tue ich alles, was in meiner Macht steht, um das aufzuklären. Ich nehme an, daß Sie mir freie Hand geben, um in Ihrem Sinne zu handeln, vorausgesetzt natürlich, daß ich die Edelsteine zurückbekomme und Sie die Summe, die ich dazu benötige, nicht begrenzen.“

„Ich würde Ihnen ein Vermögen geben, um sie zurückzubekommen.“

„Sehr gut. Ich werde mir die Sache inzwischen durch den Kopf gehen lassen. Auf Wiedersehen, es ist durchaus möglich, daß ich noch vor dem Abend wieder bei Ihnen vorbeischauen muß.“

Mir war klar, daß sich mein Freund ein Bild von dem Fall gemacht hatte; die Schlußfolgerungen, die er jedoch daraus gezogen hatte, waren ergiebiger, als ich auch nur zu ahnen wagte. Auf unserer Rückfahrt versuchte ich mehrmals, ihn über diesen Punkt auszuhorchen, aber er wich stets auf andere Gesprächsthemen aus, bis ich schließlich verzweifelt aufgab. Es war noch nicht ganz drei Uhr, als wir uns wieder in unserer Wohnung befanden. Er eilte in sein Zimmer und kam nach wenigen Minuten, wie ein gewöhnlicher Tagedieb gekleidet, wieder. Den Kragen hochgestellt, in einem speckigen, schäbigen Mantel, mit rotem Schal und in abgetragenen Schuhen war er ein mustergültiges Beispiel.

„Ich glaube, so geht geht es“, sagte er und blickte in den Spiegel über dem

Kamin. „Ich wünschte mir nur, daß Sie mitkommen könnten, Watson, aber ich fürchte, das geht nicht. Vielleicht habe ich in diesem Fall eine Spur, vielleicht jage ich auch nur einem Trugbild nach, jedenfalls werde ich bald wissen, woran wir sind. Ich hoffe, daß ich in ein paar Stunden zurück sein werde.“ Er schnitt sich eine Scheibe Fleisch von dem Braten ab, der auf dem Büfett stand, belegte damit zwei Schnitten Brot und machte sich, nachdem er dieses frugale Mahl in seinen Taschen verstaut hatte, auf zu seiner Expedition.

Ich hatte gerade meinen Tee ausgetrunken, als er zurückkam, offensichtlich in ausgezeichneter Laune, denn er schwang einen alten Gummistiefel in der Hand, den er in eine Ecke warf, bevor er sich eine Tasse Tee eingoß.

„Ich wollte nur mal kurz hereinschauen, als ich hier vorbeikam“, sagte er. „Ich gehe gleich wieder.“

„Wohin?“

„Ach, ans andere Ende von West End. Es kann eine Zeit dauern, bis ich zurück bin. Bleiben Sie meinetwegen nicht auf, wenn es spät werden sollte.“

„Wie kommen Sie voran?“

„So lala. Ich kann mich nicht beklagen. Ich bin inzwischen in Streatham gewesen, habe aber nicht ins Haus geschaut. Es ist ein ganz entzückendes kleines Problem, und ich möchte nichts davon versäumen. Doch ich sollte hier nicht herumsitzen und plaudern, sondern lieber diese unanständigen Sachen ausziehen und mich wieder in die Person verwandeln, die ich bin.“

An der Art, wie er sich aufführte, konnte ich erkennen, daß er zufriedener war, als er mit Worten angedeutet hatte. Seine Augen blitzten, und auf seinen blassen Wangen war sogar ein Schimmer Rot zu sehen. Er eilte nach oben, und einige Minuten später hörte ich das Klappen der Eingangstür, das mir verriet, daß er erneut auf einer seiner kongenialen Jagden war.

Ich wartete bis Mitternacht, aber es gab keinerlei Anzeichen für seine Rückkehr, deshalb zog ich mich in mein Zimmer zurück. Es war nicht ungewöhnlich, daß er tage- und nächtelang fortblieb, wenn er eine heiße Spur verfolgte, deshalb war auch seine Verspätung für mich keine Überraschung. Ich weiß nicht, wann er nach Hause kam, aber als ich morgens zum Frühstück hinunterging, stand er bereits vor mir, eine Tasse Kaffee in der einen Hand, in der anderen die Zeitung, frisch wie immer.

„Entschuldigen Sie, daß ich ohne Sie angefangen habe, Watson“, sagte er, „aber Sie werden sich sicher erinnern, daß wir heute morgen eine ziemlich frühe Verabredung mit unserem Klienten haben.“

„Wieso, es ist jetzt kurz nach neun“, antwortete ich. „Ich glaube, es hat geklingelt. Sollte mich nicht wundern, wenn er das ist.“

Herein kam tatsächlich unser Freund, der Bankier. Ich war erschrocken über die Veränderung, die mit ihm vor sich gegangen war, denn sein Gesicht, das normalerweise breitflächig und massig war, sah jetzt verkniffen und eingefallen aus, und auch sein Haar schien um eine Schattierung weißer geworden zu sein. Mühselig und teilnahmslos trat er herein, was noch schmerzlicher wirkte als seine Heftigkeit gestern morgen. Schwerfällig fiel er in den Sessel, den ich ihm hingeschoben hatte.

„Ich weiß nicht, was ich getan habe, daß ich so schwer gestraft werde", sagte er. „Vor zwei Tagen noch war ich ein glücklicher und erfolgreicher Mann ohne irgendwelche Sorgen. Nun bleibt mir nur ein einsames entehrtes Alter. Ein Kummer nach dem anderen. Meine Nichte Mary hat mich verlassen."

„Sie verlassen?"

„Ja. Ihr Bett war heute morgen unberührt, ihr Zimmer leer, und auf dem Tisch in der Diele lag ein Brief für mich. Gestern abend hatte ich ihr mehr aus Kummer als aus Ärger gesagt, wenn sie meinen Jungen geheiratet hätte, wäre alles gut mit ihm geworden. Vielleicht war es gedankenlos von mir, so etwas zu sagen, denn auf diese Bemerkung bezieht sie sich in diesem Brief:

„Mein liebster Onkel,
ich fühle, daß ich Dir nur Kummer gemacht habe und daß dieses schreckliche Unglück nie geschehen wäre, wenn ich mich anders verhalten hätte. Mit dieser Gewissenslast kann ich unter Deinem Dach nie wieder glücklich sein, und ich fühle, daß ich Dich für immer verlassen muß. Mach Dir keine Sorgen um meine Zukunft, denn dafür ist gesorgt; vor allem, such nicht nach mir, denn das wird vergebliche Mühe sein, und Du würdest mir damit keinen guten Dienst erweisen. Im Leben wie im Tode bleibe ich immer

Deine Dich liebende Mary"

„Was will sie mit diesem Brief sagen, Mr. Holmes? Glauben Sie, daß er auf Selbstmord hinweist?"

„Nein, nein, nichts dergleichen. Das ist vielleicht die bestmögliche Lösung. Ich bin fest davon überzeugt, Mr. Holder, daß Sie sich dem Ende Ihrer Sorgen nähern."

„Ha! Was sagen Sie da! Sie haben etwas gehört, Mr. Holmes, Sie haben etwas erfahren! Wo sind die Edelsteine?"

„Glauben Sie, daß tausend Pfund je Stück eine unbotmäßige Summe dafür wären?"

„Ich würde zehnmal soviel bezahlen."

„Das wird nicht nötig sein. Mit dreitausend ist die Angelegenheit abgetan, und ich nehme an, es gibt eine kleine Belohnung. Haben Sie Ihr Scheckbuch? Hier ist ein Federhalter. Stellen Sie ihn lieber auf viertausend Pfund aus."

Mit verwirrtem Gesicht stellte der Bankier den geforderten Scheck aus.

Holmes ging zu seinem Schreibtisch hinüber, nahm ein kleines dreieckiges Stück Gold mit drei Edelsteinen darin heraus und legte es auf den Tisch. Mit einem Freudenschrei riß es unser Klient an sich.

„Sie haben es!" Er keuchte. „Ich bin gerettet! Ich bin gerettet!"

Der Freudenausbruch war so leidenschaftlich wie vorher sein Kummer. Pathetisch drückte er die wiedergefundenen Juwelen an seine Brust.

„Es gibt noch etwas, was Sie schulden, Mr. Holder", sagte Sherlock Holmes ziemlich ernst.

„Schulden!" Er griff wieder zum Federhalter. „Nennen Sie die Summe, und ich werde sie zahlen."

„Nein, mir schulden Sie nichts. Aber jenem prächtigen Burschen, ihrem Sohn, schulden Sie ganz einfach Ihre Verzeihung. Er hat sich in dieser Angelegenheit so fabelhaft verhalten, daß ich stolz auf solch einen Sohn wäre, sollte ich jemals einen haben."

„Dann war es nicht Arthur, der sie gestohlen hat?"

„Ich sagte es gestern schon und wiederhole es heute wieder, daß er es nicht war."

„Sie sind davon überzeugt! Dann wollen wir sofort zu ihm eilen und ihn wissen lassen, daß die Wahrheit entdeckt ist."

„Er kennt sie bereits. Als ich den Fall aufgeklärt hatte, sprach ich mit ihm, und da ich merkte, daß er mir die Geschichte nicht erzählen würde, tat ich es, woraufhin er gestehen mußte, daß ich recht hatte, und er fügte noch einige kleine Details hinzu, die mir nicht so ganz klar waren. Ihre Neuigkeiten von heute morgen werden ihm vielleicht die Lippen öffnen."

„Um Himmels willen, Mr. Holmes, sagen Sie mir doch, was ist das für ein Geheimnis?"

„Sofort, und ich werde Ihnen auch erklären, wie ich dahintergekommen bin. Aber lassen Sie mich zunächst das sagen, was mir mit Worten auszudrücken am schwersten fällt und was Sie nicht gern hören werden: Zwischen Sir George Burnwell und Ihrer Nichte gab es ein Einvernehmen. Sie sind zusammen geflohen."

„Meine Mary? Unmöglich!"

„Es ist leider mehr als möglich, es ist Gewißheit. Weder Sie noch Ihr Sohn kannten den wahren Charakter dieses Mannes, als Sie ihm Zutritt zu Ihrem Familienkreis gewährten. Er ist einer der gefährlichsten Männer Englands – ein ruinierter Spieler, ein absolut hoffnungsloser Schurke, ein Mann ohne Herz und Gewissen. Ihre Nichte war arglos gegenüber solchen Männern. Als er ihr seine Schwüre einflüsterte, wie er es bei anderen schon Hunderte Male getan hatte, fühlte sie sich geschmeichelt, daß sie allein sein Herz gerührt habe. Der Teufel weiß am besten, was er gesagt haben mag, aber schließlich wurde sie sein Werkzeug und traf sich fast jeden Abend mit ihm."

„Ich kann und ich will das nicht glauben!“ jammerte der Bankier mit aschfahlem Gesicht.

„Dann werde ich Ihnen erzählen, was letzte Nacht in Ihrem Haus geschah. Als Ihre Nichte glaubte, Sie seien auf Ihr Zimmer gegangen, schlich sie sich nach unten und sprach mit ihrem Liebhaber durch das Fenster, das auf den Stallweg hinausgeht. Seine Fußspuren waren deutlich im Schnee zu erkennen, so lange hatte er dort gestanden. Sie erzählte ihm von dem Diadem. Seine verruchte Goldgier wurde durch diese Neuigkeit angestachelt, und sie tat, was er verlangte. Ich zweifle nicht daran, daß Mary Sie mochte, aber es gibt Frauen, bei denen die Liebe zu einem Mann alle andere Zuneigung zum Erlöschen bringt, und sie muß eine von denjenigen sein. Sie hatte kaum seine Anweisungen vernommen, als sie Sie herunterkommen sah, woraufhin sie schnell das Fenster schloß und Ihnen etwas über die Eskapaden eines Hausmädchens mit ihrem holzbeinigen Liebhaber erzählte; dieser Liebhaber wenigstens entsprach der Wahrheit.

Arthur, Ihr Junge, ging nach seinem Gespräch mit Ihnen zu Bett, aber er fühlte sich unbehaglich wegen der Schulden im Klub und schlief schlecht. Mitten in der Nacht hörte er, wie jemand leise an seiner Tür vorbeiging, deshalb stand er auf, schaute hinaus und war überrascht, seine Cousine verstohlen den Gang entlangschleichen zu sehen, bis sie in Ihrem Ankleidezimmer verschwand. Vor Erstaunen wie gelähmt, schlüpfte der Junge in die erstbesten bereitliegenden Kleider und wartete im Dunkeln, um zu verfolgen, wie sich diese mysteriöse Sache entwickeln würde. Nach kurzer Zeit kam Mary wieder aus Ihrem Zimmer, und im Licht der Korridorlampe sah Ihr Sohn, daß sie das kostbare Diadem in den Händen hielt. Sie ging die Treppe hinunter, während sich Arthur hinter dem Vorhang in der Nähe Ihrer Tür verbarg, von wo aus er beobachten konnte, was unten in der Halle vor sich ging. Er sah, daß sie das Fenster öffnete, jemandem das Diadem hinausreichte und, nachdem sie das Fenster wieder geschlossen hatte, auf ihr Zimmer zurückeilte, wobei sie ganz dicht am Versteck Ihres Sohnes hinter dem Vorhang vorbeiging.

Er konnte nichts tun, ohne die Frau, die er liebte, entsetzlich bloßzustellen. Aber im selben Moment, da sie verschwunden war, erkannte er, welch niederschmetterndes Unglück es für Sie bedeuten würde, das Diadem nicht mehr zu besitzen. Das mußte sofort in Ordnung gebracht werden! Barfüßig, wie er war, raste er nach unten, öffnete das Fenster, sprang in den Schnee hinaus, rannte den Weg hinunter, auf dem er im Mondlicht eine dunkle Gestalt erkannte. Sir George Burnwell versuchte zu entkommen, aber Arthur erreichte ihn, und es kam zu einem Kampf zwischen den beiden, wobei Ihr Sohn das eine Ende des Diadems ergriff, sein Gegner das andere festhielt. In dem Handgemenge schlug Ihr Sohn Sir George nieder und verletzte ihn über dem Auge. Dann knackste plötzlich etwas, und als Ihr Sohn merkte, daß er das Diadem in der Hand hielt, rannte er zurück ins Haus, schloß das Fenster, ging hoch in Ihr Zimmer, und da, gerade als er festgestellt hatte, daß eine Ecke des Diadems im Kampf abgebrochen worden war, erschienen Sie auf dem Schauplatz des Geschehens."

„Ist das möglich", brachte der Bankier keuchend hervor.

„Sie erweckten natürlich seinen Zorn, als Sie ihn beschimpften, und das in einem Augenblick, da er das Gefühl hatte, daß ihm Ihr tiefster Dank gebührte. Den wahren Sachverhalt konnte er nicht erklären, ohne diejenige zu verraten, die sicher wenig Rücksichtnahme von seiner Seite verdient hätte. Er jedoch verhielt sich ritterlich und bewahrte ihr Geheimnis."

„Deshalb schrie sie auf und fiel in Ohnmacht, als sie das Diadem sah!" rief Mr. Holder dazwischen. „O mein Gott, was bin ich nur für ein blinder Narr gewesen! Und seine Bitte, für fünf Minuten hinausgehen zu dürfen! Der gute Junge wollte nachsehen, ob das fehlende Teil noch auf dem Weg lag. Wie falsch habe ich ihn beurteilt!"

„Als ich an Ihrem Besitz ankam", fuhr Holmes fort, „machte ich sofort eine sehr sorgfältige Runde um das Haus, um eventuell vorhandene Spuren, die uns helfen würden, im Schnee zu entdecken. Ich wußte, daß seit dem Abend vorher kein Schnee mehr gefallen war und daß der strenge Frost Abdrücke erhalten haben könnte. Ich ging den Dienstbotenweg entlang, stellte aber fest, daß hier alles festgetrampelt und Spuren nicht zu unterscheiden waren. Am hinteren Eingang zur Küche hatte jedoch eine Frau gestanden und mit einem Mann gesprochen, dessen runder Abdruck auf einer Seite bewies, daß er ein Holzbein hatte. Ich konnte sogar feststellen, daß sie gestört worden waren, denn die Frau war zur Tür zurückgeeilt, wie die tiefen Abdrücke der Fußspitzen und die schwächeren der Absätze bewiesen, während Mr. Holzbein ein wenig gewartet hatte und dann fortgegangen war. Ich dachte seinerzeit gleich, daß die beiden das Mädchen und ihr Liebhaber gewesen sein könnten, von denen Sie mir ja schon erzählt hatten. Die Untersuchung bestätigte meine Vermutung.

Ich ging also weiter im Garten umher, ohne jedoch viel mehr als zufällige Spuren zu entdecken, die, wie ich annahm, von der Polizei stammten; als ich allerdings zu dem Weg kam, der zu den Ställen führte, fand ich eine sehr lange und komplizierte Geschichte vor mir in den Schnee geschrieben.

Da war die zweifache Spur eines Mannes in Stiefeln zu sehen, und eine zweite Doppelspur, die ich mit gewisser Freude zur Kenntnis nahm, gehörte zu einem Mann mit nackten Füßen. Nach allem, was Sie mir erzählt hatten, war ich sofort überzeugt, daß letztere die Ihres Sohnes sei. Der erste war beide Male langsam gegangen, während der barfüßige Mann schnell gerannt sein mußte, und da seine Schritte an einigen Stellen über den Stiefelabdrücken lagen, war es offensichtlich, daß er den anderen einzuholen versucht hatte. Ich verfolgte die Spur und stellte fest, daß sie zum Fenster der Halle führte, vor dem der Gestiefelte den ganzen Schnee zertrampelt hatte, während er gewartet haben mußte. Ich ging dann zum anderen Ende, das etwa hundert Yard weiter unterhalb des Weges lag. Ich sah, daß sich der Gestiefelte herumgedreht hatte, daß der Schnee aufgewühlt war wie nach einem Kampf, und schließlich zeigten mir ein paar Tropfen Blut, daß ich mich nicht auf der falschen Spur befand. Der Gestiefelte war dann den Weg weiter entlang gelaufen, und eine leichte Blutspur ließ erkennen, daß er derjenige sein mußte, der verletzt worden war. Als ich auf den Hauptweg am anderen

Ende kam, stellte ich fest, daß man dort gefegt hatte, und damit war Schluß mit weiteren Anhaltspunkten.

Als ich jedoch das Haus wieder betrat, untersuchte ich, wie Sie sich erinnern werden, das Fensterbrett und den Fensterrahmen des Hallenfensters mit meiner Lupe, und sofort sah ich, daß dort jemand hinausgestiegen war. Ich konnte deutlich den Umriß eines Spannes erkennen, den der Barfüßige beim Hereinklettern hinterlassen hatte. Von dem Zeitpunkt an konnte ich mir eine Meinung über das Geschehene bilden. Ein Mann hatte draußen vorm Fenster gewartet; jemand hatte ihm die Edelsteine gebracht; die Tat war von Ihrem Sohn beobachtet worden; er hatte den Dieb verfolgt, mit ihm gekämpft, beide heftig an dem Diadem herumgezerrt, wobei ihre vereinten Kräfte den Schaden verursachten, den einer allein nicht hätte zustande bringen können. Er war mit der Beute zurückgekehrt, hatte allerdings ein Bruchstück in den Händen seines Gegners zurücklassen müssen. Die Frage hieß jetzt, wer war der Mann und wer hatte ihm das Diadem gebracht.

Eine alte Maxime von mir lautet: Wenn man das Unmögliche ausgeschlossen hat, muß das, was noch bleibt, so unwahrscheinlich es auch scheinen mag, die Wahrheit sein. Nun wußte ich, daß Sie den Schmuck nicht hinuntergebracht haben konnten, also blieben nur noch Ihre Nichte und die Hausmädchen. Aber wenn es eins der Mädchen war, weshalb sollte sich Ihr Sohn an deren Stelle beschuldigen lassen? Es konnte nur einen plausiblen Grund geben. Er liebte seine Cousine, und das war Erklärung genug, weshalb er ihr Geheimnis bewahrte – um so mehr, da dieses Geheimnis so entehrend war. Als ich mich daran erinnerte, daß Sie sie an jenem Fenster gesehen hatten und sie in Ohnmacht gefallen war, als sie das Diadem erblickte, wurde meine Vermutung zur Gewißheit.

Und wer konnte schon ihr Verbündeter gewesen sein? Ein Liebhaber offensichtlich, denn was könnte wohl sonst die Liebe und die Dankbarkeit, die sie Ihnen gegenüber gefühlt haben muß, überwiegen? Ich wußte von Ihnen, daß Sie wenig ausgehen und Ihr Freundeskreis ziemlich begrenzt ist. Aber unter den wenigen war Sir George Burnwell. Ich hatte schon gehört, daß er bei Frauen gut ankam. Er mußte es gewesen sein, der jene Stiefel getragen hatte und in dessen Händen sich die fehlenden Juwelen befanden. Obwohl er wußte, daß Arthur ihn entdeckt hatte, konnte er doch damit rechnen, in Sicherheit zu sein, da der junge Mann kein Wort sagen konnte, ohne seine eigene Familie zu kompromittieren.

Nun, Ihr gesunder Menschenverstand wird Ihnen sicher schon eingegeben haben, was ich als nächstes unternahm. In der Verkleidung eines Tagediebes ging ich in Sir Georges Haus, wo es mir gelang, die Bekanntschaft seines Kammerdieners zu machen, und dabei erfuhr ich, daß sich sein Herr in der vorhergehenden Nacht am Kopf verletzt hatte; und schließlich erwarb ich für einen Preis von sechs Shilling ein Paar seiner abgelegten Stiefel. Damit fuhr ich nach Streatham hinaus und überzeugte mich, daß sie genau in die Spuren paßten."

„Ich bemerkte gestern abend einen übel gekleideten Vagabunden auf dem Weg", sagte Mr. Holder.

„Genau. Das war ich. Ich stellte fest, daß ich meinen Mann hatte, deshalb kam ich nach Hause und wechselte die Kleider. Eine delikate Aufgabe stand mir als nächstes bevor, denn es war klar, daß ich eine Verfolgung vermeiden mußte, um einen Skandal zu verhindern, und ich wußte, daß der Schurke so schlau sein würde, zu wissen, daß uns in dieser Angelegenheit die Hände gebunden sind. Ich suchte Sir George auf. Natürlich leugnete er anfangs alles ab. Aber als ich ihm bis ins kleinste schilderte, was geschehen war, versuchte er mir zu drohen und zückte einen Totschläger. Ich kannte jedoch meinen Mann und richtete eine Pistole auf seinen Kopf, bevor er zuschlagen konnte. Dadurch wurde er ein bißchen vernünftiger. Ich sagte ihm, daß wir für die Steine, die er sich angeeignet hatte, einen Preis bieten – tausend Pfund je Stück. Das bewirkte, daß er die ersten Anzeichen von Bedauern zeigte. ‚Ach, verflucht das Ganze!' empörte er sich, ‚ich habe alle drei für sechshundert weggegeben.' Es gelang mir, die Adresse des Empfängers zu bekommen, nachdem ich ihm versprochen hatte, daß es keine weiteren Nachforschungen, seine Person betreffend, geben würde. Ich machte mich also auf den Weg zu jenem Mann, und nach vielem Feilschen bekam ich unsere Steine für tausend Pfund das Stück wieder. Danach schaute ich bei Ihrem Sohn vorbei, berichtete ihm, daß alles in Ordnung sei, und ging gegen zwei Uhr zu Bett, nach einem, wie ich meine, wirklich schweren Arbeitstag."

„Ein Tag, der England vor einem großen öffentlichen Skandal bewahrt hat", sagte der Bankier und erhob sich. „Sir, ich kann keine Worte finden, um Ihnen meinen Dank auszudrücken, aber Sie werden mich für das, was Sie geleistet haben, nicht undankbar nennen müssen. Ihr Können hat in der Tat all das übertroffen, was ich davon gehört habe. Und jetzt will ich zu meinem lieben Jungen eilen, um mich bei ihm dafür zu entschuldigen, was ich ihm angetan habe. Was Sie mir über die arme Mary gesagt haben, geht mir sehr zu Herzen. Nicht einmal Sie können mir sagen, wo sie jetzt ist?"

„Ich denke schon, daß wir das mit Sicherheit sagen können", entgegnete Holmes. „Sie wird immer dort sein, wo Sir George Burnwell ist. Ebenso sicher dürfte sein, daß beide bald eine mehr als angemessene Strafe erhalten werden."

Silver Blaze

Ich fürchte, Watson, ich muß fahren", sagte Holmes eines Morgens, als wir uns an den Frühstückstisch setzten.

„Wohin denn?"

„Ins Dartmoor, nach King's Pyland."

Das überraschte mich keineswegs. Nein, ich wunderte mich nur, weshalb er sich nicht schon längst mit dem außergewöhnlichen Fall beschäftigte, der gegenwärtig ganz England in Atem hielt. Gestern war mein Freund den ganzen Tag mit gesenktem Kopf und gerunzelter Stirn im Zimmer umhergelaufen, hatte seine Pfeife wieder und wieder mit stärkstem schwarzem Tabak gestopft und meine Fragen oder Bemerkungen völlig überhört. Die neuesten Ausgaben aller Zeitungen, die unser Nachrichtenagent druckfrisch bei uns ablieferte, überflog er nur und warf sie in die Ecke. Aber wie schweigsam Holmes auch war, ich wußte haargenau, worüber er nachgrübelte. Nur ein Problem gab es derzeit in der Öffentlichkeit, das seine analytischen Kräfte herausfordern konnte: das sonderbare Verschwinden des favorisierten Pferdes für den Wessex-Pokal und der abscheuliche Mord an dessen Trainer. Daß er plötzlich die Absicht bekunden würde, den Ort der Tragödie aufzusuchen, hatte ich also schon erwartet und gehofft.

„Ich käme gern mit – falls ich Ihnen nicht allzusehr im Wege bin", sagte ich.

„Mein lieber Watson, Sie täten mir damit einen großen Gefallen. Überdies glaube ich, Ihre Zeit wird nicht vergeudet sein, denn manche Anzeichen deuten auf einen absolut einmaligen Fall hin. Wenn wir uns beeilen, erreichen wir gerade noch unseren Zug, der von der Paddington Station abfährt. Unterwegs haben wir Zeit zu Erörterungen. Ich wäre Ihnen sehr dankbar, wenn Sie Ihren ausgezeichneten Feldstecher mitbrächten."

Und so kam es, daß ich mich etwa eine Stunde später in einem Ersterklasseabteil des Zuges befand, der in Richtung Exeter brauste. Sherlock Holmes, dessen konzentriertes Gesicht von den Ohrenklappen seiner Reisemütze eingerahmt wurde, sah rasch und begierig den Stapel neuer Zeitungen durch, den er auf dem Bahnhof erstanden hatte. Reading lag bereits weit hinter uns, als er das letzte Exemplar unter den Sitz warf und mir eine Zigarre aus seinem Etui anbot.

„Wir kommen gut voran", sagte er, als er seine Uhr zog und aus dem Fenster blickte. „Unsere Geschwindigkeit beträgt dreiundfünfzig und eine halbe Meile in der Stunde."

„Ich habe keine Meilensteine gesehen", sagte ich.

„Ich auch nicht. Aber die Telegrafenmasten auf dieser Strecke stehen sechzig Yard voneinander entfernt. Das macht die Berechnung einfach. Sicher haben Sie die Sache mit dem Mord an John Straker und dem Verschwinden von Silver Blaze verfolgt?"

„Ich weiß nur, was im ‚Telegraph' und im ‚Chronicle' darüber stand."

„Hier haben wir es mit einem Fall zu tun, bei dem die Kunst des Denkers mehr auf das Ergründen von Details als auf die Suche nach neuen Indizien gerichtet sein sollte. Die Tragödie ist so ungewöhnlich, so perfekt und von persönlicher Bedeutung für so viele Leute, daß wir einem Übermaß an Vermutungen, Verdächtigungen und Hypothesen gegenüberstehen. Zunächst heißt es, das Gerippe von Tatsachen – von absolut unwiderlegbaren Tatsachen – aus den Aufbauschungen und Spekulationen der Reporter herauszulösen. Dann, nachdem wir uns diese feste Basis angeeignet haben, müssen wir untersuchen, welche Querverbindungen sich herstellen lassen, und die besonderen Punkte herausfinden, um die sich das Rätsel dreht. Am Dienstag habe ich zwei Telegramme erhalten. Eins von Colonel Ross, dem Besitzer des Pferdes – und eins von Inspektor Gregory, der den Fall bearbeitet. Er lud mich zur Mitarbeit ein."

„Dienstag!" rief ich aus. „Und heute haben wir Donnerstag. Warum sind Sie nicht schon gestern aufgebrochen?"

„Weil ich einem Trugschluß verfallen war, mein lieber Watson, was leider öfter passiert, als jemand glauben möchte, der mich nur aus Ihren Geschichten kennt. Tatsache ist, daß ich es nicht für möglich hielt, daß dieses hervorragende Rennpferd lange verborgen bleiben konnte, und schon gar nicht in einer so dünn besiedelten Gegend wie dem nördlichen Dartmoor. Ich erwartete von Stunde zu Stunde die Nachricht, daß man es gefunden hätte und daß der Dieb zugleich der Mörder von Straker wäre. Als jedoch heute früh noch immer kein Ergebnis vorlag – von der Verhaftung des jungen Fitzroy Simpson einmal abgesehen –, entschloß ich mich zu handeln. Aber in mancher Hinsicht war der gestrige Tag nicht vergeudet."

„Also haben Sie bereits eine Theorie?"

„Zumindest sind mir die wesentlichen Fakten des Falles inzwischen vertraut. Ich werde sie Ihnen schildern, denn nichts macht ein Problem klarer, als wenn man es einer anderen Person vorträgt. Außerdem kann ich kaum Mitarbeit von Ihnen erwarten, wenn ich Ihnen unsere Ausgangsposition nicht darlege."

Ich ließ mich gegen das Rückenpolster sinken und sog an meiner Zigarre, während Holmes sich vorbeugte und die Ereignisse aufzählte, die uns zu der Reise veranlaßt hatten. Dabei fuhr er sich mit seinem langen dünnen Zeigefinger über seine linke Handfläche, als wollte er eine Skizze entwerfen.

„Silver Blaze", sagte er, „stammt aus dem Somomy-Geblüt und kann auf ebenso brillante Leistungen verweisen wie seine berühmten Vorfahren. Er ist jetzt fünf Jahre alt und hat Colonel Ross, seinem glücklichen Besitzer, in ununterbrochener Folge jeden Preis des Turfs eingebracht. Bis zu der Katastrophe galt er als erster Favorit für den Wessex-Pokal. Die Wetten standen drei zu eins für ihn. Da er das Rennpublikum noch nie enttäuscht hat, wurden riesige Summen auf ihn gesetzt. Zugleich aber gibt es viele Leute, die ein starkes Interesse daran haben, daß Silver Blaze am nächsten Dienstag nicht an den Start geht.

Das wußte man natürlich in King's Pyland, wo die Trainingsställe des Colonels liegen. Jede Vorsichtsmaßnahme wurde getroffen, um den Favoriten rund um die Uhr zu bewachen. Der Trainer John Straker war selbst Jockei, der für die Farben des Colonels Ross ritt, ehe er zu schwer wurde. Während seiner zwölfjährigen Anstellung beim Colonel hat er sich stets als eifriger und ehrlicher Mann bewährt. Ihm gingen drei Knechte zur Hand, denn das Unternehmen ist klein und besitzt insgesamt nur vier Pferde. Ein Knecht hielt jede Nacht im Stall Wache, während die anderen auf dem Häckselboden schliefen. John Straker war verheiratet und wohnte in einer kleinen Villa, ungefähr zweihundert Yard von den Stallungen entfernt. Er hatte keine Kinder, beschäftigte ein Dienstmädchen und galt als recht wohlhabend. Die Umgebung ist ringsherum völlig unbewohnt. Erst etwa eine halbe Meile weiter nördlich gibt es eine Villensiedlung, die von einem Unternehmer aus Tavistock für Invaliden und Sommerfrischler gebaut wurde, welche die reine Dartmoorluft genießen wollen. Tavistock selbst liegt zwei Meilen westlich, während sich auf der anderen Seite des Moors, auch ungefähr zwei Meilen entfernt, die Trainingsanlagen des Mapleton-Unternehmens befinden, das Lord Backwater gehört und von Silas Brown geleitet wird. In jeder anderen Richtung bildet das Moor eine völlige Wildnis, in der nur ein paar umherziehende Zigeuner lagerten. Das war die Situation am vergangenen Montag, als die Katastrophe geschah.

An jenem Abend hatte man die Pferde trainiert und getränkt wie gewöhnlich. Punkt neun Uhr wurden die Ställe abgeschlossen. Zwei von den Knechten gingen zum Haus des Trainers, wo sie in der Küche ihr Abendbrot bekamen, während der dritte, Ned Hunter mit Namen, als Wache zurückblieb. Ein paar Minuten nach neun machte sich das Dienstmädchen Edith Baxter auf den Weg zu den Ställen, um ihm das Abendbrot zu bringen, das aus Hammelfleisch mit Curry bestand. Sie nahm nichts zu trinken mit, da in den Ställen eine Wasserleitung vorhanden ist und die Anweisung bestand,

daß der Wachhabende nichts anderes als Wasser trinken darf. Da es sehr dunkel war und der Pfad durch das offene Moor verläuft, trug sie eine Laterne bei sich.

Etwa dreißig Yard vor den Ställen wurde sie aus der Dunkelheit von einem Mann angerufen. Als er in den gelben Lichtkegel der Laterne trat, sah sie, daß es ein vornehm gekleideter Herr war. Er trug Gamaschen, einen grauen Tweedanzug mit passender Tuchmütze und hielt einen Spazierstock mit schwerem Knauf in der Hand. Die tiefe Blässe seines Gesichts und sein nervöses Auftreten flößten ihr Furcht ein. Sie schätzt sein Alter auf dreißig Jahre oder ein paar mehr.

‚Kannst du mir sagen, wo ich mich befinde?' fragte er. ‚Ich hatte mich schon fast entschlossen, im Moor zu übernachten, als ich die Laterne sah.'

‚Sie sind dicht bei den Trainingsställen von King's Pyland', antwortete sie.

‚Nein wirklich! Was für ein Glück!' rief er. ‚Hier ist doch jede Nacht ein Stallbursche. Ach, du bringst ihm gerade sein Abendbrot? Also ich glaube, daß du dir gern das Geld für ein neues Kleid verdienen möchtest, nicht wahr?' Er holte ein gefaltetes weißes Papier aus der Westentasche. „Sorge dafür, daß er das bekommt, und ich verspreche dir das schönste Kleid, das es zu kaufen gibt.'

Sie bekam Angst vor dem Mann und rannte an ihm vorbei zu dem Fenster, durch das sie gewöhnlich die Mahlzeiten reichte. Es stand bereits offen, und Hunter saß drinnen an dem kleinen Tisch. Als sie erzählen wollte, was passiert war, kam der Fremde hinzu.

‚Guten Abend', sagte er und schaute durchs Fenster. ‚Ich möchte mit Ihnen sprechen.' Das Mädchen schwört, bemerkt zu haben, daß ein Zipfel jenes kleinen Papierpäckchens aus seiner Faust hervorlugte.

‚Was haben Sie hier zu schaffen?' fragte der Bursche.

‚Etwas, was Ihnen Geld einbringen kann', sagte der andere. ‚Sie haben hier zwei Pferde für den Wessex-Pokal – Silver Blaze und Bayard. Geben Sie mir einen sicheren Tip, und es soll Ihr Schade nicht sein. Stimmt es, daß Bayard dem andern gewichtsmäßig hundert Yard Vorsprung auf die halbe Meile geben könnte und daß das Geld des Stalles auf ihn gesetzt ist?'

‚Ach, einer der verdammten Spione!' rief der Bursche. ‚Gleich werden Sie merken, wie wir mit denen in King's Pyland umgehen!' Er sprang auf und rannte in den Stall, um den Hund loszulassen. Das Mädchen flüchtete zurück zum Haus. Beim Laufen blickte sie sich einmal um und sah, daß der Fremde sich in das Fenster hineinlehnte. Aber eine Minute später, als Hunter mit dem Hund herauskam, war er weg, und obwohl der Knecht ganz um das Gebäude herumrannte, fand er nicht eine einzige Spur von ihm."

„Einen Moment", bat ich. „Als Hunter mit dem Hund hinauslief, hat er da die Tür hinter sich offengelassen?"

„Ausgezeichnet, Watson, ausgezeichnet", murmelte mein Gefährte. „Diese Frage brannte mir so unter den Nägeln, daß ich gestern eigens deswegen ein Telegramm nach Dartmoor schickte. Der Junge hat die Tür tatsächlich abgeschlossen, als er hinausging. Das Fenster, muß ich hinzufügen, ist nicht so groß, daß ein Mann hindurchpaßt.

Hunter wartete, bis die beiden anderen Stallknechte zurückkamen, und schickte eine Nachricht über den Vorfall an den Trainer. Straker war aufgebracht, als er den Bericht erhielt, unternahm jedoch nichts. Die Sache muß ihn dann aber doch beunruhigt haben, denn als Mrs. Straker nachts um ein Uhr aufwachte, sah sie, daß er sich anzog. Auf ihre Frage erklärte er, daß er aus Sorge um die Pferde nicht schlafen könne und in den Ställen nachsehen wolle, ob alles in Ordnung sei. Sie bat ihn, zu Hause zu bleiben, da sie Regen gegen das Fenster klatschen hörte. Trotz ihres Bittens zog er einen weiten Regenmantel über und verließ das Haus.

Mrs. Straker wachte um sieben Uhr morgens auf und stellte fest, daß ihr

Mann immer noch nicht zurück war. Sie kleidete sich hastig an, rief das Dienstmädchen und machte sich auf den Weg zu den Stallungen. Die Tür stand offen. Drinnen hockte Hunter zusammengekrümmt und bewußtlos auf seinem Stuhl. Die Box des Favoriten war leer, und auch vom Trainer fehlte jede Spur.

Die Burschen, die auf dem Häckselboden über der Geschirrkammer schliefen, wurden schnell geweckt. Sie hatten in der Nacht nichts gehört, denn beide sind gesunde Schläfer. Hunter stand offenbar unter einer starken Droge. Da nichts Vernünftiges aus ihm herauszubekommen war, ließ man ihn schlafen, während Mrs. Straker und die beiden Knechte hinausliefen, um nach dem Vermißten zu suchen. Sie hofften, daß Straker mit dem Pferd zu einem Morgentraining ausgeritten sei. Als sie jedoch einen Hügel unweit des Hauses erklommen, von dem aus alle umliegenden Moore zu überblicken sind, konnten sie weit und breit kein Pferd entdecken. Statt dessen sahen sie etwas, was sie Schreckliches ahnen ließ.

Etwa eine Viertelmeile von den Stallungen entfernt hing John Strakers Regenmantel auf einem Ginsterbusch. Unmittelbar dahinter bildet das Moor eine schüsselförmige Senke. Dort fand man die Leiche des Trainers. Sein Kopf war völlig zertrümmert, offenbar durch einen heftigen Schlag mit einem schweren stumpfen Gegenstand. Auch am Oberschenkel trug er eine Verletzung, einen langen geraden Schnitt, der eindeutig von einem sehr scharfen Instrument herrührte. Immerhin war ersichtlich, daß Straker sich nachdrücklich gegenüber seinen Angreifern zur Wehr gesetzt hatte, denn in der rechten Hand hielt er ein kleines blutbesudeltes Messer, während seine linke eine rot und silbern gemusterte Seidenkrawatte umklammerte. Das Mädchen erkannte diese als Eigentum jenes Fremden wieder, der am vorangegangenen Abend die Ställe besucht hatte. Als Hunter aus der Betäubung erwachte, konnte er sie ebenfalls eindeutig identifizieren. Er beharrt fest darauf, daß der Fremde vom Fenster aus ein Betäubungsmittel auf das Curryfleisch gestreut und so die Stallwache ausgeschaltet hatte. Unzählige Hufabdrücke im schlammigen Grund jener verhängnisvollen Mulde beweisen, daß das vermißte Pferd zum Zeitpunkt des Kampfes noch zugegen war. Obwohl eine hohe Belohnung ausgesetzt wurde und alle Zigeuner von Dartmoor eifrig suchen, gibt es noch keinerlei Hinweise über seinen Verbleib. Schließlich: Eine chemische Analyse erwies, daß die Reste des Abendbrots für den Stallknecht eine beträchtliche Menge pulverisierten Opiums enthielten. Dagegen haben die Leute im Haus dasselbe Gericht am selben Abend ohne negative Folgeerscheinungen genossen.

Das sind die wichtigsten Fakten des Falles, von allen Vermutungen gereinigt und so kahl als möglich dargestellt. Ich werde nun rekapitulieren, was die Polizei bisher in dieser Sache unternommen hat.

Inspektor Gregory, dem der Fall anvertraut wurde, halte ich für einen äußerst fähigen Beamten. Hätte er etwas mehr Vorstellungsvermögen, könnte er es in seinem Beruf sehr weit bringen. Sofort nach seiner Ankunft fand und verhaftete er den Mann, auf den natürlich der Verdacht fiel. Ihn aufzuspüren war übrigens nicht schwer, denn er logierte in einer der Villen, die ich vorhin erwähnte. Dieser Fitzroy Simpson, ein gebildeter Mann aus gutem Hause, hat ein Vermögen auf dem Turf verschwendet und lebt jetzt von einem kleinen, aber vornehmen Buchmachergeschäft, das er in den Sportklubs von London betreibt. Eine Prüfung seiner Bücher ergab, daß Wetten bis zu fünftausend Pfund gegen den Favoriten bei ihm abgeschlossen wurden. Bei seiner Verhaftung gab er ohne Umschweife zu, daß ihn die Hoffnung nach Dartmoor getrieben hat, ein paar Informationen über die Pferde von King's Pyland zu sammeln. Dasselbe gälte für Desborough von Mapleton, den zweiten Favoriten, den Silas Brown an den Start schickt. Er bestritt keine seiner Handlungen vom Abend zuvor, erklärte aber, daß er keinerlei verbrecherische Ziele verfolgt, sondern nur Informationen aus erster Hand gesucht habe. Als man ihm die Krawatte vorlegte, wurde er sehr blaß und sah sich außerstande, ihr Vorhandensein in der Faust des Ermordeten zu erklären. Seine nasse Kleidung bewies, daß er zur Zeit des nächtlichen Wolkenbruchs noch unterwegs gewesen war. Durch wiederholte Schläge mit seinem bleigefüllten Stock aus chinesischer Strauchpalme konnten jene furchtbaren Verletzungen verursacht worden sein, denen der Trainer erlag. Andererseits wies Simpsons Körper keine Wunde auf, während das Blut an Strakers Messer vermuten ließ, daß zumindest einer seiner Gegner gezeichnet worden war. Soviel in aller Kürze zu Ihrer Information, Watson, und wenn Sie etwas Licht in die Sache bringen könnten, wäre ich Ihnen zutiefst verbunden."

Mit wachsendem Interesse hatte ich der für Holmes so charakteristischen präzisen Schilderung zugehört. Obwohl ich die meisten Fakten bereits kannte, begriff ich erst jetzt ihre relative Bedeutung und Beziehung zueinander.

„Ist es nicht möglich", meinte ich, „daß sich Straker die Schnittwunde selbst mit dem Messer beigebracht hat – und zwar während der krampfhaften Zuckungen, die jeder Gehirnverletzung folgen?"

„Mehr als das – es ist wahrscheinlich. Damit fällt ein wichtiger entlastender Punkt für den Verdächtigen weg."

„Aber trotzdem", sagte ich, „begreife ich die Theorie der Polizei noch immer nicht."

„Ich fürchte, daß gegen jede Theorie, die wir bemühen, sehr ernste Bedenken bestehen", erwiderte mein Gefährte. „Wenn ich mich nicht täusche, glaubt die Polizei, daß Fitzroy Simpson den Wächter betäubte und die Stalltür mit einem irgendwie beschafften Zweitschlüssel öffnete, um das Pferd zu entführen. In diese Version paßt auch der Umstand, daß das Zaumzeug von Silver Blaze fehlt. Simpson ließ die Tür hinter sich offen und führte das Pferd fort übers Moor. Dabei begegnete er dem Trainer oder wurde von ihm überrascht. Natürlich kam es zum Kampf. Mit seinem schweren Stock schlug Simpson dem Trainer den Schädel ein, ohne eine Verletzung durch das kleine Messer davonzutragen, das Straker zur Selbstverteidigung benutzte. Danach wurde das Pferd entweder vom Dieb in ein geheimes Versteck gebracht, oder es riß sich während des Kampfes los und irrt jetzt vielleicht draußen im Moor herum. So etwa sieht die Polizei den Fall. Doch wie unwahrscheinlich diese Sicht auch erscheinen mag – alle anderen Erklärungen klingen noch unglaubwürdiger. Wie dem auch sei, diese Variante läßt sich sehr schnell überprüfen, wenn wir an Ort und Stelle sind. Bis dahin werden wir wohl kaum zu neuen Erkenntnissen gelangen."

Es wurde Abend, ehe wir die Kleinstadt Tavistock erreichten, die wie der Höcker eines Schildes mitten in dem riesigen flachen Rund von Dartmoor liegt. Zwei Herren erwarteten uns auf dem Bahnhof. Holmes kannte Inspektor Gregory bereits, jenen hochgewachsenen blonden Hünen mit Löwenmähne, Vollbart und seltsam durchdringenden hellblauen Augen, der sich zusehends einen Namen im englischen Polizeidienst machte. Der kleinere, zierlich wirkende nervöse Mann mit schmal ausrasierten Koteletten stellte sich als Colonel Ross vor. Der bekannte Rennstallbesitzer trug einen Überrock, Gamaschen und ein Monokel.

„Ich freue mich sehr, Sie bei uns begrüßen zu dürfen, Mr. Holmes", sagte der Colonel. „Unser Inspektor hier hat zwar schon alles Erdenkliche versucht, aber ich will jeden Stein zweimal umdrehen lassen, damit der arme Straker gerächt wird und ich mein Pferd wiederbekomme."

„Hat sich etwas Neues ergeben?" fragte Holmes.

„Leider muß ich gestehen, daß wir wenig erreicht haben", antwortete der Inspektor. „Wir haben einen offenen Wagen draußen. Sie möchten zweifellos den Tatort besichtigen, ehe es dunkel wird. Auf der Fahrt können wir alles besprechen."

Eine Minute später saßen wir in einem bequemen Landauer und rasselten durch das altmodische Städtchen von Devonshire. Inspektor Gregory hatte nichts anderes als seinen Fall im Kopf und erläuterte ununterbrochen, was er vermutete. Holmes konnte nur hin und wieder eine beiläufige Frage oder eine Bemerkung einstreuen. Colonel Ross zog seinen Hut in die Stirn und lehnte sich mit verschränkten Armen in die Polster zurück, während ich die Unterhaltung der Detektive interessiert verfolgte. Gregory entwickelte seine Theorie, die fast genauso aussah, wie Holmes vorausgesagt hatte.

„Das Netz hat sich ziemlich dicht um Fitzroy Simpson zusammengezogen", bemerkte er, „und ich glaube, daß er es war. Andererseits weiß ich, daß hier ein reiner Indizienbeweis vorliegt, den neue Anhaltspunkte leicht umstoßen können."

„Wie denken Sie über Strakers Messer?"

„Wir sind bereits zu der Schlußfolgerung gelangt, daß er sich selbst beim Fallen verletzte."

„Mein Freund Dr. Watson äußerte diese Ansicht schon während unserer Reise. Das würde den Verdacht gegen diesen Fitzroy Simpson noch verstärken."

„Ja, zweifellos. Es erklärt die Tatsache, daß er keine Wunde davontrug. Die Beweise sprechen ziemlich stark gegen ihn. Er besaß ein großes Interesse am Verschwinden des Favoriten. Es besteht der dringende Verdacht, daß er dem Stallburschen das Rauschgift verabreicht hat, er hielt sich bei dem Regen im Freien auf, war mit einem schweren Stock bewaffnet, und seine Krawatte wurde in der Hand des Toten gefunden. Ich glaube wirklich, das reicht, um vor ein Gericht zu gehen."

Holmes schüttelte den Kopf. „Ein geschickter Anwalt würde die ganze Beweiskette in Stücke fetzen. Weshalb hätte er das Pferd aus dem Stall führen sollen? Wenn er es verletzen wollte, warum konnte er es nicht drinnen tun? Ist ein Nachschlüssel bei ihm gefunden worden? Welcher Apotheker verkaufte ihm das Opiumpulver? Und vor allem: Wie konnte er als Fremder in dieser Gegend ein Pferd, zumal ein solches, überhaupt verstekken? Wie erklärt er selbst, was es mit dem Papier auf sich hat, das das Mädchen dem Stallknecht geben sollte?"

„Er behauptet, es sei eine Zehnpfundnote gewesen. Man fand tatsächlich eine in seinem Geldbeutel. Aber die andern Einwände von Ihnen sind nicht so schwerwiegend, wie sie aussehen. Er ist kein Fremder in dieser Gegend, denn er hat bereits zweimal im Sommer in Tavistock logiert. Das Opium brachte er möglicherweise aus London mit. Der Schlüssel wurde, nachdem er seinen Zweck erfüllt hatte, wahrscheinlich weggeworfen. Das Pferd kann man in einer der alten Torfgruben im Moor verstecken."

„Was sagt er zu der Krawatte?"

„Er erkennt sie als sein Eigentum an und erklärt, er habe sie verloren. Aber inzwischen ist ein neuer Gesichtspunkt aufgetaucht, der erklären könnte, weshalb er das Pferd aus dem Stall führte."

Holmes spitzte die Ohren.

„Wir fanden Spuren, die beweisen, daß eine Gruppe von Zigeunern am Montagabend ungefähr eine Meile vom Tatort entfernt lagerte. Am Dienstag waren sie fort. Nehmen wir einmal an, es bestand eine Verabredung zwischen Simpson und ihnen. Er wurde von Straker dabei überrascht, als er das

Pferd gerade zum Zigeunerlager bringen wollte. Demnach befände sich Silver Blaze jetzt bei den Zigeunern."

„Das wäre schon möglich."

„Das Moor wird nach diesen Zigeunern durchkämmt. Ich lasse auch sämtliche Ställe und Scheunen von Tavistock sowie im Umkreis von zehn Meilen um den Tatort durchsuchen."

„Da gibt es noch einen anderen Trainingsstall ganz in der Nähe, nicht wahr?"

„Ja, in Mapleton, und das ist ein Faktor, den wir keineswegs vernachlässigen dürfen. Da dessen Pferd Desborough auf dem zweiten Platz der Wettliste steht, verschafft ihm das Verschwinden von Silver Blaze einen eindeutigen Vorteil. Der Trainer Silas Brown hat bekanntermaßen riesige Wetten für dieses Rennen abgeschlossen; zudem galt er nicht gerade als Freund des armen Straker. Auf jeden Fall haben wir seine Ställe durchsucht, aber nichts gefunden, was ihn mit der Sache in Verbindung bringt."

„Auch nichts, was Simpson mit den Interessen des Mapleton-Stalls verbindet?"

„Überhaupt nichts."

Holmes lehnte sich zurück, und die Unterhaltung verstummte. Etliche Minuten später hielt die Kutsche vor einer direkt an der Landstraße stehenden hübschen kleinen Backsteinvilla mit ausladendem Dach. Etwas abseits, hinter einer Koppel, lag ein langes, mit grauen Ziegeln gedecktes Stallgebäude. Ringsum breitete sich das Moor in sanften, von welken Farnen bronzefarben getönten Bodenwellen aus. Die ebene Horizontlinie wurde nur von Tavistocks Kirchtürmen und den Gebäuden des Mapleton-Unternehmens im Westen durchbrochen. Wir stiegen eilends aus. Nur Holmes, der sich weit zurückgelehnt hatte und versonnen in die Luft starrte, blieb sitzen. Erst als ich seinen Arm berührte, kam er heftig zusammenfahrend zu sich und sprang aus der Kutsche.

„Verzeihen Sie", sagte er, zu Colonel Ross gewandt, der ihn mißbilligend betrachtete. „Ich war etwas in Gedanken." Die leuchtenden Augen und die unterdrückte Erregung in seinem Gebaren verrieten mir, der ich ihn so gut kannte, sofort, daß er einen Anhaltspunkt gefunden hatte. Aber wann er auf ihn gestoßen war, konnte ich mir auch nicht vorstellen.

„Vielleicht möchten Sie gleich den Tatort besichtigen?" fragte Inspektor Gregory.

„Nein, ich möchte zuvor noch ein paar Detailfragen klären. Straker wurde vermutlich hierher ins Haus geschafft?"

„Ja, er liegt oben. Morgen findet die Obduktion statt."

„Er war doch viele Jahre in Ihren Diensten, Colonel Ross?"

„Ja, und er bewährte sich immer als ausgezeichneter Angestellter."

„Sie haben vermutlich eine Liste der Gegenstände, die sich in den Taschen des Toten befanden, Inspektor?“

„Natürlich. Die Sachen selbst befinden sich noch im Wohnzimmer. Wenn Sie sie sehen möchten?“

„Sehr gern.“ Wir gingen ins Haus und nahmen an einem großen runden Tisch Platz. Der Inspektor schloß eine Stahlkassette auf und kippte ihren Inhalt auf die Tischplatte. Da lagen zwei Schachteln Wachszündhölzer, ein Kerzenstummel, eine Bruyèrepfeife, ein Tabaksbeutel aus Robbenleder mit einer halben Unze Cavendish-Langschnitt, eine silberne Uhr mit goldener Kette, fünf Sovereign in Gold, ein Federetui aus Aluminium, etliche Zettel und ein Messer mit Elfenbeingriff.

„Ein seltenes Messer“, sagte Holmes, hob es auf und untersuchte die schmale starre Klinge, auf der das Firmenzeichen „Weiss & Co., London“ eingraviert war, sehr eingehend. „Da ich Blutspuren darauf sehe, ist es vermutlich das des Toten. Das Messer schlägt doch wohl in Ihr Fach, Watson?“

„Man benutzt es, um den grauen Star zu stechen“, erklärte ich.

„Das dachte ich mir. Eine sehr feine Klinge für einen sehr feinen Stich. Merkwürdig, daß Straker es zu einem so grobschlächtigen Unterfangen mitnahm, zumal es sich nicht einmal zusammenklappen und in die Tasche stecken läßt.“

„Er hatte die Spitze mit einem Korken gesichert, den wir neben dem Leichnam fanden. Seine Frau sagt, daß das Messer auf dem Nachttisch gelegen hatte und er es einsteckte, als er fortging. Es war eine schlechte Waffe, aber vielleicht die beste, die ihm in der Eile in die Hände kam.“

„Schon möglich. Und diese Papiere?“

„Drei Rechnungen von Heuhändlern, ein Zettel mit Anweisungen von Colonel Ross. Dieser andere ist die Rechnung einer Modistin über siebenunddreißig Pfund und fünfzehn Shilling, ausgestellt von Madame Lesurier aus der Bond Street für Mr. William Derbyshire. Mrs. Straker erklärte uns, daß Derbyshire ein Freund ihres Mannes sei, dessen Post gelegentlich nach King’s Pyland geschickt wurde.“

„Madame Derbyshire leistet sich einen recht kostspieligen Geschmack“, bemerkte Holmes, als er die Rechnung überflog. „Zweiundzwanzig Guineen sind selbst für ein Abendkleid ziemlich viel. Aber mir scheint, mehr ist hier nicht zu erfahren. Wir können uns jetzt zum Tatort begeben.“

Als wir das Wohnzimmer verließen, wartete eine Frau im Flur. Sie trat rasch auf den Inspektor zu und hielt ihn am Ärmel fest. Ihr abgehärmtes, verstörtes Gesicht trug die Zeichen unlängst durchlebten Schreckens.

„Haben Sie sie? Haben Sie sie festgenommen?“ stieß sie keuchend hervor.

„Nein, Mrs. Straker. Mr. Holmes und Dr. Watson sind aus London angereist, um uns zu helfen. Wir werden alles tun, was in unserer Macht steht.“

„Verzeihung, aber habe ich Sie neulich nicht auf einer Gartenparty in Plymouth gesehen?“ fragte Holmes.
„Unmöglich, Sir. Sie müssen sich irren.“
„Nein, so was! Aber ich hätte darauf schwören können. Sie trugen ein taubengraues Seidenkleid mit Pfauenfedern.“
„Ich besitze kein solches Kleid, Sir“, antwortete die Frau.
„Ah, das erklärt alles“, sagte Holmes. Er murmelte eine Entschuldigung und folgte dem Inspektor nach draußen. Ein kurzer Fußmarsch brachte uns zu der Mulde, in der man die Leiche gefunden hatte. An ihrem Rand stand ein Ginsterbusch.
„In jener Nacht gab es keinen Wind, wenn ich mich nicht irre“, sagte Holmes.
„Den nicht, aber sehr starken Regen.“
„Dann wurde der Regenmantel also nicht gegen den Ginsterbusch geweht, sondern dort abgelegt.“
„Ja. Er war über den Busch gebreitet.“
„Äußerst interessant. Ich sehe eine Menge Fußspuren auf dem Boden. Zweifellos ist hier seit Montag nacht sehr viel herumgetrampelt worden.“
„Nein, ich ließ eine Matte hier an der Seite auslegen, als ich den Boden untersuchte.“
„Ausgezeichnet.“
„Hier in dieser Tasche habe ich einen der Stiefel, die Straker trug, einen Schuh von Fitzroy Simpson und ein altes Hufeisen von Silver Blaze.“
„Mein lieber Inspektor, Sie übertreffen sich selbst!“ Holmes nahm die Tasche, stieg in die Mulde und schob die Matte weiter zur Mitte. Dann legte er sich auf den Bauch, stützte das Kinn in beide Hände und betrachtete den zertrampelten Schlamm vor sich sorgfältig. „Hallo!“ sagte er plötzlich. „Was haben wir denn da?“ Es war ein Wachszündholz, halb abgebrannt und so schlammverkrustet, daß es zuerst wie ein kleiner Holzspan aussah.
„Ich weiß nicht, wie ich das übersehen konnte“, stieß der Inspektor ärgerlich hervor.
„Es steckte im Schlamm und war nicht sichtbar. Finden konnte ich es nur, weil ich danach suchte.“
„Was, Sie erwarteten, es zu finden?“
„Ich hatte es nicht ausgeschlossen.“
Er nahm Schuh und Stiefel aus der Tasche und verglich beide mit den Abdrücken im Boden. Dann kletterte er aus der Senke und kroch am Rand zwischen den Farnen und Büschen umher.
„Leider gibt es keine weiteren Spuren“, sagte der Inspektor. „Ich habe den Boden im Umkreis von hundert Yard sehr sorgfältig abgesucht.“
„Aha“, sagte Holmes und erhob sich. „Wenn Sie das sagen, sollte ich nicht

die Unverschämtheit besitzen, es noch einmal zu tun. Aber einen kleinen Spaziergang hätte ich gern noch übers Moor gemacht, ehe es dunkel wird. Dann kenne ich morgen mein Revier besser. Ich werde mir dieses Hufeisen als Glücksbringer in die Tasche stecken."

Colonel Ross, der bereits Zeichen von Ungeduld über die stille und systematische Arbeitsmethode meines Freundes zeigte, blickte auf seine Uhr. „Aber Sie begleiten mich doch, Inspektor", sagte er. „Es gibt da einige Fragen, über die ich mich mit Ihnen unterhalten möchte. Besonders interessiert mich, ob wir mit Rücksicht auf das Publikum Silver Blaze von der Startliste des Pokalrennens streichen sollten."

„Aber keineswegs!" rief Holmes nachdrücklich aus. „Ich an Ihrer Stelle würde den Namen stehenlassen."

Der Colonel deutete eine Verbeugung an. „Die Worte höre ich gern, Sir, allein mir fehlt der Glaube", sagte er. „Wenn Sie Ihren Spaziergang beendet haben, finden Sie uns in Strakers Haus. Wir können dann gemeinsam nach Tavistock fahren."

Er begab sich mit dem Inspektor auf den Rückweg, während Holmes und ich langsam über das Moor gingen. Hinter den Mapleton-Ställen begann die Sonne unterzugehen und beglänzte die langsam abfallende Ebene vor uns golden. Die trockenen Farne und Brombeerhecken leuchteten rotbraun im Abendlicht. Mein Gefährte bemerkte die Schönheiten der Landschaft nicht. Er war tief in Gedanken versunken.

„Passen Sie auf, Watson", sagte er schließlich. „Wir können die Frage nach John Strakers Mörder im Augenblick beiseite lassen und uns völlig auf den Verbleib des Pferdes konzentrieren. Also angenommen, es machte sich während des Kampfes selbständig. Wohin hätte es laufen können? Das Pferd ist ein geselliges Tier. Es wäre seinem Herdentrieb gefolgt und entweder nach King's Pyland zurückgekehrt oder hinüber nach Mapleton galoppiert. Wenn es wild im Moor herumstreifen würde, hätte man es inzwischen gesichtet. Und warum sollten die Zigeuner es entführen? Diese Leute reißen eher aus, wenn sie Schwierigkeiten wittern. Sie wollen nicht von der Polizei behelligt werden. Verkaufen können sie solch ein Rennpferd sowieso nicht. Wenn sie es mitnähmen, würden sie ein großes Risiko eingehen und nichts dabei gewinnen. Das dürfte wohl klar sein."

„Aber wo steckt es dann?"

„Ich sagte bereits, daß das Pferd nach King's Pyland oder Mapleton gelaufen sein muß. In King's Pyland ist es nicht. Also muß es in Mapleton sein. Von dieser Arbeitshypothese lassen wir uns jetzt leiten und verfolgen, wohin sie uns führt. Wie der Inspektor bemerkte, ist dieser Teil des Moors sehr hart und trocken. Aber Sie können selbst von hier aus sehen, daß dort drüben bei Mapleton eine lange Senke liegt, deren Boden durch den

nächtlichen Regen bestimmt morastig ist. Wenn unsere Annahme stimmt, mußte das Pferd diese Senke durchqueren. Sehen wir nach, ob wir dort Spuren von ihm finden."

Wir beschleunigten unsere Schritte und standen ein paar Minuten später am Rand der Senke. Wir begannen sie zu umrunden. Ich nahm die rechte Seite, Holmes die linke. Ich hatte noch keine fünfzig Schritte getan, als ich Holmes rufen hörte und sah, wie er winkte. Klar zeichnete sich in dem weichen Boden vor ihm die Spur eines Pferdes ab. Das Hufeisen, das er aus der Tasche zog, paßte genau in die Eindrücke.

„Da sehen Sie den Wert der Vorstellungskraft", sagte Holmes. „Das ist die Eigenschaft, die Gregory fehlt. Wir haben uns vorgestellt, was passiert sein könnte, sind der Annahme nachgegangen und finden diese bestätigt. Gehen wir weiter."

Wir durchquerten die morastige Senke und anschließend ein trockenes, hartes Torfgebiet von einer Viertelmeile. Wieder senkte sich der Boden, und erneut stießen wir auf die Hufspur. Dann verloren wir sie für eine halbe Meile, nahmen sie aber kurz vor Mapleton wieder auf. Holmes entdeckte sie zuerst; er blieb stehen und deutete triumphierend zu Boden. Parallel zu den Hufabdrücken verlief eine Fußspur.

„Vorher war das Pferd allein!" rief ich.

„Eben. Hallo, was haben wir denn hier?" Holmes pfiff durch die Zähne.

Die Doppelspur wendete scharf und wies nun nach King's Pyland. Wir folgten ihr. Holmes konzentrierte sich ganz auf die Fährte, aber ich blickte zufällig etwas zur Seite und bemerkte zu meinem Erstaunen, daß dieselben Spuren in entgegengesetzter Richtung wieder zurückführten."

„Ein Punkt für Sie, Watson", sagte Holmes, als ich ihn darauf aufmerksam machte. „Sie haben uns einen langen Umweg erspart. Folgen wir der Rückkehrspur."

Wir brauchten nicht mehr weit zu gehen, denn sie endete an der Asphaltstraße, die zu den Toren der Mapleton-Ställe führte. Als wir uns den Gebäuden näherten, kam ein Stallknecht heraus.

„Wir können hier keine Gaffer brauchen", rief er.

„Ich habe nur eine Frage", sagte Holmes und nestelte mit Zeigefinger und Daumen an seiner Westentasche. „Wenn ich morgen früh um fünf Uhr wiederkomme, treffe ich dann Ihren Chef, Mr. Silas Brown, oder wäre das zu zeitig?"

„Gott bewahre, Sir, er ist immer als erster auf den Beinen. Aber da kommt er, Sir, und kann Ihre Fragen selbst beantworten. Nein, Sir, nein, es kostet mich meine Stellung, wenn er sieht, daß ich Ihr Geld anrühre. Später, wenn Sie wollen."

Als Holmes sein Halbkronenstück wieder in die Tasche steckte, trat ein grimmig aussehender älterer Mann aus dem Tor. In seiner Hand pendelte eine Reitpeitsche.

„Was soll das, Dawson!“ schrie er. „Keine Schwätzereien! Scher dich an deine Arbeit! Und was, zum Teufel, wollen Sie hier?“

„Zehn Minuten mit Ihnen reden, Sir“, flötete Holmes mit zuckersüßer Stimme.

„Ich habe keine Zeit, mit Nichtstuern zu schwätzen. Wir wollen keine Fremden hier. Verschwinden Sie, oder ich hetze Ihnen den Hund auf den Hals!“

Holmes beugte sich vor und flüsterte dem Trainer etwas ins Ohr. Dieser zuckte heftig zusammen und lief puterrot an.

„Das ist eine Lüge!“ schrie er. „Eine unverschämte Lüge!“

„Na schön. Wollen wir uns hier in der Öffentlichkeit streiten oder doch lieber in Ihr Büro gehen?“

„Meinetwegen. Kommen Sie herein.“

Holmes lächelte. „Es dauert nicht länger als fünf Minuten, Watson“, sagte er. „Nun, Mr. Brown, ich stehe ganz zu Ihrer Verfügung.“

Nach zwanzig Minuten kam Holmes mit einem völlig veränderten Mann wieder. Silas Browns eben noch zorngerötetes Gesicht wirkte nun aschfahl. Schweißperlen glitzerten ihm auf der Stirn, und seine Hände bebten so heftig, daß sie die Reitpeitsche in wellenförmige Schwingungen versetzten. Auch sein polterndes, anmaßendes Gehabe war wie weggeblasen. Er duckte sich an der Seite meines Gefährten wie ein Hund neben seinem Herrn.

„Ihre Anweisungen werden ausgeführt. Ich veranlasse alles Nötige“, sagte er.

„Es darf kein Fehler unterlaufen“, entgegnete Holmes und blickte sich drohend zu ihm um. Brown zuckte zusammen.

„O nein, gewiß nicht. Es wird bestimmt dasein. Soll ich es vorher verändern oder nicht?“

Holmes überlegte etwas und lachte dann auf. „Nein, lassen Sie es so“, sagte er. „Ich werde Ihnen noch schreiben. Also keine Tricks mehr, oder...“

„Aber wo werd ich denn! Sie können mir vertrauen.“

„Ja, wahrscheinlich. Nun, Sie werden morgen von mir hören.“

Er übersah die zitternde Hand, die ihm der andere entgegenstreckte, und machte auf dem Absatz kehrt.

„Eine vollkommenere Mischung aus Kraftmeier, Feigling und Schleimer als Silas Brown ist mir selten begegnet“, meinte Holmes auf dem Weg nach King's Pyland.

„Also hat er das Pferd?“

„Natürlich versuchte er, es lauthals abzustreiten. Aber ich sagte ihm so genau auf den Kopf zu, was er an jenem Morgen tat, daß er glaubte, ich hätte ihn dabei beobachtet. Auch Ihnen dürfte kaum entgangen sein, Watson, daß seine auffallend kantigen Stiefelspitzen mit der Spur neben dem Pferd übereinstimmen. Im übrigen hätte natürlich kein Untergebener gewagt, so etwas auf eigene Faust zu tun. Ich beschrieb ihm also, wie er morgens – er steht ja gewöhnlich als erster auf – ein Pferd durchs Moor streifen sah. ‚Sie gingen hin', sagte ich, ‚und erkannten Silver Blaze an seiner silbernen Blesse auf der Stirn. Zuerst wollten Sie den Hengst wieder nach King's Pyland bringen, aber unterwegs begriffen Sie, daß Ihnen der Zufall das einzige Pferd in die Hände gespielt hatte, das Ihren eigenen Favoriten schlagen konnte. Um Ihre Wette auf Desboroughs Sieg zu sichern, beschlossen Sie, Silver Blaze so lange zu verstecken, bis das Rennen gelaufen war. Sie kehrten um und führten das Pferd nach Mapleton zurück.' Als ich ihm jede Einzelheit beschrieb, brach er zusammen und dachte nur noch daran, seine Haut zu retten."

„Aber man hat seine Ställe doch bereits durchsucht!"

„Oh, ein alter Roßtäuscher wie er verfügt über zahlreiche Kniffe."

„Nun, gerade deshalb verstehe ich nicht, warum Sie das Pferd bedenkenlos bei ihm lassen. Er hat doch allen Grund, es zu verletzen!"

„Mein lieber Freund, er wird es wie seinen Augapfel hüten. Er weiß, daß seine einzige Hoffnung auf Gnade darin besteht, daß er es unversehrt zurückgibt."

„Wenn ich Colonel Ross richtig beurteile, wird er selbst in dem Falle nicht viel Gnade walten lassen."

„Dazu bekommt er keine Gelegenheit. Ich habe meine eigenen Methoden und sage soviel oder sowenig, wie mir paßt. Das ist der Vorteil eines Privatmanns. Ihnen dürfte wohl kaum entgangen sein, Watson, daß der Colonel mir gegenüber etwas spöttisch auftritt. Nun habe ich Lust zu einem kleinen Spaß auf seine Kosten. Kein Sterbenswörtchen über unsere Entdeckung, Watson."

„Wie Sie meinen."

„Außerdem ist das alles recht nebensächlich, verglichen mit der Frage, wer John Straker getötet hat."

„Welcher Sie jetzt nachgehen wollen?"

„Im Gegenteil. Wir beide fahren mit dem Nachtzug wieder nach London."

Wie vom Donner gerührt blieb ich stehen. Wir waren doch erst ein paar Stunden in Devonshire, und er wollte eine Untersuchung aufgeben, die er so brillant angefangen hatte? Das erschien mir ganz unbegreiflich. Aber Holmes ließ sich keine weitere Silbe entlocken, bis wir das Haus des Trainers erreichten. Colonel Ross und der Inspektor erwarteten uns im Wohnzimmer.

„Mein Freund und ich fahren mit dem Nachtexpreß nach London zurück", sagte Holmes. „So einen Spaziergang in der bezaubernden Dartmoorluft kann ich nur empfehlen."

Inspektor Gregory machte große Augen, und der Colonel verzog verächtlich schnaubend die Mundwinkel.

„Demnach zweifeln Sie, den Mörder des armen Straker festnehmen zu können?“ sagte er.

Holmes zuckte die Schultern. „Dem stehen in der Tat ernsthafte Schwierigkeiten im Wege“, erklärte er. „Dennoch hege ich die begründete Hoffnung, daß Ihr Pferd am Dienstag starten wird. Halten Sie bitte den Jockei bereit. Dürfte ich Sie um ein Foto von Mr. John Straker ersuchen?“

Der Inspektor zog eins aus der Tasche und reichte es Holmes.

„Mein lieber Gregory, Sie erahnen alle meine Wünsche! Wenn ich Sie bitten dürfte, noch einen Augenblick zu warten. Ich möchte dem Dienstmädchen eine Frage stellen.“

„Ich muß sagen, ich bin ziemlich enttäuscht von Ihrem Konsultanten aus London“, knurrte Colonel Ross, als Holmes die Tür hinter sich schloß. „Seit seiner Ankunft sind wir keinen einzigen Schritt weitergekommen.“

„Zumindest haben Sie seine Zusicherung, daß das Pferd starten wird“, sagte ich.

„Die Zusicherung, ja“, antwortete der Colonel mit abfälligem Schulternzucken. „Aber ich hätte lieber das Pferd.“

Ich wollte gerade meinen Freund verteidigen, als er wieder das Zimmer betrat.

„Meine Herren“, sagte er, „jetzt können wir nach Tavistock fahren.“

Als wir in die Kutsche stiegen, hielt einer der Stallburschen den Schlag auf. Holmes schien plötzlich eine Idee zu kommen, denn er lehnte sich vor und berührte den Burschen am Arm.

„Ich sehe da ein paar Schafe in der Koppel“, sagte er. „Wer betreut sie?“

„Ich, Sir.“

„Haben Sie in letzter Zeit etwas Ungewöhnliches an ihnen bemerkt?“

„Nun, Sir, es ist kaum der Rede wert, aber drei lahmen, Sir.“

Holmes' Freude war unverkennbar.

„Ein Schuß ins Blaue – und ins Schwarze getroffen!“ flüsterte er und kniff mir in den Arm. „Gregory, ich möchte Sie auf diese merkwürdige Epidemie unter den Schafen aufmerksam machen. Fahren Sie los, Kutscher!“

Colonel Ross trug noch immer jene Miene zur Schau, die sein Mißtrauen gegenüber den Fähigkeiten meines Gefährten verriet, aber dem Gesichtsausdruck des Inspektors konnte ich entnehmen, daß seine Aufmerksamkeit jäh erwacht war.

„Sie halten das für wichtig?“ fragte er.

„Für ungemein wichtig.“

„Gibt es noch einen anderen Punkt, auf den Sie mich aufmerksam machen wollen?“

„Das merkwürdige Verhalten des Hundes in der Nacht.“
„Der Hund hat sich in der Nacht überhaupt nicht gerührt.“
„Das ist das Merkwürdige“, erwiderte Sherlock Holmes.

Vier Tage später fuhren Holmes und ich wieder mit dem Zug in Richtung Winchester, um uns das Rennen um den Wessex-Pokal anzusehen. Wie verabredet, erwartete uns Colonel Ross vor dem Bahnhof und brachte uns mit seiner Kutsche zur Rennbahn am Rande der Stadt. Er blickte finster drein. Sein ganzes Verhalten drückte Skepsis aus.

„Ich habe noch nichts von meinem Pferd gesehen“, sagte er.

„Würden Sie es denn auf Anhieb erkennen, wenn Sie es sähen?“ fragte Holmes.

Der Colonel brauste auf. „Ich bin schon zwanzig Jahre auf dem Turf, aber so eine Frage hat mir noch niemand gestellt“, rief er erbost. „Jedes Kind könnte Silver Blaze an der weißen Stirn und den gesprenkelten Fesseln erkennen!“

„Wie stehen die Wetten?“

„Tja, das ist das Seltsame an der Geschichte. Gestern lauteten sie noch fünfzehn zu eins, sanken dann aber immer tiefer, und jetzt sind sie schon bei drei zu eins angelangt.“

„Hm!“ sagte Holmes. „Jemand weiß etwas, das ist klar.“

Als die Kutsche in der Nähe der Haupttribüne hielt, blickte ich auf die Anzeigetafel, um die Meldungen zu studieren. Dort stand:

Wessex-Pokal, gestiftet für Vier- und Fünfjährige, dotiert auf 50 Sovereign plus 1000 Pfund Siegesprämie. Zweiter Platz: 300 Pfund, dritter Platz: 200 Pfund. Neue Bahn (1,6 Meilen).

1. Negro, Besitzer: Mr. Hearn Newton. Rote Kappe, zimtfarbene Jacke.
2. Pugilist, Besitzer: Colonel Wardlaw. Rosa Kappe, blau und schwarz gewürfelte Jacke.
3. Desborough, Besitzer: Lord Backwater. Kappe und Ärmel schwarz.
4. Silver Blaze, Besitzer: Colonel Ross. Schwarze Kappe, rote Jacke.
5. Iris, Besitzer: Duke of Balmoral. Kappe und Jacke schwarz und gelb gestreift.
6. Rasper, Besitzer: Lord Singleford. Purpurrote Kappe, schwarze Ärmel.

„Wir haben unser zweites Pferd gestrichen und unsere ganze Hoffnung auf Ihr Versprechen gesetzt“, sagte der Colonel. „Aber was ist das? Silver Blaze als Favorit?“

„Fünf zu vier gegen Silver Blaze!“ schrie man im Rund. „Fünf zu vier gegen Silver Blaze! Fünf zu fünfzehn gegen Desborough! Fünf zu vier auf das Feld!“

„Dort erscheinen die Startnummern!“ bemerkte ich. „Es sind sechs da!“

„Alle sechs? Dann läuft mein Pferd!“ rief der Colonel ganz erregt. „Aber ich sehe es nicht. Meine Farben sind nicht vorbeigekommen.“

„Es sind erst fünf durch. Das muß es sein.“

In diesem Augenblick kam ein mächtiger Fuchshengst aus dem Wiegegatter und sprengte an uns vorüber. Sein Reiter trug das wohlbekannte Schwarz und Rot des Colonels.

„Das ist nicht mein Pferd!“ rief der Besitzer. „Dieser Gaul hat kein einziges weißes Haar am Körper. Was haben Sie bloß angerichtet, Mr. Holmes!“

„Sachte, sachte, warten wir ab, wie er sich hält“, entgegnete mein Freund unbeirrbar. Er spähte etliche Minuten durch meinen Feldstecher. „Famos! Ein ausgezeichneter Start!“ rief er plötzlich. „Dort kommen sie aus der Kurve!“

Von unserer Kutsche aus konnten wir die lange Zielgerade sehr gut einsehen. Ausgangs der Kurve lagen die sechs Pferde noch so dicht nebeneinander, daß man einen Teppich über sie hätte breiten können. Auf halber Strecke schob sich das Gelb des Mapleton-Stalls in Führung. Doch ehe sie uns erreichten, war Desboroughs Pulver verschossen, das Pferd des Colonels zog im Spurt nach vorn und passierte den Zielpfosten mit sechs Längen Vorsprung vor seinem Rivalen. Iris belegte einen schwachen dritten Platz.

„Auf jeden Fall ist das Rennen an mich gegangen“, keuchte der Colonel und strich sich mit der Hand übers Gesicht. „Jetzt verstehe ich gar nichts mehr. Meinen Sie nicht, daß Sie Ihr Geheimnis lange genug für sich behalten haben?“

„Gewiß, Colonel, Sie sollen alles erfahren. Lassen Sie uns hinübergehen und das Pferd gemeinsam ansehen. Hier ist es“, fuhr er fort, als wir im Wiegegatter standen, zu dem nur Rennteilnehmer und deren Freunde Zutritt haben. „Sie brauchen nur den Kopf und die Fesseln mit Weingeist abzureiben und werden feststellen, daß es der gute alte Silver Blaze ist.“

„Mir fehlen die Worte!“

„Ich entdeckte das Pferd in den Händen eines Roßtäuschers und nahm mir die Freiheit, es so starten zu lassen, wie es war.“

„Mein lieber Sir, Sie haben Wunder vollbracht. Das Pferd sieht gesund und kräftig aus. Nie zuvor ist es besser gelaufen. Ich muß mich tausendmal entschuldigen, daß ich Ihre Fähigkeiten anzweifelte. Sie haben mir einen großen Dienst erwiesen, indem Sie mir das Pferd wiederbeschafften. Noch dankbarer wäre ich Ihnen, wenn Sie den Mörder von John Straker fassen würden.“

„Das habe ich schon“, sagte Holmes ruhig.

Der Colonel und ich blickten ihn verblüfft an. „Sie haben ihn gefaßt! Und wo ist er?“

„Hier.“

„Hier! Wo denn?"
„Im Augenblick befindet er sich unter uns."
Der Colonel wurde rot vor Ärger. „Ich weiß, daß ich Ihnen zu Dank verpflichtet bin, Mr. Holmes", sagte er, „aber was Sie eben gesagt haben, halte ich entweder für einen schlechten Scherz oder eine Beleidigung."
Sherlock Holmes lachte. „Ich versichere Ihnen, daß ich Sie nicht mit dem Verbrechen in Verbindung bringen wollte, Colonel", sagte er. „Der wirkliche Mörder steht direkt hinter Ihnen." Holmes trat ein paar Schritte zurück und legte seine Hand auf den mähnigen Hals des Vollbluthengstes.
„Das Pferd!" riefen der Colonel und ich gleichzeitig.
„Jawohl, das Pferd. Und seine Schuld wird wohl verringert, wenn ich Ihnen sage, daß es in Notwehr geschah, denn John Straker war ein Mann, der Ihr Vertrauen gänzlich mißbrauchte. Aber die Glocke läutet, und da ich im nächsten Lauf ein wenig zu gewinnen hoffe, verschiebe ich die ausführliche Erklärung auf eine passendere Gelegenheit."

Als wir an jenem Abend im Zug nach London saßen, hatten wir ein Abteil des Pullmanwagens ganz für uns. Ich wette, die Reise kam dem Colonel ebenso kurz vor wie mir, denn Holmes schilderte, wie er die rätselhaften Ereignisse jener Montagnacht in der Nähe der Trainingsställe im Dartmoor aufgeklärt hat.
„Ich muß gestehen", begann er, „daß alle Theorien, die ich mir zuvor anhand der Zeitungsberichte bildete, weit an der Wahrheit vorbeigingen. Die wirkliche Bedeutung der Fakten wäre eher erkennbar gewesen, wenn man sie nicht mit anderen Einzelheiten verbunden und ausgeschmückt hätte. So aber fuhr ich nach Devonshire mit der Überzeugung, daß Fitzroy Simpson der wahre Verbrecher sei, obwohl ich natürlich sah, daß die Beweise gegen ihn Lücken aufwiesen. Erst in der Kutsche, gerade als wir am Haus des Trainers hielten, ging mir die immense Bedeutung des Curryfleisches auf. Sie erinnern sich wohl, daß ich zerstreut sitzen blieb, als Sie alle ausstiegen. Ich wunderte mich im stillen, wie ich solch einen offensichtlichen Anhaltspunkt nur hatte übersehen können."
„Und ich muß gestehen", sagte der Colonel, „daß ich nicht einmal jetzt begreife, inwiefern uns dieser weiterhilft."
„Er bildete das erste Glied in der Kette meiner Schlußfolgerungen. Opiumpulver ist keineswegs geschmacklos. Mischte man Opium an irgendein gewöhnliches Gericht, würde es der Esser zweifellos bemerken und vielleicht nicht weiteressen. Aber Curry war genau das Gewürz, mit dem sich dieser Geschmack überdecken ließ. Konnte ein Fremder wie Fitzroy Simpson veranlaßt haben, daß an jenem Abend bei der Familie des Trainers Curry serviert wurde? Fügte es sich vielleicht so, daß er zufällig an jenem Abend

mit dem Opiumpulver kam, als es ein Gericht gab, das den Opiumgeschmack kaschieren konnte? Nein, beide Annahmen waren unwahrscheinlich. Deshalb schied Simpson als Verdächtiger aus, und meine Aufmerksamkeit konzentrierte sich auf Straker und seine Frau. Sie waren die beiden Personen, die bestimmt haben, daß es an diesem Tag Hammelfleisch mit Curry zum Abendessen gab. Das Opium wurde erst hinzugefügt, nachdem man die Mahlzeit für den wachhabenden Stallknecht beiseite gestellt hatte, denn die anderen haben dasselbe gegessen, ohne eine entsprechende Wirkung zu verspüren.

Welcher von den beiden Verdächtigen hatte Zugang zu dem Gericht, ohne vom Dienstmädchen gesehen zu werden?

Diese Frage erübrigte sich, als ich begriff, warum der Hund nicht gebellt hatte. Eine richtige Schlußfolgerung zieht die andere unweigerlich nach sich. Von dem Zwischenfall mit Simpson wußte ich, daß man einen Hund im Stall hielt, aber obwohl ein Dieb dort eindrang und das Pferd hinausführte, wurden die beiden Burschen auf dem Boden nicht durch sein Kläffen geweckt. Offensichtlich kannte der Hund den mitternächtlichen Besucher sehr gut.

Ich war da bereits überzeugt, daß es John Straker war, der in jener Nacht zu den Ställen gegangen war und Silver Blaze hinausgebracht hatte. In welcher Absicht? In einer unlauteren natürlich, denn weshalb sonst hätte er seinen eigenen Stallknecht betäuben sollen? Und doch kam ich nicht recht hinter seinen Plan. Es hat Fälle von Wettbetrug gegeben, wo Trainer riesige Summen eingestrichen haben, indem sie über Mittelsmänner Wetten gegen ihr eigenes Pferd abschlossen und dann verhinderten, daß es gewinnt. Manchmal hält ein Jockei das Pferd zurück. Manchmal greift man zu sichereren und feineren Mitteln. Welches traf hier zu? Ich hoffte, der Inhalt von Strakers Taschen würde darüber Aufschluß geben.

Und so war es. Erinnern Sie sich an das merkwürdige Messer, das in der Hand des Toten gefunden wurde? Kein vernünftiger Mensch würde so etwas als Waffe nehmen. Es war, wie uns Dr. Watson erklärte, ein Messer für feinste chirurgische Eingriffe. Und in jener Nacht sollte es auch zu einer heiklen Operation benutzt werden. Colonel Ross, Sie mit Ihren reichen Erfahrungen im Renngeschäft wissen wahrscheinlich, daß man subkutane Schnitte an den Gelenkbändern eines Pferdes vornehmen kann, so daß äußerlich so gut wie keine Spur zurückbleibt. Das Tier lahmt ein wenig, man schreibt es dann der Überanstrengung im Training oder einem gelegentlichen Rheuma zu, ohne Verdacht zu schöpfen."

„So ein gemeiner Schuft!" rief der Colonel aus.

„Hier haben wir die Erklärung, warum John Straker das Pferd ins Moor führte. Ein so feuriger Hengst würde sicher den festesten Schläfer wecken, wenn er den Stich des Messers fühlte. Deshalb war es unbedingt notwendig, den Eingriff im Freien vorzunehmen.“

„Ich muß blind gewesen sein!“ rief der Colonel. „Deshalb hat er natürlich auch die Kerze gebraucht und das Streichholz entzündet.“

„Zweifellos. Aber sein Tascheninhalt verriet mir nicht nur die Methode des geplanten Verbrechens, sondern glücklicherweise auch die Motive dafür. Als Mann von Welt wissen Sie, Colonel, daß man kaum die Rechnungen anderer Leute mit sich herumträgt. Meistens haben wir genug damit zu tun, unsere eigenen zu begleichen. Ich schloß daraus sofort, daß Straker ein Doppelleben führte und eine zweite Wohnung unterhielt. Die Rechnung deutete an, daß eine Dame im Spiel war, eine mit kostspieligem Geschmack. Wenn Sie Ihre Angestellten auch großzügig entlohnen, so darf man doch kaum erwarten, daß diese ihren Frauen Abendroben für zwanzig Guineen kaufen können. Ich fragte Mrs. Straker nach dem Kleid, ohne daß sie etwas davon merkte. Nachdem ich mich vergewissert hatte, daß es nie zu ihr gelangt war, notierte ich mir die Adresse der Modistin. Dort, so ahnte ich, würde ich mit einem Foto von Straker den geheimnisvollen Derbyshire bestimmt ermitteln.

Von da an war alles klar. Straker führte das Pferd in eine Senke, wo das Licht verborgen blieb. Simpson hatte bei der Flucht seine Krawatte verloren, Straker sie aufgehoben. Vielleicht glaubte er, sie zum Festbinden des Pferdebeins benutzen zu können. In der Mulde ging er hinter das Pferd und rieb ein Zündholz an, aber das Tier, erschreckt von dem plötzlichen Lichtschein und instinktiv witternd, daß ein Unheil bevorstand, schlug aus und traf Strakers Stirn. Trotz des Regens hatte er den Gummimantel abgelegt, um sich Bewegungsfreiheit für den heiklen Eingriff zu verschaffen, deshalb schlitzte ihm das Messer den Oberschenkel auf, als er niederstürzte. Drücke ich mich klar aus?“

„Wundervoll!“ rief der Colonel. „Wirklich wundervoll! Als wenn Sie dabeigewesen wären!“

„Meine letzte Annahme war, das muß ich zugeben, eine sehr gewagte. Ich sagte mir, daß ein so schlauer Mann wie Straker diese riskante Operation an den Bändern nicht ohne praktische Erfahrungen ausführen würde. Woran konnte er üben? Mein Blick fiel auf die Schafe. Ich fragte und war mehr als überrascht, als sich meine Vermutung bestätigte.

In London suchte ich die Modistin auf, die Straker als einen ausgezeichneten Kunden namens Derbyshire erkannte, dessen auffallend schöne Gattin eine Schwäche für teure Kleider hat. Ich hege keinen Zweifel, daß ihn diese Frau bis über beide Ohren in Schulden gestürzt und zu dieser üblen Sache getrieben hat.“

„Sie haben alles aufgeklärt, nur einen Punkt nicht“, sagte der Colonel. „Wo war das Pferd?“

„Ach ja, es lief davon und wurde von einem Ihrer Nachbarn in Pflege genommen. Den Betreffenden sollten wir amnestieren, denke ich. Dort kommt Clapham Junction, wenn ich nicht irre, also sind wir in weniger als zehn Minuten auf dem Victoria-Bahnhof. Wenn Sie eine Zigarre in unserer Wohnung rauchen wollen, Colonel, werde ich Ihnen mit Vergnügen alle weiteren Einzelheiten erläutern, die Sie interessieren."

Die „Gloria Scott“

Als wir an einem Winterabend beide am Kaminfeuer saßen, sagte mein Freund Sherlock Holmes zu mir: „Hier habe ich ein paar Papiere, die es, glaube ich, wert sind, daß Sie sie sich einmal näher ansehen, Watson. Es handelt sich um Dokumente über den ungewöhnlichen Untergang der ‚Gloria Scott‘; und hier ist die Nachricht, die Friedensrichter Trevor den Todesstoß versetzte, als er sie las.“

Aus einem Schubfach hatte er eine kleine fleckige Rolle genommen, und nachdem er das Band gelöst hatte, überreichte er mir eine kleine Notiz, die hastig auf einen halben Bogen schiefergrauen Papiers gekritzelt worden war:

Die geplante Jagd-Partie nächste Woche ist nicht durchführbar. Aus fadenscheinigen Gründen, Hudson weiß, warum, hat der Wildhüter alles dem Bürgermeister verraten. Und da Du ihn kennst, mußt Du Dich sofort um den Weg kümmern.

Nachdem ich diese rätselhafte Botschaft gelesen hatte, blickte ich auf und bemerkte, daß sich Holmes köstlich über mein erstauntes Gesicht amüsierte.

„Sie sehen ein wenig verblüfft aus“, sagte er.

„Ich verstehe nicht, warum diese Nachricht solch ein Entsetzen hervorrufen konnte. Mir erscheint sie eher grotesk, weiter nichts.“

„Durchaus verständlich. Doch Tatsache bleibt, daß der Empfänger, ein robuster, netter alter Herr, danach wie von einem Pistolenschuß getroffen zusammenbrach.“

„Sie machen mich neugierig“, sagte ich. „Aber warum haben Sie gesagt, daß es einen besonderen Grund gibt, weshalb ich mich mit diesem Fall beschäftigen soll?“

„Weil es mein allererster Fall überhaupt war.“

Ich hatte meinem Freund schon oft zu entlocken versucht, was ihn damals bewog, die kriminalistische Laufbahn einzuschlagen, doch nie war er dazu aufgelegt, mit mir darüber zu sprechen. Jetzt saß er vor mir im Sessel und breitete die Dokumente auf seinen Knien aus. Dann zündete er sich eine Pfeife an, saß eine Zeitlang rauchend da und blätterte in ihnen herum.

„Habe ich Ihnen nie von Victor Trevor erzählt?“ fragte er. „Er war mein einziger Freund, den ich während der zwei Jahre am College hatte. Ich war nie sehr gesellig, Watson, sondern verkroch mich lieber auf meinem Zimmer und entwickelte meine eigenen kleinen Denkmethoden, so daß ich kaum mit den Studenten meines Jahrgangs zusammenkam. Außer Fechten und Boxen hatte ich nur wenig Sinn für Sport, und so ergaben sich auch kaum Kontaktmöglichkeiten. Trevor war der einzige, den ich kannte, und das auch nur wegen seines Terriers, der mich eines Morgens auf dem Weg zur Kirche in den Knöchel biß.

Das war schon eine prosaische Art, Freundschaft zu schließen, aber wirkungsvoll. Zehn Tage lang konnte ich nichts machen und mußte das Bett hüten. Trevor kam jeden Tag vorbei und sah nach mir. Anfangs waren es nur Minutengespräche, doch bald dehnten sich seine Besuche aus, und noch vor Ende des Semesters schlossen wir Freundschaft. Er war ein herzlicher, tatkräftiger Bursche, voller Geist und Energie, in jeder Hinsicht das genaue Gegenteil von mir; doch wir hatten auch einiges gemeinsam, und als ich merkte, daß er genausowenig Freunde besaß wie ich, festigte das unsere Beziehungen. Schließlich lud er mich in sein Vaterhaus nach Donnithorpe in Norfolk ein, und ich genoß einen Monat lang während der großen Ferien seine Gastfreundschaft.

Der alte Trevor war offensichtlich ein reicher und geachteter Mann, Friedensrichter und Grundbesitzer. Donnithorpe ist ein kleines Dörfchen direkt im Norden von Langmere, in der Gegend der Broads. In den Sümpfen konnte man wunderbar Wildenten schießen, es gab bemerkenswert gute Fischgründe, im Hause selbst befand sich eine kleine, aber erlesene Bibliothek, die man, wie mir erzählt wurde, vom früheren Besitzer übernommen hatte. Und es war auch ein leidlich guter Koch da, so daß man schon sehr wählerisch sein mußte, wenn man es hier nicht einen Monat aushielt.

Trevor senior war Witwer und mein Freund sein einziger Sohn. Er hatte auch eine Tochter gehabt, hörte ich, doch sie war während eines Besuchs in Birmingham an Diphtherie gestorben. Der Vater interessierte mich sehr, er war von ziemlicher Robustheit, sowohl physisch als auch geistig, kannte kaum Bücher, war aber weit gereist, hatte viel von der Welt gesehen und eine Menge dabei gelernt. Er wirkte untersetzt, stämmig, hatte dichte graue Haare, ein braunes, wetterhartes Gesicht und blaue Augen, die Wildheit verrieten. Man kannte in der Gegend seine Freundlichkeit und Großzügigkeit und schätzte seine milden Urteilssprüche als Richter.

Eines Abends kurz nach meiner Ankunft saßen wir nach dem Essen noch bei einem Glas Portwein zusammen, als der junge Trevor über jene Gewohnheiten der Beobachtung und die sich ergebenden Schlußfolgerungen sprach, die ich damals schon systematisch betrieb, obgleich ich noch nicht abschätzen konnte, welche Rolle sie in meinem Leben spielen sollten. Der alte Herr dachte offensichtlich, sein Sohn übertreibe bei seiner Schilderung von ein oder zwei unbedeutenden Kunststücken, die ich vollbracht hatte.

‚Also los, Mr. Holmes', sagte er lachend und gut gelaunt. ‚Ich bin ein hervorragendes Objekt, versuchen Sie, etwas von meiner Person abzuleiten.'

‚Ich fürchte, da gibt es nicht sehr viel', antwortete ich darauf. ‚Ich vermute, daß Sie in den letzten zwölf Monaten in ziemlicher Angst vor irgendeinem persönlichen Angriff gelebt haben.'

Das Lachen verschwand von seinen Lippen, er starrte mich überrascht an.

‚Nun, das ist nur zu wahr', sagte er. ‚Du weißt doch, Victor', er wandte sich an seinen Sohn, ‚als wir diese Bande von Wilddieben zur Strecke brachten, schworen sie, uns zu erstechen, und Sir Edward Holly ist tatsächlich angegriffen worden. Seitdem bin ich immer auf der Hut gewesen, wenn mir auch nicht klar ist, woher Sie das wissen.'

‚Sie besitzen einen sehr schönen Stock', antwortete ich. ‚An der Inschrift stellte ich fest, daß Sie ihn nicht länger als ein Jahr haben. Aber Sie machten sich die Mühe, den Knauf aufzubohren und das Loch mit flüssigem Blei zu füllen, eine gefährliche Waffe. Ich schlußfolgerte, daß Sie derartige Vorkehrungen nicht treffen würden, wenn Sie keine Gefahr zu fürchten hätten.'

‚Sonst noch etwas?' fragte er lächelnd.

‚In Ihrer Jugend haben Sie ziemlich viel geboxt.'

‚Wieder richtig. Wie haben Sie das herausgefunden? Ist meine Nase nicht gerade?'

‚Nein', erwiderte ich, ‚es sind Ihre Ohren. Sie sind typisch breit und verdickt, Kennzeichen jedes Boxers.'

‚Noch irgend etwas?'

‚Ihre Schwielen an den Händen verraten, daß Sie ziemlich lange gegraben haben.'

‚Ich habe mein ganzes Geld auf den Goldfeldern gemacht.'

‚Sie sind in Neuseeland gewesen.'

‚Stimmt auch.'

‚Sie haben Japan besucht.'

‚Richtig.'

‚Und Sie waren einmal sehr eng mit jemandem verbunden, dessen Initialen J. A. lauteten und den zu vergessen Sie später bemüht waren.'

Mr. Trevor erhob sich langsam, heftete seine großen blauen Augen mit einem merkwürdig flackernden Blick auf mich und fiel ohnmächtig vornüber.

Sie können sich vorstellen, Watson, wie erschrocken sein Sohn und ich waren. Der Anfall dauerte jedoch nicht lange, denn nachdem wir ihm den Kragen geöffnet und Wasser aus einer der Fingerschalen auf sein Gesicht gespritzt hatten, holte er ein- oder zweimal tief Luft und kam wieder zu sich.

‚Ach, Jungs', sagte er und rang sich ein Lächeln ab, ‚ich hoffe, ich habe euch nicht erschreckt. So stark ich auch aussehe, es gibt einen schwachen

Punkt, und das ist mein Herz; es gehört nicht viel dazu, mich umzuwerfen. Ich weiß nicht, wie Sie das machen, Mr. Holmes, aber mir scheint, daß alle wirklich lebenden Detektive und auch die von Dichtern erfundenen im Gegensatz zu Ihnen Kinder sind. Das ist Ihr Lebensweg, Sir, lassen Sie sich das von einem Mann gesagt sein, der etwas von der Welt gesehen hat.'

Und Sie können mir glauben, Watson, zum erstenmal hatte ich bei diesem Vorschlag und der Einschätzung meiner Fähigkeiten das Gefühl, man könnte aus dem, was bisher bloß mein Hobby gewesen war, einen Beruf machen.

‚Ich habe hoffentlich nichts gesagt, was Sie schmerzen könnte?' fragte ich.

‚Sie haben tatsächlich einen ziemlich wunden Punkt berührt. Darf ich fragen, wie Sie das wissen konnten und – wieviel Sie wissen?' Jetzt sprach er zwar wieder in halb scherzhaftem Ton, doch tief hinten in seinen Augen lauerte noch versteckt das Entsetzen.

‚Die Sache ist an sich ganz einfach', sagte ich. ‚Als Sie neulich Ihren Arm entblößten, um einen Fisch ins Boot zu hieven, da sah ich jenes J. A. in die Beuge Ihres Ellenbogens tätowiert. Die Buchstaben waren noch lesbar, aber an ihrer ausgeblichenen Zeichnung und den Beizflecken auf der Haut drum herum konnte ich erkennen, daß man bemüht gewesen war, sie zu entfernen. Es lag also für mich auf der Hand, daß diese Initialen Ihnen einmal sehr viel bedeutet haben müssen und Sie später den Wunsch hatten, sie zu vergessen.'

‚Was Sie für ein Auge haben!' rief er erleichtert. ‚Es ist genau, wie Sie sagen. Aber wir wollen nicht weiter darüber reden. Von allen Geistern sind die Geister derjenigen, die wir einmal liebten, am schlimmsten zu ertragen. Laßt uns ins Billardzimmer gehen und dort in Ruhe eine Zigarre rauchen.'

Von dem Tag an war in Mr. Trevors Verhalten mir gegenüber trotz aller Herzlichkeit immer ein gewisses Mißtrauen zu spüren. Sogar seinem Sohn fiel das auf. ‚Du hast meinem alten Herrn einen derartigen Schock versetzt', sagte er eines Tages, ‚daß er sich nie ganz sicher ist, was du weißt und was nicht.' Ich bin überzeugt, er wollte es mich nicht merken lassen, doch er verriet sich bei jeder Kleinigkeit. Schließlich kam ich zu der Überzeugung, daß meine Anwesenheit ihm Unbehagen bereitete, so daß ich beschloß, meinen Besuch zu beenden. Doch noch am Tag vor meiner Abfahrt ereignete sich etwas, was in der Folgezeit von Bedeutung sein sollte.

Wir saßen alle drei auf den Gartenstühlen draußen, genossen die Sonne und bewunderten die Aussicht auf die Broads, als eins der Mädchen herauskam, um zu melden, ein Mann sei an der Tür, der Mr. Trevor zu sprechen wünsche.

‚Wie ist sein Name?' fragte mein Gegenüber.

‚Er wollte ihn nicht nennen.'

‚Was will er denn?'

‚Er meint, daß Sie ihn kennen und er Sie nur kurz sprechen möchte.'

‚Führen Sie ihn hierher.'

Kurz darauf erschien ein kleiner dürrer, kriecherisch wirkender Mann. Er trug eine offene Jacke, die einen großen Teerfleck am Ärmel hatte, ein rot und schwarz kariertes Hemd, Kattunhosen und ziemlich abgetragene schwere Stiefel. Sein hageres Gesicht war gebräunt und wirkte verschlagen durch ein fortwährendes Lächeln, das eine unregelmäßige Reihe gelber Zähne sehen ließ; seine Hände sahen wie die eines Seemannes aus. Als er nachlässig und schwankend über den Rasen schlurfte, hörte ich, wie Mr. Trevor ein keuchender Schluckauf entschlüpfte. Er sprang hastig vom Stuhl auf und verschwand im Haus. Gleich darauf kam er zurück, und als er an mir vorbeiging, bemerkte ich einen unangenehmen Geruch nach Brandy.

‚Nun, guter Mann', sagte er, ‚was kann ich für Sie tun?'

Der Seemann stand vor ihm und blickte ihn mit verkniffenen Augen an, das schiefe Lächeln unverändert in seinem Gesicht. ‚Sie kenn' mich nicht?' fragte er.

‚Ach ja, das ist ja tatsächlich Hudson', sagte Mr. Trevor daraufhin im Ton der Überraschung.

‚Ja, Hudson, Sir', bestätigte der Seemann. ‚Das ist wohl an die dreißig Jahre oder mehr her, seit ich Sie das letztemal gesehn hab. Hier in so 'm Haus wohnen Sie also, und ich hol mir mein Salzfleisch noch immer aus 'm gewöhnlichen Faß.'

‚Unsinn, Sie werden gleich merken, daß ich die alten Zeiten nicht vergessen habe!' rief Mr. Trevor, und als er auf den Seemann zuging, flüsterte er ihm etwas zu. ‚Gehen Sie in die Küche', sagte er laut, ‚dort wird man Ihnen etwas zu essen und zu trinken geben. Ich zweifle nicht daran, daß ich für Sie auch eine Stellung finden kann.'

‚Ich dank Ihnen, Sir', sagte der Seemann und tippte mit dem Finger an seine Stirnlocke. ‚Hab jetzt nach zwei Jahren Fahrt grad vom Achtknotenfrachter abgemustert, wo zuwenig Arbeitskräfte warn, und brauch nu Erholung. Ich dachte, die könnt ich wohl entweder bei Ihnen oder Mr. Beddoes kriegen.'

‚Ach!' rief Trevor aus. ‚Sie wissen demnach, wo Mr. Beddoes ist?'

‚Meine Güte, Sir, ich weiß, wo alle meine alten Freunde zu finden sind', sagte der Kerl mit einem finsteren Lächeln und trottete dann dem Mädchen hinterher zur Küche. Uns gegenüber murmelte Mr. Trevor etwas in der Art, daß er ein Schiffskamerad dieses Mannes gewesen wäre, als er danach zu den Goldfeldern unterwegs gewesen war; dann verließ er uns und ging nach drinnen. Als wir eine Stunde später das Haus betraten, fanden wir ihn volltrunken auf dem Sofa im Eßzimmer liegen. Der ganze Zwischenfall hinterließ einen sehr zwiespältigen Eindruck auf mich, so daß ich nicht traurig war, Donnithorpe am nächsten Tag verlassen zu müssen, denn ich hatte das Gefühl, daß meine Anwesenheit meinem Freund langsam peinlich wurde.

Das alles ereignete sich im ersten Monat der großen Ferien. Ich fuhr in meine Londoner Wohnung, wo ich die folgenden sieben Wochen damit zubrachte, ein paar Experimente in organischer Chemie durchzuführen. Doch eines Tages, der Herbst war schon weit fortgeschritten, und die Ferien näherten sich ihrem Ende, erhielt ich ein Telegramm von meinem Freund, worin er mich bat, nach Donnithorpe zurückzukommen, da er dringend meinen Rat und meine Hilfe benötige. Natürlich ließ ich alles stehen und liegen und machte mich wieder auf den Weg nach Norden.

Er erwartete mich mit einer Kutsche am Bahnhof, und auf den ersten Blick erkannte ich, daß die letzten zwei Monate ihn sehr mitgenommen hatten. Er wirkte dünner und sorgenvoll und hatte sein lautes, heiteres Wesen, das so typisch für ihn gewesen war, verloren.

‚Mein alter Herr stirbt', war das erste, was er zu mir sagte.

‚Unmöglich!' rief ich. ‚Was ist geschehen?'

‚Apoplexie, Schlaganfall. Den ganzen Tag lang ringt er schon mit dem Tod. Ich habe wenig Hoffnung, daß wir ihn noch lebend antreffen werden.'

Wie Sie sich denken können, Watson, war ich über diese unerwartete Nachricht entsetzt.

‚Wie konnte das passieren?' fragte ich.

‚Ach ja, genau das ist es. Steig ein, während wir fahren, können wir darüber reden. Du erinnerst dich doch an den Kerl, der an dem Abend auftauchte, bevor du abgereist bist?'

‚Genau.'

‚Weißt du, wer das war, den wir da ins Haus gelassen haben?'

‚Keine Ahnung.'

‚Der Teufel, Holmes!' rief er.

Ich sah ihn erstaunt an.

‚Ja, es war der Teufel persönlich. Wir hatten seitdem keine ruhige Minute mehr – nicht eine. Von dem Abend an hat mein alter Herr seinen Kopf nicht mehr erhoben, und jetzt ist das Leben aus seinem Körper herausgepreßt und sein Herz gebrochen, alles durch diesen verfluchten Hudson.'

‚Welche Macht hatte er denn?'

‚Ach, was würde ich dafür geben, wenn ich das wüßte. Der freundliche, nachsichtige gute alte Herr – wie konnte er nur in die Klauen eines solchen Rohlings fallen! Ich bin ja so froh, daß du gekommen bist, Holmes. Ich vertraue deinem Urteil und deiner Diskretion und weiß, daß du mir in bester Absicht raten wirst.'

Wir fuhren auf der glatten hellen Landstraße dahin, um uns die Weite der Broads, die im roten Licht der untergehenden Sonne glitzerten. Hinter einem kleinen Wäldchen links von uns konnte ich schon die hohen Schornsteine und den Fahnenmast erkennen, die zum Wohnsitz des Friedensrichters gehörten.

‚Mein Vater machte den Kerl zum Gärtner', sagte mein Begleiter, ‚und dann, als ihm das nicht genug war, wurde er zum Butler befördert. Das Haus schien völlig in seiner Gewalt zu sein, er lief drin herum und tat, was er wollte. Die Dienstmädchen beklagten sich über sein Benehmen und seine niederträchtige Redeweise, wenn er betrunken war. Vater erhöhte ihnen allen die Löhne, um sie für den Ärger zu entschädigen. Der Kerl nahm einfach das Boot und das beste Gewehr meines Vaters und jagte nach Belieben. Und das alles mit einem derartig höhnischen, boshaften, unverschämt frechen Gesicht, daß ich ihn wohl an die zwanzigmal hätte zusammenschlagen mögen, wenn er in meinem Alter gewesen wäre. Holmes, ich mußte mich die ganze Zeit lang mächtig zusammennehmen; und jetzt frag ich mich, ob es nicht klüger gewesen wäre, wenn ich meinen Gefühlen freien Lauf gelassen hätte.

Ich sage dir, es wurde von Tag zu Tag schlimmer bei uns, und Hudson, dieser Lump, wurde immer aufdringlicher, bis ich ihn schließlich einmal am Schlafittchen packte und aus dem Zimmer warf, als er eines Tages in meiner Gegenwart meinem Vater gegenüber eine freche Bemerkung machte. Mit bleichem Gesicht schlich er davon, und in seinen tückischen Augen waren mehr Drohungen zu lesen, als er mit Worten hätte ausdrücken können. Ich weiß nicht, was danach zwischen meinem armen Vater und ihm vorgefallen ist, doch am nächsten Tag kam Vater zu mir und fragte mich, ob ich mich nicht bei Hudson entschuldigen könnte. Ich weigerte mich, wie du dir denken kannst, und fragte meinen Vater, wie er so einem Schuft erlauben konnte, sich ihm gegenüber und im Haus derartige Freiheiten herauszunehmen.

‚Ach, mein Junge', erwiderte er, ‚das sagt sich alles so leicht, aber du weißt ja nicht, in welcher Lage ich bin. Doch du sollst es erfahren, Victor. Ich werde dafür sorgen, daß du es erfährst, komme, was wolle. Du wirst nicht schlecht von deinem armen alten Vater denken, nicht wahr, mein Junge?'

Er war sehr bewegt und schloß sich den ganzen Tag in seinem Arbeitszimmer ein, ich sah durch das Fenster, daß er eifrig schrieb.

An dem Abend passierte etwas, was mir wie eine große Erleichterung vorkam, denn Hudson teilte uns mit, daß er vorhabe, uns zu verlassen. Er kam ins Speisezimmer, als wir dort nach dem Essen noch zusammensaßen, und mit der belegten Stimme eines nicht mehr ganz nüchternen Mannes verkündete er seine Absicht.

‚Ich hab genug von Norfolk', sagte er. ‚Ich fahr runter zu Mr. Beddoes nach Hampshire. Der wird sich genauso freun, mich wiederzusehn.'

‚Sie verlassen uns doch nicht etwa im bösen, Hudson', sagte mein Vater mit einer Unterwürfigkeit, die mein Blut zum Kochen brachte.

‚Bei mir hat sich keiner entschuldigt', sagte Hudson unfreundlich und blickte in meine Richtung.

‚Victor, du wirst zugeben müssen, daß du diesen ehrenwerten Mann ziemlich grob behandelt hast', sagte mein Vater zu mir.

‚Im Gegenteil, ich glaube, daß wir beide ihm gegenüber außerordentlich viel Geduld gezeigt haben', antwortete ich.

‚Ach wirklich, ham Sie das?' knurrte Hudson. ‚Sehr gut, junger Mann. Wir werden uns drum kümmern!'

Er schlurfte aus dem Zimmer und verließ eine halbe Stunde später das Haus, meinen Vater in einem bejammernswerten Zustand von Nervosität zurücklassend. Nacht für Nacht hörte ich ihn in seinem Zimmer umhergehen, und gerade als er seine alte Zuversicht zurückzugewinnen schien, da traf ihn dieser Schicksalsschlag.'

‚Wie das?' fragte ich ungeduldig.

‚Auf sehr merkwürdige Weise. Gestern abend kam ein Brief für meinen Vater, der den Poststempel von Fordingham trug. Mein Vater las ihn, schlug beide Hände vor das Gesicht und trippelte aufgeregt im Zimmer umher, wie jemand, der den Verstand verloren hat. Als ich ihn schließlich aufs Sofa zog, hingen sein Mund und ein Augenlid herab, und ich sah, daß er einen Schlaganfall hatte. Dr. Fordham kam sofort. Wir brachten ihn ins Bett, doch die Lähmung ist weiter fortgeschritten, und bisher hat er sein Bewußtsein noch nicht wiedererlangt, und ich fürchte, wir werden ihn kaum noch lebend antreffen.'

‚Du erschreckst mich, Trevor!' rief ich. ‚Was kann denn in diesem Brief gestanden haben, daß er eine so entsetzliche Wirkung hervorrief?'

‚Nichts. Darin liegt ja das Unerklärliche. Die Mitteilung klang absurd. Ach, mein Gott, es ist, wie ich befürchtet habe!'

Während er noch sprach, bogen wir um die Allee und sahen in der Abenddämmerung, daß alle Rouleaus im Haus heruntergelassen waren. Als wir vor der Tür vorfuhren, zuckte das Gesicht meines Freundes vor Kummer. Ein schwarzgekleideter Mann trat aus dem Haus.

‚Wann ist es passiert, Doktor?' fragte Trevor.

‚Gleich nachdem Sie weggefahren waren.'

‚Hat er das Bewußtsein wiedererlangt?'

‚Nur einen kurzen Augenblick.'

‚Irgendeine Nachricht für mich?'

‚Nur, daß die Papiere im hinteren Schubfach des japanischen Kabinettschränkchens liegen.'

Mein Freund ging mit dem Doktor in das Sterbezimmer hinauf, während ich im Arbeitszimmer blieb und mir die ganze Sache immer und immer wieder durch den Kopf gehen ließ und mich dabei so elend fühlte wie nie zuvor in meinem Leben. Was für eine Vergangenheit hatte dieser Trevor, Boxer, Weltenbummler und Goldgräber, und wie konnte er in die Gewalt dieses säuerlich grinsenden Seemanns geraten? Weshalb war er in Ohnmacht gefallen bei der Anspielung auf die halbverblaßten Initialen auf seinem Arm! Warum vor allem starb er vor Angst, als er diesen Brief aus Fordingham erhielt? Dann fiel mir ein, daß Fordingham in Hampshire lag und daß jener Mr. Beddoes, den der Seemann besuchen wollte – zweifellos, um ihn ebenfalls zu erpressen –, auch in Hampshire wohnen sollte. Der Brief könnte demzufolge entweder von Hudson, dem Seemann, stammen, um mitzuteilen, daß er das offensichtlich existierende Geheimnis einer Schuld verraten hatte; oder es war eine Nachricht von Beddoes, der seinen alten Freund warnen wollte, daß ein derartiger Verrat drohte. Soweit schien alles klar zu sein. Wie war es jedoch möglich, daß dieser Brief so unbedeutend und grotesk scheinen konnte, wie ihn der Sohn beschrieben hatte? Er mußte ihn mißverstanden haben, oder aber er war in einem jener kunstvollen Geheimcodes abgefaßt, die das eine sagen und etwas anderes meinen. Ich wollte den Brief sehen. Wenn er eine geheime Botschaft enthielt, war ich zuversichtlich, sie herauszufinden. Eine Stunde lang saß ich grübelnd in der Dämmerung, bis schließlich ein weinendes Dienstmädchen eine Lampe brachte und gleich darauf mein Freund Trevor hereinkam, blaß, aber gefaßt, und genau diese Papiere in der Hand hielt, die jetzt auf meinen Knien liegen. Er setzte sich mir gegenüber hin, zog die Lampe an den Tischrand und überreichte mir eine kurze handgeschriebene Nachricht auf einem einzelnen Blatt grauen Papiers, wie Sie selbst sehen.

Die geplante Jagd-Partie nächste Woche ist nicht durchführbar. Aus fadenscheinigen Gründen, Hudson weiß, warum, hat der Wildhüter alles dem Bürgermeister verraten. Und da Du ihn kennst, mußt Du Dich sofort um den Weg kümmern.

Ich möchte sagen, ich habe genauso verblüfft ausgesehen wie Sie, als ich diese Nachricht zum erstenmal las. Dann besah ich sie mir noch einmal sehr sorgfältig. Es war offensichtlich so, wie ich vermutet hatte, und irgendeine geheime Bedeutung mußte in dieser seltsamen Kombination von Worten versteckt liegen. Oder war es möglich, daß Wörter wie ‚Wildhüter' und ‚Bürgermeister' eine vorher abgesprochene Bedeutung haben konnten? Ihren Sinn wüßten nur der Absender und Empfänger zu entschlüsseln. Für uns wäre das rein spekulativ. Und doch war ich geneigt anzunehmen, daß dies der Fall war und daß das Vorhandensein des Wortes Hudson darauf hinzuweisen schien, daß die Mitteilung eher von Beddoes als vom Seemann stammte. Ich versuchte es von hinten, doch die Kombination *kümmern den*

Weg war nicht ermutigend. Dann probierte ich es mit jedem zweiten Wort, aber weder *Die Jagd nächste ist durchführbar* noch *Weg um Dich* ließen die Sache klarer werden.

Und dann hatte ich ganz plötzlich den Schlüssel des Rätsels in der Hand. Ich entdeckte, daß jedes dritte Wort, angefangen beim ersten, einen Sinn ergab, der den alten Trevor sehr wohl zur Verzweiflung hatte treiben können.

Die Botschaft war kurz und bündig, eine Warnung. Und so las ich sie meinem Freund dann vor:

Die Partie ist aus – Hudson hat alles verraten – Du mußt sofort weg.

Victor Trevor senkte den Kopf und bedeckte mit zitternden Händen sein Gesicht. ‚Das muß es sein, nehme ich an', sagte er. ‚Das ist schlimmer als der Tod, denn es bedeutet auch Schande. Aber was haben die Worte *Wildhüter* und *Bürgermeister* zu bedeuten?'

‚In der eigentlichen Botschaft nichts, aber für uns sind sie insofern wichtig, als wir nichts anderes in der Hand haben, um den Absender festzustellen. Verstehst du, er muß so mit dem Schreiben angefangen haben: *Die* ...... *Partie* ...... *ist* ...... *aus* ... und so weiter. Danach mußte er jeweils zwei Wörter in jede Lücke setzen, um den vorher vereinbarten Geheimcode auszuführen. Natürlich würde er die ersten Wörter nehmen, die ihm in den Sinn kamen, und da es so viele gab, die sich auf gemeinsame Jagdinteressen bezogen, kann man mit ziemlicher Sicherheit annehmen, daß er entweder ein passionierter Schütze ist oder sich für die Jagd interessiert. Weißt du irgend etwas über diesen Beddoes?'

‚Ja, jetzt, wo du es erwähnst', sagte er, ‚fällt mir ein, daß mein armer Vater gewöhnlich jeden Herbst von ihm eine Einladung zur Jagd in seinem Wildgehege erhielt.'

‚Dann stammt diese Nachricht zweifellos von ihm', sagte ich. ‚Uns bleibt nur noch, herauszufinden, was das für ein Geheimnis war, mit dem der Seemann Hudson diese beiden reichen und respektablen Männer bedroht zu haben scheint.'

‚Leider, Holmes, muß ich befürchten, daß es etwas ist, das Sünde und Schande bedeutet!' rief mein Freund. ‚Aber vor dir habe ich keine Geheimnisse. Hier der Bericht, den mein Vater niedergeschrieben hat, als er merkte, daß die Gefahr, die von Hudson ausging, bedrohlich geworden war. Ich fand die Aufzeichnungen im japanischen Kabinettschrank, wie er es dem Doktor gesagt hatte. Lies sie mir bitte vor, denn ich habe weder die Kraft noch den Mut, es selbst zu tun.'

Dies sind jene Papiere, Watson, die er mir überreichte, und ich werde sie Ihnen vorlesen, wie ich sie in jener Nacht in dem alten Arbeitszimmer ihm vorgelesen habe. Sie tragen außen eine Aufschrift, wie Sie sehen.

Einzelheiten der Reise des Dreimastschoners ‚Gloria Scott' seit seiner Abfahrt von Falmoth am 8. Oktober 1855 bis zu seiner Zerstörung am 6. November, etwa fünfzehn Grad zwanzig Minuten nördlicher Breite und fünfundzwanzig Grad vierzehn Minuten westlicher Länge

Das Ganze ist in Form eines Briefes abgefaßt und lautet folgendermaßen:

Mein lieber, lieber Sohn!

Jetzt, da drohende Schande die letzten Jahre meines Lebens zu überschatten beginnt, kann ich ganz aufrichtig und ehrlich schreiben, da es weder Angst vor dem Gesetz ist oder der Verlust meiner Stellung in der Grafschaft noch der Makel in den Augen all derer, die mich kannten, was mir ins Herz schneidet; es ist vielmehr der Gedanke, daß Du Dich meiner schämen könntest – Du, der mich liebt und der, so hoffe ich, selten Grund gehabt hat, mich nicht zu respektieren. Aber wenn die drohende Gefahr, die für immer über mir schwebt, zur Gewißheit werden sollte, dann möchte ich, daß Du dies liest, daß Du von mir selbst erfährst, inwieweit ich schuldig geworden bin. Andererseits, wenn alles gut gehen sollte (was der gütige und allmächtige Gott bewerkstelligen möge) und wenn dann dieses Papier zufällig noch nicht vernichtet sein sollte und in Deine Hände gerät, so beschwöre ich Dich bei allem, was Dir heilig ist, beim Andenken an Deine liebe Mutter und bei unserer Liebe füreinander, es ins Feuer zu werfen und niemals wieder einen Gedanken daran zu verschwenden.

Falls aber Deine Augen diese Zeilen lesen, dann weiß ich, daß ich bereits bloßgestellt bin und man mich in Gewahrsam genommen hat – oder, was noch wahrscheinlicher ist, daß der Tod meinen Mund versiegelt hat, denn mein schwaches Herz dürfte diese Aufregungen nicht überstehen. Wie auch immer, die Zeit des Schweigens ist vorbei, und jedes Wort, das ich dir sage, ist die reine Wahrheit, das schwöre ich, da ich auf Vergebung hoffe.

Mein Name, lieber Junge, ist nicht Trevor. In meinen jungen Jahren hieß ich James Armitage, und jetzt kannst Du verstehen, welch ein Schock es für mich war, als Dein Collegefreund mich vor ein paar Wochen mit Worten ansprach, die vermuten ließen, daß er zufällig mein Geheimnis entdeckt hatte. Als Armitage wurde ich beschuldigt, die Gesetze meines Landes gebrochen zu haben. Ich wurde zur Verbannung verurteilt. Denk nicht zu schlecht von mir, Junge. Es war eine sogenannte Ehrenschuld, die ich bezahlen mußte, und dazu nahm ich Geld, das mir nicht gehörte, in der Gewißheit, es zurücklegen zu können, noch bevor es vermißt wurde. Aber ein Mißgeschick jagte das andere. Das Geld, mit dem ich gerechnet hatte, kam nie in meine Hände, und eine vorzeitige Überprüfung der Rechnungen deckte mein Defizit auf. Man hätte den Fall nachsichtiger behandeln können, aber vor dreißig Jahren waren die Gesetze schärfer als heute, und so fand ich mich an meinem dreiundzwanzigsten Geburtstag mit siebenunddreißig anderen Verurteilten auf dem Zwischendeck des Schoners ‚Gloria Scott', der auf dem Weg nach Australien war, angekettet.

Es war im Jahre fünfundfünfzig, der Krimkrieg hatte seinen Höhepunkt erreicht, und die alten Verbannungsschiffe wurden größtenteils als Transporter im Schwarzen Meer verwendet. Die Regierung war deshalb gezwungen, kleinere und weniger geeignete Schiffe zum Abtransport ihrer Gefangenen zu verwenden. Die ‚Gloria Scott' hatte ihre Verdienste im chinesischen Teehandel unter Beweis stellen können, doch inzwischen war sie ein altmodischer ausladender Kahn mit schwerfälligem Bug. Die neuen Klipper hatten sie ausmanövriert. Sie war ein Fünfhunderttonner, und außer ihren achtunddreißig Gefängnisvögeln beförderte sie sechsundzwanzig Mannschaftsmitglieder, achtzehn Soldaten, einen Kapitän, drei Maate, einen Schiffsgeistlichen, einen Doktor und vier Gefängniswärter. Alles in allem befanden sich fast hundert Seelen auf ihr, als wir in Falmoth die Segel setzten.

Die Trennwände zwischen den Zellen der Verurteilten waren nicht wie sonst auf Verbannungsschiffen aus dicken Eichenbrettern, sondern nur aus dünnem Holz. Den Mann neben mir nach achtern hatte ich bereits betrachtet, als man uns den Kai hinuntergeführt hatte. Er war noch jung, hatte ein klar geschnittenes bartloses Gesicht, eine lange dünne Nase und ziemlich starke Kieferknochen. Er trug den Kopf hoch erhoben, hatte einen federnden Gang und fiel vor allem durch seine ungewöhnliche Größe auf. Ich glaube nicht, daß auch nur einer von uns ihm bis zur Schulter gereicht hätte, und ich bin sicher, daß er etwa sechseinhalb Fuß groß gewesen sein muß. Es war merkwürdig, unter so vielen traurigen und verdrossenen Gesichtern eins zu sehen, das Energie und Entschlossenheit zeigte. Der Anblick dieses Gesichts wirkte auf mich wie Feuer in einem Schneesturm. Ich war dann auch froh, als ich merkte, daß er mein Nachbar wurde, und noch froher, als ich mitten in der Nacht dicht an meinem Ohr ein Flüstern hörte und bemerkte, daß es ihm gelungen war, in die Bretterwand, die uns trennte, eine Öffnung zu bohren.

‚Hallo, Kumpel', sagte er, ‚wie heißt du, und weshalb bist du hier?'

Ich antwortete ihm und fragte zurück, mit wem ich es zu tun hätte.

‚Ich bin Jack Prendergast', sagte er, ‚und bei Gott, du wirst meinen Namen noch segnen.'

Ich erinnerte mich, daß ich von ihm gehört hatte, denn sein Fall hatte einige Zeit vor meiner eigenen Verhaftung im ganzen Land ungeheures Aufsehen erregt. Er stammte aus guter Familie und besaß große Fähigkeiten, gleichzeitig jedoch unverbesserlich lasterhafte Gewohnheiten, mit deren Hilfe er durch ein erfindungsreiches Betrugssystem riesige Geldsummen von den führenden Londoner Handelsleuten erschwindeln konnte.

‚Haha, du erinnerst dich an meinen Fall', sagte er stolz.
‚Ja, sehr gut.'
‚Vielleicht erinnerst du dich dann auch an etwas Sonderbares in dem Zusammenhang?'
‚An was?'
‚Ich hatte fast eine Viertelmillion ergattert, nicht wahr?'
‚Ja, so sagte man.'
‚Aber nichts wurde gefunden, eh?'
‚Nein.'
‚Na, wo, glaubst du, ist die Beute geblieben?'
‚Ich habe keine Ahnung', antwortete ich.
‚Genau zwischen meinem Daumen und Zeigefinger!' rief er. ‚Bei Gott, auf meinen Namen hin habe ich mehr Pfund bekommen, als du Haare auf dem Kopf hast. Und wenn man Geld hat, mein Sohn, und weiß, wie man damit umgehen muß, und es unter die Leute bringt, kann man alles. Nun, du glaubst doch wohl nicht, daß ein Mann, der alles kann, die Absicht hat, seine Hosen damit abzuwetzen, daß er in diesem stinkenden Schiffsraum eines rattenverschissenen, verwanzten, verschimmelten alten Sargs von einem ausgedienten Chinasegler herumsitzt. Nein, so ein Mann wird für sich Vorsorge treffen und sich auch um seine Kumpels kümmern. Darauf kannst du dich verlassen! Halte dich an ihn, und du kannst die Bibel küssen, daß er dich durchbringen wird.'

In diesem Stil redete er mit mir, und anfangs glaubte ich, es hätte nichts weiter zu bedeuten; aber nachdem er mich eine Weile ausgefragt und mit feierlichem Ernst hatte schwören lassen, kein Sterbenswörtchen darüber zu verlieren, ließ er durchblicken, daß es tatsächlich eine Verschwörung gab, um sich des Kommandos über das Schiff zu bemächtigen. Etwa ein Dutzend Gefangene hatten den Plan ausgeheckt, bevor sie an Bord gingen; Prendergast war ihr Anführer und sein Geld die motivierende Kraft.

‚Ich hatte 'nen Partner', sagte er, ‚einen selten guten Mann, treu wie 'ne tote Geliebte. Er hat die Moneten, wirklich, und wo, glaubst du, ist er in diesem Augenblick? Na, er ist der Kaplan von diesem Schiff – Schiffsgeistlicher, und nicht weniger! Er kam in 'nem schwarzen Priesterrock an Bord, und seine Papiere sind in Ordnung, und Geld hat er genug in der Tasche, um den ganzen Kasten vom Kiel bis zum Flaggenmast aufkaufen zu können. Die Mannschaft gehört ihm mit Leib und Seele. Er konnte sie haufenweise kaufen, zu einem Spottpreis, und das tat er, noch bevor sie sich in die Mannschaftslisten eintrugen. Er hat zwei von den Wärtern und Mereer, den Zweiten Maat, bestochen, und er würde auch den Käpt'n kriegen können, wenn er es wollte und der es wert wäre.'
‚Was sollen wir denn tun?' fragte ich.

‚Was glaubst du?‘ sagte er. ‚Wir werden die Röcke von einigen dieser Soldaten röter machen, als das je ein Schneider gekonnt hat.‘

‚Aber sie sind bewaffnet‘, erwiderte ich.

‚Und das werden wir auch bald sein, mein Junge. Es gibt einen Pistolengürtel für jeden von uns, und wenn wir dieses Schiff nicht führen können mit dieser Mannschaft hinter uns, wird's Zeit, daß wir alle in ein Mädchenpensionat geschickt werden. Sprich heute nacht mit deinem Kumpel links von dir und find raus, ob man ihm trauen kann.‘

Das tat ich und stellte dabei fest, daß mein anderer Nachbar ein junger Bursche war, der sich in der gleichen Lage befand wie ich, auch sein Verbrechen war Betrug gewesen. Er hieß Evans, aber später änderte er seinen Namen genau wie ich, und jetzt ist er ein reicher und erfolgreicher Mann und lebt im Süden von England. Er war gleich bereit, bei der Verschwörung mitzumachen, da dies das einzige Mittel war, uns zu retten, und noch bevor wir die Bucht durchkreuzt hatten, gab es nur zwei Gefangene, die nicht in unser Geheimnis eingeweiht waren. Der eine war etwas schwachsinnig, und wir wagten nicht, ihn einzuweihen; der andere litt an Gelbsucht und konnte für uns nicht von Nutzen sein.

Von Anfang an gab es wirklich nichts, was uns vielleicht hätte abhalten können, von dem Schiff Besitz zu ergreifen. Die Mannschaft bestand aus einem Haufen Raufbolden, die speziell für diese Aufgabe ausgesucht worden waren. Der falsche Schiffsprediger kam in unsere Zellen, um uns ins Gewissen zu reden. Stets trug er eine schwarze Tasche bei sich, in der eigentlich christliche Traktätchen sein sollten; und er kam so oft, daß jeder von uns schon am dritten Tag am Fußende seines Bettes eine Feile, einen Pistolengurt, ein Pfund Pulver und zwanzig Kugeln versteckt hatte. Zwei der Wärter gehörten zu Prendergasts Mittelsmännern, und der Zweite Maat war seine rechte Hand. Der Kapitän, die anderen Maate, zwei Wärter, Leutnant Martin, seine achtzehn Soldaten und der Doktor waren alle, die wir gegen uns hatten. Doch so sicher die Sache auch scheinen mochte, wir wollten keine Vorsichtsmaßnahme außer acht lassen und nachts überraschend zuschlagen. Doch es kam schneller dazu, als wir vorgesehen hatten, und zwar folgendermaßen:

Eines Abends, etwa in der dritten Woche nach unserer Abfahrt, war der Doktor heruntergekommen, um nach einem der Gefangenen zu sehen, der krank war. Als er seine Hand auf das untere Ende der Schlafpritsche legte, fühlte er die Konturen einer Pistole. Wenn er still gewesen wäre, hätte er das ganze Ding auffliegen lassen können, doch er war ein nervöser kleiner Kerl, deshalb stieß er einen Überraschungsschrei aus und wurde so blaß, daß der Mann sofort wußte, was los war, und ihn packte. Der Doktor wurde geknebelt, noch bevor er Alarm schlagen konnte, und ans Bett gefesselt. Die

Tür, die zum Deck führte, stand offen, und wir stürzten nach draußen. Die beiden Wachtposten wurden niedergeschossen und auch ein Korporal, der herbeirannte, um nachzusehen, was vorging. Dann standen da noch zwei weitere Soldaten vor der Tür zum Kartenraum, und ihre Gewehre schienen nicht geladen zu sein, denn sie gaben nicht einen Schuß auf uns ab, und während sie noch versuchten, ihre Bajonette aufzustecken, wurden sie erschossen. Dann stürzten wir weiter in die Kabine des Kapitäns, aber als wir die Tür aufstießen, dröhnte ein Schuß, und da lag er, sein Gehirn über die Karte des Atlantiks verspritzt, die auf dem Tisch festgemacht war, während der Kaplan mit einer noch rauchenden Pistole neben ihm stand. Die beiden

Maate waren von der Mannschaft ergriffen worden, und die ganze Angelegenheit schien erledigt zu sein.

Der Kartenraum lag neben der Messe, und wir drängten uns hinein, ließen uns auf die Polstersitze fallen und redeten alle durcheinander, denn wir waren geradezu verrückt von dem Gefühl, wieder frei zu sein. Wilson, der falsche Kaplan, brach einen der Schränke auf und holte ein Dutzend Sherryflaschen heraus. Wir brachen den Flaschen die Hälse, gossen das Zeug in Wassergläser und waren gerade dabei, sie auf einen Zug zu leeren, als plötzlich der Donner von Gewehrschüssen in unseren Ohren klang und der Salon so voller Rauch war, daß wir nicht über den Tisch gucken konnten. Als sich der Qualm etwas gelegt hatte, war der Raum ein einziges Schlachthaus. Wilson und acht andere lagen übereinander gekrümmt auf dem Fußboden, und mir wird noch heute schlecht, wenn ich an das Blut und den braunen Sherry auf dem Tisch denke. Wir waren durch den Anblick so eingeschüchtert, daß ich glaube, wir hätten die Sache aufgegeben, wenn Prendergast nicht gewesen wäre. Er brüllte wie ein Stier, stürzte zur Tür und alle, die am Leben geblieben waren, dicht auf seinen Fersen. Wir rannten nach draußen. Auf dem Heck standen der Leutnant und zehn seiner Männer. Die verschiebbaren Oberfenster über dem Salontisch hatten ein wenig offengestanden, und durch den Spalt hatten sie von oben auf uns geschossen. Wir ergriffen sie, noch bevor sie wieder laden konnten, sie hielten sich wie Männer; doch wir waren in der Überzahl, und in fünf Minuten war alles vorbei. Mein Gott, hat es jemals so ein Schlachthaus gegeben wie dieses Schiff! Prendergast gebärdete sich wie ein rasender Teufel, ergriff die Soldaten, als ob sie Kinder wären, und warf sie über Bord, egal ob tot oder lebendig. Da war ein Sergeant, schwerverwundet, der sich lange schwimmend über Wasser hielt, bis jemand ihm den Gnadenschuß gab. Als der Kampf zu Ende war, gab es außer den Wärtern, den Maaten und dem Doktor niemanden mehr von unseren Feinden.

Ihretwegen brach der große Streit aus. Viele von uns waren schon froh, ihre Freiheit zurückgewonnen zu haben, und wollten ihr Gewissen nicht noch mit einem Mord belasten. Eine Sache war es, Soldaten mit der Waffe in der Hand niederzuschlagen, eine andere, daneben zu stehen, wenn Männer kaltblütig ermordet werden. Acht von uns, fünf Verurteilte und drei Matrosen, unter ihnen Evans und ich, wollten das nicht zulassen. Aber nichts konnte Prendergast und die Männer, die zu ihm hielten, davon abbringen. Die einzige Chance für unsere Sicherheit bestünde darin, jetzt ganze Arbeit zu leisten, sagte er, und er würde nicht einen übriglassen, der später im Zeugenstand über die Sache reden könnte. Es war fast so weit, daß wir das Schicksal der Gefangenen teilen sollten, doch schließlich machte er uns den Vorschlag, in ein Boot zu steigen. Wir nahmen das Angebot an, ohne zu überlegen, denn uns war sehr, sehr übel von all dem Blut, und wir wußten, daß es noch schlimmer kommen würde. Jeder von uns erhielt Matrosenkleidung; dazu gab er uns noch ein Faß Wasser, zwei Tonnen, eine mit Pökelfleisch und eine mit Schiffszwieback, und einen Kompaß. Prendergast warf uns eine Seekarte rüber und sagte uns, daß wir uns als schiffbrüchige Seeleute ausgeben sollten, deren Schiff bei fünfzehn Grad nördlicher Breite und fünfundzwanzig Grad westlicher Länge gesunken sei, dann kappte er die Taue und ließ uns fahren.

Und jetzt komme ich zu dem überraschendsten Teil meiner Geschichte, mein lieber Sohn. Die Matrosen hatten während unserer Auseinandersetzung das Focksegel gerefft, aber als wir ablegten, setzten sie es wieder, und da ein leichter Wind von Nordost wehte, drehte der Schoner langsam von uns ab. Schaukelnd glitt unser Boot über die langen glatten Wellen, und Evans und ich, da wir von unserer Gesellschaft über die meisten Kenntnisse verfügten, saßen auf dem Segeltuch, machten unsere Position aus und planten, welche Küste wir anlaufen sollten. Das war eine knifflige Frage, denn die Kapverdischen Inseln lagen etwa fünfhundert Meilen nördlich von uns und die afrikanische Küste ungefähr siebenhundert Meilen östlich. Alles in allem glaubten wir, da der Wind nach Nord drehte, Sierra Leone wäre am günstigsten, und wandten uns in jene Richtung, während der Schoner zu diesem Zeitpunkt fast nur noch mit dem Rumpf auf unserer Steuerbordseite auszumachen war. Als wir zu ihm hinüberschauten, sahen wir plötzlich eine dicke schwarze Rauchwolke aufsteigen, die wie ein üppiger Baum am Horizont stand. Wenige Sekunden später dröhnte ein Donnern in unseren Ohren. Als sich der Rauch verzogen hatte, war von der ‚Gloria Scott' nichts mehr zu sehen. Sofort ruderten wir mit aller Kraft auf die Stelle zu, wo noch ein leichter Nebel über dem Wasser hing und den Ort der Katastrophe markierte.

Bevor wir ankamen, verging eine lange Zeit, und zuerst fürchteten wir, wir wären zu spät gekommen, um noch jemanden zu retten. Ein zersplittertes Boot, zahlreiche Kisten und Bruchstücke von Spieren schaukelten auf den Wellen und zeigten an, wo das Schiff gesunken war, aber ein Lebenszeichen konnten wir nirgends entdecken. Wir hatten schon voller Verzweiflung abgedreht, als wir einen Hilfeschrei hörten und etwas entfernt an einem Wrackstück einen Mann hängen sahen. Als wir ihn ins Boot gezogen hatten, stellten wir fest, daß es ein junger Matrose namens Hudson war, der solche schweren Verbrennungen erlitten hatte und derartig erschöpft war, daß er uns erst am nächsten Morgen vom Vorgefallenen berichten konnte.

Nachdem wir fort waren, hatten sich Prendergast und seine Bande darangemacht, die fünf übriggebliebenen Gefangenen zu töten. Die beiden Wärter waren erschossen und über Bord geworfen worden, dasselbe geschah

mit dem Dritten Maat. Prendergast war dann ins Zwischendeck hinabgestiegen und hatte mit eigener Hand die Kehle des unglücklichen Arztes durchgeschnitten. Nur der Erste Maat, ein kühner und tatkräftiger Mann, war noch übrig. Als dieser sah, daß der Sträfling mit einem blutigen Messer auf ihn zukam, streifte er seine Fesseln ab, die er irgendwie hatte lockern können, stürzte über das Deck und sprang in die Achterluke. Ein Dutzend Sträflinge, die mit schußbereiter Pistole hinter ihm herstiegen, um ihn zu erledigen, entdeckten ihn mit einer Streichholzschachtel in der Hand neben einem offenen Pulverfaß, das eins von hundert war, die sich an Bord befanden. Er schwor, daß er sie alle in die Luft jagen würde, wenn man ihm zu nahe käme. Wenige Sekunden darauf ereignete sich die Explosion, von der Hudson annahm, daß sie wohl eher durch die verfehlte Kugel eines Sträflings verursacht wurde als durch das Streichholz des Maats. Sei es, wie es sei, es war das Ende der ‚Gloria Scott' und des Pöbels, der das Kommando über sie hatte.

Das ist in wenigen Worten die Geschichte der schrecklichen Ereignisse, in die ich verwickelt war, mein lieber Junge. Am nächsten Tag wurden wir von der Brigg ‚Hotspur' aufgenommen, die nach Australien unterwegs war und deren Kapitän keinen Anlaß hatte, uns nicht zu glauben, daß wir die Überlebenden eines untergegangenen Passagierschiffes wären. Das Transportschiff ‚Gloria Scott' wurde von der Admiralität als *auf See verloren* abgebucht, und niemals ist ein Wort über das eigentliche Schicksal des Schoners durchgesickert. Nach einer angenehmen Reise setzte uns die ‚Hotspur' in Sydney an Land, wo Evans und ich unsere Namen änderten und uns auf den Weg zu den Goldfeldern machten. Wir hatten unter der illustren Gesellschaft, die sich dort aus aller Herren Ländern versammelt hatte, keine Schwierigkeiten, unsere frühere Identität zu verbergen. Auf den Rest muß ich nicht weiter eingehen. Wir hatten Glück. Wir kamen als reiche Männer nach England zurück und kauften uns Grundbesitz. Mehr als zwanzig Jahre führten wir ein friedliches und nützliches Leben und hofften, daß unsere Vergangenheit für immer begraben sei. Stell Dir deshalb meine Verfassung vor, als ich in dem Matrosen, der zu uns kam, sofort den Mann wiedererkannte, den wir vom Wrack aufgelesen hatten. Er hatte uns aufgespürt und war entschlossen, von unserer Angst zu leben. Jetzt wirst Du verstehen, weshalb ich bemüht war, in Frieden mit ihm auszukommen, und in gewisser Weise wirst Du meine Angst nachempfinden können, die mich beherrscht, nachdem er mich jetzt verlassen hat, um sein anderes Opfer einzuschüchtern.

Darunter steht kaum lesbar, mit zittriger Hand geschrieben:

‚Beddoes schreibt in einem Code und teilt mit, H. habe alles verraten. Guter Gott, habe Mitleid mit unseren Seelen.' –

Das war die dramatische Geschichte, die ich in jener Nacht dem jungen Trevor vorlas. Dem guten Burschen brach es das Herz, und er fuhr zu den Terai-Teepflanzungen, wo er, wie ich hörte, recht erfolgreich wirtschaftete. Was den Matrosen und Beddoes betrifft, so wurde von keinem der beiden jemals wieder etwas gehört, seit der Warnbrief geschrieben worden war. Beide waren verschwunden. Bei der Polizei ist keine Klage eingegangen, so daß Beddoes die Drohung wohl für die Tat angesehen hat. Die Polizei glaubt, daß Hudson Beddoes beiseite gebracht hat und dann geflohen ist. Ich selbst allerdings vermute, daß es sich genau andersherum verhält. Ich nehme an, daß Beddoes in seiner Verzweiflung und weil er glaubte, verraten worden zu sein, sich an Hudson gerächt hat und aus dem Land geflohen ist, mit so viel Geld, wie er greifen konnte. Das sind die Fakten des Falles, Doktor, und wenn sie Ihnen für Ihre Sammlung von Nutzen sein können, stelle ich sie Ihnen bereitwillig zur Verfügung."

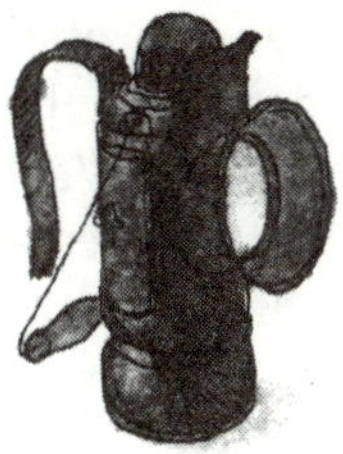

Der griechische Dolmetscher

Obwohl ich schon lange und eng mit Mr. Sherlock Holmes befreundet war, hatte ich ihn nie über seine Verwandten sprechen hören. Auch seine eigene Vergangenheit erwähnte er kaum. Diese Verschlossenheit in persönlichen Dingen deutete ich zunehmend als Gefühlskälte. Es kam schließlich sogar so weit, daß ich ihn für ein isoliertes Phänomen hielt, ein Hirn ohne Herz, ein Wesen, dem an menschlicher Zuneigung das fehlte, was er an Intelligenz zuviel besaß. Die Abneigung gegenüber Frauen und die Weigerung, neue Freundschaften einzugehen, bildeten zwei typische Züge seines unemotionalen Charakters, aber ebenso kennzeichnend war für ihn, daß er jegliche Erwähnung der Seinen beharrlich unterdrückte. Ich hatte schon den Eindruck gewonnen, er sei Waise und von seinen Angehörigen keiner mehr am Leben, als er eines Tages zu meiner großen Überraschung von seinem Bruder zu reden begann.

Es war an einem Nachmittag im Sommer. Wir hatten gerade Tee getrunken. Unsere Unterhaltung bewegte sich sprunghaft von Golfklubs zu den Ursachen für die Veränderung des Neigungswinkels der Ekliptik und landete schließlich bei Atavismus und angeborenen Fähigkeiten. Wir diskutierten darüber, in welchem Maße ein besonderes Talent eines Menschen auf Erbanlagen oder gezieltes Training zurückzuführen sei.

„Sie zum Beispiel", sagte ich. „Nach allem, was ich von Ihnen weiß, muß ich annehmen, daß Sie sich Ihre Beobachtungsgabe und Ihr besonderes Deduktionsvermögen systematisch selbst angeeignet haben."

„Zu einem gewissen Teil", antwortete er nachdenklich. „Meine Vorfahren waren Landjunker, die weitgehend ein ihrem Stand entsprechendes Leben führten. Dessenungeachtet ist meine Andersartigkeit gewissermaßen erblich vorprogrammiert, denn meine Großmutter war die Schwester des französischen Künstlers Vernet. Ein Schuß Künstlerblut in den Adern kann zu den seltsamsten Begabungen führen."

„Aber woher wissen Sie, daß die Ihren ererbt sind?"

„Weil mein Bruder Mycroft sie auch besitzt, sogar in einem größeren Umfang als ich."

Das war in der Tat eine Neuigkeit für mich. Wenn es in England noch einen Menschen mit solchen außergewöhnlichen Fähigkeiten gab, wie kam es dann, daß weder Polizei noch Öffentlichkeit je etwas von ihm gehört hatten? Ich fragte meinen Gefährten danach und setzte hinzu, daß er doch wohl aus Bescheidenheit seinen Bruder als den Überlegenen bezeichne. Über diese Vermutung lachte Holmes.

„Mein lieber Watson", sagte er, „ich gehöre nicht zu den Leuten, die Bescheidenheit als eine Tugend auffassen. Der Logiker sollte alle Dinge genau so sehen, wie sie sind. Sich selbst zu unterschätzen bedeutet, ebenso von der Wahrheit abzuweichen, wie mit seinen Fähigkeiten zu prahlen. Wenn ich also sage, daß Mycroft eine bessere Beobachtungsgabe besitzt als ich, so dürfen Sie dies getrost wörtlich nehmen und als wahre Feststellung betrachten."

„Ist er jünger als Sie?"

„Sieben Jahre älter."

„Wie kommt es, daß er unbekannt ist?"

„Oh, in seinen Kreisen kennt man ihn sehr gut."

„Welche Kreise meinen Sie?"

„Nun, den Diogenes-Klub zum Beispiel."

Von einer solchen Institution hatte ich nie zuvor gehört, und Holmes muß das von meinem Gesicht abgelesen haben, denn er lächelte und zog seine Taschenuhr.

„Der Diogenes-Klub gilt als der eigenwilligste von ganz London, und Mycroft ist einer der seltsamsten Käuze. Von drei Viertel fünf bis zwanzig vor acht hält er sich immer dort auf. Jetzt ist es sechs Uhr. Also wenn Sie Lust zu einem kleinen Spaziergang an diesem schönen Abend hätten, würde ich Ihnen gern zwei Kuriositäten vorstellen."

Fünf Minuten später waren wir unten auf der Straße und liefen in Richtung Regent Circus.

„Sie fragen sich", sagte mein Gefährte, „warum Mycroft seine Fähigkeiten nicht als Detektiv nutzt. Er ist dazu nicht imstande."

„Aber Sie sagten doch..."

„Ich sagte, daß er mir an Beobachtungsgabe und Deduktionsvermögen überlegen ist. Wenn die Kunst des Detektivs sich darauf beschränkte, im Sessel zu sitzen und Kombinationen anzustellen, dann wäre mein Bruder der größte Kriminalist aller Zeiten. Aber er besitzt weder Ehrgeiz noch Energie. Er bringt es nicht einmal fertig, die praktischen Beweise für seine Schlußfolgerungen zu sammeln, und würde sich eher vorwerfen lassen, unrecht zu haben, als daß er sich der Mühe unterzöge, die Richtigkeit seines Urteils zu belegen. Wie oft habe ich mich mit einem Problem an ihn gewandt und eine Erklärung erhalten, die sich später als richtig erwies! Und doch war er völlig unfähig, die praktischen Schritte zu unternehmen, die vonnöten sind, bevor man einen Fall dem Richter oder den Geschworenen vorlegen kann."

„Er arbeitet also nicht als Detektiv?"

„Ganz und gar nicht. Die Tätigkeit, mit der ich meinen Lebensunterhalt bestreite, ist für ihn nur ein Hobby, eine rein dilettantische Beschäftigung. Er besitzt ein außergewöhnliches Zahlengedächtnis und prüft die Rechnungsbücher einiger Regierungsstellen. Mycroft wohnt in der Pall Mall, und gleich an der nächsten Ecke beginnt die White Hall, in der sich die Ministerien befinden. Der Weg morgens dorthin und abends zurück ist seit Jahren die einzige körperliche Bewegung, die er sich leistet. Anderswo kann man ihn nicht antreffen, nur noch im Diogenes-Klub, der seiner Wohnung direkt gegenüberliegt."

„Von diesem Klub habe ich noch nie gehört."

„Das ist sehr gut möglich. Es gibt eine Menge Männer in London, die sich – teils aus Scheu, teils aus Misanthropie – der Gesellschaft ihrer Mitmenschen entziehen. Dennoch wissen sie bequeme Sessel und die neuesten Zeitschriften zu schätzen. Für die Bedürfnisse dieser Leute wurde der Diogenes-Klub gegründet, der mittlerweile die ungeselligsten, eigenbrötlerischsten Männer der Stadt vereint. Kein Mitglied darf von einem anderen auch nur die geringste Notiz nehmen. Außer im Fremdenzimmer ist jede Unterhaltung untersagt, und bei dreimaligem Verstoß gegen diese Regeln kann der Klubvorstand dem Schwätzer die Mitgliedschaft entziehen. Mein Bruder war einer der Gründer des Klubs, und ich selbst fand die Atmosphäre dort immer sehr beruhigend."

Inzwischen hatten wir die Pall Mall erreicht und gingen von der Einmündung der St. James Street aus die Straße entlang. Nicht weit von der Ecke Carlton Gardens blieb Sherlock Holmes vor einem Hauseingang stehen, bedeutete mir zu schweigen und führte mich in die Empfangshalle. Durch die Verglasung konnte ich einen großen, luxuriös ausgestatteten Raum erkennen, in dem eine beträchtliche Anzahl zeitunglesender Herren saß, jeder für sich, in seiner eigenen kleinen Nische. Holmes brachte mich in ein kleines Zimmer, von dem aus man auf die Pall Mall hinaussehen konnte, und verließ mich. Als er dann nach einer Minute mit einem Begleiter zurückkam, wußte ich sofort, daß dieser niemand anders als sein Bruder sein konnte.

Mycroft war viel größer und stämmiger als Sherlock Holmes, aber das Gesicht hatte trotz seiner Fülle etwas von der Herbheit bewahrt, die an seinem Bruder so auffiel. Seine eigentümlich hellen, wassergrauen Augen hatten beständig jenen abwesenden, in sich gekehrten Blick, den ich bei Sherlock nur beobachten konnte, wenn er seine ganze Geisteskraft anspannte.

„Freut mich, Sie kennenzulernen, Sir", sagte er und streckte mir seine breite, fettgepolsterte Hand entgegen, die wie die Flosse eines Seehunds wirkte. „Überall höre ich von Sherlock, seit Sie sein Chronist geworden sind. Übrigens, Sherlock, ich hatte vorige Woche eigentlich erwartet, daß du mich wegen des Falles mit dem Herrschaftshaus aufsuchen und um Rat fragen würdest. Ich dachte, du wüßtest da nicht so recht weiter."

„Nein, ich habe ihn gelöst", sagte mein Freund lächelnd.

„Es war natürlich Adams!"

„Natürlich."

„Dessen war ich mir von Anfang an sicher." Die beiden nahmen an dem bogenförmigen Fenster des Klubs Platz. „Wenn jemand Menschen studieren will, dann ist das hier für ihn die beste Stelle", sagte Mycroft. „Sehen Sie sich nur die malerischen Typen an! Zum Beispiel diese zwei Männer, die auf uns zukommen."

„Der Billardmarkeur und der andere?"

„Genau, was sagt dir der andere?"

Die beiden Männer waren vor dem Fenster stehengeblieben. Bei dem einen wiesen nur ein paar winzige Kreidespuren über der Westentasche auf den Beruf des Billardmarkeurs hin. Der andere Mann war sehr klein, dunkelhäutig, hatte seinen Hut ins Genick geschoben und hielt unterm Arm einige Päckchen.

„Ein alter Soldat, wie ich sehe", sagte Sherlock.

„Und erst vor kurzem entlassen", bemerkte Mycroft.

„Hat offensichtlich in Indien gedient."

„Als Unteroffizier."

„Bei der Royal Artillery, würde ich meinen", sagte Sherlock.

„Witwer!"

„Aber mit einem Kind."

„Kindern, mein lieber Junge, mit Kindern."

„Kommen Sie", unterbrach ich lachend, „das geht doch wohl ein bißchen zu weit!"

„Es ist sicherlich nicht schwierig, festzustellen", antwortete Holmes, „daß es sich bei einem Mann mit solcher Haltung und sonnenverbrannter Haut um einen Soldaten im höheren Dienstgrad handelt, der erst kürzlich aus Indien zurückkam."

„Daß er den Dienst erst vor kurzem quittiert hat, sieht man daran, daß er immer noch die sogenannten Munitionsstiefel trägt", versetzte Mycroft.

„Er hat nicht den wiegenden Gang des Kavalleristen, trug aber die Mütze schräg, wie die etwas helle Haut der einen Gesichtshälfte verrät. Sein Gewicht spricht dagegen, daß er Infanterist war. Also diente er bei der Artillerie."

„Und dann zeigt natürlich seine Trauerkleidung, daß er einen sehr teuren Angehörigen verloren hat. Da er selbst Einkäufe macht, scheint es seine Frau zu sein. Wie Sie sehen, hat er Spielsachen für Kinder gekauft. Da ist eine Rassel, demnach muß ein Kind noch sehr klein sein. Die Frau starb vielleicht im Kindbett. Aus der Tatsache, daß er ein Bilderbuch unterm Arm hält, ist zu schließen, daß noch ein zweites Kind bedacht werden soll."

Ich begann zu verstehen, was mein Freund meinte, als er sagte, sein Bruder Mycroft verfüge über eine noch schärfere Beobachtungsgabe als er selbst. Sherlock warf mir einen Seitenblick zu und schmunzelte. Mycroft nahm eine Prise Schnupftabak aus einem Schildpattschächtelchen und wischte die verstreuten Krümel mit einem riesengroßen rotseidenen Taschentuch von seiner Jacke.

„Übrigens, Sherlock", sagte er, „man hat mir da eine höchst seltsame Sache unterbreitet, die ganz nach deinem Geschmack sein dürfte. Ich brachte einfach nicht die Energie auf, ihr im einzelnen nachzugehen, doch immerhin gab sie mir Anlaß zu einigen interessanten Spekulationen. Wenn du Lust hast, die Fakten zu hören ..."

„Mein lieber Mycroft, was für eine Frage!"

Sherlocks Bruder kritzelte eine Mitteilung auf ein Blatt aus seinem Notizbuch, klingelte und übergab es dem Kellner.

„Ich habe Mr. Melas gebeten, auf einen Sprung hierherzukommen", sagte er. „Er wohnt im Stockwerk über mir, und wir sind flüchtig miteinander bekannt, was ihn veranlaßte, sich in seiner Verwirrung an mich zu wenden. Soviel ich weiß, ist Mr. Melas gebürtiger Grieche und ein bemerkenswerter Linguist. Seinen Lebensunterhalt verdient er sich teils als Dolmetscher bei Gerichtsverhandlungen, teils als Fremdenführer reicher Orientalen, die gelegentlich in den luxuriösen Hotels der Northumberland Avenue logieren. Ich denke, ich überlasse es ihm, sein seltsames Erlebnis selbst zu schildern."

Wenige Minuten später trat ein untersetzter Mann auf uns zu. Sein olivenfarbener Teint und das kohlschwarze Haar verrieten seine südliche Abstammung, obwohl er wie ein gebildeter Engländer sprach. Er schüttelte Holmes herzlich die Hand, und seine dunklen Augen funkelten vor Freude, als er erfuhr, daß ein Kriminalspezialist seine Geschichte anhören wollte.

„Ich habe das Gefühl, daß mich die Polizei gar nicht ernst nimmt", begann er in klagendem Tonfall. „Nur weil ihnen so eine Geschichte noch nicht vorgekommen ist, halten sie sie für unmöglich. Aber wissen Sie, ich finde einfach keine Ruhe, bis ich weiß, was aus dem Mann mit dem Heftpflaster im Gesicht geworden ist."

„Ich bin ganz Ohr", sagte Sherlock Holmes.

„Heute haben wir Mittwoch", begann Mr. Melas. „Es war vorgestern, am Montagabend, als sich die Sache ereignete. Ich bin Dolmetscher, wie Ihnen mein Nachbar hier vielleicht schon gesagt hat. Ich dolmetsche alle Sprachen – oder beinahe alle –, aber am meisten natürlich meine Muttersprache,

Griechisch. Seit vielen Jahren bin ich hier in London als Chefdolmetscher für Griechisch, und in den Hotels kennt man meinen Namen sehr gut.

Nicht selten kommt es vor, daß ich zu ungewöhnlichen Zeiten zu Ausländern gerufen werde, die in Schwierigkeiten geraten sind, oder zu Reisenden, die spätnachts eintreffen und meine Dienste benötigen. Ich war deshalb nicht überrascht, als am Montagabend ein gewisser Mr. Latimer, ein sehr modisch gekleideter junger Mann, zu mir kam und mich bat, ihn in einer Droschke zu begleiten, die draußen vor der Tür warte. Ein griechischer Geschäftsfreund habe ihn aufgesucht, und da dieser kein Englisch spreche, sei ein Dolmetscher vonnöten. Er gab mir zu verstehen, daß wir eine beträchtliche Wegstrecke zu fahren hätten, da sein Haus in Kensington liege. Und er schien in großer Eile zu sein, denn sobald wir auf der Straße waren, schob er mich hastig in die Droschke.

Ich sage Droschke, jedoch hatte ich bald den Eindruck, daß ich mich in einer vornehmen Karosse befand. Sie war wesentlich geräumiger als die gewöhnlichen Londoner Klapperkisten auf vier Rädern und die Polsterung zwar abgenutzt, aber von feinster Qualität. Mr. Latimer setzte sich mir gegenüber, und wir fuhren los, erst durch Charing Cross und dann die Shaftesbury Avenue hinauf. Als wir in die Oxford Street einbogen, erlaubte ich mir die Bemerkung, daß dies ein ziemlicher Umweg sei, wenn wir nach Kensington wollten, doch das eigenartige Benehmen meines Begleiters ließ mich verstummen.

Zuerst zog er einen sehr gefährlich aussehenden bleigefüllten Totschläger aus der Tasche, vollführte damit einige Probehiebe in der Luft, wie um Gewicht und Schlagkraft zu testen, und legte ihn dann neben sich auf das Sitzpolster. Dann kurbelte er auf beiden Seiten die Fensterscheiben hoch, und ich mußte zu meiner Verblüffung feststellen, daß sie mit Papier verklebt waren, so daß man nicht hinaussehen konnte.

‚Tut mir leid, daß ich Ihnen die Aussicht versperren muß, Mr. Melas', sagte er. ‚Ich habe nämlich die Absicht, das Ziel unserer Reise vor Ihnen geheimzuhalten. Es könnte für mich möglicherweise unangenehm werden, wenn Sie den Weg dorthin wiederfänden.'

Daß diese Eröffnung mich sehr bestürzte, können Sie sich leicht vorstellen. Mein Gegenüber war ein kräftiger breitschultriger junger Bursche, und selbst von seiner Waffe einmal ganz abgesehen, hätte ich bei einem Ringkampf mit ihm nicht die geringste Chance gehabt.

‚Ihr Benehmen ist sehr sonderbar, Mr. Latimer', stammelte ich, ‚Sie sind sich doch wohl bewußt, daß das, was sie tun, ganz und gar gesetzwidrig ist!'

‚Wir nehmen uns eine gewisse Freiheit heraus, zweifellos', sagte er, ‚aber wir werden Sie dafür entschädigen. Nur muß ich Sie eindringlich warnen, Mr. Melas. Sollten Sie heute nacht versuchen, Alarm zu schlagen oder Wi-

derstand zu leisten, so hätten Sie sich die ernsten Folgen selbst zuzuschreiben. Behalten Sie stets in Erinnerung, daß Sie sich, ob hier in diesem Wagen oder in meinem Haus, in meiner Gewalt befinden und niemand weiß, wo Sie sind.'

Diese Worte wurden in einem ruhigen, aber nachdrücklichen Ton vorgebracht, der etwas sehr Drohendes hatte. Ich saß schweigend da und fragte mich, was um alles in der Welt ihn zu dieser sonderbaren Entführung veranlaßt haben mochte. Doch welcher rätselhafte Grund auch immer dahintersteckte, über eins gab es keinerlei Zweifel: Jeder Widerstand war zwecklos. Ich mußte mich fügen und abwarten, was auf mich zukam.

Wir fuhren fast zwei Stunden, ohne daß ich auch nur den geringsten Anhaltspunkt dafür finden konnte, wohin unsere Reise ging. Manchmal verriet das Rasseln der Räder eine gepflasterte Straße, dann wieder die ruhige, geräuschlose Fahrt eine Asphaltstrecke, aber abgesehen von dem wechselnden Fahrgeräusch, gab es überhaupt nichts, wonach ich auch nur andeutungsweise auf unsere Route hätte schließen können. Das Papier an den Scheiben war lichtundurchlässig, und ein blauer Vorhang bedeckte die vorderen Wagenfenster. Viertel acht waren wir in der Pall Mall losgefahren, und zehn vor neun zeigte meine Uhr, als wir endlich hielten. Mein Begleiter kurbelte eine Scheibe herunter, und ich sah flüchtig einen niedrigen Torbogen, über dem eine Lampe leuchtete. Während er mich eilends aus dem Wagen schob, ging das Tor auf, und ehe ich mich's versah, hatte man mich ins Haus geschafft. Nur so viel nahm ich wahr, daß sich davor ein Rasen und Bäume befanden. Aber ob es sich um ein umzäuntes privates Grundstück oder um freies Gelände handelte, könnte ich unmöglich sagen.

Eine farbig verglaste, niedrige Gaslaterne ließ von der Eingangshalle nur erkennen, daß sie groß war und daß an den Wänden Bilder hingen. In dem trüben Licht konnte ich die Person ausmachen, die das Tor geöffnet hatte. Es war ein kleiner Mann mittleren Alters, der irgendwie unangenehm wirkte. Als er sich uns zuwandte, bemerkte ich an einem Lichtreflex, daß er eine Brille trug.

‚Ist das Mr. Melas, Harold?' fragte er.

‚Ja.'

‚Gut gemacht, gut gemacht! Sie nehmen es uns hoffentlich nicht übel, Mr. Melas, aber ohne Sie kamen wir einfach nicht weiter. Wenn Sie ehrlich mit uns zusammenarbeiten, werden Sie es nicht zu bereuen haben, aber wenn Sie irgendwelche Tricks versuchen sollten, dann gnade Ihnen Gott!' Er sprach nervös, abgehackt und kicherte dabei manchmal, doch irgendwie flößte er mir mehr Angst ein als Latimer.

‚Was wollen Sie von mir?' fragte ich.

‚Sie sollen einem griechischen Herrn, der hier Gast ist, ein paar Fragen stellen und uns seine Anworten übersetzen. Aber kein Wort mehr, oder', hier kam wieder das nervöse Kichern, ‚Sie werden den Tag verfluchen, an dem Sie geboren wurden.'

Mit diesen Worten öffnete er eine Tür und führte uns in ein Zimmer, das mit teurem Mobiliar ausgestattet zu sein schien. Auch hier spendete eine einzige mit halber Flamme brennende Gasleuchte nur spärliches Licht. Auf jeden Fall war das Zimmer geräumig und der dicke weiche Teppich, den ich unter meinen Füßen spürte, kostbar. Flüchtig gewahrte ich samtbezogene Sessel, einen hohen weißen Marmorkamin und seitlich davon eine offenbar japanische Rüstung. Genau unter der Lampe stand ein Sessel, und der ältere Mann bedeutete mir, darin Platz zu nehmen. Der jüngere hatte uns verlassen, kehrte aber plötzlich durch eine andere Tür zurück. Er führte einen Herrn herein, der einen losen Morgenrock trug und sich nur langsam auf uns zubewegte. Als er in den trüben Lichtkegel trat, in dem ich ihn deutlicher erkennen konnte, jagte mir sein Aussehen einen Schreck ein. Er war totenblaß, entsetzlich ausgemergelt und hatte die hervortretenden, funkelnden Augen eines Mannes, dessen Willenskraft stärker ist als sein Körper. Aber mehr als alle Anzeichen physischer Entkräftung erschütterte mich, daß sein Gesicht in einem grotesken Zickzackmuster mit Heftpflaster verklebt war und ein großer Pflasterstreifen seinen Mund verschloß.

‚Hast du die Tafel, Harold?' schrie der ältere Mann, als das seltsame Geschöpf beim Versuch, Platz zu nehmen, zusammenbrach und hintenüber in einen der Sessel fiel. ‚Sind seine Hände frei? Gut, dann gib ihm jetzt den Griffel. Sie stellen ihm die Fragen, Mr. Melas, und er schreibt die Antworten auf. Fragen Sie ihn als erstes, ob er bereit ist, die Papiere zu unterzeichnen.' Ich übersetzte.

Die Augen des Mannes blitzten wild.

‚Niemals!' schrieb er griechisch auf die Tafel.

‚Unter keiner Bedingung?' fragte ich auf Veranlassung des Tyrannen weiter.

‚Nur wenn sie in meiner Gegenwart von einem griechischen Priester, den ich kenne, getraut wird.'

Der Mann kicherte giftig.

‚Sie wissen doch, was Sie erwartet?'

‚Was aus mir wird, kümmert mich nicht.'

Dies sind Beispiele für die Fragen und Antworten, aus denen unsere seltsame halb gesprochene, halb geschriebene Unterhaltung bestand. Wieder und wieder mußte ich ihn fragen, ob er nachgeben und die Dokumente unterzeichnen wolle. Und immer wieder erhielt ich die gleiche entrüstete Entgegnung. Doch bald kam ich auf einen glücklichen Gedanken. Ich begann, eigene kleine Sätze an die Fragen anzuhängen, zuerst ganz belanglose, um zu testen, ob einer von den beiden Männern etwas von der Sache merkte, und als ich feststellte, daß das nicht der Fall war, wurde ich kühner. Unsere Unterhaltung verlief dann etwa folgendermaßen:

‚Diese Halsstarrigkeit wird Ihnen schlecht bekommen. *Wer sind Sie?*'

‚Das ist mir gleich. *Ich bin ein Fremder in London.*'

‚Sie halten Ihr Schicksal in Ihren eigenen Händen. *Wie lange sind Sie schon hier?*'

‚Das ist mir recht. *Drei Wochen.*'

‚Das Vermögen wird Ihnen nie gehören. *Was fehlt Ihnen?*'

‚Aber auch keinen Verbrechern zufallen. *Sie lassen mich hungern.*'

‚Wenn Sie unterzeichnen, sind Sie frei. *Was ist das für ein Haus?*'

‚Niemals unterschreibe ich. *Ich weiß nicht.*'

‚Ihr tun Sie damit keinen Gefallen. *Wie heißen Sie?*'

‚Das will ich von ihr selbst hören. *Kratides.*‘

‚Wenn Sie unterschreiben, können Sie sie sehen. *Woher kommen Sie?*‘

‚Dann werde ich sie nie sehen. *Aus Athen.*‘

Noch fünf Minuten länger, Mr. Holmes, und ich hätte direkt vor ihren Nasen die ganze Geschichte herausbekommen. Vielleicht hätte schon meine nächste Frage die Sache aufklären können, aber in dem Moment ging die Tür auf, und eine Frau betrat das Zimmer. Ich sah sie nicht deutlich genug, so daß ich nur sagen kann, daß sie schwarzhaarig, groß und anmutig war und ein weites weißes Gewand trug.

‚Harold‘, sagte sie auf englisch mit einem gebrochenen Akzent, ‚ich konnte es oben nicht länger aushalten. Es ist so einsam da, nur mit... O mein Gott, das ist ja Paul!‘

Diese letzten Worte sprach sie auf griechisch, und im selben Augenblick riß sich der Mann mit einer verzweifelten Anstrengung das Pflaster vom Mund und stürzte mit dem Aufschrei ‚Sophy! Sophy!‘ in die Arme der Frau. Sie umschlangen einander jedoch nur kurz, denn der jüngere Mann packte die Frau und stieß sie aus dem Zimmer, während der ältere sein ausgemergeltes Opfer leicht überwältigen konnte und es zur anderen Tür hinauszerrte. Für einen Moment war ich allein im Raum, und ich sprang auf, in der vagen Hoffnung, irgendeinen Anhaltspunkt dafür zu finden, in welchem Haus ich mich aufhielt. Was für ein Glück, daß ich nicht sofort ans Werk ging, denn als ich aufblickte, sah ich, daß der ältere Mann in der Tür stand und den Blick auf mich heftete.

‚Genug für heute, Mr. Melas‘, sagte er. ‚Sie merken, daß wir Sie in einer sehr privaten Angelegenheit ins Vertrauen gezogen haben. Wenn unser Freund, der griechisch spricht und anfangs diese Verhandlungen führte, nicht hätte in den Osten abreisen müssen, dann würden wir Sie nicht brauchen. Wir waren auf einen Ersatzmann angewiesen und hatten das Glück, von Ihren Fähigkeiten zu hören.‘

Ich deutete eine Verbeugung an.

‚Hier sind fünf Sovereign‘, sagte er und trat zu mir, ‚ein hoffentlich ausreichendes Honorar für Sie. Aber merken Sie sich‘, fügte er hinzu, tippte mir leicht gegen die Brust und kicherte, ‚wenn Sie auch nur einer einzigen Menschenseele davon etwas verlauten lassen – auch nur einer einzigen Menschenseele, hören Sie –, dann gnade Ihnen Gott!“

Ich kann Ihnen gar nicht sagen, wieviel Angst und Entsetzen mir dieser unscheinbar aussehende Mann einflößte. Jetzt, wo das Lampenlicht auf ihn schien, konnte ich ihn besser erkennen. Sein Gesicht sah kränklich aus, und sein kleiner Spitzbart war dünn und ungepflegt. Beim Sprechen schob er das Kinn vor, und seine Lippen und Augenlider zuckten beständig wie bei einem Menschen, der den Veitstanz hat. Ich wurde den Gedanken nicht los, daß dieses merkwürdige, ansteckende Gekicher auch ein Symptom einer Nervenkrankheit war. Aber am schrecklichsten wirkten seine stahlgrauen, kalt glitzernden Augen, in deren Tiefe eine heimtückische, unerbittliche Grausamkeit lag.

,Wir werden es erfahren, wenn Sie den Mund nicht halten', sagte er. ,Wir haben da unsere eigenen Quellen. Und nun wird mein Freund Sie zurückbringen, die Kutsche wartet bereits draußen.'

Man führte mich eilig durch die Halle und zum Fahrzeug, wobei ich wieder nur jenen kurzen Blick auf Bäume und einen Garten werfen konnte. Mr. Latimer folgte mir dicht auf den Fersen und nahm wortlos mir gegenüber seinen Platz ein. Schweigend fuhren wir wieder mit geschlossenen Fenstern eine schier endlose Strecke, bis endlich, kurz nach Mitternacht, die Karosse anhielt.

,Sie werden hier aussteigen, Mr. Melas', sagte mein Begleiter. ,Tut mir leid, Sie so weit entfernt von Ihrem Haus absetzen zu müssen, aber wir haben keine andere Wahl. Jeder Versuch von Ihnen, der Kutsche zu folgen, kann nur damit enden, daß Sie sich selbst Schaden zufügen.'

Er öffnete den Schlag, und ich hatte kaum Zeit hinauszuspringen, schon schlug der Kutscher auf die Pferde ein und die Kutsche ratterte davon. Verblüfft blickte ich mich um. Ich befand mich in einer Heidelandschaft, aus dem Dunkel ragten vereinzelt Stechginsterbüsche auf. In weiter Ferne konnte ich eine Häuserzeile sehen, hier und da brannte in den oberen Stockwerken Licht. Auf der anderen Seite sah ich die roten Signallichter einer Eisenbahnstrecke.

Die Kutsche, die mich hergebracht hatte, war schon außer Sicht. Ich stand da, spähte in die Runde und versuchte mir klarzuwerden, wo ich mich überhaupt befand. Ich bemerkte, daß mir jemand in der Dunkelheit entgegenkam. Als er heran war, erkannte ich einen Gepäckträger von der Eisenbahn.

,Können Sie mir sagen, wie dieser Ort heißt?' fragte ich.

,Wandsworth Common', sagte er.

,Fährt von hier jetzt noch ein Zug in die Stadt?'

,Wenn Sie noch ungefähr eine Meile weit laufen, bis Clapham Junction', erklärte er, ,erreichen Sie gerade noch den letzten zur Victoria Station.'

Nun, und das war das Ende meines Abenteuers, Mr. Holmes. Ich habe bis jetzt keine Ahnung, wo ich gewesen bin oder mit wem ich es zu tun gehabt habe, ich weiß überhaupt nur so viel, wie ich Ihnen erzählte. Immerhin ist mir klar, daß dort eine faule Geschichte im Gange ist, und ich möchte deshalb jenem unglücklichen Griechen helfen, wenn ich kann. Ich habe die ganze Geschichte gleich am nächsten Morgen Mr. Mycroft Holmes erzählt und danach auch der Polizei."

Nachdem wir diesen außergewöhnlichen Bericht gehört hatten, saßen wir alle eine Weile schweigend da. Dann blickte Sherlock zu seinem Bruder.

„Hast du schon etwas unternommen?“ fragte er.

Mycroft schlug die „Daily News“ auf, die neben ihm auf dem Tischchen lag.

„Eine Belohnung wird demjenigen zugesichert, der Angaben über den Verbleib des Griechen Paul Kratides aus Athen, der des Englischen nicht mächtig ist, machen kann. Dies gilt gleichfalls für Hinweise bezüglich einer griechischen Dame mit dem Vornamen Sophy. X 2473.“

„Diese Anzeige habe ich in allen Tageszeitungen veröffentlichen lassen. Bis jetzt noch keine Antwort.“

„Und wie steht's mit der griechischen Gesandtschaft?“

„Ich habe mich dort erkundigt. Sie wissen nichts.“

„Und eine telegrafische Anfrage beim Polizeipräsidium von Athen?“

„Sherlock hat die gesamte Tatkraft unserer Familie geerbt“, wandte sich Mycroft erläuternd an mich. „Also übernimm du jetzt den Fall und laß mich wissen, ob du vorankommst.“

„Natürlich“, antwortete mein Freund und erhob sich. „Ich halte dich und Mr. Melas auf dem laufenden. In der Zwischenzeit würde ich an Ihrer Stelle sehr auf der Hut sein, Mr. Melas, denn natürlich wissen die Gauner durch diese Anzeige, daß Sie sie verraten haben.“

Als wir nach Hause gingen, machte Holmes an einem Postamt halt und gab etliche Telegramme auf.

„Sehen Sie, Watson“, bemerkte er, „dieser Abend war für uns keineswegs vergeudete Zeit. Auf diese Weise bin ich über Mycroft zu einigen meiner interessantesten Fälle gekommen. Obwohl das Problem, das uns soeben unterbreitet wurde, nur eine einzige Erklärung zuläßt, weist es doch einige eigentümliche Aspekte auf.“

„Sie hoffen, es lösen zu können?“

„Nun, da wir schon so viel wissen, wäre es in der Tat eigenartig, wenn es uns nicht gelingen sollte, den Rest auch noch herauszubekommen. Sie haben doch sicher schon eine Theorie, die die gehörten Fakten erklärt?“

„Ja, aber eine ganz unklare noch.“

„Was glauben Sie also?“

„Es scheint mir offensichtlich zu sein, daß das griechische Fräulein von dem jungen Engländer Harold Latimer verschleppt wurde.“

„Von wo verschleppt?“

„Aus Athen vielleicht.“

Sherlock Holmes schüttelte den Kopf. „Dieser junge Mann konnte kein Wort Griechisch. Die Dame sprach recht gut englisch. Schlußfolgerung: Sie hält sich schon geraume Zeit in England auf, und er war nicht in Griechenland."

„Gut, dann nehmen wir an, daß sie zu Besuch nach England kam und von diesem Harold dazu gebracht wurde, mit ihm zu fliehen."

„Das ist schon wahrscheinlicher."

„Dann kommt ihr Bruder – dafür halte ich den Gefangenen – aus Griechenland, um nach dem Rechten zu sehen. Arglos begibt er sich in die Gewalt des jungen Mannes und dessen älteren Mithelfers. Sie nehmen ihn gefangen und foltern ihn, damit er das Vermögen des Mädchens, dessen Treuhänder er möglicherweise ist, ihnen überschreibt. Er weigert sich. Um mit ihm verhandeln zu können, brauchen sie einen Dolmetscher. Sie hatten einen, aber der ist weg, und so verfallen sie auf unseren Mr. Melas. Der Frau wird nichts von der Ankunft ihres Bruders gesagt, sie erfährt durch einen reinen Zufall davon."

„Ausgezeichnet, Watson!" rief Holmes aus. „Mir scheint, Sie sind ganz dicht an der Wahrheit dran. Sie sehen, wir haben alle Karten in der Hand und hätten nur einen plötzlichen Gewaltakt von seiten unserer Gegner zu fürchten. Wenn sie uns aber Zeit lassen, müssen wir sie unweigerlich zu fassen bekommen."

„Aber wie können wir feststellen, wo das Haus steht?"

„Nun, wenn unsere Annahme stimmt und der Name des Mädchens Sophy Kratides ist oder war, dann dürfte es nicht schwierig sein, sie aufzuspüren. Darauf beruht unsere größte Hoffnung, denn der Bruder ist hier ja völlig unbekannt. Es ist klar, daß schon einige Zeit verstrichen sein muß, seit Harold diese Beziehung zu dem Mädchen angeknüpft hat – ein paar Wochen auf jeden Fall –, denn schließlich hatte der Bruder in Griechenland mittlerweile Gelegenheit, davon zu erfahren und herzukommen. Wenn die beiden unterdessen am selben Ort gewohnt haben, dann dürften wir eine Antwort auf Mycrofts Anzeige erwarten können."

Inzwischen waren wir vor unserem Haus in der Baker Street angekommen. Holmes stieg als erster die Treppe hinauf, und als er die Tür zu unserem Wohnzimmer öffnete, blieb er überrascht stehen. Ich blickte ihm über die Schulter und war nicht minder erstaunt. Im Lehnstuhl saß sein Bruder Mycroft und rauchte.

„Komm rein, Sherlock! Treten Sie ein, Sir", sagte er aufgeräumt und lächelte über unsere verdutzten Gesichter. „Eine solche Energie hast du wohl kaum von mir erwartet, nicht wahr, Sherlock? Aber irgendwie fesselt mich dieser Fall."

„Wie bist du hierhergekommen?"

„Ich habe euch in einer Droschke überholt."

„Es hat sich etwas Neues ergeben?"

„Eine Antwort ist auf meine Annonce eingegangen."
„Aha!"
„Ja, sie kam ein paar Minuten nach eurem Aufbruch."
„Und was besagt sie?"
Mycroft Holmes zog ein Blatt Papier aus der Tasche.
„Hier ist sie", sagte er, „geschrieben mit breitspitziger Feder auf feinstem Büttenpapier von einem Mann mittleren Alters und schwacher Konstitution:

‚Sir,
Bezug nehmend auf Ihre Anzeige von heute, erlaube ich mir, Ihnen mitzuteilen, daß ich die betreffende junge Dame sehr gut kenne. Wenn Sie mich bitte aufsuchen wollten, so könnte ich Ihnen nähere Einzelheiten über ihr unglückliches Schicksal mitteilen. Gegenwärtig wohnt sie im The Myrtles, Beckenham.

Hochachtungsvoll
J. DAVENPORT'

Er schreibt aus Lower Brixton", setzte Mycroft Holmes hinzu. „Meinst du nicht, Sherlock, daß wir gleich zu ihm fahren sollten, um nähere Einzelheiten zu erfahren?"
„Mein lieber Mycroft, das Leben des Bruders ist wichtiger als die Geschichte der Schwester. Ich meine, daß wir Inspektor Gregson vom Scotland Yard benachrichtigen und unverzüglich nach Beckenham fahren sollten. Wir wissen, daß man einen Menschen verhungern läßt, jede Stunde kann lebenswichtig sein."
„Am besten, wir nehmen Mr. Melas unterwegs mit", schlug ich vor. „Möglicherweise brauchen wir einen Dolmetscher."
„Ausgezeichnet", sagte Sherlock Holmes. „Lassen Sie eine Kutsche rufen, wir brechen dann gleich auf." Dabei öffnete er die Schreibtischschublade, und ich bemerkte, daß er seinen Revolver einsteckte. „Ja", meinte er auf meinen fragenden Blick hin, „nach allem, was wir wissen, dürften wir es mit einer besonders gefährlichen Bande zu tun haben."
Es war fast dunkel, als wir die Wohnung von Mr. Melas in der Pall Mall erreichten. Doch ein Herr hätte ihn kurz zuvor aufgesucht und er wäre mit diesem fortgegangen, erfuhren wir von der Frau, die die Tür geöffnet hatte.
„Können Sie mir sagen, wohin?" fragte Mycroft Holmes.
„Leider nicht, Sir", antwortete die Frau, „ich weiß nur, daß er mit dem Herrn in einer prächtigen Kutsche davonfuhr."
„Nannte der Herr seinen Namen?"
„Nein, Sir."
„War es etwa ein großer gutaussehender junger Mann mit dunklen Haaren?"

„O nein, Sir. Es war ein ziemlich kleiner Herr mit Brille und schmalem Gesicht. Aber er machte einen ganz fröhlichen Eindruck, er lachte beim Reden immerzu."

„Kommt schnell!" rief Sherlock Holmes hastig. „Die Sache wird ernst", bemerkte er, als wir zum Scotland Yard fuhren. „Diese Kerle haben Melas erneut in ihre Gewalt gebracht. Daß er sich nicht besonders zur Wehr setzen kann, haben sie neulich schon festgestellt. Dieser Schurke konnte ihn sicher schon durch sein bloßes Erscheinen einschüchtern. Zweifellos brauchen sie seine Dienste als Dolmetscher, danach wollen sie ihn aber möglicherweise für seinen ‚Verrat' bestrafen."

Unsere Hoffnung bestand darin, mit dem Zug womöglich noch eher in Beckenham zu sein als die Kutsche. Beim Scotland Yard dauerte es jedoch über eine Stunde, bis wir Inspektor Gregsons habhaft wurden und die Formalitäten erledigt hatten, die zur Ausstellung eines Hausdurchsuchungsbefehls notwendig sind. So wurde es drei Viertel zehn, ehe wir die Station London Bridge erreichten. Halb elf stiegen wir vier am Beckenhamer Bahnhof aus. Eine Droschkenfahrt von einer halben Meile brachte uns zum The Myrtles, einem großen düsteren Haus, das abseits von der Straße auf einem Grundstück stand. Hier entließen wir unsere Droschke und liefen gemeinsam die Zufahrt hinauf.

„Alle Fenster sind dunkel", bemerkte der Inspektor. „Das Haus sieht verlassen aus."

„Unsere Vögel sind ausgeflogen, das Nest ist leer", sagte Holmes.

„Wie kommen Sie darauf?"

„Eine schwer mit Gepäck beladene Kutsche ist während der letzten Stunde hinausgefahren."

Der Inspektor lachte. „Ich habe zwar Räderspuren in der beleuchteten Toreinfahrt gesehen, aber woraus schließen Sie auf Gepäck?"

„Sie hätten beobachten können, daß die gleichen Räderspuren hinein- und hinausführen. Auf dem Rückweg waren sie jedoch sehr viel tiefer eingedrückt, so daß wir mit Sicherheit sagen können, daß die Kutsche mit einem erheblichen Gewicht belastet war."

„Das ist mir ein bißchen zu spitzfindig", sagte der Inspektor schulterzuckend. „Die Tür wird nicht leicht aufzubrechen sein, aber wenn uns keiner aufmacht, versuchen wir es."

Er betätigte kräftig den Türklopfer und zog an der Klingelschnur, doch ohne Erfolg. Holmes war fortgeeilt, kam jedoch nach wenigen Minuten wieder.

„Ich habe ein Fenster offen", sagte er.

„Ein Glück, daß Sie kein Einbrecher geworden sind, Mr. Holmes", kommentierte der Inspektor, als er bemerkte, wie geschickt mein Freund den

Riegel zurückgedrückt hatte. „Nun, unter den gegebenen Umständen dürfen wir wohl auch ohne Aufforderung eintreten.“

Einer nach dem anderen stiegen wir durch das Fenster in ein weiträumiges Zimmer. Es war offensichtlich das, in das Mr. Melas geführt worden war. Der Inspektor hatte seine Laterne angezündet, und in ihrem Lichtstrahl sahen wir die von Mr. Melas beschriebenen zwei Türen, den Vorhang, die Lampe und den japanischen Kettenpanzer. Auf dem Tisch standen zwei Gläser, eine leere Brandyflasche und die Reste einer Mahlzeit.

„Was war das?“ fragte Holmes plötzlich.

Wir standen alle still und horchten. Irgendwoher über unseren Köpfen hörten wir ein leises Stöhnen. Holmes stürzte zur Tür und dann in die Halle hinaus. Der klägliche Laut kam aus dem oberen Stockwerk. Holmes stürmte die Treppe hinauf, der Inspektor und ich folgten ihm auf dem Fuße, während Mycroft, so rasch es seine Leibesfülle gestattete, nachkam.

Im zweiten Stock sahen wir uns drei Türen gegenüber. Hinter der mittleren wurden jene unheilverkündenden Laute ausgestoßen, die zeitweise zu einem dumpfen Lallen absanken, dann wieder zu einem schrillen Wimmern anschwollen. Die Tür war abgeschlossen, doch der Schlüssel steckte außen. Holmes schloß auf und stürmte hinein, war aber augenblicklich wieder draußen und griff sich an die Kehle.

„Kohlengas“, ächzte er. „Erst mal abwarten, bis es sich verzogen hat.“

Wir spähten seitlich durch die Türöffnung und sahen, daß das einzige Licht in dem Raum von einer blaßblauen Flamme herrührte, die aus einem kleinen, in der Zimmermitte aufgestellten Messingdreifuß züngelte. Sie warf einen gespenstischen bläulichen Lichtkreis auf den Fußboden, während hinten im Halbdunkel, kaum erkennbar, zwei Gestalten an der Wand kauerten. Aus der offenen Tür wallten üble, giftige Dämpfe, die uns zum Husten brachten und schier den Atem nahmen. Holmes rannte die Treppe ganz hinauf, um frische Luft zu schöpfen, dann stürzte er noch einmal in das Zimmer, wo er das Fenster aufriß und den schwelenden Dreifuß in den Garten hinausschleuderte.

„In einer Minute können wir hinein“, stieß er keuchend hervor, als er wieder herauskam. „Wo ist eine Kerze? Ich bezweifle, daß sich in dem Dunst da drin ein Streichholz anzünden läßt. Du leuchtest von der Tür aus, Mycroft, und wir holen die Leute heraus. Los!“

Gleichzeitig stürzten wir zu den Vergifteten und schleiften sie hinaus in die hell erleuchtete Halle. Sie waren beide bewußtlos. Ihre Lippen schimmerten bläulich, sie hatten aufgedunsene blutunterlaufene Gesichter, aus denen die Augen hervorquollen. Sie sahen tatsächlich so sehr entstellt aus, daß wir den griechischen Dolmetscher, von dem wir uns erst wenige Stunden zuvor im Diogenes-Klub getrennt hatten, nur an seinem schwarzen Bart und der stämmigen Figur wiedererkannten. Die Hände und Füße waren ihm fest zusammengebunden worden, und ein Bluterguß über dem einen Auge verriet, daß er einen heftigen Schlag erhalten haben mußte. Der andere, den man in ähnlicher Weise gefesselt hatte, war ein großer, völlig abgezehrter Mann, über dessen Gesicht mehrere, zu einem grotesken Muster angeordnete Heftpflasterstreifen klebten. Er hatte aufgehört zu stöhnen, als wir ihn niederlegten, und ein Blick belehrte mich, daß zumindest für ihn unsere Hilfe zu spät gekommen war. Mr. Melas hingegen lebte noch. Ich behandelte ihn unverzüglich mit Salmiakgeist und Brandy, und in weniger als einer Stunde konnte ich mit Genugtuung beobachten, wie er seine Augen aufschlug, und wußte, daß ihn meine Hand noch einmal aus jenem dunklen Tal, in welches alle Lebenswege münden, zurückgeholt hatte.

Die Geschichte, die er zu erzählen hatte, war denkbar einfach und bestätigte nur unsere eigenen Schlußfolgerungen. Jener kichernde Schurke mußte einen geradezu hypnotischen Einfluß auf den unglücklichen Linguisten ausgeübt haben, denn dieser wurde bleich und bekam zitternde Hände, als er davon berichtete. Man hatte ihn auf schnellstem Wege nach Beckenham gebracht, wo er als Dolmetscher bei einer zweiten Verhandlung mitwirken mußte, die noch dramatischer verlaufen war als die erste, denn die beiden Engländer hatten ihrem Gefangenen den sofortigen Tod angedroht, falls er nicht in ihre Forderungen einwilligte. Schließlich hatten sie den trotz aller Drohungen Standhaften wieder eingesperrt, anschließend Melas des Verrats beschuldigt und ihn mit einem Stockhieb betäubt. Seitdem konnte er sich an nichts mehr erinnern, denn er kam erst wieder zu Bewußtsein, als wir uns über ihn beugten.

Und hier endet der seltsame Fall des griechischen Dolmetschers, der nie ganz aufgeklärt wurde. Wir setzten uns mit dem Herrn in Verbindung, der auf die Annonce geantwortet hatte, und konnten in Erfahrung bringen, daß es sich bei der unglücklichen jungen griechischen Dame um eine Tochter aus reichem Hause handele, die Freunde in England besucht habe. Dabei sei sie einem jungen Mann namens Harold Latimer begegnet, der sie sich hörig gemacht und wahrscheinlich dazu gebracht habe, mit ihm zu fliehen. Ihre Freunde, die über das Ereignis bestürzt waren, hätten ihren Bruder in Athen benachrichtigt, selbst aber ihre Hände in Unschuld gewaschen. Der Bruder hatte gleich nach seiner Ankunft in England Latimer aufgesucht. Dieser und sein Kumpan namens Wilson Kemp, ein Kerl mit übelstem Vorleben, begriffen, daß dieser des Englischen nicht mächtige Grieche ihnen ausgeliefert war. Sie nahmen ihn gefangen und versuchten ihn durch Folter und Entzug der Nahrung dazu zu bewegen, sein Vermögen und das seiner Schwester schriftlich an sie zu vermachen. Ohne daß seine Schwester davon wußte, hielten sie ihn im Haus gefangen. Das Pflaster im Gesicht sollte ihn unkenntlich machen – eine Vorsichtsmaßnahme für den Fall, daß sie ihm doch einmal versehentlich begegnen sollte. Mit ihrem weiblichen Gespür durchschaute sie jedoch sofort die Maskerade, als sie ihn beim Besuch des Dolmetschers zum erstenmal sah. Das arme Mädchen war jedoch selbst eine hilflose Gefangene, denn es gab außer dem Kutscher und seiner Frau, die selbst beide an dem Verbrechen beteiligt waren, und den beiden Gaunern niemanden im Haus. Als sie merkten, daß ihr geheimer Anschlag verraten und dem Gefangenen nicht mit Gewalt beizukommen war, flohen die beiden Schurken mit dem Mädchen binnen weniger Stunden aus dem möbliert gemieteten Haus. Zuvor jedoch wollten sie sich noch rächen an dem Mann, der ihnen getrotzt, und an dem, der sie verraten hatte.

Monate danach erreichte uns ein merkwürdiger Zeitungsausschnitt aus Budapest. Es war eine Meldung über den tragischen Tod zweier in Begleitung einer Frau reisender Engländer. Allem Anschein nach wurden beide erstochen; die ungarische Polizei vermutete, daß sie sich im Streit gegenseitig die tödlichen Stichwunden beigebracht hatten. Aber Holmes ist darüber anderer Auffassung und hält bis heute daran fest, daß man die Griechin finden muß, um zu klären, wie die an ihr und ihrem Bruder verübten Untaten gerächt wurden.

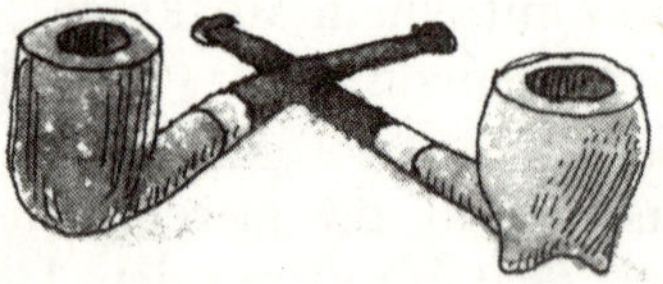

Der letzte Fall

Schweren Herzens ergreife ich die Feder zu meinem letzten Bericht über die außerordentlichen Gaben, die meinen Freund Sherlock Holmes auszeichneten. Ich habe mich bemüht – und wie ich wohl weiß, ist es mir nur höchst unvollkommen gelungen –, meine seltsamen Erlebnisse, die ich in seiner Gesellschaft hatte, zu dokumentieren: angefangen von der Begebenheit, die uns damals während der „Studie in Scharlachrot" zusammenführte, bis hin zu seinem Eingreifen in die Affäre mit dem „Flottenabkommen" – einem Eingreifen, das den unzweifelhaften Erfolg hatte, schwerwiegende internationale Verwicklungen zu verhindern. Ich hatte beabsichtigt, an dieser Stelle aufzuhören und jenes Ereignis nicht zu erwähnen, das eine schmerzliche Leere in mein Leben brachte, die in den seither vergangenen zwei Jahren kaum geringer geworden ist. Aber die jüngst veröffentlichten Briefe, in denen Colonel James Moriarty das Andenken seines Bruders verteidigt, lassen mir keine andere Wahl, als die Begebenheiten genau so der Öffentlichkeit zu unterbreiten, wie sie sich zugetragen haben. Ich allein kenne die ganze Angelegenheit und bin froh, daß nunmehr die Zeit gekommen ist, da es keinen vernünftigen Grund mehr gibt, die Wahrheit zu unterdrücken. Soweit ich weiß, hat es darüber nur drei einschlägige Veröffentlichungen in der Presse gegeben: im „Journal de Genève" vom 6. Mai 1891, die Reuter-Meldung in den englischen Tageszeitungen vom 7. Mai und schließlich die unlängst abgedruckten Briefe, die ich bereits erwähnte. Die beiden Zeitungsartikel schilderten die Ereignisse stark verkürzt, während die Briefe, wie ich im folgenden zeigen werde, die Tatsachen völlig verdrehen. Mir fällt die Aufgabe zu, erstmalig darzustellen, was wirklich zwischen Professor Moriarty und Mr. Sherlock Holmes geschah.

Man wird sich vielleicht erinnern, daß sich durch meine Heirat und die anschließende Eröffnung meiner Privatpraxis die sehr engen Beziehungen zwischen Holmes und mir etwas lockerten. Manchmal suchte er mich noch auf, wenn er einen Gefährten bei seiner Ermittlungsarbeit brauchte, aber das geschah immer seltener, bis es im Jahr 1890, wie ich jetzt feststelle, nur noch drei Fälle waren, über die ich mir Aufzeichnungen machen konnte. Im Winter desselben Jahres und im Frühling 1891 las ich in den Zeitungen, daß die französische Regierung ihn wegen einer Angelegenheit von höchster

Wichtigkeit engagiert hatte, und von ihm selbst erhielt ich zwei Briefe – einen aus Narbonne und einen aus Nîmes –, denen zu entnehmen war, daß sich sein Aufenthalt in Frankreich wahrscheinlich beträchtlich in die Länge ziehen werde. Ich war deshalb einigermaßen überrascht, als er am Abend des 24. April mein Sprechzimmer betrat. Mir fiel auf, daß er noch blasser und magerer aussah als sonst.

„Ja, ich habe mich wohl etwas übernommen“, sagte er, noch ehe ich ihn fragen konnte; „ich bin in der letzten Zeit ein bißchen im Druck gewesen. Haben Sie etwas dagegen, daß ich die Fensterläden schließe?“

Das einzige Licht im Raum kam von der Lampe auf dem Tisch, an dem ich gelesen hatte. Holmes schob sich seitlich an der Zimmerwand entlang, warf die Läden zu und verriegelte sie sorgsam.

„Sie haben vor irgend etwas Angst?“ fragte ich.

„Allerdings.“

„Wovor?“

„Vor Luftgewehren.“

„Mein lieber Holmes, das meinen Sie doch nicht im Ernst!“

„Ich denke, Sie kennen mich gut genug, Watson, um zu wissen, daß ich durchaus keine schreckhafte Natur bin. Dennoch, es wäre Dummheit und nicht Mut, eine unmittelbar drohende Gefahr nicht wahrhaben zu wollen. Dürfte ich Sie um Feuer bitten?“ Er atmete den Rauch seiner Zigarette tief ein, offensichtlich genoß er die beruhigende Wirkung.

„Ich muß mich entschuldigen, daß ich so ungewöhnlich spät noch störe“, sagte er, „und möchte Sie gleich um noch etwas bitten: Erlauben Sie mir, Ihr Haus hinten über die Gartenmauer zu verlassen.“

„Aber was bedeutet das bloß alles?“ fragte ich.

Er streckte seine Hand vor, und im Schein der Lampe sah ich, daß zwei seiner Knöchel aufgeschlagen waren und bluteten.

„Sie sehen, es handelt sich um keine luftige Einbildung“, sagte er lächelnd. „Im Gegenteil, es ist konkret und hart genug, daß man sich die Faust daran zerschlagen kann. Ist Mrs. Watson zu Hause?“

„Nein sie ist verreist, macht einen Besuch.“

„Tatsächlich! Sie sind allein?“

„Völlig.“

„Das erleichtert es mir, Ihnen den Vorschlag zu machen, mit mir eine Woche auf den Kontinent zu fahren.“

„Wohin denn?“

„Oh, irgendwohin. Das ist mir völlig gleich.“

Die ganze Sache kam mir sehr merkwürdig vor, denn es war nicht Holmes' Art, ziellos Ferien zu machen, und außerdem verriet mir sein blasses, gequältes Gesicht, daß sich seine Nerven in äußerster Anspannung befanden.

Als er meinen skeptischen Blick bemerkte, legte er seine Fingerspitzen aneinander, stützte seine Ellenbogen auf die Knie und erläuterte die Situation.

„Sie haben wahrscheinlich noch nie etwas von Professor Moriarty gehört?“ begann er.

„Nein, nie.“

„Sehen Sie, das ist ja gerade das Geniale und Unheimliche an der Sache!“ rief er aus. „Dieser Mann treibt sein Unwesen in ganz London, und niemand hat von ihm auch nur gehört. Das macht ihn zu einem der ganz Großen in der Geschichte des Verbrechens. Ich verrate Ihnen eins, Watson, und ich meine es ganz ernst: Wenn es mir gelänge, diesen Mann zu besiegen, wenn ich die menschliche Gesellschaft von ihm befreien könnte, dann hätte meine Laufbahn ihren krönenden Höhepunkt erreicht, und ich wäre bereit, mich beschaulicheren Seiten des Lebens zuzuwenden. Unter uns gesagt: Die letzten Fälle, die ich im Auftrag der königlichen Familie von Skandinavien und der französischen Republik löste, haben mir so viel eingebracht, daß ich das lang ersehnte ruhige Leben führen und mich ganz auf meine chemischen Forschungen konzentrieren könnte. Aber ich fände keine Ruhe, Watson, könnte keinen Augenblick in meinem Sessel still sitzen, wenn ich daran denken müßte, daß solch ein Mann wie Professor Moriarty unbehelligt durch die Straßen Londons spaziert.“

„Was hat er denn getan?“

„Seine Laufbahn ist außergewöhnlich. Er stammt aus gutem Hause und genoß eine vorzügliche Bildung; zudem hat ihn die Natur mit einer phänomenalen mathematischen Begabung ausgestattet. Im Alter von einundzwanzig Jahren schrieb er eine Abhandlung über das binominale Theorem, die in ganz Europa Aufsehen erregte. Diese Leistung trug ihm den Lehrstuhl für Mathematik an einer unserer kleineren Universitäten ein, und allem Anschein nach lag eine äußerst glänzende Karriere vor ihm. Aber der Mann besaß eine satanische Veranlagung. Eine Neigung zum Kriminellen steckte ihm im Blut, die durch seine außergewöhnlichen Verstandeskräfte jedoch nicht unterdrückt, sondern in kaum zu übersehendem Maße gesteigert wurde. Dunkle Gerüchte umgaben ihn bald in der Universitätsstadt, so daß er schließlich gezwungen war, seinen Lehrstuhl aufzugeben und nach London zu gehen, wo er sich als Militärberater niederließ. Soviel ist allgemein bekannt, aber was ich Ihnen jetzt erzähle, habe ich selber entdeckt.

Sie wissen, Watson, daß niemand die gehobene Verbrecherwelt Londons so gut kennt wie ich. Schon seit Jahren ist mir bewußt, daß hinter dem Kriminellen eine starke organisierende Kraft stehen muß, die das Gesetz bekämpft und den Missetäter beschützt. Wieder und wieder habe ich in den verschiedensten Fällen – ob Fälschung, Raub oder Mord – das Wirken dieser Kraft gespürt. Und viele jener unaufgeklärten Fälle, zu denen man mich nicht hinzugezogen hat, lassen den Schluß zu, daß sie dabei ebenfalls am Werke gewesen ist. Jahrelang versuchte ich den Schleier zu lüften, der sie umgibt, und endlich kam die Zeit, da ich meinen Faden aufnahm, der mich nach tausend raffinierten Windungen zu dem berühmten Mathematiker und Exprofessor Moriarty führte.

Er ist der Napoleon des Verbrechens, Watson. Er steht als Organisator hinter der Hälfte der verübten und hinter sämtlichen unaufgeklärten Schandtaten in dieser großen Stadt, ein Genie, ein Philosoph, ein abstrakter Denker. Wie eine Spinne sitzt er reglos in der Mitte seines Netzes, das tausend Fäden hat und deren kleinste Erschütterung er genau zu deuten weiß. Er selber tut wenig. Er plant nur. Aber er hat unzählige, bestens organisierte Agenten. Ist ein Verbrechen zu verüben, ein Dokument zu entwenden, sagen wir einmal, ein Haus auszurauben oder ein Mensch zu beseitigen, so benachrichtigt man den Professor, die Angelegenheit wird organisiert und erledigt. Der Agent mag vielleicht gefaßt werden. In dem Fall findet sich das Geld für seine Kaution oder Verteidigung. Aber die zentrale Macht, die sich des Agenten bedient, wird niemals gefaßt – ja nicht einmal der leiseste Verdacht fällt auf sie. Dieser Organisation bin ich auf die Spur gekommen, Watson, und seitdem habe ich meine ganze Energie darangesetzt, sie aufzudecken und zu zerbrechen.

Aber was ich auch tat – der Professor ließ sich derart geschickt durch seine Leibwächter abschirmen, daß es mir aussichtslos vorkam, belastende Beweise für ein ordentliches Gerichtsverfahren gegen ihn in die Hand zu bekommen. Sie kennen meine Fähigkeiten, mein lieber Watson, aber nach drei Monaten mußte ich mir trotzdem eingestehen, daß ich zu guter Letzt auf einen geistig mir ebenbürtigen Gegner gestoßen war. Mein Entsetzen über seine Verbrechen wich einer Bewunderung für seine Kunstfertigkeit. Endlich aber unterlief ihm ein Fehler – ein ganz geringfügiger nur, doch den hätte er sich eben nicht leisten dürfen, da ich ihm so dicht auf den Fersen saß. Da war die Gelegenheit für mich, und von diesem Punkt ausgehend, konnte ich mein Netz um ihn knüpfen, das jetzt zusammengezogen werden kann. In drei Tagen, am kommenden Montag also, wird es soweit sein. Die Polizei wird den Professor und alle führenden Mitglieder seiner Bande verhaften können. Dann kommt es zur größten Gerichtsverhandlung des Jahrhunderts, zur Aufklärung von über vierzig Verbrechen, und alle Angeklagten erwartet der Strang. Greifen wir aber zu früh zu, schlüpfen sie uns vielleicht noch im allerletzten Moment durch die Maschen.

Nun, hätte ich das alles ohne Wissen des Professors tun können, dann wäre es mir nicht so schwergefallen. Aber dafür war er zu schlau. Er erkannte jeden Schritt, den ich tat, um mein Netz um ihn zu spannen. Wieder und wieder versuchte er auszubrechen, aber jedesmal kam ich ihm zuvor. Ich

sage Ihnen, mein Freund, wenn man diesen lautlosen Kampf in allen Einzelheiten beschriebe – er würde als das brillanteste kriminalistische Florettgefecht in die Geschichte der Verbrechensverfolgung eingehen. Nie habe ich mich zu solcher Höhe aufgeschwungen, und nie bin ich von einem Gegner so hart bedrängt worden. Er machte einen überraschenden Ausfall, ich jedoch konnte den Stoß im letzten Augenblick parieren. Heute morgen wurden die letzten Vorbereitungen unternommen, nur noch drei Tage wären erforderlich, um den Fall abzuschließen. Ich saß im Wohnzimmer und überdachte mein Vorhaben noch einmal, als die Tür aufging und Professor Moriarty vor mir stand.

Ich habe ziemlich starke Nerven, Watson, aber ich muß bekennen, daß ich zusammenzuckte, als ich genau den Mann auf der Schwelle stehen sah, der meine Gedanken so sehr beschäftigte. Er ist ungewöhnlich groß und dürr, hat eine bogenförmige weiße Halbglatze; seine Augen liegen tief in den Höhlen. Sein blasses Gesicht ist glatt rasiert, es wirkt asketisch und hat in seinen Zügen einen gewissen professoralen Ausdruck bewahrt. Seine Schultern sind gebeugt vom vielen Studieren, er reckt den Kopf vor und wiegt ihn ständig langsam hin und her wie ein Reptil. Er sah mich an; in seinen zusammengekniffenen Augen lag große Neugier.

‚Ich hätte mehr Grips von Ihnen erwartet', sagte er schließlich. ‚Es ist eine gefährliche Angewohnheit, mit geladenen Feuerwaffen in der Tasche des Morgenrocks herumzuspielen.'

Bei seinem Eintreten hatte ich nämlich sofort die äußerste Gefahr erkannt, in der ich schwebte. Der einzig denkbare Ausweg für ihn bestand darin, mich zum Schweigen zu bringen. Blitzschnell hatte ich den Revolver aus der Schublade in meine Tasche gleiten lassen und hielt ihn durch den Stoff auf den Professor gerichtet. Bei seinen Worten zog ich die Waffe hervor und legte sie mit gespanntem Hahn auf den Tisch. Er lächelte und blinzelte mir zu, aber da war noch etwas anderes in seinem Blick, weshalb ich heilfroh war, den Revolver griffbereit zu haben.

‚Offensichtlich kennen Sie mich nicht', sagte er.

‚Gerade das Gegenteil dürfte doch wohl der Fall sein', antwortete ich. ‚Bitte, nehmen Sie Platz. Ich kann fünf Minuten für Sie erübrigen, wenn Sie mir etwas zu sagen haben.'

‚Sie wissen sehr wohl, was ich zu sagen habe', meinte er.

‚Dann wissen Sie vielleicht auch, wie meine Antwort lautet', entgegnete ich.

‚Sie bleiben dabei?'

‚Absolut.'

Seine Hand fuhr in die Tasche, und ich nahm die Pistole vom Tisch. Doch er zückte nur ein kleines Notizbuch, in das er einige Daten eingetragen hatte.

‚Sie haben am vierten Januar meinen Weg gekreuzt', sagte er. ‚Am dreiundzwanzigsten haben Sie mich belästigt; von Mitte Februar an bereiteten Sie mir ernsthafte Ungelegenheiten; Ende März waren meine Pläne völlig durchkreuzt; und nun, Ende April, sehe ich mich durch Ihre ständigen Nachstellungen in eine Lage gedrängt, in der ich ernsthaft den Verlust meiner Freiheit befürchten muß. Die Situation wird langsam unerträglich.'

‚Haben Sie einen Vorschlag zu machen?' fragte ich.

‚Sie müssen aufhören damit, Mr. Holmes', sagte er, während sein Kopf hin und her schwang. ‚Wirklich, Sie müssen, verstehen Sie!'

‚Nach Montag', sagte ich.

‚Aber, aber', antwortete er. ‚Ich bin sicher, ein Mann mit Ihrer Intelligenz wird erkennen, daß die Affäre nur einen möglichen Ausgang haben kann. Es ist notwendig, daß Sie sich zurückziehen. Sie haben die Sache so weit getrieben, daß uns nur noch ein Mittel übrigbleibt. Es war mir ein intellektuelles Vergnügen, Ihr Vorgehen in dieser Angelegenheit zu verfolgen, und ich sage Ihnen aufrichtig, daß es mir sehr leid täte, zu irgendwelchen extremen Maßnahmen greifen zu müssen. Sie lächeln, Sir, aber ich versichere Ihnen, es täte mir wirklich sehr leid.'

‚Gefahr gehört zu meinem Geschäft', bemerkte ich.

‚Hier handelt es sich nicht um eine Gefahr', sagte er. ‚Es handelt sich um unvermeidliche Vernichtung. Sie stehen nicht etwa nur einer Einzelperson im Wege, sondern einer mächtigen Organisation, deren ganzes Ausmaß Sie, bei all Ihrer Schlauheit, nicht zu erkennen vermochten. Sie müssen beiseite treten, Mr. Holmes, sonst werden Sie zerstampft.'

‚Ich fürchte', sagte ich und stand auf, ‚bei dieser angenehmen Unterhaltung vernachlässige ich wichtige Angelegenheiten, die mich andernorts erwarten.'

Er erhob sich ebenfalls, blickte mich stumm an und schüttelte dabei bekümmert den Kopf.

‚Nun ja', sagte er schließlich. ‚Sehr bedauerlich, aber ich habe getan, was ich konnte. Ich kenne jeden Zug Ihres Spiels. Vor Montag können Sie nichts unternehmen. Das Duell zwischen Ihnen und mir geht weiter, Mr. Holmes. Sie hoffen, mich auf die Anklagebank zu bringen. Ich sage Ihnen, daß ich niemals auf einer Anklagebank sitzen werde. Sie hoffen, mich zu schlagen. Ich sage Ihnen, daß Sie mich niemals schlagen werden. Wenn es Ihnen gelingen sollte, mich zu vernichten, dann wäre Ihnen das gleiche Schicksal sicher.'

‚Sie haben mir etliche Komplimente gemacht, Mr. Moriarty', sagte ich. ‚Lassen Sie mich Ihnen eins zurückgeben: Wenn ich die Gewißheit hätte, daß das erste in Erfüllung geht, würde ich das zweite im Interesse der Allgemeinheit freudig auf mich nehmen.'

‚Ich kann Ihnen nur das letztere versprechen, und auf das andere verlassen

Sie sich lieber nicht', knurrte er, und damit wandte er mir seinen gebeugten Rücken zu und verließ, blinzelnd um sich blickend, das Zimmer.

Das war meine seltsame Unterredung mit Professor Moriarty. Ich gestehe, daß sie ein ungutes Gefühl in mir hinterließ. Seine ruhige, präzise Sprechweise gibt einem die Gewißheit, daß er es ernst meint, und wirkt viel beängstigender als lauthals vorgetragene Drohungen. Natürlich werden Sie jetzt fragen: Warum ihn nicht von der Polizei überwachen lassen? Weil ich überzeugt bin, daß der Schlag von einem seiner Agenten geführt wird. Dafür habe ich handfeste Anhaltspunkte."

„Hat man Sie bereits angegriffen?"

„Mein lieber Watson, Professor Moriarty ist nicht der Mann, der viel Zeit verliert, wenn er sich etwas vorgenommen hat. Als ich an der Einmündung von der Bentinck Street in die Welbeck Street die Straße überquerte, kam ein zweispänniger Lastkarren um die Ecke gerast und schoß wie ein Blitz auf mich zu. Ich sprang auf den Gehsteig und rettete mich nur um Haaresbreite. Der Karren bog gleich in die Marylebone Lane ab und war im Nu verschwunden. Danach hielt ich mich auf dem Bürgersteig, Watson, doch als ich die Vere Street hinunterging, kam ein Ziegelstein vom Dach eines Hauses geflogen und zersplitterte vor meinen Füßen. Ich rief die Polizei und ließ das Haus durchsuchen. Auf dem Dach waren Schieferplatten und Mauersteine für eine beabsichtigte Reparatur aufgeschichtet, und man wollte mir einreden, daß der Wind einen Stein vom Stapel hinuntergeweht hätte. Ich wußte natürlich Bescheid, konnte aber nichts beweisen. Danach nahm ich eine Droschke und fuhr in die Pall Mall zur Wohnung meines Bruders, wo ich den Tag über blieb. Nun bin ich zu Ihnen gekommen, und unterwegs wurde ich von einem Strolch mit einem Knüppel überfallen. Ich schlug ihn nieder, und die Polizei hat ihn in Gewahrsam genommen, aber ich kann Ihnen mit absoluter Sicherheit sagen: Man wird nicht die geringste Verbindung feststellen können zwischen dem Burschen, an dessen Vorderzähnen ich mir die Knöchel lädiert habe, und dem ehemaligen Mathematikdozenten, der jetzt bestimmt zehn Meilen entfernt an einer Tafel Probleme löst. Nun wundern Sie sich wohl nicht mehr, Watson, weshalb ich bei meiner Ankunft als erstes die Fensterläden schloß und Sie um Erlaubnis bitten mußte, Ihr Haus durch einen weniger auffälligen Ausgang als die Hauptpforte verlassen zu dürfen."

Ich hatte oft den Mut meines Freundes bewundert, doch nie so sehr wie jetzt, als er ruhig dasaß und Vorfälle aufzählte, die ihm insgesamt einen wahren Schreckenstag bereitet haben mußten.

„Werden Sie über Nacht hierbleiben?" fragte ich.

„Nein, mein Freund, ich wäre ein zu gefährlicher Gast. Mein Plan ist fertig und wird funktionieren. Die Sache ist so weit gediehen, daß die Polizei die Verhaftung ohne meine Hilfe vornehmen kann, nur bei der Überführung der

Verbrecher ist meine Anwesenheit vonnöten. Deshalb bleibt für mich nichts Besseres zu tun, als die paar Tage bis zum Eingreifen der Polizei zu verschwinden. Es würde mich daher sehr freuen, wenn Sie mich auf den Kontinent begleiten könnten."

„Die Praxis ist ruhig", sagte ich, „und ich habe einen hilfsbereiten Nachbarn. Ich würde gern mitkommen."

„Gleich morgen früh?"

„Wenn nötig."

„O ja, es ist sehr nötig. Dann muß ich Ihnen Instruktionen geben, und ich bitte Sie inständig, mein lieber Watson, befolgen Sie sie bis ins kleinste, denn Sie lassen sich jetzt auf ein gefährliches Spiel mit dem gerissensten Dunkelmann und dem mächtigsten Verbrechersyndikat Europas ein. Also hören Sie zu! Sie lassen Ihr Gepäck ohne Anschrift heute nacht von einem vertrauenswürdigen Boten zur Victoria Station schaffen. Morgen früh rufen Sie sich eine Droschke; schärfen Sie Ihrem Boten aber ein, daß er weder die erste noch die zweite nimmt, die sich anbietet. Sie springen in die Droschke und fahren zu dem Ende der Lowther Arcade, die zum ‚Strand' zeigt. Dem Kutscher geben Sie die Adresse auf einem Zettel, den er nicht wegwerfen soll. Halten Sie Ihr Fahrgeld bereit, und sobald die Droschke hält, eilen Sie durch die Arcade und richten es so ein, daß Sie Viertel nach neun auf der anderen Seite sind. Dort wird eine kleine zweisitzige Kutsche am Bordstein warten; der Kutscher trägt einen schweren schwarzen Mantel, dessen Kragen rot umsäumt ist. Da steigen Sie ein, und sie können rechtzeitig an der Victoria Station sein, um den Continental-Expreß zu erreichen."

„Wo werde ich Sie treffen?"

„Auf dem Bahnhof. Der zweite Ersterklassewagen wird für uns reserviert sein."

„Der Wagen ist also unser Treffpunkt?"

„Ja."

Vergeblich bat ich Holmes, die Nacht dazubleiben. Es war mir klar, daß er befürchtete, dem Haus Unglück zu bringen, unter dessen Dach er weilte, und daß dieser Grund ihn zu gehen veranlaßte. Mit einigen hastigen Worten zum Plan des folgenden Tages stand er auf. Ich begleitete ihn hinaus in den Garten, er kletterte über die Mauer, die an die Mortimer Street grenzt, und unmittelbar darauf hörte ich ihn nach einer Droschke pfeifen, mit der er dann davonfuhr.

Am nächsten Morgen führte ich Holmes' Anweisungen getreu aus. Eine Droschke wurde mit der entsprechenden Vorsicht besorgt, um zu verhindern, daß ich an eine von der Gegenseite bereitgestellte geriet, und gleich nach dem Frühstück fuhr ich zur Lowther Arcade, die ich schnellstens durchquerte. Ein Zweisitzer wartete bereits, und kaum war ich eingestiegen, da gab der gewichtige, in einen dunklen Mantel gehüllte Fahrer dem Pferd auch schon die Peitsche, und wir rasselten los zur Victoria Station. Als ich dort ausstieg, wendete er das Gefährt und preschte davon – ohne mich eines Blickes zu würdigen.

Soweit war alles wunderbar verlaufen. Mein Gepäck wartete auf mich, und ich hatte keine Schwierigkeiten, den von Holmes genannten Waggon zu finden, zumal er als einziger des Zuges den Vermerk „Reserviert" trug. Sorgen machte mir nun allerdings Holmes' Ausbleiben. Die Bahnhofsuhr zeigte, daß bis zu unserer Abfahrt nur noch sieben Minuten blieben. Vergeblich musterte ich die Grüppchen der Reisenden und Abschiednehmenden und suchte die drahtige Gestalt meines Freundes. Es war keine Spur von ihm zu sehen. Etliche Minuten half ich einem ehrwürdigen italienischen Priester, der sich mühte, in gebrochenem Englisch dem Schaffner verständlich zu machen, daß sein Gepäck bis Paris befördert werden sollte. Dann, nachdem ich noch einmal in die Runde gespäht hatte, kehrte ich zu meinem Abteil zurück und stellte fest, daß der Schaffner mir trotz der Vorbestellung meinem altersschwachen italienischen Bekannten als Reisegefährten zugeteilt hatte. Es war zwecklos, dem Alten klarmachen zu wollen, daß er einen reservierten Platz belegte, denn mein Italienisch war noch kümmerlicher als sein Englisch. Also zuckte ich resigniert mit den Schultern und fuhr fort, nach meinen Freund Ausschau zu halten. Ein kalter Schreck durchfuhr mich bei dem Gedanken, sein Ausbleiben könne bedeuten, daß ihm im Verlauf der Nacht doch etwas zugestoßen sein mochte. Schon waren alle Türen geschlossen, und der Abfahrtspfiff ertönte, da sagte eine Stimme:

„Mein lieber Watson, Sie haben nicht einmal geruht, mir einen guten Morgen zu wünschen."

Grenzenlos verblüfft fuhr ich herum. Der hochbetagte Geistliche hatte mir sein Gesicht zugewandt. Für einen Augenblick glätteten sich die Runzeln, die Nase hob sich vom Kinn, die vorgeschobene Unterlippe glitt zurück und der Mund hörte auf zu brabbeln, die trüben Augen begannen zu leuchten, die zusammengesunkene Gestalt richtete sich auf. Im nächsten Augenblick sackte sie wieder zusammen, und Holmes verschwand ebenso rasch, wie er aufgetaucht war.

„Gütiger Himmel, Sie sind es, Holmes!" rief ich aus, „haben Sie mich erschreckt!"

„Es ist immer noch größte Vorsicht geboten", flüsterte er. „Ich habe Grund zu der Annahme, daß sie uns dicht auf der Spur sind. Ah, da ist ja auch schon Moriarty."

Als Holmes dies sagte, hatte sich der Zug bereits in Bewegung gesetzt. Ich blickte zurück und sah einen hochaufgeschossenen Mann, der sich wütend durch die Menge drängte und mit der Hand winkte, als wolle er den Zug anhalten. Aber es war zu spät, denn wir gewannen an Tempo und hatten den Bahnhof im nächsten Augenblick hinter uns zurückgelassen.

„Trotz all unserer Vorsichtsmaßnahmen sind wir gerade noch so entwischt, wie Sie sehen", sagte Holmes lachend. Er stand auf, warf die schwarze Soutane und den Hut ab und verstaute die Verkleidung in einer Reisetasche. „Haben Sie die Morgenzeitung gelesen, Watson?"

„Nein."

„Dann wissen Sie das mit der Baker Street also noch nicht?"

„Baker Street?"

„Sie haben letzte Nacht unsere Wohnung in Brand gesteckt. Wurde aber kein großer Schaden angerichtet."

„Gütiger Himmel! Holmes, das ist ja ungeheuerlich!"

„Sie müssen meine Spur völlig verloren haben, nachdem ihr Totschläger verhaftet war. Sonst wären sie nicht auf die Idee gekommen, daß ich in meine Wohnung zurückgekehrt sei. Sie haben aber offenbar Sie vorsichtshalber beschattet, und so wurde Moriarty zum Victoria Bahnhof geführt. Sie haben nicht etwa irgendeinen Fehler gemacht, als Sie herkamen?"

„Ich tat genau das, was Sie mir geraten haben."

„Fanden Sie den Zweisitzer vor?"

„Ja, er wartete schon."

„Haben Sie Ihren Kutscher erkannt?"

„Nein."

„Es war mein Bruder Mycroft. In einem solchen Fall ist es vorteilhaft, wenn man keinen bezahlten Helfer ins Vertrauen zu ziehen braucht. Aber jetzt müssen wir überlegen, was wir gegen Moriarty unternehmen wollen."

„Da dies ein Expreßzug ist, der Anschluß an das Schiff hat, würde ich meinen, daß wir Moriarty endgültig abgeschüttelt haben."

„Mein lieber Watson, Sie haben offensichtlich nicht begriffen, was ich mit der Bemerkung meinte, daß man diesen Mann als mir geistig Ebenbürtigen ansehen muß. Sie glauben doch wohl nicht, daß ich mich von einem so winzigen Hindernis in Verlegenheit bringen ließe, wenn ich der Verfolger wäre? Warum also denken Sie so gering von ihm?"

„Was wird er tun?"

„Was ich tun würde."

„Und was würden Sie tun?"

„Einen Sonderzug bestellen."

„Aber ist es dazu nicht zu spät?"

„Keineswegs. Dieser Zug hält in Canterbury, und am Schiff gibt es immer eine Verspätung, mindestens eine Viertelstunde. Dort kriegt er uns."

„Man sollte meinen, wir seien die Verbrecher. Lassen wir ihn doch einfach festnehmen, wenn er ankommt."

„Das würde die Arbeit von drei Monaten zunichte machen. Wir hätten den großen Fisch, aber die kleineren würden rechts und links am Netz vorbeischlüpfen. Montag können wir alle fangen. Nein, eine Verhaftung kommt nicht in Frage.“

„Was dann?“

„Wir werden in Canterbury aussteigen.“

„Und dann?“

„Nun, dann schlagen wir einen Haken, reisen nach Newhaven und von dort weiter nach Dieppe. Wieder wird Moriarty das tun, was ich tun würde. Er wird nach Paris fahren, unser Gepäck ausfindig machen und zwei Tage an der Gepäckabfertigung auf uns lauern. In der Zwischenzeit legen wir uns neue Reisetaschen zu, fördern den Umsatz der Bedarfsgüterindustrie unserer Transitländer und fahren ganz gemütlich über Luxemburg und Basel in die Schweiz.“

Also stiegen wir in Canterbury aus – um dort jedoch festzustellen, daß wir eine Stunde warten mußten, ehe wir einen Zug nach Newhaven bekommen konnten.

Ich blickte immer noch ziemlich traurig dem rasch entschwindenden Packwagen nach, der meine Garderobe enthielt, als Holmes mich am Ärmel zupfte und in die entgegengesetzte Richtung der Strecke wies.

„Da ist er schon, sehen Sie“, sagte er.

Aus den Kenter Wäldern in der Ferne erhob sich eine dünne Rauchfahne. Eine Minute später konnte man eine Lokomotive mit einem Wagen in die offene Kurve preschen sehen, die zum Bahnhof führte. Wir hatten kaum Zeit, uns hinter einen Stapel Gepäck zu ducken, als der Sonderzug ratternd und fauchend an uns vorbeiflog und ein heißer Luftschwall uns in die Gesichter schlug.

„Da fährt er hin“, sagte Holmes, als wir zusahen, wie der Waggon schaukelnd über die Weichen rumpelte. „Der Intelligenz unseres Freundes sind, wie Sie sehen, Grenzen gesetzt. Es wäre ein Coup de maître gewesen, wenn er meine Schlußfolgerungen vorausberechnet und danach gehandelt hätte.“

„Und in dem Fall?“

„Hätte er versucht, mich umzubringen, darüber kann nicht der geringste Zweifel bestehen. Aber schließlich sind an dem Spiel ja zwei beteiligt. Die Frage ist jetzt, ob wir hier einen vorzeitigen Lunch einnehmen oder das Risiko eingehen, unterwegs halb zu verhungern, ehe wir die Newhavener Bahnhofswirtschaft erreichen.“

Wir fuhren noch in der Nacht nach Brüssel und blieben zwei Tage dort. Am dritten Tag reisten wir weiter nach Straßburg. Montag früh hatte Holmes an die Londoner Polizei telegrafiert, und abends fanden wir im

Hotel die Antwort vor. Holmes riß das Telegramm auf und schleuderte es mit einem bitteren Fluch ins Feuer.

„Ich hätte es wissen müssen!“ stöhnte er. „Er ist entwischt!“

„Moriarty?“

„Sie haben die ganze Bande geschnappt, nur ihn nicht. Er ist ihnen durch die Lappen gegangen. Als ich das Land verlassen hatte, war natürlich keiner mehr da, der mit ihm fertig wurde. Dabei war ich mir so sicher, ihnen alles Notwendige in die Hände gelegt zu haben. Ich denke, Sie sollten jetzt lieber nach England zurückkehren, Watson.“

„Weshalb?“

„Weil ich jetzt ein gefährlicher Begleiter für Sie bin. Moriarty hat keine Beschäftigung mehr. Wenn er nach London zurückkehrt, ist er verloren. Wenn ich ihn richtig einschätze, dann wird er seine ganze Kraft daransetzen, Rache an mir zu nehmen. Soviel hat er jedenfalls in unserer kurzen Unterredung durchblicken lassen, und ich schätze, er meinte es ernst. Ich würde Ihnen wirklich raten, daß Sie zu Ihrer Praxis zurückkehren.“

Bei Holmes' altem Freund und Mitstreiter konnte ein solcher Vorschlag jedoch nicht verfangen. Wir saßen im Straßburger Salle á manger und stritten uns eine halbe Stunde über diese Frage, aber noch am selben Abend hatten wir unsere Reise gemeinsam fortgesetzt und befanden uns auf dem Weg nach Genf.

Eine herrliche Woche lang wanderten wir das Rhônetal hinauf, bogen dann bei Leuk ab, überquerten den noch tiefverschneiten Gemmipaß und kamen so über Interlaken nach Meiringen. Es war eine wunderbare Wanderung: unten das zarte Grün des Frühlings, oben das jungfräuliche Weiß des Winters; aber mir war klar, daß Holmes nicht einen Augenblick den Schatten vergaß, der über ihm lag. Ob in den anheimelnden Alpendörfern oder auf den einsamen Gebirgspässen – stets verrieten mir seine flink umherspähenden Augen und seine scharf prüfenden Blicke in die Gesichter von Passanten, daß ihm eins sehr wohl bewußt war: Wohin wir auch gingen, vor der Gefahr, die auf uns lauerte, gab es kein Entrinnen.

Einmal, ich erinnere mich, es war, als wir den Gemmi überquert hatten und am Ufer des melancholischen Daubensees entlangmarschierten, da bewegte sich plötzlich ein riesiger Felsbrocken am Rand des Abhanges, kam heruntergepoltert und stürzte aufklatschend hinter uns in den See. In Windeseile war Holmes den Abhang hinaufgerannt, hatte eine Erhebung erklommen und spähte in alle Himmelsrichtungen. Vergeblich versicherte ihm unser Bergführer, daß Steinschlag im Frühling an dieser Stelle nichts Ungewöhnliches sei. Holmes sagte nichts, aber er lächelte wie jemand, der das eintreffen sieht, was er erwartet hat.

Und doch war er bei aller Wachsamkeit nie bedrückt. Im Gegenteil, ich kann mich nicht erinnern, daß ich ihn jemals zuvor in so ausgelassener Stimmung gesehen habe. Immer wieder kam er darauf zu sprechen, daß er gern mit seiner Karriere Schluß machen wolle, wenn er genau wüßte, daß die menschliche Gesellschaft von Professor Moriarty befreit sei.

„Ich glaube, ich darf wohl behaupten, Watson, daß ich nicht ganz umsonst gelebt habe“, bemerkte er. „Selbst wenn heute Schluß wäre mit meiner Laufbahn, könnte ich zufrieden auf sie zurückblicken. Die Londoner Luft ist durch mein Wirken sauberer geworden. In über tausend Fällen glaube ich meine Fähigkeiten niemals auf der falschen Seite eingesetzt zu haben. In letzter Zeit reizen mich die von der Natur dargebotenen Probleme stärker als jene oberflächlicheren, für die unser künstlicher Gesellschaftszustand verantwortlich ist. Ihre Chronik wird mit dem Tag ihren Abschluß finden, Watson, an dem ich meine Karriere durch die Verhaftung oder Vernichtung des gefährlichsten und fähigsten Verbrechers von Europa kröne."

Das wenige, was mir zu berichten bleibt, werde ich knapp, aber exakt darlegen. Es ist kein Gegenstand, bei dem ich mich gern aufhalte, jedoch bin ich mir bewußt, daß mir die Pflicht auferlegt ist, keine Einzelheit auszulassen.

Am 3. Mai kamen wir in dem kleinen Dorf Meiringen an, wo wir uns im „Englischen Hof" einquartierten, der damals von Peter Steiler dem Älteren geführt wurde. Unser Wirt war ein intelligenter Mann und sprach ausgezeichnet englisch, denn er hatte drei Jahre im Londoner „Grosvenor Hotel" als Kellner gearbeitet. Auf seinen Rat hin machten wir uns am Nachmittag des 4. Mai auf, um über die Berge zu wandern und in dem Dörfchen Rosenlaui zu übernachten. Er hatte uns jedoch auch eingeschärft, unbedingt einen Abstecher zu den Reichenbachfällen zu machen, die sich etwa auf halber Höhe des Berges befinden.

Es ist eine furchterregende Sehenswürdigkeit. Der vom Schmelzwasser angeschwollene Bergstrom fällt in eine gewaltige Schlucht, aus der Gischt aufwallt wie Rauch aus einem brennenden Haus. Der Abgrund, in den sich der Fluß stürzt, ist eine kohlschwarze glitzernde Felsspalte, die sich nach unten hin verengt zu einem tosenden, brodelnden Schlund unbestimmbarer Tiefe, über dessen zerklüfteten Rand hinweg der Strom weiter talwärts schießt. Der lange Bogen des unaufhörlich niederbrausenden grünen Wassers und der heraufsprühende dichte flirrende Gischtvorhang erzeugen ein ständiges Wirbeln und Tosen, das einen schwindlig macht. Wir standen am Rande und blickten hinab, wo sich tief unter uns das Wasser gleißend auf dem schwarzen Fels brach, und lauschten dem halbmenschlichen Schrei, der mit dem sprühenden Dunst aus dem Abgrund zu uns heraufdrang.

Man hat den Pfad halbkreisförmig um den Wasserfall herum in den Fels gehauen, um eine gute Aussicht zu ermöglichen, da dieser Pfad aber abrupt endet, muß der Besucher auf demselben Weg zurückgehen, den er gekommen ist. Wir hatten gerade kehrtgemacht, als uns ein Schweizer Bursche mit einem Brief in der Hand entgegengerannt kam. Der Umschlag trug das Zeichen des Hotels, das wir vor kurzem erst verlassen hatten, war an mich adressiert und trug den Namen unseres Wirts als Absender. Aus dem Schreiben ging hervor, daß wenige Minuten nach unserem Aufbruch eine englische Dame eingetroffen sei, die an Schwindsucht leide. Sie habe den Winter in Davos zugebracht und jetzt, auf der Reise zu Freunden in Luzern unterwegs, plötzlich einen Blutsturz erlitten. Man war der Meinung, daß sie nur noch wenige Stunden zu leben habe, es aber ein großer Trost für sie wäre, wenn sie einen englischen Arzt bei sich wüßte – ich solle doch bitte sofort zurückkommen und so weiter. Der gute Steiler versicherte mir in einem Nachsatz, daß er meine Bereitwilligkeit als großen Gefallen betrachten würde, zumal die Dame sich absolut weigere, einen Schweizer Arzt zu konsultieren, und ihm damit eine große Verantwortung aufgebürdet sei.

Eine solche Aufforderung konnte nicht ignoriert werden. Es war unmöglich, die Bitte einer Landsmännin abzuschlagen, die in fremdem Land starb. Allerdings hatte ich auch Bedenken, Holmes allein zu lassen. Schließlich wurde vereinbart, daß der junge Schweizer Bote als Führer und Begleiter bei ihm bleiben sollte, während ich nach Meiringen zurückkehrte. Mein Freund wollte noch etwas am Wasserfall verweilen, wie er sagte, und dann langsam über den Berg nach Rosenlaui wandern, wo ich am Abend wieder zu ihm stoßen sollte. Als ich mich zum Gehen wandte, stand Holmes mit dem Rücken gegen einen Felsbrocken gelehnt, die Arme verschränkt, und blickte in die wirbelnden Wassermassen hinab. Es war das letzte, was ich in dieser Welt von ihm sehen sollte.

Als ich die Talsohle fast erreicht hatte, schaute ich zurück. Von meiner Position aus war es unmöglich, den Fall zu sehen, aber ich erkannte den Pfad, der sich über die Hügelkanten schlängelt und zu ihm führt. Dort entlang lief sehr eilig ein Mann.

Ich bemerkte ihn, weil sich seine dunkle Gestalt deutlich gegen das Grün des Hintergrundes abzeichnete. Er fiel mir auf, wie er so energisch voranschritt, doch dann vergaß ich ihn wieder, wähend ich meinem Ziel entgegeneilte.

Es mochte etwas über eine Stunde gedauert haben, bis ich Meiringen erreichte. Der alte Steiler stand auf der Veranda seines Hotels.

„Nun“, keuchte ich, während ich die Stufen hinaufhastete, „ihr Zustand hat sich hoffentlich nicht verschlechtert?“

Ein erstaunter Ausdruck kam in sein Gesicht, und beim ersten Zucken seiner Augenbrauen wurde mein Herz schwer wie Blei.

„Haben Sie dies denn nicht geschrieben?“ fragte ich und holte den Brief aus meiner Tasche. „Ist etwa keine kranke Engländerin im Hotel?“

„Gewiß nicht!“ rief er aus. „Aber der Brief trägt das Zeichen des Hotels! Ah, den muß der große Engländer geschrieben haben, der hereinkam, als Sie gerade weg waren. Er sagte ...“

Aber ich wartete die Erklärung des Wirts nicht ab. Schreckliches ahnend, rannte ich bereits wieder die Dorfstraße hinunter und zurück zu dem Pfad, den ich eben herabgestiegen war. Eine Stunde hatte mich der Abstieg gekostet. Trotz aller Anstrengungen waren zwei weitere verstrichen, ehe ich mich wieder am Reichenbachfall befand. Dort, wo ich Holmes verlassen

hatte, lehnte sein Alpenstock noch gegen den Felsbrocken. Aber von ihm selber war nichts zu sehen, und ich rief vergebens. Die einzige Antwort war das Echo meiner eigenen Stimme, das von den Felswänden ringsum widerhallte.

Der Anblick jenes Bergstocks ließ mein Blut in den Adern gefrieren. Holmes war also nicht nach Rosenlaui gegangen. Auf jenem drei Fuß breiten Pfad, dort, die Felswand auf der einen Seite, den steilen Abgrund auf der anderen, mußte ihn sein Feind überwältigt haben. Der junge Schweizer war ebenfalls verschwunden. Wahrscheinlich hatte er in Moriartys Diensten gestanden und die beiden Männer allein gelassen. Konnte uns überhaupt jemand sagen, was dann geschehen war?

Ein oder zwei Minuten lang stand ich reglos da und versuchte mich zu sammeln, denn ich fühlte mich vor Entsetzen wie betäubt. Dann erinnerte ich mich an Holmes' Methoden und versuchte, sie zum Entschlüsseln seiner Tragödie anzuwenden. Dies erwies sich als einfach. Wir waren während unserer Unterhaltung nicht bis zum Ende des Pfades gegangen; der Bergstock markierte die Stelle, wo wir gestanden hatten. Die schwärzliche Erde wird von dem unaufhörlich aufsteigenden Sprühwasser immer feucht gehalten, so daß sogar ein Vogel darauf Abdrücke hinterlassen würde. Die Fußspuren zweier Menschen zeichneten sich deutlich ab; sie wiesen von mir weg zum entfernteren Ende des Pfades. Es führte keine Spur zurück. Etliche Fuß vor dem Ende des Pfades war das Erdreich zu einer schlammigen Kuhle aufgewühlt, die den Abgrund säumenden Brombeersträucher und Farne waren geknickt und beschmutzt. Ich legte mich auf den Bauch und spähte über den Rand, während von unten herauf der feine Gischt mir ins Gesicht sprühte. Während meiner Abwesenheit war es dunkler geworden, und ich konnte jetzt nur noch hier und da das Glitzern der Feuchtigkeit an den schwarzen Wänden sehen und tief unten am Grund des Schachtes das Gleißen des strudelnden Wassers. Ich rief, doch nur jenes halbmenschliche Schreien des Wasserfalls kam als Antwort zurück.

Aber ich sollte doch noch einen letzten Gruß von meinem Freund und Kameraden erhalten. Ich erwähnte bereits, daß er seinen Bergstock, gegen einen Felsbrocken gelehnt, zurückgelassen hatte. Etwas Glitzerndes auf jenem Felsblock fiel mir ins Auge, und als ich meine Hand ausstreckte, stellte ich fest, daß es Holmes' silbernes Zigarettenetui war. Ich hob es auf, da fiel ein kleines quadratisches Stück Papier zu Boden, das daruntergelegen hatte. Ich faltete es auseinander und fand drei Seiten aus seinem Notizbuch mit einer an mich gerichteten Nachricht. Es war charakteristisch für diesen Menschen, daß seine Schrift so fest und klar wirkte und seine Mitteilung so präzise ausfiel, als hätte er sie in seinem Arbeitszimmer geschrieben. Sie lautete:

„Mein lieber Watson!

Daß ich diese wenigen Zeilen schreiben kann, verdanke ich der Freundlichkeit von Mr. Moriarty, der mich zu der abschließenden Diskussion der zwischen uns bestehenden Fragen erwartet. Er hat mir die Methoden skizziert, mittels deren er der englischen Polizei entgangen ist und sich über unsere Bewegungen auf dem laufenden gehalten hat. Sie bestätigen nachdrücklich die hohe Meinung, die ich mir über seine Fähigkeiten gebildet hatte. Ich bin froh bei dem Gedanken, daß es mir vergönnt ist, die menschliche Gesellschaft von seinem unheilvollen Wirken zu befreien, fürchte jedoch, daß es um einen Preis geschieht, der meinen Freunden – und besonders Ihnen, mein lieber Watson – Kummer bereiten wird. Ich habe Ihnen jedoch bereits erklärt, daß meine Laufbahn ohnehin ihren Höhepunkt erreicht hat und daß ich mir für sie keinen besseren Abschluß wünschen kann als diesen. Ja, um ganz aufrichtig zu sein – ich war mir ziemlich sicher, daß der Brief aus Meiringen ein Täuschungsmanöver war, und ich ließ Sie gehen, weil ich wußte, daß eine Entwicklung dieser Art folgen würde. Sagen Sie Inspektor Patterson, daß die Papiere, die er zum Überführen der Bande braucht, im Fach ‚M' meines Briefordners liegen. Sie stecken in einem blauen Umschlag mit der Aufschrift ‚Moriarty'. Ich habe alle Verfügungen über mein Eigentum getroffen, ehe wir England verließen, und das Testament meinem Bruder Mycroft ausgehändigt. Übermitteln Sie bitte Mrs. Watson meine Grüße und glauben Sie mir, mein lieber Freund, ich bleibe ganz herzlich

Ihr
Sherlock Holmes"

Wenige Worte mögen genügen, um den spärlichen Rest noch zu erzählen. Eine Untersuchung durch Experten läßt wenig Zweifel daran, daß ein Kampf der beiden Männer so endete, wie er in einer solchen Situation kaum anders enden konnte – mit dem Absturz der ineinander Verklammerten. Jeder Versuch, die Leichen zu bergen, war völlig aussichtslos, und so werden der gefährlichste Verbrecher und der hervorragendste Verteidiger des Rechts ihrer Generation dort tief unten in dem Kessel brodelnden, schäumenden Wassers für alle Zeiten begraben liegen. Den jungen Schweizer hat man nicht wiedergefunden, und es kann wohl kein Zweifel daran bestehen, daß er einer der zahllosen Agenten war, die Moriarty beschäftigt hatte. Was die Bande angeht, so wird man sich wohl erinnern, wie gründlich das von Holmes angehäufte Beweismaterial die Organisation bloßstellte und wie schwer noch die Hand des Toten auf jedem einzelnen lastete. Über ihren furchtbaren Anführer sind im Verlauf der Verhandlungen wenige Einzelheiten bekannt geworden, und wenn ich mich nun zu einem klaren Bericht über seine verbrecherische Karriere gezwungen sah, so vor allem wegen jener Demagogen, die sein Andenken zu reinigen bestrebt sind, indem sie den angreifen, den ich stets für den besten und weisesten Menschen halten werde, dem ich je begegnet bin.

Das Abenteuer in dem leeren Haus

Es war im Frühling des Jahres 1894 gewesen, als ganz London Interesse, die vornehme Welt aber Bestürzung über den Mord an dem Ehrenwerten Ronald Adair zeigte, der unter höchst ungewöhnlichen und unerklärlichen Umständen verübt worden war. Man hatte die Öffentlichkeit bereits über Einzelheiten des Verbrechens unterrichtet, und da der Fall hinsichtlich seiner strafrechtlichen Handhabung soweit klar war, schien es nicht notwendig, alle Fakten detailliert zu untersuchen. Erst jetzt, nach fast zehn Jahren, darf ich jene fehlenden Einzelheiten ergänzen, die den ungewöhnlichen Verlauf des ganzen Falles verdeutlichen mögen. Das Verbrechen an sich war interessant, aber nichts im Vergleich zu dem, was mir in diesem Zusammenhang den größten Schock und die unglaublichste Überraschung meines abenteuerlichen Lebens bereiten sollte. Sogar heute noch, nach so langer Zeit, packt mich die Erregung, wenn ich daran denke, empfinde ich wieder jene überströmende Freude, jene Verblüffung und Ungläubigkeit, die mich damals völlig überwältigt hatten.

All denen, die ihr Interesse an meinen gelegentlichen Skizzen über die Gedankengänge und die Handlungsweise des einzigartigen Sherlock Holmes bekundet haben, möchte ich sagen, daß mich keine Schuld trifft, wenn ich mein Wissen nicht mit ihnen teilte, obwohl ich die Information immer als meine erste Pflicht angesehen habe. Doch ein eindeutiges Verbot von Holmes selbst hinderte mich daran.

Man kann sich vorstellen, daß mein vertrauter Umgang mit Sherlock Holmes mein Interesse für Verbrechen geweckt hatte und daß ich es nach seinem Tod nie versäumte, die verschiedenen Berichte darüber, die an die Öffentlichkeit drangen, sorgfältig zu studieren. Und mehr als einmal bemühte ich mich zu meinem eigenen Vergnügen, seine Methoden bei einer Lösung anzuwenden, allerdings mit unbedeutendem Erfolg. Kein Fall aber beschäftigte mich so sehr wie die Tragödie von Ronald Adair. Als ich die Beweisaufnahme der gerichtlichen Untersuchung las, deren Anklage auf vorsätzlichen Mord gegen Unbekannt lautete, erkannte ich deutlicher als je zuvor, welchen Verlust die Allgemeinheit durch Sherlock Holmes' Tod erlitten hatte. In diesem ungewöhnlichen Fall gab es Punkte, die, dessen war ich sicher, seine besondere Aufmerksamkeit geweckt hätten. Sicherlich wären die Bemühungen der Polizei durch die geübte Beobachtungsgabe und den wachen Geist des ersten europäischen Detektivs ergänzt oder möglicherweise sogar vorweggenommen worden. Den ganzen Tag lang, während ich meine Hausbesuche machte, wälzte ich den Fall im Kopf hin und her und fand keine Lösung, die mir plausibel erschien. Auch auf die Gefahr hin, eine abgedroschene Geschichte zu erzählen, will ich die Fakten rekapitulieren, so wie sie sich nach der gerichtlichen Untersuchung der Öffentlichkeit darboten.

Der Ehrenwerte Ronald Adair war der zweite Sohn des Grafen von Maynooth, des ehemaligen Gouverneurs einer der australischen Kolonien. Adairs Mutter kehrte von dort zurück, um sich einer Augenoperation – sie hatte grauen Star – zu unterziehen, und sie, ihr Sohn Ronald und ihre Tochter Hilda wohnten zusammen in der Park Lane 427. Die jungen Leute verkehrten in der besten Gesellschaft, hatten, soweit bekannt, weder Feinde noch besondere Laster. Er war mit Miß Edith Woodley, von den Carstairs, verlobt; aber die Verlobung wurde einige Monate vorher in beiderseitigem Einvernehmen gelöst, und es gab keinen Anhaltspunkt dafür, daß sensible Gefühle verletzt worden waren. Im übrigen verlief das Leben des Mannes in engen und konventionellen Bahnen, denn seine Gewohnheiten waren regelmäßig und sein Wesen leidenschaftslos. Und doch traf diesen unbeschwerten jungen Aristokraten der Tod in jener Nacht des 30. März 1894 zwischen zehn und elf Uhr zwanzig in höchst seltsamer und unerwarteter Weise.

Ronald Adair spielte gern Karten, und er spielte regelmäßig, aber nie um solche Einsätze, die ihn hätten schmerzen können. Er war Mitglied im Baldwin-, im Cavendish- und im Bagatelle-Kartenklub. Fest steht, daß er am Tag seines Todes im letztgenannten Klub nach dem Essen einige Runden Whist gespielt hatte. Die Zeugenaussagen seiner Mitspieler – Mr. Murray, Sir John Hardy und Colonel Moran – bestätigten, daß es sich bei dem Spiel um Whist gehandelt hatte und daß das Kartenglück ziemlich gleichmäßig verteilt war. Adair könnte etwa fünf Pfund verloren haben, aber nicht mehr. Sein Vermögen war beachtlich, und ein solch geringfügiger Verlust konnte ihm in keiner Weise etwas ausmachen. Er hatte fast täglich in dem einen oder anderen Klub gespielt, aber da er vorsichtig zu Werke ging, verließ er die Runde gewöhnlich als Sieger. Bei der Beweisaufnahme stellte sich heraus, daß er zusammen mit Colonel Moran bei einem Spiel vor einigen Wochen von Godfrey Mildner und Lord Balmoral vierhundertzwanzig Pfund gewonnen hatte. Soviel zur Vorgeschichte, wie sie bei der Untersuchung zutage trat.

Am Abend des Verbrechens war er pünktlich um zehn Uhr vom Klub nach Hause gekommen. Seine Mutter und seine Schwester verbrachten den Abend bei einer Verwandten. Die Dienerin bezeugte, daß sie ihn gehört hatte, als er das Vorderzimmer im zweiten Stock betrat. Sie hatte dort Feuer gemacht und, weil es qualmte, das Fenster geöffnet. Bis elf Uhr zwanzig war kein Geräusch aus dem Zimmer zu vernehmen. Dann kamen Lady Maynooth und ihre Tochter zurück, und da die Mutter ihrem Sohn gute Nacht sagen wollte, versuchte sie sein Zimmer zu betreten. Die Tür war von innen verschlossen, und weder auf ihre Rufe noch auf ihr Klopfen bekamen die beiden Frauen eine Antwort. Hilfe wurde geholt und die Tür aufgebrochen. Man fand den unglücklichen jungen Mann, dicht neben dem Tisch liegend. Sein Gesicht war von einer Revolverkugel entsetzlich verstümmelt, aber im Zimmer hatte man keine Waffe gefunden. Auf dem Tisch lagen zwei Zehnpfundnoten und siebzehn Pfund zehn Shilling in Silber- und Goldmünzen, die in kleinen Stapeln geordnet waren. Auf einem Blatt Papier standen ein paar Zahlen, daneben die Namen einiger Klubfreunde, daraus schlußfolgerte man, daß er vor seinem Tod damit beschäftigt gewesen war, seine Gewinne und Verluste beim Kartenspiel auszurechnen.

Die Untersuchung machte den Fall nur noch verwickelter. Zunächst einmal konnte kein Grund dafür gefunden werden, weshalb der junge Mann die Tür von innen verriegelt hatte. Es bestand die Möglichkeit, daß der Mörder das getan hatte und danach durch das Fenster entkommen war. Doch der Sprung mußte aus wenigstens zwanzig Fuß Höhe erfolgt sein, und unter dem Fenster befand sich ein Krokusbeet in voller Blüte. Weder die Blumen noch die Erde wiesen irgendwelche Spuren auf, auch auf dem schmalen Grasstreifen zwischen Haus und Straße konnte nichts entdeckt werden. Offensichtlich hatte der junge Mann wohl selbst die Tür verschlossen. Aber wie fand er den Tod? Niemand konnte durch das Fenster geklettert sein, ohne Spuren zu hinterlassen. Angenommen, ein Mann hätte durchs Fenster geschossen, so müßte er ein mehr als außergewöhnlicher Schütze gewesen sein, um jemandem mit einem Revolver eine tödliche Wunde zuzufügen. Darüber hinaus war die Park Lane eine verkehrsreiche Durchgangsstraße; wenige hundert Yard vom Haus entfernt befand sich ein Droschkenstand. Niemand hatte einen Schuß gehört. Und doch gab es einen Toten und eine Revolverkugel, die pilzförmig breit geschlagen war, wie das bei Mantelgeschossen üblich ist, und die dadurch eine Verletzung verursachte, die den sofortigen Tod herbeigeführt haben mußte. Soviel also zu den Tatsachen des Verbrechens in der Park Lane, das dadurch noch komplizierter wurde, weil man auch nicht das geringste Motiv entdecken konnte, denn wie ich schon bemerkt habe, wußte man weder, ob der junge Adair irgendwelche Feinde hatte, noch war versucht worden, Geld oder Wertsachen aus seinem Zimmer zu stehlen.

Den ganzen Tag lang beschäftigten mich diese Fakten. Ich bemühte mich, eine Theorie zu entwickeln, die alles in einen logischen Zusammenhang bringen und jenen Weg des geringsten Widerstandes weisen würde, von dem mein armer Freund gesagt hatte, er sei der Ausgangspunkt jeder kriminalistischen Untersuchung. Ich muß gestehen, daß ich kaum Fortschritte machte. Am Abend bummelte ich durch den Park, und etwa gegen sechs Uhr merkte ich, daß ich an der Oxford Street, Ecke Park Lane, angelangt war. Eine Gruppe Neugieriger, die auf dem Bürgersteig herumstand und zu einem der Fenster starrte, zog meine Aufmerksamkeit auf sich, und ich lenkte meinen Schritt geradewegs zu dem Haus, das anzusehen ich gekommen war. Ein großer hagerer Mann mit getönten Brillengläsern, den ich für einen Detektiv in Zivil hielt, entwickelte gerade eine seiner Theorien, während sich die anderen um ihn scharten, um ihm zuzuhören. Ich drängte mich, so dicht ich konnte, an ihn heran, aber seine Vermutungen schienen mir absurd, deshalb zog ich mich enttäuscht wieder zurück. Dabei stieß ich gegen einen älteren buckligen Mann, der hinter mir gestanden hatte. Bei dem Zusammenprall waren ihm mehrere Bücher, die er bei sich trug, hinuntergefallen. Ich half ihm, die Bücher aufzuheben, und ich erinnere mich, daß mir einer der Titel auffiel: „Der Ursprung des Baumkults“. Ich hatte den Eindruck, daß dieser Mensch einer jener armen Bibliophilen sein mußte, die entweder von Berufs wegen oder zum Spaß ausgefallene Bücher sammeln. Ich wollte mich wegen meiner Ungeschicklichkeit entschuldigen, aber offensichtlich waren die von mir so mißhandelten Bücher besonders wertvolle Objekte, jedenfalls in den Augen des Besitzers. Mit einem verächtlichen Knurren drehte er sich auf dem Absatz um, und ich sah seinen gekrümmten Rücken in der Menge verschwinden.

Meine Beobachtungen in der Park Lane 427 trugen wenig dazu bei, das Problem, das mich interessierte, zu klären. Das Haus war von der Straße durch eine niedrige Mauer und ein Geländer abgeschirmt, das Ganze nicht höher als fünf Fuß. Es war deshalb für jedermann recht einfach, in den Garten zu gelangen; das Fenster allerdings lag unerreichbar, da es weder eine Regenrinne noch sonst etwas gab, was einem geübten Kletterer als Hilfe hätte dienen können. Verwirrter als zuvor machte ich mich auf den Weg nach Kensington. Ich saß noch keine fünf Minuten in meinem Arbeitszimmer, als das Mädchen eintrat, um mir einen Besucher zu melden. Zu meinem Erstaunen war es niemand anders als mein fremder alter Büchersammler; sein spitzes, runzliges Gesicht kam unter einer Fülle weißer Haare kaum zum Vorschein, und die wertvollen Bücher, wenigstens ein Dutzend davon, hatte er unter seinen rechten Arm gezwängt.

„Sie werden überrascht sein, mich hier zu sehen, Sir“, sagte er mit seltsam krächzender Stimme.

Ich mußte zugeben, daß er recht hatte.

„Nun, Sir, ich habe ein Gewissen, und als ich Sie zufällig in dieses Haus gehen sah, während ich hinter Ihnen herhumpelte, da dachte ich mir, ich sollte einfach reingehen und den freundlichen Herrn besuchen, um ihm zu sagen, daß mein Benehmen ein wenig zu grob war, da er mich ja unabsichtlich angerempelt hat, und daß ich ihm sehr dankbar bin, weil er mir die Bücher aufgehoben hat."

„Sie übertreiben diese Kleinigkeit", erwiderte ich. „Darf ich fragen, woher Sie wissen, wer ich bin?"

„Ja, Sir, wenn ich Ihnen dadurch nicht zu nahe trete, ich bin sozusagen einer Ihrer Nachbarn, denn mein kleiner Buchladen ist gleich an der Ecke der Church Street, und ich würde mich bestimmt glücklich schätzen, Sie einmal dort zu sehen. Vielleicht sammeln Sie auch, Sir. Hier habe ich zum Beispiel ‚Britische Vögel' und ‚Catull. Sämtliche Werke', und da ist auch noch ‚Der Heilige Krieg' – ein Gelegenheitskauf, jedes. Mit fünf Bänden könnten sie die Lücke dort im zweiten Regal füllen. Das sieht doch unordentlich aus, nicht wahr, Sir?"

Ich drehte mich um, um den Bücherschrank hinter mir anzuschauen. Als ich mich wieder umwandte, stand mir am Schreibtisch – Sherlock Holmes gegenüber. Ich starrte ihn einige Sekunden lang in äußerster Verblüffung an, und dann, glaube ich, muß ich zum ersten- und letztenmal in meinem Leben ohnmächtig geworden sein. Ganz sicher weiß ich nur, daß vor meinen Augen ein grauer Nebel schwamm. Als er verschwand, merkte ich, daß mein Kragen geöffnet worden war, und gleichzeitig spürte ich den scharfen Nachgeschmack von Brandy auf meinen Lippen.

„Mein lieber Watson", hörte ich die mir wohlvertraute Stimme, „ich muß mich tausendmal bei Ihnen entschuldigen. Ich ahnte ja nicht, daß Sie so ergriffen sein würden."

Ich packte seinen Arm.

„Holmes!" rief ich. „Sind Sie es wirklich! Kann das sein, daß Sie am Leben sind? Ist es möglich, daß Sie aus diesem schrecklichen Abgrund herausklettern konnten?"

„Warten Sie einen Augenblick", sagte er. „Sind Sie sicher, daß Sie sich wohl genug fühlen, um diese Dinge anzuhören? Ich habe Ihnen durch mein dramatisches Wiedererscheinen einen ernsthaften Schock versetzt."

„Mit mir ist wirklich alles in Ordnung, Holmes, ich traue kaum meinen Augen. Du lieber Himmel! Sich vorzustellen, daß Sie – gerade Sie – in meinem Arbeitszimmer stehen." Ich ergriff ihn wieder am Ärmel und fühlte den dünnen, sehnigen Arm darunter. „Na, jedenfalls sind Sie kein Geist", sagte ich. „Mein lieber alter Kerl, ich bin überwältigt, Sie wiederzusehen. Setzen Sie sich und erzählen Sie, wie Sie lebendig aus jenem grauenvollen Abgrund herauskommen konnten."

Er setzte sich mir gegenüber und zündete sich in altgewohnter nonchalanter Art seine Pfeife an.

Er trug noch den Kittel eines Buchhändlers, aber der Rest der Verkleidung lag zusammen mit dem Büschel weißer Haare inmitten des Stapels alter Bücher auf dem Tisch. Holmes wirkte noch dünner und hagerer als früher, und die Totenblässe in seinem wächsernen Gesicht verriet, daß er in letzter Zeit nicht gerade gesund gelebt hatte.

„Ach, bin ich froh, daß ich mich mal richtig strecken kann", sagte er. „Für einen großen Mann ist es wirklich kein Spaß, wenn er mehrere Stunden hintereinander seine Körpergröße verstellen muß. Und jetzt, mein lieber Freund, steht uns bezüglich jener Erklärungen noch eine schwere und gefährliche Nachtarbeit bevor, wenn ich Sie um Ihre Mitarbeit bitten darf? Vielleicht wäre es besser, wenn ich Ihnen einen vollständigen Überblick über die ganze Angelegenheit gebe, nachdem das erledigt ist?"

„Ich bin schrecklich neugierig. Mir wäre es lieber, schon jetzt etwas zu erfahren."

„Sie kommen also heute nacht mit?"

„Wann und wohin Sie wollen."

„Das ist ja wirklich wie in alten Tagen. Wir haben noch Zeit genug für einen kleinen Imbiß, bevor wir gehen müssen. Nun, was diesen Abgrund betrifft, es war nicht sehr schwer, da rauszukommen, aus dem einfachen Grund, weil ich nicht drin war."

„Was, Sie waren nicht drin?"

„Nein, Watson, ich war nicht drin. Meine Nachricht an Sie war echt. Ich zweifelte nicht daran, daß das Ende meiner Karriere bevorstand, als ich die unheilvolle Gestalt von Professor Moriarty wahrnahm, der auf dem schmalen Pfad stand, der in die Sicherheit führte. In seinen grauen Augen las ich einen unerbittlichen Vorsatz. Ich wechselte deshalb ein paar Worte mit ihm und erhielt die überaus freundliche Erlaubnis, Ihnen jene kurzen Zeilen zu schreiben, die Sie später erhalten haben. Ich ging den Pfad entlang, Moriarty dicht auf meinen Fersen; Zigarettenetui und Stock ließ ich zurück. Als ich das Ende des Pfades erreicht hatte, stand ich vor dem Abgrund. Er zog keine Waffe, sondern rannte auf mich zu und umklammerte mich mit seinen langen Armen. Er wußte, man hatte sein Spiel durchschaut, und sein einziger Wunsch war, sich an mir zu rächen. Wir taumelten beide bis zum Rand des Abgrunds. Glücklicherweise beherrsche ich ein wenig *baritsu*, die japanische Art des Ringkampfes, die mir mehr als einmal von Nutzen war. Ich entschlüpfte seiner Umklammerung. Mit einem entsetzlichen Aufschrei schlug er einige Sekunden lang um sich und suchte mit beiden Händen Halt in der Luft. Doch trotz aller Anstrengungen konnte er die Balance nicht wiederfinden und kippte hintenüber. Ich beugte mich über den Abgrund und beobachtete sein Fallen. Schließlich schlug er auf einen Felsen auf, prallte ab und stürzte ins Wasser."

Erregt hatte ich den Ausführungen gelauscht, die Holmes zwischen zwei Zügen an seiner Pfeife machte.

„Aber die Spuren!" rief ich aus. „Ich habe doch mit eigenen Augen gesehen, daß zwei Spuren den Pfad hinabführten, aber keine zurück."

„Das war so: In dem Augenblick, als der Professor abgestürzt war, kam mir plötzlich der Gedanke, welch ungewöhnlich glückliche Gelegenheit mir das Schicksal da bot. Ich wußte ja, daß Moriarty nicht der einzige Mann war, der mir den Tod geschworen hatte. Es gab wenigstens noch drei andere, deren Rachedurst durch den Tod ihres Anführers nur noch gesteigert werden würde. Sie alle waren gefährlich. Der eine oder andere würde mich früher oder später sicher erwischen. Wenn aber andererseits alle Welt davon überzeugt wäre, daß ich den Tod gefunden hatte, würden diese Kerle sich Freiheiten herausnehmen, die sie bald bloßstellen würden, so daß ich sie zur Strecke bringen könnte. Dann wäre es für mich an der Zeit, zu verkünden, daß ich noch unter den Lebenden weile. So schnell arbeitete mein Gehirn, daß ich fast glaube, ich hatte alles schon durchdacht gehabt, noch bevor Professor Moriarty am Grund des Reichenbacher Wasserfalls angekommen war.

Ich erhob mich und untersuchte die felsige Wand hinter mir. In Ihrer Darstellung des Geschehens, die ich einige Monate später mit großem Interesse las, behaupteten Sie, daß die Felswand völlig glatt gewesen sei. Nun, das war nicht ganz richtig. Ein paar kleine Vorsprünge boten sich durchaus für die Füße. Die Schlucht ist so hoch, daß es unmöglich ist, sie zu erklimmen, und genauso unmöglich war es, den nassen Pfad entlangzugehen, ohne Spuren zu hinterlassen. Es ist wahr, ich hätte in meinen Stiefeln rückwärts gehen können, wie ich das bei anderen Gelegenheiten schon getan habe, aber der Anblick von drei Spuren in einer Richtung würde ganz sicher Verdacht geweckt haben. Alles in allem hielt ich es für das beste, einen Aufstieg zu riskieren. Das war kein leichtes Unterfangen, Watson. Der Wasserfall toste unter mir. Ich bin alles in allem ein nüchterner Mensch, aber ich gebe Ihnen mein Wort, daß ich das Gefühl hatte, Moriartys Stimme aus dem Abgrund zu hören. Ein Fehler beim Aufstieg hätte fatale Folgen haben können. Mehr als einmal, wenn mir Grasbüschel aus der Hand glitten oder mein Fuß in den feuchten Felsscharten ausrutschte, glaubte ich mich verloren. Doch ich kämpfte mich nach oben und erreichte schließlich eine Aushöhlung, die einige Fuß breit und mit weichem grünem Moos bewachsen war. Hier konnte ich mich einigermaßen bequem verbergen. Dort lag ich, als Sie, mein lieber Watson, in höchst teilnahmsvoller und unwirksamer Weise die Umstände meines Todes untersuchten.

Als Sie schließlich Ihre unvermeidlichen und total irrigen Schlußfolgerungen gezogen hatten und zum Hotel zurückkehrten, war ich allein. Ich meinte, am Ende meines Abenteuers angelangt zu sein, doch ein höchst unerwartetes Ereignis überzeugte mich davon, daß mir weitere Überraschungen bevorstanden. Ein riesiger Felsbrocken sauste plötzlich an mir vorbei, schlug auf den darunterliegenden Pfad, prallte ab und verschwand in dem Abgrund. Sekundenlang glaubte ich an eine naturgegebene Ursache, aber da erspähte ich Augenblicke später beim Hochschauen den Kopf eines Mannes, der sich in der Dämmerung vor dem Himmel abzeichnete, und ein weiterer Stein traf den Felsvorsprung, auf dem ich lag, knapp einen Fuß von meinem Kopf entfernt. Es war klar, was nun geschehen würde. Moriarty war nicht allein gewesen. Ein Komplize – und ein Blick hatte genügt, um festzustellen, wie gefährlich dieser Komplize war – hatte Wache gestanden, während der Professor mich angriff. Von mir unbemerkt war er aus der Entfernung Zeuge vom Tod seines Freundes und bei meiner Flucht geworden. Er hatte den günstigsten Zeitpunkt abgewartet, war dann den Felsen nach oben gestiegen, um das zu vollenden, wobei sein Meister versagt hatte.

Lange konnte ich mir über das Wieso und Warum nicht den Kopf zerbrechen, Watson. Wieder sah ich das grimmige Gesicht über der Felswand und wußte, daß dies das Vorzeichen für einen weiteren Stein war. Ich versuchte nach unten auf den Pfad zu rutschen. Ich glaube, ich war etwas in Panik geraten, denn es machte mir hundertmal mehr Mühe als der Aufstieg. Aber Zeit, an die Gefahr eines Absturzes zu denken, hatte ich nicht, denn wieder sauste ein Stein neben mir herab, als ich mich gerade mit den Händen an die Kante eines Felsvorsprungs geklammert hatte. Auf halbem Wege rutschte ich ab, aber Gott sei Dank fiel ich auf den Pfad, zerschrammt und blutend. Ich nahm die Beine in die Hand und rannte in dieser Nacht zehn Meilen über die Berge. Eine Woche später war ich in Florenz und lebte in der Gewißheit, daß niemand auf der weiten Welt wußte, was aus mir geworden war.

Ich hatte nur einen Vertrauten – meinen Bruder Mycroft. Ich muß mich vielmals bei Ihnen entschuldigen, Watson, aber es war lebensnotwendig, daß man mich für tot hielt, und Sie hätten nie eine so überzeugende Darstellung von meinem unglücklichen Ende gegeben, wenn Sie nicht selbst davon überzeugt gewesen wären. In den vergangenen drei Jahren habe ich mehrmals zur Feder gegriffen, um Ihnen zu schreiben, aber immer wieder fürchtete ich, daß Ihre herzliche Zuneigung zu mir Sie zur Indiskretion verleiten könnte und dadurch mein Geheimnis verraten würde. Aus dem gleichen Grund wandte ich mich heute abend von Ihnen ab, als Sie mir meine Bücher aus der Hand stießen, denn ich befand mich ja in Gefahr, und jedes Zeichen von Überraschung und Gemütsbewegung Ihrerseits hätte die Aufmerksamkeit auf mich lenken und zu höchst bedauerlichen und nicht wiedergutzumachenden Ergebnissen führen können. Was Mycroft betrifft, so mußte ich ihn ins Vertrauen ziehen, um das Geld zu bekommen, das ich brauchte. Die Dinge entwickelten sich in London nicht so günstig, wie ich gehofft hatte, denn das Urteil gegen die Moriarty-Bande ließ zwei der gefährlichsten Bandenmitglieder, meine rachsüchtigsten Feinde, unbehelligt. Deshalb reiste ich zwei Jahre lang durch Tibet und vertrieb mir die Zeit damit, Lhasa zu besichtigen und einige Tage mit dem Dalai-Lama zu verbringen. Vielleicht haben Sie zufällig die bemerkenswerten Reiseberichte eines Norwegers namens Sigerson gelesen, und bestimmt ist Ihnen dabei nie in den Sinn gekommen, daß Sie dadurch Nachrichten über Ihren Freund erhalten haben. Dann durchquerte ich Persien, machte einen Abstecher nach Mekka und erwies dem Kalifen von Khartum die Ehre eines kurzen, aber interessanten Besuchs, über dessen Ergebnisse ich dem Foreign Office Bericht erstattete. Nach Europa zurückgekehrt, verbrachte ich einige Monate mit Forschungen über Kohlenteerderivate, die ich in einem Labor in Montpellier im Süden Frankreichs durchführte. Nachdem ich diese Experimente zu meiner Zufriedenheit abgeschlossen hatte, erfuhr ich, daß nur noch einer meiner Feinde in London weilte. Ich bereitete gerade meine Rückkehr nach England vor, als meine Reisevorbereitungen durch die Nachricht von dem bemerkenswerten Mord in der Park Lane beschleunigt wurden. Mich reizten nicht nur die Eigentümlichkeiten dieses Mordes, sondern es war für mich auch persönlich eine Chance. Ich fuhr sofort nach London, meldete mich in der Baker Street, versetzte Mrs. Hudson in ernsthafte Hysterie und stellte fest, daß Mycroft meine Zimmer und meine Papiere genau in dem Zustand belassen hatte, in dem sie immer gewesen waren. So kam es, mein lieber Watson, daß ich heute um zwei Uhr in meinem alten Sessel in meinem eigenen Zimmer gesessen habe und nur den einen Wunsch hatte, meinen alten Freund Watson im anderen Stuhl zu sehen, den er so oft durch seine Anwesenheit verschönt hatte.«

Diese bemerkenswerte Geschichte hörte ich an jenem Aprilabend – eine Geschichte, die ich für völlig unglaubwürdig gehalten hätte, wenn nicht die greifbare Gegenwärtigkeit der großen dürren Gestalt mit dem scharf geschnittenen eifrigen Gesicht, die ich glaubte nie wiederzusehen, die Wahrheit bestätigt hätte. Auf irgendeine Weise hatte Holmes von meinem eigenen schmerzlichen Verlust erfahren, und er zeigte seine Anteilnahme mehr in seiner Handlungsweise als mit Worten.

„Arbeit ist die beste Medizin gegen Kummer, mein lieber Watson", sagte er, „und für heute nacht habe ich genug für uns zu tun; falls wir diese Angelegenheit zu einem erfolgreichen Abschluß bringen können, so ist das schon genug, um das Leben eines Menschen auf diesem Planeten zu rechtfertigen.“ Vergebens bat ich ihn, mir mehr zu erzählen. „Noch vor dem Morgengrauen werden Sie genug sehen und hören“, entgegnete er. „Die drei letzten Jahre bieten Stoff genug zum Erzählen. Aber im Augenblick soll es genug sein, wir müssen zu unserem aufregenden Fall in das leere Haus aufbrechen.“

Es war wirklich wie in alten Zeiten, als ich dann – meinen Revolver in der Tasche und von Abenteuerlust gepackt – neben ihm in der Droschke saß. Holmes war wie gewohnt kaltblütig, gefaßt und schweigsam. Als der Schein der Straßenlaternen auf sein verschlossenes Gesicht fiel, sah ich, daß er gedankenversunken die Augen geschlossen und die dünnen Lippen fest zusammengepreßt hatte. Ich wußte nicht, welch wilde Bestie wir im dunklen Dschungel des verbrecherischen London zur Strecke bringen wollten, aber ich empfand die Nähe meines Freundes als beruhigend; das sardonische Lächeln, das sich hin und wieder in sein düsteres, asketisches Gesicht schlich, verhieß nichts Gutes für unsere Jagdbeute.

Ich hatte geglaubt, daß wir unterwegs zur Baker Street seien, doch Holmes ließ die Droschke an der Ecke vom Cavendish Square halten. Als er ausstieg, bemerkte ich, daß er sich vorsichtig nach links und nach rechts umschaute und sich an jeder Straßenecke sorgfältig vergewisserte, ob ihm auch niemand folgte. Unser Weg war gewiß einmalig. Holmes kannte die Nebenstraßen Londons außerordentlich gut, und auch diesmal eilte er schnell und sicher durch das Netz der Hinterhöfe und Ställe, von deren Existenz ich nie etwas geahnt hatte. Wir kamen schließlich in eine kleine Straße mit alten düsteren Häusern, die auf die Manchester Street führte, und gingen dann weiter zur Blandford Street. Dort bog er schnell in eine schmale Seitenstraße, öffnete ein großes Holztor, hinter dem sich ein verlassener Hof erstreckte, und mit einem Schlüssel schloß er die Hintertür eines Hauses auf. Wir traten in das Gebäude, und er sperrte hinter uns zu.

Es war stockdunkel, und mir war klar, daß wir uns in einem leerstehenden Haus befanden. Die kahlen Dielen knarrten und ächzten unter unseren Schritten, und meine ausgestreckte Hand berührte eine Wand, von der die Tapete in Fetzen herunterhing. Holmes kalte dünne Finger schlossen sich um mein Handgelenk und führten mich einen langen Korridor entlang, bis ich durch das trübe Fenster über einer Tür einen schemenhaften Lichtschein erkennen konnte. An dieser Stelle drehte sich Holmes plötzlich nach rechts, und wir standen in einem großen quadratischen Raum, der in der Mitte durch das Straßenlicht schwach erhellt war. Allerdings befand sich die Laterne etwas abseits vom Haus, zudem waren die Fenster dick mit Staub bedeckt, so daß wir in dem Zimmer kaum unsere Umrisse erkennen konnten. Mein Gefährte legte mir die Hand auf die Schulter und beugte sich dicht an mein Ohr.

„Wissen Sie, wo wir sind?“ flüsterte er.
„Das scheint die Baker Street zu sein“, antwortete ich, während ich durch das trübe Fenster starrte.
„Genau, wir sind im Camden-Haus, das unserer alten Wohnung genau gegenüberliegt.“
„Aber warum sind wir hier?“
„Weil wir von hier einen hervorragenden Ausblick auf den malerischen Häuserblock gegenüber haben. Darf ich Sie mal stören, mein lieber Watson, kommen Sie ein bißchen näher ans Fenster, aber passen Sie auf, daß Sie nicht gesehen werden; und nun schauen Sie einmal zu unseren alten Zimmern hinüber – dem Ausgangspunkt so vieler unserer kleinen Intermezzi. Mal sehen, ob die drei Jahre Abwesenheit mir die Fähigkeit, Sie zu überraschen, genommen haben.“
Behutsam tastete ich mich vorwärts und blickte zu dem vertrauten Gebäude hinüber. Als mein Blick auf das Fenster fiel, schnappte ich nach Luft und stieß unwillkürlich einen Überraschungsschrei aus. Die Vorhänge waren zugezogen und das Zimmer hell erleuchtet. Der Schatten eines Mannes, der in einem Sessel saß, zeichnete sich wie auf einer Leinwand in harten schwarzen Konturen im Fenster ab. Ein Irrtum war ausgeschlossen, was die Haltung des Kopfes, die Eckigkeit der Schultern und die Schärfe der Gesichtszüge betraf, die sich im Halbprofil zeigten, so daß der Effekt jener schwarzen Silhouettenbilder entstand, die unsere Großeltern so gern machen ließen. Es war eine perfekte Reproduktion von Holmes. Ich war derartig erregt, daß ich meine Hand ausstreckte, um mich zu vergewissern, daß er neben mir stand. Er schüttelte sich vor leisem Lachen.
„Na?“ fragte er.
„Großer Gott!“ raunte ich. „Das ist hervorragend.“
„Ich möchte wetten, daß weder das Alter noch die Gewohnheit meine Wandlungsfähigkeit lähmen oder abnutzen“, sagte er, und in seiner Stimme war Freude und Stolz spürbar wie bei Künstlern vor ihrer eigenen Kreation. „Es ist mir wirklich sehr ähnlich, nicht wahr?“
„Ich hätte geschworen, daß Sie es sind.“
„Das Lob gebührt Monsieur Oscar Meunier aus Grenoble, der einige Tage daran modelliert hat. Es ist eine Wachsbüste. Das Restliche habe ich heute nachmittag bei meinem Besuch in der Baker Street selbst arrangiert.“
„Aber warum?“
„Weil mir sehr daran liegt, mein lieber Watson, daß gewisse Leute glauben sollen, daß ich dort bin, während ich mich in Wirklichkeit hier aufhalte.“
„Und Sie glauben, daß die Wohnung beobachtet wird?“
„Ich weiß, daß sie beobachtet worden ist.“
„Wer sollte sie beobachten?“

„Meine alten Feinde, Watson. Die ganze reizende Gesellschaft, deren Anführer im Reichenbacher Wasserfall liegt. Denken Sie daran, daß sie – und nur sie – wußten, daß ich noch am Leben bin. Sie rechneten damit, daß ich früher oder später in meine Wohnung zurückkehren würde. Man beobachtete sie ununterbrochen, und heute morgen sahen sie mich zurückkommen."

„Woher wissen Sie das?"

„Weil ich ihren Spanner erkannte, als ich aus dem Fenster schaute. Er ist ein harmloser Kerl namens Parker, von Beruf Würger, spielt übrigens hervorragend die Maultrommel. Seinetwegen mache ich mir keine Sorgen. Anders verhält es sich allerdings mit einer sehr viel schrecklicheren Person, die hinter ihm stand. Es war Moriartys rechte Hand, derselbe Mann, der die Steinbrocken über den Felsen warf, einer der gerissensten und gefährlichsten Verbrecher Londons. Dieser Mann ist heute noch hinter mir her, Watson, aber er weiß zum Glück nicht, daß wir hinter *ihm* her sind."

Langsam begriff ich den Plan meines Freundes. Von diesem idealen Versteck aus wurden die Beobachter beobachtet und die Verfolger verfolgt. Jener scharfe Schatten dort drüben war der Köder und wir die Jäger. Schweigend standen wir in der Dunkelheit und beobachteten die vorübereilenden Gestalten unten auf der Straße. Holmes blieb stumm und bewegungslos, doch ich spürte, daß er in höchstem Maße wachsam war und seine Augen ständig auf den Strom der Vorübereilenden gerichtet hatte. Es war eine unfreundliche und stürmische Nacht, und der Wind heulte durch die lange Straße. Viele Leute kamen und gingen, die meisten fest in Mantel und Schal gehüllt. Ein- oder zweimal schien mir, als hätte ich die gleiche Gestalt schon einmal gesehen, besonders fielen mir zwei Männer auf, die sich, vor dem Wind Schutz suchend, in dem Eingang eines Hauses untergestellt hatten. Ich versuchte, die Aufmerksamkeit meines Freundes auf die beiden zu lenken, aber er knurrte nur unwillig und starrte weiter auf die Straße hinaus. Mehr als einmal scharrte er nervös mit den Füßen und trommelte mit den Fingern an die Wand. Mir war klar, daß er unruhig wurde, weil sich seine Pläne nicht so entwickelten, wie er gehofft hatte. Als es auf Mitternacht zuging und die Straße immer leerer wurde, lief er erregt im Zimmer auf und ab. Ich wollte gerade etwas zu ihm sagen, als mein Blick wieder auf das erleuchtete Fenster unserer Wohnung fiel und ich dabei fast eine ähnliche große Überraschung erlebte wie vorher. Ich umklammerte Holmes' Arm und zeigte nach oben.

„Der Schatten hat sich bewegt!" sagte ich atemlos.

Tatsächlich sahen wir jetzt nicht mehr das Profil, sondern den uns zugewandten Rücken.

Drei Jahre hatten nicht genügt, um die Rauhbeinigkeit seines Temperaments und seine Unduldsamkeit mir gegenüber durch eine gemäßigte Scharfsinnigkeit umgänglicher werden zu lassen.

„Natürlich hat er sich bewegt“, erwiderte er. „Ich bin doch wirklich kein lächerlicher Pfuscher, Watson, der eine für jeden erkennbare Attrappe aufstellt und erwartet, daß sich die gerissensten Männer Europas dadurch täuschen lassen. Seit zwei Stunden sind wir in diesem Zimmer, und seitdem hat Mrs. Hudson achtmal Veränderungen an der Figur vorgenommen, also jede Viertelstunde einmal. Sie macht das von vorn, so daß niemand ihren Schatten sehen kann. – Aha!“

Heftig und aufgeregt holte er Luft. In der schummrigen Beleuchtung sah ich, wie er den Kopf vorstreckte, seine ganze Haltung erstarrte vor Anspannung. Draußen war die Straße absolut leer. Vielleicht hatten sich jene beiden Männer noch in dem Hausflur postiert, aber ich konnte sie nicht mehr sehen. Alles war still und dunkel außer dem gelbschimmernden Rechteck uns gegenüber mit der schwarzen Gestalt in der Mitte. In der absoluten Stille hörte ich wieder jenen zischenden Ton, der Holmes' unterdrückte Erregung verriet. Kurz darauf zog er mich in die dunkelste Ecke des Zimmers, und ich fühlte seine warnende Hand auf meinem Mund. Die Finger, die mich umklammert hielten, zitterten. Niemals habe ich meinen Freund aufgeregter erlebt, obwohl die dunkle Straße immer noch einsam und verlassen vor uns lag.

Doch plötzlich merkte ich, was er mit seinen wacheren Sinnen schon vorher gespürt hatte. Ich nahm ein schwaches schleichendes Geräusch wahr, aber nicht aus der Richtung der Baker Street, sondern von der Rückseite des Hauses, in dem wir uns versteckt hatten. Eine Tür wurde geöffnet und wieder geschlossen. Einen Augenblick später schlich jemand den Korridor entlang – Schritte, die unbemerkt bleiben sollten, aber in dem leeren Haus widerhallten. Holmes preßte sich gegen die Wand, ich ebenfalls, meine Hand schloß sich fest um den Revolvergriff. Als ich in die Dunkelheit spähte, bemerkte ich die schemenhaften Umrisse eines Mannes, die eine Schattierung dunkler als die schwarze Türöffnung waren. Einen Moment stand er still, dann bewegte er sich vorwärts und tastete sich ins Zimmer. Diese finstere Gestalt war nicht weiter als drei Yard von uns entfernt, und ich hatte schon alle Muskeln angespannt, um seinem Ansprung begegnen zu können, bis ich merkte, daß er von unserer Anwesenheit nichts ahnte. Er ging dicht an uns vorbei, schlich sich leise zum Fenster und schob es vorsichtig und geräuschlos einen halben Fuß hoch. Als er sich zu der Öffnung hinabbeugte, fiel das Straßenlicht – durch das staubige Glas nicht länger zurückgehalten – voll auf sein Gesicht. Der Mann war sehr erregt. Seine Augen blitzten feurig, und in seinem Gesicht arbeitete es stark. Er war etwa fünfzig, hatte eine schmale vorspringende Nase, eine hohe glatte Stirn und einen üppigen grauen Bart.

Seinen Zylinder hatte er weit nach hinten geschoben, und im offenen Mantel schimmerte das weiße Seidenhemd eines Abendanzuges. Sein Gesicht war dunkelhäutig und unheimlich, von tiefen Linien gezeichnet. In der Hand trug er etwas, was wie ein Stock aussah, aber als er es auf den Fußboden legte, erklang ein metallischer Ton. Dann zog er aus der Tasche seines Mantels einen länglichen unhandlichen Gegenstand, an dem er intensiv hantierte, bis ein helles, scharfes Klicken ertönte, als ob eine Sprungfeder oder ein Bolzen zurückgesprungen sei. Noch auf dem Fußboden kniend, beugte er sich nach vorn und drückte mit seinem ganzen Körpergewicht auf einen Hebel. Es gab ein wirbelndes und schleifendes Geräusch, das wieder mit einem – diesmal stärkeren – Klicken endete. Dann richtete er sich auf, und ich erkannte, daß er eine Art Gewehr mit einer merkwürdig geformten Mündung in der Hand hielt. Er öffnete das Magazin, lud es und ließ den Sicherungshebel ausschnappen. Danach kauerte er sich nieder, legte das Ende des Gewehrlaufs auf den Sims des offenen Fensters, und ich sah, wie sein langer Bart sich an den Lauf schmiegte, sah seine Augen funkeln, als sie ihr Ziel suchten. Ich hörte einen kleinen zufriedenen Seufzer, als er den Gewehrkolben an die Schulter drückte, sah auch jenes erregende Ziel, die schwarze Silhouette auf dem gelben Untergrund, die deutlich anvisiert war. Sekundenlang war der Mann starr und bewegungslos. Dann krümmten sich seine Finger am Abzug. Ein seltsames lautes Zurren folgte, das in das silberhelle Klirren zerbrochenen Glases überging. Im selben Augenblick sprang Holmes wie ein Tiger auf den Rücken des Schützen und drückte ihm das Gesicht flach auf den Boden. Doch Holmes' Gegner rollte zur Seite, kam wieder auf die Beine und krampfte seine Finger um die Kehle meines Freundes. Da schlug ich ihm meinen Revolverknauf über den Kopf, und er fiel wieder zu Boden. Ich stürzte auf ihn, und während ich ihn festhielt, nahm mein Gefährte eine Pfeife aus einer seiner Manteltaschen und ließ ein schrilles Signal ertönen. Auf dem Bürgersteig war das Klappern rennender Schritte zu hören, und zwei Polizisten in Uniform sowie ein Detektiv in Zivil rannten durch den Vordereingang des Hauses und betraten das Zimmer.

„Sind Sie es, Lestrade?" fragte Holmes.

„Ja, Mr. Holmes. Ich habe die Sache selbst übernommen. Schön, Sie wieder in London zu sehen, Sir."

„Ich glaube, Sie brauchen ein bißchen Hilfe. Drei ungelöste Mordfälle in einem Jahr, das reicht, Lestrade. Doch den Molesey-Fall haben Sie besser als gewöhnlich, mit anderen Worten, recht gut gelöst."

Wir standen im Zimmer, unser Gefangener keuchte zwischen zwei handfesten Wachtmeistern. Auf der Straße fanden sich bereits einige schaulustige Nachtschwärmer ein. Holmes trat ans Fenster, schloß es und zog die Rouleaus herunter. Lestrade hatte zwei Kerzen herausgeholt und die Polizisten ihre Laternen. Endlich konnte ich mir unseren Gefangenen genauer anschauen.

Wir hatten ein sehr männliches, aber irgendwie unheimliches Gesicht vor uns. Die Stirn eines Philosophen und die Mundpartie eines sinnlichen Genußmenschen; dieser Mann mußte mit allen Gaben für Gut und Böse ausgestattet sein. Man konnte ihm nicht in die grausamen blauen Augen sehen, die von schlaffen, faltigen Lidern bedeckt waren, oder die drohenden, tief heruntergezogenen Augenbrauen betrachten, ohne die eindeutigen, naturgegebenen Warnzeichen zu erkennen. Er nahm von uns keinerlei Notiz, sondern fixierte ausschließlich Holmes voller Haß und Erregung.

„Sie Teufel", murmelte er unentwegt. „Sie verdammt schlauer Teufel!"

„Ach, Colonel!" meinte Holmes und rückte seinen zerdrückten Kragen zurecht. „Alle Reisen enden mit einem Wiedersehen, wie das alte Sprichwort sagt. Ich glaube, wir hatten, seit Sie mir damals über der Felskante des Reichenbacher Abgrunds Ihre Aufmerksamkeit schenkten, nicht mehr das Vergnügen, uns zu begegnen."

Der Colonel starrte meinen Freund an, als sei er in Trance. „Sie listiger, listiger Satan!" war alles, was er erwidern konnte.

„Ich habe Ihnen diesen Herrn noch nicht vorgestellt", sagte Holmes. „Meine Herren, das ist Colonel Sebastian Moran, einstmals Offizier in der Indischen Armee Ihrer Majestät und der beste Scharfschütze, den es im östlichen Empire je gegeben hat. Ich habe doch recht, Colonel, wenn ich sage, daß Ihre Anzahl erbeuteter Tiger noch immer unübertroffen ist?"

Der wütende Mann sagte kein Wort, sondern blickte meinen Freund unverwandt an. Mit seinen wilden Augen und dem sich sträubenden Bart wirkte er selbst wie ein Tiger.

„Ich wundere mich, daß meine einfache Strategie einen so gewitzten *shikari* täuschen konnte", bemerkte Holmes. „Der Trick war Ihnen doch bekannt. Haben Sie nicht selbst einmal ein kleines Kind an einen Baum gebunden und mit der Waffe in der Hand darauf gewartet, daß dieser Köder den Tiger anlockt? Dieses leere Haus war mein Baum, und Sie waren mein Tiger. Sie hatten sicherlich noch andere Gewehre in Reserve, falls mehrere Tiger vorhanden sein sollten oder Sie Ihr Ziel verfehlen würden. Diese Herren hier...", er zeigte auf uns, „sind meine anderen Waffen. Alles stimmt haargenau."

Mit einem wütenden Knurren sprang Colonel Moran vor, doch die beiden Wachtmeister hielten ihn zurück. Sein wutverzerrtes Gesicht wirkte schrecklich.

„Ich muß zugeben, daß Sie mir eine kleine Überraschung bereitet haben", sagte Holmes. „Ich hatte nicht angenommen, daß Sie sich auch dieses leeren Hauses und dieses günstigen Vorderfensters bedienen würden. Ich glaubte, daß Sie von der Straße aus operieren, wo mein Freund Lestrade und seine netten Männer auf Sie warteten. Außer dieser Tatsache ist alles nach Plan verlaufen."

Colonel Moran wandte sich an den Polizeibeamten.

„Ob Sie nun einen Grund für meine Festnahme haben oder nicht", sagte er, „jedenfalls sehe ich nicht ein, weshalb ich mich von diesem Mann verspotten lassen muß. Wenn ich schon in den Händen des Gesetzes bin, dann soll es auch nach Art des Gesetzes erledigt werden."

„Na, das hört sich ja vernünftig an", sagte Lestrade. „Haben Sie noch etwas zu bemerken, Mr. Holmes, bevor wir gehen?"

Holmes hatte die gefährliche Waffe vom Boden aufgehoben und untersuchte ihren Mechanismus.

„Eine hervorragende und einmalige Waffe", sagte er, „geräuschlos und von gewaltiger Durchschlagskraft. Ich kannte von Herder, den blinden deutschen Mechaniker, der sie im Auftrag des verblichenen Professors Moriarty konstruiert hat. Ich wußte schon seit Jahren, daß es sie gibt, doch ich hatte noch nie Gelegenheit, sie in der Hand zu halten. Ich lege Sie Ihnen ganz besonders ans Herz, Lestrade, auch die dazugehörigen Kugeln."

„Sie können beruhigt sein, wir werden uns darum kümmern, Mr. Holmes", antwortete Lestrade, während wir uns alle zur Tür wandten. „Oder ist noch etwas?"

„Ich wollte nur fragen, wie die Anklage lauten soll."

„Welche Anklage, Sir? Ach so – natürlich Mordversuch an Mr. Sherlock Holmes."

„Nein, Lestrade, das nicht. Ich ziehe es vor, in dieser ganzen Angelegenheit im Hintergrund zu bleiben. Ihnen, und zwar ganz allein Ihnen gebührt die Anerkennung für diese bemerkenswerte Verhaftung. Ja, Lestrade, ich gratuliere Ihnen! Ihrer ungewöhnlich glücklichen Begabung von Raffinesse und Forschheit ist es zu verdanken, daß Sie ihn gefaßt haben."

„Ihn gefaßt! Wen gefaßt, Mr. Holmes?"

„Den Mann, den alle unsere Polizeibeamten bisher vergeblich gesucht haben – Colonel Sebastian Moran, den Mörder des Ehrenwerten Ronald Adair, der am Dreizehnten letzten Monats in der Park Lane 427 durch eine Kugel, die aus einem Luftgewehr durch das offene Fenster abgefeuert worden ist, getötet wurde. So lautet die Anklage, Lestrade. Und jetzt, Watson, glaube ich, daß uns eine halbe Stunde drüben in meinem Arbeitszimmer bei einer erlesenen Zigarre guttun könnte, vorausgesetzt, daß Sie die Zugluft eines zersplitterten Fensters nicht stört."

Durch die Fürsorge von Mycroft Holmes und die sorgfältige Pflege von Mrs. Hudson fanden wir unsere alten Räumlichkeiten unverändert vor. Als ich das Zimmer betrat, bemerkte ich zwar eine ungewohnte Sauberkeit, aber sonst stand alles an seinem Platz. Da waren die chemischen Apparaturen und der säurezerfressene Kieferntisch. Auf dem Regal stand eine Reihe mit Notizbüchern und Nachschlagewerken, die wohl schon so manch einer gern verbrannt gesehen hätte. Die Diagramme, der Geigenkasten und der Pfeifenständer – sogar der persische Hausschuh, der als Tabakbehälter diente –, das alles fiel mir ins Auge, als ich mich umschaute. Im Zimmer befanden sich zwei Personen. Die eine war Mrs. Hudson, die sich vor uns verbeugte, als wir eintraten, und die andere war jene Gestalt, die heute abend eine so wichtige Rolle gespielt hatte: das Wachsmodell meines Freundes, eine hervorragende, fast perfekte Nachbildung. Es stand auf einem kleinen Beistelltischchen und war mit einem alten Hausanzug von Holmes bekleidet, so daß die Illusion von der Straße aus perfekt erscheinen mußte.

„Ich hoffe, Sie haben alle meine Anweisungen befolgt, Mrs. Hudson", erkundigte sich Holmes.

„Auf Knien bin ich gekrochen, wie Sie es mir gesagt haben."

„Ausgezeichnet. Sie haben Ihre Sache wirklich sehr gut gemacht. Haben Sie feststellen können, wo die Kugel eingeschlagen ist?"

„Ja, Sir. Ich fürchte, Ihre schöne Büste ist verdorben, denn die Kugel ging genau durch den Kopf und prallte dann gegen die Wand. Ich hab sie vom Teppich aufgehoben. Hier ist sie."

Holmes reichte sie mir. „Eine Revolverkugel, wie Sie erkennen können, Watson. Genial, denn wer würde vermuten, daß so etwas aus einem Luftgewehr abgeschossen wird. In Ordnung, Mrs. Hudson. Ich danke Ihnen vielmals für Ihre Mithilfe. Und jetzt, Watson, möchte ich Sie gern wieder einmal dort auf dem alten Stuhl sitzen sehen, denn es gibt da noch ein paar Punkte, die ich mit Ihnen besprechen möchte."

Er hatte den schäbigen Überrock abgelegt und war jetzt wieder der alte Holmes in dem mausgrauen Anzug.

„Die Nerven des alten *shikari* sind auch nicht mehr wie früher, und seine Augen haben doch merklich an Schärfe verloren", sagte er lachend, als er die zerschmetterte Stirn seiner Büste untersuchte. „Genau durch den Hinterkopf und direkt durch das Gehirn gegangen. Er war der beste Schütze in Indien, und ich vermute, es gibt auch in London keinen besseren. Kannten Sie seinen Namen?"

„Nein."

„Ja, ja, so ist das mit dem Ruhm! Aber wenn ich mich recht erinnere, hatten Sie auch von Professor James Moriarty noch nie etwas gehört, und der war ja immerhin einer der größten Köpfe des Jahrhunderts. Reichen Sie mir doch mal mein Verzeichnis der Biographien vom Regal herunter."

Gemächlich blätterte er die Seiten durch, lehnte sich im Stuhl zurück und stieß dicke Zigarrenwolken aus.

„Meine Sammlung unter ‚M' ist tatsächlich beachtlich", meinte er. „Moriarty allein reicht eigentlich schon, um diesen Buchstaben berühmt werden zu lassen, aber da ist auch noch Morgan, der Giftmörder, und dann Merridew mit dem beängstigend phänomenalen Gedächtnis, hier ist Mathews, der mir im Warteraum von Charing Cross den linken Eckzahn ausschlug, und schließlich auch unser Freund von heute abend."

Er reichte mir das Buch herüber, und ich las:

Moran, Sebastian; Colonel; unbeschäftigt; früher beim Ersten Regiment der Bangalore Pioneers; geboren 1840 in London; Sohn des Sir Augustus Moran, der Mitglied des Bathordens und ehemaliger britischer Gesandter in Persien war; erzogen in Eton und Oxford; Teilnahme am Jowaki-Feldzug, am Afghanischen Feldzug, in Charasiab (Kurierdienste), in Sherpur und Kabul; Autor der Bücher *Großwild des westlichen Himalaja* (1881) und *Drei Monate im Dschungel* (1884); Adresse: Conduit Street; Klubs: Anglo-Indienklub, Tankervilleklub, Bagatelle-Kartenklub.

Am Rand war in Holmes' gewissenhaft akkurater Handschrift vermerkt: Der zweitgefährlichste Mann Londons.

„Erstaunlich", sagte ich, als ich ihm den Band zurückgab, „der Mann hat ja die Laufbahn eines ehrenwerten Soldaten."

„Das ist wahr", antwortete Holmes. „Bis zu einem gewissen Punkt verlief alles normal. Er war immer ein Mann mit eisernen Nerven, und in Indien erzählt man sich die Geschichte, wie er einem verwundeten menschenfressenden Tiger in einem Graben nachgekrochen ist. Es gibt gewisse Bäume, Watson, die bis zu einer bestimmten Größe ganz normal wachsen und sich dann plötzlich ungewöhnlich entwickeln. Bei Menschen hat man das auch. Nach meiner Theorie durchläuft ein Individuum während seiner Entwicklung die gesamten Entwicklungsstufen seiner Vorfahren, und so kann es sein, daß durch irgendeinen sehr starken Einfluß innerhalb seines Stammbaums eine plötzliche Hinwendung zum Guten oder Bösen verursacht wird. Die Person wird, wie in unserem Fall, zum Abbild der eigenen Familiengeschichte."

„Das klingt ziemlich phantastisch."

„Nun, ich will auch nicht unbedingt darauf bestehen. Was aber immer der Grund gewesen sein mag, Colonel Moran fing an, sich negativ zu entwikkeln. Obwohl er keinen öffentlichen Skandal verursacht hatte, wurde Indien doch allmählich zu heiß für ihn. Er nahm seinen Abschied, kam nach London und stand hier ebenfalls nicht im besten Ruf. Zu jener Zeit wählte sich ihn Professor Moriarty für eine gewisse Zeit zum Anführer seiner Bande. Er versorgte ihn großzügig mit Geld und setzte ihn nur ein- oder zweimal bei ganz wichtigen Unternehmungen ein, wozu man keinen gewöhnlichen Verbrecher verwenden konnte. Vielleicht können Sie sich noch an den Tod von Mrs. Stewart aus Lauder erinnern, im Jahre 1887? Nein? Also, ich bin fest davon überzeugt, daß Moran dahintersteckte, aber bewiesen werden konnte nichts. Der Colonel hatte sich so schlau getarnt, daß man ihn nicht behelligen konnte, selbst nachdem die Moriarty-Bande geplatzt war. Erinnern Sie sich noch daran, daß ich damals, immer wenn ich Sie in Ihrer Wohnung aufsuchte, die Fensterläden aus Angst vor Schüssen verschloß? Sie haben mich zweifellos für exzentrisch gehalten. Ich wußte aber genau, was ich tat, denn ich hatte von diesem bemerkenswerten Gewehr gehört, und ich wußte auch, daß es einer der besten Schützen der Welt handhabte. Als wir in der Schweiz waren, beschattete er uns mit Moriarty, und es steht außer Zweifel, daß er derjenige war, der mir jene unangenehmen fünf Minuten beim Reichenbacher Wasserfall bereitet hat.

Sie können mir glauben, daß ich während meines Aufenthalts in Frankreich die Zeitungen mit einigem Interesse verfolgt habe, um vielleicht einen Hinweis zu erhalten, um ihn ausschalten zu können. Solange er frei in

London herumlief, war mein Leben keinen Pfifferling wert. Tag und Nacht würde er mich bedrohen, und früher oder später wäre seine Chance gekommen. Was sollte ich tun? Ich konnte ihn nicht einfach erschießen, ohne mich selbst ins Gefängnis zu bringen. Es hatte auch keinen Zweck, die Polizei zu bemühen. Aufgrund willkürlicher Vermutungen, wie sie es sicher eingeschätzt hätte, kann sie nichts unternehmen. Aber ich verfolgte die Nachrichten aus der Unterwelt und wußte, daß ich ihn irgendwann fassen würde. Dann geschah der Mord an Ronald Adair. Endlich war meine Chance da. Sie wissen, was ich tat, denn stand nicht fest, daß Colonel Moran es gewesen war? Er hatte mit dem jungen Mann Karten gespielt, war ihm dann vom Klub nach Hause gefolgt und hatte ihn durch das offene Fenster erschossen. Daran gab es keinen Zweifel. Schon allein die Kugeln mußten Beweis genug sein, um ihm die Schlinge um den Hals legen zu können. Ich kam sofort rüber. Parker, sein Spanner, sah mich, und ich wußte, daß er meine Anwesenheit dem Colonel umgehend melden würde. Er konnte nicht daran zweifeln, daß zwischen meiner plötzlichen Rückkehr und seinem Verbrechen ein Zusammenhang bestand, und war somit alarmiert. Ich vermutete, daß er sofort versuchen würde, mich aus dem Weg zu räumen, und dazu seine mörderische Waffe benutzen würde. Ich bot ihm eine herrliche Zielscheibe im Fenster. Nachdem ich die Polizei informiert hatte, daß sie eventuell gebraucht würde – nebenbei, Watson, mit unbeirrbarer Genauigkeit haben Sie ihre Anwesenheit im Hauseingang entdeckt –, nahm ich den, wie es schien, klug gewählten Beobachtungsposten ein und hätte mir nie träumen lassen, daß er dieselbe Stelle für seinen Anschlag wählen würde. Nun, mein lieber Watson, gibt's noch etwas, was ich erklären muß?"

„Ja", antwortete ich. „Sie haben noch nicht erwähnt, welches Motiv Colonel Moran hatte, den Ehrenwerten Ronald Adair zu ermorden."

„Ach, mein lieber Watson, damit begeben wir uns ins Reich der Vermutungen, wo auch der logischste Geist Fehler machen kann. Jeder kann aufgrund der gegebenen Beweisstücke seine eigene Hypothese aufstellen, und Ihre kann genauso richtig sein wie meine."

„Dann haben Sie also doch eine?"

„Ich glaube, es ist nicht schwer, die Fakten für sich sprechen zu lassen. Bei der Beweisaufnahme hatte sich herausgestellt, daß Colonel Moran und der junge Adair gemeinsam eine beachtliche Menge Geld gewonnen hatten. Und bestimmt hatte Moran falschgespielt – das wußte ich schon seit längerem. Ich glaube, daß Adair an dem Tag des Mordes auf den Betrug gestoßen war. Ganz sicher hatte er daraufhin privat mit dem Colonel gesprochen und ihm gedroht, ihn bloßzustellen, wenn er nicht freiwillig auf seine Mitgliedschaft im Klub verzichtete und das Versprechen abgab, nie wieder Karten zu spielen. Es ist unwahrscheinlich, daß so ein junger Kerl wie Adair sofort einen schrecklichen Skandal gemacht hätte, indem er einen bekannten Mann, der ja um vieles älter war als er selbst, öffentlich beschuldigte. Möglicherweise hat er sich so verhalten, wie ich vermute. Ein Ausschluß aus dem Klub hätte Morans Ruin bedeutet, der ja von den unehrlich erworbenen Kartengewinnen lebte. Deshalb ermordete er Adair, der gerade dabei war, festzustellen, wieviel Geld er selbst zurückgeben mußte, wenn er nicht vom Falschspiel seines Partners profitieren wollte. Er verschloß die Tür, damit ihn die Damen nicht überraschen und fragen konnten, was es mit diesen Namen und Geldbeträgen auf sich hatte. Reicht das?"

„Ich bezweifle nicht, daß Sie die Wahrheit getroffen haben."

„Das wird der Prozeß bestätigen oder widerlegen. Inzwischen, komme, was wolle, wird uns Colonel Moran nicht weiter beunruhigen. Das berühmte Luftgewehr von Herders wird das Museum vom Scotland Yard verschönern, und Mr. Sherlock Holmes steht es wieder frei, sein Leben jenen kleinen interessanten Problemen zu widmen, die London so zahlreich zu bieten hat."

Der Schwarze Peter

Nie habe ich meinen Freund in einer besseren körperlichen und geistigen Verfassung gesehen als im Jahre 1895. Je berühmter er wurde, um so mehr Kunden kamen zu ihm, doch ich würde mich der Indiskretion schuldig machen, wollte ich auch nur andeuten, welche illustren Klienten mittlerweile über unsere bescheidene Schwelle in der Baker Street schritten. Dessenungeachtet betrieb Holmes seine Kunst wie alle großen Künstler um ihrer selbst willen, und ich wüßte nicht, daß er, außer im Fall des Herzogs von Holdernesse, jemals einen größeren Geldbetrag als Honorar für seine unschätzbaren Dienste verlangt hätte. Er war so uneigennützig oder so launisch, daß er oftmals den Mächtigen und Reichen seine Hilfe verweigerte, weil ihn deren Probleme nicht sonderlich reizten, während er wochenlang intensive Ermittlungen für manchen armen Schlucker anstellte, dessen Fall jene dunklen und dramatischen Züge aufwies, die sein Vorstellungsvermögen anspornten und seinen Scharfsinn herausforderten.

In diesem denkwürdigen Jahr fünfundneunzig hatten die unterschiedlichsten Fälle seine Aufmerksamkeit in Anspruch genommen. Das Spektrum reichte von der spektakulären Aufklärung des plötzlichen Todes von Kardinal Tosca, einer Ermittlung, mit der er auf ausdrücklichen Wunsch Seiner Heiligkeit, des Papstes, betraut worden war, bis hin zur Festnahme des bekannten Kanarienvogeldresseurs Wilson, durch die ein Schandfleck im Londoner East End getilgt wurde. Unmittelbar darauf folgte die Tragödie von Woodman's Lee, jene sehr obskuren Umstände, unter denen Kapitän Peter Carey ums Leben kam. Eine Chronik der Taten von Mr. Sherlock Holmes wäre nicht vollständig, wenn sie diese sehr ungewöhnliche Affäre unerwähnt ließe.

In der ersten Juliwoche war mein Freund so häufig unterwegs, daß ich merkte, er hatte wieder einen Fall. Der Umstand, daß in dieser Zeit etliche verwegen aussehende Männer bei uns erschienen und nach Kapitän Basil fragten, ließ mich vermuten, daß er wieder einmal irgendwo in einer seiner zahlreichen Verkleidungen und unter falschem Namen arbeitete, um seine wahre Identität geheimzuhalten. Zu diesem Zweck besaß Holmes mindestens fünf kleine Quartiere in den verschiedenen Gegenden Londons. Mir gegenüber hatte er von dem Unternehmen nichts erwähnt, und es war nicht meine Art, ihn auszufragen. Der erste Hinweis, mit dem er mir die Richtung seiner Ermittlungen andeutete, war ein höchst sonderbarer. Als er einmal wieder sehr früh aus dem Haus gegangen war und ich gerade beim Frühstück saß, kam er plötzlich ins Zimmer gestürmt, den Hut auf dem Kopf und einen riesigen Speer mit Widerhaken wie einen Regenschirm unter den Arm geklemmt.

„Du meine Güte, Holmes!" rief ich. „Sie wollen doch nicht etwa sagen, daß Sie mit diesem Ding durch London spaziert sind?"

„Nein. Ich bin zum Fleischer hin- und zurückgefahren."

„Zum Fleischer?"

„Jawohl, und jetzt habe ich einen Riesenhunger. Wissen Sie, mein lieber Watson, es gibt zweifellos nichts Gesünderes als körperliche Betätigung vor dem Frühstück. Aber ich wette, daß Sie die Art meines Frühsports nicht erraten werden."

„Ich versuche es erst gar nicht."

Er schmunzelte, während er sich Kaffee einschenkte.

„Wenn Sie vorhin im Hinterzimmer von Allardyces Fleischerladen gewesen wären, hätten Sie ein totes Schwein gesehen, das von einem Haken an der Decke herabbaumelte, und davor einen Gentleman in Hemdsärmeln, der mit dieser Waffe hier verbissen darauf einstach. Der energiegeladene Herr war ich, und ich habe mich davon überzeugt, daß ich trotz Aufbietung all meiner Kraft das Schwein nicht mit einem einzigen Stoß durchbohren kann. Vielleicht wollen Sie es einmal versuchen?"

„Um nichts in der Welt. Aber wozu dieser Versuch?"

„Weil er mir im Zusammenhang mit dem Mord von Woodman's Lee wichtig erschien. – Ah, Hopkins, ich bekam Ihr Telegramm gestern abend und habe Sie schon erwartet. Kommen Sie, frühstücken Sie mit uns."

Unser Besucher war ein äußerst lebhafter Mann von etwa dreißig Jahren, der einen unauffälligen Tweedanzug trug, dabei aber die aufrechte Haltung des Uniformträgers beibehielt. Ich erkannte ihn sofort: Das war der junge Polizeiinspektor Stanley Hopkins, auf den Holmes große Hoffnungen setzte und der seinerseits den wissenschaftlichen Methoden des berühmten Amateurs voller Bewunderung nachzueifern suchte. Hopkins' Stirn war umwölkt, er machte einen ausgesprochen niedergeschlagenen Eindruck, als er Platz nahm.

„Nein, danke, Sir. Ich habe schon gefrühstückt. Da ich gestern Bericht erstatten mußte, übernachtete ich gleich in der Stadt."

„Und was konnten Sie berichten?"

„Nur Fehlschläge, Sir, ein absoluter Mißerfolg."

„Sind Sie bisher nicht vorangekommen?"

„Keinen Schritt."

„Oje, dann muß ich mich der Sache wohl etwas annehmen."

„Mir fällt ein Stein vom Herzen, Mr. Holmes. Der Fall ist meine erste große Chance, aber augenblicklich bin ich mit meiner Weisheit am Ende. Ich flehe Sie an, kommen Sie mit und helfen Sie mir aus der Patsche!"

„Schon gut, schon gut. Zufällig habe ich bereits alle vorliegenden Zeugenaussagen und den Untersuchungsbericht einigermaßen gründlich studiert. Übrigens, was halten Sie von dem Tabaksbeutel, den man am Tatort gefunden hat? Bietet er keine Anhaltspunkte?"

Hopkins blickte überrascht auf.

„Der Beutel gehörte doch dem Mann selbst, Sir. Auf der Innenseite befinden sich die Anfangsbuchstaben seines Namens. Außerdem ist er aus Robbenfell – und der Tote war ja ein alter Robbenjäger."

„Aber er besaß keine Pfeife."

„Nein, Sir, eine Pfeife konnten wir nicht finden. Er hat tatsächlich wenig geraucht, aber trotzdem hätte er etwas Tabak für seine Freunde bereithalten können."

„Zugegeben. Ich erwähne den Widerspruch auch nur, weil ich ihn höchstwahrscheinlich zum Ausgangspunkt meiner Überlegungen machen würde, wenn ich die Untersuchung zu führen hätte. Na, wie dem auch sei – mein Freund Dr. Watson kennt die Geschichte überhaupt noch nicht, und mir würde es auch nichts schaden, noch einmal einen chronologischen Bericht der Ereignisse zu hören. Tragen Sie uns das Wichtigste in Kürze vor."

Stanley Hopkins zog einen Zettel aus der Tasche.

„Ich habe hier ein paar Daten, aus denen der Lebenslauf des verstorbenen Kapitäns Peter Carey hervorgeht. Er wurde fünfundvierzig geboren – war also fünfzig Jahre alt. Er galt als ein äußerst verwegener und erfolgreicher Robben- und Waljäger. Im Jahre 1883 befehligte er den Robbenfangdampfer ‚Sea Unicorn' aus Dundee. Er machte einige erfolgreiche Fahrten hintereinander und musterte im folgenden Jahr ab. Danach reiste er einige Jahre lang in der Welt herum und kaufte schließlich ein kleines Anwesen in Sussex: Woodman's Lee bei Forest Row. Dort hat er sechs Jahre gelebt, und dort ist er heute vor einer Woche gestorben.

Der Mann hatte einige höchst seltsame Eigenheiten. Normalerweise lebte er streng puritanisch, ein wortkarger, mürrischer Mensch. Zu seinem Haushalt gehörten seine Frau, seine zwanzigjährige Tochter und zwei weibliche Dienstboten. Letztere wechselten ständig, denn die Atmosphäre im Haus war nie sehr angenehm, manchmal wurde sie ganz und gar unerträglich. Carey war Quartalssäufer, und wenn ihn der Suff packte, wurde er zum leibhaftigen Teufel. Er war bekannt dafür, daß er Frau und Tochter mitten in der Nacht aus dem Haus jagte und durch den Park prügelte, bis ihre Schreie die Nachbarn aus der ganzen umliegenden Ortschaft aufweckten.

Einmal stand er vor Gericht, weil er einen alten Vikar, der ihm wegen seines Verhaltens ins Gewissen reden wollte, brutal mißhandelt hatte. Kurz, Mr. Holmes, man müßte schon ziemlich lange suchen, um einen so gemeingefährlichen Kerl wie Peter Carey noch einmal zu finden. Als er das Kommando auf seinem Schiff hatte, soll er sich genauso aufgeführt haben. Unter Seeleuten hieß er nur der Schwarze Peter, und das nicht nur wegen seiner dunklen Gesichtsfarbe und seines schwarzen Bartes, sondern auch wegen ähnlich finsterer Geniestreiche, die ihn zum Schrecken seiner Umgebung machten. Ich brauche wohl nicht zu erwähnen, daß er von allen Nachbarn verabscheut und gemieden wurde. Kein einziges Wort des Bedauerns über sein schreckliches Ende ist mir zu Ohren gekommen.

Im Untersuchungsbericht haben Sie sicher die Beschreibung von seiner ‚Kajüte' gelesen, Mr. Holmes, aber vielleicht weiß Ihr Freund hier noch nichts darüber. Er hatte sich ungefähr hundert Yard vom Haus entfernt eine Bretterbude gezimmert, die er stets seine ‚Kajüte' nannte und in der er zu schlafen pflegte. Es ist eine kleine Hütte mit einem einzigen Raum, der sechzehn mal zehn Fuß mißt. Den Schlüssel trug er stets bei sich, machte eigenhändig sein Bett, fegte selbst aus und erlaubte keinem, diesen Raum zu betreten. An den Längsseiten befinden sich winzige Fensterchen, die immer mit Vorhängen verhängt waren und nie geöffnet wurden. Eins dieser Fenster zeigt zur Straße, und wenn es nachts erleuchtet war, machten sich die Dorfleute gegenseitig darauf aufmerksam und rätselten, was der Schwarze Peter wohl dort triebe. Und diesem Fenster, Mr. Holmes, verdanken wir auch einen der wenigen konkreten Anhaltspunkte, die wir bei unserer Untersuchung ermitteln konnten.

Sie erinnern sich, daß zwei Tage vor dem Mord, nachts gegen ein Uhr, ein Steinmetz namens Slater zu Fuß von Forest Row kam, an dem Grundstück stehenblieb und zu dem noch erleuchteten Viereck zwischen den Bäumen hinüberschaute. Er schwört, daß er den Schattenriß eines Mannes ganz deutlich auf dem Vorhang gesehen habe, daß es jedoch nicht das Profil von Peter Carey gewesen sei, den er gut kannte. Zwar habe der Mann auch einen Bart getragen, dieser sei aber kürzer und kräftiger gewesen als der des Kapitäns. Das behauptet er, allerdings hatte er vor der Aussage in einem Wirtshaus zwei Stunden gezecht, und außerdem liegt auch eine beträchtliche Entfernung zwischen der Straße und dem Fenster. Im übrigen bezieht sich das auf Montag, das Verbrechen wurde jedoch am Mittwoch verübt.

An jenem Mittwoch war Peter Carey in einer schlimmen Stimmung, voll bis an den Stehkragen und angriffslustig wie ein gereiztes wildes Tier. Er stapfte im Haus herum, so daß die Frauen Reißaus nahmen. Erst am späten Abend ging er hinüber zu seiner Hütte. Gegen zwei Uhr morgens hörte seine

Tochter, die bei offenem Fenster schlief, einen gräßlichen Schrei aus dieser Richtung. Aber da es nichts Ungewöhnliches war, daß er im Suff grölte und brüllte, nahm sie weiter keine Notiz davon. Beim Aufstehen um sieben Uhr bemerkte eins der Dienstmädchen, daß die Tür der Hütte offenstand, aber alle hatten eine derartige Angst vor ihm, daß es Mittag wurde, ehe sie sich hinauswagten, um nachzusehen, was mit ihm wäre. Als sie dann schließlich einen Blick durch die Türöffnung riskierten, bot sich ihnen ein so entsetzliches Bild, daß sie kreidebleich ins Dorf rannten. Innerhalb einer Stunde war ich am Tatort und nahm den Fall in die Hand.

Nun, wie Sie wissen, Mr. Holmes, habe ich ziemlich gute Nerven, aber ich gebe Ihnen mein Wort, daß mich doch ein Schauer durchfuhr, als ich den Kopf in jenen kleinen Raum steckte. Drinnen summten und brummten Scharen von Schmeißfliegen, es hörte sich an wie ein verstimmtes Harmonium, Fußboden und Wände erinnerten an ein Schlachthaus. Kajüte hatte er den Raum genannt, und so war dieser Raum auch ausgestattet. Man hätte meinen können, auf einem Schiff zu sein. An einem Ende des Raumes befand sich eine Schlafkoje, daneben eine Schiffstruhe, an den Wänden hingen Land- und Seekarten und ein Bild der ‚Sea Unicorn', auf einem Wandbrett stand eine Reihe von Logbüchern – alles haargenau so, wie man es in einer Kapitänskajüte vorfindet. Und dort, inmitten dieser Szenerie, der Mann – sein Gesicht verzerrt wie das einer armen Seele im Höllenfeuer, sein graumelierter Vollbart gesträubt. Ihm war mitten durch seinen mächtigen Brustkasten eine Harpune getrieben worden, die sich noch tief in die Holzwand hinter ihm gebohrt hatte. Er war aufgespießt wie ein Käfer auf einem Pappkärtchen. Natürlich lebte er nicht mehr; nach jenen entsetzlichen Schreien muß er sofort tot gewesen sein.

Da ich Ihre Methoden kenne, Sir, konnte ich sie anwenden. Ehe ich jemanden an den Tatort heranließ, untersuchte ich den Boden rund um die Hütte und die Dielung des Raumes sehr sorgfältig. Es gab keinerlei Fußspuren."

„Sie meinen, Sie haben keine gesehen?"

„Ich versichere Ihnen, Sir, es waren keine da!"

„Mein lieber Hopkins, ich habe schon viele Verbrechen untersucht, und doch ist mir bisher noch keins begegnet, das von einem fliegenden Wesen verübt wurde. Und solange sich unser Verbrecher noch auf zwei Beinen bewegt, muß er Spuren hinterlassen, seien es auch nur Abriebteilchen oder winzige Verschleppungen von Staubpartikeln, die der systematisch Suchende entdecken kann. Es ist doch einfach unvorstellbar, daß dieser blutbesudelte Raum keinen Anhaltspunkt enthält, der uns weiterhelfen könnte. Wenn ich den Bericht recht verstanden habe, gab es da doch zumindest ein paar Kleinigkeiten, die Sie übersehen haben."

Der junge Inspektor zuckte bei diesen ironischen Bemerkungen meines Freundes zusammen.

„Ich war ein Narr, daß ich Sie nicht gleich hinzugezogen habe, Mr. Holmes. Aber diese Einsicht hilft mir jetzt auch nicht weiter. Stimmt, es gab ein paar Dinge in dem Raum, auf die ich genauer hätte achten müssen. Zum ersten die Harpune, die Tatwaffe, sie ist aus einer Halterung an der Wand gerissen worden. Zwei weitere Harpunen befanden sich noch dort, und eine leere Stelle zwischen ihnen zeigte an, wo sie gehangen hatte. Im Schaft war die Inschrift ‚S. S. Sea Unicorn, Dundee' eingeritzt. Daraus geht hervor, daß das Verbrechen vermutlich im Affekt geschehen ist und der Mörder die erstbeste Waffe ergriffen hat, die ihm in die Hände geriet. Der Umstand, daß der Mord gegen zwei Uhr morgens verübt wurde und Peter Carey zu der Zeit noch völlig angekleidet war, legt den Schluß nahe, daß er eine Verabredung mit dem Mörder hatte. Darauf weisen auch eine Flasche Rum und zwei benutzte Gläser hin, die auf dem Tisch standen."

„Ja", sagte Holmes, „ich halte beide Schlußfolgerungen für zulässig. Gab es außer Rum noch anderen Alkohol im Zimmer?"

„Ja, auf der Seemannskiste standen eine Karaffe mit Brandy und eine mit Whisky. Aber die sind für uns nicht von Bedeutung, da beide noch bis oben hin voll waren und man folglich davon nicht getrunken hatte."

„Trotzdem; ihr Vorhandensein ist von einiger Bedeutung", sagte Holmes. „Aber wie dem auch sei. Berichten Sie nur weiter, welche Gegenstände Ihrer Meinung nach für den Fall aufschlußreich sind."

„Als nächstes war da dieser Tabaksbeutel, der auf dem Tisch lag."

„An welchem Platz?"

„Er lag in der Mitte. War aus ungegerbtem glatthaarigem Seehundfell, mit einem Lederriemen zum Zubinden. Auf der Innenseite der Umschlagklappe standen die Buchstaben ‚P. C.'. Er enthielt eine halbe Unze scharfen Schiffstabak."

„Ausgezeichnet! Was gibt es noch?"

Stanley Hopkins zog ein kleines Notizbuch aus der Tasche. Der mausgraue Stoffeinband war zerschlissen und abgegriffen, das Papier vergilbt. Auf der ersten Seite standen die Initialen „J. H. N." und die Jahreszahl „1883". Holmes legte es auf den Tisch und untersuchte es sorgfältig, während Hopkins und ich ihm über die Schulter blickten. Auf der zweiten Seite stand in Druckbuchstaben „C. P. R.", dann kamen mehrere mit Zahlen bedeckte Blätter. Die weiteren Überschriften lauteten: „Argentinien", „Costa Rica", „São Paulo" – und jeder folgten wieder seitenlange Zahlenkolonnen und Zeichen.

„Was halten Sie davon?" fragte Holmes.

„Es scheinen Listen von Börsenpapieren zu sein. Ich dachte mir, die Buchstaben ‚J. H. N.‘ könnten die Initialen des Maklers und ‚C. P. R.‘ die seines Kunden bedeuten.“

„Versuchen Sie es doch mal mit ‚Canadian Pacific Railways‘“, sagte Holmes.

Stanley Hopkins murmelte einen Fluch zwischen den Zähnen und schlug sich mit der Faust gegen die Stirn.

„Wie konnte ich nur so dämlich sein!“ rief er. „Natürlich, Sie haben recht! Dann bleiben nur noch die Initialen ‚J. H. N.‘ zu enträtseln. Ich habe bereits die Börsenlisten von 1883 durchgesehen, aber weder unter den Börsenangestellten noch unter den Privatmaklern fand ich einen, auf den diese Initialen passen würden. Und trotzdem habe ich das Gefühl, daß dieser Anhaltspunkt der wichtigste ist, den ich besitze. Sie müssen doch zugeben, Mr. Holmes, daß diese Initialen dem zweiten Mann am Tatort gehören könnten – dem Mörder also. Außerdem möchte ich betonen, daß mit diesem Notizbuch, in dem riesige Beträge in Wertpapieren verzeichnet sind, auch zum erstenmal ein Hinweis auf das Motiv für das Verbrechen auftaucht.“

Man konnte Sherlock Holmes am Gesicht ablesen, daß ihn diese neue Wendung überraschte.

„Ich muß Ihnen in beiden Punkten zustimmen“, sagte er. „Offen gestanden bringt dieses Notizbuch, das im Untersuchungsbericht nicht erwähnt wurde, meine bisherigen Überlegungen etwas durcheinander. Es paßt nicht in die Theorie, die ich mir zu dem Verbrechen gebildet hatte. Haben Sie schon versucht, die genannten Wertpapiere aufzufinden?“

„Die Nachforschungen laufen bereits. Ich fürchte allerdings, daß das vollständige Verzeichnis der Aktionäre dieser südamerikanischen Konzerne sich in Übersee befindet und daß ein paar Wochen vergehen werden, ehe wir den Verbleib der Wertpapiere ermittelt haben.“

Holmes untersuchte den Einband des Notizbuches mit der Lupe.

„Hier ist ja ein Fleck“, sagte er.

„Ja, Sir, und zwar Blut. Ich sagte Ihnen doch, daß ich das Buch vom Boden aufgehoben habe.“

„War der Blutfleck oben oder unten?“

„Unten, er rührt von einem Spritzer auf den Dielen her.“

„Was natürlich beweist, daß das Buch nach dem Mord hinunterfiel.“

„Genau, Mr. Holmes. Das habe ich auch erkannt und zog daraus den Schluß, daß der Mörder es bei seiner überstürzten Flucht fallen gelassen hat. Es lag in der Nähe der Tür.“

„Im Besitz des Toten wurde offenbar keins dieser Wertpapiere gefunden?“

„Nein, Sir.“

„Haben Sie irgendwelche Anhaltspunkte, die auf einen Raubmord hindeuten?“

„Nein, Sir. Es scheint nichts zu fehlen."
„Na so was, der Fall wird ja immer interessanter! Und dann gab es da auch noch ein Messer, nicht wahr?"
„Ein Dolchmesser, das aber noch in der Scheide steckte. Es lag zu Füßen des Toten. Mrs. Carey hat es als Eigentum ihres Mannes identifiziert."
Holmes lehnte sich ein Weilchen zurück und dachte nach.
„Tja", sagte er schließlich, „ich muß wohl doch hinfahren und mir das Ganze ansehen."
Stanley Hopkins atmete erleichtert auf.
„Ich danke Ihnen, Sir. Damit nehmen Sie mir wirklich eine Last von der Seele."
Holmes drohte dem Inspektor mit dem Finger.
„Vor einer Woche wäre die Aufgabe leichter gewesen", sagte er. „Doch selbst jetzt dürfte mein Besuch nicht ganz umsonst sein. Watson, wenn Sie Zeit haben – ich wäre Ihnen für Ihre Begleitung dankbar. Wenn Sie sich schon einmal um einen Wagen kümmern wollen, Hopkins? In einer Viertelstunde sind wir bereit zur Fahrt nach Forest Row."

Als wir an der kleinen Bahnstation des Ortes vorübergekommen waren, fuhren wir einige Meilen durch die Überbleibsel eines vormals ausgedehnten Waldgebietes, jenes einst undurchdringlichen Urwaldgürtels, der den Briten sechzig Jahre lang als Bollwerk gegen die sächsischen Eindringlinge gedient hatte. Weite Teile davon sind inzwischen abgeholzt, denn hier entstanden Englands erste Eisenhütten, und das Holz der Bäume diente zum Schmelzen des Erzes. Inzwischen ist der Industriezweig längst zu den ergiebigeren Erzfeldern im Norden verlegt worden, und außer den verwüsteten Waldstrichen und den tiefen Gruben erinnert nichts mehr an das emsige Treiben in der Vergangenheit. Hier, auf einer Lichtung am Fuße eines grünen Hügels, stand ein langgestrecktes, niedriges Haus, zu dem ein gewundener, durch die Felder verlaufender Weg führte. Näher an der Landstraße, auf drei Seiten von Sträuchern umgeben, lag die kleine Holzhütte. Das war der Schauplatz des Mordes.

Stanley Hopkins führte uns zuerst zum Wohnhaus, wo er uns einer abgehärmten grauhaarigen Frau vorstellte, der Witwe des Ermordeten. Ihr eingefallenes, von tiefen Furchen durchzogenes Gesicht, der verstohlene, angstvolle Blick, die rotgeränderten Augen verrieten uns genug über die Jahre des Leidens und der Mißhandlungen, die sie durchgemacht hatte. Auch ihre Tochter lernten wir kennen, ein blasses, blondhaariges Mädchen, das uns mit trotziger Miene erklärte, sie sei froh, daß ihr Vater tot ist, und sie wolle die Hand segnen, die ihn niedergestreckt hat. Eine unheimliche Atmosphäre hatte der Schwarze Peter in seiner häuslichen Umgebung geschaffen, und wir atmeten erleichtert auf, als wir wieder draußen in der Sonne waren und einen Pfad entlanggingen, den er ausgetreten hatte.

Die Hütte war äußerst primitiv: Holzwände, Schindeldach, ein Fenster neben der Tür und eins auf der Rückseite. Stanley Hopkins holte den Schlüssel aus der Tasche und wollte gerade aufschließen, als er plötzlich überrascht innehielt und das Schloß genauer betrachtete.

„Hier hat sich doch jemand zu schaffen gemacht", sagte er.

Darüber konnte in der Tat kein Zweifel bestehen. Der Farbanstrich der Tür wies ganz frische, tiefe Kratzspuren auf, aus denen das helle Holz hervorschimmerte. Holmes untersuchte das Fenster.

„Auch hier hat jemand einzudringen versucht. Wer immer es war, es ist ihm nicht gelungen. Muß ein ziemlich dilettantischer Einbrecher gewesen sein."

„Das ist ja sehr merkwürdig", sagte der Inspektor. „Ich könnte schwören, daß diese Kratzer gestern abend noch nicht da waren."

„Vielleicht ein Neugieriger aus dem Dorf", schlug ich vor.

„Sehr unwahrscheinlich. Kaum jemand würde es wagen, das Grundstück zu betreten, geschweige denn, gewaltsam in die Kajüte einzudringen. Was meinen Sie, Mr. Holmes?"

„Ich glaube, daß Fortuna uns hold ist."

„Sie meinen, er wird wiederkommen?"

„Das ist anzunehmen. Als er herkam, hoffte er, die Tür offen vorzufinden. Er versuchte, sich mit Hilfe der Klinge eines sehr kleinen Federmessers Eintritt zu verschaffen. Das gelang nicht. Was blieb ihm also übrig?"

„In der nächsten Nacht mit einem geeigneteren Werkzeug wiederzukommen."

„Das glaube ich auch. Und es wäre geradezu unhöflich von uns, ihn nicht in Empfang zu nehmen. Aber lassen Sie mich jetzt das Innere der Kajüte in Augenschein nehmen."

Die Spuren des Blutbades hatte man beseitigt, die Einrichtung des kleinen Raumes war jedoch noch genauso wie in der Tatnacht. Zwei Stunden lang untersuchte Holmes mit äußerster Konzentration jeden einzelnen Gegenstand, doch wie man von seinem Gesicht ablesen konnte, verlief die Suche ziemlich erfolglos. Nur einmal unterbrach er seine geduldige Kleinarbeit für einen Moment.

„Haben Sie etwas von diesem Wandbrett genommen, Hopkins?"

„Nein, ich habe nichts angerührt."

„Hier ist aber etwas entfernt worden. An dieser Stelle liegt weniger Staub auf dem Bord als sonst. Es könnte ein Buch oder eine Schachtel gewesen sein. Nun ja, mehr kann ich im Augenblick nicht tun. Kommen Sie, Watson, machen wir einen Spaziergang in den herrlichen Wald, erholen wir uns ein paar Stunden bei Vogelgezwitscher und Blumen. Wir treffen uns dann später

hier wieder, Hopkins, und versuchen, den Herrn, der gestern nacht seine Visitenkarte hinterlassen hat, etwas näher kennenzulernen."

Es war schon nach dreiundzwanzig Uhr, als wir unseren kleinen Hinterhalt bezogen. Hopkins wollte die Tür der Hütte unverschlossen lassen, aber Holmes war der Meinung, daß dies den Unbekannten mißtrauisch machen könnte. Das Schloß hatte eine ganz einfache Konstruktion, schon eine starke Messerklinge würde genügen, um es zu öffnen. Außerdem schlug Holmes vor, daß wir nicht im Innern der Hütte, sondern draußen, hinter den Büschen am rückwärtigen Fenster, warten sollten. Auf diese Weise könnten wir den Mann beobachten, wenn er Licht machte, und vielleicht auch herausbekommen, was der Zweck seines verstohlenen nächtlichen Besuchs war.

Die Nachtwache wurde lang und trübsinnig, und doch erzeugte sie in uns etwas von dem Nervenkitzel, den der Jäger spürt, wenn er bei der Tränke auf der Lauer liegt und auf das Auftauchen des durstigen Raubtiers wartet. Welche unheimliche Kreatur mochte sich in der Dunkelheit an uns heranschleichen? War der Einbrecher seinem Charakter nach ein wütender Tiger, der sich erst nach wildem Kampf mit Klauen und Zähnen überwältigt gibt, oder ein feiger Schakal, der nur den Schwachen und Wehrlosen gefährlich wird?

Lautlos hockten wir in den Büschen und harrten der Dinge, die da kommen sollten. Anfangs brachten uns die Schritte einiger Spätheimkehrer oder vereinzelte Stimmen aus dem Dorf noch etwas Abwechslung, aber nach und nach erstarben diese Geräusche, und absolute Stille senkte sich über uns. Nur noch das Schlagen der fernen Kirchturmuhr erinnerte uns an die verrinnende Zeit, während wir unter dem Blätterdach hockten, auf das ein feiner Regen klopfte.

Es hatte gerade halb drei Uhr geschlagen – die dunkelste Stunde, die der Morgendämmerung vorangeht –, als wir alle zusammenzuckten, denn vom Eingangstor her kam ein leises, aber scharfes Klicken. Jemand hatte den Zufahrtsweg betreten. Wieder folgte eine lange Stille, und ich dachte schon, es sei falscher Alarm gewesen, als wir behutsame Schritte auf der anderen Seite der Hütte hörten und kurz darauf metallisches Kratzen und Knacken. Der Mann versuchte, das Schloß aufzubrechen. Diesmal hatte er mehr Geschick oder besseres Werkzeug, jedenfalls hörten wir plötzlich ein Schnappen, dann das Quietschen der Türangeln. Ein Streichholz wurde angerieben, und im nächsten Augenblick erhellte das ruhige Licht einer Kerze das Innere der Hütte. Gespannt schauten wir, durch die Tüllgardine des Fensters kaum behindert, auf die Szene.

Der nächtliche Besucher war ein schmächtiger junger Mann mit einem schwarzen Bart, der die außergewöhnliche Blässe seines Gesichts noch hervorhob. Er konnte kaum älter als zwanzig Jahre sein. Ich hatte noch nie einen Menschen in einem derart bedauernswerten Zustand der Angst gesehen, denn seine Zähne schlugen aufeinander, und er zitterte am ganzen Körper. Gekleidet war er wie ein Gentleman, trug eine Norfolk-Jacke, Knickerbocker und eine Tuchmütze. Wir sahen, wie er sich ängstlich umblickte. Dann stellte er den Kerzenstummel auf den Tisch und ging in eine Ecke des Zimmers, wodurch er unseren Blicken entschwand. Als er wieder auftauchte, hatte er ein großformatiges Buch in der Hand, eins der Logbücher aus der Reihe auf dem Wandbrett. Über den Tisch gebeugt, blätterte er hastig die Seiten durch, bis er die gesuchte Stelle gefunden hatte. Dann schlug er wütend mit der Faust auf den Tisch, klappte das Buch zu, schaffte es zurück in die Ecke und löschte das Licht. Dem Burschen blieb kaum noch genügend Zeit, die Hütte zu verlassen, da verriet sein lauter Aufschrei auch schon, daß Hopkins ihn am Kragen gepackt und festgenommen hatte. Die Kerze wurde wieder angezündet, und wir sahen nun unseren kläglichen Gefangenen, der unter dem Griff des Inspektors zitterte und schlotterte. Er sank auf die Seekiste und blickte uns hilflos an.

„Nun, Freundchen", sagte Stanley Hopkins, „wer sind Sie, und was wollen Sie hier?"

Der Mann riß sich zusammen, es kostete ihn sichtlich Mühe, uns gefaßt anzublicken.

„Sie sind Detektive, nehme ich an?" sagte er. „Sie glauben, ich hätte etwas mit dem Tod von Kapitän Peter Carey zu tun. Ich versichere Ihnen jedoch, daß ich unschuldig bin."

„Das wird sich herausstellen", sagte Hopkins. „Zunächst einmal: Wie heißen Sie?"

„Mein Name ist John Hopley Neligan."

Ich sah, wie Holmes und Hopkins einen raschen Blick tauschten.

„Was haben Sie hier zu suchen?"

„Versprechen Sie, daß das, was ich Ihnen sagen werde, unter uns bleibt?"

„Nein, natürlich nicht."

„Bin ich Ihnen überhaupt Erklärungen schuldig?"

„Wenn Sie nicht antworten, wird es Ihnen vor Gericht wahrscheinlich schlimm ergehen."

Der junge Mann fuhr zusammen.

„Na gut, ich werde es Ihnen sagen", lenkte er ein. „Warum eigentlich nicht. Aber mir ist keineswegs wohl bei dem Gedanken, daß die alte Geschichte wieder aufgerührt werden soll. Haben Sie jemals von Dawson und Neligan gehört?"

Daß dem nicht so war, konnte ich an Hopkins' Gesicht ablesen, Holmes hingegen zeigte lebhaftes Interesse.

„Sie meinen die Inhaber der West Country Bank", sagte er. „Sie gingen mit einem Defizit von einer Million bankrott und ruinierten damit die Hälfte der Familien von Cornwall. Neligan verschwand."

„Ganz recht. Neligan war mein Vater."

Endlich bekamen wir handfeste Anhaltspunkte. Trotzdem klaffte eine gewaltige Lücke zwischen jenem Bankier, der sich aus dem Staube gemacht hatte, und Kapitän Peter Carey, der mit seiner eigenen Harpune an die Wand gespießt worden war. Wir alle lauschten gespannt dem Bericht des jungen Mannes.

„Eigentlich mußte mein Vater damals alles allein ausbaden, denn Dawson hatte sich schon zur Ruhe gesetzt. Ich war damals erst zehn Jahre alt, konnte jedoch sehr gut die Schande und die Schmach empfinden, die auf uns fiel. Es hieß immer, mein Vater habe alle Aktien gestohlen und sei damit durchgebrannt. Aber das ist nicht wahr. Er war fest davon überzeugt, daß es ihm binnen einer gewissen Frist doch noch gelingen würde, die Aktien einzulösen und damit alle Gläubiger zufriedenzustellen. Kurz bevor der Haftbefehl gegen ihn erlassen wurde, stach er mit seiner kleinen Jacht in See, um nach Norwegen zu fahren. Ich erinnere mich noch gut, wie er am letzten Abend meiner Mutter Lebewohl sagte. Er übergab uns eine Liste der Aktien, die er mitnehmen wollte, und schwor, er würde seine Ehre wiederherstellen; keiner, der ihm vertraut hatte, solle etwas einbüßen. Doch seitdem fehlt jedes Lebenszeichen von ihm. Er und die Jacht verschwanden spurlos. Meine Mutter und ich glaubten, er läge mit all den Wertpapieren auf dem Grund des Meeres. Aber ein guter Freund von uns, der Geschäftsmann ist, entdeckte vor einiger Zeit, daß einige der Aktien, die mein Vater mitgenommen hatte, wieder auf dem Londoner Markt aufgetaucht sind. Sie können sich unsere Überraschung vorstellen! Ich brauchte Monate, um ihre Spur zurückzuverfolgen, und schließlich, nach vielen Irrtümern und Mühen, entdeckte ich als den ursprünglichen Verkäufer Kapitän Peter Carey, den Besitzer dieser Hütte.

Natürlich habe ich ein paar Erkundigungen über den Mann eingezogen. Ich stellte fest, daß der von ihm befehligte Walfänger gerade zu der Zeit aus den arktischen Gewässern zurückkehrte, als mein Vater nach Norwegen segelte. Der Herbst jenes Jahres war sehr stürmisch, es herrschte eine steife Brise aus südlicher Richtung. Es wäre möglich, daß damals die Jacht meines Vaters nach Norden abgekommen und dort mit Kapitän Peter Careys Schiff zusammengetroffen ist. Wenn das stimmt – was ist aus meinem Vater geworden? Auf jeden Fall wollte ich von Peter Carey erfahren, wie diese Aktien auf den Markt gelangt waren, um damit nachzuweisen, daß mein Vater sie nicht verkauft und folglich auch nicht zum Zwecke persönlicher Bereicherung an sich genommen hatte.

Ich kam hierher nach Sussex, um mit dem Kapitän zu sprechen, doch da war er gerade auf so furchtbare Weise umgekommen. Ich las im Untersuchungsbericht eine Beschreibung der Kajüte, in der erwähnt wird, daß sich dort auch die alten Logbücher seines Dampfers befinden. Mir kam eine Idee: Wenn ich nachsehen könnte, was im August 1883 an Bord der ‚Sea Unicorn' geschehen war, vielleicht würde das geheimnisvolle Verschwinden meines Vaters geklärt. Letzte Nacht versuchte ich, an diese Logbücher heranzukommen, ich konnte aber die Tür nicht öffnen. Heute nacht wiederholte ich den Versuch mit etwas mehr Erfolg, mußte aber feststellen, daß die Seiten, die jenen Monat betreffen, herausgerissen worden sind. Und im nächsten Moment war ich schon Ihr Gefangener."

„Ist das alles?" fragte Holmes.

„Ja, alles." Er wich unseren Blicken aus, als er dies sagte.

„Sie haben also nichts hinzuzufügen?"

Er zögerte einen Augenblick.

„Nein, nichts."

„Und vor der gestrigen Nacht sind Sie noch niemals hier gewesen?"

„Nein."

„Und wie wollen Sie dann das erklären?" rief Hopkins und hielt unserem Gefangenen das verhängnisvolle Notizbuch mit dessen Initialen auf der ersten Seite und dem Blutfleck auf dem Einband unter die Nase.

Jetzt brach der Verstörte völlig zusammen. Er vergrub das Gesicht in den Händen und zitterte am ganzen Leibe.

„Wo haben Sie das her?" fragte er stöhnend. „Ich wußte nicht, wo es geblieben ist, und dachte, ich hätte es im Hotel verloren."

„Das genügt", sagte Hopkins streng. „Alles Weitere können Sie vor Gericht sagen. Sie kommen jetzt mit zur Polizeistation. Nun, Mr. Holmes, ich bin Ihnen und Ihrem Freund dankbar, daß Sie sich herbemüht haben, um mir zu helfen. Wie es sich herausstellt, war Ihre Anwesenheit eigentlich nicht notwendig, denn ich hätte auch ohne Sie den Fall zu diesem erfolgreichen Abschluß gebracht. Aber trotzdem vielen Dank. Ich habe für Sie Zimmer im Brambletye Hotel reservieren lassen, also können wir gemeinsam zum Dorf zurückgehen."

„Nun, Watson, was halten Sie von dem Ganzen?" fragte Holmes, als wir am nächsten Morgen wieder heimfuhren.

„Ich sehe Ihnen an, daß Sie nicht zufrieden sind."

„O doch, mein lieber Watson, mehr als zufrieden. Allerdings haben mich Stanley Hopkins' Methoden nicht gerade überzeugt. Ich bin enttäuscht, hätte von diesem Hopkins mehr erwartet. Man soll eine mögliche Alternative so lange im Auge behalten, bis sie völlig ausgeschlossen werden kann. Das ist die erste Regel jeder kriminalistischen Untersuchung."

„Worin besteht denn hier die Alternative?"
„In der Spur, die ich anfangs selbst verfolgt habe. Vielleicht führt sie zu nichts. Das kann ich nicht sagen. Jedenfalls werde ich ihr bis zum Ende nachgehen."
In der Baker Street waren mehrere Briefe für Holmes angekommen. Hastig griff er einen heraus, öffnete ihn und lachte triumphierend.
„Ausgezeichnet, Watson! Die Alternative entwickelt sich. Haben Sie Telegrammformulare zur Hand? Dann schreiben Sie: ‚Sumner, Schiffsagent, Ratcliff Highway. Brauche morgen früh zehn Uhr drei Männer. Basil.' So heiße ich dort in der Gegend. Die andere Nachricht lautet: ‚Inspektor Stanley Hopkins, 46 Lord Street, Brixton. Erwarte Sie morgen neun Uhr dreißig zum Frühstück. Wichtig. Antwort, falls verhindert. Sherlock Holmes.' So, Watson, dieser verflixte Fall spukt mir nun schon zehn Tage im Kopf herum, aber damit schaffe ich ihn mir endgültig vom Hals. Morgen werden wir zum letztenmal etwas davon hören."

Pünktlich zur angegebenen Zeit erschien am nächsten Morgen Inspektor Stanley Hopkins, und wir ließen uns zu dem exzellenten Frühstück nieder, das Mrs. Hudson vorbereitet hatte. Der junge Detektiv war wegen seines Erfolges bester Laune.
„Sie glauben also wirklich, daß Ihre Lösung die richtige ist?" fragte Holmes.
„Einen klareren Fall kann man sich doch gar nicht vorstellen!"
„Mir kommt er nicht so eindeutig vor."
„Da bin ich aber überrascht, Mr. Holmes. Kann man noch mehr Beweise verlangen?"
„Paßt jedes einzelne Indiz in Ihre Lösung?"
„Zweifellos. Ich habe festgestellt, daß der junge Neligan genau am Tag des Verbrechens im Brambletye Hotel abstieg. Er gab vor, Golf zu spielen. Sein Zimmer lag im Erdgeschoß, demnach konnte er jederzeit unbemerkt das Haus verlassen. Noch am selben Abend ging er hinüber nach Woodman's Lee, stellte Peter Carey zur Rede, geriet mit ihm in Streit und tötete ihn mit der Harpune. Dann packte ihn das Entsetzen über seine Tat, und er floh. Dabei verlor er in der Hütte das Notizbuch, das er mitgebracht hatte, um Peter Carey wegen der Aktien zu befragen. Sie haben vielleicht bemerkt, daß einige der Eintragungen mit kleinen Punkten versehen waren, andere jedoch, und zwar die überwiegende Mehrheit, nicht. Die markierten Wertpapiere sind auf dem Londoner Aktienmarkt aufgetaucht, während sich die anderen vermutlich noch in Careys Besitz befanden. Der junge Neligan wollte sie – wie er ja selbst zugab – wiederhaben, um die Gläubiger seines Vaters zufriedenzustellen. Nach seiner Flucht wagte er es eine Zeitlang nicht, zur

Hütte zurückzukehren, aber dann überwand er sich, denn er wollte Gewißheit haben über den Tod seines Vaters. Na, ist denn das nicht alles einfach und einleuchtend?“

Holmes lächelte und schüttelte den Kopf.

„Diese Version hat nur einen einzigen Nachteil, Hopkins, nämlich, unmöglich zu sein. Haben Sie schon mal versucht, eine Harpune durch einen Körper zu jagen? Nein? Wie bedauerlich, Verehrtester. Sie sollten wirklich mehr auf Einzelheiten achten. Mein Freund Watson kann Ihnen bestätigen, daß ich einen ganzen Morgen mit diesem Experiment zugebracht habe. Die Sache ist nicht einfach, man braucht schon einen starken und trainierten Arm dazu. Außerdem wurde dieser Stoß mit solcher Gewalt geführt, daß die Spitze der Waffe noch tief in die Wand eindrang. Glauben Sie wirklich, daß dieser blutarme Jüngling zu einem derartigen Kraftakt in der Lage war? Ist er der Mann, mit dem der Schwarze Peter spät in der Nacht Rum trank? War es sein Profil, das man zwei Nächte zuvor hinter dem Fenster beobachtet hat? Nein, nein, Hopkins, wir müssen nach einem anderen, viel kräftigeren Mann suchen.“

Während Holmes sprach, wurde Hopkins’ Gesicht länger und länger. Seine ehrgeizigen Hoffnungen zerfielen zu Staub. Aber kampflos wollte er seine Position nicht räumen.

„Sie werden doch nicht bestreiten, daß Neligan in der Mordnacht in der Hütte war, Mr. Holmes. Das Notizbuch zeugt davon. Ich glaube, ich habe genügend Beweise, um die Geschworenen zu überzeugen, selbst wenn Sie Einzelheiten zerpflücken können. Außerdem habe ich meinen Täter schon verhaftet, Mr. Holmes. Und wo ist Ihr furchtbarer Kraftmensch, wo denn?“

„Ich glaube, er kommt soeben die Treppe herauf“, sagte Holmes ruhig. „Watson, halten Sie bitte Ihren Revolver griffbereit.“ Er stand auf und legte ein Schriftstück auf ein Seitentischchen. „Jetzt sind wir soweit“, sagte er.

Von draußen drangen rauhe Stimmen an unser Ohr, dann öffnete Mrs. Hudson die Tür und meldete, es seien drei Männer gekommen, die Kapitän Basil zu sprechen wünschten.

„Lassen Sie sie der Reihe nach eintreten“, sagte Holmes.

Der erste war ein pausbäckiger kleiner Mann mit gerötetem Gesicht und flauschigem weißem Backenbart. Holmes zog einen Brief aus der Tasche.

„Ihr Name?“ fragte er.

„James Lancaster.“

„Tut mir leid, Lancaster, die Mannschaft ist schon vollzählig. Hier haben Sie einen halben Sovereign für Ihre Mühe. Gehen Sie da ins Nebenzimmer und warten Sie ein paar Minuten.“

Der zweite Mann war lang und dürr, mit glattem Haar und blassen

Wangen. Sein Name war Hugh Pattins. Auch er wurde abgelehnt, bekam seine Entschädigung und den Befehl zu warten.

Der dritte Bewerber hatte einen bemerkenswerten Körperbau. Sein finsteres Bulldoggengesicht wurde von dichtem Kopf- und Barthaar eingerahmt, und unter buschig herabhängenden Brauen funkelten dunkle, verwegene Augen. Er salutierte seemännisch und blieb stehen, während er seine Mütze in den Händen drehte.

„Sie heißen?“ fragte Holmes.

„Patrick Cairns.“

„Sind Harpunierer?“

„Jawohl, Sir. Sechsundzwanzig Fahrten.“

„Aus Dundee, wie?“

„Jawohl, Sir.“

„Sind Sie bereit, auf einem Forschungsschiff anzuheuern?“

„Jawohl, Sir.“

„Wieviel verlangen Sie?“

„Acht Pfund den Monat.“

„Können Sie sofort aufbrechen?“

„Jawohl, brauch nur meinen Seesack zu schnappen.“

„Ihre Papiere haben Sie bei sich?“

„Jawohl, Sir.“ Er zog ein Bündel abgegriffener und speckiger Dokumente aus der Tasche. Holmes musterte sie und gab sie ihm zurück.

„Sie sind genau der Mann, den ich suche“, sagte er. „Dort auf dem Tisch liegt der Kontrakt. Unterschreiben Sie, und die Sache ist perfekt.“

Der Seemann stampfte durch das Zimmer und ergriff die Feder.

„Soll ich hier unterschreiben?“ fragte er und beugte sich über den Tisch.

Holmes blickte ihm über die Schulter, und plötzlich schnellte er nach vorn.

„Das genügt“, sagte er.

Ich hörte ein metallisches Klicken, dann folgte ein Brüllen wie von einem gereizten Stier. Im nächsten Augenblick wälzten sich Holmes und der Seemann auf dem Boden und rangen miteinander. Cairns verfügte über solche Bärenkräfte, daß er trotz der Handschellen, die ihm Holmes so blitzschnell angelegt hatte, drauf und dran war, meinen Freund zu überwältigen, so daß Hopkins und ich hinzusprangen. Erst als ich ihm die Mündung des Revolvers gegen die Schläfe preßte, begriff er, daß jeder Widerstand zwecklos war. Wir fesselten ihm die Füße mit einer Schnur und richteten uns keuchend auf.

„Ich bin wirklich untröstlich, Hopkins“, sagte Sherlock Holmes. „Ich fürchte, die Rühreier sind inzwischen kalt geworden. Aber der Rest des Frühstücks wird Ihnen um so besser schmecken, wenn Sie daran denken, wie Sie Ihren Fall zu einem triumphalen Abschluß gebracht haben, nicht wahr?“

Stanley Hopkins war vor Verblüffung sprachlos.

„Ich weiß nicht, was ich sagen soll", preßte er dann mit hochrotem Kopf hervor. „Mir scheint, ich habe mich von Anfang an wie ein Idiot benommen. Jetzt begreife ich, was ich nie hätte vergessen sollen: daß Sie der Meister sind und ich der Schüler. Doch selbst jetzt, wo ich Ihrem Kunststück zusehen konnte, weiß ich weder, wie Sie es zuwege gebracht haben, noch, was es bedeuten soll."

„Nun ja, nun ja", sagte Holmes gutmütig. „Wir alle werden durch Erfahrung klug. Diesmal mußten Sie lernen, daß Sie nie eine Alternative außer Betracht lassen dürfen. Sie haben sich so auf den jungen Neligan versteift, daß Sie keinen Gedanken mehr für Patrick Cairns übrig hatten, den wirklichen Mörder von Peter Carey."

Die rauhe Stimme des Seemanns unterbrach unsere Unterhaltung.

„Hören Sie, Mister", sagte er, „ich will mich ja nicht über die Tricks beklagen, mit denen Sie mich geschnappt haben, aber man sollte die Dinge doch beim richtigen Namen nennen. Sie sagen, ich habe Peter Carey ermordet. Ich sage, ich habe ihn getötet, und das ist ja wohl ein mächtiger Unterschied. Bestimmt glauben Sie mir nicht und denken, ich spinne Ihnen Seemannsgarn vor."

„Aber durchaus nicht", sagte Holmes. „Lassen Sie hören, was Sie zu sagen haben."

„Viel ist es nicht, aber die reine Wahrheit, bei Gott. Ich kannte den Schwarzen Peter gut genug, und als er sein Messer vorholte, da mußte ich ihm einfach eine Harpune verpassen, denn ich wußte, es hieß: er oder ich. So ist er gestorben. Meinetwegen nennen Sie's Mord. Ist ja auch egal, mit 'm Strick um den Hals bin ich genausoschnell weg wie mit seinem Messer in der Brust."

„Wie ist es dazu gekommen?" fragte Holmes.

„Ich erzähl's Ihnen von Anfang an. Richten Sie mich bloß ein bißchen auf, damit ich besser reden kann. Die Sache passierte 1883 im August. Peter Carey war Käpt'n auf der ‚Sea Unicorn', ich der Ersatzharpunierer. Wir waren gerade aus dem Eis raus und dampften langsam nach Hause – war ja Gegenwind, die Brise kam schon eine Woche lang nur aus Süden –, da kreuzte so eine Nußschale auf. Muß nördlich vom Kurs abgekommen sein. War nur noch der Skipper an Bord, ein Landsmann. Die Besatzung hat gedacht, die Jacht geht unter, und ist mit dem Beiboot los zur norwegischen Küste. Schätze, die sind alle abgesoffen. Nun ja, wir holten ihn an Bord, und dann hat er sich die halbe Nacht mit dem Käpt'n in der Kajüte unterhalten. Außer einer Blechschachtel hatte er kein Gepäck. Seinen Namen hab ich nie gehört, und in der zweiten Nacht war er weg, grad, als wär er nie dagewesen. Er hätte sich über Bord gestürzt, hieß es, oder sei bei dem rauhen Wetter von Deck gespült worden. Nur ein Mann wußte, was mit ihm passiert war, und das war ich. Mit eigenen Augen hab ich gesehn, wie ihn der Käpt'n auf einmal an den Hacken packte und über die Reeling kippte. Das war in der mittleren Nachtwache, zwei Tage, ehe wir das Leuchtfeuer von Shetland sichteten.

Na, ich behielt das erst mal schön für mich und paßte auf, was noch passieren würde. Als wir in Schottland ankamen, wurde die Sache einfach vertuscht, kein Mensch fragte danach. Ein Fremder war bei 'nem Unfall umgekommen, was ging's uns an? Peter Carey gab dann auf einmal die Seefahrt auf, und es dauerte ein paar Jährchen, bis ich rauskriegen konnte, wo er steckte. Ich dachte mir, wenn er 'nen Mord riskiert hat, um an die Blechschachtel zu kommen, dann war was Wertvolles drin, also kann er mir ruhig was davon abgeben, damit ich weiter das Maul halte.

Ein Seemann, der ihn zufällig in London getroffen hatte, erzählte mir, wo er wohnt. Also ging ich gleich mal längsseits, um ihn ein bißchen anzuzapfen. Am ersten Abend war er auch ganz vernünftig und versprach mir so viel, daß ich mein Lebtag nicht mehr auf See gemußt hätte. Zwei Tage später wollten wir die Sache dann richtig ins Lot bringen. Aber als ich wieder aufkreuzte, war er voll und in Stinklaune. Wir setzten uns hin, kippten ein paar und klönten über die alten Zeiten. Aber je mehr er schluckte, desto weniger gefiel mir seine Visage. Ich sah dann die Harpune an der Wand, dachte mir, vielleicht brauchst du sie noch, bevor die Sache geregelt ist. Und richtig, auf einmal fängt er an zu toben und zu fluchen, kriegt 'nen richtigen Mordblick und will mit 'nem langen Messer auf mich los. Aber er hatt's noch nicht aus der Scheide, da saß ihm die Harpune schon in der Brust. Mein Gott, wie der gebrüllt hat! Und sein Gesicht erst – ich seh's heute noch im Schlaf! Ich stand ganz starr vor Schreck, und sein Blut spritzte nur so um mich rum, aber als alles ruhig blieb, hab ich mir ein Herz gefaßt. Ich sah mich ein bißchen um und fand die Blechschachtel auf dem Wandbrett. Peter Carey konnte damit sowieso nichts mehr anfangen, also nahm ich sie mit und machte, daß ich aus der Hütte kam. Dabei hab ich Blödmann meinen Knaster auf dem Tisch liegengelassen.

Und nun kommt das Merkwürdigste an der ganzen Geschichte: Kaum war ich draußen, da hör ich, wie jemand kommt, und verstecke mich im Gebüsch. Sehe schließlich einen Mann heranschleichen, er geht rein in die Hütte, schreit, als hätt er den Klabautermann gesehen, und rennt wie 'n geölter Blitz davon. Ich hab keine Ahnung, wer er war oder was er wollte. Jedenfalls konnte ich mich dann unbemerkt aus dem Staub machen, bin zehn Meilen gelaufen und hab dann in Turnbridge Wells den Zug nach London genommen.

Na, als ich dann die Schachtel aufmachte, fand ich kein Geld drin, nur Papiere, und ich hatte Angst, sie zu verscheuern. Ich war ohne einen Shilling in London gestrandet, und den Schwarzen Peter konnt ich nun auch nicht mehr ausquetschen. Was blieb mir anderes übrig, als wieder anzumustern? Ich sah die Zeitungsanzeigen durch, wo Harpunierer für gutes Geld gesucht wurden, ging zu den Schiffsagenten, und die haben mich hierhergeschickt. Das ist alles, was ich weiß, aber eins will ich noch mal sagen: Wenn ich den Schwarzen Peter auch getötet hab, so kann mir das Gericht trotzdem nur dankbar sein, denn dadurch braucht es kein Geld für 'nen Hanfstrick auszugeben."

„Eine sehr klare Aussage", meinte Holmes, stand auf und zündete sich eine Pfeife an. „Ich glaube, Hopkins, Sie sollten keine Zeit verlieren und Ihren Gefangenen in sicheren Gewahrsam bringen. Erstens eignet sich dieses Zimmer nicht besonders als Zelle, und zweitens nimmt uns Mr. Patrick Cairns zuviel Platz weg."

„Mr. Holmes", sagte Hopkins, „ich weiß gar nicht, wie ich Ihnen meine Dankbarkeit erweisen soll. Aber selbst jetzt begreife ich immer noch nicht, wie Sie zu diesem Ergebnis gekommen sind."

„Ganz einfach, indem ich glücklicherweise gleich am Anfang den richtigen Ansatzpunkt fand. Wenn ich dieses Notizbuch gekannt hätte, wäre ich höchstwahrscheinlich wie Sie auf die falsche Fährte gelockt worden. Aber was ich damals sah, deutete alles in eine Richtung. Die erstaunliche Kraft und Geschicklichkeit im Umgang mit der Harpune, der Rum, der aus Seehundfell gemachte Tabaksbeutel mit dem starken Kraut, alle diese Indizien wiesen auf einen Seemann hin, und zwar auf einen Walfänger. Ich war überzeugt, daß die Buchstaben ‚P. C.' in dem Beutel nur zufällig mit Peter Careys Initialen übereinstimmten, denn dieser rauchte selten, und eine Pfeife hatte man in seiner Kajüte auch nicht gefunden. Sie erinnern sich an meine Frage, ob Whisky und Brandy vorhanden gewesen seien. Sie bestätigten das. Wie viele Landratten würden wohl Rum getrunken haben, wenn ihnen diese anderen Sorten auch noch zur Verfügung standen? Ja, es konnte kein anderer als ein Seemann gewesen sein."

„Und wie haben Sie ihn gefunden?"

„Aber, mein Bester, das war ja nur noch ein Kinderspiel. Wenn es sich um einen Seemann handelte, so doch wohl um einen aus der Besatzung der ‚Sea Unicorn'. Soweit ich feststellen konnte, ist Carey auf keinem anderen Schiff gefahren. Ich habe dreimal nach Dundee telegrafiert, bis ich schließlich die Mannschaftsliste aus dem Jahre 1883 in den Händen hielt. Als ich dann einen gewissen Patrick Cairns unter den Harpunierern fand, waren meine Nachforschungen fast schon beendet. Ich rechnete damit, daß sich der Mann gegenwärtig in London aufhielt und sicherlich ganz gern für eine Weile außer Landes gehen würde. Also trieb ich mich ein paar Tage als Kapitän Basil im East End herum, gab vor, eine Forschungsexpedition in die Arktis vorzubereiten, machte ein äußerst verlockendes Angebot für Harpunierer – und das Ergebnis haben Sie ja gesehen."

„Wundervoll!" rief Hopkins aus. „Einfach sagenhaft!"

„Sie müssen dafür sorgen, daß der junge Neligan so schnell wie möglich auf freien Fuß gesetzt wird", sagte Holmes. „Ich glaube, Sie sollten sich in aller Form bei ihm entschuldigen. Die Blechschachtel muß ihm ausgehändigt werden. Freilich sind die Aktien, die Peter Carey bereits veräußert hat, für immer verloren. Da ist ja auch schon die Droschke, in der Sie Ihren Gefangenen abtransportieren können, Hopkins. Sollten Sie mich für die Gerichtsverhandlung brauchen – Watson und ich werden uns irgendwo in Norwegen aufhalten. Die genaue Adresse lasse ich Ihnen noch zukommen."

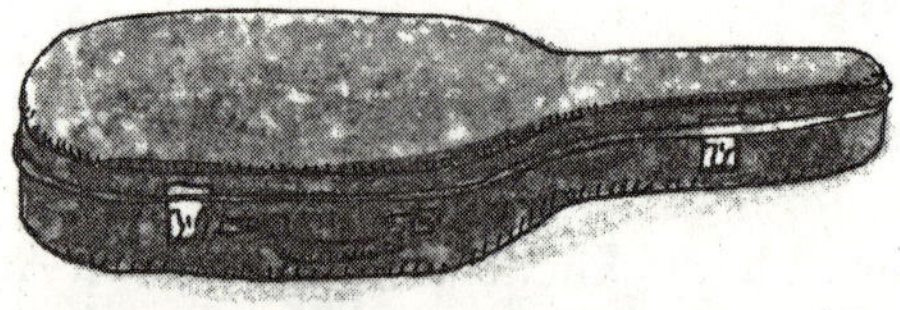

Das Duell mit Charles August Milverton

Obwohl die Ereignisse, von denen ich spreche, nun schon Jahre zurückliegen, kann ich sie nur andeutungsweise darstellen. Bis vor kurzem wäre eine Veröffentlichung der Tatsachen, selbst bei größter Diskretion und Zurückhaltung, ganz und gar unmöglich gewesen. Mittlerweile jedoch untersteht die Person, auf die es Rücksicht zu nehmen galt, nicht mehr der menschlichen Gerichtsbarkeit. So hoffe ich, daß die Geschichte – mit entsprechenden Aussparungen – niemandem mehr zum Schaden gereichen wird. Sie berichtet von einem absolut einmaligen Fall in der Laufbahn von Mr. Sherlock Holmes.

Der Leser wird mir verzeihen, wenn ich das genaue Datum sowie andere Anhaltspunkte verschweige, von denen man auf das tatsächliche Geschehen schließen könnte.

An jenem frostkalten Winterabend kehrten Holmes und ich gegen sechs Uhr von unserem üblichen Spaziergang zurück. Als Holmes die Gasbeleuchtung heller drehte, fiel das Licht auf eine Visitenkarte, die auf dem Tisch lag. Er warf einen Blick darauf und schleuderte sie dann angewidert zu Boden. Ich hob sie auf und las:

CHARLES AUGUST MILVERTON
Appledore Towers,
Hampstead
Vertreter

„Wer ist das?“ fragte ich.

„Der übelste Kerl von ganz London“, antwortete Holmes, der sich inzwischen gesetzt hatte und die Beine vor dem Kaminfeuer ausstreckte. „Steht irgend etwas auf der Rückseite?“

Ich wendete das Kärtchen.

„Werde Sie halb sieben Uhr nochmals aufsuchen. C. A. M.“, las ich vor.

„Hm! Dann muß er bald kommen. Beschleicht Sie manchmal ein Schaudern, Watson, wenn Sie im Zoo vor den Giftschlangen stehen und die schimmernden gleitenden Reptile mit ihren toten Augen und den bösartigen, platten Köpfen betrachten? Nun, so etwa wirkt Milverton auf mich. Von den rund fünfzig Mördern, die mir in meiner bisherigen Laufbahn begegneten, erregte nicht einmal der schlimmste einen solchen Abscheu in mir wie dieser Kerl. Und doch muß ich mich mit ihm abgeben. Ich sah mich sogar gezwungen, ihn einzuladen."

„Wovon lebt er denn?"

„Das kann ich Ihnen genau sagen, Watson. Er gilt als König der Erpresser. Der Himmel sei der Person gnädig, über die Milverton etwas Nachteiliges ausschnüffelt! Mit lächelndem Gesicht und steinernem Herzen preßt und quetscht er sie aus bis auf den letzten Penny. Auf seine Art ist der Kerl ein Genie und hätte in einem weniger schmutzigen Geschäft sicher Beachtliches leisten können. Seine Methode sieht etwa folgendermaßen aus: Er läßt durchblicken, daß er bereit ist, für Briefe, die wohlhabende und hochgestellte Personen kompromittieren, sehr hohe Summen zu zahlen. Diese Unterlagen bekommt er nicht nur von verräterischen Kammerdienern oder Zofen, sondern hin und wieder auch von vornehmen Strolchen, die sich das Vertrauen und die Zuneigung einer arglosen Frau erschlichen haben. Er läßt sich durchaus nicht lumpen. Ich kenne einen Fall, wo er einem Lakaien siebenhundert Pfund für eine kaum zweizeilige Botschaft hinblätterte – die Sache führte zum Ruin einer Adelsfamilie. Alles käufliche Belastungsmaterial gelangt zu Milverton. Mittlerweile gibt es in dieser großen Stadt Hunderte von Personen, die bei der bloßen Erwähnung seines Namens blaß werden. Niemand weiß, wo er als nächstes zupacken wird, denn er ist viel zu reich und gerissen, um von der Hand in den Mund zu leben. Manchmal hält er eine Trumpfkarte jahrelang zurück und spielt sie erst dann aus, wenn ihr Einsatz den höchsten Gewinn bringt. Ich nannte ihn vorhin den übelsten Kerl von London, und ich frage Sie, Watson: Kann man einen Strolch, der seinen Kumpan aus Wut niederschlägt, überhaupt mit diesem Mann vergleichen, der gemächlich und systematisch Seelen peinigt und Nerven zerrüttet, um seinen ohnehin prallen Geldbeutel noch voller zu machen?"

Selten hatte ich meinen Freund so aufgebracht gesehen.

„Aber der Arm des Gesetzes", sagte ich, „muß den Burschen doch fassen können."

„Theoretisch zweifellos, aber praktisch sieht das anders aus. Was nützt es zum Beispiel einer Dame, ihn für ein paar Monate hinter Gitter zu bringen, wenn sie damit unweigerlich ihren eigenen Ruin heraufbeschwört? Seine Opfer scheuen vor juristischen Maßnahmen zurück. Wenn er sich mit fingiertem Belastungsmaterial auf eine unschuldige Person ansetzen ließe, dann könnten wir ihm allerdings das Handwerk legen, aber er riecht den Teufelsbraten wie Satan persönlich. Nein, nein, wir müssen uns etwas anderes gegen ihn einfallen lassen."

„Weshalb sucht er uns eigentlich auf?"

„Weil mir eine angesehene Klientin ihren bedauernswerten Fall anvertraut hat. Es handelt sich um Lady Eva Blackwell, die außerordentlich reizende Debütantin der letzten Saison. In vierzehn Tagen soll sie mit dem Grafen von Dovercourt vor den Traualtar treten. Unsere Zecke besitzt nun einige unvorsichtige Briefe von ihrer Hand – mehr als unvorsichtig kann man sie wirklich nicht nennen, Watson –, die an einen jungen verarmten Landadligen geschrieben wurden. Immerhin, sie würden ausreichen, um die Eheschließung zu vereiteln. Falls Milverton eine hohe Geldsumme nicht bekommt, will er die Briefe an den Grafen schicken. Ich soll mit Milverton sprechen und einigermaßen annehmbare Bedingungen aushandeln."

In diesem Augenblick tönten Gerassel und Hufschlag von der Straße herauf. Ich trat ans Fenster und sah unten eine vornehme zweispännige Karosse; das helle Licht ihrer Laternen fiel auf die Flanken stolzer Braunfüchse. Ein Lakai öffnete den Schlag, und ein untersetzter Mann in zottigem Pelzmantel stieg aus. Einige Minuten später betrat er unser Zimmer.

Charles August Milverton war ein Mann von etwa fünfzig Jahren, mit rundem, plumpem Babygesicht, auf dem ein ständiges Lächeln eingefroren war, und durchdringenden grauen Augen, die wachsam hinter dicken, goldgerahmten Brillengläsern lauerten. Etwas von Mr. Pickwicks Gutmütigkeit lag in seinem Auftreten, nur die Unaufrichtigkeit des starren Lächelns und das kalte Glitzern der rastlosen, stechenden Augen paßten nicht dazu. Die Stimme war so glatt und verbindlich wie seine Miene, als er mit ausgestreckter Hand näher trat und bedauerte, uns bei seinem ersten Besuch nicht angetroffen zu haben. Holmes übersah die dargebotene kleine fette Hand und blickte den Besucher mit unbewegtem Gesicht an. Milvertons Lächeln wurde breiter, er zuckte die Schultern. Dann zog er seinen Mantel aus, faltete ihn bedächtig zusammen, legte ihn über die Lehne eines Sessels und nahm Platz.

„Und dieser Gentleman?" fragte er mit einer Handbewegung in meine Richtung. „Nennen Sie das Diskretion? Halten Sie so Ihr Wort?"

„Dr. Watson ist mein Freund und Partner."

„Wie Sie meinen, Mr. Holmes. Ich protestiere lediglich im Interesse Ihrer Klientin. Die Sache ist derartig delikat..."

„Ich habe Dr. Watson bereits eingeweiht."

„Dann können wir uns gleich dem Geschäftlichen zuwenden. Sie sagen, Sie vertreten Lady Eva. Wurden Sie von ihr ermächtigt, meine Bedingungen zu akzeptieren?"

„Welche Summe fordern Sie?"

„Siebentausend Pfund."

„Und wenn wir ablehnen?"

„Mein lieber Sir, von dieser Möglichkeit spreche ich nur ungern. Aber wenn das Geld nicht am Vierzehnten eintrifft, wird am Achtzehnten ganz sicher keine Hochzeit stattfinden." Sein unerträgliches Lächeln wurde noch selbstgefälliger.

Holmes überlegte eine Weile.

„Mir scheint", sagte er schließlich, „Sie sind sich Ihrer Sache sehr sicher. Ich kenne den Inhalt jener Briefe natürlich. Meine Klientin verläßt sich ganz auf mich. Ich werde ihr raten, daß sie die ganze Geschichte ihrem zukünftigen Gatten erzählen und auf seine Großzügigkeit vertrauen soll."

Milverton kicherte.

„Offenbar kennen Sie den Grafen nicht", sagte er.

Damit hatte er ins Schwarze getroffen, wie ich an dem verblüfften Gesichtsausdruck meines Freundes ablas.

„Welchen Anstoß könnte er an diesen Briefen überhaupt nehmen?" fragte Holmes.

„Sie sind offenherzig – erfrischend offenherzig", antwortete Milverton. „Die Lady war eine entzückende Korrespondentin, wie ich finde. Nur wird der Graf von Dovercourt zweifellos zu einer weniger schmeichelhaften Meinung neigen. Aber da Sie eine andere Auffassung vertreten – bitte. Lassen wir es darauf ankommen. Ich betrachte das als eine reine Geschäftsangelegenheit. Wenn Sie meinen, daß es den Interessen Ihrer Klientin am besten dient, wenn diese Briefe in die Hände des Grafen gelangen, dann wäre es in der Tat unvernünftig von Lady Eva, wollte sie eine so hohe Geldsumme zahlen, um sie zurückzubekommen." Er erhob sich und nahm seinen Pelzmantel.

Vor Zorn und Kränkung war Holmes aschfahl.

„Warten Sie", sagte er. „Nicht so hastig. Wir sollten doch nichts unversucht lassen, um einen Skandal in solch einer delikaten Angelegenheit zu verhindern."

Milverton ließ sich in den Sessel zurückplumpsen.

„Ich wußte, daß Sie Vernunft annehmen würden", schnarrte er.

„Doch gilt es zu berücksichtigen", fuhr Holmes fort, „daß Lady Eva nicht eben über Reichtümer verfügt, sondern nur knapp zweitausend Pfund besitzt. Ich versichere Ihnen, daß sie sich völlig außerstande sieht, die von Ihnen genannte Summe aufzubringen. Sie sollten deshalb Ihre Forderungen mäßigen und die Briefe gegen den von mir genannten Betrag zurückgeben. Zweitausend Pfund, mehr kann sie Ihnen beim besten Willen nicht bieten. Dafür verbürge ich mich."

Milvertons Grinsen wurde noch breiter, seine Augen zwinkerten schalkhaft.

„Ich weiß, daß das, was Sie über die gegenwärtigen Mittel der Lady sagen, der Wahrheit entspricht", erwiderte er. „Doch müssen Sie zugeben, daß die Hochzeit einer Dame für Freunde und Verwandte eine sehr günstige Gelegenheit darstellt, ihr finanziell unter die Arme zu greifen. Vielleicht sind sich manche über ein passendes Hochzeitsgeschenk noch unschlüssig? All jenen darf versichert sein, daß dieses kleine Bündel Briefe mehr Freude bringen würde als alle Armleuchter und Suppenterrinen Londons zusammen."

„Sie verlangen Unmögliches", sagte Holmes.

„Oje, oje, wie schade!" rief Milverton und zog eine dicke Brieftasche hervor. „Ich kann mich des Eindrucks nicht erwehren, daß Damen, die keinen ernsthaften Versuch unternehmen, schlecht beraten sind. Hier zum Beispiel!" Er hielt ein kleines Kuvert in die Höhe, auf dem ein Wappen prangte. „Dieser Brief hier gehört..., nun, vielleicht ist es nicht ganz fair, den Namen vor morgen abend zu nennen. Dann nämlich wird ihn der Gemahl der Lady in den Händen halten. Und das alles nur wegen einer lumpigen Summe, die sie auftreiben könnte, wenn sie ihre Diamanten versetzte. Wirklich jammerschade! Oder vielleicht erinnern Sie sich an die plötzliche Lösung des Verlöbnisses zwischen der ehrenwerten Miß Miles und Colonel Dorking? Nur zwei Tage vor der Hochzeit erschien eine entsprechende Anzeige in der ‚Morning Post'. Und weshalb? Es ist fast unglaublich, aber eine lächerliche Summe von zwölfhundert Pfund hätte die ganze Sache beilegen können. Ist das nicht bedauerlich? Und da kommen Sie, ein intelligenter Mann, und wollen um Kleinigkeiten feilschen, wo doch die Zukunft und die Ehre Ihrer Klientin auf dem Spiel stehen. Sie setzen mich in Erstaunen, Mr. Holmes!"

„Es läßt sich nicht ändern", entgegnete Holmes. „Das Geld kann nicht aufgebracht werden. Es muß doch günstiger für Sie sein, die beträchtliche Summe anzunehmen, die wir bieten, als die Karriere dieser Frau zu ruinieren, was ihnen keinerlei Gewinn brächte?"

„Da irren Sie sich, Mr. Holmes. Von einer Bloßstellung würde ich indirekt beträchtlich profitieren. Gegenwärtig habe ich acht oder zehn ähnliche Fälle laufen. Würde bekannt, daß ich an Lady Eva ein Exempel statuiert habe, so dürfte das meine Kunden sehr viel zugänglicher machen. Können Sie mir folgen?"

Holmes schnellte aus seinem Sessel.

„Packen Sie ihn von hinten, Watson! Er darf nicht entkommen! Nun wollen wir uns doch einmal den Inhalt Ihrer Brieftasche ansehen, Sir."

Flink wie eine Ratte war Milverton zur Seite geglitten und stand nun mit dem Rücken an der Wand.

„Aber, aber, Mr. Holmes", sagte er und entblößte den Griff eines schweren Revolvers, der aus der Innentasche seiner Jacke hervorlugte. „Von Ihnen hätte ich etwas Originelleres erwartet. Diese Sache haben schon viele versucht, sich aber stets ins eigene Fleisch geschnitten. Ich versichere Ihnen, daß ich, ohne zu zögern, von der Waffe Gebrauch machen werde, denn bei

Notwehr weiß ich das Gesetz auf meiner Seite. Außerdem befinden Sie sich mit Ihrer Annahme, daß ich Lady Evas Briefe leichtsinnigerweise mitgebracht hätte, völlig im Irrtum. So etwas Dummes würde ich nie tun. Und nun entschuldigen Sie mich, Gentlemen, denn ich habe heute abend noch einige kleine Unterredungen und muß ja noch den langen Weg nach Hampstead zurückfahren." Er trat vor, nahm seinen Mantel, legte die Hand an den Revolver und wandte sich zur Tür. Ich hob einen Stuhl hoch, aber da Holmes mit dem Kopf schüttelte, stellte ich ihn wieder hin. Mit einer Verbeugung, einem Lächeln und einem Zwinkern verließ Milverton das Zimmer. Wenige Augenblicke darauf hörten wir das Zuschlagen der Kutschentür und die rasselnden Räder des abfahrenden Wagens.

Holmes saß reglos am Feuer, die Hände tief in den Hosentaschen vergraben, das Kinn auf die Brust gesenkt. Seine Augen blickten starr in die schwelende Glut. So verharrte er eine halbe Stunde schweigend. Aber dann schien er einen Entschluß gefaßt zu haben, denn er sprang plötzlich auf und eilte in sein Schlafzimmer. Wenig später setzte ein flotter, etwas wichtigtuerischer junger Handwerker mit keckem Ziegenbärtchen seine Tonpfeife am Gaslicht in Brand. „Ich habe keine Ahnung, wann ich wiederkomme, Watson", sagte er, verließ das Haus und verschwand in der Dunkelheit. Ich begriff, daß Holmes den Kampf gegen Charles August Milverton eröffnet hatte. Aber nicht einmal im Traum ahnte ich, welchen seltsamen Verlauf dieses Duell nehmen sollte.

Ein paar Tage kam und ging Holmes ständig in seiner zünftigen Aufmachung. Einer Bemerkung von ihm entnahm ich, daß er seine Zeit in Hampstead verbrachte, aber was er dort trieb, verriet er mir nicht. Doch als er an einem naßkalten, stürmischen Abend – der Wind heulte und rüttelte an den Fenstern – nach Hause zurückkehrte, legte er seine Verkleidung ab, setzte sich ans Feuer und begann herzlich zu lachen.

„Als heiratslustigen Mann würden Sie mich wohl kaum bezeichnen, Watson?"

„Nein, keineswegs!"

„Es wird Sie interessieren, daß ich verlobt bin."

„Mein lieber Freund! Ich gratu..."

„Mit Milvertons Dienstmädchen."

„Meine Güte, Holmes!"

„Ich brauchte Informationen, Watson."

„Aber sind Sie nicht etwas zu weit gegangen?"

„Es war ein äußerst notwendiger Schritt. Ich gab mich als geschäftstüchtiger Klempner namens Escott aus. Jeden Abend bin ich mit ihr ausgegangen. Meine Güte, diese Gespräche! Doch ich weiß jetzt alles Notwendige. Milvertons Haus kenne ich wie meine eigene Westentasche."

kehrende Theaterbesucher halten sollte. In der Oxford Street nahmen wir eine Droschke und ließen uns zu einer Adresse in Hampstead fahren. Dort entlohnten wir den Kutscher, knöpften unsere weiten Übermäntel fest zu, denn ein eiskalter Wind blies uns entgegen, und marschierten am Rand der Heide entlang.

„Bei dieser Sache müssen wir äußerst behutsam vorgehen", sagte Holmes. „Die Dokumente befinden sich in einem Safe des Arbeitszimmers, das direkt an Milvertons Schlafzimmer grenzt. Andererseits ist er wie alle kleinen dicken Männer, die sich selbst verwöhnen, ein gewaltiger Schläfer vor dem Herrn. Agatha – das ist meine Verlobte – sagt, im Gesindezimmer reißt man Witze darüber, daß nichts den Hausherrn aufwecken kann. Er hat einen Sekretär, der ihm ganz ergeben ist und tagsüber nie das Arbeitszimmer verläßt. Deshalb versuchen wir es nachts. Milverton hält einen bissigen Hund, der normalerweise frei im Garten herumläuft. Seit zwei Tagen sperrt Agatha das Vieh jedoch abends ein, damit ich unbehelligt kommen und gehen kann. Das ist das Haus, das große dort auf dem Grundstück. Wir müssen durch das Tor und dann rechts immer zwischen den Lorbeersträuchern entlang. Ich glaube, wir sollten hier unsere Masken aufsetzen. Sehen Sie, in keinem Fenster brennt Licht – alles läuft wie geschmiert."

Mit den schwarzen Seidenmasken vor unseren Gesichtern müssen wir wie gefährliche Unholde ausgesehen haben, als wir uns vorsichtig an das schweigende düstere Haus heranschlichen. An einer Längsseite des Gebäudes befand sich eine geflieste Veranda, die einige Fenster und zwei Türen hatte.

„Dort liegt sein Schlafzimmer", flüsterte Holmes. „Diese Tür wäre für uns die günstigste, weil sie direkt ins Arbeitszimmer führt. Aber sie ist immer verschlossen und verriegelt. Wir würden beim Aufbrechen zuviel Lärm verursachen. Kommen Sie weiter, hier um die Ecke. Dort befindet sich ein Gewächshaus, von dem man in den Salon gelangt."

Auch die Tür des Gewächshauses war abgeschlossen, aber Holmes schnitt ein rundes Loch in die Glasscheibe und sperrte mit dem von innen steckenden Schlüssel auf. Einen Augenblick später zog er die Tür hinter uns zu, und wir waren in den Augen des Gesetzes zu Verbrechern geworden. Die stickigwarme, von den mannigfaltigsten Düften exotischer Pflanzen gesättigte Treibhausluft nahm uns den Atem. In der Dunkelheit ergriff Holmes meine Hand und führte mich rasch einen Gang zwischen Sträuchern entlang, deren Zweige uns ins Gesicht schlugen. Er besaß die bemerkenswerte, sorgfältig trainierte Fähigkeit, im Dunkeln zu sehen. Mich immer noch an der Hand haltend, öffnete er eine Tür. Vage nahm ich wahr, daß wir uns in einem großen Raum befanden, in dem vor noch nicht langer Zeit eine Zigarre geraucht worden war. Holmes tastete sich an den Möbeln entlang, öffnete eine weitere Tür und schloß sie hinter uns. Als ich meine Hand ausstreckte, fühlte ich mehrere an der Wand hängende Mäntel und begriff, daß ich mich in einem Flur befand. Wir durchquerten ihn auf Zehenspitzen. Dann klinkte Holmes sehr behutsam eine Tür zu unserer Rechten auf. Etwas schoß heraus und sauste an uns vorbei, daß mir der Schreck durch alle Glieder fuhr, aber als ich merkte, daß es nur eine Katze war, bekam ich unbändige Lust zu lachen. In diesem Raum brannte ein Kaminfeuer, und auch hier roch es stark nach Zigarrenrauch. Auf Zehenspitzen stahl sich Holmes hinein, wartete, bis ich ihm gefolgt war, und drückte die Tür dann sehr vorsichtig zu. Wir befanden uns in Milvertons Arbeitszimmer. Auf der gegenüberliegenden Seite machte ein Türvorhang den Eingang zum Schlafzimmer deutlich.

Im Kamin war ein kräftiges Feuer, das den Raum gut ausleuchtete. Neben der Tür bemerkte ich den Schalter für das elektrische Licht. Es anzuknipsen war überflüssig, selbst wenn es gefahrlos möglich gewesen wäre. Neben dem Kamin hing ein weiterer Vorhang. Er verhüllte das Erkerfenster, das wir von draußen gesehen hatten. Auf der anderen Seite sahen wir die Verbindungstür zur Veranda. In der Mitte des Raumes standen ein Tisch und ein Drehsessel aus glänzendem rotem Leder, dahinter ein riesiges Bücherregal, auf dem eine Marmorbüste der Athene prangte. In der Ecke zwischen dem Regal und der Fensterwand erblickte ich einen hohen grünen Safe, dessen polierte Messingknöpfte das zuckende Licht des Kaminfeuers reflektierten. Holmes huschte hinüber und betrachtete ihn eingehend. Dann stahl er sich zur Schlafzimmertür und lauschte angestrengt. Kein Laut war zu vernehmen. Unterdessen fiel mir ein, daß es ratsam wäre, unseren Rückzug durch die Außentür zu sichern. Als ich sie untersuchte, fand ich sie zu meinem Erstaunen weder verschlossen noch verriegelt. Ich berührte Holmes am Arm, und er wandte sein maskiertes Gesicht zur Tür. Ich sah, wie er stutzte. Offenbar überraschte ihn diese Entdeckung ebenso wie mich.

„Gefällt mir gar nicht“, flüsterte er mir ins Ohr. „Ich werde nicht recht schlau daraus. Aber wir dürfen keine Zeit verlieren.“

„Kann ich Ihnen irgendwie helfen?“

„Ja. Bleiben Sie an der Tür. Wenn Sie jemand draußen hören, verriegeln Sie sie, und wir verschwinden durch das Gewächshaus. Kommt jemand aus dem Haus, dann flüchten wir durch die Außentür, aber nur, wenn wir fertig sind, wenn nicht, verbergen wir uns hinter diesen Fenstervorhängen. Verstanden?“

Ich nickte und bezog den Horchposten neben der Tür. Mein anfängliches Angstgefühl verebbte, und ein derart wohliges Prickeln durchrieselte mich, wie ich es kaum verspürt hatte, wenn wir auf der Seite des Gesetzes standen. Der hochherzige Zweck unseres Unternehmens, die Gewißheit, daß es selbstlos und ritterlich war, der schurkische Charakter unseres Gegners – alles das

spornte unseren sportlichen Kampfgeist bei diesem Abenteuer an. Ich fühlte mich nicht im geringsten schuldig, sondern frohlockte angesichts der Gefahr, genoß sie geradezu. Mit glühender Bewunderung beobachtete ich Holmes, der das Köfferchen aufklappte und ruhig und präzise wie ein Chirurg vor einer schwierigen Operation sein Instrument wählte. Ich wußte, daß das Öffnen von Tresoren ein besonderes Steckenpferd von ihm war, und begriff, mit welcher Freude er diesem grüngoldenen Ungeheuer zu Leibe rückte, jenem Drachen, in dessen Wanst das Ansehen vieler unbescholtener Damen steckte. Holmes rollte die Ärmel seines Gesellschaftsanzuges hoch – den Mantel hatte er über einen Stuhl geworfen – und legte zwei Drillbohrer, ein Brecheisen sowie mehrere verstellbare Schlüssel bereit. Ständig eine Störung erwartend, stand ich an der Außentür und behielt die beiden anderen Zugänge im Auge, obwohl mir eigentlich recht unklar war, was ich im Ernstfall unternehmen wollte. Eine halbe Stunde arbeitete Holmes mit angespannter Konzentration, legte ein Instrument nieder, ergriff ein anderes. Er handhabte die Werkzeuge geschickt und sicher wie ein erfahrener Mechaniker. Endlich vernahm ich ein Klicken. Die schwere grüne Stahltür ging auf. Im Innern des Tresors erkannte ich eine Anzahl verschnürter und versiegelter Papierbündel. Holmes nahm eins heraus, weil er aber die Aufschrift auf dem Packen beim flackernden Schein des Feuers schlecht lesen konnte, bückte er sich nach der kleinen Blendlaterne. Plötzlich hielt er inne und lauschte angespannt. Dann stieß er mit einer raschen Bewegung die Tresortür zu, packte den Mantel, stopfte die Werkzeuge in das Köfferchen und schlüpfte hinter den Fenstervorhang.

Erst als ich neben ihm stand, hörte ich, was seine überempfindlichen Sinne alarmiert hatte. Da war ein Geräusch irgendwo im Haus, weit entfernt schlug eine Tür zu, dann folgte undeutliches, dumpfes Gepolter, das in ein gemessenes Stapfen schwerer, rasch näher kommender Schritte überging. Jetzt hörte ich die Schritte schon im Flur. Vor unserem Zimmer endeten sie, die Tür ging auf. Mit scharfem Klicken wurde der elektrische Lichtschalter betätigt. Die Tür fiel wieder ins Schloß, und das beizende Aroma einer starken Zigarre stieg uns in die Nase. Dann wieder die Schritte, ständig hin und her wandernd – jemand ging dicht vor uns auf und ab. Schließlich knarrte ein Stuhl, die Schritte verstummten. Dann wurde eine Schublade geöffnet, und ich hörte Rascheln von Papier.

Jetzt erst wagte ich, die Vorhänge behutsam etwas zu teilen und einen Blick durch den Spalt zu werfen. Der Druck von Holmes' Schulter gegen meine verriet mir, daß er ebenfalls hinausspähte. Direkt vor uns, fast mit dem Arm zu erreichen, befand sich der breite Rücken von Milverton. Offensichtlich hatten wir uns gründlich verrechnet, als wir ihn im Schlafzimmer wähnten. Er mußte sich in einem Rauch- oder Billardzimmer des

Seitenflügels aufgehalten haben, dessen Fenster wir nicht sehen konnten. Wir blickten genau auf die glänzende kahle Stelle an seinem Hinterkopf. Er hatte sich weit in dem Ledersessel zurückgelehnt und die Beine ausgestreckt, eine lange schwarze Zigarre rauchend. Er trug eine halbmilitärische weinrote Rauchjacke mit schwarzem Samtkragen. In der Hand hielt er einen umfangreichen Aktenordner, den er gemächlich studierte, wobei er Rauchkringel blies. Nichts deutete darauf hin, daß er das Zimmer so bald wieder zu verlassen gedachte.

Ich spürte, wie Holmes nach meiner Hand tastete und sie beruhigend drückte, als wollte er mir sagen, daß er Herr der Situation wie seiner Nerven wäre. Ihm entging wohl, was von meiner Position aus nicht zu übersehen war: Die Tür des Safes hatte sich nicht ganz geschlossen. Milverton konnte dies jeden Moment bemerken. Für diesen Fall beschloß ich, sofort vorzuspringen, meinen weiten Übermantel über Milvertons Kopf zu werfen und ihn zu umklammern. Das Weitere wollte ich Holmes überlassen. Aber Milverton blickte nicht ein einziges Mal auf. Sein ganzes Interesse galt der Akte, die er Seite für Seite durcharbeitete. Na schön, dachte ich, wenn er die Unterlagen gelesen und die Zigarre aufgeraucht hat, wird er schließlich zu Bett gehen.

Doch dann nahm das Geschehen auf einmal eine überraschende Wendung, die unsere Überlegungen in eine ganz andere Richtung drängte.

Mehrmals hatte ich bemerkt, daß Milverton auf seine Uhr sah. Einmal war er sogar ungeduldig aufgestanden. Aber daß er zu so später Stunde noch jemanden erwartete, begriff ich erst, als ein schwaches Geräusch von der Veranda her vernehmbar wurde. Milverton legte die Akte beiseite und richtete sich in seinem Sessel auf. Das Geräusch wiederholte sich, dann wurde leicht an die Tür geklopft. Milverton erhob sich und öffnete.

„Wurde auch langsam Zeit“, sagte er barsch, „fast eine halbe Stunde hast du dich verspätet.“

Das also war die Erklärung für die unverschlossene Tür und Milvertons langes Aufbleiben. Ein sanftes Rascheln von Frauenkleidern folgte. Als Milverton zur Tür ging, hatte ich den Spalt zwischen den Vorhängen vorsichtshalber geschlossen, da er auf dem Rückweg in unsere Richtung blicken mußte. Als ich ihn erneut sehr behutsam zu öffnen wagte, saß Milverton bereits wieder auf seinem Platz, noch immer die Zigarre im Mundwinkel. Vor ihm, hell beleuchtet von der elektrischen Deckenlampe, stand eine große, schlanke, dunkelhaarige Frau. Sie trug einen dichten Schleier vorm Gesicht, ihr Kinn wurde vom Kragen eines Umhangs verdeckt. Sie atmete schnell und stoßweise, jeder Zoll ihres geschmeidigen Körpers zitterte vor Erregung.

„Durch dich komme ich um meine wohlverdiente Nachtruhe, mein Täubchen", sagte Milverton. „Nun, hoffentlich nicht umsonst. Zu einer anderen Zeit hättest du wohl nicht kommen können, wie?"

Die Frau schüttelte den Kopf.

„Na schön, lassen wir das – du konntest nicht eher weg. Wenn die Gräfin so eine strenge Herrin ist, dann hast du jetzt Gelegenheit, es ihr heimzuzahlen. Aber, Mädchen, was gibt's denn da zu zittern? So ist es recht. Nimm dich zusammen. So – und nun wollen wir uns dem Geschäftlichen zuwenden." Er nahm ein Schreiben aus der Schublade. „Du sagst, du hast fünf Briefe, die die Gräfin d'Albert kompromittieren. Du willst sie verkaufen. Ich will sie kaufen. So weit, so gut. Dann brauchen wir uns nur noch über den Preis zu einigen. Natürlich müßte ich die Briefe vorher in Augenschein nehmen. Wenn sie brauchbar sind... Um Himmels willen, Sie sind es?"

Wortlos hatte die Frau den Schleier hochgestreift und den Kragen ihres Umhangs geöffnet. Sie blickte düster auf Milverton hinab. Jetzt konnte ich ihr scharf geschnittenes Gesicht, die gebogene Nase, die dichten schwarzen Brauen, unter denen die Augen kalt funkelten, den zusammengepreßten dünnlippigen Mund, um den ein unheilverkündendes Lächeln spielte, sehen.

„Ja, ich bin es", sagte sie, „die Frau, deren Leben Sie ruiniert haben."

Milverton lachte, doch Angst schwang in seiner Stimme mit. „Sie waren so halsstarrig", sagte er. „Warum mußten Sie mich auch zum Äußersten treiben? Glauben Sie mir, wenn es nach mir ginge, ich würde keiner Fliege etwas zuleide tun. Aber schließlich muß ich meine Interessen als Geschäftsmann wahren. Was blieb mir übrig? Der von mir geforderte Preis lag durchaus im Bereich Ihrer Möglichkeiten. Sie weigerten sich zu zahlen."

„Deshalb schickten Sie die Briefe an meinen Gatten, und diesem vortrefflichsten Menschen, dessen Schuhbänder zu lösen ich nicht würdig war, ihm brach es das edle Herz, und er starb. Erinnern Sie sich: Als ich gestern abend zu dieser Tür hereinkam, bat und bettelte ich um Gnade, doch Sie lachten mir ins Gesicht. Auch jetzt versuchen Sie, so zu lachen, nur verraten Ihre zitternden Lippen den erbärmlichen Feigling. Nein, Sie hätten nie gedacht, mich noch einmal hier zu sehen. Aber gestern abend ist mir klargeworden, wie und wann man Sie allein antreffen kann. Nun, Charles Milverton, was haben Sie dazu zu sagen?"

„Glauben Sie ja nicht, daß Sie mich einschüchtern können", sagte dieser, sich erhebend. „Ich brauche nur meine Diener zu rufen und Sie festnehmen zu lassen. Aber diesmal will ich noch Nachsicht üben, denn Ihr Schmerz ist begreiflich. Verlassen Sie sofort das Zimmer, mehr sage ich nicht."

Die Frau rührte sich nicht von der Stelle. Sie hielt die Hände unter dem Umhang verborgen, noch immer lag jenes unheilvolle Lächeln auf ihren schmalen Lippen.

„Sie werden kein Leben mehr zugrunde richten, keine Seele mehr quälen. Aus und vorbei! Ich befreie die Welt von einem räudigen Köter. Nimm das, du Hund – und das! – und das! – und das! – und das!“

Sie hatte einen kleinen blinkenden Revolver gezogen und feuerte Schuß um Schuß in Milvertons Körper, die Mündung kaum zwei Fuß von dem Mann entfernt. Er wollte zurückweichen, kippte aber vornüber auf den Tisch, keuchte fürchterlich und krallte seine Hände in die aufgeschlagene Akte. Dann richtete er sich schwankend auf, doch ein weiterer Schuß traf ihn, und er fiel zu Boden. „Aus und vorbei...“, röchelte er. Danach rührte er sich nicht mehr. Die Frau betrachtete ihn prüfend und bohrte ihren Absatz in sein nach oben gerichtetes Gesicht. Sie vergewisserte sich noch einmal, aber der hingestreckte Körper gab kein Lebenszeichen mehr von sich. Ich hörte ein scharfes Rascheln, kalte Nachtluft fuhr in den geheizten Raum – der Racheengel war verschwunden.

Keine Einmischung von uns hätte den Mann vor seinem Schicksal bewahren können. Dennoch, als die Frau eine Kugel nach der anderen auf Milverton abschoß, war ich drauf und dran, dazwischenzuspringen, spürte jedoch Holmes' unnachgiebigen starken Griff an meinem Handgelenk. Ich verstand die Gründe für jene eiserne Umklammerung, die mich zurückhielt: Es war nicht unsere Angelegenheit, wenn die Gerechtigkeit einen Schurken richtete; wir hatten andere Aufgaben, die wir nicht aus den Augen verlieren durften. Aber kaum war die Frau aus dem Zimmer, da huschte Holmes mit raschen, lautlosen Schritten zur Innentür und schloß sie ab. Im selben Augenblick hörten wir Stimmen und eilige Schritte im Haus. Die Revolverschüsse hatten das Dienstpersonal geweckt. Kaltblütig glitt Holmes hinüber zum Safe, packte einen Armvoll Briefbündel, lief zum Kamin und warf sie ins Feuer. Er mußte den Weg noch zweimal machen, dann erst war der Tresor leer. Jemand rüttelte im Flur an der Klinke und hämmerte gegen die Tür. Holmes spähte rasch umher. Der Brief, der Milverton in die tödliche Falle gelockt hatte, lag ganz blutbespritzt auf dem Tisch. Holmes warf auch ihn in die lodernden Flammen. Dann zog er den Schlüssel von der Außentür ab, schob mich ins Freie und verschloß sie von außen. „Hier entlang", zischte er. „Dort drüben können wir über die Gartenmauer klettern."

Ich hätte nicht geglaubt, daß sich ein Alarm so rasch ausbreiten könnte. Ich blickte mich um: Das riesige Haus war bereits völlig erleuchtet, das Hauptportal stand weit offen, Gestalten eilten den Zufahrtsweg hinab. Der ganze Garten wimmelte von Leuten. Als wir von der Veranda sprangen, schrie ein Bursche: „Da sind sie!" und folgte uns dicht auf den Fersen. Holmes kannte sich auf dem Grundstück offenbar bestens aus. Zielsicher stürmte er durch eine Schonung niedriger Bäumchen, ich ihm nach, und hinter uns keuchte der Verfolger. Eine sechs Fuß hohe Mauer stellte sich uns in den Weg. Holmes sprang sie an und schwang sich hinüber. Während ich mich hochstemmte, spürte ich, wie mich jemand am Fuß packte. Ich strampelte, kam frei und ließ mich einfach über den grasbewachsenen Mauerrand kippen. Kopfüber landete ich in einem Gebüsch, doch sofort riß mich Holmes wieder hoch, und wir gaben schleunigst Fersengeld. Gut zwei Meilen müssen wir durch Hampstead Heath gerannt sein, vermute ich, ehe Holmes endlich anhielt und angestrengt lauschte. Hinter uns blieb alles still. Wir hatten unsere Verfolger abgeschüttelt und waren in Sicherheit.

Am nächsten Tag – wir waren gerade mit dem Frühstück fertig und rauchten unsere Morgenpfeife – ließ sich Inspektor Lestrade vom Scotland Yard melden. Steif und förmlich betrat er unser bescheidenes Wohnzimmer.

„Guten Morgen, Mr. Holmes", sagte er, „guten Morgen. Darf ich fragen, ob Sie zur Zeit sehr beschäftigt sind?"

„Nicht zu beschäftigt, um Sie anzuhören.“

„Ich dachte mir, wenn Sie nichts vorhaben, wären Sie vielleicht nicht abgeneigt, uns bei der Aufklärung eines Falles zu assistieren, der sich gestern abend in Hampstead ereignete.“

„Oh!“ sagte Holmes. „Was ist es denn?“

„Ein Mord, eine äußerst dramatische und spektakuläre Bluttat. Ich weiß, wie sehr Sie solche Fälle interessieren, und wäre Ihnen sehr verbunden, wenn Sie mich nach Appledore Towers begleiten und uns mit Ihrem Rat zur Seite stehen wollten. Es handelt sich um kein gewöhnliches Verbrechen. Wir hatten schon lange ein Auge auf diesen Mr. Milverton. Unter uns gesagt, er war ein ziemlicher Schuft. Man weiß, daß er Dokumente besaß, die er zu erpresserischen Zwecken benutzte. Alle diese Papiere sind von den Mördern verbrannt worden. Keine Wertgegenstände wurden entwendet. Deshalb liegt die Vermutung nahe, daß es sich bei den Verbrechern um Männer von Ansehen handelt, deren alleiniges Motiv es war, ihre gesellschaftliche Bloßstellung zu verhindern.“

„Die Verbrecher?“ fragte Holmes. „Plural?“

„Ja, es waren zwei. Um ein Haar hätte man sie mit blutbesudelten Händen erwischt. Wir haben ihre Fußabdrücke und Personenbeschreibungen. Es steht zehn zu eins, daß wir sie aufspüren. Der eine war etwas zu flink, aber der andere wurde vom Gärtnergehilfen festgehalten und konnte sich erst nach einem Kampf losreißen. Es war ein mittelgroßer, kräftig gebauter Mann, kantiges Kinn, dicker Hals, Schnauzbart. Vor den Augen trug er eine Maske.“

„Das klingt ziemlich vage“, sagte Sherlock Holmes. „Ja nun, es könnte sogar eine Beschreibung von Watson sein!“

„Das ist wahr“, meinte der belustigt stutzende Inspektor. „Die Beschreibung würde auch auf Dr. Watson passen.“

„Nun, ich fürchte, ich kann Ihnen nicht helfen, Lestrade“, sagte Holmes. „Es ist so, daß ich diesen Kerl Milverton kannte und für einen der gefährlichsten Männer Londons hielt. Außerdem meine ich, daß es gewisse Verbrechen gibt, denen das Gesetz nicht beikommt und die deshalb private Rache rechtfertigen. Nein, es hat keinen Zweck, zu diskutieren. Meine Sympathie gehört diesmal mehr den Verbrechern als dem Opfer. Ich werde in dieser Sache keinen Finger rühren.“

Holmes verlor mir gegenüber kein Wort zu der Tragödie, deren Augenzeugen wir geworden waren, aber ich merkte, daß ihn die Sache noch den ganzen Vormittag beschäftigte. Sein abwesender Blick und sein zerstreutes Gebaren machten auf mich den Eindruck, als versuchte er angestrengt, sich etwas ins Gedächtnis zurückzurufen. Wir saßen gerade beim Lunch, als er plötzlich aufsprang. „Beim Zeus, ich hab's, Watson!“ rief er. „Nehmen Sie Ihren Hut und kommen Sie!“ Ich konnte kaum mit ihm Schritt halten, so schnell eilte er die Baker Street hinab und dann die Oxford Street entlang, bis wir fast am Regent Circus waren. Hier befand sich linker Hand ein Schaukasten mit Anzeigen der jüngsten gesellschaftlichen Ereignisse nebst Fotografien der betreffenden Persönlichkeiten. Holmes' Augen hefteten sich auf ein bestimmtes Foto, und als ich seinem Blick folgte, sah ich das Bild einer hoheitsvollen, majestätischen Dame im Hofstaat, die eine diamantbesetzte Tiara trug. Auch ich erkannte jenen leicht gebogenen Nasenrücken, den schmalen Mund und das energische kleine Kinn wieder. Dann jedoch, als ich den verdienstvollen Titel des Adligen und großen Staatsmannes las, dessen Frau sie gewesen war, hielt ich den Atem an. Ich tauschte einen beredten Blick mit Holmes, und dieser legte einen Finger auf die Lippen, als wir uns von dem Schaukasten abwandten.

Das Abenteuer mit dem zweiten Blutfleck

Das Abenteuer im Kloster Grange sollte eigentlich die letzte jener Heldentaten meines Freundes, Mr. Sherlock Holmes, sein, die ich der Öffentlichkeit mitzuteilen beabsichtigte. Den Entschluß faßte ich nicht etwa, weil es mir an Stoff gemangelt hätte, denn ich verfüge über Notizen von vielen Hunderten Fällen, auf die ich nie zu sprechen gekommen bin; auch nicht mangelndes Interesse seitens meiner Leser an der einzigartigen Persönlichkeit und den einmaligen Methoden dieses bemerkenswerten Mannes war die Ursache dafür. Den Hauptgrund bildete Mr. Holmes Widerwillen gegenüber den ständigen Veröffentlichungen seiner Erlebnisse. Solange er die Aufklärung von Verbrechen berufsmäßig betrieb, besaßen die Aufzeichnungen seiner Erfolge einen gewissen praktischen Wert für ihn. Seit er sich jedoch endgültig aus London zurückgezogen hatte, um sich in Sussex völlig seinen Studien und der Imkerei zu widmen, war ihm Popularität zuwider. Mit Nachdruck hatte er darum gebeten, daß seine Wünsche in dieser Hinsicht strikt zu befolgen sind. Erst als ich ihm versprach, die Geschichte vom zweiten Blutfleck zu veröffentlichen, wenn die Zeit dafür reif sei, und ihn ferner darauf hinwies, daß es nur von Vorteil sein könne, wenn diese lange Serie von Episoden durch den wichtigsten internationalen Fall gekrönt würde, zu dessen Aufklärung er gerufen worden war, gab er schließlich seine Einwilligung, der Öffentlichkeit eine sorgfältige und vorsichtige Darstellung der Ereignisse zu präsentieren. Wenn ich also im Verlauf der Geschichte gewisse Details nicht immer ganz präzise schildere, so wird das Publikum sicher verstehen, daß es für meine Zurückhaltung gewichtige Gründe gibt.

An einem Dienstagvormittag im Jahre ... oder sagen wir besser Jahrzehnt, ohne genau zu sagen, welches – an einem Dienstagvormittag im Herbst also befanden sich zwei Besucher in den vier Wänden unseres bescheidenen Zimmers in der Baker Street. Der eine, ernst, langnasig, adleräugig und von dominierender Ausstrahlung, war niemand anders als der berühmte Lord Bellinger, in zwei Legislaturperioden Premierminister Großbritanniens. Der andere, dunkler Teint, elegant, etwa Anfang der Vierzig, scharf geschnittene Gesichtszüge, mit körperlicher und geistiger Schönheit begnadet, war der Ehrenwerte Trelawney Hope, Staatssekretär für Europäische Angelegenheiten und einer der vielversprechendsten Staatsmänner des Landes. Sie saßen nebeneinander auf unserem Sofa, das mit Papieren übersät war, und an ihren besorgten Gesichtern war abzulesen, daß es sich um eine Angelegenheit von höchster Dringlichkeit handeln mußte, die sie hierhergeführt hatte. Die schmalen blaugeäderten Hände des Premiers waren fest um den Elfenbeingriff seines Regenschirms gekrampft, und sein hageres, asketisches Gesicht wandte sich düster von Holmes zu mir. Der Staatssekretär zupfte nervös an seinem Bart und spielte unruhig mit den Siegeln seiner Uhrkette.

„Als ich meinen Verlust entdeckte, Mr. Holmes, und das war heute morgen um acht Uhr, setzte ich sofort den Premierminister davon in Kenntnis. Auf seinen Vorschlag hin sind wir beide zu Ihnen gekommen."

„Haben Sie die Polizei informiert?"

„Nein, Sir", entgegnete der Premierminister in seiner schnellen, entschiedenen Art, für die er so berühmt war. „Das haben wir nicht getan, diese Möglichkeit bleibt uns immer noch. Die Polizei einzubeziehen hieße letztlich, die Öffentlichkeit zu informieren. Das ist es aber gerade, was wir vermeiden wollen."

„Und weshalb, Sir?"

„Weil das besagte Dokument von solch immenser Wichtigkeit ist, daß seine Veröffentlichung sehr leicht – und ich möchte fast sagen, ganz bestimmt – zu Verwicklungen von äußerster Tragweite in Europa führen könnte. Es ist nicht übertrieben, zu behaupten, daß vom Ausgang dieser Sache Krieg oder Frieden in Europa abhängen, solange die Suche des Dokumentes nicht unter höchster Geheimhaltung durchgeführt werden kann. Worauf es diejenigen, die es an sich gebracht haben, absehen, ist seine Veröffentlichung."

„Ich verstehe. Und nun, Mr. Trelawney Hope, wäre ich Ihnen sehr verbunden, wenn Sie mir die näheren Umstände schilderten, unter denen Ihnen dieses Dokument abhanden gekommen ist."

„Dazu bedarf es weniger Worte, Mr. Holmes. Der Brief – denn es handelt sich um den Brief eines ausländischen Souveräns – ging vor sechs Tagen bei uns ein. Er war so wichtig, daß ich ihn nicht einmal in meinem Safe ließ, sondern ihn jeden Abend mit in mein Haus nach Whitehall Terrace nahm und dort in einer verschlossenen Schatulle in meinem Schlafzimmer aufbewahrte. In dieser Schatulle war er auch noch gestern abend. Das weiß ich genau, denn als ich mich zum Essen umkleidete, öffnete ich die Schatulle und erblickte das Dokument. Heute morgen war es fort. Die Briefschatulle hatte die ganze Nacht auf meinem Ankleidetisch gestanden. Ich habe einen leichten Schlaf und meine Frau ebenfalls. Wir können beide schwören, daß während der Nacht niemand das Zimmer betreten hat. Und doch muß ich es wiederholen: Das Papier ist verschwunden."

„Um wieviel Uhr speisten Sie?"

„Um halb acht."

„Wie lange dauerte es, bis Sie zu Bett gingen?"
„Meine Frau war im Theater. Ich wartete auf sie. Es war halb zwölf, bevor wir unser Schlafzimmer betraten."
„Dann war die Briefschatulle vier Stunden lang unbewacht?"
„Niemand hat Erlaubnis, jenes Zimmer zu betreten, abgesehen von dem Hausmädchen am Morgen und meinem Kammerdiener und dem Mädchen meiner Frau während des restlichen Tages. Die beiden sind vertrauenswürdige Leute, die schon seit einiger Zeit bei uns arbeiten. Außerdem ist es unmöglich, daß einer von ihnen gewußt haben kann, daß sich etwas Wertvolleres als die üblichen Papiere meiner Abteilung in der Briefschatulle befanden."
„Wer wußte von der Existenz jenes Briefes?"
„Niemand im Haus!"
„Aber doch sicher Ihre Gattin?"
„Nein, Sir. Ich hatte meiner Frau nichts darüber gesagt, bis ich das Papier heute morgen vermißte."
Der Premier nickte zustimmend.
„Mir ist seit langem bekannt, wie pflichtbewußt Sie sind", sagte er. „Ich bin überzeugt, daß in einem Fall von derartiger Wichtigkeit die Geheimhaltung Vorrang vor den intimsten häuslichen Bindungen hat."
Der Staatssekretär verbeugte sich.
„Sie erweisen mir mehr als Gerechtigkeit, Sir. Bis zum heutigen Morgen habe ich in dieser Angelegenheit meiner Frau gegenüber kein Wort geäußert."
„Könnte sie etwas vermutet haben?"
„Nein, Mr. Holmes, sie hatte keine Ahnung – auch sonst niemand."
„Haben Sie früher schon einmal irgendwelche Dokumente verloren?"
„Nein, Sir."
„Wer in England wußte noch von der Existenz dieses Briefes?"
„Jedes Kabinettsmitglied wurde gestern darüber informiert, aber das Gebot der Geheimhaltung, das bei den Kabinettssitzungen herrscht, wurde durch die ernsthafte Warnung, die der Premierminister aussprach, noch betont. Guter Gott, auch nur daran zu denken, daß ich selbst dieses Dokument verlieren sollte!" Sein schönes Gesicht verzerrte sich vor Verzweiflung. Im nächsten Augenblick hatte er jedoch schon wieder die aristokratische Maske aufgesetzt und zu seiner sanften Stimme zurückgefunden. „Außer den Kabinettsmitgliedern gibt es zwei, möglicherweise auch drei Beamte meiner Abteilung, die von dem Brief Kenntnis hatten, sonst keiner in England. Das kann ich Ihnen versichern, Mr. Holmes."
„Aber im Ausland?"
„Ich glaube, daß niemand außerhalb unseres Landes diesen Brief zu Gesicht

bekommen hat, abgesehen natürlich von dem Mann, der ihn schrieb. Ich bin fest davon überzeugt, daß seine Minister und die üblichen offiziellen Kanäle nicht eingeschaltet worden sind."

Holmes überlegte einen Augenblick.

„Nun, Sir, ich muß genauer fragen, um was für ein Dokument es sich handelt und weshalb sein Verschwinden solche schwerwiegenden Folgen haben könnte."

Die beiden Staatsmänner tauschten einen schnellen Blick, und die buschigen Augenbrauen des Premiers zogen sich finster zusammen.

„Mr. Holmes, der Briefumschlag ist lang, dünn und von blaßblauer Farbe. Auf der Vorderseite befindet sich ein rotes Wachssiegel mit einem sich duckenden Löwen. Er ist in großer, klarer Handschrift adressiert an..."

„Ich fürchte, Sir", unterbrach ihn Holmes, „daß, obwohl all diese Details wirklich bedeutsam sind, sie mir über den Inhalt des Briefes keinen Aufschluß geben. Was für ein Brief war das also?"

„Das ist ein Staatsgeheimnis, und ich sehe keine Notwendigkeit, es zu offenbaren. Wenn Sie vermittels der Kräfte, die Ihnen nachgesagt werden, solch ein Briefkuvert, wie ich es Ihnen beschrieben habe, mit Inhalt finden können, dann haben Sie sich um Ihr Land verdient gemacht und Anspruch auf eine Belohnung, die wir Ihnen zusichern."

Sherlock Holmes erhob sich lächelnd.

„Sie sind zwar der meistbeschäftigste Mann des Landes", sagte er, „aber auch ich habe auf meine eigene kleine Art und Weise eine gute Anzahl von Aufträgen zu erledigen, und ich bedauere außerordentlich, daß ich Ihnen in dieser Angelegenheit nicht behilflich sein kann. Jede Fortsetzung dieses Gesprächs wäre Zeitvergeudung."

Der Premier sprang mit jenem haßerfüllten Blick auf, vor dem sich auch sein Kabinett duckte. „Ich bin es nicht gewohnt, Sir...", begann er, meisterte jedoch seinen Zorn und nahm wieder Platz. Eine Minute lang oder länger saßen wir schweigend da. Dann zuckte der ältere der beiden Staatsmänner mit den Schultern.

„Wir müssen Ihre Bedingungen annehmen, Mr. Holmes. Zweifellos haben Sie recht, und es wäre unsererseits unvernünftig, von Ihnen zu erwarten, daß Sie etwas unternehmen, ohne daß wir Sie vollständig ins Vertrauen gezogen hätten."

„Ich pflichte Ihnen bei", fügte der jüngere der beiden Staatsmänner hinzu.

„Dann werde ich Ihnen alles erzählen, wobei ich auf Ihre Ehrenhaftigkeit und die Ihres Kollegen, Dr. Watson, vertraue. Ich möchte auch an Ihren Patriotismus appellieren, denn wenn diese Affäre bekannt werden würde, wäre das ein großes Unglück für unser Land."

„Sie können uns vertrauen."

„Also, der Brief ist von einem ausländischen Machthaber, der sich über einige jüngste Entwicklungen in der Kolonialpolitik dieses Landes aufgeregt hat. Es ist seine ganz persönliche Meinung. Nachforschungen haben ergeben, daß seine Minister nichts von der Angelegenheit wissen. Gleichzeitig ist er so polemisch abgefaßt, und gewisse Wendungen sind derart provozierend, daß seine Veröffentlichung in diesem Lande ohne Zweifel zu einer höchst gefährlichen Stimmung führen könnte. Es würde eine derartige Entrüstung geben, Sir, daß ich nicht zögere zu behaupten, daß dieses Land innerhalb einer Woche nach Veröffentlichung jenes Briefes in einen großen Krieg verwickelt wäre."

Holmes schrieb einen Namen auf ein Stück Papier und reichte es dem Premier.

„Genau. Er war es. Und dieser Brief kann bedeuten, daß Millionen ausgegeben werden müssen und das Leben von Hunderttausenden von Menschen aufs Spiel gesetzt wird."

„Haben Sie den Briefschreiber verständigt?"

„Ja, Sir. Wir haben ein chiffriertes Telegramm abgeschickt."

„Vielleicht wünscht er die Veröffentlichung des Briefes?"

„Nein, Sir. Wir haben Grund zu der Annahme, daß ihm bereits klargeworden ist, wie indiskret und hitzköpfig er gehandelt hat. Es wäre ein größerer Schlag für ihn und sein Land als für uns, wenn dieser Brief bekannt würde."

„Wenn das so ist, in wessen Interesse läge es dann, den Brief zu veröffentlichen? Weshalb sollte jemand den Wunsch hegen, ihn zu stehlen oder zu veröffentlichen?"

„Durch diese Frage, Mr. Holmes, werde ich veranlaßt, mich aufs Parkett der internationalen Politik zu begeben. Wenn Sie die europäische Situation vor Augen haben, wird es Ihnen nicht schwerfallen, das Motiv zu begreifen. Ganz Europa ist ein Heerlager. Es gibt zwei sich gegenüberstehende Blöcke, die jedoch ein militärisches Gleichgewicht haben. Großbritannien ist neutral. Wenn Britannien in einen Krieg gegen einen der Bündnispartner getrieben würde, so stärkte das natürlich die Position des anderen Lagers, ob es nun am Krieg beteiligt ist oder nicht. Können Sie mir folgen?"

„Ja, natürlich. Liegt es denn im Interesse der Feinde jenes Souveräns, diesen Brief an sich zu bringen und zu veröffentlichen, um dadurch einen Bruch zwischen seinem Land und unserem herbeizuführen?" fragte Sherlock Holmes weiter.

„Ja, Sir."

„Und wem würde man dieses Dokument zuspielen, wenn es in die Hände eines Feindes fiele?"

„Irgendeiner der großen Regierungskanzleien Europas. Und wahrscheinlich wird man sich bei der Zustellung des kompromittierenden Textes der schnellen Dampfkraft bedienen."

Mr. Trelawney Hope senkte den Kopf auf die Brust und stöhnte laut. Der Premier legte ihm freundlich die Hand auf die Schulter.

„Es ist ein Mißgeschick, mein lieber Freund. Niemand macht Ihnen einen Vorwurf. Es gibt keine Sicherheitsmaßnahme, die Sie vernachlässigt hätten. Jetzt, Mr. Holmes, kennen Sie alle Fakten. Welche Maßnahmen schlagen Sie vor?"

Holmes schüttelte bedauernd den Kopf.

„Sir, Sie glauben, daß es zum Krieg kommt, wenn dieses Dokument nicht wieder herbeigeschafft wird?"

„Ich halte es für sehr wahrscheinlich."

„Dann, Sir, bereiten Sie alles für den Kriegsfall vor."

„Das ist ein schwerwiegender Satz, Mr. Holmes."

„Bedenken Sie die Fakten, Sir. Es ist unmöglich, daß der Brief nach halb zwölf Uhr nachts entwendet wurde, denn wie ich gehört habe, waren Mr. Hope und seine Gattin von diesem Zeitpunkt an beide in dem Raum, bis der Verlust entdeckt wurde. Der Brief muß deshalb gestern abend zwischen sieben Uhr dreißig und elf Uhr dreißig gestohlen worden sein, vermutlich mehr um die erstgenannte Zeit herum, denn wer immer ihn an sich genommen hat, er mußte wissen, daß er sich dort befand, und ihn deshalb so schnell wie möglich an sich bringen. Nun, Sir, wenn ein Dokument von derartiger Bedeutung zu jenem Zeitpunkt entwendet wurde, wo kann es sich jetzt befinden? Keiner hat Veranlassung, den Brief zu behalten. Er ist wahrscheinlich so schnell wie möglich an jene weitergegeben worden, die ihn brauchen. Welche Chance haben wir jetzt noch, ihn zu übernehmen oder aufzuspüren? Er ist außerhalb unserer Reichweite."

Der Premierminister erhob sich vom Sofa.

„Was Sie sagen, ist durchaus logisch, Mr. Holmes. Ich fürchte ebenfalls, daß uns die Angelegenheit tatsächlich aus den Händen geglitten ist."

„Lassen Sie uns annehmen, rein theoretisch, daß das Dokument vom Zimmermädchen oder vom Kammerdiener entwendet wurde..."

„Beide sind zuverlässige Diener..."

„Sie sagten doch, daß Ihr Zimmer im zweiten Stock liegt, daß es von außen keinen weiteren Zugang gibt und daß von drinnen niemand unbemerkt hinaufgehen konnte. Wem würde der Dieb den Brief also übergeben? Doch wohl einem der zahlreichen internationalen Spione und Geheimagenten, deren Namen mir ziemlich gut bekannt sind. Es gibt bei uns drei, die zu den führenden Köpfen in ihrem Beruf gehören. Ich werde meine Nachforschungen damit beginnen, daß ich herauszufinden suche, ob sich jeder von ihnen auf seinem Posten befindet. Wenn einer fehlen sollte – vor allem, wenn er seit gestern nacht verschwunden ist –, haben wir einen Hinweis darauf, wohin das Dokument gelangte."

„Weshalb sollte er verschwunden sein?" fragte der Staatssekretär. „Wahrscheinlich hat er den Brief zu einer der Londoner Botschaften gebracht."

„Ich glaube nicht. Diese Agenten arbeiten unabhängig, und ihre Beziehungen zu den Botschaften sind oft gespannt."

Der Premierminister nickte zustimmend.

„Ich glaube, Sie haben recht, Mr. Holmes. Er würde einen so kostbaren Schatz eigenhändig seinen Auftraggebern übergeben. Ich denke, daß Ihre Art des Vorgehens ganz hervorragend ist. Wir aber, Hope, können inzwischen nicht all unsere anderen Pflichten wegen dieses einen Mißgeschicks vernachlässigen. Sollte es im Laufe des Tages irgendeine neue Entwicklung geben, werden wir uns mit Ihnen in Verbindung setzen, und Sie werden uns zweifelsohne die Ergebnisse Ihrer Nachforschungen wissen lassen."

Die beiden Staatsmänner verbeugten sich und schritten ernst und würdevoll aus dem Zimmer.

Als unser vornehmer Besuch uns verlassen hatte, zündete sich Holmes schweigend eine Pfeife an und saß geraume Zeit nachdenklich in seinem Sessel. Ich hatte die Morgenzeitung aufgeschlagen und war in den Bericht über ein sensationelles Verbrechen vertieft, das in der vorhergehenden Nacht in London verübt worden war, als mein Freund aufseufzte, dann aufsprang und seine Pfeife auf den Kaminsims legte.

„Ja", sagte er, „es gibt keinen besseren Weg, um die Sache anzupacken. Die Lage ist schwierig, aber nicht hoffnungslos. Sogar jetzt, wenn wir einmal davon ausgehen, daß einer von ihnen den Brief in seinem Besitz hat, ist es durchaus möglich, daß er ihn noch nicht aus der Hand gab. Schließlich ist bei diesen Kerlen alles eine Frage des Geldes, und hinter mir steht das britische Finanzministerium. Wenn er sich auf dem Markt befindet, werde ich ihn kaufen – sollte das auch für die Einkommenssteuer einen Penny mehr bedeuten. Es ist denkbar, daß der Kerl ihn zurückhält, um zu sondieren, welche Angebote von der einen Seite kommen, bevor er sein Glück bei der anderen versucht. Es gibt nur drei, die fähig sind, ein so gewagtes Spiel zu spielen – Oberstein, La Rothière und Eduardo Lucas. Ich werde jeden aufsuchen."

Bei diesen Worten schaute ich noch einmal in die Morgenzeitung.

„Meinen Sie Eduardo Lucas aus der Godolphin Street?"

„Ja."

„Den werden Sie nicht besuchen können."

„Warum nicht?"

„Er wurde gestern nacht in seinem Haus ermordet."

Mein Freund hat mich im Verlauf unserer gemeinsamen Abenteuer so oft verblüfft, daß ich mit einem Gefühl der Genugtuung sein vollkommenes

Erstaunen registrierte. Er starrte mich an, dann riß er mir die Zeitung aus der Hand. Und dies war der Artikel:

Mord in Westminster

Ein mysteriöses Verbrechen wurde gestern nacht in der Godolphin Street 16 begangen. Es ist eins jener altmodischen, einsam gelegenen Häuser aus dem achtzehnten Jahrhundert, die zwischen Fluß und Westminster Abbey liegen, ein wenig im Schatten des großen Turmes vom Parlamentsgebäude. Dieses kleine, aber erlesene Haus wurde seit einigen Jahren von Mr. Eduardo Lucas bewohnt, den man in Gesellschaftskreisen sowohl wegen seiner liebenswürdigen Art als auch wegen seines wohlverdienten Rufes, der beste Amateurtenor des Landes zu sein, gut kannte. Mr. Lucas war ein unverheirateter vierunddreißigjähriger Mann, zu dessen Haushalt Mrs. Pringle, eine ältere Haushälterin, und Mitton, sein Kammerdiener, gehörten. Die erstere zog sich abends früh zurück und schlief in einem der Zimmer im oberen Teil des Hauses. Der Kammerdiener hatte am Abend Ausgang und besuchte einen Freund in Hammersmith. Ab zehn Uhr befand sich Mr. Lucas im Haus. Was sich während dieser Zeit ereignete, ist noch nicht ermittelt worden, aber um Viertel vor zwölf bemerkte Polizeikonstabler Barrett, der die Godolphin Street entlangging, daß die Tür von Nummer 16 nur angelehnt war. Er klopfte, erhielt aber keine Antwort. Da er im vorderen Zimmer Licht sah, betrat er den Korridor und klopfte noch einmal an die Zimmertür, ohne Erfolg. Er öffnete deshalb die Tür und trat ein. Im Zimmer herrschte ein wüstes Durcheinander, die Möbel waren alle auf eine Seite geschoben. Neben einem umgestoßenen Stuhl lag der unglückliche Mieter des Hauses, ein Bein des Stuhles noch in der Hand. Er hatte einen Stich in die Herzgegend erhalten und muß sofort tot gewesen sein. Bei dem Messer, mit dem der Mord begangen wurde, handelt es sich um einen gebogenen indischen Dolch, der aus der Sammlung orientalischer Waffen stammt, die eine der Wände ziert. Raub scheint nicht das Motiv des Verbrechens gewesen zu sein, denn es gab keinen Hinweis darauf, daß etwas aus dem Zimmer entwendet worden ist. Mr. Eduardo Lucas war so gut bekannt und populär, daß sein gewaltsames und ungewöhnliches Ende anteilnehmendes Interesse und Mitgefühl bei dem großen Kreis seiner Freunde wecken wird.

„Sagen Sie, Watson, was halten Sie davon?“ fragte Holmes.

„Ein aufregender Zufall.“

„Zufall! Er ist einer der drei Männer, die wir als mögliche Akteure in diesem Drama benannt haben, und gerade ihn trifft zu der Stunde ein gewaltsamer Tod, zu der, wie wir wissen, der Brief entwendet wurde. Die Tatsachen sprechen recht eindeutig gegen einen Zufall. In Zahlen läßt sich das nicht

ausdrücken. Nein, mein lieber Watson, zwischen den beiden Ereignissen gibt es eine Verbindung – muß es eine geben. Es ist unsere Aufgabe, sie herauszufinden."

„Aber jetzt weiß die Polizei doch alles."

„Nein, ganz und gar nicht. Die wissen zwar, was sie in der Godolphin Street sahen, aber sie wissen nichts von Whitehall Terrace. Nur wir haben Kenntnis von beiden Ereignissen und können eine Verbindung ziehen. Es gibt da einen ziemlich eindeutigen Hinweis, der meinen Verdacht auf Lucas gerichtet hat. Godolphin Street in Westminster liegt nur ein paar Minuten von Whitehall Terrace entfernt. Die anderen Geheimagenten, die in Frage kommen, wohnen im äußersten West End. Für Lucas war es deshalb leichter als für die anderen, Kontakt zu knüpfen oder eine Nachricht aus dem Haus des Staatssekretärs zu erhalten, ein unbedeutender Punkt, gewiß, aber da in diesem Fall die Ereignisse sich auf wenige Stunden konzentrieren, kann er sich als bedeutsam erweisen. Holla, was haben wir denn da?"

Mrs. Hudson war eingetreten, die Visitenkarte einer Dame auf dem Präsentierteller. Holmes warf einen Blick darauf, zog die Augenbrauen hoch und reichte sie mir herüber.

„Bitten Sie Lady Hilda Trelawney Hope nach oben", sagte er.

Kurz darauf wurde unser bescheidenes Appartement durch den Eintritt der reizendsten Frau Londons verschönt, nachdem es am Morgen bereits durch so vornehmen Besuch ausgezeichnet worden war. Schon oft hatte ich von der Schönheit der jüngsten Tochter des Duke of Belminster gehört, aber keine Beschreibung und kein Betrachten von farblosen Fotografien hatten mich auf den subtilen, zauberhaften Reiz und den wunderbaren Teint dieses erlauchten Geschöpfs vorbereitet. Und doch, als wir sie an jenem Morgen sahen, war es nicht in erster Linie ihre Schönheit, die den Betrachter beeindruckte. Die Wangen sahen wunderschön aus, aber blaß vor Erregung, die Augen strahlend, aber es war mehr ein Fieberglanz, der feingeschnittene Mund war zusammengepreßt und verzerrt im Bemühen um Selbstbeherrschung. Angst – nicht die Schönheit – war das erste, was ins Auge fiel, als unsere Besucherin einen Augenblick wie in einem Bilderrahmen in der offenen Tür stand.

„Ist mein Mann bei Ihnen gewesen, Mr. Holmes?"

„Ja, gnädige Frau, er war hier."

„Mr. Holmes, ich beschwöre Sie, ihm nicht zu verraten, daß ich zu Ihnen gekommen bin."

Holmes verbeugte sich kühl und deutete auf einen Stuhl.

„Gnädige Frau, Sie bringen mich in eine sehr delikate Lage. Ich bitte Sie, nehmen Sie Platz und erzählen Sie mir, was Sie beunruhigt, aber ich fürchte, ich kann Ihnen kein bedingungsloses Versprechen geben."

Sie schritt stolz durch das Zimmer und setzte sich mit dem Rücken zum

Fenster, eine königliche Erscheinung, hochgewachsen, anmutig und sehr fraulich.

„Mr. Holmes", begann sie, und ihre Hände zuckten unruhig, während sie sprach, „ich will ganz offen zu Ihnen reden, in der Hoffnung, daß Sie dadurch veranlaßt werden, genauso offen mir gegenüber zu sein. Zwischen meinem Mann und mir herrscht in allen Dingen vollständiges Vertrauen, mit einer Ausnahme. Das ist die Politik. Was das betrifft, so ist sein Mund versiegelt. Er sagt mir nichts. Nun weiß ich, daß sich gestern nacht ein höchst bedauerlicher Vorfall in unserem Haus ereignete. Ich weiß, daß ein wichtiges Papier verschwunden ist. Aber weil es sich um eine politische Angelegenheit handelt, weigert sich mein Mann, mich ins Vertrauen zu ziehen. Nun ist es wichtig, ja wesentlich, hören Sie, daß ich die Sache vollständig begreife. Sie sind der einzige Mensch außer diesen Politikern, der die wirklichen Tatsachen kennt. Darum bitte ich Sie, Mr. Holmes, erzählen Sie mir genau, was geschehen ist und welche Konsequenzen das nach sich zieht. Erzählen Sie mir alles, Mr. Holmes. Schweigen Sie nicht aus Rücksicht auf die Interessen Ihres Klienten, denn ich versichere Ihnen, daß seinen Interessen, wenn er das nur begreifen würde, am besten gedient ist, wenn er mir vollstes Vertrauen schenkt. Was ist das für ein Papier, das man gestohlen hat?"

„Madame, was Sie von mir erwarten, ist unmöglich."

Sie seufzte und schlug die Hände vor das Gesicht.

„Sie müssen das verstehen, Madame. Wenn Ihr Gatte es für richtig hält, Sie in dieser Angelegenheit im unklaren zu lassen, so kann es nicht meine Aufgabe sein, Ihnen das zu erzählen, was er vor Ihnen verschweigt. Ich habe den wahren Sachverhalt auch nur unter dem Siegel der berufsbedingten Verschwiegenheit kennenlernen dürfen. Es ist nicht fair, mich danach zu fragen. Ihn müssen Sie darum bitten."

„Das habe ich ja bereits getan. Sie waren für mich die letzte Zuflucht. Aber wenn Sie mir nichts Genaueres erzählen dürfen, Mr. Holmes, so könnten Sie mir einen großen Dienst erweisen, wenn Sie mich wenigstens über einen Punkt aufklärten."

„Worum handelt es sich, Madame?"

„Ist es möglich, daß durch diesen Vorfall die politische Karriere meines Mannes betroffen ist?"

„Nun, gnädige Frau, sofern die Angelegenheit nicht behoben werden kann, wird das natürlich sehr unangenehme Folgen haben."

„Oh!" Sie holte laut Luft wie jemand, dessen Ahnungen sich bestätigt haben. „Eine weitere Frage, Mr. Holmes. Einer Bemerkung, die mein Mann unter dem ersten Schock über dieses Unglück fallenließ, entnahm ich, daß der Verlust dieses Dokuments entsetzliche öffentliche Konsequenzen nach sich ziehen könnte."

„Wenn er Ihnen das sagte, kann ich es natürlich nicht leugnen."
„Von welcher Art sind diese Konsequenzen?"
„Nein, gnädige Frau, jetzt fragen Sie mich wieder mehr, als ich Ihnen möglicherweise antworten darf."
„Dann werde ich Ihre Zeit nicht länger in Anspruch nehmen. Ich mache Ihnen keinen Vorwurf, Mr. Holmes, daß Sie nicht bereit waren, offener mit mir zu sprechen, und Sie wiederum werden sicher nicht schlecht von mir denken, weil ich gegen den Willen meines Mannes darauf bestanden habe, seine Sorgen zu teilen. Ich bitte Sie nochmals, ihm nichts von meinem Besuch zu verraten."

An der Tür schaute sie sich noch einmal zu uns um, und ich bekam einen letzten Eindruck von jenem wunderschönen, aber ängstlich wirkenden Gesicht. Dann war sie gegangen.

„Na, Watson, das schöne Geschlecht fällt in Ihr Ressort", sagte Holmes lächelnd, als das Froufrou ihrer Röcke immer schwächer wurde und schließlich die Haustür ins Schloß fiel. „Welches Spiel spielt die schöne Lady? Was wollte sie wirklich?"
„Bestimmt ist ihre Erklärung verständlich und ihre Angst natürlich."
„Hm, erinnern Sie sich an ihr Erscheinen, Watson, ihr Benehmen, ihre Angst, ihre unterdrückte Erregung, ihr hartnäckiges Fragenstellen. Denken Sie daran, daß sie einer Gesellschaftsschicht angehört, die ihre Gefühle nicht so schnell zur Schau stellt."
„Sie war bestimmt sehr erregt."
„Erinnern Sie sich an die seltsame Ernsthaftigkeit, mit der sie uns versicherte, daß es zum Besten für ihren Mann sei, wenn sie alles wüßte. Was meinte sie wohl damit? Und, Watson, Sie müssen doch auch bemerkt haben, wie geschickt sie es angestellt hat, daß sie das Licht im Rücken hatte. Sie wollte nicht, daß wir ihre Gemütsverfassung an ihrem Gesicht ablesen konnten."
„Ja, sie wählte ausgerechnet diesen Stuhl..."
„Die Motive einer Frau sind rätselhaft. Denken Sie an die Frau in Margate, die ich aus dem gleichen Grund verdächtigte. Kein Puder auf der Nase – das erklärte alles. Wie kann man nur derart auf Sand bauen? Die unbedeutendste Kleinigkeit kann Bände sprechen, oder aber ihr ungewöhnliches Verhalten kann von einer Haarnadel oder Brennschere abhängen. Guten Morgen, Watson."
„Sie gehen weg?"
„Ja. Ich werde den Morgen in der Godolphin Street bei unseren Freunden von der gesetzmäßigen Sparte verbringen. Bei Eduardo Lucas liegt die Lösung unseres Problems, wenn ich auch zugeben muß, daß ich noch nicht die geringste Ahnung habe, wie sie aussehen soll. Es ist ein grundlegender Fehler, zu theoretisieren, bevor man die Fakten kennt. Halten Sie hier Wache, mein

lieber Watson, und empfangen Sie eventuelle Besucher. Ich bin zum Lunch wieder zurück, falls ich kann."

Den ganzen Tag, auch den nächsten und übernächsten befand sich Holmes in einer Stimmung, die seine Freunde als verschlossen, Fremde als mürrisch bezeichnen würden. Er rannte hinaus und herein, rauchte unablässig, spielte Bruchstücke auf der Geige, meditierte mit offenen Augen, verschlang zu ungewöhnlichen Zeiten Sandwiches und beantwortete kaum die gelegentlichen Fragen, die ich an ihn richtete.

Mir war klar, daß er bei seinen Nachforschungen nicht gut vorankam. Über den Fall selbst sprach er gar nicht, und ich erfuhr erst aus der Zeitung Einzelheiten über die Untersuchung sowie über die Verhaftung und die kurz darauf erfolgende Entlassung von John Mitton, Kammerdiener des Verstorbenen. Der Leichenbeschauer bestätigte gewaltsamen Mord, aber die Beteiligten blieben so unbekannt wie vorher. Ein Motiv wurde nicht sichtbar. Im Zimmer des Ermordeten gab es viele wertvolle Dinge, aber nichts war verschwunden. Die Papiere des Toten waren in Ordnung. Sie wurden sorgfältig untersucht und wiesen ihn als eifrigen Beobachter der internationalen Politik, als unverbesserlichen Schwätzer, bemerkenswerten Linguisten und unermüdlichen Briefeschreiber aus. Er stand mit führenden Politikern mehrerer Länder auf vertrautem Fuß. Ansonsten wurde nichts Sensationelles in den Unterlagen, die seine Schublade füllten, gefunden. Was seine Beziehung zu Frauen betraf, so schienen sie recht wechselvoll, aber oberflächlich zu sein. Er hatte viele weibliche Bekanntschaften, aber wenig Freunde und niemanden, den er liebte. Seine Gewohnheiten waren regelmäßig, sein Auftreten harmlos. Lucas' Tod blieb ein absolutes Rätsel und sollte es wohl auch bleiben.

Was John Mittons Verhaftung betraf, so war das sozusagen eine Verzweiflungstat der Polizei. Die Anklage gegen ihn konnte nicht aufrechterhalten werden. Er hatte in jener Nacht Freunde in Hammersmith besucht. Sein Alibi war unumstößlich. Es stimmte zwar, daß er den Heimweg zu einer Stunde angetreten hatte, die es ihm möglich gemacht haben könnte, Westminster noch zu einer Zeit zu erreichen, bevor das Verbrechen entdeckt wurde, aber seiner eigenen Erklärung zufolge hatte er eine Strecke des Weges zu Fuß zurückgelegt, und das schien im Hinblick auf die schöne Nacht glaubwürdig genug. Er war tatsächlich erst gegen Mitternacht eingetroffen, und die unerwartete Tragödie hatte ihn überwältigt. Er hatte sich immer gut mit seinem Herrn verstanden. Einiges aus dem Besitz des Toten, vor allem ein kleines Etui mit Rasiermessern, wurde bei den Sachen des Kammerdieners gefunden, aber er erklärte, sie wären Geschenke des Verstorbenen, und die Haushälterin konnte diese Aussage bestätigen. Mitton stand seit drei Jahren in Lucas' Diensten. Bemerkenswert war, daß Lucas seinen Kammerdiener nie auf seine Reisen auf den Kontinent mitgenommen hatte. Manchmal blieb er drei Monate in Paris, und Mitton kümmerte sich um das Haus in der Godolphin Street.

Auch die Haushälterin hatte in der Nacht des Verbrechens nichts gehört. Wenn ihr Herr einen Besucher gehabt hätte, mußte er ihn selbst hereingelassen haben. Drei Tage lang blieb das Rätsel ungelöst, soweit ich das den Zeitungen entnehmen konnte. Wenn Holmes mehr wußte, so behielt er es für sich, aber als er mir erzählte, daß ihn Inspektor Lestrade in dem Fall um Rat gebeten hatte, wußte ich, daß er über jede Entwicklung informiert war. Am vierten Tag nach dem Verbrechen traf eine Depesche aus Paris ein, die alle offenen Fragen zu lösen schien.

Der „Daily Telegraph" berichtete:

Die Pariser Polizei hat jetzt eine aufsehenerregende Entdeckung gemacht, die den Schleier lüften kann, den das tragische Schicksal von Mr. Lucas, der letzten Montag in der Godolphin Street eines gewaltsamen Todes starb, umgibt. Unsere Leser werden sich erinnern, daß der Gentleman erstochen in seiner Wohnung aufgefunden wurde und gewisse Verdachtsmomente auf seinen Kammerdiener deuteten, durch dessen Alibi aber entkräftet wurden. Die Diener einer Dame, die als Madame Fournaye bekannt ist und eine kleine Villa in der Parise Rue Austerlitz bewohnt, meldeten gestern den Pariser Behörden, daß ihre Herrin wahnsinnig geworden sei. Die Untersuchung ergab, daß sie tatsächlich an einer gefährlichen und unheilbaren Art von Wahnsinn leidet. Bei ihren Nachforschungen entdeckte die Polizei, daß Madame Fournaye erst am letzten Dienstag von einer Londonreise zurückgekehrt war, und es gibt Beweise dafür, daß sie etwas mit dem Mord in Westminster zu tun hat. Der Vergleich von Fotografien ergab eindeutig, daß Monsieur Henri Fournaye und Eduardo Lucas ein und dieselbe Person sind und daß der Verstorbene aus noch unerfindlichen Gründen in Paris und London ein Doppelleben geführt hat. Madame Fournaye ist kreolischer Abstammung und von äußerst erregbarem Wesen. In der Vergangenheit litt sie häufiger an Eifersuchtsanfällen, die sich bis zur Raserei steigerten. Es wird vermutet, daß sie in einem derartigen Zustand das entsetzliche Verbrechen, das in London soviel Aufsehen erregte, beging. Bis jetzt hat man noch nicht all ihre Handlungen in jener Nacht rekonstruieren können, aber es wird nicht bezweifelt, daß sie Beschreibungen zufolge jene Frau war, die am Dienstagmorgen auf dem Charing-Cross-Bahnhof durch ihr verwildertes Aussehen und ihr heftiges Benehmen Aufmerksamkeit erregte. Es ist deshalb anzunehmen, daß die Tat entweder im Zustand geistiger Umnachtung begangen wurde oder die Geistesgestörtheit direkte Folge des Verbrechens ist. Augenblicklich kann sie keine verständlichen Angaben zu ihrer Vergangenheit machen, und die Ärzte haben nicht viel Hoffnung auf eine Besserung ihres

Zustandes. Darüber hinaus gibt es Beweise, daß Montagnacht eine Frau, die Madame Fournaye gewesen sein könnte, das Haus in der Godolphin Street mehrere Stunden beobachtete.

„Was sagen Sie dazu, Holmes?" Ich hatte ihm den Artikel vorgelesen, während er sein Frühstück beendete.

„Mein lieber Watson", entgegnete er und erhob sich, um im Zimmer hin und her zu gehen, „Sie haben sehr lange leiden müssen, aber wenn ich Ihnen in den vergangenen Tagen nichts erzählt habe, dann deshalb, weil es nichts zu erzählen gab. Sogar jetzt hilft uns der Bericht aus Paris nicht viel weiter.

„Sicher gibt er die Meinung der Polizei über den Tathergang wieder."

„Sein Tod ist nebensächlich, eine unbedeutende Episode im Vergleich zu unserer wirklichen Aufgabe, das Dokument aufzufinden und eine europäische Katastrophe zu verhindern. In den letzten drei Tagen gab es nur ein bedeutendes Ereignis: Es ist nichts geschehen. Fast stündlich erhalte ich Berichte von der Regierung, und es steht fest, daß nirgendwo in Europa irgendwelche Anzeichen für eine Beunruhigung festzustellen sind. Nun, wenn dieser Brief irgendwo kursiert..., nein, er kann nicht kursieren, doch wenn er nicht kursiert, wo ist er dann? Wer hat ihn? Warum hält man ihn zurück? Das ist die Frage, die unaufhörlich in meinem Kopf herumspukt. War es tatsächlich Zufall, daß Lucas gerade in jener Nacht den Tod fand, als der Brief verschwand? Hat er den Brief jemals erhalten? Wenn ja, warum befand er sich dann nicht unter seinen Papieren? Hat seine verrückte Frau ihn an sich genommen? Wenn ja, befindet er sich noch in ihrem Haus in Paris? Wie kann ich danach suchen, ohne den Verdacht der Pariser Polizei zu wecken? Wir haben es hier mit einem Fall zu tun, mein lieber Watson, bei dem das Gesetz für uns genauso heikel ist wie für den Verbrecher. Jeder ist gegen uns, und doch stehen ungeheure Interessen auf dem Spiel. Wenn ich den Fall zu einem erfolgreichen Abschluß bringen sollte, bedeutet das bestimmt die Krönung meiner Laufbahn. Ah! Hier kommen die neuesten Nachrichten von der Front!" Er warf einen flüchtigen Blick auf den Brief, der ihm gerade hereingereicht worden war. „Hallo! Lestrade scheint etwas Interessantes entdeckt zu haben. Nehmen Sie Ihren Hut, Watson, wir machen uns zusammen auf den Weg nach Westminster."

Es war mein erster Besuch an der Stätte des Verbrechens – ein hohes, schmutziges, schmales Haus, überladen, würdevoll und solide, wie das Jahrhundert, das es hervorgebracht hatte. Lestrades Bulldoggengesicht schaute uns schon entgegen. Als uns ein großer Konstabler die Tür geöffnet und uns hineingelassen hatte, begrüßte uns Lestrade herzlich. Wir wurden in jenes Zimmer geführt, in dem das Verbrechen verübt worden war, aber davon sah man nicht mehr als einen häßlichen, unregelmäßigen Fleck auf dem Teppich. Es war ein schlichter viereckiger Filzteppich, der in der Mitte des Zimmers lag und eine kleine Fläche des schönen, altmodischen hochpolierten Parkettbodens im Quadratmuster bedeckte. Über dem Kamin befand sich eine herrliche Waffensammlung, von der in jener tragischen Nacht die Mordwaffe genommen worden war. Vor dem Fenster stand ein kostbarer Schreibtisch, und jedes Detail des Appartements, die Bilder, Brücken, Vorhänge, wiesen auf einen luxuriösen, ja fast unmännlichen Geschmack hin.

„Schon die Mitteilungen aus Paris gehört?" fragte Lestrade.

Holmes nickte.

„Unsere französischen Freunde scheinen diesmal den Nagel auf den Kopf getroffen zu haben. Es besteht kein Zweifel, daß es genauso war, wie sie sagen: Sie klopfte – Überraschungsbesuch, nehme ich an, denn er führte ein strenges Leben –, er ließ sie ein, konnte sie ja nicht auf der Straße stehenlassen. Sie erzählte ihm, wie sie ihn aufgespürt hatte, machte ihm Vorwürfe. Ein Wort ergab das andere, und dann war alles vorbei, denn der Dolch hing ja griffbereit. Ganz so einfach und schnell ging es zwar nicht, denn diese Stühle sind umgeworfen worden, und er hatte ja ein Stuhlbein in der Hand, so als ob er versucht hat, sich damit ihrer zu erwehren. Aber uns ist alles so klar, als wenn wir es selbst gesehen hätten."

Holmes zog die Augenbrauen hoch.

„Trotzdem haben Sie nach mir geschickt?"

„Ach ja, es gibt da noch etwas, eine winzige Kleinigkeit, doch von der Art, die Sie interessieren dürfte, ein wenig ungewöhnlich, wissen Sie, und vielleicht halten Sie es für verrückt. Hat nichts mit den wesentlichen Tatsachen zu tun, kann es auch gar nicht."

„Was ist es denn?"

„Nun, Sie wissen ja, nach einem derartigen Verbrechen sind wir sehr darauf bedacht, daß alle Dinge so bleiben, wie wir sie vorgefunden haben. Nichts ist verändert worden. Ein Beamter macht hier Tag und Nacht Dienst. Heute morgen, nachdem der Mann bestattet und die Untersuchung abgeschlossen worden war, soweit sie dieses Zimmer betrifft, wollten wir hier ein bißchen Ordnung schaffen. Dieser Teppich, Sie sehen, er ist nicht festgemacht, nur so hingelegt. Wir mußten ihn hochheben. Wir fanden..."

„Ja. Sie fanden..."

Holmes Gesicht war vor Neugier ganz gespannt.

„Nun, ich bin sicher, Sie würden nicht in hundert Jahren erraten, was wir gefunden haben. Sehen Sie den Fleck dort auf dem Teppich? Nun – da muß eine ganze Menge Blut durchgesickert sein, nicht wahr?"

„Zweifellos."

„Nun, Sie werden überrascht sein, wenn Sie hören, daß es auf dem hellen Parkett keinen gleichartigen Fleck gibt."

„Kein Blutfleck! Aber da muß..."

„Ja. Das sagen Sie. Aber Tatsache ist, daß da keiner ist."

Er hob eine Ecke des Teppichs hoch, schlug sie um und zeigte uns, daß es genauso war, wie er gesagt hatte.

„Aber die untere Seite des Teppichs ist so vollgesogen wie die obere. Das muß doch einen Fleck auf dem Parkett hinterlassen haben."

Lestrade kicherte vor Vergnügen, den berühmten Experten so verwirrt zu haben.

„Jetzt zeige ich Ihnen etwas. Es gibt einen zweiten Blutfleck, aber er stimmt nicht mit dem anderen überein. Sehen Sie selbst."

Während er redete, schlug er einen anderen Teil des Teppichs hoch, und da war ganz deutlich ein großer eingetrockneter dunkelroter Fleck auf dem hellen Quadrat des altmodischen Parkettmusters zu erkennen.

„Was schlußfolgern Sie daraus, Mr. Holmes?"

„Nun, das ist wohl ganz einfach. Die beiden Flecke lagen übereinander, aber der Teppich ist herumgedreht worden. Da er quadratisch ist und nicht befestigt, war das leicht zu bewerkstelligen."

„Mr. Holmes, die Polizei braucht Sie nicht, damit Sie feststellen, daß der Teppich gedreht worden ist. Das ist eindeutig, denn die Flecke weisen die gleiche Form auf, wenn man sie übereinanderlegt. Was ich aber wissen will, ist, wer drehte den Teppich und weshalb?"

An Holmes gespanntem Gesicht konnte ich ablesen, daß er äußerst erregt war.

„Hören Sie, Lestrade", sagte er, „hatte der Schutzmann, der uns vorhin eingelassen hat, hier die ganze Zeit Dienst?"

„Ja."

„Nun, dann rate ich Ihnen, befragen Sie ihn gründlich. Aber nicht, wenn wir dabei sind. Wir werden hier warten. Führen Sie ihn ins Hinterzimmer. So erhalten Sie wahrscheinlich ein Geständnis von ihm. Fragen Sie ihn, wie er es wagen konnte, Leute hier hereinzuführen und sie dann allein in diesem Zimmer zu lassen. Fragen Sie ihn nicht, ob er es getan hat, sondern setzen Sie es einfach voraus. Erzählen Sie ihm, daß Sie wissen, daß jemand hier gewesen ist. Setzen Sie ihn unter Druck. Machen Sie ihm klar, daß ein volles Geständnis seine einzige Chance ist, Nachsicht und Vergebung zu erwarten. Gehen Sie genauso vor, wie ich es Ihnen gesagt habe!"

„Zum Teufel, wenn er etwas weiß, hole ich es aus ihm heraus!" stieß Lestrade fluchend hervor. Er stürzte in die Vorhalle, und ein paar Minuten später hörte man seine bullige Stimme aus dem hinteren Zimmer.

„Na, Watson, na!" rief Holmes voller Eifer. Die ganze dämonische Kraft des Mannes, sonst hinter teilnahmslosen Umgangsformen versteckt, offenbarte sich jetzt. Er zog den Filzteppich vom Fußboden, und eine Sekunde später lag er auf Händen und Knien und betastete jedes Holzquadrat, das unter dem Teppich gelegen hatte. Eins gab nach und bewegte sich seitwärts, als er seine Fingernägel in eine der Spalten drückte. Es sprang zurück wie der Deckel einer Schachtel. Eine kleine schwarze Öffnung befand sich darunter. Holmes steckte begierig seine Hand hinein und zog sie mit einem enttäuschten und ärgerlichen Knurren wieder heraus. Das Geheimfach war leer.

„Schnell, Watson, schnell! Schieben Sie es wieder zurück!"

Der Holzdeckel wurde wieder draufgeschoben, und der Teppich war gerade zurechtgezogen, als wir Lestrades Stimme im Korridor hörten. Holmes hatte sich nachlässig an den Kaminsims gelehnt und war bemüht, ruhig und gelassen zu wirken und ein Gähnen zu unterdrücken.

„Tut mir leid, daß ich Sie habe warten lassen, Mr. Holmes. Ich kann verstehen, daß die ganze Sache todlangweilig für Sie sein muß. Ja also, er hat wirklich gestanden. Kommen Sie herein, MacPherson. Erzählen Sie diesen Gentlemen von Ihrem höchst unentschuldbaren Verhalten."

Der große Polizist schob sich, zerknirscht und erregt, seitwärts ins Zimmer.

„Es war nicht böse gemeint, Sir, bestimmt nicht. Die junge Frau kam gestern abend an die Tür, hatte sich in der Haustür geirrt. Und dann gerieten wir so ins Erzählen. Es ist ziemlich einsam, wenn man hier den ganzen Tag allein Wache schiebt."

„Und was passierte dann?"

„Sie wollte sehen, wo das Verbrechen geschehen ist, hatte in den Zeitungen davon gelesen, sagte sie. Sie war eine sehr anständige junge Frau mit gewählter Ausdrucksweise, Sir, und ich dachte mir nichts Böses dabei, wenn ich ihr einen flüchtigen Blick erlaubte. Als sie den Fleck dort auf dem Teppich sah, fiel sie einfach um und lag da wie tot. Ich rannte in die Küche und holte etwas Wasser, aber ich konnte sie nicht aus ihrer Ohnmacht reißen. Da bin ich um die Ecke ins ‚Joy Plant' gelaufen, um etwas Brandy zu holen, und bis ich den zurückgebracht hatte, war die junge Frau wohl wieder zu sich gekommen und verschwunden, war ihr wohl peinlich, möchte ich sagen, schämte sich wohl, mich zu sehen."

„Und wie war das mit dem Teppich?"

„Nun, Sir, er war ein wenig verrutscht, ist klar, als ich zurückkam. Verstehen Sie, sie fiel darauf, und er liegt auf einem blanken Boden, wo nichts da ist, um ihn zu halten. Ich zog ihn einfach gerade."

„Das wird Ihnen eine Lehre sein, sich nicht täuschen zu lassen, Konstabler MacPherson", sagte Lestrade würdevoll. „Zweifelsohne glaubten Sie, daß Ihre Pflichtverletzung nicht entdeckt werden würde, dabei reichte ein bloßer Blick auf jenen Teppich, um mich zu überzeugen, daß jemand im Zimmer gewesen sein muß. Ein Glück für Sie, Mann, daß nichts fehlt, sonst würden Sie sich jetzt in Queer Street befinden. Ich bedaure, Sie wegen einer so unwichtigen Angelegenheit hergebeten zu haben, Mr. Holmes, aber ich war der Meinung, daß die Sache mit dem zweiten Blutfleck, der mit dem ersten übereinstimmt, Sie interessieren könnte."

„Natürlich. Das war schon interessant. Ist diese Frau nur einmal hier gewesen, Konstabler?"

„Ja, Sir, nur einmal."

„Wer war sie?"

„Ihren Namen kenne ich nicht, Sir. War wegen einer Annonce für Schreibmaschinenschreiben in der Gegend und an die falsche Hausnummer geraten. Sie war eine sehr freundliche, elegante junge Frau, Sir."

„Groß? Schön?"

„Ja, Sir, sie war eine gutgewachsene junge Frau. Ich glaube, man kann behaupten, sie war schön. Vielleicht würden einige sagen, sie war sehr schön. ‚O Inspektor, Sie gestatten mir doch einen kurzen Blick?' sagte sie. Sie hatte eine reizende Art, kann man sagen, und ich dachte, es würde schon nichts schaden, wenn sie schnell mal den Kopf durch die Tür steckt."

„Wie war sie gekleidet?"

„Unauffällig, Sir. Langer Mantel bis zu den Füßen."

„Wie spät war es?"

„Es fing an zu dämmern. Als ich mit dem Brandy zurückkam, zündete man gerade die Lampen an."

„Sehr gut", sagte Holmes. „Kommen Sie, Watson, ich glaube, daß wir noch Wichtigeres zu erledigen haben."

Als wir das Haus verließen, blieb Lestrade im Vorderzimmer zurück, während uns der reumütige Konstabler hinausbegleitete. Schon auf der Treppe drehte sich Holmes um und zeigte ihm etwas. Der Konstabler schaute neugierig darauf.

„O Gott, Sir!" rief er überrascht aus.

Holmes legte den Finger auf die Lippen, steckte die Hand dann in seine Brusttasche und lachte kurz auf, als wir auf der Straße angekommen waren. „Ausgezeichnet", sagte er. „Kommen Sie, Watson, lieber Freund, der Vorhang zum letzten Akt hat sich gehoben. Es wird Sie sicher erleichtern, wenn ich prophezeie, daß es keinen Krieg geben wird, daß der Sehr Ehrenwerte Trelawney Hope keinen Rückschlag in seiner brillanten Karriere erleiden muß, daß der indiskrete Herrscher nicht für seine Indiskretion bestraft wird und der Premierminister keine europäischen Verwicklungen zu fürchten hat; und wenn wir mit ein bißchen Takt und Umsicht vorgehen, wird bei dieser Affäre, die beinahe sehr unangenehm ausgegangen wäre, niemand schlecht abschneiden."

Ich war voller Bewunderung für diesen ungewöhnlichen Mann.

„Sie haben den Fall gelöst?" rief ich aus.

„Das kaum, Watson. Es gibt noch ein paar Punkte, die genauso geheimnisvoll sind wie vorher. Aber wir wissen jetzt so viel, daß es unsere eigene Schuld sein wird, wenn wir den Rest nicht herausbekommen. Wir gehen jetzt direkt nach Whitehall Terrace und schließen den Fall ab."

Als wir in der Villa des Staatssekretärs für Europäische Angelegenheiten angekommen waren, bat Sherlock Holmes darum, Lady Hilda Trelawney Hope sprechen zu dürfen. Wenig später wurden wir ins Frühstückszimmer geführt.

„Mr. Holmes!" begrüßte uns die Dame des Hauses, und ihr Gesicht war vor Entrüstung leicht gerötet. „Das ist wirklich sehr unfair und wenig rücksichtsvoll von Ihnen. Wie ich Ihnen erklärt habe, wünschte ich meinen Besuch bei Ihnen geheimzuhalten, sonst könnte mein Mann glauben, ich mische mich in seine Angelegenheiten. Und dennoch kompromittieren Sie mich durch ihren Besuch und zeigen dadurch, daß wir geschäftlich miteinander zu tun haben."

„Leider, gnädige Frau, hatte ich keine andere Wahl. Ich bin beauftragt worden, dieses ungeheuer wichtige Papier wiederzufinden. Deshalb muß ich Sie bitten, gnädige Frau, es mir freundlicherweise zu übergeben."

Die Lady sprang auf, innerhalb von Sekunden verschwand jede Farbe aus ihrem schönen Gesicht. Die Augen blickten glasig, sie wankte, ich glaubte, sie würde ohnmächtig. Dann jedoch konzentrierte sie sich energisch, und Erstaunen und Entrüstung verwischten jeden anderen Ausdruck in ihrem Gesicht.

„Sie..., Sie beleidigen mich, Mr. Holmes."

„Kommen Sie, kommen Sie, Madame, es ist zwecklos. Geben Sie den Brief her."

Sie stürzte zur Klingel.

„Der Butler wird sie hinausbegleiten."

„Klingeln Sie nicht, Lady Hilda. Wenn Sie es tun, waren all meine ernsthaften Bemühungen, einen Skandal zu vermeiden, umsonst. Geben Sie den Brief heraus, und alles wird in Ordnung kommen. Wenn Sie mit mir zusammenarbeiten, kann ich alles arrangieren. Wenn Sie gegen mich sind, muß ich Sie bloßstellen."

Sie war beeindruckend, wie sie so herausfordernd dastand, eine königliche Gestalt, die Augen fest auf Holmes gerichtet, so als ob sie direkt in seiner Seele lesen würde. Ihre Hand lag auf der Klingel, aber sie unterließ es, sie zu betätigen.

„Sie versuchen mir angst zu machen. Das ist nicht sehr männlich, Mr. Holmes, hierherzukommen und eine Frau einzuschüchtern. Sie behaupten, etwas zu wissen. Was ist es denn?"

„Bitte, nehmen Sie wieder Platz, Madame. Sie könnten sich verletzen, wenn

Sie umfallen. Ich werde nicht eher reden, bis Sie sich hingesetzt haben. Danke.“

„Ich gestehe Ihnen fünf Minuten zu, Mr. Holmes.“

„Eine genügt mir, Lady Hilda. Ich weiß von Ihrem Besuch bei Eduardo Lucas, weiß, daß Sie ihm dieses Dokument übergeben haben, auch von Ihrer einfallsreichen Rückkehr in jenes Zimmer gestern nacht und auf welche Weise Sie den Brief aus dem Versteck unter dem Teppich an sich nahmen.“

Sie starrte ihn mit aschfahlem Gesicht an und mußte zweimal schlucken, bevor sie sprechen konnte.

„Sie sind verrückt, Mr. Holmes! Sie sind verrückt!“ schrie sie schließlich.

Er zog ein kleines Stück Pappe aus seiner Tasche. Das Gesicht einer Frau, aus einer Porträtaufnahme ausgeschnitten, war daraufgeklebt.

„Ich hatte das bei mir, weil ich glaubte, es könnte mir von Nutzen sein“, sagte er. „Der Polizist hat es wiedererkannt.“

Sie keuchte, und ihr Kopf sank nach hinten auf die Sessellehne.

„Kommen Sie, Lady Hilda. Sie haben den Brief. Die Angelegenheit kann noch zurechtgebogen werden. Es liegt mir fern, Sie ins Unglück zu stürzen. Meine Aufgabe ist erfüllt, wenn ich Ihrem Gatten den verlorenen Brief zurückgegeben habe. Hören Sie meinen Rat und seien Sie offen zu mir. Das ist Ihre einzige Chance.“

Ihre Courage war bewundernswert. Sogar jetzt gab sie die Verteidigung nicht auf.

„Ich sage Ihnen noch einmal, Mr. Holmes, daß Sie unter absurden Einbildungen leiden.“

Holmes erhob sich.

„Es tut mir leid um Sie, Lady Hilda. Ich habe mein Möglichstes für Sie getan. Ich sehe ein, daß alles umsonst war.“

Er klingelte. Der Butler trat ein.

„Ist Mr. Trelawney Hope zu Hause?“

„Er wird um Viertel vor eins nach Hause kommen, Sir.“

Holmes schaute auf die Uhr.

„Noch eine Viertelstunde“, sagte er. „Sehr gut, ich werde warten.“

Der Butler hatte kaum die Tür hinter sich geschlossen, als Lady Hilda vor Holmes auf die Knie fiel, die Hände ausstreckte und ihn mit ihrem schönen, tränennassen Gesicht ansah.

„Oh, verschonen Sie mich, Mr. Holmes! Ersparen Sie mir das!“ bat sie in einem Anfall von Demut. „Um Gottes willen, sagen Sie ihm nichts! Ich liebe ihn so! Ich könnte keinen Schatten auf seinem Leben ertragen, und dies, das weiß ich, würde sein edles Herz brechen.“

Holmes richtete sie auf.

„Ich bin dankbar, gnädige Frau, daß Sie noch im letzten Moment zur

Vernunft gekommen sind. Wir dürfen keinen Augenblick versäumen. Wo ist der Brief?"

Sie ging zu einem Schreibschrank, öffnete ihn und zog einen länglichen blauen Umschlag heraus.

„Hier ist er, Mr. Holmes. Wollte Gott, ich hätte ihn nie gesehen."

„Wie können wir ihn zurücklegen?" murmelte Holmes. „Schnell, schnell, wir müssen uns überlegen, wie!! Wo ist die Briefschatulle?"

„Im Schlafzimmer."

„Was für ein Glücksumstand! Schnell, gnädige Frau, bringen Sie sie her!"

Einen Augenblick später erschien sie mit einer flachen roten Kassette.

„Wie öffneten Sie damals die Kassette? Sie haben einen zweiten Schlüssel? Ja, natürlich. Öffnen Sie!"

Lady Hilda zog aus ihrem Dekolleté einen kleinen Schlüssel. Die Schatulle sprang auf. Sie war mit Papieren vollgestopft. Holmes schob den blauen Briefumschlag tief nach unten, mitten zwischen die Blätter irgendeines anderen Dokuments. Die Schatulle wurde abgeschlossen und wieder ins Schlafzimmer gebracht.

„Jetzt sind wir bereit", sagte Holmes. „Wir haben noch zehn Minuten. Ich nehme viel auf mich, indem ich Sie decke, Lady Hilda. Als Gegenleistung könnten Sie mir in der uns verbleibenden Zeit bis zur Rückkehr Ihres Gatten die wahren Hintergründe dieser Affäre erzählen.«

„Mr. Holmes, ich werde Ihnen alles erzählen", sagte die Lady schluchzend. „O Mr. Holmes, ich würde mir lieber die rechte Hand abhacken, als ihm auch nur eine Minute Kummer zu machen! Es gibt in ganz London keine Frau, die ihren Mann so liebt wie ich. Dennoch, wenn er erfahren würde, wie ich gehandelt habe, wie ich dazu gezwungen wurde, würde er mir niemals vergeben. Denn seine Makellosigkeit bedeutet ihm so viel, daß er einen Fehltritt bei jedem anderen weder vergessen noch vergeben könnte. Helfen Sie mir, Mr. Holmes! Mein Glück, sein Glück, unser ganzes Leben steht auf dem Spiel!"

„Schnell, Madame, die Zeit drängt."

„Es ging um einen Brief von mir, Mr. Holmes, einen indiskreten Brief, der vor meiner Heirat geschrieben wurde, ein dummer Brief, der Brief eines impulsiven, verliebten Mädchens. Ich hatte nichts Böses beabsichtigt, und doch würde er es für taktlos halten. Hätte er diesen Brief gelesen, wäre sein Vertrauen in mich auf ewig zerstört. Es ist Jahre her, daß ich ihn geschrieben habe. Ich glaubte, die ganze Sache wäre vergessen. Doch dann hörte ich schließlich von diesem Lucas, daß er in seine Hände gekommen sei und er ihn meinem Mann übergeben wolle. Ich flehte ihn an, das nicht zu tun. Er versprach, mir den Brief zurückzugeben, wenn ich ihm ein gewisses Dokument, das er mir beschrieb und das sich in der Briefschatulle meines Mannes

16

befand, bringen würde. Er hatte irgendeinen Spion im Amt meines Mannes, der ihn informiert haben mußte. Er versicherte mir, daß meinem Mann daraus keine Nachteile entstehen würden. Versetzen Sie sich in meine Lage, Mr. Holmes! Was sollte ich tun?"

„Ihren Gatten ins Vertrauen ziehen."

„Ich konnte nicht, Mr. Holmes, ich konnte es einfach nicht! Auf der einen Seite erwartete mich der sichere Untergang, auf der anderen, so schrecklich es auch schien, der Diebstahl von Papieren meines Mannes; doch in politischen Dingen hatte ich von den Folgen keine Ahnung, während mir in Sachen der Liebe und Treue die Konsequenzen nur zu klar waren. Ich habe es getan, Mr. Holmes. Ich machte einen Abdruck seines Schlüssels. Dieser Mann, Lucas, verschaffte mir einen Zweitschlüssel. Ich öffnete die Briefschatulle, nahm das Papier an mich und beförderte es in die Godolphin Street."

„Was geschah dort, Madame?"

„Ich klopfte wie verabredet an die Tür. Lucas öffnete. Ich folgte ihm ins Zimmer und ließ die Korridortür hinter mir angelehnt, denn ich hatte Angst, mit dem Mann allein zu sein. Ich erinnere mich, daß draußen eine Frau stand, als ich das Haus betrat. Unser Geschäft war schnell erledigt. Er hatte meinen Brief auf dem Schreibtisch liegen, ich überreichte ihm das Dokument. Er gab mir meinen Brief zurück. In diesem Augenblick war ein Geräusch an der Tür und Schritte auf dem Korridor zu hören. Lucas schlug schnell den Teppich hoch, schob das Dokument in irgendein Versteck darunter und bedeckte es wieder.

Was danach geschah, erscheint mir wie ein Alptraum. Ich sah ein dunkles, rasendes Gesicht vor mir, hörte die Stimme einer Frau, die auf französisch schrie: ‚Meine Geduld war nicht umsonst. Endlich habe ich dich mit ihr erwischt!' Es gab einen wüsten Kampf. Ich sah ihn mit einem Stuhl in der Hand, in ihrer blitzte ein Messer. Ich stürzte davon, weg von dieser entsetzlichen Szene, rannte aus dem Haus, und erst am nächsten Morgen erfuhr ich aus der Zeitung das schreckliche Ende. In jener Nacht fühlte ich mich glücklich, denn ich hatte meinen Brief wieder, und ich wußte noch nicht, was die Zukunft bringen würde.

Erst am nächsten Morgen begriff ich, daß ich nur eine Sorge gegen die andere ausgetauscht hatte. Die Verzweiflung meines Mannes über den Verlust seines Papiers ging mir zu Herzen. Nur mühsam konnte ich mich beherrschen, mich nicht vor ihm auf die Knie zu werfen und ihm zu erzählen, was ich getan hatte. Aber das hätte bedeutet, ihm ein Geständnis über meine Vergangenheit zu machen. Als ich an jenem Morgen zu Ihnen kam, begriff ich die ganze Ungeheuerlichkeit meiner Tat. Von dem Augenblick an, da ich mir darüber klar war, hatte ich nur noch einen Gedanken: den Brief meines

Mannes wiederzubekommen. Er mußte noch dort sein, wo Lucas ihn versteckt hatte, denn bevor diese schreckliche Frau das Zimmer betreten hatte, befand er sich in dem Geheimfach. Wenn sie nicht gekommen wäre, hätte ich nie etwas von diesem Versteck erfahren. Wie sollte ich aber in das Zimmer kommen? Zwei Tage lang beobachtete ich das Haus, aber die Tür wurde nie offengelassen. Gestern nacht machte ich einen letzten Versuch. Was ich tat und wie ich Erfolg hatte, das wissen Sie bereits. Ich brachte das Papier hierher und wollte es vernichten, da ich keinen Ausweg sah, wie ich es, ohne meinem Mann meine Schuld einzugestehen, zurückgeben sollte. Um Himmels willen, ich höre seine Schritte auf der Treppe."

Der Staatssekretär für Europäische Angelegenheiten platzte aufgeregt ins Zimmer. „Irgendwelche Neuigkeiten, Mr. Holmes?" rief er. „Irgendwelche Nachrichten?"

„Ich habe einige Hoffnung..."

„Ach, dem Himmel sei Dank!" Sein Gesicht begann zu strahlen. „Der Premierminister wird mit mir essen. Darf er Ihre Hoffnung teilen? Er hat Nerven aus Stahl, und doch weiß ich, daß er seit jenem schrecklichen Ereignis kaum geschlafen hat. Jacobs, würden Sie den Premierminister bitten, hierherzukommen? Und nun zu dir, meine Liebe, ich fürchte, dies ist eine politische Sache. Wir werden dir in ein paar Minuten im Eßzimmer Gesellschaft leisten."

Der Premierminister trat beherrscht auf, aber der Glanz seiner Augen und das Zucken seiner knochigen Hände verrieten mir, daß er die Erregung seines jungen Kollegen teilte.

„Wenn ich richtig gehört habe, wollen Sie uns etwas mitteilen, Mr. Holmes?"

„Bis jetzt ausschließlich Negatives", antwortete mein Freund. „Ich bin jedem Hinweis, wo der Brief sein könnte, nachgegangen und der Meinung, daß keine Gefahr besteht."

„Aber das reicht nicht, Mr. Holmes. Wir können nicht ewig auf solch einem Vulkan leben", erwiderte der Premierminister. „Wir brauchen etwas Definitives!"

„Ich habe diesbezüglich Hoffnung. Deshalb bin ich hier. Je mehr ich über diesen Fall nachdenke, um so mehr bin ich davon überzeugt, daß der Brief dieses Haus nie verlassen hat."

„Mr. Holmes!"

„Wenn doch, wäre er bis jetzt bestimmt veröffentlicht worden."

„Aber warum sollte jemand den Brief genommen haben, um ihn bei sich zu Hause aufzubewahren und nichts damit zu tun?"

„Ich bin keineswegs überzeugt, daß er gestohlen wurde."

„Wie sonst konnte er aus der Briefschatulle verschwinden?"

„Ich bin auch nicht der Meinung, daß er je aus der Schatulle herausgenommen wurde."

„Mr. Holmes, es ist nicht die Zeit für solche Späße. Ich versichere Ihnen nochmals, er ist nicht in der Kassette."

„Haben Sie die Kassette seit Dienstagmorgen noch einmal untersucht?"

„Nein, das war nicht nötig."

„Es wäre doch denkbar, daß Sie ihn übersehen haben."

„Na, hören Sie mal!"

„Damit überzeugen Sie mich nicht. Ich habe erfahren müssen, daß so etwas vorkommen kann. Ich nehme an, daß sich noch andere Papiere darin befinden. Nun, es kann doch sein, daß der Brief dazwischengeraten ist."

„Er lag obenauf."

„Jemand könnte die Kassette weggenommen, geschüttelt und ihn dadurch verschoben haben."

„Nein, nein, ich hatte alles herausgenommen."

„Das kann sicher schnell nachgeprüft werden, Hope", schaltete sich der Premier ein. „Lassen Sie die Briefschatulle bringen."

Der Sekretär klingelte.

„Jacobs, bringen Sie meine Briefschatulle herunter. Das ist zwar eine lächerliche Zeitverschwendung, aber wenn Sie dadurch beruhigt sind, werde ich Ihren Wunsch erfüllen. Danke, Jacobs, stellen Sie sie hierher. Den Schlüssel trage ich immer an meiner Uhrkette bei mir. Hier sind die Papiere, sehen Sie. Ein Brief von Lord Merrow, ein Bericht von Sir Charles Hardy, ein Memorandum aus Belgrad, eine diplomatische Note über die russisch-deutschen Getreidesteuern, ein Brief aus Madrid, eine Note von Lord Flowers... Du lieber Himmel! Was ist das! Lord Bellinger! Lord Bellinger!"

Der Premierminister riß ihm den blauen Umschlag aus der Hand.

„Ja, das ist er – und der Brief ist ungeöffnet. Hope, ich gratuliere Ihnen."

„Danke! Danke! Ein Stein fällt mir vom Herzen! Aber das ist ja unvorstellbar. Mr. Holmes, Sie sind ein Hexenmeister. Woher wußten Sie, daß er hier drin ist?"

„Weil ich weiß, daß er sonst nirgends sein kann."

„Ich traue meinen Augen nicht!" Er rannte zur Tür. „Wo ist meine Frau? Ich muß ihr sagen, daß alles in Ordnung ist. Hilda, Hilda!" Wir hörten seine Stimme auf der Treppe.

Der Premier blickte Holmes augenzwinkernd an.

„Kommen Sie", meinte er. „Da steckt mehr dahinter, als einem zunächst ins Auge fällt. Wie kam der Brief zurück in die Kassette?"

Holmes wandte sich lächelnd ab, um dem neugierigen Blick dieser wundervollen Augen zu entgehen. „Wir haben eben auch unsere diplomatischen Geheimnisse", sagte er, nahm seinen Hut und wandte sich zur Tür.

Das Geheimnis von Wisteria Lodge

1. Das außergewöhnliche Erlebnis des Mr. John Scott Eccles

In meinem Notizbuch finde ich vermerkt, daß es ein rauher und windiger Tag gegen Ende März des Jahres 1892 war. Während wir beim Lunch saßen, hatte Holmes ein Telegramm erhalten und auf einen Zettel eine Antwort gekritzelt. Er machte keine Bemerkung, aber die Sache beschäftigte ihn, denn später stand er mit nachdenklicher Miene vor dem Kamin, sog an der Pfeife und warf ab und zu einen raschen Blick auf den Zettel. Als er sich plötzlich an mich wandte, blinzelte er spitzbübisch.

„Watson, Sie sind doch wohl ein Literat“, sagte er. „Wie würden Sie das Wort ‚grotesk‘ definieren?“

„Seltsam – merkwürdig“, schlug ich vor.

Er schüttelte den Kopf.

„Sicher steckt noch mehr darin“, sagte er, „zum Beispiel eine unterschwellige Andeutung von Tragischem und Schrecklichem. Wenn Sie sich an einige der Erzählungen erinnern wollen, mit denen Sie das überaus geduldige Publikum traktiert haben, so werden Sie erkennen, wie oft sich das Groteske zum Verbrechen ausgeweitet hat. Denken Sie an die kleine Geschichte mit den rothaarigen Männern. Am Anfang war sie reichlich grotesk, endete aber mit einem tollkühnen Bankeinbruch. Oder auch die äußerst groteske Sache mit den fünf Apfelsinenkernen, die geradewegs zu einer mörderischen Verschwörung führte. Bei diesem Wort werde ich mißtrauisch.“

„Steht es dort?“ fragte ich.

Er las das Telegramm vor.

„Hatte soeben ganz unglaubliches, groteskes Erlebnis. Darf ich Sie aufsuchen?

SCOTT ECCLES
Postamt Charing Cross“

„Mann oder Frau?“ fragte ich.

„Oh, ein Mann natürlich. Keine Frau würde je ein Telegramm mit bezahlter Rückantwort schicken. Sie wäre gekommen.“

„Wollen Sie ihn empfangen?"

„Mein lieber Watson, Sie wissen doch, wie sehr ich mich langweile, seit wir Colonel Carruthers hinter Schloß und Riegel gebracht haben. Mein Hirn ist wie ein Rennmotor, der sich heißläuft, weil ihm nicht die Leistung abverlangt wird, für die er konstruiert wurde. Das Leben ist platt, die Zeitungen sind steril; in der Verbrecherwelt scheinen kühne und originelle Ideen gänzlich ausgestorben zu sein. Wie können Sie da fragen, ob ich gewillt bin, einen neuen Fall zu übernehmen, wie trivial er auch sein mag! Aber wenn ich nicht irre, kommt hier unser Klient."

Auf der Treppe waren Schritte zu hören, und einen Moment später wurde eine beleibte, hochgewachsene Respektsperson mit graumeliertem Backenbart ins Zimmer geführt. Sein markanter Aufzug und sein pompöses Gehabe sprachen Bände über ihn. Von seinem goldgerahmten Kneifer bis zu den Gamaschen war er ein Konservativer, ein Kirchengänger, ein guter Bürger, orthodox und konventionell bis ins Mark. Aber irgendein verblüffendes Erlebnis hatte ihn völlig aus der Fassung gebracht, wovon seine wirren Haare, die zorngeröteten Wangen und die nervöse Hektik seiner Bewegungen zeugten. Sofort platzte er mit seinem Anliegen heraus.

„Ich hatte ein äußerst seltsames und unerfreuliches Erlebnis, Mr. Holmes", sagte er. „Noch nie in meinem Leben bin ich in solch eine Situation geraten. Sie ist äußerst unschicklich, äußerst schändlich! Ich muß auf einer Erklärung bestehen!" Er schnaufte und blies sich auf vor Zorn.

„Aber nehmen Sie doch bitte Platz, Mr. Scott Eccles", sagte Holmes mit besänftigender Stimme. „Darf ich zunächst einmal fragen, was Sie überhaupt zu mir führt?"

„Nun, Sir, es schien mir keine Sache für die Polizei zu sein, aber wenn Sie die näheren Umstände erfahren, werden Sie zugeben, daß ich es nicht auf sich beruhen lassen konnte. Privatdetektive sind Leute, für die ich absolut keine Sympathie hege, aber trotzdem – nach allem, was ich von Ihnen gehört habe..."

„Schon gut. Doch warum sind Sie nicht sofort gekommen?"

„Wie meinen Sie das?"

Holmes sah auf seine Uhr.

„Es ist Viertel nach zwei", sagte er. „Ihr Telegramm wurde gegen eins aufgegeben. Aber wer Ihre Frisur und Ihr unrasiertes Gesicht sieht, kann ihre Verstörung leicht mit dem Zeitpunkt des Aufstehens identifizieren."

Unser Klient strich sich über das ungekämmte Haar und betastete sein Kinn.

„Sie haben recht, Mr. Holmes. Mit keinem Gedanken habe ich daran gedacht, Toilette zu machen. Ich war heilfroh, diesem Haus den Rücken zu kehren. Doch dann bin ich umhergelaufen und habe Erkundigungen eingezogen, bevor ich zu Ihnen kam. Ich ging zu den Häusermaklern, wissen Sie, und die sagten, daß Mr. Garcias Miete pünktlich bezahlt wurde und mit Wisteria Lodge alles in Ordnung ist."

„Halt, halt, Sir", sagte Holmes lachend. „Sie sind wie mein Freund Dr. Watson, der die schlimme Angewohnheit hat, seine Geschichten vom falschen Ende her zu erzählen. Ordnen Sie bitte Ihre Gedanken, und erzählen Sie mir schön der Reihe nach, welche Ereignisse Sie veranlaßten, ungekämmt und unrasiert, in Pantoffeln und mit verkehrt zugeknöpfter Weste um Rat und Hilfe nachzusuchen."

Betrübt blickte unser Klient an seinem ungewöhnlichen Äußeren herab.

„Gewiß, ich sehe fürchterlich aus, Mr. Holmes, und so etwas ist mir auch in meinem ganzen Leben noch nicht passiert. Aber ich werde Ihnen die ganze verfahrene Geschichte erzählen, und dann werden Sie zugeben, daß mich die Umstände hinreichend entschuldigen."

Doch er wurde gleich zu Beginn seiner Erzählung unterbrochen. Draußen entstand ein Tumult, und dann öffnete Mrs. Hudson die Tür, um zwei robuste Herren mit Amtsmienen einzulassen. Der eine war uns wohlbekannt als Inspektor Gregson vom Scotland Yard, ein energischer, tapferer und bis zu einem gewissen Grad fähiger Beamter. Er schüttelte Holmes die Hand und stellte seinen Begleiter als Inspektor Baynes von der Polizei Surreys vor.

„Wir sind gemeinsam auf der Jagd, Mr. Holmes, und die Spur führte hierher." Sein Bulldoggenblick richtete sich auf unseren Besucher. „Sind Sie Mr. John Scott Eccles, wohnhaft in Popham House, Lee?"

„Der bin ich."

„Wir sind schon den ganzen Vormittag hinter Ihnen her."

„Zweifellos haben Sie ihn durch das Telegramm gefunden", sagte Holmes.

„Genau, Mr. Holmes. Im Postamt am Charing Cross nahmen wir die Fährte auf und begaben uns hierher."

„Aber weshalb verfolgen Sie mich? Was wollen Sie von mir?"

„Wir wollen eine Aussage, Mr. Scott Eccles, und zwar über die Ereignisse, die gestern nacht zum Tod des Mr. Aloysius Garcia, wohnhaft in Wisteria Lodge, Esher, geführt haben."

Unser Klient richtete sich mit weit aufgerissenen Augen auf, und aus seinem verblüfften Gesicht wich jede Spur von Farbe.

„Tot? Sagten Sie, er sei tot?"

„Ja, Sir, er ist tot."

„Aber wie? Ein Unfall?"

„Ein Mord, wie er im Buch steht."

„Guter Gott! Wie schrecklich! Sie meinen doch nicht – Sie wollen doch nicht etwa sagen, daß man mich verdächtigt?"

„In der Tasche des Toten wurde ein Brief von Ihnen gefunden, und daher wissen wir, daß Sie die vergangene Nacht in seinem Haus verbringen wollten."

„Das tat ich auch."

„Aha!"

Das offizielle Notizbuch wurde gezückt.

„Warten Sie etwas, Gregson", sagte Sherlock Holmes. „Sie wollen doch eine ehrliche Erklärung, nicht wahr?"

„Und es ist meine Pflicht, Mr. Scott Eccles darauf hinzuweisen, daß sie gegen ihn verwendet werden kann."

„Mr. Eccles wollte uns gerade von der Sache berichten, als Sie das Zimmer betraten. Ich glaube, Watson, ein Brandy mit Soda könnte ihm nicht schaden. Und nun, Sir, beachten Sie die Zuhörerschaft nicht, und erzählen Sie so, als wären Sie nie unterbrochen worden."

Unser Besucher hatte den Brandy in einem Zug getrunken, und sein Gesicht bekam wieder Farbe. Nach einem zweifelnden Blick zum Notizbuch des Inspektors begann er ohne Umschweife mit seiner ungewöhnlichen Schilderung.

„Ich bin Junggeselle", sagte er, „und da ich gern unter Menschen bin, pflege ich Beziehungen zu sehr vielen Freunden. Dazu gehört auch die Familie eines pensionierten Brauers namens Melville, die in Albemarle Mansion, Kensington, wohnt. Bei ihr lernte ich vor ein paar Wochen einen jungen Mann namens Garcia kennen. Er war spanischer Abkunft, soviel ich hörte, und hatte irgend etwas mit der Botschaft zu tun. Er sprach perfekt englisch, war liebenswürdig und ein äußerst gut aussehender Mann.

Irgendwie freundeten wir uns an, dieser junge Bursche und ich. Er schien mich gleich auf den ersten Blick zu mögen, und schon am zweiten Tag unserer Bekanntschaft besuchte er mich in Lee. Eins ergab das andere, und es endete damit, daß er mich einlud, ein paar Tage in seinem Haus zu verbringen, in Wisteria Lodge, das zwischen Esher und Oxshott liegt. Gestern abend folgte ich der Einladung und fuhr nach Esher.

Er hatte mir seinen Haushalt beschrieben, bevor ich hinfuhr. Er lebe mit einem treuen Diener, einem Landsmann von ihm, zusammen, der sich um ihn kümmere. Dieser Mensch spreche ein leidliches Englisch und führe ihm den Haushalt. Dann sei da ein wundervoller Koch, sagte er, ein Halbblut, den er während seiner Reisen aufgelesen habe und der ein exzellentes Dinner servieren könne. Ich erinnere mich, daß er die Bemerkung machte, was für ein seltsamer Haushalt es für eine Gegend wie Surrey sei, und daß ich ihm noch zustimmte. Aber er sollte sich als weitaus seltsamer erweisen, als ich dachte.

Ich fuhr zu dem Grundstück, das ungefähr zwei Meilen auf der Südseite von Esher liegt. Das Haus ist mittelgroß, steht etwas abseits von der Straße und hat eine bogenförmige Auffahrt, zu beiden Seiten gesäumt von hohen immergrünen Hecken. Es ist ein altes, baufälliges Gebäude, an dem Reparaturen dringend nötig sind. Als die Kutsche auf der grasbewachsenen Auffahrt vor der rissigen und verwitterten Tür hielt, kamen mir Zweifel, ob es klug wäre, einen Mann zu besuchen, den ich so flüchtig kenne. Aber er öffnete selbst die Tür und begrüßte mich mit überschwenglicher Herzlichkeit. Ich wurde dem Diener anvertraut, einem melancholischen dunkelhäutigen Geschöpf, das mir die Tasche abnahm und den Weg zu meinem Schlafzimmer wies. Das Ganze war deprimierend. Wir speisten zu zweit, und obwohl sich mein Gastgeber große Mühe gab, unterhaltsam zu sein, schienen seine Gedanken ständig abzuschweifen, und er redete so hastig und zusammenhanglos, daß ich ihm kaum folgen konnte. Fortwährend trommelte er mit den Fingern auf den Tisch, kaute an den Nägeln und gab andere Zeichen nervöser Ungeduld von sich. Das Dinner war weder gut serviert noch gut zubereitet, und die Anwesenheit des düsteren schweigsamen Dieners trug nicht gerade dazu bei, die Stimmung zu heben. Ich versichere Ihnen, daß ich mehrmals im Laufe dieses Abends einen Vorwand zu finden wünschte, um nach Lee zurückzukehren.

Da fällt mir ein Vorfall ein, der möglicherweise eine Beziehung zu der Sache hat, in der diese beiden Gentlemen hier ermitteln. Damals habe ich mir nichts dabei gedacht. Gegen Ende des Dinners wurde ein Brief vom Diener hereingebracht. Ich bemerkte, daß mein Gastgeber, als er ihn gelesen hatte, noch seltsamer und geistesabwesender wurde. Er machte keine Anstalten mehr, das Gespräch in Gang zu halten, sondern saß in Gedanken versunken da, rauchte eine Zigarette nach der anderen, doch über den Inhalt des Briefes verlor er kein Wort. Ich war froh, daß ich um elf Uhr zu Bett gehen konnte. Einige Zeit später sah Garcia bei mir zur Tür herein – das Zimmer war dunkel, er machte kein Licht – und fragte, ob ich geklingelt hätte. Ich verneinte das. Er bat um Entschuldigung, mich so spät gestört zu haben, denn, so fügte er hinzu, es sei fast ein Uhr. Danach schlief ich ein und erwachte erst am Morgen.

Und nun komme ich zu dem verblüffenden Teil meiner Geschichte. Als ich aufwachte, war es bereits heller Tag. Ich sah auf meine Uhr – es war fast neun. Ich hatte ausdrücklich darum gebeten, um acht geweckt zu werden, und war deshalb etwas ungehalten über diese Vergeßlichkeit. Ich sprang auf und klingelte nach dem Diener. Nichts rührte sich. Ich klingelte wieder und wieder – dasselbe Ergebnis. Dann kam ich zu dem Schluß, daß die Klingel defekt sein müsse. Ich zog mich eilig an und stieg sehr mißgelaunt die Treppe hinunter, um mir heißes Wasser zu bestellen. Sie können sich meine Überraschung ausmalen, als ich feststellte, daß niemand da war. Ich rief in der Halle. Niemand antwortete. Dann rannte ich von Zimmer zu Zimmer. Alle waren verlassen. Am Abend zuvor hatte mir mein Gastgeber gezeigt, welches sein Schlafzimmer war, deshalb klopfte ich dort an die Tür. Keine Antwort. Ich drückte auf die Klinke und ging hinein. Das Zimmer war leer, das Bett völlig unberührt, niemand hatte darin geschlafen. Garcia war fort wie die anderen. Der ausländische Gastgeber, der ausländische Diener, der ausländische Koch – sie alle waren über Nacht verschwunden. Das war das Ende meines Besuches in Wisteria Lodge."

Sherlock Holmes rieb sich die Hände und schmunzelte, als er diese bizarre Begebenheit in seine Sammlung seltsamer Episoden einreihte.

„Ihr Erlebnis ist, soweit ich sehe, ganz einmalig", sagte er. „Darf ich fragen, Sir, was Sie danach taten?"

„Ich war außer mir. Mein erster Gedanke war, das Opfer irgendeines absurden Streiches geworden zu sein. Ich packte meine Sachen, schmetterte die Tür hinter mir zu und machte mich, die Tasche in der Hand, auf nach Esher. Ich ging zu den Gebrüdern Allen, den größten Grundstücksmaklern im Dorf, und stellte fest, daß die Villa von ihrer Firma vermietet worden war. Ich verfiel auf den Gedanken, daß die ganze Geschichte wohl kaum zu dem Zweck inszeniert sein konnte, mich zum Narren zu halten, sondern daß ihr Hauptziel darin bestanden haben müßte, die Makler um die Miete zu prellen. Wir haben Ende März, also ist demnächst eine Quartalsrate fällig. Aber diese Theorie ging nicht auf. Der Makler war mir für den warnenden Hinweis dankbar, erklärte mir jedoch, daß die Miete im voraus gezahlt worden war. Dann fuhr ich in die Stadt und sprach auf der spanischen Botschaft vor. Dort war der Mann unbekannt. Daraufhin suchte ich Melville auf, den Mann, in dessen Haus ich Garcia zum erstenmal begegnet bin, mußte aber feststellen, daß dieser eigentlich noch weniger über ihn wußte als ich. Schließlich, als Ihre Antwort auf mein Kabel eintraf, bin ich zu Ihnen gekommen, da Sie ein Mann sein sollen, der in schwierigen Fällen Rat weiß. Aber jetzt, Herr Inspektor, können Sie die Geschichte fortsetzen – Sie sagten doch bei Ihrem Eintritt in dieses Zimmer, daß eine Tragödie geschehen sei. Ich darf Ihnen versichern, daß jedes einzelne meiner Worte der Wahrheit entspricht und daß ich außer dem, was ich Ihnen erzählt habe, absolut nichts über das Schicksal dieses Mannes weiß. Mein einziger Wunsch ist es, dem Gesetz in jeder erdenklichen Hinsicht behilflich zu sein."

„Davon bin ich überzeugt, Mr. Scott Eccles, davon bin ich vollkommen überzeugt", sagte Inspektor Gregson äußerst liebenswürdig. „Ich muß sagen, daß alles, was Sie berichtet haben, sehr genau mit den Fakten übereinstimmt, die wir ermittelt haben. Da ist zum Beispiel der Brief, der während des Dinners eintraf. Haben Sie zufällig bemerkt, was mit ihm geschehen ist?"

„Aber ja. Garcia knüllte ihn zusammen und warf ihn ins Feuer."

„Was sagen Sie dazu, Mr. Baynes?“

Der Detektiv aus Surrey war ein stämmiger, dicker Mann, dessen rotes Gesicht nur deshalb nicht gemein wirkte, weil in ihm zwei außergewöhnlich aufmerksame, von wulstigen Brauen und Wangen fast verdeckte Augen funkelten. Mit einem behäbigen Lächeln zog er ein gefaltetes verschmutztes Papier aus der Tasche.

„Es war ein schmaler Feuerrost, Mr. Holmes, und er hat zu weit geworfen. Das habe ich von hinten unverbrannt hervorgeholt.“

Holmes lächelte anerkennend.

„Um ein einzelnes Papierknäuel zu finden, müssen Sie das Haus sehr sorgfältig durchsucht haben.“

„Das habe ich, Mr. Holmes. Das ist meine Art. Soll ich vorlesen, Mr. Gregson?“

Der Londoner nickte.

„Der Brief ist auf gewöhnlichem, weißem Papier ohne Wasserzeichen geschrieben. Das Blatt hat Quartformat. Das Papier wurde durch zwei Schnitte mit einer Schere abgeschnitten. Es ist dreimal gefaltet und mit rotem Wachs versiegelt worden, das man hastig geträufelt und mit einem ovalen Gegenstand angedrückt hat. Adressiert ist der Brief an Mr. Garcia, Wisteria Lodge. Sein Inhalt lautet: ‚Unsere Farben: Grün und Weiß. Grün – offen, Weiß – zu. Haupttreppe, erster Korridor, siebente rechts, grüner Vorhang. Gott befohlen! D.‘

Es ist die Schrift einer Frau, ausgeführt mit einer scharf gespitzten Feder, aber die Adresse ist entweder mit einer anderen Feder oder von einem anderen geschrieben worden. Diese Schrift ist kräftiger und steiler, wie Sie sehen.“

„Ein sehr bemerkenswerter Brief“, sagte Holmes und musterte ihn kurz. „Ich muß Ihnen ein Kompliment machen, Mr. Baynes, Sie achten auf das Detail bei Ihrer Untersuchung. Ein paar Kleinigkeiten blieben zu ergänzen. Das ovale Siegel ist zweifellos ein glatter Manschettenknopf – was sonst könnte eine solche Form haben? Bei der Schere handelt es sich um eine gekrümmte Nagelschere. Obwohl die beiden Schnitte kurz sind, können Sie bei jedem die gleiche leichte Krümmung erkennen.“

Der Detektiv aus Surrey schnaufte.

„Ich dachte, ich hätte ihn völlig ausgequetscht, aber ein paar Tropfen waren doch noch drin, wie ich sehe“, sagte er. „Ich muß gestehen, daß ich dem Brief nicht mehr entnehmen kann, als daß da etwas eingefädelt werden sollte, hinter dem wie gewöhnlich eine Frau steckt.“

Während dieser Unterhaltung hatte Mr. Scott Eccles auf seinem Platz kaum still sitzen können.

„Ich freue mich, daß Sie den Brief gefunden haben, denn er bestätigt meine

Schilderung“, sagte er. „Aber darf ich Sie daran erinnern, daß ich noch nicht erfahren habe, was mit Garcia geschah und was aus seinem Personal geworden ist.“

„Was Garcia angeht“, sagte Gregson, „ist das leicht zu beantworten. Er wurde heute früh bei Oxshott Common tot aufgefunden, fast eine Meile von seinem Haus entfernt. Sein Schädel ist mit einem Sandsack oder einem ähnlichen Gegenstand, der zerschmettert, ohne äußerlich zu verwunden, zu Brei geschlagen worden. Es ist ein einsamer Fleck, im Umkreis von einer Viertelmeile gibt es kein Haus. Offensichtlich ist er mit einem einzigen Schlag von hinten umgebracht worden, der Meuchelmörder hat jedoch noch lange, nachdem Garcia bereits tot war, auf ihn eingeschlagen. Es war ein Überfall, der von äußerster Wut zeugt. Es gibt weder Fußspuren noch irgendwelche anderen Hinweise auf die Verbrecher.“

„Ein Raubüberfall?“

„Nein, beraubt wurde er nicht.“

„Das ist sehr schlimm – sehr schlimm und furchtbar“, klagte Mr. Scott Eccles, „aber für mich ist es wirklich sehr peinlich. Mit dem nächtlichen Ausflug meines Gastgebers und seinem traurigen Ende habe ich nichts zu tun. Wieso werde ich mit dem Fall in Verbindung gebracht?“

„Sehr einfach, Sir“, antwortete Inspektor Baynes. „Das einzige Dokument, das in der Tasche des Verstorbenen gefunden wurde, war ein Brief von Ihnen, aus dem hervorgeht, daß Sie die Nacht, in der er den Tod fand, bei ihm verbringen wollten. Der Umschlag des Briefes verriet uns den Namen und die Adresse des Toten. Heute früh nach neun Uhr kamen wir zu seinem Haus, wo wir weder Sie noch irgend jemand anders antrafen. Ich telegrafierte Mr. Gregson, Sie in London aufzuspüren, während ich Wisteria Lodge unter die Lupe nahm. Dann fuhr ich in die Stadt, schloß mich Mr. Gregson an, und nun sind wir hier.“

„Ich denke“, sagte Gregson und erhob sich, „wir sollten die Sache jetzt dem offiziellen Dienstweg zuleiten. Sie begleiten uns zur Polizeistation und geben Ihre Aussage schriftlich zu Protokoll.“

„Selbstverständlich, ich komme sofort mit. Aber ich halte meinen Auftrag aufrecht, Mr. Holmes. Ich wünsche, daß Sie weder Kosten noch Mühe scheuen, um die Wahrheit herauszufinden.“

Mein Freund wandte sich an den Inspektor vom Lande.

„Ich hoffe, Sie haben nichts dagegen, wenn ich mit Ihnen zusammenarbeite, Mr. Baynes?“

„Es ist mir eine große Ehre, Sir.“

„Bei allem, was Sie taten, haben Sie sehr rasch und umsichtig gehandelt. Darf ich fragen, ob es irgendwelche Hinweise für den genauen Zeitpunkt des Todes gab?“

„Garcia hat dort mindestens seit ein Uhr gelegen. Etwa um diese Zeit begann es zu regnen, und sein Tod ist zweifellos vor dem Regen eingetreten."

„Aber das ist völlig unmöglich, Mr. Baynes", rief unser Klient aus. „Seine Stimme ist unverkennbar. Ich könnte beschwören, daß er es war, mit dem ich zur selben Zeit im Schlafzimmer ein paar Worte gewechselt habe."

„Bemerkenswert, aber keineswegs unmöglich", sagte Holmes lächelnd.

„Haben Sie einen Anhaltspunkt?" fragte Gregson.

„Oberflächlich betrachtet, ist es kein sehr verwickelter Fall, dennoch weist er zweifellos einige neuartige und interessante Züge auf. Eine genauere Kenntnis der Fakten ist vonnöten, ehe ich eine abschließende und gültige Meinung zu formulieren wage. Übrigens, Mr. Baynes, haben Sie außer diesem Zettel noch etwas Merkwürdiges gefunden, als Sie das Haus durchsuchten?"

Der Detektiv sah meinen Freund sonderbar an.

„In der Tat", sagte er, „es gab da ein, zwei äußerst merkwürdige Dinge. Ich wäre Ihnen sehr verbunden, wenn Sie hinkämen und mir Ihre Meinung dazu sagen würden, sobald ich auf der Polizeistation fertig bin."

„Ich stehe ganz zu Ihrer Verfügung", sagte Sherlock Holmes und läutete. „Bitte führen Sie die Herren hinaus, Mrs. Hudson, und lassen Sie den Jungen dieses Telegramm aufgeben. Er soll für eine Antwort fünf Schilling einzahlen."

Nachdem unsere Besucher gegangen waren, blieben wir eine Weile schweigend sitzen. Holmes rauchte heftig, die Brauen über seinen scharfen Augen zusammengezogen und den Kopf vorgereckt, wie es in Momenten der geistigen Anspannung für ihn charakteristisch war.

„Nun, Watson", fragte er und schaute mich plötzlich an, „was halten Sie davon?"

„Mit dem Täuschungsmanöver, dem Scott Eccles aufgesessen ist, kann ich gar nichts anfangen."

„Und mit dem Verbrechen?"

„Tja, ausgehend davon, daß Garcias Kumpane verschwunden sind, würde ich sagen, sie waren irgendwie an dem Mord beteiligt und sind vor dem Arm des Gesetzes geflohen."

„Das ist gewiß ein möglicher Blickwinkel. Aber bei genauerer Betrachtung müssen Sie zugeben, daß es sehr seltsam ist, daß seine beiden Bediensteten ein Komplott gegen ihn geschmiedet und den Anschlag just an dem Abend ausgeführt haben sollten, da er einen Gast hatte. An jedem anderen Abend der Woche war er ihnen allein ausgeliefert."

„Aber warum sind sie dann geflohen?"

„Ganz recht. Warum sind sie geflohen? Das ist ein gewichtiger Fakt. Ein weiterer wichtiger Fakt ist das merkwürdige Erlebnis unseres Klienten Scott

Eccles. Nun, mein lieber Watson, übersteigt es die Grenzen menschlichen Scharfsinns, eine Erklärung zu konstruieren, die diese beiden wichtigen Fakten einbezieht? Wenn sie so beschaffen wäre, daß sie sogar den geheimnisvollen Zettel mit seinem sehr seltsamen Inhalt berücksichtigt, dann könnten wir sie als zeitweilige Hypothese akzeptieren. Wenn die neuen Fakten, die uns bekannt werden, alle in die gedankliche Konstruktion passen, dann dürfte unsere Hypothese nach und nach zu einer Lösung führen."

„Aber was ist unsere Hypothese?"

Holmes lehnte sich mit halbgeschlossenen Augen im Sessel zurück.

„Sie werden zugeben, mein lieber Watson, daß der Gedanke an einen Streich abwegig ist. Ernste Dinge standen auf dem Spiel, wie sich am Ende auch herausstellte. Und daß Scott Eccles zum Wisteria Lodge gelockt wurde, hat eine Beziehung zu ihnen."

„Aber was für eine Beziehung könnte das sein?"

„Gehen wir Stück für Stück vor. Schon auf den ersten Blick fällt das Unnatürliche an dieser seltsamen und plötzlichen Freundschaft zwischen dem jungen Spanier und Scott Eccles auf. Garcia war der treibende Teil dabei. Nur einen Tag nach seiner ersten Bekanntschaft mit Eccles suchte er ihn am anderen Ende von London auf und hielt die enge Verbindung aufrecht, bis er ihn in Esher hatte. Nun, was wollte er mit Eccles anfangen? Was konnte Eccles ihm bieten? Ich sehe nichts Anziehendes an dem Mann. Er ist nicht besonders intelligent – und daher kaum ein gleichwertiger Partner für den sprühenden Geist des Südländers. Warum wurde er dann aus all den Leuten ausgewählt, die Garcia kennengelernt hatte? Was war es, das ihn für Garcias Absicht so besonders geeignet erscheinen ließ? Hat er irgendeine markante Eigenschaft? Ich sage: Er hat eine. Eccles verkörpert haargenau die konventionelle britische Wohlanständigkeit. Er ist genau der Mann, der als Zeuge auf einen anderen Briten Eindruck macht. Sie sahen selbst, daß keiner der Inspektoren auf den Gedanken kam, seine Aussage im mindesten anzuzweifeln, so ungewöhnlich sie auch war."

„Was sollte er bezeugen?"

„Nichts, so wie die Dinge jetzt liegen, aber alles, wenn Sie einen anderen Verlauf genommen hätten. So verstehe ich die Sache."

„Ich begreife, er hätte ein Alibi bezeugen können."

„Genau, mein lieber Watson. Wir setzen einmal rein theoretisch voraus, daß die Bewohner von Wisteria Lodge eine Verschwörung beabsichtigen. Ihr Plan, worin er auch immer bestehen mag, soll, sagen wir einmal, vor ein Uhr ausgeführt werden. Durch ein Verstellen der Uhren wäre es durchaus möglich, daß Scott Eccles veranlaßt wurde, eher zu Bett zu gehen, als er glaubte; auf jeden Fall ist es wahrscheinlich, daß es in Wirklichkeit nicht später als zwölf war, als Garcia bei ihm hineinschaute und sagte, es sei ein

Uhr. Wäre es Garcia gelungen, sein Vorhaben auszuführen, und er wäre bis ein Uhr zurück gewesen, dann hätte er offensichtlich ein überzeugendes Alibi gehabt. Er konnte auf diesen untadeligen Engländer verweisen, der bereit war, vor Gericht jeden Eid darauf zu leisten, daß sich der Verdächtige die ganze Zeit im Hause aufgehalten hatte. Es war eine Versicherung gegen das Schlimmste."

„Ja, ja, ich verstehe das soweit. Doch warum verschwanden die anderen?"

„Ich habe noch nicht alle Fakten beisammen, sehe in dieser Hinsicht aber keine unüberwindlichen Schwierigkeiten. Dennoch ist es ein Fehler, Schlüsse zu ziehen, bevor die Tatsachen vollständig beisammen sind. Es verleitet einen unmerklich dazu, sie zu verdrehen, damit sie in die Theorie passen."

„Und die Nachricht?"

„Wie lautete sie? ‚Unsere Farben: Grün und Weiß.' Klingt nach Rennen. ‚Grün – offen, Weiß – zu.' Das ist eindeutig ein Signal. ‚Haupttreppe, erster Korridor, siebente rechts, grüner Vorhang.' Das ist eine Verabredung. Möglicherweise steckt ein eifersüchtiger Ehemann hinter dem Ganzen. Offensichtlich war die Sache gefährlich, sonst hätte sie nicht ‚Gott befohlen!' hinzugefügt. ‚D.' – das dürfte ein Anhaltspunkt sein."

„Der Mann war Spanier. Ich vermute, daß ‚D.' Dolores bedeutet, ein verbreiteter weiblicher Vorname in Spanien."

„Gut, Watson, sehr gut – aber wenig wahrscheinlich. Eine Spanierin würde an einen Spanier in spanischer Sprache schreiben. Die Verfasserin dieser Nachricht ist sicherlich eine Engländerin. Tja, wir können uns nur mit Geduld wappnen, bis der hervorragende Inspektor uns abholt. Seien wir inzwischen dem gnädigen Schicksal dankbar, welches uns für ein paar kurze Stunden von der unerträglichen, zermürbenden Langeweile befreit hat."

Noch ehe Inspektor Baynes zurückkehrte, traf eine Antwort auf Holmes' Telegramm ein. Holmes las sie und wollte sie schon in sein Notizbuch legen, als er mein erwartungsvolles Gesicht bemerkte. Lachend schob er das Telegramm zu mir herüber.

„Wir bewegen uns in gehobenen Kreisen", sagte er.

Das Telegramm bestand aus einer Liste von Namen und Adressen:

„Lord Harringby, The Dingle; Sir George Efolliott, Oxshott Towers; Mr. Hynes Hynes J. P., Purdey Place; Mr. James Baker Williams, Forton Old Hall; Mr. Henderson, High Gable; Rev. Joshua Stone, Nether Walsling."

„Das ist ein sehr naheliegender Weg, unser Operationsfeld einzugrenzen", sagte Holmes. „Zweifellos ist der methodisch denkende Baynes bereits auf einen ähnlichen Plan verfallen."

„Ich verstehe nicht ganz."

„Nun, mein Lieber, wir sind doch schon zu der Schlußfolgerung gelangt, daß die Nachricht, die Garcia beim Dinner erhielt, entweder eine Verabredung oder ein Stelldichein war. Also, wenn diese sich anbietende Lesart der Nachricht richtig ist und man zu dem Stelldichein gehen will, muß man eine Haupttreppe hinaufsteigen und in einem Korridor die siebente Tür suchen – womit ganz klar ist, daß es sich um ein sehr großes Haus handeln muß. Sicher ist ebenfalls, daß dieses Haus nicht weiter als eine oder zwei Meilen von Oxshott entfernt sein kann, denn Garcia lief in diese Richtung und beabsichtigte – wenn ich die Fakten richtig interpretiere –, rechtzeitig wieder in Wisteria Lodge zu sein, um sich ein Alibi zu verschaffen, was nur bis ein Uhr möglich war. Da die Anzahl der in der Nähe von Oxshott befindlichen großen Häuser begrenzt sein muß, kam mir der einleuchtende Gedanke, bei den Maklern nachzufragen, die Scott Eccles erwähnte, und mir eine Liste der großen Häuser schicken zu lassen. Hier in diesem Telegramm stehen sie, und das andere Ende unseres verfilzten roten Fadens muß zu einem von ihnen führen."

Es war fast achtzehn Uhr, als wir in Begleitung von Inspektor Baynes das hübsche Dörfchen Esher in Surrey erreichten.

Holmes und ich hatten Sachen zum Übernachten mitgenommen und fanden bequeme Unterkünfte im Gasthof „Zum Bullen". Schließlich machten wir uns gemeinsam mit dem Detektiv auf, um Wisteria Lodge einen Besuch abzustatten.

Es war ein kalter, dunkler Märzabend mit scharfem Wind und feinem Regen, der uns in die Gesichter schlug – eine passende Szenerie zu dem öden Weideland, über das unser Weg führte, und den tragischen Ereignissen, die uns erwarteten.

2. Der Tiger von San Pedro

Frierend und melancholisch marschierten wir ein paar Meilen, bis wir an ein hohes Holztor kamen, hinter dem eine düstere, von Nußbäumen gesäumte Allee begann. Die gewundene und schattige Zufahrt führte uns zu einem niedrigen Haus, das pechschwarz gegen den schiefergrauen Himmel aufragte. Aus dem Vorderfenster links neben der Tür fiel ein schwacher Lichtschimmer.

„Dort hält ein Konstabler Wache", sagte Baynes. „Ich werde ans Fenster klopfen." Er ging über den Rasen und pochte mit der Hand an die Scheibe. Durch das beschlagene Glas konnte ich undeutlich sehen, wie ein Mann aus einem Sessel neben dem Kamin aufsprang, dann hörte ich einen heftigen

Schrei. Unmittelbar darauf öffnete ein bleicher, schweratmender Polizist die Tür, eine brennende Kerze in seinen zitternden Händen.

„Was ist los, Walters?" fragte Baynes scharf.

Der Mann trocknete sich mit dem Taschentuch die Stirn und atmete erleichtert auf.

„Ich bin froh, daß Sie gekommen sind, Sir. Das war ein langer Abend, und meine Nerven sind wohl nicht mehr so gut wie früher."

„Ihre Nerven, Walters? Ich hätte nicht gedacht, daß Sie so etwas wie Nerven haben."

„Nun ja, Sir, dieses verlassene, totenstille Haus und das unheimliche Ding in der Küche... Dann, als Sie ans Fenster klopften, dachte ich, er sei wiedergekommen."

„Wer sei wiedergekommen?"

„Der Teufel, Sir, bei meiner Seele. Er war am Fenster."

„Wer war am Fenster – und wann?"

„Es war vor ungefähr zwei Stunden erst. Ich habe dort in dem Sessel gesessen und gelesen. Ich weiß nicht, aus welchem Grund ich aufblickte, aber da war dieses Gesicht, es sah mich durch die untere Scheibe an. Gott, Sir, was für ein Gesicht das war! Ich – werde davon träumen!"

„Aber, aber, Walters! Redet so ein Polizeikonstabler?"

„Ich weiß, Sir, ich weiß, doch es ist mir durch und durch gegangen, Sir, das kann ich nicht verheimlichen. Sir, es war weder schwarz, noch war es weiß, noch hatte es überhaupt eine Farbe, die ich kenne, es war eine merkwürdige Mischung..., wie Ton mit einem Schuß Milch. Dann die Größe – es war doppelt so groß wie Ihres, Sir. Und dann sein Ausdruck – die großen starrenden Glotzaugen und die gefletschten weißen Zähne, wie bei einem hungrigen Raubtier. Ich sage Ihnen, Sir, ich konnte weder atmen noch einen Finger rühren, bis es weghuschte und verschwand. Ich rannte hinaus und durchsuchte die Büsche, aber Gott sei Dank war niemand da."

„Wenn ich nicht wüßte, daß Sie ein guter Mann sind, Walters, würde ich Ihnen das übel ankreiden. Und wenn es der Teufel selbst gewesen wäre – ein Konstabler im Dienst sollte nie Gott danken, daß er ihn nicht festnehmen konnte. Ich hoffe, die ganze Sache ist nicht etwa eine Vision, daß Ihnen die Nerven einen Streich gespielt haben?"

„Das zumindest ist sehr leicht zu klären", sagte Holmes und entzündete das Licht in seiner kleinen Blendlaterne. „Ja", meinte er nach einer kurzen Untersuchung des Rasens. „Schuhgröße zwölf könnte es sein. Wenn alles übrige proportional zum Fuß war, muß es sich um einen ausgesprochenen Riesen gehandelt haben."

„Wo ist er geblieben?"

„Er schien durch die Büsche gekrochen und in Richtung Straße gelaufen zu sein."

„Na schön", sagte der Inspektor mit einem ernsten und nachdenklichen Gesicht. „Wer immer es gewesen sein mag und was immer er gewollt haben mochte – im Augenblick ist er fort, und es gibt dringlichere Sachen, denen wir uns widmen müssen. Also, Mr. Holmes, mit Ihrer Erlaubnis werde ich Sie jetzt durch das Haus führen."

Eine sorgfältige Durchsuchung der verschiedenen Schlaf- und Wohnzimmer hatte nichts ergeben. Offensichtlich hatten die Mieter wenig oder nichts mitgebracht, das Mobiliar war bis zum kleinsten Stück mit dem Haus übernommen worden. Eine beträchtliche Anzahl Kleidungsstücke mit dem Firmenzeichen von Marx & Co., High Holborn, war zurückgelassen worden. Die bereits angestellten telegrafischen Nachforschungen hatten ergeben, daß Marx nichts von seinem Kunden wußte, außer daß er gut bezahlte. An persönlicher Habe war gefunden worden: einige Pfeifen, ein paar Romane, zwei davon in spanisch, ein altmodischer Zündnadelrevolver und eine Gitarre.

„Absolut nichts von Bedeutung“, meinte Baynes, während er mit der Kerze in der Hand von einem Zimmer zum anderen stolzierte.

„Aber jetzt möchte ich Ihre Aufmerksamkeit auf die Küche lenken, Mr. Holmes.“

Es war ein düsterer, hoher Raum im rückwärtigen Teil des Hauses. In einer Ecke befand sich ein Lager aus Stroh, das offenbar dem Koch als Schlafgelegenheit gedient hatte. Auf dem Tisch türmten sich schmutzige Teller und die Überreste des Dinners vom vorigen Abend.

„Sehen Sie sich das an“, sagte Baynes. „Was halten Sie davon?“

Er hielt die Kerze vor einem ungewöhnlichen Gegenstand in die Höhe, der hinter der Anrichte stand. Dieser war so runzlig und verschrumpft und eingetrocknet, daß kaum zu erkennen war, worum es sich eigentlich handelte. Alles, was man dazu sagen konnte, war, daß er schwarz und ledrig war und eine gewisse Ähnlichkeit mit einer zwerghaften menschlichen Gestalt hatte. Als ich ihn untersuchte, meinte ich zuerst, er sei ein mumifiziertes Negerbaby, dann kam er mir wie ein sehr zusammengeschrumpfter urzeitlicher Affe vor. Am Ende war ich unschlüssig, ob es sich um Mensch oder Tier handelte. Eine doppelte Kette aus weißen Muscheln war um seinen Leib geschlungen.

„Sehr interessant – wirklich sehr interessant“, sagte Holmes, während er diese unheimliche Reliquie betrachtete. „Noch irgend etwas?“

Schweigend führte uns Baynes zum Spülbecken und hielt die Kerze darüber. Wüst verstreut lagen darin Fetzen von Gliedmaßen und Rumpf eines großen weißen Vogels, der mitsamt dem Gefieder barbarisch in Stücke gerissen worden war. Holmes deutete auf die Kehllappen an dem abgerissenen Kopf.

„Ein weißer Hahn“, sagte er. „Äußerst interessant! Ein wirklich merkwürdiger Fall.“

Aber den grausigsten Fund hatte sich Mr. Baynes für den Schluß aufgehoben. Unter dem Spülbecken zog er einen Zinkeimer hervor, in dem sich eine Menge Blut befand. Dann nahm er vom Tisch eine Schale mit einem Häufchen kleiner verkohlter Knochenreste.

„Man hat etwas getötet und verbrannt. Diese Überreste haben wir aus der Feuerstelle gefischt. Heute früh war ein Arzt hier. Er sagte, daß es keine menschlichen sind.“

Holmes lächelte und rieb sich die Hände.

„Inspektor, ich muß Sie zu diesem so außergewöhnlichen und lohnenden Fall beglückwünschen. Denn Ihre Fähigkeiten – wenn ich das einmal so sagen darf, ohne Ihnen zu nahe zu treten – scheinen mir über die Gelegenheiten hinauszugehen, die sich Ihnen für gewöhnlich bieten."

Die kleinen Augen des Inspektors Baynes blinzelten vor Freude.

„Sie haben recht, Mr. Holmes. Unsereiner stagniert in der Provinz. Aber ein Fall wie dieser stellt eine Chance dar, und ich gedenke sie wahrzunehmen. Was halten Sie von diesen Knochen?"

„Ein Lamm, meine ich, oder ein Zicklein."

„Und von dem weißen Hahn?"

„Merkwürdig, Mr. Baynes, sehr merkwürdig. Ich denke, fast einzigartig."

„Ja, Sir, es müssen sehr merkwürdige Leute mit sehr merkwürdigen Gewohnheiten in diesem Haus gewesen sein. Einer von ihnen ist tot. Sind ihm seine Kumpane gefolgt und haben ihn umgebracht? In dem Fall müßten wir die Mörder fassen, denn jeder Hafen ist bewacht. Aber ich persönlich bin anderer Ansicht. Ja, Sir, ich sehe die Sache ganz anders."

„Also haben Sie eine Theorie?"

„Und ich werde ihr selbst auf den Grund gehen, Mr. Holmes. Das bin ich meiner Ehre schuldig. Sie haben sich einen Namen gemacht, aber bei mir steht das noch aus. Ich möchte später sagen können, daß ich den Fall ohne Ihre Hilfe gelöst habe."

Holmes lachte gutmütig.

„Na schön, Inspektor", sagte er. „Sie nehmen Ihren Weg, ich den meinen. Meine Ergebnisse stehen Ihnen jederzeit zur Verfügung, wenn Sie sie benötigen sollten. Ich glaube, daß ich in diesem Haus alles gesehen habe, was ich sehen wollte, und daß meine Zeit nun anderswo nutzbringender verwendet wäre. Au revoir und viel Glück!"

Aus einer Vielzahl von winzigen Anzeichen, die außer mir jedem anderen entgangen wären, konnte ich entnehmen, daß sich Holmes auf einer heißen Spur befand. Obwohl er sich, beobachtete man ihn flüchtig, gleichmütig wie eh und je benahm, so deuteten seine leuchtenden Augen und sein lebhafteres Gebaren jene unterdrückte Ungeduld und Spannung an, die mir verrieten, daß die Jagd eröffnet war. Er pflegte in solchen Augenblicken nichts zu sagen und ich keine Fragen zu stellen. Mir genügte es, an dem sportlichen Wettkampf teilzuhaben und meine bescheidene Hilfe bei der Ergreifung zu leisten, das emsige Gehirn also nicht durch unnötige Unterbrechungen abzulenken. Bei passender Gelegenheit würde ich alles erfahren.

Deshalb wartete ich ab – doch zu meiner wachsenden Enttäuschung wartete ich vergebens. Ein Tag verstrich nach dem anderen, und mein Freund unternahm keinen erkennbaren Schritt in dieser Sache. Einen Vormittag verbrachte er in der Stadt, und ich entnahm einer flüchtigen Bemerkung, daß er im British Museum gewesen war. Von diesem einen Ausflug abgesehen, verbrachte er seine Zeit mit langen und oftmals allein unternommenen Spaziergängen, oder er plauderte stundenlang mit ein paar Klatschmäulern des Dorfes, deren Bekanntschaft er gemacht hatte.

„Ich bin sicher, Watson, daß eine Woche auf dem Lande Ihnen ungemein guttun wird", bemerkte er. „Es ist sehr hübsch, die ersten grünen Triebe an den Hecken und die Kätzchen am Haselnußstrauch wieder einmal zu sehen. Man kann mit einem Grabscheit, einer Botanisiertrommel und einem Buch zur Pflanzenbestimmung äußerst lehrreiche Tage zubringen." Er selbst streifte mit dieser Ausrüstung umher, aber es war eine magere Ausbeute an Pflanzen, die er abends nach Hause brachte.

Bei einem unserer Streifzüge lief uns Inspektor Baynes zufällig über den Weg. Sein feistes rotes Gesicht schwabbelte vor Freundlichkeit, und die kleinen Augen glitzerten vergnügt, als er Holmes begrüßte. Er sagte wenig über den Fall, aber wir konnten dem wenigen entnehmen, daß auch er mit dem Gang der Dinge nicht unzufrieden war. Dennoch muß ich zugeben, daß ich einigermaßen überrascht war, als ich, etwa fünf Tage nach dem Verbrechen, meine Morgenzeitung aufschlug und dort in großen Buchstaben stand:

EINE LÖSUNG IM MORDFALL VON OXSHOTT
MUTMASSLICHER TÄTER FESTGENOMMEN

Wie von einer Tarantel gestochen, schnellte Holmes aus dem Sessel, als ich die Überschrift laut vorlas.

„Beim Zeus!" rief er aus. „Soll das heißen, daß Baynes ihn gefaßt hat?"

„Offenbar", sagte ich und las den folgenden Bericht vor:

„Große Aufregung gab es in Esher und dem umliegenden Bezirk, als spät am gestrigen Abend bekannt wurde, daß der Polizei eine Festnahme im Zusammenhang mit dem Mord von Oxshott gelungen ist. Man wird sich erinnern, daß Mr. Garcia, ein Bewohner des Wisteria Lodge, bei Oxshott Common tot aufgefunden wurde, seine Leiche Spuren äußerster Gewaltanwendung aufwies und daß in derselben Nacht sein Diener und sein Koch verschwanden, was offensichtlich auf ihre Beteiligung an dem Verbrechen hindeutete. Es wurde vermutet, aber nie bestätigt, daß der Verstorbene Wertgegenstände im Haus hatte, deren Entwendung das Motiv des Verbrechens war. Der mit dem Fall betraute Inspektor Baynes unternahm alle Anstrengungen, das Versteck der Flüchtigen zu ermitteln. Alle Anzeichen deuteten darauf hin, daß sie nicht weit geflohen waren, sondern sich in einem vorbereiteten Versteck verborgen hielten. Zudem galt es von vornherein als sicher, daß man sie früher oder später entdecken würde, da der Koch, nach Aussage zweier Händler, die ihn durchs Fenster gesehen hatten, ein Mann von äußerst auffälliger Erscheinung war – es handelte sich nämlich um einen riesigen, abstoßend wirkenden Mulatten mit gelblicher Hautfarbe und ausgesprochen negroiden Zügen. Dieser Mann ist nach dem Verbrechen gesehen worden. Konstabler Walters beobachtete und verfolgte ihn noch am selben Abend, als dieser die Dreistigkeit besaß, Wisteria Lodge noch einmal aufzusuchen. Inspektor Baynes schlußfolgerte daraus, daß solch ein Besuch einen dringenden Zweck verfolgte und deshalb höchstwahrscheinlich wiederholt werden würde. Er räumte das Haus, legte aber im Gebüsch einen Hinterhalt. Der Mann lief gestern abend in die Falle und wurde nach einem Kampf gefangengenommen, bei dem Konstabler Downing ernsthafte Bißverletzungen erlitt. Es gilt als sicher, daß bei der Vorführung des Gefangenen vor dem Magistrat ein Haftbefehl ausgestellt wird. Man erhofft sich große Fortschritte von dieser Festnahme."

„Wir müssen sofort mit Baynes reden", rief Holmes aus und langte nach seiner Mütze. „Wir können ihn gerade noch erwischen." Wir hasteten die Dorfstraße hinab, und, wie erwartet, trafen wir den Inspektor, als er gerade seine Unterkunft verließ.

„Haben Sie die Zeitung schon gelesen, Mr. Holmes?" fragte er und hielt uns ein Exemplar hin.

„Ja, Baynes, das habe ich. Bitte fassen Sie es nicht als Dreistigkeit auf, wenn ich sie freundschaftlich warnen möchte."

„Warnen, Mr. Holmes?"

„Ich habe mich ziemlich eingehend mit diesem Fall befaßt und bin nicht überzeugt, daß Sie sich auf der richtigen Spur befinden. Ich möchte nicht, daß Sie sich zu sehr festlegen, bevor Sie sich Ihrer Sache ganz sicher sind."

„Sehr freundlich von Ihnen, Mr. Holmes."

„Ich versichere Ihnen, das meine ich nur zu Ihrem Besten."

Es kam mir so vor, als ob Mr. Baynes mit einem seiner winzigen Augen kurz blinzelte.

„Wir hatten uns geeinigt, daß jeder auf seine Weise vorgeht, Mr. Holmes. Genau das tue ich."

„Na schön", sagte Holmes. „Machen Sie mir später keinen Vorwurf."

„Nein, Sir, ich glaube, daß Sie es gut mit mir meinen. Aber wir haben alle unsere eigenen Methoden, Mr. Holmes. Sie haben Ihre, und ich habe meine."

„Na schön, lassen wir das."

„Meine Neuigkeiten stehen Ihnen stets zur Verfügung. Dieser Bursche ist ausgesprochen wild, stark wie ein Bulle und grimmig wie ein Löwe. Ehe man ihn überwältigen konnte, hatte er Downing den Daumen fast abgebissen. Er spricht kaum ein Wort englisch, außer Grunzern ist aus ihm nichts herauszubekommen."

„Und Sie glauben Beweise zu haben, daß er seinen ehemaligen Herrn ermordet hat?"

„Das habe ich nicht gesagt, Mr. Holmes, das habe ich nicht gesagt. Jeder versucht es auf seine Weise. Sie auf Ihre und ich auf meine. So war es abgemacht."

Holmes zuckte die Schultern, als wir nach Hause gingen. „Ich werde aus dem Mann nicht klug. Er scheint drauf und dran zu sein, sich in eine schlimme Lage zu bringen. Doch wie er selbst sagt, muß jeder seine Methode anwenden und sehen, was dabei herauskommt. Aber irgend etwas ist an Inspektor Baynes, was ich nicht ganz verstehe."

„Setzen Sie sich mal in den Sessel dort, Watson", sagte Sherlock Holmes, nachdem wir in unser Appartement im „Bullen" zurückgekehrt waren. „Ich möchte Ihnen die Lage schildern, denn möglicherweise brauche ich heute nacht Ihre Hilfe. Lassen Sie mich die Entwicklung dieses Falles nachzeichnen, soweit ich ihr bisher zu folgen vermochte. So einfach sie in ihren Grundzügen auch war, hat sie uns dennoch erstaunliche Schwierigkeiten beschert, die einer Festnahme im Wege stehen. In jeder Hinsicht klaffen Lücken, die wir noch auszufüllen haben.

Beginnen wir bei der Nachricht, die Garcia am Abend vor seinem Tod überbracht wurde. Baynes' Version, daß Garcias Dienstpersonal mit der Sache etwas zu tun hatte, können wir vernachlässigen. Der Beweis liegt in der Tatsache, daß er Scott Eccles' Anwesenheit arrangiert hat, was allein zu dem Zweck geschehen sein konnte, sich ein Alibi zu sichern. Also war es Garcia, der eine Unternehmung plante, eine kriminelle Unternehmung, bei der er an jenem Abend zu Tode kam. Ich sage ‚kriminell', weil nur ein Mensch mit einer kriminellen Absicht danach trachtet, sich ein Alibi zu verschaffen. Wer könnte ihn demnach am wahrscheinlichsten umgebracht haben? Sicherlich die Person, gegen die die kriminelle Absicht gerichtet war. Soweit bewegen wir uns auf sicherem Grund, scheint mir.

Wir können jetzt die Ursache für das Verschwinden von Garcias Dienstpersonal erkennen. Sie waren alle Verbündete bei dem besagten unbekannten Verbrechen. Sollte es gelingen und Garcia zurückkehren, dann würde jeder mögliche Verdacht durch die Zeugenaussage des typischen Engländers entkräftet werden, und alles wäre gut. Aber es war eine gefährliche Unternehmung, und sollte Garcia nicht bis zu einer bestimmten Zeit zurück sein, so war es wahrscheinlich, daß er sein Leben geopfert hatte. Für diesen Fall hatte man deshalb ausgemacht, daß sich seine zwei Untergebenen in ein vorbereitetes Versteck zurückziehen sollten, wo sie der Nachforschung entgehen und später ihren Anschlag wiederholen konnten. Das würde die Fakten völlig erklären, nicht wahr?"

Der ganze unerklärliche Wirrwarr der Fakten schien sich vor mir zu entwirren. Wie immer wunderte ich mich, warum ich nicht selbst schon früher daraufgekommen war.

„Aber warum hätte ein Diener zurückkommen sollen?"

„Nehmen wir an, daß er in der Eile etwas Wertvolles zurückgelassen hat, etwas, von dem er sich nicht trennen konnte. Das würde seine Hartnäckigkeit erklären, nicht wahr?"

„Nun gut, und der nächste Schritt?"

„Der nächste Schritt ist die Nachricht, die Garcia beim Dinner erhielt. Sie weist auf einen Verbündeten auf der anderen Seite hin. Aber wo befand sich die andere Seite? Ich habe Ihnen bereits bewiesen, daß sie nur in einem der großen Häuser sein konnte, deren Anzahl, wie gesagt, begrenzt ist. An meinen ersten Tagen in diesem Dorf unternahm ich mehrere Wanderungen, wobei ich in den Pausen meiner botanischen Forschungen alle großen Häuser erkundete und die Familiengeschichte ihrer Bewohner unter die Lupe nahm. Ein Haus, und nur eins, weckte mein Interesse. Es ist das berühmte alte jakobinische Gutshaus High Gable, das eine Meile von Oxshott und weniger als eine Meile vom Tatort entfernt liegt. Die anderen Herrenhäuser gehören prosaischen und angesehenen Leuten, deren Leben nichts Geheimnisvolles an sich hat. Aber der Hausherr von High Gable, Mr. Henderson, ist dafür ein um so seltsamerer Mensch, der von seltsamen Geschehnissen geradezu verfolgt zu werden scheint. Deshalb konzentrierte ich meine Aufmerksamkeit auf ihn und seinen Haushalt. Eine merkwürdige Gruppierung von Leuten, Watson, und der Hausherr ist der Merkwürdigste von ihnen. Es gelang mir, ihn unter einem plausiblen Vorwand zu sprechen, aber seinen dunklen, tiefliegenden, grüblerischen Augen war abzulesen, daß er sich über mein wahres Anliegen völlig im klaren war. Er ist ein Mann um die Fünfzig, kräftig, aktiv, mit eisengrauem Haar, starken buschigen schwarzen Augenbrauen, dem Schritt eines Hirsches und dem Auftreten eines Kaisers – ein grimmiger, herrischer Mensch; hinter seinem Pergamentgesicht brodelt ein hitziger Geist. Er sieht aus wie ein Ausländer, oder er hat lange Zeit in den Tropen gelebt, denn er ist gelblich und ausgedörrt, aber zäh wie ein Peitschenriemen. Sein Freund und Sekretär, Mr. Lucas, ist zweifellos Ausländer – schokoladenbraun, schlau und verbindlich; er bewegt sich geschmeidig wie eine Raubkatze, und wenn er redet, trieft er vor giftiger Freundlichkeit.

Sie sehen, Watson, wir haben bereits zwei ausländische Parteien – eine in Wisteria Lodge und eine in High Gable –, unsere Lücken beginnen sich zu schließen.

Diese beiden engbefreundeten Männer bilden das Zentrum des Haushalts, aber es gibt noch eine andere Person, die für unser Vorhaben noch wichtiger sein könnte. Henderson hat zwei Kinder – Mädchen von elf und dreizehn

Jahren. Ihre Erzieherin ist eine Miß Burnet, eine Engländerin, so um die Vierzig. Dann gibt es noch einen Diener in einer Vertrauensstellung. Diese kleine Gruppe macht die eigentliche Familie aus, denn sie verreist gemeinsam, und Henderson ist viel auf Reisen, ja eigentlich ständig unterwegs. Ins High Gable ist er erst in den letzten paar Wochen zurückgekehrt, nachdem er ein Jahr fort war. Ich darf hinzufügen, daß er enorm reich ist und sich jeden seiner Wünsche leicht erfüllen kann. Im übrigen ist sein Haus voll von Butlern, Dienstboten, Mägden und dem üblichen wohlgenährten, unterbeanspruchten Personal eines großen englischen Landhauses.

Soviel habe ich teils durch den Dorfklatsch, teils durch meine eigenen Beobachtungen erfahren. Es gibt keine besseren Informanten als entlassene Diener, die einen Groll hegen, und ich hatte das Glück, einen solchen zu finden. Ich nenne es Glück, aber ich hätte ihn nicht gefunden, wenn ich nicht nach ihm gesucht hätte. Jeder hat sein System, wie Baynes sagt. Mit Hilfe meines Systems konnte ich John Warner finden, den ehemaligen Gärtner von High Gable, den sein herrischer Arbeitgeber in einem Zornausbruch entlassen hatte. Er wiederum besitzt Freunde unter den Hausangestellten, die eine gemeinsame Furcht und Abneigung gegen ihren Herrn hegen. So fand ich meinen Schlüssel zu den Geheimnissen des Hauses.

Merkwürdige Leute, Watson! Ich will nicht so tun, als verstünde ich schon alles, aber sehr merkwürdige Leute sind es auf jeden Fall. Das Haus hat zwei Flügel, die Dienerschaft bewohnt den einen, die Familie den anderen. Zwischen beiden gibt es nur eine Verbindungsperson, nämlich Hendersons Leibdiener, der der Familie das Essen serviert. Alles wird zu einer bestimmten Tür getragen, welche die einzige Verbindung darstellt. Gouvernante und Kinder gehen kaum nach draußen, es sei denn in den Garten. Henderson läßt sich niemals allein sehen. Sein dunkelhäutiger Sekretär folgt ihm wie ein Schatten. Unter der Dienerschaft erzählt man sich, daß ihr Herr vor etwas furchtbare Angst habe. ‚Seine Seele hat er dem Teufel für Geld verschachert', sagte Warner, ‚und nun erwartet er, daß sein Gläubiger kommt und sich holt, was ihm gehört.' Woher sie kamen oder wer sie sind, weiß niemand zu sagen. Gewalttätig sind sie. Zweimal hat Henderson Leute mit der Hundepeitsche verprügelt, und nur sein dicker Geldbeutel und reichliche Entschädigungen haben ihn vor dem Gericht bewahrt.

So, Watson, und nun wollen wir die Situation im Lichte dieser neuen Informationen betrachten. Wir dürfen annehmen, daß der Brief aus diesem seltsamen Haushalt kam und eine Aufforderung für Garcia war, einen bereits geplanten Anschlag zu verüben. Wer schrieb die Nachricht? Es war jemand innerhalb der Festung, und es war eine Frau. Wer also außer Miß Burnet, der Gouvernante? Alle unsere Überlegungen scheinen darauf hinzudeuten. Auf jeden Fall sollten wir dies als Hypothese übernehmen und abwarten, zu welchen Schlüssen sie führt. Ich darf hinzufügen, daß Miß Burnets Alter und Charakter meine erste Vermutung, es sei eine Liebesgeschichte im Spiel, mit Sicherheit ausschließen.

Wenn sie die Nachricht schrieb, dann war sie höchstwahrscheinlich die Vertraute und Verbündete von Garcia. Wie hätte sie sich demnach verhalten müssen, als sie von seinem Tod erfuhr? Wenn er bei einer strafbaren Handlung ums Leben gekommen ist, würde sie schweigen wie ein Grab. Und doch müßte sie in ihrem Inneren Bitterkeit und Haß gegen die empfinden, die ihn getötet haben. Sie würde vielleicht alles tun, um ihn zu rächen. Müßten wir nicht also mit ihr sprechen und ihre Hilfe in Anspruch nehmen? Das war mein erster Gedanke. Aber dem steht eine unheilverkündende Tatsache entgegen. Miß Burnet ist seit der Mordnacht nicht mehr gesehen worden. Seit jenem Abend ist sie spurlos verschwunden. Ist sie am Leben? Ist sie vielleicht in derselben Nacht umgekommen wie ihr Freund, den sie herbeigerufen hatte? Oder wird sie lediglich gefangengehalten? Das ist die Frage, die wir noch zu klären haben.

Sie werden natürlich die Schwierigkeiten der Situation begreifen, Watson. Wir haben nichts in den Händen, um einen Haftbefehl zu beantragen. Alle unsere Überlegungen würden phantastisch erscheinen, trügen wir sie einem Magistrat vor. Das Verschwinden der Frau besagt gar nichts, da in jenem außergewöhnlichen Haushalt jedes beliebige Mitglied eine Woche unsichtbar sein kann. Und doch könnte sie sich gegenwärtig in Lebensgefahr befinden. Ich kann nur das Haus beobachten und meinen Agenten Warner als Wachposten am Tor aufstellen. Wir dürfen uns mit dieser Situation nicht abfinden. Wenn das Gesetz nichts tun kann, müssen wir das Risiko auf uns nehmen."

„Was schlagen Sie vor?"

„Ich weiß, wo ihr Zimmer liegt. Man kann es vom Dach eines Schuppens erreichen. Ich schlage vor, daß Sie und ich heute nacht aufbrechen und ins Zentrum des Rätsels vorzudringen versuchen."

Eine sehr verlockende Aussicht – ich muß es zugeben – war das nicht. Das alte, vom Hauch des Mordes umgebene Haus, seine merkwürdigen und furchteinflößenden Bewohner, die unbekannten Gefahren beim Eindringen und der Umstand, daß wir uns in eine ungesetzliche Lage begeben würden – all dies dämpfte meinen Eifer. Aber Holmes' eiskalte Argumentation hatte etwas Zwingendes, das es unmöglich machte, vor irgendeinem Abenteuer zurückzuschrecken, das er vorschlug. Man wußte, daß so – und nur so – eine Lösung gefunden werden konnte. Schweigend drückte ich ihm die Hand, und die Würfel waren gefallen.

Aber zu einem derart abenteuerlichen Abschluß unserer Ermittlungen sollte es nicht kommen. Es war etwa siebzehn Uhr, und die Dämmerung des

Märzabends begann hereinzubrechen, als ein aufgeregter Dörfler in unser Zimmer gestürmt kam.

„Sie sind fort, Mr. Holmes. Haben den letzten Zug genommen. Die Frau ist ausgerissen, sie sitzt unten in einer Droschke."

„Ausgezeichnet, Warner!" rief Holmes und sprang auf. „Watson, die Lücken schließen sich rasch."

In der Droschke saß eine Frau, halb ohnmächtig vor nervlicher Erschöpfung. Ihr eingefallenes, abgezehrtes Gesicht trug die Spuren einer kürzlich durchlebten Tragödie. Der Kopf hing ihr schlaff auf die Brust, aber als sie ihn hob und ihren stumpfen Blick auf uns richtete, sah ich, daß ihre Pupillen schwarze Pünktchen inmitten der großen grauen Iris waren. Sie stand unter dem Einfluß von Opium.

„Ich habe das Tor beobachtet, genau wie Sie es gesagt haben, Mr. Holmes", erklärte unser Helfer, der entlassene Gärtner. „Als die Kutsche herauskam, bin ich ihr zum Bahnhof gefolgt. Die Gouvernante benahm sich wie eine Schlafwandlerin, aber als sie sie in den Zug schaffen wollten, kam sie zur Besinnung und wehrte sich. Sie schoben sie mit Gewalt in den Waggon. Doch sie riß sich los und sprang wieder heraus. Ich kam ihr zu Hilfe, brachte sie in eine Droschke, und hier sind wir nun. Mr. Hendersons Gesicht am Abteilfenster, als ich sie wegführte, werde ich nicht vergessen. Der wütende schwarzäugige gelbe Teufel – wenn es nach dem ginge, würde ich nicht mehr lange leben."

Wir trugen sie nach oben, legten sie aufs Sofa, und ein paar Tassen vom stärksten Kaffee lichteten bald die Nebelschwaden der Droge, die ihren Geist umgaben. Holmes hatte Baynes rufen lassen und ihm die Situation rasch erläutert.

„Da haben Sie mir ja genau den Beweis verschafft, den ich brauche, Sir", sagte der Inspektor freudig und schüttelte meinem Freund die Hand. „Von Anfang an war ich auf derselben Spur wie Sie."

„Was, Sie waren hinter Henderson her?"

„Freilich, Mr. Holmes. Als Sie im Gebüsch um High Gable herumschlichen, saß ich auf einem Baum in der Plantage und sah Sie dort unten. Es war nur die Frage, wer als erster seinen Beweis bekommen würde."

„Aber warum haben Sie denn den Mulatten verhaftet?"

Baynes schmunzelte.

„Ich war sicher, daß der sogenannte Henderson spürte, daß er verdächtigt wurde, und er so lange in Deckung gehen und sich nicht rühren würde, wie er Gefahr witterte. Ich verhaftete den falschen Mann, um ihn in dem Glauben zu lassen, daß wir ihm keine Beachtung mehr schenkten. Ich wußte, daß er dann höchstwahrscheinlich das Weite suchen würde und wir damit die Möglichkeit bekämen, an Miß Burnet heranzukommen."

Holmes legte dem Inspektor die Hand auf die Schulter.

„Sie werden es in Ihrem Beruf weit bringen. Sie besitzen Instinkt und Intuition“, sagte er.

Baynes errötete vor Freude.

„Die ganze Woche hatte ich einen Mann in Zivil am Bahnhof postiert. Wohin die Leute von High Gable auch fahren, er wird ihnen auf den Fersen bleiben. Es muß ihm schwergefallen sein, sich zurückzuhalten, als Miß Burnet ausbrach. Aber Ihr Mann hat sie gerettet, und so ist alles gut gegangen. Ohne Miß Burnets Aussage können wir keine Verhaftung vornehmen, das ist klar, und je eher wir eine Aussage bekommen, desto besser.“

„Sie kommt immer mehr zu sich“, sagte Holmes mit einem Seitenblick auf die Gouvernante. „Aber sagen Sie, Baynes, wer ist dieser Henderson?“

„Henderson“, antwortete der Inspektor, „ist Don Murillo, einst nannte man ihn den Tiger von San Pedro.“

Der Tiger von San Pedro! Die ganze Geschichte des Mannes kam mir blitzartig in Erinnerung. Er hatte sich seinen Namen als der zügelloseste und blutdürstigste Tyrann gemacht, der jemals ein Land regierte. Mit Hilfe seiner Stärke, Furchtlosigkeit und Energie konnte er ein eingeschüchtertes Volk zehn und zwölf Jahre lang seiner verhaßten, lasterhaften Herrschaft unterwerfen. In ganz Zentralamerika rief sein Name Schrecken hervor. Schließlich kam es zu einem allgemeinen Aufstand gegen ihn. Aber er war ebenso schlau wie grausam, und bei den ersten Gerüchten vom kommenden Aufruhr ließ er seine Schätze heimlich an Bord eines Schiffes schaffen, das mit seinen ergebensten Anhängern bemannt war. Anderntags stürmten die Aufständischen einen leeren Palast. Der Diktator war mit seinen zwei Kindern, seinem Sekretär und seinem Reichtum entwischt. Seit jenem Zeitpunkt war er wie vom Erdboden verschwunden, und die Frage seiner Identität blieb ein ständig wiederkehrendes Thema für Kommentare in der europäischen Presse.

„Ja, Sir, Don Murillo, der Tiger von San Pedro“, sagte Baynes.

„Wenn Sie nachschlagen, werden Sie feststellen, daß die Nationalfarben von San Pedro Grün und Weiß sind, genau wie in der Nachricht, Mr. Holmes. Henderson nennt er sich, aber ich konnte seine Spur zurückverfolgen über Paris, Rom und Madrid bis nach Barcelona, wo sein Schiff 1886 anlegte. Sie haben ihn schon die ganze Zeit gesucht, um Rache zu nehmen, aber erst jetzt haben sie seine Spur entdeckt.“

„Vor einem Jahr haben sie ihn aufgespürt“, sagte Miß Burnet, die sich aufgerichtet hatte und der Unterhaltung nun aufmerksam folgte. „Schon einmal ist ein Anschlag auf sein Leben versucht worden, aber irgendein böser Geist muß ihn beschützt haben. Und auch diesmal ist dieses Ungeheuer davongekommen, während der edle, ritterliche Garcia fallen mußte. Aber ein anderer wird kommen und ein weiterer, bis eines Tages die Gerechtigkeit siegen wird, das ist so sicher, wie die Sonne morgen aufgeht." Ihre mageren Hände ballten sich, und ihr ausgemergeltes Gesicht wurde bleich vor leidenschaftlichem Haß.

„Aber was haben Sie mit dieser Sache zu tun, Miß Burnet?" fragte Holmes. „Wie kann sich eine englische Dame an solch einer Mordaffäre beteiligen?"

„Ich beteilige mich daran, weil es keinen anderen Weg auf der Welt gibt, wieder Gerechtigkeit herzustellen. Was kümmert sich das Gesetz von England um die Ströme von Blut, die vor Jahren in San Pedro vergossen wurden, oder um die Schiffsladung von Schätzen, die dieser Mann gestohlen hat? Ihnen bedeutet das soviel wie Verbrechen, die auf einem anderen Planeten verübt wurden. Aber wir wissen es. Wir haben die Wahrheit durch Kummer und Leid erfahren. Für uns gibt es keine schlimmere Ausgeburt der Hölle als Juan Murillo und kein Rasten, solange seine Opfer noch nach Vergeltung rufen."

„Zweifellos", sagte Holmes, „verhält es sich so, wie Sie sagen. Ich habe gehört, daß er grausam war. Aber inwiefern sind Sie betroffen?"

„Ich werde Ihnen alles erklären. Es war die Politik des Schurken, jeden Mann unter diesem oder jenem Vorwand zu ermorden, der Qualitäten erkennen ließ, durch die er eines Tages zu einem gefährlichen Rivalen werden könnte. Mein Mann – ja, mein richtiger Name ist Señora Victoria Durando – war der abgesandte Minister von San Pedro in London. Dort lernten wir uns kennen und heirateten. Ein edlerer Mensch hat nie auf Erden gelebt! Unglücklicherweise hörte Murillo von seinen Vorzügen, rief ihn unter einem Vorwand zurück und ließ ihn erschießen. In düsterer Vorahnung auf sein Schicksal hatte mein Mann es abgelehnt, daß ich ihn begleitete. Sein gesamtes Vermögen wurde konfisziert – mittellos und mit gebrochenem Herzen blieb ich zurück.

Dann kam der Sturz des Tyrannen. Er floh, wie Sie es eben geschildert haben. Aber die vielen, deren Leben er ruiniert hatte, deren Angehörige und Freunde durch ihn Folter und Tod erlitten hatten, ließen die Sache nicht auf sich beruhen. Sie schlossen sich in einem Bund zusammen, der nicht eher aufgelöst werden sollte, bis das Ziel erreicht ist. Meine Aufgabe war es, nachdem wir in dem angeblichen Henderson den gestürzten Despoten entdeckt hatten, mich in seinem Haushalt zu etablieren und die anderen ständig über seine Schritte zu unterrichten. Dies gelang, indem ich mir die Stellung der Gouvernante in seiner Familie sicherte. Wenn er geahnt hätte, daß die Frau, die ihn bei jeder Mahlzeit anblickte, diejenige war, deren Gatten er binnen einer Stunde ins Jenseits befördert hatte! Ich lächelte, tat meine Pflicht bei seinen Kindern und wartete meine Zeit ab. In Paris wurde ein Anschlag unternommen, er schlug fehl. Wir reisten kreuz und quer durch Europa, einmal hierhin, einmal dahin, um die Verfolger abzuschütteln, und kehrten schließlich in dieses Haus zurück, das er bei seiner ersten Ankunft in England gekauft hatte.

Aber auch hier warteten die Diener der Gerechtigkeit. Da sie wußten, daß er hierher zurückkehren würde, erwarteten ihn bereits Garcia, der Sohn des ehemaligen höchsten Würdenträgers in San Pedro, und zwei treue Gefährten einfacher Abstammung; alle drei dürsteten aus demselben Grund nach Vergeltung. Am Tag war ein Attentat so gut wie aussichtslos, denn Murillo befolgte jede Vorsichtsmaßregel, und wenn er aus dem Haus ging, dann nur in Begleitung seines Kumpans Lucas – oder Lopez, wie er in seinen glanzvollen Zeiten hieß. Doch nachts schlief er allein, und der Rächer hätte ihn fassen können. An einem bestimmten verabredeten Abend schrieb ich letzte Anweisungen für meinen Freund, denn der Tiger war ständig auf der Hut und schlief immer in einem anderen Zimmer. Ich hatte dafür zu sorgen, daß die Türen offen waren und als Signal eine Lampe im Fenster zur Einfahrt stand: Grünes Licht hieß, daß alles in Ordnung war, und weißes, daß der Anschlag besser verschoben werden sollte.

Aber alles ging schief. Irgendwie hatte Lopez, der Sekretär, Verdacht gegen mich geschöpft. Er schlich sich, gerade als ich die Nachricht beendet hatte, hinter meinem Rücken an und stürzte sich auf mich. Er und sein Herr schleppten mich in mein Zimmer und hielten über mich Gericht als überführte Verräterin. An Ort und Stelle hätten sie ihre Messer in mich gebohrt, wenn sie eine Möglichkeit gesehen hätten, den Folgen ihrer Tat zu entgehen. Nach langen Beratungen kamen sie schließlich zu dem Ergebnis, daß meine Ermordung zu gefährlich wäre. Aber sie beschlossen, Garcia für immer loszuwerden. Sie hatten mich geknebelt, und Murillo verdrehte mir so lange den Arm, bis ich ihm die Adresse gab. Ich schwöre, ich hätte mir den Arm abdrehen lassen, wenn ich gewußt hätte, was das für Garcia bedeuten sollte. Lopez adressierte den Brief, den ich geschrieben hatte, versiegelte ihn mit seinem Manschettenknopf und ließ ihn durch den Diener José überbringen. Wie sie ihn ermordet haben, weiß ich nicht, nur, daß es Murillo war, der ihn umbrachte, denn Lopez blieb zu meiner Bewachung zurück. Ich nehme an, er hat in dem Ginstergebüsch gelauert, durch das sich der Pfad schlängelt, und ihn niedergestreckt, als er vorbeikam. Zuerst waren sie sich einig, ihn ins Haus kommen zu lassen und als ertappten Einbrecher zu töten, dann aber überlegten sie, daß die Verwicklung in eine polizeiliche Untersuchung unvermeidlich zu einer öffentlichen Preisgabe ihrer wahren Identität führen würde und sie sich damit weiteren Anschlägen aussetzten. Man hoffte, daß mit Garcias Tod die Nachstellungen nachließen, da solch ein Tod die anderen Verfolger von weiteren Vorhaben abschrecken würde.

Alles wäre in bester Ordnung gewesen, wenn es nicht mich als Mitwisserin

der Untat gegeben hätte. Ich bin völlig sicher, daß mein Leben zeitweilig nur an einem seidenen Faden gehangen hat. Ich wurde in mein Zimmer eingesperrt, mit den furchtbarsten Drohungen eingeschüchtert, grausam mißhandelt, um meinen Widerstand zu brechen – sehen Sie diese Stichwunde in meiner Schulter und die Blutergüsse an beiden Armen. Als ich einmal versuchte, aus dem Fenster um Hilfe zu rufen, wurde mir ein Knebel in den Mund gesteckt. Fünf Tage dauerte diese grausame Gefangenschaft, dabei bekam ich kaum ausreichend Nahrung, um körperlich und geistig bei Kräften zu bleiben. Heute nachmittag brachte man mir ein gutes Lunch, aber als ich es verzehrt hatte, merkte ich sofort, daß man ein Betäubungsmittel beigemengt hatte. Halb führte man mich, halb trug man mich zur Kutsche, es kam mir wie ein Traum vor, und in demselben Zustand beförderte man mich in den Zug. Erst da, als der Zug schon fast anfuhr, wurde mir plötzlich bewußt, daß meine Freiheit in meinen eigenen Händen lag. Ich sprang hinaus, sie versuchten mich zurückzuzerren, und wenn mir dieser gute Mann nicht zu Hilfe gekommen wäre und mich gleich zu einer Droschke geführt hätte, wäre ich ihnen nie entkommen. Nun bin ich Gott sei Dank ihrer Macht für immer entronnen."

Wir alle hatten gespannt dieser bemerkenswerten Aussage gelauscht. Es war Holmes, der das Schweigen brach.

„Unsere Schwierigkeiten sind noch nicht vorüber", bemerkte er kopfschüttelnd. „Hier endet zwar unsere polizeiliche Ermittlungsarbeit, doch die Aufgaben unserer Gerichtsbarkeit beginnen erst."

„Genau", sagte ich. „Ein geschickter Verteidiger könnte das Ganze als Akt der Selbstverteidigung hinstellen. Obwohl der Tiger und sein Sekretär vielleicht noch Hunderte von Verbrechen auf dem Kerbholz haben, kann man sie dennoch nur wegen dieses einen vor Gericht bringen."

„Aber, aber, kommen Sie", meinte Baynes zuversichtlich. „Ich schätze das Gesetz höher ein. Notwehr ist eine Sache. Einen Menschen kaltblütig anzulocken mit dem Vorsatz, ihn zu ermorden, ist eine andere, einerlei, welche Gefahr auch von ihm ausgehen mag. Nein, nein, wir alle werden die Genugtuung haben, den Besitzer von High Gable vor dem nächsten Geschworenengericht von Guildford zu sehen."

Aber wie die Historie zeigte, sollte doch noch eine kleine Weile vergehen, bis der Tiger von San Pedro seinen verdienten Lohn empfing. Schlau und kaltblütig schüttelten er und sein Kumpan ihre Verfolger ab, indem sie ein Logierhaus in der Edmonton Street betraten und es durch die Hinterpforte zum Curzon Square verließen. Seit jenem Tag hat man sie nie wieder in England gesehen. Etwa sechs Monate danach wurden der Marquis von Montalva und sein Sekretär Señor Rulli auf ihren Zimmern im Hotel „Escorial" in Madrid ermordet. Das Verbrechen wurde Nihilisten zugeschrieben, die Mörder wurden nie gefaßt. Inspektor Baynes suchte uns in der Baker Street mit einer schriftlichen Personenbeschreibung auf, in der von dem dunklen Gesicht des Sekretärs und den gebieterischen Gesichtszügen, den schwarzen Augen und den buschigen Augenbrauen seines Herrn die Rede war. Wir konnten nicht bezweifeln, daß der Gerechtigkeit – zwar spät, aber doch endlich – Genüge getan war.

„Ein chaotischer Fall, mein lieber Watson", sagte Holmes bei einer Abendpfeife. „Es wird Ihnen nicht möglich sein, ihn in jener kompakten Form darzustellen, die Ihnen so am Herzen liegt. Er umfaßt zwei Kontinente, betrifft zwei Gruppen von mysteriösen Personen und wird zusätzlich kompliziert durch die höchst respektable Gegenwart unseres Freundes Scott Eccles, dessen Einbeziehung mir beweist, daß der verstorbene Garcia Voraussicht und einen gutentwickelten Instinkt zur Selbsterhaltung besaß. Bemerkenswert ist der Fall nur wegen des Umstands, daß wir und unser werter Mitarbeiter, der Inspektor, uns inmitten eines wahren Dschungels von Möglichkeiten mit festem Griff an das Wesentliche gehalten haben und dadurch den verschlungenen und gekrümmten Pfad entlanggeleitet wurden. Gibt es noch irgendeinen Punkt, der Ihnen nicht ganz klar ist?"

„Der Grund für die Rückkehr des Mulatten!"

„Ich glaube, das seltsame Wesen in der Küche dürfte ihn erklären. Der Mann war ein primitiver Eingeborener aus den Wäldern von San Pedro, und dieses Ding war sein Fetisch. Als er und sein Gefährte in das vorbereitete Versteck umziehen mußten – das zweifellos bereits von einem Verschwörer bewohnt war –, überredete ihn sein Gefährte, ein so kompromittierendes Möbelstück nicht mitzunehmen. Aber das Herz des Mulatten hing daran, und es trieb ihn am nächsten Tag zurück, als er aber durchs Fenster spähte, sah er den Polizisten Walters Wache halten. Er wartete noch drei Tage, und dann trieb ihn seine Frömmigkeit oder sein Aberglaube, es noch einmal zu versuchen. Inspektor Baynes, der mit der ihm eigenen Schläue mir gegenüber den Vorfall herunterspielte, hatte indes seine wahre Bedeutung erkannt und eine Falle aufgestellt, in die das bedauernswerte Geschöpf hineinlief. Noch etwas, Watson?"

„Der zerrissene Vogel, der Eimer voll Blut, die verkohlten Knochen, alle die mysteriösen Dinge in jener unheimlichen Küche?"

Holmes lächelte, als er eine Eintragung in seinem Notizbuch aufschlug.

„Ich habe einen Vormittag im British Museum damit zugebracht, darüber und über andere Punkte etwas nachzulesen. Hier habe ich ein Zitat aus Eckermanns ‚Voodooismus und negroide Religionen':

> Der wahre Voodoo-Gläubige unternimmt nichts von Wichtigkeit, ohne bestimmte Opfer zu bringen, die seine unreinen Götter besänftigen sollen. In extremen Fällen nehmen diese Riten die Form des Menschenopfers mit anschließendem Kannibalismus an. Gewöhnlichere Opfer sind ein weißer Hahn, der lebend in Stücke gerissen wird, oder eine schwarze Ziege, der die Kehle durchgeschnitten und deren Körper verbrannt wird.

Sie sehen also, unser wilder Freund war sehr orthodox in seinen Riten. Es ist grotesk, Watson", setzte Holmes hinzu, als er sein Notizbuch langsam zuklappte, „aber, wie ich bereits Gelegenheit hatte zu bemerken, vom Grotesken zum Furchtbaren ist es nur ein Schritt."

Das Abenteuer mit dem Roten Kreis

Nun, Mrs. Warren, ich kann weder einen stichhaltigen Grund für Ihre Besorgnis erkennen, noch sehe ich einen Anlaß, weshalb ich mich, dessen Zeit gewissermaßen kostbar ist, in diese Angelegenheit mischen sollte. Ich bin wirklich mit anderen Dingen beschäftigt", sagte Sherlock Holmes und wandte sich wieder seinem großen Sammelalbum zu, in dem er seine neuesten Materialien ordnete und verzeichnete.

Aber die Hausbesitzerin besaß die Beharrlichkeit und auch die Schlauheit ihres Geschlechts. Sie behauptete sich standhaft.

„Letztes Jahr bearbeiteten Sie für einen meiner Mieter eine Angelegenheit", sagte sie, „für Mr. Fairdale Hobbs."

„Ach ja, ein leichter Fall."

„Aber er hört nie auf, darüber zu sprechen – über Ihre Freundlichkeit, Sir, und die Art und Weise, wie Sie Licht in das Dunkel brachten. Als ich dann selbst voller Zweifel und Unsicherheit war, erinnerte ich mich an seine Worte. Ich weiß, Sie könnten helfen, wenn Sie nur wollten."

Holmes war empfänglich für Schmeicheleien und, um gerecht zu sein, auch für Güte. Beides veranlaßte ihn, den Klebstoffpinsel mit einem Seufzer der Ergebung niederzulegen und den Stuhl zurückzuschieben.

„Gut, gut, Mrs. Warren, wir sind ganz Ohr. Sie haben doch nichts dagegen, wenn ich eine Pfeife rauche? Danke, Watson – die Streichhölzer bitte! Sie sind also beunruhigt, wenn ich richtig verstanden habe, weil Ihr neuer Mieter sein Zimmer nicht verläßt und Sie ihn nicht zu Gesicht bekommen. Nun, du meine Güte, Mrs. Warren, wenn ich Ihr Mieter wäre, würden Sie mich oft wochenlang nicht zu Gesicht bekommen."

„Das mag schon sein, Sir, aber das hier ist etwas anderes. Es ängstigt mich, Mr. Holmes. Ich kann vor Furcht nicht schlafen. Dauernd seinen leichten Schritt zu hören, vom frühen Morgen bis spät in die Nacht, ohne ihn auch nur flüchtig zu sehen – das ist mehr, als ich ertragen kann. Mein Mann ist deshalb schon genauso nervös wie ich, aber er arbeitet den ganzen Tag über, während ich keine Ruhe davor finden kann. Wovor versteckt er sich? Was hat er angestellt? Mit Ausnahme des Mädchens bin ich mit ihm ganz allein im Haus, das ist mehr, als meine Nerven aushalten können."

Holmes beugte sich nach vorn und legte seine langen dünnen Finger auf die Schultern der Frau. Er hatte eine fast hypnotische Kraft, jemanden zu beruhigen, wenn er wollte. Der verängstigte Blick verschwand aus ihren Augen, ihre erregten Gesichtszüge glätteten sich und wurden normal. Sie setzte sich auf den Stuhl, den er ihr hinschob.

„Wenn ich die Sache übernehme, muß ich alle Einzelheiten wissen", sagte er. „Lassen Sie sich Zeit zum Nachdenken. Der kleinste Hinweis kann von größter Bedeutung sein. Sie sagen, der Mann kam vor gut zehn Tagen und bezahlte für vierzehn Tage im voraus Kost und Logis?"

„Er fragte mich nach dem Preis, Sir, und ich sagte, fünfzig Shilling die Woche. Es ist ein kleines Wohnzimmer und ein Schlafzimmer, alles möbliert, im oberen Stockwerk."

„Und?"

„Er sagte: ‚Ich zahle Ihnen fünf Pfund die Woche, wenn ich es zu meinen Bedingungen haben kann.' Ich bin eine arme Frau, Sir, Mr. Warren verdient nicht viel, und das war viel Geld für mich. Er zog eine Zehnpfundnote aus seiner Tasche und wedelte damit vor meinen Augen hin und her. ‚Das können Sie alle vierzehn Tage bekommen, wenn Sie sich an meine Bedingungen halten', sagte er. ‚Wenn nicht, will ich nichts mehr mit Ihnen zu tun haben.'"

„Was für Bedingungen waren das?"

„Nun, Sir, es ging darum, daß er den Hausschlüssel haben wollte. Das war ja auch in Ordnung. Die Mieter bekommen ihn oft. Und dann wollte er völlig allein gelassen und, egal mit welcher Entschuldigung, nicht gestört werden."

„Nichts Ungewöhnliches, oder?"

„Dagegen spricht nichts, Sir. Aber was jetzt kommt, ist gegen alle Vernunft. Er ist jetzt seit zehn Tagen bei uns, und weder mein Mann noch ich oder das Mädchen haben ihn auch nur ein einziges Mal zu Gesicht bekommen. Wir können ihn auf und ab schreiten hören, auf und ab, nachts, morgens und mittags; außer in der ersten Nacht hat er nie wieder das Haus verlassen."

„Oh, in der ersten Nacht ist er wirklich ausgegangen?"

„Ja, Sir, und er kam sehr spät zurück – als wir alle schon im Bett waren. Nachdem er die Zimmer gemietet hatte, sagte er zu mir, daß er was vorhätte, und bat mich, die Tür nicht zu verriegeln. Ich hörte ihn nach Mitternacht die Treppe hochgehen."

„Aber seine Mahlzeiten?"

„Es war seine besondere Anweisung, daß wir, wenn er klingelte, das Tablett mit dem Essen draußen vor seiner Tür auf einen Stuhl stellen sollten. Wenn er fertig ist, klingelt er, und wir nehmen es dann vom selben Stuhl wieder fort. Hat er noch einen Wunsch, schreibt er ihn in Druckbuchstaben auf ein Stück Papier und legt es auf das Tablett."

„In Druckbuchstaben?"

„Ja, Sir. Druckbuchstaben, mit Bleistift geschrieben. Nur das Wort, nichts weiter. Hier habe ich Ihnen einen Zettel mitgebracht – SEIFE. Hier noch einen – STREICHHOLZ. Diesen hier hat er am ersten Morgen hinterlegt – DAILY GAZETTE. Ich bringe ihm diese Zeitung jeden Morgen mit seinem Frühstück."

„Du meine Güte, Watson", sagte Holmes und starrte mit unverhohlener Neugier auf die Zettel aus Kanzleipapier, die ihm die Hauswirtin übergeben hatte, „das ist in der Tat ein wenig merkwürdig. Zurückgezogenheit kann ich ja verstehen; aber warum Druckbuchstaben? So zu schreiben ist mühselig. Warum nicht in normaler Handschrift? Worauf deutet das, Watson?"

„Daß er seine Handschrift verheimlichen will."

„Aber weshalb? Was kann es ihm ausmachen, wenn seine Wirtin ein Wort in seiner Handschrift erhält? Trotz allem, es kann schon so sein, wie Sie sagen. Wiederum, weshalb diese lakonischen Botschaften?"

„Das weiß ich auch nicht."

„Ein erfreulich weites Feld für intelligente Spekulationen. Die Wörter sind mit einem dicken lila Tintenstift einer nicht ungewöhnlichen Marke geschrieben worden. Man kann feststellen, daß das Papier hier an dieser Seite abgerissen worden ist, nachdem das Wort geschrieben wurde, so daß das S von SEIFE teilweise mit abgerissen wurde. Vielsagend, Watson, nicht wahr?"

„Aus Vorsicht?"

„Genau. Offensichtlich gab es ein Zeichen, einen Daumenabdruck, etwas, was einen Hinweis auf die Identität der Person liefern könnte. Nun, Mrs. Warren, Sie sagen, der Mann war mittelgroß, dunkel und bärtig. Wie alt könnte er sein?"

„Jung, Sir – nicht über dreißig."

„Und Sie können mir keine weiteren Angaben machen?"

„Er sprach ein gutes Englisch, Sir, und doch halte ich ihn seines Akzents wegen für einen Ausländer."

„War er gut gekleidet?"

„Sehr elegant angezogen, Sir, ganz Gentleman. Dunkle Kleidung, nichts Auffälliges."

„Er nannte keinen Namen?"

„Nein, Sir."

„Und er hat bisher keine Besuche oder Briefe erhalten?"

„Nichts."

„Aber bestimmt betreten Sie oder das Mädchen sein Zimmer zum Saubermachen?"

„Nein, Sir, er kümmert sich um alles selbst."

„Du meine Güte, das ist wirklich bemerkenswert. Was ist mit seinem Gepäck?“

„Er hatte nur eine große braune Tasche bei sich, sonst nichts.“

„Ja, es scheint so, als ob wir nicht viel Material haben, das uns weiterhelfen kann. Und aus dem Zimmer ist nichts nach draußen gebracht worden?“

Die Hausbesitzerin zog einen Briefumschlag aus der Tasche, aus dem sie zwei abgebrannte Streichhölzer und eine Zigarettenkippe auf den Tisch schüttete.

„Das lag heute morgen auf seinem Tablett. Ich habe es mitgebracht, weil ich hörte, daß Sie aus solchen Kleinigkeiten wichtige Dinge ablesen können.“

Holmes zuckte die Schultern.

„Da gibt es nicht viel zu erkennen“, sagte er. „Die Streichhölzer sind natürlich zum Anzünden der Zigaretten benutzt worden. Das zeigt die Kürze der abgebrannten Enden ganz deutlich. Das halbe Streichholz wurde zum Anstecken einer Pfeife oder einer Zigarre benutzt. Aber was ist das! Dieser Zigarettenstummel ist wirklich bemerkenswert. Der Gentleman trug Voll- und Schnurrbart, sagten Sie?“

„Ja, Sir.“

„Das verstehe ich nicht. Ich würde sagen, nur ein glattrasierter Mann kann diese Zigarette geraucht haben. Ja, Watson, selbst Ihr bescheidenes Bärtchen wäre angesengt worden.“

„Eine Zigarettenspitze“, gab ich zu bedenken.

„Nein, nein, das Ende war angefeuchtet. Es könnten nicht zwei Leute in dieser Wohnung sein, Mrs. Warren?“

„Nein, Sir. Er ißt so wenig, daß ich mich oft wundere, wie man dabei am Leben bleiben kann.“

„Ja, also, ich glaube, wir müssen auf ein wenig mehr Material warten. Schließlich können Sie sich über nichts beklagen. Sie haben Ihre Miete bekommen, und er stört nicht, obwohl er sich natürlich sehr ungewöhnlich benimmt. Er bezahlt Sie gut, und wenn er es vorzieht, versteckt zu bleiben, geht es Sie nicht direkt etwas an. Wir haben keinen Anlaß, uns in sein Privatleben einzumischen, es sei denn, wir hätten einen Anhaltspunkt, daß es dafür einen verbrecherischen Grund gibt. Ich habe den Fall übernommen und werde ihn nicht aus den Augen verlieren. Benachrichtigen Sie mich, wenn sich etwas Neues ereignet, und verlassen Sie sich auf meine Hilfe, wenn sie gebraucht werden sollte.

Es gibt wirklich ein paar interessante Aspekte in diesem Fall, Watson“, bemerkte Holmes, als uns die Hausbesitzerin verlassen hatte. „Natürlich ist es möglich, daß sie unbedeutend sind – individuelle Überspanntheit; oder aber die Sache ist ernster, als sie auf den ersten Blick hin erscheint. Das erste, was auffällt, ist doch offenbar die Möglichkeit, daß jene Person, die sich jetzt in den Zimmern aufhält, eine ganze andere sein kann als jene, die sie mietete."

„Warum glauben Sie das?"

„Nun, abgesehen von diesem Zigarettenstummel, ist es nicht auffällig, daß der Mieter nur ein einziges Mal das Haus verließ, und zwar unmittelbar nachdem er die Zimmer gemietet hatte? Er kam zurück – oder jemand kam zurück –, als keine Zeugen dabei waren. Es gibt keinen Beweis, daß die Person, die das Haus wieder betrat, dieselbe war, die es verlassen hatte. Weiter, der Mann, der die Zimmer mietete, sprach gut englisch. Diese andere Person jedoch schreibt ‚Streichholz', wo es doch ‚Streichhölzer' heißen müßte. Ich könnte mir vorstellen, daß man das Wort in einem Wörterbuch gesucht hat, wo immer nur die Singularform angegeben wird, nicht aber der Plural. Der Grund für den lakonischen Stil mag der sein, daß man mangelnde englische Sprachkenntnisse verheimlichen möchte. Ja, Watson, es spricht einiges dafür, daß ein Austausch der Mieter vorgenommen wurde."

„Aber zu welchem Zweck?"

„Ja, das ist unser Problem. Aber es gibt da einen ziemlich eindeutigen Anhaltspunkt."

Er holte das große Buch herunter, in dem er Tag für Tag die Todesanzeigen und Annoncen der verschiedenen Londoner Zeitschriften abheftete.

„Du meine Güte!" sagte er seufzend beim Durchblättern der Seiten. „Welch ein Chor des Stöhnens, Schreiens und Meckerns! Was für eine Lumpensammlung von einzigartigen Ereignissen! Aber bestimmt das wertvollste Jagdrevier, das es je für einen Studenten des Ungewöhnlichen gegeben hat! Unsere Person ist brieflich nicht erreichbar, ohne die völlige Geheimhaltung zu brechen. Wie soll sie irgendeine Nachricht oder Botschaft von draußen erreichen? Offensichtlich durch eine Anzeige in einer Zeitung. Ein anderer Weg scheint nicht möglich, und glücklicherweise brauchen wir uns nur mit einer Zeitung zu befassen. Hier haben wir die Ausschnitte aus der ‚Daily Gazette' der letzten vierzehn Tage. ‚Dame mit einem schwarzen Pelzkollier im Prince-Eislaufklub ...' – das können wir übergehen. ‚Bestimmt wird Jimmy seiner Mutter nicht das Herz brechen ...' – scheint auch unwichtig zu sein. ‚Wenn die Dame, die im Bus nach Brixton ohnmächtig wurde ...' – die Dame interessiert mich nicht. ‚Jeden Tag sehnt sich mein Herz nach ...' – Plattheiten, Watson, abgeschmackte Plattheiten! Aha, das hier klingt schon etwas wahrscheinlicher. Hör mal: ‚Hab Geduld. Werde ein sicheres Verständigungsmittel finden. Inzwischen weiter diese Anzeige. G.' Das war zwei Tage nach der Ankunft von Mrs. Warrens Mieter. Das klingt doch plausibel, oder? Die mysteriöse Person könnte Englisch verstehen, auch wenn sie es nur schlecht schreiben kann. Wollen sehen, ob wir die Spur wiederfinden. Ja, hier haben wir es, drei Tage später: ‚Treffe Vorsorge. Geduld und Zuversicht. Die Wolken werden vorüberziehen. G.' Danach eine Woche lang nichts. Dann folgt etwas Genaueres: ‚Der Weg lichtet sich. Wenn ich Gelegenheit habe, schicke ich Botschaft, erinnere Dich an abgesprochenen Code – eins A, zwei B und so weiter. Du wirst bald von mir hören. G.' Das war die Zeitung von gestern, und in der heutigen steht nichts drin. Das paßt alles recht gut auf Mrs. Warrens Mieter. Wenn wir ein bißchen warten, Watson, zweifle ich nicht daran, daß die Angelegenheit noch verständlicher wird."

So war es auch, denn am nächsten Morgen fand ich meinen Freund, der, den Rücken zum Fenster gekehrt, auf dem Läufer vor dem Kamin stand, mit einem Lächeln vollkommener Zufriedenheit auf seinem Gesicht.

„Wie ist es hiermit, Watson?" rief er und nahm die Zeitung vom Tisch. „‚Hohes rotes Haus mit weißen Steinblenden. Dritter Stock. Zweites Fenster links. Nach der Dämmerung. G.' Das ist eindeutig genug. Ich glaube, nach dem Frühstück müssen wir Mrs. Warrens Nachbarschaft ein wenig rekognoszieren. Ach, Mrs. Warren, welche Neuigkeiten bringen Sie uns heute morgen?"

Unsere Klientin war plötzlich mit einer explosiven Energie ins Zimmer geplatzt, die eine neue und bedeutungsvolle Entwicklung verriet.

„Das ist ein Fall für die Polizei, Mr. Holmes!" rief sie. „Ich ertrage das nicht länger! Er soll seine Sachen packen und verschwinden. Ich wäre direkt zu ihm hochgegangen und hätte ihm das gesagt, nur dachte ich, es wäre fairer Ihnen gegenüber, wenn ich erst Sie nach Ihrer Meinung frage. Aber ich bin am Ende meiner Geduld, und wenn es schon so weit kommt, daß mein Mann zusammengeschlagen wird..."

„Mr. Warren zusammengeschlagen?"

„Jedenfalls wurde er grob behandelt."

„Und wer hat ihn grob behandelt?"

„Ach, das möchten wir ja auch gern wissen! Es war heute morgen, Sir. Mein Mann ist Zeitnehmer bei Morton & Waylight in der Tottenham Court Road. Er muß vor sieben aus dem Hause sein. Nun, heute morgen war er keine zehn Schritt weit gegangen, als zwei Männer hinter ihm herkamen, ihm einen Mantel über den Kopf warfen und ihn so eingewickelt in eine Droschke zerrten, die neben der Bordsteinkante hielt. Sie fuhren eine Stunde mit ihm herum, dann öffneten sie die Tür und warfen ihn hinaus. Er lag auf dem Fahrdamm und war so durcheinander im Kopf, daß er nicht einmal sah, was aus der Droschke wurde. Als er zu sich gekommen war, stellte er fest, daß er in Hampstead Heath war; also nahm er den Bus nach Hause, und dort liegt er jetzt auf dem Sofa, während ich direkt zu Ihnen gelaufen bin, um Ihnen mitzuteilen, was passiert ist."

„Höchst interessant", sagte Holmes. „Konnte er feststellen, wie diese Männer aussahen, hat er sie sprechen hören?"

„Nein, er war völlig verwirrt. Er weiß nur, daß er plötzlich hochgehoben und genauso wieder fallen gelassen wurde. Wenigstens zwei waren daran beteiligt, vielleicht auch drei."

„Und Sie bringen diesen Überfall in Verbindung mit Ihrem Mieter?"

„Also, wir wohnen dort schon seit fünfzehn Jahren, und so etwas ist noch nie passiert. Ich habe genug von ihm. Geld ist nicht alles. Ich will ihn aus dem Haus haben, noch bevor der Tag zu Ende ist."

„Warten Sie noch etwas, Mrs. Warren. Übereilen Sie nichts. Ich fange an zu glauben, daß diese Affäre sehr viel bedeutsamer ist, als sie auf den ersten Blick erschien. Jetzt ist klar, daß Ihrem Mieter Gefahr droht. Klar ist ebenso, daß seine Feinde vor Ihrer Tür auf der Lauer liegen und Ihren Ehemann im nebligen Morgenlicht mit ihm verwechselten. Als sie ihren Fehler bemerkten, ließen sie ihn frei. Was sie getan hätten, wenn es kein Fehler gewesen wäre, können wir bloß vermuten."

„Was soll ich also tun, Mr. Holmes?"

„Ich habe großes Verlangen, mir Ihren Mieter einmal anzuschauen, Mrs. Warren."

„Ich weiß aber nicht, wie man das anstellen soll, es sei denn, Sie brechen die Tür auf. Ich höre ihn immer erst die Tür aufschließen, wenn ich die Treppe wieder runtergehe, nachdem ich das Tablett abgestellt habe."

„Er muß ja das Tablett reinholen. Sicher könnten wir uns verstecken und ihn dabei beobachten."

Mrs. Warren überlegte einen Augenblick.

„Ja, Sir, gegenüber seiner Tür ist die Abstellkammer. Vielleicht könnte ich da einen Spiegel reinstellen, und wenn Sie hinter der Tür stehen..."

„Ausgezeichnet!" meinte Holmes. „Wann ißt er zu Mittag?"

„Gegen eins, Sir."

„Dann werden Dr. Watson und ich zu dieser Zeit bei Ihnen vorbeikommen. Einstweilen auf Wiedersehen, Mrs. Warren."

Um halb eins standen wir auf der Treppe von Mrs. Warrens Haus – einem hohen schmalen Gebäude aus gelben Ziegeln in der Great Orme Street, einer engen Durchgangsstraße an der Nordostseite des Britischen Museums. Da es dicht an der Straßenecke stand, konnte man auf die anspruchsvolleren Häuser der Howe Street hinunterblicken. Holmes zeigte kichernd auf eins von ihnen. Es gehörte zu einer Reihe von ansehnlichen mehrgeschossigen Villen, die man nicht übersehen konnte.

„Schauen Sie mal, Watson!" sagte er. „‚Hohes rotes Haus mit weißen Steinblenden.' Fein, wir haben die angegebene Stelle. Wir kennen den Standort, und wir wissen den Code, also müßte unsere Aufgabe leicht zu lösen sein. Im Fenster dieser Villa hängt ein Schild: ‚Zu vermieten!' Offensichtlich eine leerstehende Wohnung, zu der der andere Zugang hat. Nun, Mrs. Warren, was machen wir jetzt?"

„Ich habe alles für Sie vorbereitet. Wenn Sie beide nach oben kommen würden…, aber lassen Sie Ihre Stiefel am Treppenabsatz stehen. Ich bringe Sie hin."

Es war ein ausgezeichnetes Versteck, das sie für uns ausgesucht hatte. Der Spiegel stand so, daß man, im Dunkeln sitzend, deutlich die gegenüberliegende Tür erkennen konnte. Mrs. Warren verließ uns wieder, und wir hatten uns kaum in der Abstellkammer niedergelassen, als ein entferntes Läuten ankündigte, daß unser mysteriöser Nachbar geklingelt hatte. Gleich darauf erschien die Vermieterin mit dem Tablett, stellte es auf den Stuhl neben die geschlossene Tür und entfernte sich wieder mit schwergewichtigen Schritten. Eng hinter der Tür in einer Ecke zusammengekauert, behielten wir den Spiegel im Auge. Plötzlich, als die Schritte der Hauswirtin kaum noch zu hören waren, knackte ein Schlüssel im Schloß, der Türgriff senkte sich, und zwei schmale Hände nahmen das Tablett vom Stuhl. Wenig später wurde es eilig wieder abgestellt, und mein Blick erhaschte ein dunkles, schönes, verängstigtes Gesicht, das erschrocken auf den schmalen Spalt der Abstellkammer starrte. Dann schlug die Tür zu, der Schlüssel wurde umgedreht, und alles war wieder still. Holmes zog mich am Ärmel, und zusammen schlichen wir die Treppe hinunter.

„Am Abend werde ich mich wieder melden", sagte er zu unserer erwartungsvollen Hausbesitzerin. „Ich denke, Watson, wir besprechen die Angelegenheit besser in unseren eigenen vier Wänden."

„Meine Vermutung hat sich bestätigt, wie sie sehen können", sagte er wenig später, gemütlich in seinem Sessel sitzend. „Es hat einen Austausch der Mieter gegeben. Was ich nicht voraussehen konnte, ist, daß wir eine Frau vorfinden würden, noch dazu keine gewöhnliche, Watson."

„Sie hat uns gesehen."

„Ja, sie sah etwas, was sie beunruhigte. Das ist gewiß. Die Schlußfolgerung aus den Ereignissen dürfte wohl ziemlich klar sein. Ein Paar sucht in London Zuflucht vor einer es bedrohenden unmittelbaren Gefahr. Das Ausmaß der Gefahr erfordert strengste Vorsichtsmaßnahmen. Der Mann, der etwas zu tun hat, möchte die Frau in absoluter Sicherheit wissen, während er abwesend ist. Das ist kein leichtes Problem, aber er hat es auf originelle Art und so wirkungsvoll gelöst, daß nicht einmal die Wirtin, die ihr die Mahlzeiten bringt, von ihrer Gegenwart weiß. Die in Druckbuchstaben geschriebenen Botschaften sollten sicher verhindern, daß man an ihrer Handschrift ihr Geschlecht erkennt. Der Mann kann nicht in die Nähe der Frau kommen, sonst würde er seine Feinde zu ihr führen. Da er sich nicht direkt mit ihr verständigen kann, nimmt er Zuflucht zur Anzeigenspalte einer Zeitung. Soweit ist alles klar."

„Aber was mag die Ursache dafür sein?"

„Ach, Watson, durch und durch praktisch, wie immer! Was der Grund des Ganzen ist? Mrs. Warrens wunderliches kleines Problem weitet sich irgendwie aus und gewinnt, je mehr wir uns damit befassen, einen um so unheilvolleren Aspekt. Soviel ist sicher: Es handelt sich nicht um eine gewöhnliche Liebeseskapade. Sie haben ja das Gesicht der Frau gesehen, als sie Gefahr spürte. Wir haben auch von dem Angriff auf den Hauswirt gehört, der zweifellos dem Mieter galt. Diese Alarmzeichen und das verzweifelte Bemühen um Geheimhaltung beweisen, daß es bei dieser Sache um Leben oder Tod geht. Der Überfall auf Mr. Warren zeigt weiterhin, daß der Feind, wer immer es auch sein mag, selbst keine Ahnung davon hat, daß der männliche Mieter gegen einen weiblichen ausgetauscht wurde. Merkwürdig, Watson."

„Wollen Sie sich weiter damit beschäftigen? Was haben Sie davon?"

„Ja, was schon? Es ist der Sache wegen, Watson. Kunst um der Kunst willen. Ich nehme an, während Ihrer ärztlichen Tätigkeit sind Sie auch auf interessante Fälle gestoßen und haben nicht an das Honorar gedacht?"

„Es ging darum, etwas zu lernen."

„Das Lernen höret nimmer auf, Watson. Das Leben erteilt unaufhörlich Lektionen – und die wichtigsten zuletzt. Dies ist ein lehrreicher Fall. Weder Geld noch Ruhm erwarten uns, und doch wünscht man die Affäre in Ordnung zu bringen. Wenn es dunkel wird, werden wir in unseren Ermittlungen einen Schritt weiter sein."

Als wir zu Mrs. Warrens Haus kamen, hatte sich die Düsterkeit des Londoner Winterabends zu einem grauen Vorhang verdichtet, zu einer dumpfen Eintönigkeit der Farben, die nur von den scharfen gelben Fensterrechtecken und dem trüben Schein der Gaslampen durchbrochen wurde. Als wir aus Mrs. Warrens verdunkeltem Wohnzimmer spähten, flackerte über uns in dem gegenüberliegenden roten Haus ein schwaches Licht auf.

„Da ist jemand in dem Zimmer", sagte Holmes flüsternd und preßte sein hageres Gesicht neugierig an die Fensterscheibe. „Ich kann seinen Schatten sehen. Da ist er wieder. Er hat eine Kerze in der Hand. Jetzt sieht er rüber. Er will sich vergewissern, ob jemand nach ihm Ausschau hält. Jetzt fängt er an, Lichtzeichen zu geben. Watson, notieren Sie die Botschaft mit, damit wir eine bessere Kontrolle haben. Ein einzelnes Flackern – das heißt A, sicher. Nun denn. Wieviel haben Sie gezählt? Zwanzig. Ich auch. Das müßte T bedeuten. AT – verständlich genug! Noch ein T. Bestimmt ist das der Anfang des zweiten Wortes. Und jetzt der Schluß – ENTA. Alles. Das kann doch nicht alles gewesen sein, Watson? ATTENTA ergibt keinen Sinn. In

drei Wörter zerlegt – AT – TEN – TA –, ist es auch nicht viel besser, es sei denn, A. T. sind die Initialen einer Person. Da, es geht wieder los! Was ist denn das? ATTE – was soll das, es ist noch mal die gleiche Botschaft. Merkwürdig, Watson, sehr merkwürdig! Jetzt ist er wieder weg! AT – aha, er wiederholt zum drittenmal. Dreimal ATTENTA! Wie oft will er das noch wiederholen? Nein, jetzt scheint Schluß zu sein. Er hat sich vom Fenster zurückgezogen. Was halten Sie von der Sache, Watson?"

„Eine verschlüsselte Botschaft, Holmes."

Mein Gefährte kicherte plötzlich verständnisvoll. „Und nicht einmal eine sehr ausgefallene Verschlüsselung, Watson", sagte er. „Aber halt, natürlich, das ist italienisch! Das A am Ende bedeutet, daß eine Frau gemeint ist. ‚Gib acht! Gib acht! Gib acht!‘ Wie klingt das, Watson?“

„Ich glaube, Sie haben es getroffen.“

„Ohne Zweifel. Es ist eine sehr dringliche Botschaft, dreimal wiederholt, um es besonders zu betonen. Aber wovor soll man sich in acht nehmen? Sehen Sie nur, er kommt noch einmal ans Fenster.“

Wieder sahen wir die verschwommene Silhouette eines geduckten Mannes und das Flackern der kleinen Flamme hinter dem Fenster, als die Signale wieder aufgenommen wurden. Sie kamen jetzt schneller als vorher – so schnell, daß es sehr schwer war, sie zu verfolgen.

„PERICOLO – pericolo, was heißt das, Watson? ‚Gefahr‘, nicht wahr? Ja, bei Gott, das ist eine Warnung. Da, er fängt wieder an! PERI... Ja, was, zum Teufel...“

Das Licht war plötzlich erloschen, das schimmernde Viereck des Fensters verschwunden, und das dritte Stockwerk bildete ein dunkles Band um das stattliche Gebäude mit seinen hell umrandeten Fensterrahmen. Jener letzte Warnschrei war ganz plötzlich abgebrochen worden. Wie und von wem? Wir hatten beide den gleichen Gedanken. Holmes sprang aus seiner gebückten Stellung vor dem Fenster hoch.

„Es ist ernst, Watson!“ rief er. „Da drüben geht etwas Teuflisches vor sich! Warum sollte eine derartige Botschaft so abrupt abgebrochen werden? Ich werde Scotland Yard über diese Sache unterrichten – trotzdem, wir können jetzt unmöglich fort, die Sache ist zu wichtig.“

„Soll ich die Polizei holen?“

„Wir müssen uns erst noch genauer informieren. Vielleicht gibt es doch eine ganz harmlose Erklärung. Lassen Sie uns selbst hinübergehen, Watson, und nachsehen, ob wir etwas feststellen können.“

Als wir hastig die Howe Street hinuntereilten, schaute ich mich noch einmal nach dem Haus um, das wir gerade verlassen hatten. In einem der oberen Fenster konnte ich die schwach umrissene Silhouette eines Kopfes erkennen, eines Frauenkopfes, der starr und angestrengt in die Nacht hinausschaute und in atemloser Ungewißheit auf eine Wiederholung der abgebrochenen Botschaft wartete. Im Torweg zu den Wohnungen der Howe Street lehnte ein Mann, dick in Schal und Wintermantel gehüllt, am Geländer. Als das Flurlicht auf unsere Gesichter fiel, kam er in Bewegung.

„Holmes!“ rief er.

„Na, so was, Gregson!“ erwiderte mein Gefährte, als er dem Detektiv vom Scotland Yard die Hand schüttelte. „Alle Reisen enden immer damit, daß sich die Liebenden wiedertreffen. Was führt Sie hierher?“

„Ich vermute, dieselben Gründe wie Sie“, erwiderte Gregson. „Was Sie mit der Angelegenheit zu tun haben, weiß ich allerdings nicht.“

„Verschiedene Fäden, die zum selben Knäuel gehören. Ich habe gerade die Signale beobachtet."

„Signale?"

„Ja, dort von dem Fenster. Sie brachen mittendrin ab. Wir kamen rüber, um den Grund dafür herauszufinden. Aber da Sie die Sache ja fest im Griff haben, brauche ich mich damit nicht weiter zu befassen."

„Warten Sie!" rief Gregson eifrig. „Ich will Ihnen gegenüber ehrlich sein, Mr. Holmes; es gab bisher noch keinen Fall, bei dem ich mich nicht stärker gefühlt habe, wenn ich Sie an meiner Seite wußte. Diese Wohnungen haben nur einen Ausgang, er entgeht uns also nicht."

„Wen meinen Sie?"

„Ja, ja, Mr. Holmes, jetzt haben wir Sie einmal übertrumpft. Sie müssen sich für diesmal geschlagen geben." Mit seinem Stock schlug er heftig auf den Boden, woraufhin ein Kutscher, die Peitsche in der Hand, von einem Vierspänner, der auf der gegenüberliegenden Straßenseite stand, herüberschlenderte. „Darf ich Ihnen Mr. Sherlock Holmes vorstellen?" sagte Gregson, an den Kutscher gewandt. „Das ist Mr. Leverton von der amerikanischen Agentur Pinkerton."

„Der Held des Höhlenrätsels von Long Island?" fragte Holmes. „Sir, ich bin erfreut, Ihre Bekanntschaft zu machen."

Der Amerikaner war ein stiller, geschäftig dreinblickender junger Mann mit einem glattrasierten, scharf geschnittenen Gesicht, der bei den Lobesworten von Sherlock Holmes errötete. „Ich verfolge die Spur meines Lebens, Mr. Holmes", sagte er. „Wenn ich diesen Gorgiano erwische..."

„Was, Gorgiano vom Roten Kreis?"

„Oh, er ist in Europa schon berühmt, was? Na, wir haben ihn in Amerika gründlich kennengelernt. Wir *wissen,* daß er für etwa fünfzig Morde verantwortlich ist, und doch besitzen wir nichts Konkretes, woraufhin wir ihn festnehmen könnten. Ich habe ihn von New York aus verfolgt und bin ihm in London seit einer Woche auf den Fersen; ich warte nur darauf, einen Vorwand zu finden, um ihn zu greifen. Mr. Gregson und ich folgten seiner Fährte bis zu dieser großen Villa, und hier gibt es nur die eine Tür, also kann er uns nicht entwischen. Bisher sind nur drei Burschen rausgekommen, aber ich könnte schwören, daß er nicht dabei war."

„Mr. Holmes spricht von einem Signal", sagte Gregson. „Ich vermute, er weiß wie gewöhnlich eine Menge mehr als wir."

Mit wenigen Worten erklärte Holmes die Lage, so wie sie sich uns darstellte. Der Amerikaner schlug ärgerlich die Hände zusammen.

„Er hat Wind von uns bekommen!" rief er.

„Wieso glauben Sie das?"

„Na, alles deutet doch darauf hin, nicht wahr. Er ist hier und sendet eine

Botschaft an einen seiner Komplizen – mehrere aus seiner Bande befinden sich in London. Dann plötzlich, wie Sie ja eben selbst bemerkten, teilt er mit, daß sie in Gefahr sind, und bricht ab. Was könnte das anderes bedeuten, als daß er uns plötzlich vom Fenster aus gesehen hat oder ihm auf irgendeine andere Art klargeworden ist, daß Gefahr droht; deshalb sah er sich gezwungen, sofort zu handeln, wenn er ihr entgehen wollte. Was schlagen Sie vor, Mr. Holmes?"

„Daß wir sofort nach oben gehen und selbst nachsehen."

„Aber wir haben keinen Haftbefehl."

„Er befindet sich unter verdächtigen Umständen auf einem unbewohnten Grundstück", sagte Gregson. „Und das ist im Augenblick genug. Wenn wir ihn erst einmal haben, wird New York schon ein plausibler Grund einfallen. Ich übernehme die Verantwortung, wenn wir ihn jetzt festnehmen."

Mag sein, daß unsere beamteten Detektive grobe Fehler machen, wenn es um Intelligenzfragen geht, nie aber, wenn Mut erforderlich ist. In der gleichen, durch nichts zu beeinträchtigenden ruhigen und geschäftsmäßigen Art, mit der er die Treppe vom Scotland Yard emporsteigen würde, ging Gregson jetzt die Stufen hoch, um diesen blutrünstigen Mörder festzunehmen. Der Pinkertonmann hatte versucht, ihn zurückzuhalten, aber Gregson hatte ihn mit den Ellenbogen zur Seite gedrückt. Londoner Gefahren waren das Privileg der Londoner Polizei.

In der dritten Etage war die Tür zur linken Wohnung nur angelehnt. Gregson stieß sie auf. Drinnen herrschten Schweigen und Dunkelheit. Ich zündete ein Streichholz an und machte Gregsons Lampe an. Als sich das anfängliche Flackern beruhigt hatte und die Flamme gleichmäßig brannte, schrien wir alle überrascht auf. Auf den Dielenbrettern des teppichlosen Fußbodens zeichnete sich eine frische Blutspur ab; sie führte in ein Zimmer, das verschlossen war. Gregson brach die Tür auf und richtete den vollen Lichtstrahl seiner Lampe in den Raum, während wir neugierig über seine Schulter schauten.

Mitten in dem ansonsten leeren Zimmer lag zusammengekrümmt auf dem Fußboden der Körper eines großen Mannes, dessen glattrasiertes dunkelhäutiges Gesicht entsetzlich verzerrt war, der Kopf in einer dunkelroten Blutlache. Seine Knie waren angezogen, die Hände im Todeskrampf ausgestreckt, in seinem Hals steckte bis zum Heft der helle Schaft eines Messers. So gewaltig der Mann auch gewesen sein mochte, er war von dem schrecklichen Stich wie ein Ochse niedergestreckt worden. Neben seiner rechten Hand lag ein zweischneidiger Dolch mit Horngriff auf dem Boden und dicht daneben ein schwarzer Glacéhandschuh.

„Bei Gott, es ist der Schwarze Gorgiano!" rief der amerikanische Detektiv. „Jemand ist uns zuvorgekommen."

„Hier steht noch die Kerze im Fenster, Mr. Holmes", meinte Gregson. „Sagen Sie, was machen Sie denn da?"

Holmes war ans Fenster des ersten Zimmers getreten, hatte die Kerze angezündet und bewegte sie vor der Fensterscheibe hin und her. Dann starrte er in die Dunkelheit, blies die Kerze aus und warf sie zu Boden. „Ich meine doch, das wird uns helfen", sagte er. Er kam wieder herüber und versank in tiefe Nachdenklichkeit, während die beiden Professionellen den Leichnam untersuchten. „Sie sagten doch, daß drei Leute das Haus verlassen haben, während Sie unten warteten", meinte er schließlich. „Haben Sie sich die genauer angeschaut?"

„Ja."

„War ein Bursche dabei, etwa dreißig, mit schwarzem Bart, dunkel und mittelgroß?"

„Ja, er war der letzte, der an mir vorbeiging."

„Das ist unser Mann, vermute ich. Ich kann Ihnen seine Beschreibung geben, und wir haben auch einen ganz ausgezeichneten Fußabdruck. Das müßte doch für Sie reichen."

„Viel ist das nicht, Mr. Holmes, unter Millionen in London."

„Vielleicht nicht. Deshalb hielt ich es für besser, diese Dame zu Hilfe zu rufen."

Wir drehten uns alle auf seine Worte hin um. Eingerahmt von der Türfüllung stand dort eine hochgewachsene schöne Frau – die mysteriöse Mieterin aus der Great Orme Street. Langsam trat sie näher, ihr Gesicht von angstvoller Spannung blaß und verzerrt, entsetzt starrte sie auf die dunkle Gestalt auf dem Fußboden.

„Sie haben ihn getötet", murmelte sie. „O dio mio! Sie haben ihn getötet!" Dann holte sie plötzlich tief Luft und sprang mit einem Freudenschrei in die Höhe. Wild tanzte sie im Zimmer umher, schlug dabei die Hände zusammen, ihre dunklen Augen strahlten, tausend italienische Ausrufe strömten von ihren Lippen. Es war erschreckend und zugleich erstaunlich, eine solche Frau bei einem solchen Anblick vor Freude außer sich zu sehen. Plötzlich schaute sie uns alle fragend an.

„Aber Sie? Sie sind von der Polizei, nicht wahr. Sie haben Gorgiano getötet. Ist es nicht so?"

„Wir sind von der Polizei, Madame."

Sie blickte in die dunklen Ecken des Zimmers.

„Aber wo, wo ist Gennaro?" fragte sie. „Er ist mein Ehemann, Gennaro Lucca. Ich bin Emilia Lucca, und wir beide kommen aus New York. Eben er hat mich gerufen von diesem Fenster aus, und ich bin herübergerannt, so schnell ich konnte."

„Ich war es, der Sie gerufen hat", sagte Holmes.

„Sie! Aber wie konnten Sie das?"
„Ihr Geheimcode war nicht schwierig, Madame, und Ihre Anwesenheit hier wünschenswert. Ich wußte, daß ich nur VIENI signalisieren mußte, damit Sie kommen."

Die schöne Italienerin blickte meinen Gefährten bewundernd an.

„Ich weiß nicht, wie Sie das alles wissen konnten", sagte sie. „Guiseppe Gorgiano, wie konnte er..." Sie unterbrach sich, und dann strahlte ihr Gesicht plötzlich vor Stolz und Freude. „Jetzt versteh ich! Gennaro mio! Mein großartiger, schöner Gennaro, der mich vor allem Unglück hat bewahrt, er war es, mit seiner eigenen starken Hand er hat das Ungeheuer getötet. O Gennaro, wie bist du wundervoll! Welche Frau verdient so einen Mann?"

„Nun, Mrs. Lucca", sagte der prosaische Gregson und legte der Dame seine Hand auf den Arm, wobei er so viel Empfindsamkeit zeigte, als wäre sie ein Strolch aus Notting Hill. „Mir ist zwar noch nicht ganz klar, wer oder was Sie sind; aber Sie haben genug gesagt, daß wir Sie im Yard brauchen."

„Einen Augenblick, Gregson", sagte Holmes. „Ich nehme doch an, daß diese Dame genauso interessiert sein dürfte, uns Informationen zu geben, wie wir, sie zu erhalten. Sie verstehen, Madame, daß man Ihren Ehegatten einsperren und verurteilen wird für den Mord an dem Mann, der hier vor uns liegt? Was Sie sagen, kann als Beweis verwendet werden. Doch wenn Sie glauben, daß er aus Motiven gehandelt hat, die nicht kriminell sind und von denen er möchte, daß sie bekannt werden, dann können Sie ihm keinen besseren Dienst erweisen, als uns die ganze Geschichte zu erzählen."

„Jetzt, da Gorgiano tot ist, wir fürchten nichts mehr", sagte die Dame. „Er war ein Teufel, ein Ungeheuer, und es kann geben auf der ganzen großen Welt keinen Richter, der meinen Mann dafür bestraft, daß er ihn hat getötet."

„In diesem Falle schlage ich vor", sagte Holmes, „daß wir die Tür verschließen, die Dinge so lassen, wie sie sind, und die Dame zu ihrer Wohnung begleiten, um uns, nachdem wir gehört haben, was sie zu sagen hat, eine Meinung zu bilden."

Eine halbe Stunde später saßen wir alle vier in dem von Signora Lucca gemieteten kleinen Wohnzimmer und lauschten ihrer bemerkenswerten Darstellung jener finsteren Ereignisse, deren Ende wir zufällig als Zeugen miterlebt hatten. Sie sprach in schnellem und flüssigem, doch etwas unkonventionellem Englisch, das ich der Klarheit wegen in die richtige grammatikalische Form bringen will.

„Ich wurde in Posilippo, in der Nähe von Neapel, geboren", begann sie, „und ich bin die Tochter von Augusto Barelli, dem Obersten Notar und ehemaligen Abgeordneten jener Gegend. Gennaro war ein Angestellter meines Vaters, und ich verliebte mich in ihn, wie das jede Frau tut, die ihn sieht. Er hatte weder Geld noch eine Position – nichts weiter als seine Schönheit, Stärke und Energie –, also verbot mein Vater eine Verbindung. Wir flohen, heirateten in Bari und verkauften meine Juwelen, um Geld zu bekommen, mit dessen Hilfe wir nach Amerika gehen konnten. Das war vor vier Jahren, und seitdem haben wir in New York gelebt.

Das Schicksal war uns anfangs gut gesonnen. Gennaro konnte einem alten italienischen Gentleman einen Dienst erweisen – er bewahrte ihn vor ein paar Raufbolden in der Gegend von Bowery – und gewann dadurch einen einflußreichen Freund. Dieser hieß Tito Castalotte und war Teilhaber der großen Firma Castalotte & Zamba, des größten Obstimporteurs von New York. Signore Zamba ist Invalide, und unser neuer Freund hatte praktisch die ganze Firma unter sich, in der mehr als dreihundert Leute beschäftigt sind. Er stellte meinen Mann ein, machte ihn zum Abteilungsleiter und zeigte ihm auf jede erdenkliche Art seinen guten Willen. Signore Castalotte lebte als Junggeselle. Ich glaube, daß Gennaro so etwas wie ein Sohn für ihn war, und sowohl mein Mann als auch ich liebten ihn wie einen Vater. Wir hatten ein kleines Haus in Brooklyn gemietet, es eingerichtet, und unsere Zukunft schien sicher, bis jene dunkle Wolke über uns schwebte, die den Himmel unseres Glücks überschatten sollte.

Eines Abends, als Gennaro von der Arbeit heimkehrte, brachte er einen Landsmann mit. Sein Name war Gorgiano, und er kam auch aus Posilippo. Er war ein Mann von gewaltigem Wuchs, wie Sie ja feststellen konnten, als Sie seinen Leichnam sahen. Alles an ihm wirkte unförmig, grotesk, furchteinflößend. Seine Stimme dröhnte wie Donner in unserem kleinen Haus. Es war kaum genug Platz für seine fuchtelnden Arme, wenn er sprach. Seine Gedanken, seine Gefühle, seine Leidenschaften, alles wirkte übertrieben und monströs. Er sprach, oder besser brüllte, in einer derartigen Lautstärke, daß andere nur dasitzen und, durch den gewaltigen Strom seiner Brüllerei eingeschüchtert, stumm zuhören konnten. Seine flammenden Augen loderten und hatten uns ganz in seiner Gewalt. Er war ein furchtbarer und außergewöhnlicher Mensch. Ich danke Gott, daß er tot ist!

Er kam immer wieder. Und ich merkte, daß Gennaro in seiner Gegenwart nicht glücklicher war als ich. Blaß und teilnahmslos saß mein armer Mann stets da und hörte dem endlosen Gerede über Politik und soziale Fragen zu, über die unser Besucher stets diskutierte. Gennaro sagte nichts, aber ich, die ihn so gut kannte, konnte in seinem Gesicht Gefühle lesen, die ich vorher nie geahnt hatte. Zunächst glaubte ich, es sei Abscheu. Aber dann begriff ich allmählich, daß es mehr als das war. Es war Angst – eine tiefe, heimliche, kreatürliche Angst. In jener Nacht – der Nacht, in der ich sein Entsetzen las – legte ich meine Arme um ihn und beschwor ihn bei unserer Liebe und bei allem, was ihm wert war, nichts vor mir zu verbergen und mir zu erklären, weshalb dieser fürchterliche Mensch ihn derart bedrückte.

Er gestand es mir, und mein Herz wurde kalt wie Eis, als ich ihm zuhörte. In seinen wilden und ungestümen Tagen in Neapel, als die ganze Welt gegen ihn zu sein schien und er wegen der Ungerechtigkeiten des Lebens keinen Ausweg mehr fand, war mein armer Gennaro einem neapolitanischen Bund beigetreten, dem Roten Kreis, der mit den Carbonari verbunden gewesen war. Die Eide und Geheimnisse dieser Bruderschaft waren schrecklich, aber wenn man einmal dazugehörte, gab es kein Entrinnen mehr. Als wir nach Amerika geflohen waren, glaubte Gennaro, das alles für immer hinter sich gelassen zu haben. Doch eines Abends begegnete er dem Mann auf der Straße, der ihn in Neapel aufgenommen hatte, dem riesigen Gorgiano, der im Süden Italiens ‚Tod' genannt wurde, denn er steckte bis zu den Ellenbogen tief in Mordaffären. Um der italienischen Polizei zu entgehen, war er nach New York geflohen und hatte in seiner neuen Heimat schon eine Zweiggruppe dieser schrecklichen Vereinigung gegründet. All das erzählte mir Gennaro und zeigte mir eine Vorladung, die er am selben Tag erhalten hatte. Auf den Kopf der Einladung war ein roter Kreis gezeichnet, man teilte Gennaro mit, daß zu einem gewissen Zeitpunkt eine Beratung stattfinden würde, bei der seine Anwesenheit erforderlich sei.

Das war schlimm genug, aber das Schlimmste sollte noch kommen. Schon seit einiger Zeit hatte ich bemerkt, daß, wann immer Gorgiano uns abends besuchte – und das regelmäßig –, er mehr zu mir sprach; auch wenn seine Worte an meinen Mann gerichtet waren, blickte er doch stets mich mit seinen entsetzlichen, durchdringenden, bestialischen Augen an. Eines Abends enthüllte er mir sein Geheimnis. Ich hatte in ihm das geweckt, was er als ‚Liebe' bezeichnete – die Liebe eines Unmenschen, eines Barbaren. Gennaro war noch nicht zu Hause. Energisch umfing er mich mit seinen mächtigen Armen, drückte mich an sich wie ein Bär, bedeckte mich mit Küssen und beschwor mich, mit ihm fortzugehen. Ich wehrte mich und schrie, als Gennaro eintrat und sich auf ihn stürzte. Gorgiano schlug Gennaro bewußtlos und floh aus dem Haus, das er nie wieder betreten sollte. In jener Nacht hatten wir uns einen Todfeind gemacht.

Ein paar Tage später war die Versammlung. Mit einem Gesicht, das mir verriet, daß etwas Schreckliches geschehen war, kam Gennaro nach Hause und erzählte mir folgendes: Die Gelder des Bundes trieb man auf, indem man reiche Italiener erpreßte und sie bedrohte, wenn sie wagten, das Geld zu verweigern. So hatte man auch unseren Freund und Wohltäter Castalotte erpreßt. Er hatte sich offenbar geweigert, den Drohungen nachzugeben, und die Drohbriefe obendrein der Polizei übergeben. Nun wollte man an ihm ein

Exempel statuieren, um andere Opfer davon abzuhalten, die geforderten Gelder zu verweigern. Auf jener Versammlung wurde beschlossen, daß er und sein Haus mit Dynamit in die Luft gejagt werden sollten. Das Los hatte zu entscheiden, wer die grauenhafte Tat ausführen sollte. Gennaro sah in dem Moment, als er die Hand in den Lostopf steckte, in das grausame Gesicht unseres Feindes, das ihn höhnisch angrinste. Zweifellos war auf irgendeine Art vorher manipuliert worden, denn das verhängnisvolle Los mit dem roten Kreis darauf, der Auftrag für den Mord, lag in Gennaros Hand. Er sollte seinen besten Freund töten, oder er würde sich und mich der Rache seiner Kumpane aussetzen. Es gehörte zu ihrem teuflischen System, nicht nur diejenigen zu bestrafen, die sie fürchteten oder haßten, sondern auch deren Angehörige, diese entsetzliche Drohung lastete auf meinem armen Gennaro und brachte ihn fast um seinen Verstand.

Die ganze Nacht saßen wir eng umschlungen zusammen und sprachen einander Zuversicht zu für das, was vor uns lag. Der Anschlag war schon für den nächsten Abend festgesetzt worden. Am Mittag des nächsten Tages befanden sich mein Mann und ich auf dem Weg nach London, aber nicht, ohne unserem Wohltäter vorher eine dringende Warnung vor der Gefahr, in der er schwebte, zukommen zu lassen. Auch die Polizei hatten wir informiert, damit sie sein Leben künftig schützen sollte.

Den Rest, meine Herren, kennen Sie selbst. Wir waren sicher, daß unsere Feinde uns wie Schatten folgen würden. Gorgiano hatte seine ganz persönlichen Gründe für Rache, doch auf alle Fälle wußten wir, wie unbarmherzig, schlau und unermüdlich er sein konnte. Amerika und Italien sind voll mit Geschichten seiner schrecklichen Untaten. Mein Gennaro nutzte die wenigen Tage Vorsprung, um für mich ein Versteck zu suchen, das so beschaffen sein mußte, daß ich jeder möglichen Gefahr entgehen konnte. Er selbst wollte freie Hand haben, um mit der amerikanischen und der italienischen Polizei in Verbindung bleiben zu können. Ich weiß selbst nicht, wo oder wie er lebte. Das Nötigste erfuhr ich durch den Anzeigenteil der Zeitung. Aber als ich einmal aus meinem Fenster schaute, sah ich zwei Italiener, die das Haus beobachteten, und wußte daher, daß Gorgiano auf irgendeine Weise unseren Zufluchtsort gefunden hatte. Schließlich teilte mir Gennaro durch die Zeitung mit, daß er mir von einem bestimmten Fenster aus Zeichen geben würde, aber als er das tat, waren es Warnungen, die plötzlich abbrachen. Da wußte ich, daß Gorgiano ihm dicht auf den Fersen war, aber, Gott sei Dank, er hatte sich darauf vorbereitet. Doch jetzt, meine Herren, frage ich Sie, ob wir noch irgend etwas zu fürchten haben vor dem Gesetz oder ob irgendein Richter auf der Welt meinen Gennaro für das, was er getan hat, bestrafen kann."

„Nun, Mr. Gregson", sagte der Amerikaner und blickte seinen britischen

Kollegen an, „ich kenne Ihren englischen Standpunkt nicht, aber ich nehme an, daß der Gatte dieser Dame in New York allgemeinen Dank erhält."

„Sie wird mit mir zum Chef kommen müssen", antwortete Gregson. „Wenn das, was sie sagt, erhärtet werden kann, glaube ich nicht, daß sie oder ihr Mann viel zu fürchten haben. Aber woraus ich nicht klug werde, Mr. Holmes, wie, zum Teufel, kamen Sie hinter die Sache?"

„Bildung, Gregson, nichts als Bildung", antwortete mein Freund. „Man vervollkommnet eben seine Erfahrungen auf der alten Universität des Lebens. Na, und Sie, Watson, können Ihrer Sammlung ein weiteres Kapitel für Tragödie und Komödie hinzufügen. Nebenbei bemerkt, es ist noch nicht ganz acht Uhr, und in Covent Garden gibt es eine Wagneroper. Wenn wir uns beeilen, könnten wir rechtzeitig zum zweiten Akt dort sein."

Der sterbende Detektiv

Sherlock Holmes' Wirtin, Mrs. Hudson, hatte manches zu erdulden. Nicht genug, daß in der ersten Etage ihres Hauses merkwürdige und oftmals zwielichtige Gestalten ständig ein und aus gingen. Darüber hinaus muß ihre Geduld durch die exzentrische und regellose Lebensweise ihres berühmten Mieters immer wieder auf harte Proben gestellt worden sein. Eine unglaubliche Unordentlichkeit, seine Geige, die er zu unmöglichen Zeiten strapazierte, seine gelegentlichen Schießübungen im Wohnzimmer, dazu die unheimlichen, oft übelriechenden chemischen Experimente nebst dem Hauch von Gewalt und Gefahr, der ihn umgab, machten ihn zum unausstehlichsten Mieter von ganz London. Andererseits jedoch zahlte er fürstlich. Mit der Summe, die Holmes allein während der Jahre, da ich bei ihm wohnte, insgesamt für Kost und Logis ausgab, hätte man das Haus zweifellos kaufen können.

Mrs. Hudson hatte einen gewaltigen Respekt vor Holmes und wagte nie einzuschreiten, wie schimpflich ihr sein Betragen auch erscheinen mochte. Insgeheim liebte sie ihn sogar, denn er ließ es im Umgang mit Frauen nicht an gewinnender Freundlichkeit, an Takt und Zuvorkommenheit fehlen. Zwar machte er sich nichts aus dem anderen Geschlecht und mißtraute ihm, doch trat er stets ritterlich auf. Da ich wußte, wie sehr Mrs. Hudson ihn verehrte, hörte ich ihr aufmerksam zu, als sie mich in meiner Wohnung – ich war seit zwei Jahren verheiratet – aufsuchte und berichtete, in welch beklagenswertem Zustand mein armer Freund sich befand.

„Er stirbt, Herr Doktor!“ rief sie. „Seit drei Tagen schon geht es mit ihm bergab, und ich weiß nicht, ob er den heutigen Tag noch überleben wird. Er verbot mir, einen Arzt zu rufen. Aber heute früh, wie ich ihn so liegen sah, das Gesicht nur noch Haut und Knochen, dazu die großen glasigen Augen, da hab ich's nicht mehr ausgehalten. ‚Ob Sie es wollen oder nicht, Mr. Holmes, ich hole auf der Stelle einen Arzt!‘ sagte ich. ‚Dann aber Watson‘, antwortete er. Sie dürfen keine Zeit verlieren, Sir, sonst sehen Sie ihn nicht mehr lebend!“

Ich bekam einen fürchterlichen Schreck, denn ich wußte nichts von seiner Krankheit. Daß ich sofort aufsprang und nach Hut und Mantel griff, muß ich wohl nicht betonen. Erst in der Droschke fragte ich nach Einzelheiten.

„Viel kann ich Ihnen nicht sagen, Sir. Er hat an einem Fall in Rotherhithe gearbeitet, in einem Gäßchen unten am Fluß. Als er zurückkam, Donnerstag nachmittag war das, da ging's ihm gleich nicht gut. Er mußte sich ins Bett legen und ist seitdem nicht mehr aufgestanden. Schon drei Tage hat er nichts gegessen oder getrunken."

„Allmächtiger! Warum haben Sie keinen Arzt gerufen?"

„Er ließ es nicht zu, Sir. Sie wissen ja, wie herrisch er sein kann. Und gegen seinen Willen wagte ich nichts zu unternehmen. Aber er macht es nicht mehr lange, das werden Sie gleich auf den ersten Blick merken."

Es war in der Tat ein jammervoller Anblick, der sich mir bot. Im trüben Licht jenes nebligen Novembertages wirkte schon das Krankenzimmer ausgesprochen trostlos. Doch Holmes' abgezehrtes, eingefallenes Gesicht erst – es gab mir einen schmerzhaften Stich ins Herz. Seine Augen glitzerten fiebrig, eine hektische Röte hatte seine Wangen überzogen, die Lippen waren blutverkrustet. Die auf der Decke liegenden mageren Hände zuckten unaufhörlich, seine Stimme klang brüchig und gepreßt. Als ich das Zimmer betrat, lag er teilnahmslos da, doch als er meine Anwesenheit wahrnahm, trat ein Funken des Erkennens in die abwesenden Augen.

„Tja, Watson, uns scheint es böse erwischt zu haben", brachte er mit schwacher Stimme hervor, in der aber noch etwas von seiner alten Unbekümmertheit lag.

„Mein lieber Freund!" rief ich aus und eilte auf ihn zu.

„Halt! Bleiben Sie, wo Sie sind!" befahl er in einer Schärfe, wie ich sie bei ihm nur in kritischen Situationen erlebt hatte. „Wenn Sie näher kommen, weise ich Sie aus dem Zimmer."

„Aber weshalb denn?"

„Weil ich es so will. Genügt Ihnen das nicht?"

Ja, Mrs. Hudson hatte recht. Er war herrischer als je zuvor. Und doch tat er mir leid, wie ich ihn so entkräftet daliegen sah.

„Ich wollte doch nur helfen", erklärte ich.

„Genau darum geht es. Sie helfen mir am besten, wenn Sie tun, was Ihnen gesagt wird."

„Gewiß, Holmes."

„Sie sind mir doch nicht böse?" fragte er etwas milder und rang nach Luft.

Armer Teufel, wie konnte ich ihm böse sein, wenn er in solch einem jämmerlichen Zustand vor mir lag?

„Es ist nur zu Ihrem Besten", krächzte er.

„Zu meinem Besten?"

„Genau. Ich weiß, was ich habe. Es ist eine Kulikrankheit aus Sumatra. Die Holländer wissen mehr darüber als wir, obwohl auch sie bis heute nicht ganz klug daraus geworden sind. Nur eins steht fest: Sie ist tödlich und sehr ansteckend."

Er sprach jetzt mit fieberhafter Energie; seine schmalen Hände zuckten krampfartig, als er mir bedeutete zurückzutreten.

„Sehr ansteckend, Watson – jawohl, schon die kleinste Berührung genügt. Halten Sie Abstand, dann ist alles gut."

„Gütiger Himmel, Holmes! Meinen Sie etwa, die Angst vor Ansteckung fiele für mich auch nur im geringsten ins Gewicht? Ich würde mich nicht einmal bei einem Fremden darum scheren. Und da glauben Sie, sie könnte mich davon abhalten, bei so einem alten Freund wie Ihnen meine Pflicht zu tun?"

Wieder ging ich auf ihn zu, er aber trieb mich mit einem zornigen Blick zurück.

„Wenn Sie dort bleiben, will ich mit Ihnen reden. Wenn nicht, müssen Sie das Zimmer verlassen!"

Ich hegte einen so tiefen Respekt vor Holmes' außergewöhnlichen Fähigkeiten, daß ich mich stets seinen Wünschen fügte, selbst wenn ich sie kaum verstand. Aber nun sträubte sich mein ärztliches Berufsethos. Sollte er anderswo mein Meister sein, hier im Krankenzimmer war ich seiner.

„Holmes", sagte ich, „Sie reden im Fieber. Ein kranker Mann ist wie ein Kind, und so werde ich Sie auch behandeln. Ob es Ihnen paßt oder nicht, ich untersuche Sie jetzt und gebe Ihnen etwas zur Linderung."

Holmes blickte mich giftig an.

„Wenn mir schon ein Arzt aufgezwungen werden soll, dann wenigstens einer, zu dem ich Vertrauen habe", sagte er.

„Zu mir haben Sie keins?"

„Ihrer Freundschaft vertraue ich, gewiß. Aber Tatsachen bleiben Tatsachen. Schließlich sind Sie nur ein praktischer Arzt mit sehr begrenzter Erfahrung und mittelmäßiger Qualifikation. Es ist mir peinlich, das sagen zu müssen, aber Sie lassen mir keine andere Wahl."

Ich war zutiefst beleidigt.

„Eine solche Bemerkung ist Ihrer nicht würdig, Holmes. Sie zeigt mir nur zu deutlich den bedenklichen Zustand Ihrer Nerven. Doch wenn Sie kein Vertrauen zu mir haben, will ich Ihnen meine Dienste nicht aufdrängen. Sie werden erlauben, daß ich Sir Jasper Meek oder Penrose Fisher oder einen anderen von den besten Ärzten Londons rufe. Aber kommen muß jemand, und damit basta! Wenn Sie denken, ich stehe hier und sehe tatenlos zu, wie Sie sterben, dann haben Sie sich in mir getäuscht!"

„Sie meinen es gut, Watson", ließ sich der Kranke halb stöhnend, halb schluchzend vernehmen. „Aber soll ich Ihnen beweisen, daß Sie keine Ahnung haben? Was wissen Sie zum Beispiel vom Tapanulifieber, was von der schwarzen Formosafäule?"

„Ich habe von beiden nie gehört."

„Im Osten gibt es viele Krankheiten, deren Erreger man nicht kennt, dort treten viele seltsame pathologische Varianten auf, Watson.“ Er hielt nach jedem Satz inne, um die nachlassenden Kräfte wieder zu sammeln. „Zumindest konnte ich dies während meiner kürzlichen Nachforschungen feststellen, bei denen ich einige kriminalmedizinische Untersuchungen durchführen mußte. Dabei habe ich mir dieses Leiden zugezogen. Sie können gar nichts tun.“

„Ich vielleicht nicht. Aber zufällig hält sich Dr. Ainstree, der größte Experte für Tropenkrankheiten, gegenwärtig in London auf. Jede Widerrede ist zwecklos, Holmes, ich werde ihn auf der Stelle holen.“ Entschlossen wandte ich mich zur Tür.

Nie zuvor war mir solch ein Schreck eingejagt worden! Mit einem Tigersprung schnellte der Sterbende aus dem Bett und schnitt mir den Weg ab. Ich hörte, wie der Schlüssel knackend im Schloß herumgedreht wurde. Im nächsten Augenblick schleppte sich Holmes zum Bett zurück; er war erschöpft und keuchte nach dieser ungeheuren Anstrengung.

„Mit Gewalt werden Sie mir den Schlüssel nicht abnehmen, Watson. Jetzt habe ich Sie, mein Freund. Hier sind Sie, und hier bleiben Sie bis auf weiteres. Aber ich will auf Sie hören.“ Er rang nach Luft und keuchte furchtbar. „Sie haben nur mein Bestes im Sinn. Natürlich weiß ich das sehr gut. Sie sollen Ihren Willen haben. Aber lassen Sie mich erst zu Kräften kommen. Jetzt noch nicht, Watson. Es ist vier Uhr. Um sechs können Sie gehen.“

„Das ist Wahnsinn, Holmes!“

„Nur zwei Stunden, Watson. Punkt sechs Uhr dürfen Sie gehen, das verspreche ich. Sind Sie einverstanden zu warten?“

„Ich habe wohl keine andere Wahl.“

„Absolut keine, Watson. Danke, ich komme mit der Bettdecke allein zurecht. Sie halten bitte Abstand. Aber ich muß noch eine weitere Bedingung stellen, Watson. Sie werden keinen der Ärzte holen, die Sie erwähnten, sondern einen, den ich selbst bestimme.“

„Wie Sie meinen.“

„Die ersten vernünftigen Worte, seit Sie dieses Zimmer betreten haben, Watson. Dort drüben finden Sie ein paar Bücher. Ich bin etwas erschöpft. Wie mag sich eine Batterie fühlen, wenn sie Elektrizität an einen Nichtleiter abgibt? Um sechs Uhr setzen wir unser Gespräch fort, Watson.“

Aber es fügte sich, daß es weit eher wieder aufgenommen werden sollte, und zwar unter Umständen, die mir einen fast ebenso großen Schreck einjagten wie jener Sprung zur Tür. Ich hatte ein paar Minuten dagestanden und Holmes betrachtet. Sein Gesicht war fast ganz zugedeckt, er schien eingeschlafen zu sein. Mir fehlte die innere Ruhe, um mich hinzusetzen und zu lesen. Statt dessen begann ich, langsam im Zimmer herumzugehen und die Bilder berühmter Verbrecher zu betrachten, die die Wände zierten. Bei meiner Wanderung kam ich schließlich an den Kaminsims. Ein Wust von Pfeifen, Tabaksbeuteln, Injektionsspritzen, Federmessern, Revolverpatronen und anderem Kleinkram lag darauf verstreut. In der Mitte des Ganzen stand ein kleines weißes Elfenbeinkästchen mit einem Schiebedeckel. Es war ein hübsches, zierliches Ding, und ich hatte gerade die Hand ausgestreckt, um es näher zu betrachten, als... ein furchtbarer Schrei ertönte, ein gellender Aufschrei, der wohl bis hinaus auf die Straße zu hören war. Mir lief es eiskalt den Rücken hinunter, die Haare standen mir zu Berge bei jenem schrecklichen Laut. Als ich mich umwandte, blickte ich in Holmes' verzerrtes Gesicht. Gelähmt vor Entsetzen, stand ich da, das kleine Kästchen in der Hand.

„Hinlegen! Legen Sie es sofort hin, Watson – sofort, sage ich!" Mit einem tiefen Seufzer der Erleichterung ließ er seinen Kopf wieder aufs Kissen sinken, als ich das Kästchen an seinen Platz auf dem Kaminsims zurückstellte. „Ich hasse es, wenn man meine Sachen anrührt, Watson. Sie wissen, wie sehr ich das hasse. Ihr Herumstöbern geht mir auf die Nerven. Sie als Arzt, Sie können einen glatt ins Irrenhaus bringen. Setzen Sie sich auf Ihre vier Buchstaben, Mann! Lassen Sie mich endlich ausruhen!"

Der Zwischenfall machte einen höchst bedenklichen Eindruck auf mich. Die heftige Erregung ohne ersichtlichen Grund und diese brutale Redeweise, die so völlig verschieden von seiner sonst so verbindlichen Art war, führten mir das ganze Ausmaß seiner geistigen Verwirrung vor Augen. Von allen Ruinen ist die eines noblen Geistes die jämmerlichste. Niedergeschlagen hockte ich mich hin und wartete schweigend die vereinbarte Frist ab. Holmes schien die Uhr ebenso wie ich beobachtet zu haben, denn kaum zeigte sie sechs, begann er wieder mit fieberhafter Hektik zu reden.

„Nun denn, Watson", sagte er. „Haben Sie Kleingeld bei sich?"

„Ja."

„Auch Silber?"

„Reichlich."

„Wie viele Halbkronenstücke?"

„Fünf."

„Ah, zuwenig! Das reicht nicht. So ein Pech, Watson! Na egal, Sie können sie alle in Ihre Uhrentasche stecken. Und das ganze restliche Geld in die linke Hosentasche. Danke. So haben Sie eine bessere Balance."

Das war reiner Irrsinn. Ein Beben durchlief ihn; erneut gab er einen halb stöhnenden, halb schluchzenden Laut von sich.

„Zünden Sie jetzt das Gaslicht an, Watson. Aber achten Sie darauf, daß Sie es nicht weiter als bis zur Hälfte aufdrehen, auch nicht für einen Augenblick. Achten Sie darauf – ich flehe Sie an. Nein, die Vorhänge brauchen Sie nicht zuzuziehen. Nun legen Sie mir bitte ein paar Briefe und Papiere auf den

Tisch, so daß ich sie erreichen kann. Danke. Nun noch etwas Kleinkram vom Kaminsims dazu. Ausgezeichnet, Watson! Dort liegt eine Zuckerzange. Damit greifen Sie bitte dieses kleine Elfenbeinkästchen. Stellen Sie es hierher, auf die Papiere! Gut! Jetzt können Sie gehen und Mr. Culverton Smith holen. Er wohnt in der Lower Burke Street dreizehn."

Um die Wahrheit zu sagen, ich zögerte, denn der arme Holmes phantasierte so offensichtlich, daß es mir gefährlich erschien, ihn allein zu lassen. Er jedoch beharrte ebenso starrsinnig darauf, die genannte Person zu konsultieren, wie er sich zuvor gegen jeden Arztbesuch gesträubt hatte.

„Den Namen habe ich nie gehört", wandte ich ein.

„Schon möglich, mein guter Watson. Es mag Sie überraschen, aber der versierteste Kenner dieser Krankheit ist kein Mediziner, sondern ein bekannter Pflanzer aus Sumatra. Er weilt gegenwärtig in London. Eine Epidemie auf seiner Plantage, für die es keine medizinische Hilfe gab, zwang ihn, den Seuchenerreger selbst zu erforschen. Es gelang ihm, und zwar mit weitreichenden Konsequenzen. Ich wollte Sie nicht vor sechs Uhr gehen lassen, weil ich wußte, daß Sie ihn nicht eher in seinem Studierzimmer antreffen würden. Er hat die Erforschung dieser Krankheit zu seinem Hobby gemacht. Wenn Sie ihn dazu bewegen können, daß er herkommt und mir mit seinen einmaligen Kenntnissen beisteht, dann bin ich praktisch schon so gut wie geheilt."

Wenn ich Holmes' Rede als fortlaufendes Ganzes wiedergebe, so übergehe ich damit die langen Pausen, in denen er nach Luft rang und vor Schmerz die Fäuste ballte. Sein Aussehen hatte sich während meiner Anwesenheit sehr verschlechtert. Auf der Haut zeigten sich Flecke, die Augen brannten noch friebriger in den tiefen, dunklen Höhlen, Schweißperlen standen auf seiner Stirn. Doch seine Sprache klang zuversichtlich und unbekümmert wie eh und je. Bis zum letzten Atemzug würde er der Meister sein.

„Sie werden ihm genau schildern, in welchem Zustand Sie mich verlassen haben", sagte er. „Geben Sie einfach den Eindruck wieder, der Sie jetzt bewegt: ein sterbender Mann, ein Todkranker im Delirium. Wirklich, es will mir nicht in den Kopf, weshalb nicht das ganze Bett des Ozeans aus einer festen Schicht Austern bestehen soll, so fruchtbar, wie diese Tiere sind. Ah, ich schweife wohl ab! Komisch, wie das Gehirn vom Gehirn gesteuert wird! Was wollte ich doch gleich?"

„Mir Anweisungen für Mr. Culverton Smith geben."

„Ach ja, ich erinnere mich. Mein Leben hängt davon ab. Bitten Sie, beschwören Sie ihn, Watson. Wir haben leider kein gutes Verhältnis zueinander. Das hängt mit seinem Neffen zusammen, Watson. Der Junge starb qualvoll. Ich vermutete, daß an der Geschichte etwas faul war, und ließ es Smith merken. Jetzt ist er nicht gut auf mich zu sprechen. Sie müssen ihn besänftigen, Watson. Flehen Sie ihn an, betteln Sie, doch schaffen Sie ihn irgendwie her. Nur er kann mich retten, nur er!"

„Ich bringe ihn, und wenn ich ihn zur Kutsche schleifen muß!"

„Nichts dergleichen! Sie sollen ihn davon überzeugen, daß er dringend gebraucht wird. Und dann müssen Sie vor ihm wieder hiersein. Benutzen Sie irgendeine Ausrede, weshalb Sie ihn nicht begleiten können. Vergessen Sie das nicht, Watson. Ich verlasse mich auf Sie. Sie haben mich noch nie enttäuscht. Zweifellos gibt es natürlich Feinde, die der Ausbreitung der Art Grenzen setzen. Sie und ich, Watson, wir haben unseren Teil dazu beigetragen. Soll denn die Welt von Austern überrannt werden? Nein, nein, furchtbar! Sagen Sie ihm genau, was Sie denken!"

Traurig machte ich mich auf den Weg. Die Vorstellung, daß dieses Genie nur noch zu kindischem Gestammel fähig war, drückte mich fast zu Boden. Holmes gab mir den Schlüssel, den ich erleichtert mitnahm, denn so konnte er sich nicht einschließen. Mrs. Hudson wartete zitternd und schluchzend im Flur. Noch bis zur Treppe hörte ich Holmes' hohe dünne Stimme, die in einen wirren Singsang übergegangen war. Als ich unten an der Straße stand und nach einer Droschke pfiff, kam aus dem Nebel ein Mann auf mich zu.

„Wie geht es Mr. Holmes, Sir?" fragte er.

Es war ein alter Bekannter, Inspektor Morton vom Scotland Yard. Er trug keine Uniform.

„Gar nicht gut. Er ist sehr krank."

Im flackernden Schein der Gaslaterne war sein Gesichtsausdruck kaum zu erkennen, doch glaubte ich, so etwas wie Schadenfreude oder Erleichterung zu bemerken.

„Dann stimmt es also doch, was man sich erzählt", sagte er.

Da eben eine Droschke anhielt, ließ ich ihn einfach stehen.

In der Lower Burke Street, etwa an der Grenze zwischen Notting Hill und Kensington gelegen, standen hübsche Häuser. Das Gebäude, vor dem mein Kutscher hielt, bot mit seinem altmodischen Eisenzaun und der schweren messingverzierten Flügeltür ein Bild der Selbstzufriedenheit und gesetzten Wohlanständigkeit. Zu dem Ganzen paßte auch der würdevolle Butler, der im gedämpften Licht der elektrischen Flurbeleuchtung erschien.

„Jawohl, Mr. Culverton Smith ist zu Hause. Dr. Watson! Sehr wohl, Sir, ich werde Ihre Visitenkarte überbringen."

Weder mein schlichter Name noch der Titel schienen Mr. Culverton Smith zu beeindrucken. Durch die angelehnte Tür hörte ich eine verdrießliche hohe Stimme.

„Wer ist denn dieser Mensch? Was will er? Herrgott noch mal, Staples, wie oft habe ich Ihnen schon gesagt, daß ich bei meinen Studien nicht gestört werden möchte!"

Darauf folgte ein halblauter Strom besänftigender Erklärungen vom Butler.

„Nein, ich empfange niemanden, Staples. Es kommt nicht in Frage, daß meine Arbeit derart unterbrochen wird. Ich bin nicht zu Hause. Sagen Sie das. Richten Sie ihm aus, er soll morgen früh wiederkommen, wenn er mich unbedingt sprechen will."

Wieder das besänftigende Murmeln.

„Nein, Schluß jetzt. Er soll morgen früh vorsprechen oder es bleibenlassen. Meine Arbeit darf nicht behindert werden."

Ich dachte an Holmes, der sich auf seinem Krankenlager krümmte und vielleicht die Minuten zählte, bis ich ihm Hilfe brachte. Mir blieb keine Zeit, auf Förmlichkeiten zu achten. Sein Leben hing von meinem raschen Handeln ab. Ehe der bedauernde Butler seine Nachricht überbringen konnte, hatte ich mich an ihm vorbeigedrängt und war in das Studierzimmer getreten.

Wütend erhob sich ein Mann aus einem Lehnstuhl neben dem Kamin. Ich sah ein breites gelbes Gesicht mit großporiger fettiger Haut, mächtigem Doppelkinn und finster drohenden Augen, die mich unter buschigen sandfarbenen Brauen hervor zornig anfunkelten. Auf seinem kahlen Schädel trug er ein kokett schräg aufgesetztes Rauchkäppchen aus Samt. Als ich an dem Mann hinabblickte, stellte ich zu meinem Erstaunen fest, daß seine Gestalt im Vergleich zum Kopf verhältnismäßig klein und zierlich wirkte. Die typischen Krümmungen an Schultern und Rücken verrieten mir, daß er in seiner Kindheit die englische Krankheit durchgemacht hatte.

„Was soll das heißen?" schrie er mit hoher, keifender Stimme. „Was bedeutet dieses Eindringen? Habe ich Ihnen nicht ausrichten lassen, daß ich Sie morgen früh empfange?"

„Tut mir leid", sagte ich, „aber die Sache duldet keinen Aufschub. Mr. Sherlock Holmes..."

Die Erwähnung dieses Namens hatte eine außergewöhnliche Wirkung auf den kleinen Mann. Augenblicklich verschwand der wütende Ausdruck aus seinem Gesicht. Die Züge wurden gespannt und hellwach.

„Sie kommen von Holmes?" fragte er.

„Ich habe ihn soeben verlassen."

„Was ist mit Holmes? Wie geht es ihm?"

„Er ist schwerkrank. Deshalb komme ich ja."

Der Mann bot mir einen Stuhl an und machte dann kehrt, um seinen Platz wieder einzunehmen. Dabei konnte ich sein Gesicht für einen kurzen Augenblick im Spiegel über dem Kaminsims sehen. Ich hätte schwören mögen, daß es von einem boshaften, abscheulichen Grinsen verzerrt war. Aber nein, wohl doch nur eine zufällige nervöse Zuckung, sagte ich mir gleich darauf, denn als er sich mir wieder zuwandte, drückten seine Züge echtes Mitgefühl aus.

„Ich bedaure, das zu hören", sagte er. „Ich kenne Mr. Holmes zwar nur flüchtig, schätze seinen Charakter und seine Fähigkeiten aber auf das höchste. Er betätigt sich als Amateur auf dem Gebiet des Verbrechens, ich auf dem der unerforschten Krankheiten. Er fahndet nach dem Verbrecher, ich nach der Mikrobe. Dort sehen Sie meine Zuchthäuser", fuhr er fort und wies auf eine Reihe Gläser und Kolben, die auf einem Seitentischchen an der Wand standen. „In diesen Gelatinekulturen müssen einige der schlimmsten Übeltäter dieser Welt lebenslänglich schmoren."

„Eben wegen Ihrer Spezialkenntnisse möchte Mr. Holmes Sie konsultieren. Er hat eine hohe Meinung von Ihnen und glaubt, daß Sie der einzige Mann in London sind, der ihm helfen kann."

Der kleine Mann fuhr zusammen, und das kecke Rauchkäppchen glitt zu Boden.

„Wieso?" fragte er. „Wieso glaubt Mr. Holmes, daß ausgerechnet ich ihm helfen kann?"

„Weil Sie sich auf dem Gebiet fernöstlicher Krankheiten bestens auskennen."

„Aber wie kommt er darauf, daß er sich eine fernöstliche Krankheit zugezogen hat?"

„Weil er bei der Aufklärung eines Falles unten in den Docks mit chinesischen Seeleuten zu tun hatte."

Mr. Culverton Smith lächelte und hob sein Rauchkäppchen auf.

„Ach, so verhält es sich!" sagte er. „Ich hoffe doch zuversichtlich, daß die Sache nicht so schlimm steht, wie Sie annehmen. Wie lange ist er denn schon krank?"

„Etwa drei Tage."

„Deliriert er?"

„Hin und wieder."

„Soso, das klingt allerdings ernst. Es wäre unmenschlich, seinem Ruf nicht zu folgen. Zwar pflege ich mich normalerweise auf das schärfste gegen jegliche Unterbrechung meiner Arbeit zu wehren, Dr. Watson, aber in diesem Fall mache ich natürlich eine Ausnahme. Ich begleite Sie sofort."

Holmes' Anordnung fiel mir ein.

„Leider muß ich noch etwas anderes erledigen", sagte ich.

„Na schön, dann fahre ich allein hin. Wie lautet doch gleich Mr. Holmes' Adresse? Gut, Sie können sich darauf verlassen, daß ich in einer Stunde dort bin."

Bangen Herzens öffnete ich die Tür zu Holmes' Schlafzimmer. Wie die Sache stand, konnte während meiner Abwesenheit das Schlimmste passiert sein. Zu meiner großen Erleichterung jedoch hatte sich sein Zustand in der Zwischenzeit wesentlich gebessert. Äußerlich wirkte er zwar unverändert, doch Anfälle von Fieberwahn konnte ich nicht mehr feststellen. Ja, erstaunlicherweise hatte er seine alte Frische und Geistesschärfe in vollem Umfang wiedererlangt, nur seine Stimme klang noch sehr schwach.

„Nun, haben Sie ihn gesprochen, Watson?"

„Ja, er kommt."

„Wunderbar, Watson! Ausgezeichnet! Als Bote sind Sie unübertrefflich."

„Er wollte mich sogar gleich begleiten."

„Das wäre nicht angegangen. Hat er gefragt, was mir fehlt?"

„Ich habe ihm von den Chinesen im East End erzählt."

„Sehr richtig! Lieber Freund, Sie haben getan, was in Ihrer Macht stand. Jetzt können Sie von der Bildfläche verschwinden."

„Aber ich muß doch hierbleiben, um seine Meinung zu hören, Holmes!"

„Natürlich, unbedingt sogar. Ich habe aber Grund zu der Annahme, daß seine werte Meinung sehr viel offener ausfallen wird, wenn er sich mit mir allein wähnt. Hinter dem Kopfende meines Bettes finden Sie Platz, Watson."

„Aber Holmes!"

„Ich fürchte, eine andere Möglichkeit gibt es nicht. Das Zimmer eignet sich nicht eben zum Verstecken, was aber auch gut ist, weil es keinen Verdacht erregt. Aber dort könnte es wohl gehen, Watson." Plötzlich richtete er sich auf. Gespannte Aufmerksamkeit ließ sein mageres Gesicht erstarren. „Da ist schon die Kutsche, Watson. Schnell, Mann, wenn Sie mich lieben! Und rühren Sie sich nicht, was auch geschieht, verstanden? Keinen Laut, keine Bewegung! Sperren Sie nur die Ohren weit auf." Dann waren seine Kraftreserven mit einemmal aufgebraucht. Seine Rede wurde wirr und ging in das schwache, undeutliche Murmeln eines Fiebernden über.

Von meinem Versteck aus, in das ich so rasch getrieben worden war, hörte ich Schritte auf der Treppe, darauf das Öffnen und Schließen der Schlafzimmertür. Dann folgte zu meinem Erstaunen eine lang anhaltende Stille, die nur von dem schweren Atmen und Keuchen des Kranken unterbrochen wurde. Offenbar stand unser Besucher neben dem Bett und betrachtete den Leidenden eingehend. Endlich brach Mr. Smith das seltsame Schweigen.

„Holmes!" rief er, „Holmes!", in dem eindringlichen Tonfall, in dem man einen Schlafenden weckt. „Können Sie mich hören, Holmes?" Dann ein Rascheln, wie wenn er den Kranken an der Schulter rüttelte.

„Sind Sie es, Mr. Smith?" flüsterte Holmes. „Ich wagte kaum zu hoffen, daß Sie kommen würden."

Der andere lachte.

„Das kann ich mir lebhaft vorstellen", sagte er. „Aber wie Sie sehen, bin ich dennoch hier. Die glühenden Kohlen, Holmes, die glühenden Kohlen."

„Sie sind sehr gütig zu mir, sehr großzügig. Ich weiß Ihre Spezialkenntnisse wohl zu schätzen."

„Natürlich. Glücklicherweise sind Sie damit der einzige in London. Demnach wissen Sie, was Sie haben?"

„Dasselbe", sagte Holmes.

„Ah! Sie erkennen die Symptome wieder?"

„Nur zu gut."

„Nun, es sollte mich gar nicht wundern, wenn es wirklich dasselbe ist, Holmes. Schlechte Aussichten für Sie, falls es stimmt. Denken Sie an Victor: ein robuster, lebenslustiger junger Bursche – und am vierten Tag ein toter Mann. Ich teile Ihre Verwunderung über den Umstand, daß er sich mitten in London eine äußerst seltene asiatische Infektionskrankheit zuzog, zumal eine, über die ich spezielle Studien getrieben habe. Eine merkwürdige Koinzidenz, Holmes, in der Tat. Sehr schlau herausgefunden, aber es war recht unbarmherzig von Ihnen, diese als Ursache und Wirkung zu bezeichnen."

„Ich wußte, daß Sie es getan haben."

„Ach, wirklich? Tja, jedenfalls konnten Sie es nicht beweisen. Doch was denken Sie sich eigentlich? Sie verbreiten schlimme Dinge über mich, aber wenn es Ihnen schlecht ergeht, kommen Sie zu mir gekrochen. Was ist denn das für eine Art – he?"

Ich hörte das angestrengte, rasselnde Atmen des Kranken.

„Geben Sie mir Wasser!" ächzte er.

„Sie stehen ganz dicht vor der Grube, mein Freund, aber ehe sie hineinfahren, will ich ein Wörtchen mit Ihnen reden. Deshalb reiche ich Ihnen Wasser. Da, nicht verschütten. So ist es recht. Verstehen Sie mich deutlich?"

Holmes stöhnte.

„Tun Sie für mich, was in Ihren Kräften steht. Lassen Sie die alte Geschichte ruhen", flüsterte er. „Ich werde sie mir auch aus dem Kopf schlagen, das schwöre ich. Ich will sie für immer vergessen, nur heilen Sie mich!"

„Was meinen Sie?"

„Die Sache mit Victor Savages Tod. Sie haben vorhin so gut wie zugegeben, daß Sie ihn ermordeten. Ich werde es vergessen."

„Sie können es vergessen oder behalten, ganz wie es Ihnen beliebt. Im Zeugenstand sehe ich Sie ohnehin nicht. Eher in einer länglichen Kiste, mein Lieber, und zwar bald. Es spielt für mich keine Rolle, daß Sie wissen, wie mein Neffe starb. Nicht über ihn reden wir, sondern über Sie."

„Wie Sie wollen."

„Der Mann, der mich holte – ich hab seinen Namen vergessen –, er sagte, Sie hätten sich im East End bei den Seeleuten angesteckt."

„Ich konnte es mir nur so erklären."

„Sie sind doch sonst so stolz auf Ihren Scharfsinn, Holmes. Halten sich für

mächtig schlau, nicht wahr? Aber diesmal sind Sie an einen weitaus Klügeren geraten. Denken Sie einmal zurück, Holmes. Fällt Ihnen keine andere Infektionsquelle ein?"

„Ich kann nicht nachdenken. Mein Gedächtnis läßt mich im Stich. Helfen Sie mir, um Gottes willen!"

„Selbstverständlich! Ich helfe Ihnen zu begreifen, in welcher Situation Sie sich befinden und wie Sie hineingeraten sind. Diese Erkenntnis gönne ich Ihnen, bevor Sie sterben."

„Geben Sie mir etwas gegen die Schmerzen."

„Es tut weh, nicht wahr? Ja, kurz vor dem Ende kreischten die Kulis regelrecht. Die Schmerzen kommen krampfartig, habe ich recht?"

„Ja. Ja, es ist ein Krampf."

„Aber trotzdem können Sie verstehen, was ich sage. Hören Sie zu! Erinnern Sie sich an einen ungewöhnlichen Zwischenfall, kurz bevor die Symptome auftraten?"

„Nein, nein."

„Denken Sie noch einmal gut nach!"

„Ich kann mich nicht konzentrieren."

„Nun, dann will ich Ihnen auf die Sprünge helfen. Kam etwas mit der Post?"

„Mit der Post?"

„Vielleicht ein Kästchen?"

„Mir wird so schwarz..."

„Hören Sie, Holmes." Es gab ein Geräusch, wie wenn er den Sterbenden heftig schüttelte. Ich mußte mich sehr zusammennehmen, um still in meinem Versteck zu bleiben. „Ich will, daß Sie zuhören. Erinnern Sie sich an ein Kästchen aus Elfenbein? Es kam am Mittwoch. Sie öffneten es, nicht wahr?"

„Ja, stimmt. Eine scharfe Feder sprang heraus. Irgend so ein dummer Scherz..."

„Es war kein Scherz, wie Sie jetzt merken. Sie Narr, Sie haben es herausgefordert, und nun haben Sie es bekommen. Warum mußten Sie sich in meine Angelegenheiten einmischen? Hätten Sie mich in Ruhe gelassen, dann wäre Ihnen nichts passiert."

„Jetzt begreife ich", keuchte Holmes. „Die Feder! Sie hat mich gestochen. Das Kästchen..., das da auf dem Tisch."

„Genau das! Ich werde es in meiner Tasche mitnehmen. Damit verschwindet Ihr letztes Beweisstück. Aber immerhin kennen Sie jetzt die Wahrheit. Sie können sterben mit dem Wissen, daß ich Sie getötet habe. Sie haben zuviel über das Schicksal von Victor Savage herausbekommen, also mußten Sie es teilen. Ihr Ende steht Ihnen kurz bevor, Holmes. Ich werde hier sitzen und zusehen, wie Sie sterben."

Holmes' Stimme war zu einem fast unhörbaren Wispern geworden.

„Wie? Was?" sagte Smith. „Das Gaslicht höher drehen? Ah, die Schatten beginnen zu fallen, nicht wahr? Gewiß drehe ich es höher, damit ich Sie besser sehen kann." Er durchquerte das Zimmer. Das Licht wurde plötzlich hell. „Haben Sie noch einen letzten Wunsch, mein Freund?"

„Eine Pfeife, Tabak und ein Streichholz."

Vor Überraschung und Freude hätte ich beinahe aufgeschrien. Das war wieder seine natürliche Stimme – etwas schwach vielleicht, aber unverkennbar der alte Klang. Eine lange Pause folgte. Ich spürte, daß Culverton Smith in sprachloser Verblüffung dastand und sein Gegenüber anstarrte.

„Was soll das heißen?“ stieß er schließlich heiser hervor.

„Die beste Methode, eine Rolle überzeugend zu spielen, besteht darin, sie praktisch nachzuleben“, sagte Holmes. „Ich gebe Ihnen mein Wort, daß ich drei Tage weder Essen noch Trinken angerührt habe, bis Sie mir freundlicherweise das Glas Wasser reichten. Aber am meisten hat mir der Tabak gefehlt.“ Ein Streichholz wurde angerieben. „Ah, tut das gut! Hallo! Ich bekomme wohl Besuch?“

Von draußen ertönten Schritte, die Tür wurde geöffnet, und Inspektor Morton trat ein.

„Alles in Ordnung. Das ist Ihr Mann“, sagte Holmes.

Der Beamte nahm die übliche Rechtsbelehrung vor.

„Ich verhafte Sie unter Anklage des Mordes an einem gewissen Victor Savage“, schloß er.

„Und Sie können hinzufügen: wegen versuchten Mordes an einem gewissen Sherlock Holmes“, bemerkte mein Freund und lachte. „Um einem Gebrechlichen die Mühe zu ersparen, Inspektor, gab Mr. Culverton Smith freundlicherweise selbst unser Signal, indem er das Gaslicht heller drehte. Übrigens trägt der Gefangene in seiner rechten Manteltasche ein kleines Kästchen, das man herausnehmen sollte. Danke. Ich an Ihrer Stelle würde vorsichtig damit umgehen. Stellen Sie es dorthin. Es dürfte eine entscheidende Rolle im Prozeß spielen.“

Auf einmal ein polterndes Losstürzen und Handgemenge, Eisen klirrte, dann ertönte ein Schmerzensschrei.

„Sie tun sich nur selbst weh“, sagte der Inspektor. Handschellen schnappten klickend zusammen.

„Eine schöne Falle!“ ertönte die hohe, sich überschlagende Stimme. „Die wird Sie auf die Anklagebank bringen, nicht mich, Holmes. Er ließ mich rufen und bat um Behandlung. Da er mir leid tat, kam ich. Jetzt wird er zweifellos irgendwelche Hirngespinste erfinden und behaupten, ich hätte etwas gesagt, was seine wahnwitzigen Verdächtigungen bestätigt. Sie können lügen, wie Sie wollen, Holmes. Mein Wort gilt immer noch soviel wie Ihres.“

„Gütiger Himmel!“ rief Holmes. „Ihn habe ich ja ganz vergessen. Mein lieber Watson, ich muß mich tausendmal bei Ihnen entschuldigen. Mr. Culverton Smith brauche ich Ihnen ja nicht mehr vorzustellen. Haben Sie eine Kutsche unten, Inspektor? Auf dem Polizeirevier werde ich wohl noch gebraucht. Ich komme nach, sobald ich angekleidet bin.“

„So leer war mein Magen noch nie“, sagte Holmes, als er sich während seiner Toilette mit einem Glas Rotwein und einigen Biskuits stärkte. „Doch wie Sie wissen, habe ich keine regelmäßigen Eßgewohnheiten, und deshalb macht mir solch eine Hungerkur auch weniger aus als den meisten Menschen. Es war ungemein wichtig, daß ich Mrs. Hudson von der Echtheit meines Leidens überzeugte, damit ihre Bestürzung auf Sie und die Ihre wiederum auf Smith echt wirkten. Seien Sie mir nicht böse, Watson. Ich halte Sie für einen vielseitig begabten Menschen, aber Talent zur Heuchelei besitzen Sie nicht. Eingeweiht in mein Geheimnis, hätten Sie Smith nie von der dringenden Notwendigkeit seines Kommens überzeugen können. Das war ja der springende Punkt des ganzen Vorhabens. Ich kannte sein rachsüchtiges Wesen und rechnete damit, daß er kommen würde, um sich an den Qualen seines Gegners zu weiden."

„Aber Ihr Aussehen, Holmes, Ihr gräßliches Gesicht?"

„Drei Tage absolutes Fasten verschönern einen nicht gerade, Watson. Das übrige kuriert ein Schwamm mühelos. Mit Vaseline auf der Stirn, Rouge auf den Jochbögen, Belladonna in den Augen und Krusten aus Bienenwachs auf den Lippen kann ein sehr zufriedenstellender Effekt erzielt werden. Über das Simulieren wollte ich schon immer mal eine Abhandlung schreiben. Einige beiläufige Bemerkungen über Halbkronenstücke, Austern oder andere nichtige Dinge erzeugen einen hübschen Anschein von Fieberwahn."

„Aber warum durfte ich dann nicht näher an Sie heran, da doch in Wahrheit keine Infektionsgefahr bestand?"

„Wie können Sie fragen, mein lieber Watson! Glauben Sie, ich schätze Ihre Fähigkeiten als Mediziner so gering ein? Hätte vor Ihrem sachkundigen Urteil ein Sterbender bestanden, der, wie geschwächt auch immer, weder erhöhte Temperatur noch beschleunigten Puls aufwies? Auf vier Schritt Entfernung konnte ich Sie täuschen. Wenn mir das nicht gelungen wäre, wer hätte mir meinen Smith in die Hände gespielt? Nein, Watson, das Kästchen würde ich lieber nicht anfassen. Wenn Sie es von der Seite betrachten, können Sie die Öffnung sehen, wo die scharfe Feder wie ein Vipernzahn herausschnellt, sobald man den Deckel zurückschiebt. Ich bin überzeugt, daß Smith mit einer ähnlichen Vorrichtung jenen armen Victor Savage umgebracht hat, der diesem Ungeheuer bei einer Erbschaft im Wege stand. Ich bekomme mit der Post nicht nur Liebesgrüße, wie Sie wissen, und bin daher immer etwas mißtrauisch, besonders bei Päckchen. Ich wußte, daß ich ihm ein Geständnis entlocken konnte, wenn ich so tat, als sei sein Anschlag wirklich gelungen. Diese Rolle habe ich mit der Gründlichkeit eines echten Künstlers gemeistert. Danke, Watson, sehr freundlich von Ihnen, daß Sie mir in den Mantel helfen. Wenn wir auf der Polizeistation fertig sind, wäre etwas Nahrhaftes in Simpsons Restaurant wohl ganz angebracht. Was halten Sie von Austern?"

Der Fall Thor-Brücke

Irgendwo in den Kellergewölben des Bankhauses Cox & Co. am Charing Cross lagert eine vom Reisen zerkratzte und verbeulte Versandkiste aus Blech, auf deren Deckel mit Ölfarbe geschrieben steht: Dr. med. John H. Watson, vormals Indian Army. Sie ist vollgestopft mit Papieren, meistens Protokolle von Kriminalfällen, die in der Absicht angelegt wurden, die Probleme zu illustrieren, die Mr. Sherlock Holmes zu verschiedenen Zeiten zu untersuchen hatte. Einige Ermittlungen, und nicht die uninteressantesten, endeten mit kompletten Fehlschlägen und dürften sich als solche kaum zum Erzählen eignen. Ein Problem ohne Lösung mag den Wissenschaftler interessieren, den zufälligen Leser würde es nur verärgern. Unter diesen ungeklärten Geschichten befindet sich die des Mr. James Phillimore, der, nachdem er in sein Haus zurückgegangen war, um einen Regenschirm zu holen, niemals wieder auf dieser Welt gesehen wurde. Nicht weniger bemerkenswert ist die des Kutters „Alicia", der an einem Frühlingsmorgen in eine kleine Nebelbank fuhr, aus der er nie wieder zum Vorschein kam; von Schiff und Besatzung fehlt bis heute jede Spur. Ein dritter erwähnenswerter Fall betrifft jenen wohlbekannten Journalisten und Duellanten Isadora Persano, den man völlig irr vor sich hin starrend antraf, während vor ihm auf dem Tisch eine Streichholzschachtel lag, die einen bemerkenswerten, der Wissenschaft angeblich unbekannten Wurm enthielt. Neben diesen unaufgeklärten Fällen gibt es einige, die in einem solchen Ausmaß in private Familiengeheimnisse hineinreichen, daß es in manchen höheren Kreisen Bestürzung auslösen würde, wenn man sie ausplaudern würde. Es erübrigt sich, zu sagen, daß ein solcher Vertrauensbruch nicht in Frage kommt; sobald mein Freund Zeit hat, sich dieser Angelegenheit zu widmen, werden diese Aufzeichnungen ausgesondert und vernichtet. Übrig bleibt eine Reihe mehr oder weniger interessanter Fälle, die ich bereits veröffentlicht hätte, müßte ich nicht befürchten, daß sie Abscheu erregen, der möglicherweise auf das Ansehen jenes Mannes zurückwirkt, den ich vor allen anderen verehre. An einigen arbeitete ich selbst mit und kann als Augenzeuge sprechen, während ich bei anderen entweder nicht zugegen war oder eine so geringe Rolle spielte, daß sie nur in der dritten Person erzählt werden könnten. Die folgende Erzählung beruht auf eigenem Erleben.

Es war ein trüber, stürmischer Oktobermorgen. Beim Ankleiden beobachtete ich, wie die letzten Blätter von der einsamen Platane gefegt wurden, die unseren Garten hinterm Haus ziert. Als ich zum Frühstück nach unten ging, erwartete ich, meinen Gefährten in gedrückter Stimmung vorzufinden, denn wie alle großen Künstler reagierte er auf seine Umwelt sehr sensibel. Aber im Gegenteil, Holmes hatte seine Mahlzeit fast beendet und war geradezu glänzender Laune, wie mir jene typische, etwas boshafte Fröhlichkeit verriet, die er in Momenten des Gelöstseins an den Tag legte.

„Sie haben wohl wieder einen interessanten Fall, Holmes?“ bemerkte ich.

„Die Methode der Deduktion ist sicher ansteckend, Watson“, antwortete er. „Das hat es Ihnen ermöglicht, mein Geheimnis aufzuspüren. Jawohl, es handelt sich um einen neuen Fall. Nach einem Monat voller Plattheiten und Untätigkeiten drehen sich die Räder wieder!“

„Darf ich mich an den Ermittlungen beteiligen?“

„Vorläufig gibt es wenig zu tun, aber wir können darüber diskutieren, sobald Sie sich die zwei steinharten Eier einverleibt haben, die uns unsere neue Köchin heute servierte. Ihr unbekömmlicher Zustand dürfte auf die ‚Family Herald‘ zurückgehen, die ich gestern auf dem Tisch in der Halle liegen sah. Selbst eine so triviale Angelegenheit wie das Eierkochen erfordert Aufmerksamkeit und ist unvereinbar mit der Lektüre des Liebesromans in jener vorzüglichen Zeitschrift.“

Eine Viertelstunde später saßen wir uns am abgeräumten Tisch gegenüber. Holmes zog einen Brief aus der Tasche.

„Haben Sie jemals etwas von dem Goldkönig Neil Gibson gehört?“ fragte er.

„Sie meinen den amerikanischen Senator?“

„Nun ja, er war einmal Senator in einem Weststaat, aber als reichsten Goldminenbesitzer der Welt kennt man ihn besser.“

„Lebt er nicht schon eine Weile in England? Sein Name kommt mir sehr bekannt vor.“

„Ja, er hat vor etwa fünf Jahren ein beträchtliches Anwesen in Hampshire gekauft. Vielleicht ist Ihnen etwas über den tragischen Tod seiner Ehefrau zu Ohren gekommen?“

„Natürlich. Jetzt entsinne ich mich. Daher kenne ich den Namen. Aber über die Einzelheiten weiß ich eigentlich nichts.“

Holmes zeigte auf einige Zeitungen in einem Sessel. „Leider ahnte ich nicht, daß mir der Fall übertragen würde, denn sonst hätte ich mir die Berichte schon ausgeschnitten“, sagte er. „Tatsache ist, daß der Fall, obwohl überaus sensationell, keine Schwierigkeiten in sich zu bergen schien. In der Verhandlung vor dem Polizeigericht bekam die Angeklagte zwar Anteilnahme, aber die klaren Beweise der Kriminalisten und Gerichtsmediziner sprachen eindeutig gegen sie. Inzwischen wurde das Verfahren an das Geschworenengericht von Winchester weitergeleitet. Ich fürchte, ich lasse mich auf ein undankbares Geschäft ein. Ich kann Fakten aufspüren, aber nicht ändern. Falls nicht einige völlig neue und unerwartete Anhaltspunkte auftauchen, weiß ich nicht, worauf mein Klient hoffen kann."

„Ihr Klient?"

„Ach so, ich vergaß, daß ich ihn noch nicht erwähnte. Ich verfalle in Ihre verwirrende Angewohnheit, Watson, eine Geschichte vom Ende her zu erzählen. Am besten, Sie lesen zuerst das."

Der Brief, den er mir reichte, wies steile, herrische Schriftzüge auf und lautete folgendermaßen:

CLARIDES HOTEL,
3. Oktober

Lieber Mr. Sherlock Holmes!

Ich kann und will nicht tatenlos zusehen, wie die beste Frau, die Gott je erschuf, in den Tod geht, sondern muß alles versuchen, um sie zu retten. Ich verstehe die Sache selbst nicht und könnte mir nicht einmal eine mögliche Erklärung zusammenreimen, aber ich weiß ohne jeden Zweifel, daß Miß Dunbar unschuldig ist. Sie kennen natürlich die Fakten – wer nicht. Im ganzen Land hat man sie breitgetreten. Und nicht eine einzige Stimme wurde für sie laut! Diese ganze verdammte Ungerechtigkeit macht mich verrückt. Diese Frau hat ein so gutes Herz, daß sie keiner Fliege etwas zuleide tun könnte. Vielleicht schaffen Sie es, etwas Licht in das Dunkel zu bringen. Ich suche Sie morgen vormittag um elf Uhr auf. Möglicherweise habe ich einen Anhaltspunkt und weiß es nicht. Jedenfalls steht Ihnen alles, was ich besitze, zur Verfügung – nur retten Sie sie! Wenn es stimmt, was ich über Sie gehört habe, können nur Sie es.

Ihr ergebener
J. Neil Gibson

„Nun wissen Sie Bescheid", sagte Sherlock Holmes, während er die Asche aus seiner Morgenpfeife klopfte und sie langsam wieder stopfte. „Diesen Gentleman erwarte ich. Da Ihnen kaum Zeit bleibt, alle jene Zeitungen zu bewältigen, muß ich Ihnen den Fall in Kurzform vortragen, wenn Sie dem weiteren Verlauf ein verständiges Interesse entgegenbringen sollen. Dieser Gibson ist ein Finanzmagnat von weltweitem Einfluß und, wie man sagt, ein Mann von heftigem, gewalttätigem Charakter. Von seiner Frau, dem Opfer, weiß ich nur, daß sie ihre Blüte schon hinter sich hatte, was um so leidiger war, weil eine sehr attraktive Gouvernante die beiden Kinder erzog. Soviel zu den unmittelbar beteiligten Personen. Als Schauplatz müssen Sie sich ein vornehmes altes Herrschaftshaus inmitten eines historischen englischen Anwesens vorstellen. Jetzt zu der Tragödie. Gibsons Ehefrau wurde spätabends auf dem Grundstück, fast eine halbe Meile vom Haus entfernt, gefunden. Sie trug ihr Dinnerkleid sowie einen Schal um die Schultern und hatte eine Revolverkugel im Gehirn. In ihrer Nähe fand man keine Waffe, der Tatort bot auch keinen Hinweis auf den Mörder. Keine Waffe in ihrer Nähe, Watson – beachten Sie das! Das Verbrechen muß am späten Abend verübt worden sein. Die Leiche wurde von einem Wildhüter gegen elf Uhr gefunden, an Ort und Stelle von der Polizei und einem Arzt untersucht und dann zum Haus geschafft. Ist das zu gerafft, oder können Sie mir folgen?"

„Durchaus. Aber weshalb wird die Gouvernante verdächtigt?"

„Erstens liegt ein sehr direktes Beweisstück vor. Man fand auf dem Boden ihres Kleiderschrankes einen Trommelrevolver mit einer leeren Kammer und einem Kaliber, das mit dem der tödlichen Kugel übereinstimmt." Holmes' Blick wurde auf einmal starr, und er wiederholte abgehackt: „Auf – dem – Boden – ihres – Kleiderschrankes!" Dann verstummte er. Ich merkte, daß eine Gedankenkette in Bewegung geraten war, die ich wohlweislich nicht unterbrach. Plötzlich gab er sich einen Ruck und fuhr eifrig fort: „Ja, Watson, dort wurde er gefunden. Ziemlich verhängnisvoll, wie? So meinten die Geschworenen in beiden Verfahren. Zweitens trug die tote Frau einen Zettel bei sich – eine Vereinbarung zu einem Treffen genau am Tatort, unterschrieben von der Gouvernante. Wie finden Sie das? Schließlich haben wir auch das Motiv. Senator Gibson ist eine gute Partie. Wer durfte hoffen, nach dem Tod seiner Frau den Platz an seiner Seite einzunehmen, wenn nicht jene junge Frau, für die sich ihr Arbeitgeber allem Anschein nach bereits stark interessiert hatte? Liebe, Vermögen, Macht – alles hing vom Leben oder Tod einer Person ab. Häßlich, Watson, sehr häßlich!"

„Ja, wirklich, Holmes."

„Zudem konnte sie kein Alibi nachweisen. Im Gegenteil, sie mußte zugeben, daß sie unten an der Thor-Brücke war – das ist der Tatort –, und zwar zur fraglichen Zeit. Sie konnte es nicht leugnen, denn ein Dorfbewohner hatte sie dort gesehen."

„Das klingt wirklich schlüssig."

„Und dennoch, Watson, und dennoch! Diese Brücke, eigentlich eine Felsplatte mit gemauerten Seitenwänden, führt über die schmalste Stelle eines langgestreckten, tiefen, schilfgesäumten Gewässers, das man den Thor-Weiher nennt. In der Brückenkehle lag die Tote. Das sind die hauptsächlichen Fakten. Doch hier kommt unser Klient, wenn ich nicht irre, und zwar ziemlich verfrüht."

Billy hatte die Tür geöffnet, aber er kündigte einen unerwarteten Besucher an, denn der Name Marlow Bates sagte uns beiden nichts. Der schmächtige

Mann mit den furchtsamen Augen wirkte wie ein zitterndes Nervenbündel. Als Mediziner sah ich sofort, daß er kurz vor einem Nervenzusammenbruch stand.

„Sie scheinen erregt zu sein, Mr. Bates", sagte Holmes. „Nehmen Sie doch bitte Platz. Ich fürchte, ich kann Ihnen nur wenig Zeit opfern, denn um elf habe ich eine Verabredung."

„Ich weiß." Unser Besucher keuchte. Er stieß kurze Sätze hervor, während er nach Luft rang. „Mr. Gibson kommt, mein Arbeitgeber. Ich bin der Verwalter seines Grundstücks. Mr. Holmes, er ist ein Schuft, ein ausgemachter Schurke!"

„Sie drücken sich sehr drastisch aus, Mr. Bates."

„Ich muß es, Mr. Holmes, denn die Zeit ist knapp. Er darf mich um nichts in der Welt hier finden. Er müßte bald eintreffen. Eher konnte ich nicht kommen. Sein Sekretär, Mr. Ferguson, hat mir erst heute früh von seiner Verabredung mit Ihnen erzählt."

„Sie sind also sein Verwalter?"

„Nicht mehr lange. Ich habe meine Kündigung eingereicht. In ein paar Wochen werde ich diese verfluchte Sklaverei hinter mir haben. Ein harter Mann, Mr. Holmes, unerbittlich gegen jeden in seiner Umgebung. Jene öffentlichen Stiftungen benutzt er nur als Schleier, um seine Schlechtigkeit zu verbergen. Und am meisten hatte seine Frau unter ihm zu leiden. Er war brutal zu ihr, jawohl, Sir, brutal! Wie sie umgekommen ist, kann ich nicht sagen, aber ich weiß, daß er ihr das Leben zur Hölle gemacht hat. Sie stammte aus den Tropen, eine geborene Brasilianerin, wie Sie zweifellos wissen."

„Nein, das war mir entgangen."

„In den Tropen geboren und tropisch dem Wesen nach. Ein Kind der Sonne und Leidenschaft. Sie liebte ihn, wie so eine Frau lieben kann, doch mit dem Alter vergingen ihre einst großen körperlichen Reize, und ihn hielt nichts mehr. Wir mochten sie alle, hatten Mitleid mit ihr und haßten ihn, weil er sie so schlecht behandelte. Aber er ist redegewandt und gerissen, das kann ich Ihnen sagen! Lassen Sie sich nicht von seinem Auftreten blenden. Es steckt mehr dahinter. Ich muß jetzt gehen. Nein, nein, halten Sie mich nicht zurück. Er muß jeden Augenblick eintreffen."

Nach einem ängstlichen Blick zur Uhr eilte unser seltsamer Besucher zur Tür und verschwand.

„O weh, o weh!" klagte Holmes nach einer Pause. „Mr. Gibson scheint ja einen hübschen Haushalt zu haben. Immerhin, die Warnung dürfte nützlich sein. Nun können wir nur warten, bis der Mann selbst kommt."

Genau zur vollen Stunde hörten wir ein schweres Stapfen auf der Treppe, und gleich darauf wurde der berühmt-berüchtigte Millionär in unser Zimmer geführt. Als ich ihn betrachtete, verstand ich nicht nur die Ängste und den Abscheu des Verwalters, sondern auch die Verwünschungen, die so viele seiner geschäftlichen Konkurrenten gegen ihn ausgestoßen hatten. Wenn ich ein Bildhauer wäre und das Ideal eines erfolgreichen Geschäftsmannes darstellen wollte – eiserne Nerven und ledernes Gewissen –, würde ich Mr. Neil Gibson als Modell nehmen. Seine hagere, eckige Gestalt ließ an Hunger und Raubgier denken. Ein Abraham Lincoln, der niedrige anstatt hoher Ziele verfolgt, so ungefähr muß man sich den Mann vorstellen. Sein Gesicht wirkte wie aus Granit gemeißelt: kantig, unbarmherzig, von tiefen Furchen durchzogen, den Spuren so mancher Krisen. Kalte graue Augen blickten unter borstigen Brauen hervor und musterten uns abschätzend. Er verbeugte sich knapp, als Holmes meinen Namen nannte, dann zog er mit herrischer, besitzergreifender Gebärde einen Stuhl zu meinem Gefährten und setzte sich, wobei seine Knie die von Holmes fast berührten.

„Lassen Sie mich hier gleich klarstellen, Mr. Holmes“, begann er, „daß in diesem Fall Geld keine Rolle spielt. Sie können es verbrennen, wenn es dazu dient, die Wahrheit zu erhellen. Diese Frau ist unschuldig, das muß bewiesen werden, und das sollen Sie tun. Nennen Sie eine Summe!“

„Ich nehme prinzipiell nur mein feststehendes Honorar“, sagte Holmes, „auf das ich allerdings manchmal ganz verzichte.“

„Nun, wenn Ihnen Dollars egal sind, denken Sie an das Ansehen. Wenn Sie diesen Auftrag in der gewünschten Weise erledigen, wird jede Zeitung in England und Amerika für Sie Reklame machen. Auf zwei Kontinenten wird Ihr Name in aller Munde sein.“

„Danke, Mr. Gibson, aber auf Reklame kann ich ohne weiteres verzichten. Es mag Sie verwundern, zu erfahren, daß ich am liebsten anonym arbeite und mich nur der Fall selbst reizt. Aber wir vergeuden Zeit. Kommen wir zu den Fakten.“

„Die wichtigsten finden Sie in den Zeitungsberichten. Ich wüßte nicht, daß ich irgend etwas Wesentliches hinzufügen könnte. Aber wenn Sie noch diese oder jene Einzelheit genauer wissen wollen, fragen Sie, dazu bin ich schließlich hier.“

„Mich interessiert nur ein Punkt.“

„Und der wäre?“

„Die genauen Beziehungen zwischen Miß Dunbar und Ihnen.“

Der Goldkönig fuhr heftig zusammen und erhob sich vom Stuhl. Dann gewann er seine eiserne Ruhe wieder.

„Nun, Mr. Holmes, Sie tun vermutlich nur Ihre Pflicht, wenn Sie danach fragen.“

„Einigen wir uns darauf, daß dem so ist“, sagte Holmes.

„Dann kann ich Ihnen versichern, daß diese Beziehungen stets ganz die eines Arbeitgebers zu einer jungen Dame waren, mit der er nur gesprochen und die er nur gesehen hat, wenn sie sich in Gesellschaft seiner Kinder befand."

Holmes erhob sich brüsk.

„Ich bin ein ziemlich beschäftigter Mann, Mr. Gibson", sagte er, „und habe weder Zeit noch Lust zu sinnlosen Unterhaltungen. Ich wünsche Ihnen einen guten Tag."

Unser Besucher hatte sich ebenfalls erhoben und stand nun groß und schlaksig vor Holmes. Unter seinen borstigen Brauen erschien ein wütendes Funkeln, und in die blassen Wangen stieg Zornesröte.

„Was, zum Teufel, wollen Sie damit sagen, Mr. Holmes? Lehnen Sie meinen Auftrag ab?"

„Zumindest lehne ich Sie ab, Mr. Gibson. Ich denke, daß ich mich deutlich genug ausgedrückt habe."

„Das schon, aber was steckt dahinter? Wollen Sie den Preis in die Höhe treiben, oder trauen Sie sich den Fall nicht zu? Ich verlange eine klare Antwort."

„Ich gebe Ihnen eine", sagte Holmes. „Zunächst einmal ist der Fall kompliziert genug, auch ohne zusätzliche Schwierigkeiten oder falsche Auskünfte."

„Das heißt, daß ich lüge!"

„Nun, ich versuchte, es so behutsam wie möglich zu formulieren, aber wenn Sie darauf bestehen, widerspreche ich Ihnen nicht."

Nun sprang ich auf, denn der Millionär hatte seine große geballte Faust erhoben, und auch sein wutverzerrtes Gesicht verhieß nichts Gutes. Holmes lächelte milde und langte nach seiner Pfeife.

„Machen Sie kein Geschrei, Mr. Gibson. Nach dem Frühstück finde ich selbst den kleinsten Streit unerquicklich. Ich empfehle Ihnen einen Spaziergang an der Morgenluft und eine kleine stille Besinnung."

Gewaltsam unterdrückte der Goldkönig seine Wut. Ich mußte ihm Bewunderung zollen, denn binnen einer Minute konnte er seinen heiß züngelnden Zorn durch äußerste Selbstbeherrschung in eisige, geringschätzige Gleichgültigkeit verwandeln.

„Tja, es liegt an Ihnen. Sie müssen selbst wissen, wie Sie Ihr Geschäft führen. Ich kann Sie nicht zwingen, den Auftrag zu übernehmen. Sie haben sich soeben keinen Gefallen getan, Mr. Holmes, denn vor mir sind schon stärkere Männer als Sie in die Knie gegangen. Noch jeder, der sich mir in den Weg stellte, mußte es bereuen."

„Das haben schon viele gesagt, und doch bin ich hier", erwiderte Holmes lächelnd. „Also guten Tag, Mr. Gibson. Sie müssen noch eine ganze Menge lernen."

Unser Besucher ging geräuschvoll davon, und Holmes paffte seelenruhig, die verträumten Augen auf einen imaginären Punkt an der Decke gerichtet, vor sich hin.

„Ihre Ansicht, Watson?" fragte er schließlich.

„Ja, wissen Sie, Holmes, wenn ich berücksichtige, daß dieser Mann sicherlich jedes Hindernis aus seinem Weg räumt, und wenn ich daran denke, daß seine Frau ein Objekt des Mißfallens für ihn war, wie dieser Bates so offen erklärte, dann scheint mir..."

„Genau. Und mir auch."

„Aber wie haben Sie seine Beziehungen zu der Gouvernante entdeckt?"

„Bluff, Watson, nichts weiter. Als ich den leidenschaftlichen, unkonventionellen, alles andere als geschäftsmäßigen Ton des Briefes mit seinem gesetzten Auftreten verglich, war mir ziemlich klar, daß da eine Erregung vorlag, die sich mehr auf die angeschuldigte Frau als auf das Opfer bezog. Wir müssen die genauen Beziehungen dieser drei Menschen begreifen, wenn wir die Wahrheit finden wollen. Haben Sie gesehen, wie eiskalt er meinen ersten Frontalangriff abwehrte? Dann bluffte ich, indem ich ihm den Eindruck vermittelte, daß ich absolut sicher wäre, während ich in Wirklichkeit nur einen starken Verdacht hatte."

„Vielleicht kommt er zurück?"

„Ganz sicher sogar. Er muß zurückkommen. Er kann sich damit nicht zufriedengeben. Ha! Klingelte es nicht eben? Jawohl, das sind seine Schritte. Nun, Mr. Gibson, ich wollte gerade zu Dr. Watson sagen, daß Sie sich etwas viel Zeit lassen."

Der Goldkönig hatte das Zimmer in weitaus gemäßigterer Stimmung wieder betreten. Aus seinen finsteren Augen sprach zwar noch verletzter Stolz, aber sein gesunder Menschenverstand sagte ihm wohl, daß er einlenken mußte, um sein Ziel zu erreichen.

„Ich habe mir die Sache noch einmal durch den Kopf gehen lassen, Mr. Holmes, und meine, Ihre Absicht vorhin mißverstanden zu haben. Natürlich sind Sie berechtigt, die Tatsachen zu erfahren, welche es auch immer sein mögen. Da Sie drauf bestehen, achte ich Sie um so mehr. Trotzdem darf ich Ihnen versichern, daß die Beziehungen zwischen Miß Dunbar und mir nicht das geringste mit dem Fall zu tun haben."

„Dies zu entscheiden, müssen Sie mir schon überlassen, nicht wahr?"

„Zugegeben. Sie sind wie ein Arzt, der jedes Symptom erfahren will, um seine Diagnose zu stellen."

„Genau. Das drückt es aus. Und nur ein Simulant, der einen Grund hat, den Arzt hinters Licht zu führen, würde sich gegen eine Untersuchung sträuben."

„Das mag sein, aber Sie werden zugeben, Mr. Holmes, daß die meisten Männer kopfscheu werden, wenn man sie so unvermittelt über ihre Beziehungen zu einer Frau ausfragt, wenn die Sache wirklich ernst ist. Überhaupt glaube ich, fast alle Menschen behalten sich einen kleinen privaten Platz in einem Winkel ihrer Seele vor, wo sie Eindringlinge nicht gern sehen. Und dort stoßen Sie plötzlich hinein. Aber der Zweck entschuldigt Sie, denn in diesem Falle geht es darum, Miß Dunbar zu retten. Gut, die Einsätze sind gemacht. Sie können forschen, wo es Ihnen beliebt. Was wollen Sie hören?"

„Die Wahrheit."

Der Goldkönig schwieg eine Weile, offenbar, um seine Gedanken zu ordnen. Sein grimmiges, tiefgefurchtes Gesicht wurde noch trauriger und ernster.

„Ich will sie Ihnen in knappen Worten schildern, Mr. Holmes", sagte er schließlich. „Es gibt einige Dinge, die schmerzhaft und auch schwierig zu sagen sind, deshalb werde ich nicht tiefer als nötig gehen. Meine Frau lernte ich kennen, als ich in Brasilien nach Gold suchte. Maria Pinto war die bezaubernd schöne Tochter eines Regierungsbeamten in Manaos. Ich verfiel ihr sofort mit Haut und Haaren, jung und hitzig, wie ich damals war. Selbst heute, da ich mit kühlerem Blut und kritischeren Augen zurückblicke, sehe ich das Seltsame und Wunderbare ihrer Schönheit. Zudem war sie leidenschaftlich, aufrichtig, exotisch, unüberlegt, ganz anders als die amerikanischen Frauen, die ich kannte. Nun, um es kurz zu machen – ich liebte sie und heiratete sie. Erst als der Rausch verflogen war – und er hatte Jahre angehalten –, erst da merkte ich, daß wir nichts, absolut nichts, gemeinsam hatten. Hätte ihre Liebe ebenso nachgelassen wie meine, wäre es vielleicht einfacher gewesen. Aber Sie kennen die wunderbare Art der Frauen! Was ich auch tat, nichts konnte sie dazu bringen, sich von mir abzuwenden. Wenn ich ihr gegenüber barsch auftrat, sogar brutal, wie mir manche nachsagen, dann weil ich wußte, daß es für uns beide leichter sein würde, wenn ich ihre Liebe abtöten oder in Haß verwandeln könnte. Aber nichts vermochte sie umzustimmen. Sie betete mich hier in England ebenso an wie vor zwanzig Jahren an den Ufern des Amazonas. Ich konnte tun, was ich wollte, sie hing an mir wie eh und je.

Dann kam Miß Grace Dunbar. Sie antwortete auf unsere Anzeige und wurde Erzieherin unserer beiden Kinder. Vielleicht haben Sie ihr Bild in den Zeitungen gesehen. Alle Welt sagt, daß sie ebenfalls eine sehr schöne Frau ist. Nun, ich will nicht so tun, als sei ich moralischer als meine Nachbarn, und gebe zu, daß ich mit solch einer Frau nicht unter demselben Dach und in täglichem Umgang leben konnte, ohne ein leidenschaftliches Verlangen nach ihr zu empfinden. Tadeln Sie mich dafür, Mr. Holmes?"

„Nein, nicht für Ihre Empfindung. Ich würde Sie allerdings tadeln, wenn Sie diese ausgedrückt hätten, denn die junge Dame stand gewissermaßen unter Ihrem Schutz."

„Nun, das mag sein", sagte der Millionär, obwohl ihm die Mißbilligung für einen Moment das alte wütende Funkeln wieder in die Augen getrieben hatte. „Ich will mich nicht besser machen, als ich bin. Ich war schon immer ein Mann, der die Hand nach dem ausstreckte, was er haben wollte, und nie wünschte ich mir etwas sehnlicher als die Liebe dieser Frau. Das habe ich ihr gesagt."

„Ach, wirklich?"

Holmes konnte sehr finster dreinblicken, wenn ihm etwas naheging.

„Ich sagte ihr, daß ich sie heiraten würde, wenn ich könnte, daß das aber nicht in meiner Macht stünde. Ich sagte, daß Geld keine Rolle spiele und ich alles tun würde, um sie glücklich zu machen."

„Sehr großzügig, gewiß", höhnte Holmes.

„Hören Sie, Mr. Holmes. Ich bin zu Ihnen gekommen, weil ich Beweismaterial brauche und keine moralischen Vorhaltungen. Um Ihre Kritik habe ich Sie nicht gebeten."

„Wenn ich Ihren Fall überhaupt übernehme, dann nur wegen der jungen Dame", sagte Holmes schroff. „Ich weiß nicht, ob das, was man ihr vorwirft, eigentlich schlimmer ist als das, was Sie selbst gestehen, nämlich ein wehrloses Mädchen ruiniert zu haben, das unter Ihrem Dach weilte. Euch Reichen muß einmal die Lektion erteilt werden, daß nicht die ganze Welt bestechlich ist und eure Beleidigungen hinnimmt."

Zu meinem Erstaunen reagierte der Goldkönig auf diesen Tadel mit Gleichmut.

„Jetzt denke ich genauso darüber. Ich danke Gott, daß meine Pläne scheiterten. Sie wollte nichts davon hören und auf der Stelle mein Haus verlassen."

„Warum tat sie es dann nicht?"

„Nun, in erster Linie, weil andere auf sie angewiesen waren, die sie nicht im Stich lassen wollte, indem sie ihr Einkommen opferte. Sie kannte ihren großen Einfluß auf mich und wollte ihn zum Guten nutzen."

„Wie?"

„Nun, sie besaß etwas Einblick in meine Geschäftsangelegenheiten, die weitreichend sind, Mr. Holmes. Ich kann schaffen oder vernichten; gewöhnlich läuft es aufs Vernichten hinaus. Ich meine nicht nur einzelne Personen, sondern Gemeinden, Städte, sogar Nationen. Das Geschäftemachen ist ein hartes Spiel, bei dem die Schwachen an die Wand gedrückt werden. Ich spielte das Spiel nach allen Regeln. Selbst habe ich nie gejammert und mich auch nie darum gekümmert, wenn der andere jammerte. Aber sie sah es anders. Sie hatte wohl recht. Sie vertrat die Meinung, daß der Überfluß an Reichtum für einen Menschen nicht aus dem Ruin von zehntausend anderen gewonnen werden darf. Das war ihre Ansicht, und ich glaube, sie konnte hinter den Dollars noch etwas Bleibenderes sehen. Sie merkte, daß ich auf sie hörte. Sie glaubte, sie diene der Welt, indem sie mein Handeln beeinflußte. Also blieb sie, und dann passierte das."

„Haben Sie dafür irgendeine Erklärung?"

Der Goldkönig schwieg länger als eine Minute. Er hatte den Kopf in die Hände gestützt und dachte nach.

„Es spricht alles gegen sie, das kann ich nicht abstreiten. Die Gedanken der Frauen kann man schlecht erraten, sie tun Dinge, die das Beurteilungsvermögen eines Mannes übersteigen. Zuerst war ich so erschüttert und bestürzt, daß ich annahm, sie habe sich zu einer Handlung hinreißen lassen, die ihrem Wesen völlig widerstrebte. Eine Erklärung fiel mir ein. Ich nenne sie Ihnen, Mr. Holmes, ohne mich dafür verbürgen zu können. Es gibt eine seelische Eifersucht, die genauso heftig sein kann wie körperliche, und obwohl meine Frau zur letztgenannten keinen Grund hatte und das wohl auch begriff, merkte sie doch, daß dieses englische Mädchen einen solchen Einfluß auf mein Denken und Handeln ausübte, wie sie es nie vermocht hatte. Es war ein Einfluß zum Guten, aber das machte die Sache nicht besser. Sie war verrückt vor Haß, denn die Hitze des Amazonas lag ihr im Blut. Sie könnte geplant haben, Miß Dunbar zu ermorden, oder sagen wir, ihr mit der Pistole zu drohen, sie zu erschrecken, damit sie uns verließ. Vielleicht entstand dabei ein Handgemenge, ein Schuß löste sich und tötete meine Frau, die selbst die Waffe in der Hand hielt."

„An diese Möglichkeit habe ich bereits gedacht", sagte Holmes, „denn sie ist die einzige erkennbare Alternative zu vorsätzlichem Mord."

„Aber Miß Dunbar bestreitet auch diese!"

„Nun, damit steht noch nichts fest, nicht wahr? Es wäre doch denkbar, daß eine Frau, die in solch eine furchtbare Lage geraten ist, nach Hause eilt und in ihrer Verwirrung den Revolver mitnimmt. Sie könnte ihn sogar unter ihre Sachen werfen, ohne recht zu wissen, was sie tut, und als er gefunden wird, bleibt ihr nichts anderes übrig, als sich durch totales Leugnen aus der Sache herauszuwinden, denn jede Erklärung wäre unglaubhaft. Was spricht gegen eine solche Annahme?"

„Miß Dunbar selber."

„Tja, möglicherweise."

Holmes schaute auf seine Uhr. „Bestimmt können wir uns die nötigen Genehmigungen noch heute mittag beschaffen und Winchester mit dem Abendzug erreichen. Erst wenn ich mit Miß Dunbar gesprochen habe, wage ich zu sagen, ob sich in dieser Angelegenheit mehr tun läßt. Aber selbst dann kann ich nicht versprechen, daß meine Schlußfolgerungen unbedingt so sein werden, wie Sie es wünschen."

Es gab dann doch eine Verzögerung mit der Besuchserlaubnis, und deshalb fuhren wir an diesem Tag nicht nach Winchester, sondern nach Thor Place, Mr. Gibsons Anwesen in Hampshire. Der Goldkönig begleitete uns nicht, gab uns aber die Adresse von Sergeant Coventry, dem Ortspolizisten, der die ersten Untersuchungen in diesem Fall angestellt hatte. Dieser war ein großer, hagerer, blasser Mensch, der sich geheimniskrämerisch und wichtigtuerisch aufführte, um den Eindruck zu erwecken, daß er sehr viel mehr wußte oder vermutete, als er auszusprechen wagte. Er hatte den Tick, seine Stimme plötzlich zu einem Flüstern zu senken, als sei er auf etwas äußerst Wichtiges gestoßen, nur folgte dann gewöhnlich eine recht banale Information. Trotz dieser komödiantischen Tricks erwies er sich bald als anständiger, ehrlicher Kerl, der nicht zu stolz war zuzugeben, daß er im dunkeln tappte und Hilfe brauchte.

„Jedenfalls sind Sie mir lieber als Scotland Yard, Mr. Holmes", sagte er. „Wenn die Leute vom Yard zu einem Fall hinzugezogen werden, dann ernten sie alle Lorbeeren, und bei einem Mißerfolg schieben sie uns die Schuld in die Schuhe. Aber Sie sollen anständig sein, habe ich gehört."

„Ich brauche in der Sache überhaupt nicht zu erscheinen", sagte Holmes, was den melancholischen Polizisten sichtlich erleichterte. „Wenn ich den Fall aufklären kann, liegt mir nichts an der Erwähnung meines Namens."

„Nun, das ist sehr anständig von Ihnen, wirklich. Und Ihrem Freund Dr. Watson kann man vertrauen, ich weiß. Aber bevor wir uns zum Tatort begeben, möchte ich eine Frage stellen. Ich würde sie vor keinem anderen als Ihnen aussprechen." Er blickte sich um, als wagte er kaum, damit herauszurücken. „Meinen Sie nicht, daß Mr. Gibson in diesem Fall ebenso verdächtig ist?"

„Die Frage habe ich mir auch schon vorgelegt."

„Sie kennen Miß Dunbar noch nicht, aber wenn Sie sie erst einmal sehen... Eine wunderbare Frau, in jeder Hinsicht! Es wäre doch gut möglich, daß er seine Ehefrau aus dem Weg räumen wollte. Und diese Amerikaner greifen schneller zur Pistole als unsere Leute. Es war seine Waffe, wissen Sie..."

„Wurde das eindeutig festgestellt?"

„Ja, Sir. Sie gehört zu einem Paar, das er besaß."

„Aha, und wo ist die andere?"

„Tja, der Gentleman besitzt eine Menge Feuerwaffen verschiedener Art. Wir haben die betreffende Pistole noch nicht gefunden, aber das Etui war für zwei gemacht."

„Wenn es ein Paar war, müßten Sie doch in der Lage sein, das Gegenstück zu identifizieren."

„Sie liegen alle im Haus – wenn Sie sie durchsehen wollen?"

„Später vielleicht. Ich denke, wir sollten zuerst gemeinsam den Tatort besichtigen."

Diese Unterhaltung hatte in dem kleinen Vorzimmer von Sergeant Coventrys schlichtem Häuschen stattgefunden, das zugleich als örtliche Polizeistation diente. Nach etwa einer halben Meile Fußmarsch über windiges, von welkenden Farnen ganz golden und bronzen gefärbtes Heideland kamen wir an ein Seitentor des Grundstücks Thor Place. Der Weg führte zunächst an Fasanengehegen, die sich in einem Wald befanden, vorbei. Als wir dann eine Lichtung betraten, erblickten wir das wuchtige Gutshaus auf einem Hügel. Es war ein Halbfachwerkbau, eine Mischung aus gotischem und georgianischem Stil. Neben uns lag ein schilfiges Gewässer, das sich in der Mitte verengte, dort, wo der Hauptzufahrtsweg über eine Steinbrücke führte, an beiden Seiten aber zu kleinen Seen anschwoll. Unser Führer blieb auf dieser Brücke stehen und deutete zu Boden.

„Dort lag Mrs. Gibsons Leiche. Ich habe die Stelle mit einem Stein markiert."

„Dann waren Sie also hier, ehe die Tote weggeschafft wurde?"

„Ja, man hat sofort nach mir geschickt."

„Wer?"

„Mr. Gibson selbst. Als er die Nachricht erhalten hatte und mit den anderen aus dem Haus hergeeilt war, ordnete er sofort an, daß nichts verändert werden sollte, bis die Polizei eintraf."

„Sehr vernünftig. Den Zeitungsberichten entnahm ich, daß der Schuß aus kurzer Entfernung abgegeben wurde?"

„Jawohl, Sir, aus ganz kurzer Entfernung."

„Dicht an der rechten Schläfe?"

„Etwas dahinter, Sir."

„Wie lag die Leiche?"

„Auf dem Rücken, Sir. Keine Anzeichen eines Kampfes, keine Spuren, keine Waffe. Den Zettel mit der kurzen Nachricht von Miß Dunbar fanden wir in ihrer linken Faust."

„In der Faust, sagen Sie?"

„Jawohl, Sir, wir konnten die Finger kaum öffnen."

„Das ist von großer Bedeutung. Es schließt die Möglichkeit aus, daß ihr jemand den Zettel nach dem Tode zugesteckt hat, um einen falschen Anhaltspunkt zu schaffen. Schade! Soweit ich mich erinnere, war die Nachricht recht kurz:

‚Ich werde um neun Uhr an der Thor-Brücke sein.

G. Dunbar'

Stimmt das?"

„Ja, Sir."

„Gab Miß Dunbar zu, sie geschrieben zu haben?"

„Ja, Sir."
„Wie lautete ihre Erklärung dafür?"
„Sie verweigerte die Aussage, weil sie sich ihre Verteidigung für das Schwurgericht vorbehält."
„Ein sehr interessantes Problem, in der Tat. Die Sache mit dem Zettel ist recht undurchsichtig, nicht wahr?"
„Aber, Sir", entgegnete der Sergeant, „hier haben wir doch den einzigen wirklich klaren Anhaltspunkt des ganzen Falles, wenn ich mir die Bemerkung erlauben darf."
Holmes schüttelte den Kopf.
„Zugegeben, der Zettel ist echt und wurde von Miß Dunbar geschrieben. Aber Mrs. Gibson muß ihn doch sicherlich eine gewisse Zeit vor dem Treffen empfangen haben, sagen wir eine Stunde oder zwei. Warum hielt sie ihn immer noch in der linken Hand? Weshalb hätte sie ihn sorgfältig aufbewahren und mitbringen sollen? Bei dem Gespräch brauchte sie ihn doch nicht. Kommt Ihnen das nicht merkwürdig vor?"
„Nun ja, wenn Sie es so sehen, Sir..."
„Ich würde mich gern ein paar Minuten setzen und mir die Sache in Ruhe durch den Kopf gehen lassen." Er nahm auf der einen Seitenmauer der Brücke Platz, und ich bemerkte, wie seine flinken grauen Augen prüfende Blicke in alle Richtungen warfen. Plötzlich sprang er auf, eilte auf die andere Seite, zog hastig seine Lupe aus der Tasche und begann das Mauerwerk zu untersuchen.
„Das ist seltsam", sagte er.
„Ja, Sir, diese abgestoßene Stelle an der Kante haben wir auch bemerkt. Vermutlich wurde sie von einem Passanten verursacht."
Das Mauerwerk war grau, aber an dieser Stelle schimmerte ein weißer Fleck, nicht größer als ein Sixpencestück. Beim genaueren Betrachten konnte man erkennen, daß die Oberfläche eingedrückt war wie durch einen heftigen Stoß.
„Dazu bedurfte es einiger Gewalt", sagte Holmes nachdenklich. Er hieb ein paarmal mit seinem Spazierstock gegen die Ziegel, ohne eine vergleichbare Spur zu hinterlassen. „Ja, es war ein ziemlich kräftiger Schlag. Zudem gegen eine ungewöhnliche Stelle. Er wurde nicht von oben geführt, sondern kam von unten, denn wie Sie sehen, befindet sich die beschädigte Stelle an der unteren Kante des Mauersimses."
„Aber sie ist mindestens fünfzehn Fuß von der Leiche entfernt."
„Das schon. Sie mag nichts mit der Sache zu tun haben, ist aber doch bemerkenswert. Ich glaube nicht, daß wir hier noch irgend etwas erfahren können. Fußspuren konnten Sie nicht feststellen, sagten Sie?"
„Nein, Sir, der Boden war sehr hart."

„Dann können wir hier Schluß machen. Wir werden zunächst zum Haus hinauf gehen und uns die Waffen ansehen, die Sie erwähnten. Dann fahren wir nach Winchester, denn ich möchte Miß Dunbar sprechen, bevor ich weitere Schritte unternehme."

Mr. Neil Gibson war noch nicht aus der Stadt zurückgekehrt, aber wir trafen den neurotischen Mr. Bates, der uns am Morgen aufgesucht hatte. Mit boshafter Freude zeigte er uns das furchteinflößende Arsenal von Feuerwaffen verschiedener Typen und Größen, das sein Arbeitgeber im Laufe seines abenteuerlichen Lebens zusammengetragen hatte.

„Mr. Gibson besitzt Feinde, wie sich jeder vorstellen kann, der ihn und seine Methoden kennt", sagte er. „Ein geladener Revolver steckt immer in seiner Nachttischschublade. Er ist ein gewalttätiger Mann, Sir, und manchmal haben wir alle Angst vor ihm. Ich bin sicher, daß die arme Verblichene oft Schreckliches auszustehen hatte."

„Waren Sie jemals Augenzeuge von physischen Gewalttätigkeiten gegen sie?"

„Nein, das nicht. Aber ich habe Ausdrücke gehört, die fast ebenso schlimm waren, brutale Ausdrücke kalter Verachtung, selbst vor dem Personal."

„Unser Millionär scheint im Privatleben nicht eben zu glänzen", meinte Holmes auf dem Weg zum Bahnhof. „Nun, Watson, wir haben eine ganze Menge Fakten herausgefunden, auch ein paar neue, und doch scheint mir die Lösung noch sehr fern zu liegen. Trotz der offensichtlichen Abneigung, die Mr. Bates gegen seinen Brötchengeber hegt, hat auch er bestätigt, daß Gibson sich in der Bibliothek aufhielt, als die alarmierende Nachricht vom Tode seiner Frau eintraf. Das Abendessen war halb neun Uhr beendet, bis dahin verlief alles wie gewöhnlich. Die Tragödie geschah mit ziemlicher Wahrscheinlichkeit zu der Zeit, die auf dem Zettel angegeben ist, wenn die Leiche auch erst am späten Abend entdeckt wurde. Es gibt keinen einzigen Hinweis darauf, daß Mr. Gibson seit seiner Rückkehr aus der Stadt um fünf Uhr das Haus noch einmal verließ. Andererseits bestätigt Miß Dunbar ja wohl selbst, daß sie mit Mrs. Gibson ein Treffen an der Brücke vereinbarte. Mehr sagt sie nicht, denn ihr Anwalt hat ihr geraten, sich die Aussagen zu ihrer Verteidigung vorzubehalten. Wir müssen dieser jungen Dame einige sehr entscheidende Fragen stellen, eher finde ich keine Ruhe. Ich gebe zu, daß ich ihre Chancen in diesem Fall sehr schlecht beurteilen würde, wenn es nicht einen Umstand gäbe..."

„Und der wäre, Holmes?"

„Daß man die Pistole in ihrem Schrank gefunden hat."

„Aber Holmes!" rief ich aus, „das scheint mir das Belastendste von allem zu sein."

„Durchaus nicht, Watson. Es kam mir schon auf den ersten Blick merkwürdig vor, und jetzt, da ich den Fall eingehender betrachte, sehe ich in ihm den einzigen realen Grund zur Hoffnung. Wir müssen nach Zusammenhängen suchen. Wo sie fehlen, dürfen wir eine Täuschung vermuten."

„Ich kann Ihnen nicht recht folgen."

„Passen Sie auf, Watson. Versetzen Sie sich nur einen Augenblick in die Lage einer Frau, die im Begriff steht, ihre Rivalin auf vorsätzliche und kaltblütige Weise zu beseitigen. Sie haben ein geheimes Treffen vereinbart. Das Opfer kommt. Sie ziehen die Waffe. Die Tat ist verübt. Sie wurde fachmännisch und gründlich ausgeführt. Wollen Sie mir einreden, daß Sie nach einer so geschickten Ausführung des Verbrechens nun Ihren Ruf als Verbrecher aufs Spiel setzen, indem Sie vergessen, den Revolver in jenes umliegende Schilfdickicht zu werfen, das ihn für immer verbergen würde? Nähmen Sie ihn statt dessen dreist mit nach Hause und legten ihn in Ihren Schrank, an einen Platz also, wo man ihn zuallererst suchen würde? Ihr bester Freund könnte Sie kaum als einen kühlen Rechner bezeichnen, Watson, und doch glaube ich nicht, daß Ihnen ein derart plumper Fehler unterliefe."

„In der momentanen Erregung..."

„Nein, nein, Watson, das lasse ich nicht gelten. Wo eine Tat kühl vorausberechnet wird, da sind auch die Mittel ihrer Verschleierung von vornherein mit eingeplant. Ich hoffe deshalb, daß wir einer gründlichen Täuschung unterliegen."

„Aber es bleibt noch so viel zu erklären."

„Gut, machen wir uns ans Erklären. Wenn sich erst einmal Ihr Blickwinkel verändert hat, dann wird derselbe Umstand, der so belastend war, ein Anhaltspunkt für die Wahrheitsfindung. Zum Beispiel dieser Revolver. Miß Dunbar bestreitet, ihn je gesehen zu haben. Nach unserer neuen Theorie sagt sie mit dieser Behauptung die Wahrheit. Also wurde er heimlich in ihren Schrank gelegt. Wer hat ihn dort deponiert? Jemand, der sie belasten wollte. Ist nicht jene Person der wahre Verbrecher? Sie sehen, wie wir sofort auf eine äußerst fruchtbare Linie der Ermittlung stoßen."

Da die Formalitäten noch immer nicht erledigt waren, mußten wir die Nacht in Winchester verbringen. Erst am nächsten Morgen erhielten wir die Erlaubnis, die junge Dame in ihrer Zelle zu besuchen. Mr. Joyce Cummings, der erfolgreiche junge Rechtsanwalt, dem die Verteidigung übertragen worden war, begleitete uns. Nach all dem Gehörten hatte ich erwartet, eine schöne Frau vorzufinden, doch nie werde ich den außergewöhnlichen Eindruck vergessen, den Miß Dunbar auf mich machte. Es war kein Wunder, daß selbst der herrische Millionär in ihr seine Meisterin gefunden hatte – eine starke Persönlichkeit, die ihn zügeln und leiten konnte. Zugleich spürte man beim Betrachten des offenen, energischen, aber auch empfindsamen

Antlitzes, daß ein angeborener edler Charakterzug selbst ihre unbedachten Taten in die Bahn des Guten lenken mußte. Sie war groß, brünett, von vollendeter Figur und achtunggebietender Erscheinung, aber in ihren dunklen Augen lag der flehende, hilflose Ausdruck des gehetzten Wildes, das die Netze um sich herum spürt und keinen Ausweg sieht. Nun jedoch, als ihr mein berühmter Freund vorgestellt wurde, bekamen ihre bleichen Wangen etwas Farbe, und in ihren Augen begann ein Hoffnungsschimmer zu leuchten.

„Mr. Gibson hat Ihnen vielleicht angedeutet, wie wir zueinander standen?“ fragte sie mit tiefer, erregter Stimme.

„Ja“, antwortete Holmes, „ich kann es Ihnen ersparen, diesen Teil der Geschichte noch einmal aufzurollen. Nachdem ich Sie gesehen habe, bin ich bereit, Mr. Gibsons Erklärung zu akzeptieren, sowohl was den Einfluß betrifft, den Sie auf ihn hatten, als auch die Harmlosigkeit Ihrer Beziehungen zu ihm. Aber warum wurde dies in der Verhandlung nicht zur Sprache gebracht?“

„Es erschien mir unwahrscheinlich, daß eine solche Anklage aufrechterhalten werden könnte. Ich dachte, wenn wir abwarteten, würde sich die ganze Sache von selbst aufklären, ohne daß wir gezwungen wären, peinliche Einzelheiten des Familienlebens aufzudecken. Aber wenn ich recht verstehe, ist die Angelegenheit nur noch schlimmer geworden.“

„Meine liebe junge Dame“, meinte Holmes sehr ernst, „geben Sie sich in diesem Punkt keinerlei Illusionen hin. Mr. Cummings hier kann Ihnen bestätigen, daß alle Trumpfkarten gegen uns sind und wir alles nur Mögliche tun müssen, um aus dem Schneider zu kommen. Zu behaupten, daß Sie nicht in sehr großer Gefahr schweben, wäre eine grausame Täuschung. Also helfen Sie mir mit aller Kraft, zur Wahrheit vorzudringen!“

„Ich werde nichts verheimlichen.“

„Dann schildern Sie uns Ihr Verhältnis zu Mrs. Gibson.“

„Sie haßte mich, Mr. Holmes. Sie haßte mich mit der ganzen Glut ihres tropischen Wesens. Sie war eine Frau, die nichts halb tat, und das Maß ihrer Liebe zu ihrem Gatten bildete auch das Maß ihres Hasses gegen mich. Es ist anzunehmen, daß sie unsere Beziehungen mißverstand. Ich will ihr nicht unrecht tun, aber ihre Liebe war so offensichtlich auf das Körperliche beschränkt, daß sie wohl kaum Verständnis für das ideell-geistige Band aufbrachte, das ihren Gatten und mich verknüpfte. Wahrscheinlich ging es über ihr Vorstellungsvermögen, daß mich nur der Wunsch unter seinem Dach hielt, seine Macht guten Zwecken zuzuführen. Jetzt sehe ich, daß ich falsch gehandelt habe. Nichts rechtfertigt, daß ich dort blieb, wo ich ein Anlaß zum Unglück war. Und doch ist gewiß, daß das Unglück fortbestanden hätte, selbst wenn ich gegangen wäre.“

„Nun, Miß Dunbar", sagte Holmes, „schildern Sie uns bitte genau, was an jenem Abend geschah."

„Ich kann die Ereignisse nur so weit wiedergeben, wie ich sie kenne, aber zu beweisen vermag ich nichts. Außerdem gibt es da einige Punkte, die entscheidenden Punkte, für die ich keine Erklärung habe, ja mir noch nicht einmal eine vorstellen kann."

„Andere mögen die Erklärung finden, wenn Sie nur die Fakten liefern."

„Nun gut. Was meine Anwesenheit an der Thor-Brücke an jenem Abend betrifft, so bekam ich eine diesbezügliche schriftliche Aufforderung dazu von Mrs. Gibson. Ihr Zettel lag morgens auf dem Pult des Unterrichtsraumes, vielleicht hat sie ihn selbst dort hingelegt. Sie ersuchte mich um eine Unterredung nach dem Abendessen an der Brücke, weil sie mir etwas Wichtiges mitzuteilen hätte, und bat mich, meine Antwort auf die Sonnenuhr im Garten zu legen, denn niemand sollte etwas von unserer Verabredung wissen. Ich sah zwar keinen Grund für eine derartige Geheimniskrämerei, sagte aber zu und tat, was sie verlangte. Da sie mich darum bat, ihren Zettel zu verbrennen, warf ich ihn in den Kamin des Unterrichtsraumes. Sie hatte sehr große Angst vor ihrem Gatten, der sie mit einer Schroffheit behandelte, für die ich ihn oft tadelte. Ich konnte mir ihre Instruktionen nur damit erklären, daß sie unsere Unterredung vor ihm geheimhalten wollte."

„Aber den Zettel mit Ihrer Antwort hob sie sehr sorgfältig auf."

„Ja, ich war sehr überrascht, als ich hörte, daß sie ihn noch zum Zeitpunkt ihres Todes in der Hand hielt."

„Gut. Was geschah weiter?"

„Ich ging hin, wie versprochen. Sie wartete an der Brücke bereits auf mich. Bis dahin hatte ich eigentlich nicht ganz begriffen, wie sehr mich dieses arme Geschöpf haßte. Sie führte sich auf wie eine Wahnsinnige – wirklich, ich glaube, sie war wahnsinnig –, eine raffinierte Wahnsinnige mit jener unglaublichen Fähigkeit zur Verstellung, wie sie bei Geistesgestörten zuweilen anzutreffen ist. Wie hätte sie mir sonst jeden Tag so unbefangen begegnen können, während ein wilder Haß auf mich in ihrem Herzen tobte? Ich will nicht wiederholen, was sie sagte. Sie spie ihre ganze heiße Wut in einem Schwall ätzender und fürchterlicher Worte aus. Ich antwortete nicht einmal – ich konnte es nicht. Es war unerträglich. Ich hielt mir die Ohren zu und rannte davon. Als ich sie verließ, stand sie noch immer kreischend in der Brückenkehle und verwünschte und verfluchte mich."

„Dort, wo man sie später fand?"

„Wenige Schritt von der Stelle entfernt."

„Und obwohl Mrs. Gibson, kurz nachdem Sie wegliefen, starb, haben Sie keinen Schuß gehört?"

„Nein. Aber glauben Sie mir, Mr. Holmes, ich war so erregt und verstört durch diesen furchtbaren Wutausbruch, daß ich völlig aufgelöst zu meinem Zimmer eilte und überhaupt nicht fähig war, irgend etwas von dem wahrzunehmen, was um mich herum geschah."

„Sie sagen, sie kehrten zu Ihrem Zimmer zurück. Haben Sie es vor dem nächsten Morgen noch einmal verlassen?"

„Ja, als die Nachricht vom Tode der bedauernswerten Frau eintraf, lief ich mit den anderen hinaus."

„Haben Sie Mr. Gibson gesehen?"

„Ja, ich begegnete ihm, als er gerade von der Brücke zurückkehrte. Er schickte nach einem Arzt und der Polizei."

„Kam er Ihnen sehr erregt vor?"

„Mr. Gibson ist ein sehr starker, verschlossener Mensch. Ich glaube, er würde seine Gefühle niemals offen zeigen. Aber wer ihn so gut kennt wie ich, konnte sehen, daß er tief bestürzt war."

„Dann kommen wir zum allerwichtigsten Punkt: zur Pistole, die in Ihrem Zimmer gefunden wurde. Haben Sie sie vorher schon einmal gesehen?"

„Nein, das schwöre ich."

„Wann wurde sie entdeckt?"

„Am nächsten Morgen, als die Polizei eine Hausdurchsuchung vornahm."

„Unter Ihren Sachen?"

„Ja, auf dem Boden meines Schrankes, unter den Kleidern."

„Und wie lange sie dort schon gelegen haben mag, können Sie nicht sagen?"

„Am Morgen davor war sie noch nicht da."

„Wieso wissen Sie das?"

„Weil ich den Schrank aufgeräumt habe."

„Dann steht eins fest: Jemand betrat ihr Zimmer und versteckte die Pistole dort, um Sie zu belasten."

„So muß es gewesen sein."

„Und wann war so etwas möglich?"

„Nur wenn ich zu Tisch war oder mit den Kindern im Unterrichtsraum."

„Wo Sie sich befanden, als Sie den Zettel erhielten?"

„Ja, von diesem Zeitpunkt an."

„Danke, Miß Dunbar. Kennen Sie noch irgendeinen anderen Anhaltspunkt, der mir bei der Aufklärung helfen könnte?"

„Nein, nicht daß ich wüßte."

„An der Brückenmauer fanden wir eine Spur von Gewaltanwendung, einen ganz frischen Einschlag, der Leiche direkt gegenüber. Haben Sie dafür eine mögliche Erklärung?"

„Nein. Das muß wohl ein reiner Zufall sein."

„Seltsam, Miß Dunbar, sehr seltsam. Warum erscheint er genau zum Zeitpunkt des Mordes."

„Was könnte die Vertiefung verursacht haben? Wohl nur ein sehr heftiger Schlag oder Aufprall konnte eine solche Wirkung hervorrufen", warf ich ein.

Holmes antwortete nicht. Sein Gesicht nahm plötzlich jenen gespannten abwesenden Ausdruck an, der, wie ich aus Erfahrung wußte, die glänzendsten Leistungen seines genialen Geistes begleitete. Der entscheidende Augenblick war so prickelnd spürbar, daß wir alle – der Anwalt, die Gefangene und ich – mucksmäuschenstill dasaßen und Holmes' konzentrierte Versunkenheit beobachteten. Plötzlich sprang er vom Stuhl auf. Er vibrierte förmlich vor Energie, die nach Taten drängte.

„Kommen Sie, Watson, kommen Sie!" rief er.

„Was haben Sie denn, Mr. Holmes?"

„Das kann ich Ihnen jetzt nicht erklären, meine Dame. Sie werden von mir hören, Mr. Cummings. Wenn mich der Gott der Gerechtigkeit nicht im Stich läßt, präsentiere ich Ihnen einen Fall, der ganz England in Staunen versetzen wird. Spätestens morgen melde ich mich wieder bei Ihnen, Miß Dunbar. Nehmen Sie unterdessen meine Versicherung, daß sich die Wolken verziehen und ich allen Grund zu der Hoffnung habe, daß das Licht der Wahrheit hindurchdringen wird."

Es war keine lange Reise von Winchester nach Thor Place, aber Holmes erschien sie offensichtlich endlos, denn er konnte nicht still sitzen. Eine nervöse Unruhe ließ ihn im Abteil auf und ab gehen oder mit seinen langen Fingern auf die Sitzpolster trommeln. Aber plötzlich, kurz bevor wir unseren Bestimmungsort erreichten, setzte er sich mir gegenüber hin – wir hatten ein Abteil erster Klasse ganz für uns –, legte mir seine Hände auf die Knie und sah mich mit einem spitzbübischen Gesichtsausdruck an, als sei er zu einem Streich aufgelegt.

„Watson", sagte er, „wenn ich mich recht erinnere, brechen Sie stets bewaffnet zu unseren Exkursionen auf."

Ich tat das zu Holmes' Bestem, denn wenn er in ein Problem vertieft war, kümmerte er sich wenig um die eigene Sicherheit, so daß mein Revolver mehr als einmal als Retter in der Not gedient hatte. Daran erinnerte ich ihn.

„Ja, ja, ich bin etwas nachlässig in diesen Dingen. Doch haben Sie Ihren Revolver auch jetzt bei sich?"

Ich zog die kurze, handliche, aber sehr brauchbare kleine Waffe aus meiner Seitentasche. Er löste die Trommel, schüttete die Patronen heraus und untersuchte den Revolver eingehend.

„Er ist schwer, bemerkenswert schwer", sagte er.

„Ja, ein solides Modell."

Er betrachtete ihn eine Weile sinnierend.

„Wissen Sie, Watson", sagte er, „ich glaube, Ihr Revolver wird eine sehr entscheidende Rolle bei der Lösung unseres Rätsels spielen!"

„Mein lieber Holmes, Sie scherzen!"

„Nein, Watson, ich meine es ganz ernst. Wir haben einen Versuch vor. Gelingt er, dann ist alles klar, aber das hängt vom Verhalten dieser kleinen Waffe ab. Eine Patrone weg. Nun stecken wir die restlichen fünf wieder hinein und betätigen den Sicherungshebel. So! Damit vergrößert sich das Gewicht."

Ich ahnte nicht im geringsten, was er vorhatte, doch er ließ sich keine weiteren Erklärungen entlocken, sondern blieb gedankenverloren sitzen, bis wir auf dem kleinen Bahnhof in Hampshire hielten. Wir nahmen eine klapprige Kalesche und befanden uns eine Viertelstunde später vor dem Haus unseres Freundes, des Sergeanten.

„Haben Sie einen Anhaltspunkt, Mr. Holmes? Was ist es?"

„Das hängt ganz von Dr. Watsons Revolver ab", sagte mein Freund. „Können Sie mir zehn Yard Schnur besorgen?"

Der Sergeant holte einen Knäuel starken Bindfadens aus dem Dorfladen.

„Ich glaube, mehr brauchen wir nicht", sagte Holmes. „Wenn es beliebt, brechen wir nun zur hoffentlich letzten Etappe unserer Ermittlungen auf."

Die Sonne sank und verwandelte die ausgedehnte Moorlandschaft in ein herrliches Herbstpanorama. Der Sergeant trottete neben uns her und sparte nicht mit ungläubigen und kritischen Blicken, die seine tiefen Zweifel an dem gesunden Verstand meines Freundes zum Ausdruck brachten. Als wir uns dem Tatort näherten, konnte ich erkennen, daß Holmes trotz seines betont gleichmütigen Benehmens äußerst erregt war.

„Ja", antwortete er, als ich eine entsprechende Bemerkung machte, „Sie wissen ja, daß ich manchmal danebengetippt habe. Ich besitze einen sechsten Sinn für solche Sachen, aber zuweilen führt er mich auch in die Irre. Ich war völlig sicher, als mir in der Zelle von Winchester der Gedanke durch den Kopf schoß, aber der Nachteil eines regen Geistes besteht darin, daß er stets auch gegenteilige Erklärungen zu ersinnen vermag, die unsere gegenwärtige Spur zu einer falschen machen könnten. Und doch – und doch... Tja, Watson, wir müssen den Versuch eben wagen, etwas anderes bleibt uns nicht übrig."

Schon beim Gehen hatte er ein Ende der Schnur fest an den Griff des Revolvers geknüpft. Inzwischen befanden wir uns am Ort der Tragödie. Unter Anleitung des Polizisten markierte Holmes sehr sorgfältig den genauen Fundort der Leiche. Dann stöberte er zwischen Heidekraut und Farnen umher, bis er einen ansehnlichen Stein fand. Diesen befestigte er am anderen Ende der Schnur und ließ ihn über die Brückenmauer hinunter, so daß er frei über dem Wasser pendelte. Dann stellte er sich an der markierten Stelle auf. Er hielt meinen Revolver in der Hand, wobei die Schnur zwischen der Waffe und dem Stein auf der gegenüberliegenden Seite straff gespannt war.

„Also los!“ rief er.

Daraufhin hielt er sich die Pistole an die Schläfe und ließ sie los. Blitzschnell wurde sie vom Gewicht des Steines fortgerissen, schlug mit scharfem Knacken unter den Sims der Brückenmauer und verschwand über ihren Rand ins Wasser. Kaum war das geschehen, als Holmes auch schon vor dem Mauerwerk kniete. Ein freudiger Ruf verkündete, daß er gefunden, was er erwartet hatte.

„Überzeugender hätte die Demonstration nicht ausfallen können!“ rief er. „Sehen Sie, Watson, Ihr Revolver hat das Problem gelöst!“ Er deutete auf den zweiten Einschlag, der an der Unterkante des Mauersimses genau die gleiche Größe und Form hatte wie der erste.

„Wir übernachten heute hier im Wirtshaus“, fuhr er fort, als er aufstand und sich an den verblüfften Sergeanten wandte. „Sie werden sich natürlich mit einem Enterhaken bewaffnen und den Revolver meines Freundes ohne Mühe wieder heraufholen. Dabei finden Sie dann auch den Revolver mit Schnur und Gewicht, mit dem die rachsüchtige Frau ihren Selbstmord vertuschen und zugleich einem unschuldigen Opfer einen Mord anhängen wollte. Verständigen Sie bitte Mr. Gibson, daß ich ihn morgen früh aufsuchen werde. Dann können wir die notwendigen Schritte zu Miß Dunbars Freilassung einleiten.“

Spätabends, als wir im Dorfgasthof beisammensaßen und unsere Pfeifen rauchten, gab Holmes einen kurzen Rückblick auf das Geschehen.

„Ich fürchte, Watson“, sagte er, „Sie werden meinen sogenannten Ruf nicht gerade aufbessern, wenn Sie den Fall Thor-Brücke in Ihre Annalen aufnehmen. Ich war begriffsstutzig und fand nicht zu dem rechten Verhältnis zwischen Imagination und Wirklichkeit, das ja die Grundlage meiner Kunst darstellt. Ich gestehe, daß die Einkerbung an der Mauer bereits einen hinreichenden Anhaltspunkt abgab, der auf die richtige Lösung deutete. Daß ich nicht eher daraufkam, war meine Schuld.

Man muß berücksichtigen, daß die Gedankengänge dieser unglücklichen Frau raffiniert und verschlagen waren, so daß sich ihre Intrige nicht gleich durchschauen ließ. Bei unseren Abenteuern sind wir wohl noch nie auf ein merkwürdigeres Beispiel dafür gestoßen, was pervertierte Liebe anrichten kann. Ob Miß Dunbar in körperlicher oder rein geistiger Hinsicht ihre Rivalin war, spielte für Mrs. Gibson wohl keine Rolle. Beides schien in ihren Augen gleichermaßen unverzeihlich gewesen zu sein. Zweifellos gab sie dem unschuldigen Fräulein die Schuld für jene rauhe Behandlung und die unfreundlichen Worte, mit denen der Ehemann ihre überschwengliche Zuneigung zurückweisen wollte. Ihr erster Entschluß war, sich das Leben zu nehmen. Ihr zweiter, es in einer Weise zu tun, daß ihr Opfer ein Schicksal erlitt, das weit qualvoller war als ein plötzlicher Tod.

Wir können die einzelnen Schritte recht deutlich nachvollziehen. Sie offenbaren bemerkenswerten Scharfsinn. Miß Dunbar wurde geschickt ein Zettel abgefordert, damit es so aussah, als hätte sie den Tatort bestimmt. Aus Sorge, daß der Zettel auch ja entdeckt werde, trug sie etwas zu dick auf: Sie behielt ihn bis zum Schluß in der Hand. Dies allein hätte meinen Verdacht eher erregen müssen.

Sie nahm einen der Revolver ihres Mannes an sich; wie Sie wissen, befindet sich im Haus ein wahres Waffenarsenal. Ein gleichartiges Modell verbarg sie vormittags in Miß Dunbars Kleiderschrank. Aus diesem Revolver hatte sie vorher einen Schuß abgefeuert, was im Wald leicht möglich war, ohne Verdacht zu erregen. Dann ging sie hinunter zur Brücke, wo sie die geniale Methode ersonnen hatte, ihre Waffe verschwinden zu lassen. Als Miß Dunbar kam, nutzte sie den letzten Augenblick, um ihren Haß hinauszuschreien, und dann, nachdem die Erzieherin außer Hörweite war, führte sie ihr schreckliches Vorhaben aus. Möglicherweise werden die Zeitungen fragen, weshalb der Grund des Gewässers nicht sofort mit einem Schleppnetz abgefischt wurde, aber hinterher hat man immer gut reden. Schließlich ist es kein leichtes Unterfangen, einen ausgedehnten, verschilften See abzusuchen. Man muß schon eine klare Vorstellung davon haben, was man sucht und an welcher Stelle. Nun ja, Watson, wir konnten einer hochherzigen Frau und einem furchterregenden Mann helfen. Sollten beide künftig ihre Kräfte vereinen, was ja nicht unwahrscheinlich ist, so wird die Finanzwelt wohl feststellen, daß Mr. Neil Gibson etwas in der Schule des Kummers gelernt hat."

Das Abenteuer von Shoscombe Old Place

Sherlock Holmes stand schon ziemlich lange über sein kleines Mikroskop gebeugt. Endlich richtete er sich auf und blickte sich triumphierend nach mir um.

„Es ist Klebstoff, Watson", sagte er, „unbestreitbar Klebstoff. Schauen Sie sich diese einzelnen Teilchen im Hintergrund an!"

Ich beugte mich über das Okular und stellte es ein.

„Jene Haare sind Fasern eines Tweedmantels. Die ungleichförmige graue Masse ist Staub. Auf der linken Seite befinden sich Epithelschuppen. Und die braunen Klümpchen in der Mitte sind zweifellos Spuren von Klebstoff."

„Ja, ja", erwiderte ich lachend, „ich bin gern bereit, Ihnen aufs Wort zu glauben. Hängt irgend etwas davon ab?"

„Es ist eine sehr gute Demonstration", antwortete er. „Im Fall von St. Pancras – Sie werden sich sicher erinnern – wurde neben dem toten Polizisten eine Mütze gefunden. Der Angeklagte bestreitet, daß es seine ist. Aber er ist Rahmenmacher von Beruf und hat gelegentlich mit Klebstoff zu tun."

„Ist das einer von Ihren Fällen?"

„Nein, mein Freund Merivale vom Yard bat mich, mir die Sache einmal anzusehen. Seit ich jenem Falschmünzer Zink- und Kupferfeilspäne nachweisen konnte, die sich im Saum seines Ärmelaufschlags befanden, beginnt man das Mikroskop zu schätzen." Ungeduldig blickte er auf seine Armbanduhr. „Ich erwarte einen neuen Klienten, aber er hat sich verspätet. Verstehen Sie übrigens etwas von Pferderennen, Watson?"

„Sollte ich wohl. Ich gebe ja die Hälfte meiner Verletztenrente dafür aus."

„Dann ernenne ich Sie zu meinem praktischen Sachverständigen auf dem Turf. Was ist mit Sir Robert Norberton? Sagt Ihnen der Name irgend etwas?"

„Ja, ich glaube schon. Er wohnt in Shoscombe Old Place, und ich kenne die Gegend ganz gut, weil ich dort mal als Soldat im Sommerquartier gelegen habe. Norberton wäre fast einmal in Ihren Aufgabenbereich gefallen."

„Wieso denn das?"

„Weil er Sam Brewer, den bekannten Geldverleiher aus der Curzon Street, einmal in Newmarket Heath mit der Reitpeitsche verprügelte. Er hätte den Mann fast umgebracht."

„Hm, scheint ja ein interessanter Zeitgenosse zu sein. Leistet er sich öfter solche Eskapaden?"

„Nun ja, er steht in dem Ruf, ein gefährlicher Mann zu sein. Er ist zum Beispiel einer der waghalsigsten, wildesten Reiter Englands – vor ein paar Jahren Zweiter beim Grand National. Er gehört zu jenen Männern, denen man ihr wahres Alter nicht ansieht. Zu Zeiten der Regentschaft wäre er ein Lebemann gewesen, jetzt ist er Boxer, Athlet, Spekulant, Liebhaber schöner Frauen und dabei immer in Geldverlegenheiten."

„Großartig, Watson! Eine gut und schnell gezeichnete Skizze. Mir ist, als ob ich den Mann schon kenne. Nun müssen Sie mir nur noch einige Hinweise zu Shoscombe Old Place geben."

„Eigentlich weiß ich nur, daß es inmitten des Shoscombe-Parks liegt und dort das berühmte Shoscombe-Gestüt mit seinen Übungsplätzen zu finden ist."

„Und der Cheftrainer", sagte Holmes, „heißt John Mason. Sie brauchen nicht so erstaunt über mein Wissen zu sein, Watson, denn dieser Brief hier ist von ihm. Aber erzählen Sie ruhig noch mehr über Shoscombe. Ich scheine die rechte Quelle angezapft zu haben."

„Da gibt es noch die Shoscombe-Spaniels", sagte ich. „Auf jeder Hundeschau hört man von ihnen. Die exklusivste Hunderasse in England. Sie sind der besondere Stolz der Dame des Hauses."

„Sir Robert Norbertons Gattin, vermute ich?"

„Sir Robert war nie verheiratet. Ganz gut so, denke ich, wenn man seine Affären in Betracht zieht. Nein, er lebt mit seiner verwitweten Schwester zusammen, Lady Beatrice Falder."

„Sie meinen, daß sie bei ihm wohnt?"

„Nein, nein. Der Grundbesitz gehörte ihrem verstorbenen Gatten, Sir James Falder. Norberton hat überhaupt keinen Anspruch darauf. Der Besitz gehört ihr nur, solange sie lebt, danach fällt er dem Bruder ihres verstorbenen Ehemannes zu. Inzwischen bezieht sie davon die jährliche Pacht."

„Und wie ich vermute, gibt Bruder Robert die besagten Einkünfte aus?"

„Genauso ist es. Er ist ein Teufelskerl und muß ihr schon viele turbulente Minuten bereitet haben. Doch wie ich hörte, ist sie ihm sehr zugetan. Aber was ist eigentlich in Shoscombe vorgefallen?"

„Ja, das möchte ich auch gern wisse. Aber hier, vermute ich, kommt schon der Mann, der uns das erzählen kann."

Die Tür wurde geöffnet, und der Hausdiener führte einen großen, glattrasierten Mann herein, dessen Gesichtszüge Entschlossenheit und Strenge verrieten, so wie das gewöhnlich bei Menschen der Fall ist, die Pferde oder Jungen zu beaufsichtigen haben. Mr. John Mason hatte sowohl die einen wie die anderen zu betreuen, und er sah so aus, als ob er seiner Aufgabe gewachsen sei. Er verbeugte sich mit kühler Selbstsicherheit und setzte sich auf den Stuhl, der ihm von Holmes angeboten worden war.

„Sie haben meine Nachricht erhalten, Mr. Holmes?"

„Ja, aber sie erklärt nichts."

„Die Angelegenheit war mir zu delikat, um Details schriftlich festzuhalten. Und zu kompliziert. Das konnte ich nur persönlich erledigen."

„Nun, wir stehen zu Ihrer Verfügung."

„Zunächst einmal, Mr. Holmes, glaube ich, daß mein Brotherr, Sir Robert, verrückt geworden ist."

Holmes zog die Augenbrauen hoch.

„Wir sind hier in der Baker Street, nicht in der Harley Street", bemerkte er. „Weshalb behaupten Sie so etwas?"

„Nun, Sir, wenn ein Mann einmal eine schrullige Sache macht oder auch zweimal, kann es dafür doch eine vernünftige Erklärung geben, aber wenn alles, was er tut, verschroben ist, dann fängt man an, sich zu wundern. Ich glaube, Shoscombe Prince und das Derby haben seinen Geist verwirrt."

„Das ist ein junger Hengst, den Sie laufen lassen?"

„Der beste in England, Mr. Holmes. Wer außer mir sollte das sonst wissen. Ich will ganz offen zu Ihnen sprechen, denn ich weiß, daß Sie Ehrenmänner sind und nichts von dem, was ich sage, über diese Schwelle getragen wird. Sir Robert muß dieses Derby gewinnen. Er steckt bis zum Hals in Schulden, und das Derby ist seine letzte Chance. Alles, was er auftreiben oder borgen konnte, hat er auf das Pferd gesetzt. Jetzt zahlt man schon hundert zu zehn, als er anfing, standen die Quoten bei vierzig zu zehn."

„Hm, wie kommt das, wenn das Pferd so gut ist?"

„Die Öffentlichkeit weiß nicht, wie gut es ist. Sir Robert ist für die Rennstallspione zu gerissen. Bei einem kurzen Rennen ließ er den Halbbruder von Prince statt des echten laufen. Man kann sie nicht voneinander unterscheiden. Aber im Galopp liegen zwei Längen je Achtelmeile zwischen ihnen. Er denkt an nichts anderes als an das Pferd und das Rennen. Sein ganzes Leben hängt davon ab. Bis dahin hält er die Gläubiger hin. Wenn Prince ihn im Stich läßt, ist er fertig."

„Das scheint ja ein ziemlich verzweifeltes Spiel zu sein, aber was hat das mit Verrücktheit zu tun?"

„Nun, Sie müßten sich ihn einmal ansehen. Ich glaube, er tut nachts kein Auge mehr zu. Dauernd ist er unten in den Ställen. Er blickt immer wild um sich, für seine Nerven ist das alles zuviel. Und dann ist da noch sein Benehmen Lady Beatrice gegenüber."

„Aha, was ist damit?"

„Sie sind immer die besten Freunde gewesen. Die beiden hatten den gleichen Geschmack, und sie liebte Pferde genauso wie er. Jeden Tag zu einer bestimmten Zeit kam sie herausgefahren, um die Pferde zu sehen, und am meisten liebte sie Prince. Er stellte die Ohren schon hoch, wenn er nur die Räder auf dem Kies knirschen hörte, und jeden Morgen trabte er zu der Kutsche, um ein Stück Zucker zu bekommen. Aber das ist jetzt alles vorbei."

„Warum?"

„Na, sie hat anscheinend jegliches Interesse an Pferden verloren. Seit etwa einer Woche fährt sie an den Ställen vorbei, ohne auch nur guten Morgen zu sagen."

„Sie glauben, es hat Streit gegeben?"

„Und zwar einen so heftigen und boshaften Streit, wie man ihn sich nicht vorstellen kann. Weshalb sonst hätte er ihren Lieblingsspaniel weggegeben, den sie so gern hatte wie ein eigenes Kind? Vor ein paar Tagen brachte er den Hund zum alten Barnes, dem Wirt vom ‚Grünen Drachen' in Crendall, etwa drei Meilen von Shoscombe entfernt."

„Das ist in der Tat merkwürdig."

„Natürlich, mit ihrem schwachen Herzen und der Wassersucht konnte man nicht erwarten, daß sie ewig in Harmonie mit ihm auskommt, aber er verbrachte jeden Abend zwei Stunden in ihrem Zimmer. Was er auch immer anstellte, sie hielt doch stets zu ihm. Aber das ist jetzt auch alles vorbei. Und sie nimmt sich das zu Herzen. Sie ist schwermütig und übellaunig und trinkt, Mr. Holmes, trinkt wie ein Fisch."

„Trank sie auch schon vor dieser Entfremdung?"

„Nun ja, sie trank schon mal ein Glas, aber jetzt ist es oft eine ganze Flasche an einem Abend. Das hat mir Stephens, der Butler, erzählt. Alles hat sich verändert, Mr. Holmes, und irgend etwas ist da verdammt faul. Und dann: Was macht der Herr nachts unten in der alten Familiengruft? Und wer ist der Mann, den er dort trifft?"

Holmes rieb sich die Hände.

„Fahren Sie fort, Mr. Mason. Es wird immer interessanter."

„Der Butler hat ihn dort hineingehen sehen. Nachts um zwölf und bei strömendem Regen. Deshalb versteckte ich mich in der nächsten Nacht in der Nähe des Hauses, und tatsächlich, der Herr ging wieder hinaus. Stephens und ich folgten ihm, es hätte bös ausgehen können, wenn er uns bemerkt hätte. Seine Fäuste sind gefährlich, wenn er in Wut gerät, denn er nimmt keine Rücksicht auf die Leute. Wir bemühten uns deshalb, ihm nicht zu nahe zu kommen. Er war auf dem Weg zu der Gruft, in der es übrigens spukt. Dort wurde er von einem Mann erwartet."

„Was ist das für eine Spukgeschichte mit der Gruft?"

„Ja, Sir, es ist so eine alte Kapelle, eine Ruine im Park. Sie ist so alt, daß schon keiner mehr weiß, wie lange sie dort eigentlich schon steht. Darunter befindet sich die Familiengruft der Falders, die, unter uns, einen schlechten

Ruf hat. Bei Tage ist es schon ein dunkler, feuchter und einsamer Ort, und es gibt nur wenige in unserer Grafschaft, die soviel Nerven haben, nachts auch nur in die Nähe dieser Ruine zu kommen. Aber unser Herr kennt keine Angst. Er hat sich nie in seinem Leben vor irgend etwas gefürchtet. Doch was treibt er dort zur Nachtzeit?"

„Einen Augenblick", unterbrach ihn Holmes. „Sie sagten doch, daß sich dort noch ein anderer Mann aufhielt. Das muß einer Ihrer eigenen Stallburschen gewesen sein oder jemand vom Haus! Sie brauchen doch bloß herauszufinden, wer es war, und ihn zu fragen?"

„Es ist niemand, den ich kenne."

„Woher wissen Sie das?"

„Weil ich ihn gesehen habe, Mr. Holmes. Es war in der zweiten Nacht. Stephens und ich hockten wie zwei Kaninchen bibbernd im Busch, in jener Nacht schien der Mond ein bißchen, als Sir Robert an uns vorbeiging. Wenig später kam der andere. Vor ihm hatten wir keine Angst. Also richteten wir uns wieder auf, als Sir Robert fort war, und taten so, als ob wir einen Spaziergang im Mondschein machten, und auf diese Weise kamen wir ganz dicht an ihn heran, wie zufällig und unbeabsichtigt, wenn man so will. ‚Hallo, Mister, wer sind Sie?' rief ich. Ich vermute, er hatte uns nicht kommen hören, denn er blickte sich um mit einem Gesicht, als hätte er den Teufel in der Hölle gesehen. Er stieß einen Schrei aus, und fort war er, so schnell er in der Dunkelheit nur laufen konnte. Und er konnte laufen! Nach einer Minute war er nicht mehr zu sehen und zu hören. Doch wer er war, das konnten wir nicht feststellen."

„Aber Sie sahen ihn deutlich im Mondlicht?"

„Ja, auf sein Gesicht könnte ich einen Eid ablegen – ein gemeiner Hund, würde ich sagen. Was könnte er wohl mit Sir Robert zu tun gehabt haben?"

Holmes saß einige Zeit in Gedanken versunken da.

„Wer leistet Lady Beatrice Gesellschaft?" fragte er schließlich.

„Es gibt da eine Kammerzofe, Carrie Evans. Sie ist schon fünf Jahre bei ihr."

„Und zweifellos vertrauenswürdig?"

Mr. Mason rutschte unangenehm berührt auf seinem Stuhl hin und her.

„Sie ist eigentlich ganz zuverlässig", antwortete er. „Aber ich kann nicht sagen, wem gegenüber..."

„Aha!" meinte Holmes.

„Ich will keinen Klatsch verbreiten."

„Ich verstehe, Mr. Mason. Selbstverständlich, die Situation ist eindeutig. Nach Dr. Watsons Beschreibung kann ich mir vorstellen, daß keine Frau vor Sir Robert sicher ist. Glauben Sie nicht, daß man die Ursache für den Streit zwischen Bruder und Schwester darin suchen muß?"

„Nun, der Skandal ist schon seit längerem ziemlich offensichtlich."

„Aber vielleicht hat sie vorher nichts bemerkt. Wollen wir annehmen, daß sie ganz plötzlich dahintergekommen ist. Sie will diese Frau loswerden. Ihr Bruder erlaubt das nicht. Die Kranke mit ihrem schwachen Herzen und unfähig, sich allein fortzubewegen, hat keine Mittel, ihren Willen durchzusetzen. Sie ist auf die von ihr gehaßte Kammerzofe angewiesen. Deshalb weigert sie sich zu sprechen, trotzt, fängt an zu trinken, Sir Robert in seinem Zorn nimmt ihr ihren Lieblingsspaniel weg. Hängt das nicht alles zusammen?"

„Ja, das könnte schon sein – was das betrifft."

„Genau! Soweit es das betrifft. In welcher Beziehung steht das alles zu den nächtlichen Besuchen in dem alten Grabgewölbe? Das paßt doch nicht zusammen."

„Nein, Sir, und es gibt noch etwas, was ich da nicht unterbringen kann. Weshalb sollte Sir Robert eine Leiche ausgraben wollen?"

Holmes richtete sich auf.

„Wir haben das erst gestern entdeckt", sagte Mason, „nachdem ich Ihnen geschrieben hatte. Gestern fuhr Sir Robert nach London, deshalb gingen Stephens und ich noch einmal zu der Gruft. Alles war in Ordnung, Sir, außer – in einer Ecke befanden sich Teile einer Leiche."

„Sie verständigten die Polizei, nehme ich an?"

Unser Bruder lächelte grimmig.

„Nun, Sir, ich denke kaum, daß die sich dafür interessieren würde. Es handelte sich nur um den Kopf und ein paar Knochen einer Mumie. Sie kann schon tausend Jahre alt sein. Aber vorher lag sie nicht da, das kann ich beschwören und Stephens auch. Sie war in einer Ecke versteckt worden und mit einem Brett bedeckt, aber in dieser Ecke hat vorher nie etwas gelegen."

„Was haben Sie damit gemacht?"

„Na, wir haben sie einfach dort gelassen."

„Das war klug. Sie sagen, Sir Robert ist gestern weggefahren. Ist er schon wieder zurück?"

„Wir erwarten ihn heute."

„Wann hat Sir Robert den Hund seiner Schwester weggegeben?"

„Genau heute vor einer Woche. Das arme Geschöpf heulte draußen vor dem alten Brunnenhaus, und Sir Robert hatte an jenem Morgen wieder einmal seinen Koller. Er fing den Hund ein, und ich dachte schon, er würde ihn umbringen. Dann reichte er ihn Sandy Bain, dem Jockei, und befahl ihm, den Hund zum alten Barnes in den ‚Grünen Drachen' zu bringen, weil er ihn nie wiedersehen wollte."

Holmes saß eine Zeitlang schweigend und nachdenklich da. Er hatte sich seine älteste und am meisten stinkende Pfeife angezündet.

„Mir ist noch nicht ganz klar, was ich in dieser Angelegenheit für Sie tun kann, Mr. Mason...", bemerkte er endlich. „Könnten Sie nicht etwas deutlicher werden?"

„Vielleicht wird dies in die Sache etwas Licht bringen, Mr. Holmes", sagte unser Besucher.

Er zog ein kleines Paket aus seiner Tasche, wickelte es vorsichtig aus, und zum Vorschein kam ein verkohltes Knochenstück.

Holmes untersuchte es interessiert.

„Woher haben Sie das?"

„Im Keller unter Lady Beatrice' Zimmer gibt es einen Feuerungsraum für die Zentralheizung. Er war seit einiger Zeit ungenutzt, aber Sir Robert beklagte sich, daß es zu kalt sei, und ließ wieder heizen. Harvey erledigt das – er ist einer meiner Stallburschen. Heute morgen nun kam er hiermit zu mir. Er hatte es gefunden, als er die Asche rauskratzte. Die Sache gefällt ihm nicht."

„Mir auch nicht", sagte Holmes. „Was halten Sie davon, Watson?"

Der Knochen war zwar zu schwarzer Schlacke verbrannt, was aber seine anatomische Herkunft betraf, so gab es keinen Zweifel.

„Es ist die obere Gelenkpfanne eines menschlichen Oberschenkelknochens", stellte ich fest.

„Genau!" Holmes war sehr ernst geworden. „Wann bedient dieser Bursche die Heizung?"

„Er macht jeden Abend Feuer, bevor er geht."

„Dann hätte also jeder ungehindert Zutritt zu dem Heizungskeller?"

„Ja, Sir."

„Gibt es einen Zugang von draußen?"

„Es gibt eine Außentür. Dann ist dort noch eine andere, die zu einer Treppe führt, über die man zu dem Gang gelangt, auf dem sich Lady Beatrice' Zimmer befindet."

„Das sind tiefe Wasser, Mr. Mason, tief und ziemlich schmutzig. Sie sagen, Sir Robert war gestern nacht nicht zu Hause?"

„Nein, Sir."

„Das heißt doch, wer auch immer die Knochen verbrannt haben mag, Sir Robert war es nicht."

„Das ist richtig, Sir."

„Wie war noch der Name des Gasthofs, von dem Sie sprachen?"

„Der ‚Grüne Drachen'!"

„Kann man in jenem Teil von Berkshire denn fischen?"

Dem rechtschaffenen Trainer konnte man an seinem Gesicht deutlich ablesen, daß er überzeugt war, es sei noch so ein Geistesgestörter in sein Leben getreten.

„Nun, Sir, wie ich gehört habe, soll es im Mühlenbach Forellen und Hechte im Hall-See geben."

„Das klingt gut. Watson und ich sind passionierte Angler, nicht wahr, Watson? Sie können uns künftig im ‚Grünen Drachen' finden. Wir werden heute abend dort eintreffen. Ich muß wohl nicht betonen, Mr. Mason, daß es besser ist, Sie würden uns dort nicht aufsuchen, aber eine Nachricht wird uns sicher erreichen, und ich könnte Sie ohne weiteres finden, wenn ich das will. Wenn wir in der Angelegenheit ein bißchen weitergekommen sind, werde ich Sie meine wohlüberlegte Absicht wissen lassen."

So kam es, daß Holmes und ich uns an einem schönen Maiabend allein in einem Abteil erster Klasse befanden und unterwegs zu der kleinen Bahnstation von Shoscombe waren. Das Gepäcknetz über uns war vollgestopft mit schrecklich vielen Dingen wie Angelruten, Rollen mit Angelschnüren und Keschern. Nachdem wir unseren Bestimmungsort erreicht hatten, führte uns eine kurze Fahrt zu einem altmodischen Gasthof, wo uns unser sportlicher Wirt, Josiah Barnes, für die Fischgründe in der näheren Umgebung beflissentlich Ratschläge erteilte.

„Wie stehen denn die Chancen, im Hall-See Hechte zu fangen?" erkundigte sich Holmes.

Das Gesicht des Gastwirts verdüsterte sich.

„Das würde ich Ihnen nicht empfehlen, Sir. Sie könnten sich möglicherweise schneller im See wiederfinden, als Sie denken."

„Wieso denn das?"

„Es ist wegen Sir Robert. Er ist entsetzlich mißtrauisch wegen der Rennstallspione. Wenn Sie beide sich in der Nähe seiner Trainingsplätze aufhielten, wäre er todsicher hinter ihnen her. Er läßt es gar nicht erst darauf ankommen, Sir Robert bestimmt nicht."

„Ich habe gehört, daß er ein Pferd für das Derby gemeldet hat."

„Ja, und das ist ein guter Hengst. Ich habe mein ganzes Geld auf ihn gewettet, und auch Sir Robert hat alles in das Rennen gesteckt. Nebenbei", er blickte uns mißtrauisch an, „ich hoffe doch, daß Sie nicht selbst in das Rennen verwickelt sind?"

„Nein, wirklich nicht. Wir sind nur zwei müde Londoner, die dringend etwas Berkshireluft nötig haben."

„Na ja, dann sind Sie hier genau richtig. Davon gibt es jede Menge. Aber denken Sie daran, was ich Ihnen über Sir Robert gesagt habe. Er gehört zu der Sorte, die erst zuschlägt und dann Fragen stellt. Meiden Sie den Park."

„Sicher, Mr. Barnes. Das tun wir bestimmt. Übrigens, das ist ein außergewöhnlich schöner Spaniel, der dort in der Diele winselt."

„Das will ich meinen. Ist echte Shoscombe-Zucht. 'ne bessere gibt's in England nicht."

„Ich bin selbst Hundeliebhaber", sagte Holmes. „Wenn die Frage erlaubt ist, was würde so ein Klassehund wie der denn kosten?"

„Mehr, als ich bezahlen könnte, Sir. Es war Sir Robert selbst, der mir dieses Tier gegeben hat. Deshalb muß ich ihn an die Leine legen. Er wäre im Nu auf und davon, wenn es nach seinem Kopf ginge."

„Wir bekommen einige Trümpfe in die Hand, Watson", sagte Holmes zu mir, nachdem uns der Wirt verlassen hatte. „Es ist kein leichtes Spiel, aber in ein bis zwei Tagen werden wir bestimmt mehr wissen. Übrigens ist Sir Robert noch in London, wie ich gehört habe. Wir könnten vielleicht heute abend das geheiligte Gebiet betreten, ohne einen körperlichen Angriff fürchten zu müssen. Es gibt da noch ein oder zwei Punkte, über die ich mich vergewissern möchte."

„Haben Sie irgendeine Theorie, Holmes?"

„Nur die, Watson, daß vor etwa einer Woche etwas geschehen ist, was tiefe Veränderungen im Haushalt von Shoscombe Old Place verursacht hat. Was das ist? Wir können anhand der Auswirkungen nur Vermutungen anstellen. Die ganze Angelegenheit scheint seltsam verwickelt. Aber gerade das sollte uns eigentlich weiterhelfen. Nur die farblosen und langweiligen Fälle sind hoffnungslos.

Sehen wir uns einmal die Tatsachen genauer an. Der Bruder besucht seine geliebte kranke Schwester nicht mehr. Er gibt ihren Lieblingshund fort. Ihren Hund, Watson! Sagt Ihnen das nichts?"

„Nichts, außer daß der Bruder boshaft ist."

„Ja, das könnte möglich sein. Oder – nun, es gibt noch eine andere Erklärung. Wie sieht es nach dem Streit aus? Die Lady hütet ihr Zimmer, ändert ihre Gewohnheiten, wird nicht gesehen, außer wenn sie mit ihrer Zofe ausfährt; sie hält nicht mehr bei den Ställen, um ihr Lieblingspferd zu begrüßen, und fängt offensichtlich an zu trinken. Das paßt doch alles zusammen, oder nicht?"

„Mit Ausnahme der Geschichte in der Gruft."

„Das ist ein anderer Gedankengang. Es gibt zwei, und ich bitte Sie, die zwei nicht durcheinanderzubringen. Die eine Sache, die Lady Beatrice betrifft, hat irgendwie etwas Unheilvolles an sich, stimmt's?"

„Ich kann daraus nicht klug werden."

„Nun ja. Analysieren wir die andere Sache, die Sir Robert betrifft. Er ist ganz verrückt darauf, das Derby zu gewinnen. Die Gläubiger haben ihn in der Hand, seine Rennställe können jederzeit unter den Hammer kommen. Er ist ein waghalsiger und verzweifelter Mann. Er bezieht seine Einkünfte von seiner Schwester, deren Zofe sein willfähriges Werkzeug ist. Soweit scheinen wir uns ja wohl noch auf ziemlich sicherem Grund zu bewegen, nicht wahr?"

„Aber die Gruft!"
„Ach ja, die Gruft. Nehmen wir einmal an, Watson – es ist nur eine gewagte Vermutung, eine Hypothese zugunsten einer besseren Beweisführung, daß Sir Robert sich seiner Schwester entledigt hat."
„Mein lieber Holmes, das ist ausgeschlossen!"
„Möglich, Watson. Sir Robert ist ein Mann von ehrbarer Herkunft, aber gelegentlich findet man auch eine Rabenkrähe unter Adlern. Lassen Sie uns im Augenblick von dieser Annahme ausgehen. Aus dem Land fliehen kann er nicht, bevor er nicht sein Vermögen gesichert hat, und dieses Vermögen kann nur gesichert werden, wenn er seinen Coup mit Shoscombe Prince erfolgreich gelandet hat. Deshalb will er hierbleiben. Dann aber muß er sich der Leiche seines Opfers entledigen und jemanden finden, der die Rolle seiner Schwester spielt. Mit Hilfe des Zimmermädchens als seiner Vertrauten wäre das nicht unmöglich. Der Leichnam der Frau könnte zur Gruft geschafft worden sein, denn das ist ein selten aufgesuchter Ort. In der Nacht hätte man ihn dann heimlich im Heizungsraum verbrennen können, und dabei ist jenes Beweisstück, das wir schon gesehen haben, zurückgeblieben. Was sagen Sie dazu, Watson?"
„Nun ja, denkbar ist das schon, wenn man von dieser scheußlichen Hypothese ausgeht."
„Ich glaube, daß wir morgen vielleicht ein kleines Experiment versuchen sollten, Watson, um etwas mehr Licht in die Angelegenheit zu bringen. Wenn wir inzwischen unsere Rolle weiterspielen wollen, schlage ich vor, daß wir unseren Wirt zu einem Glas seines eigenen Weines einladen und uns dabei wie erfahrene Angler über Aal und Weißfisch unterhalten, denn das scheint mir der direkte Weg zu seiner Zuneigung zu sein. Eventuell erfahren wir dabei verwendbaren Lokalklatsch."

Am Morgen stellte Holmes fest, daß wir unseren Hechtblinker vergessen hatten, was uns für diesen Tag das Angeln ersparte. Etwa gegen elf Uhr brachen wir zu einem Spaziergang auf, und Holmes erhielt die Erlaubnis, den schwarzen Spaniel mitzunehmen.
„Hier ist es", sagte er, als wir zwei hohe Parktore, auf denen zwei heraldische Wappentiere thronten, erreicht hatten. „Etwa gegen Mittag, so hat Barnes mir gesagt, fährt die alte Dame aus, und die Kutsche muß ihr Tempo drosseln, während die Tore geöffnet werden. Wenn sie hindurchgefahren ist, doch noch bevor sie wieder an Fahrt gewinnt, möchte ich, Watson, daß Sie den Kutscher mit einigen Fragen aufhalten. Kümmern Sie sich nicht um mich. Ich werde hinter diesem Stechpalmenbusch stehen und schauen, was zu schauen ist."

Wir mußten nicht lange warten. Schon nach einer Viertelstunde sahen wir den großen gelben offenen Landauer die langgezogene Allee herabkommen, zwei herrliche hochbeinige graue Kutschpferde im Gespann. Holmes verkroch sich mit dem Hund hinter einem Strauch. Ich stand scheinbar uninteressiert auf dem Fahrweg und schwang einen Stock. Ein Wärter rannte auf den Weg, und das Tor wurde geöffnet.

Die Kutsche fuhr jetzt im Schrittempo, und ich konnte einen Blick auf die Insassen werfen. Eine stark geschminkte junge Frau mit flachsfarbenem Haar und dreistem Blick saß auf der linken Seite. Zu ihrer rechten befand sich eine ältere Person mit gebeugtem Rücken und einem Gewirr von Tüchern und Schals um Gesicht und Schultern, welche die Kranke verrieten. Als die Pferde die Straße erreicht hatten, erhob ich mit einer bestimmenden Gebärde die Hand, und als der Kutscher die Pferde zum Stehen gebracht hatte, erkundigte ich mich, ob Sir Robert in Shoscombe Old Place sei.

Im selben Augenblick trat Holmes hervor und machte den Spaniel los. Mit einem freudigen Bellen schoß er auf die Kutsche zu und sprang auf den Tritt. Doch fast im selben Moment verwandelte sich die eifrige Begrüßungsfreude des Hundes in rasende Wut, und er schnappte nach dem schwarzen Rock.

„Weiterfahren! Weiterfahren!“ kreischte eine rauhe Stimme. Der Kutscher schlug auf die Pferde ein, und wir blieben allein auf der Straße zurück.

„Nun, Watson, das hat genügt“, sagte Holmes, als er wieder die Leine um den Hals des erregten Spaniels legte. „Er glaubte, es wäre seine Herrin, und fand eine Fremde. Hunde machen keine Fehler.“

„Aber das war doch die Stimme eines Mannes!“ rief ich.

„Genau. Wir haben einen Trumpf in der Hand, Watson, aber trotzdem müssen wir vorsichtig sein.“

Mein Begleiter schien an diesem Tag keine weiteren Pläne zu haben, und wir benutzten tatsächlich einmal unsere Angelgeräte am Mühlenbach, mit dem Erfolg, daß wir genug Forellen zum Abendessen fingen. Gleich nach dem Essen sprühte Holmes schon wieder vor Unternehmungslust. Noch einmal gingen wir denselben Weg wie am Morgen, der uns zum Parktor führte. Dort erwartete uns bereits eine dunkle Gestalt, die sich als unser Mittelsmann, Mr. John Mason, entpuppte.

„Guten Abend, Gentlemen“, sagte er. „Ich habe Ihre Nachricht erhalten, Mr. Holmes. Sir Robert ist bis jetzt noch nicht zurück, aber wie ich vorhin gehört habe, wird er heute nacht noch erwartet.“

„Wie weit ist diese Gruft vom Haus entfernt?“ wollte Holmes wissen.

„Eine gute Viertelmeile.“

„Ich glaube, dann brauchen wir uns wegen Sir Robert keine Sorgen zu machen.“

„Ich kann es mir aber nicht leisten, da mitzumischen, Mr. Holmes. In dem Moment, wo er ankommt, wird er mich sehen wollen, um die Neuigkeiten über Shoscombe Prince zu hören.“

„Ich verstehe. In diesem Fall müssen wir ohne Sie auskommen, Mr. Mason. Aber Sie könnten uns wenigstens die Gruft zeigen, bevor Sie uns wieder verlassen."

Es war stockdunkel, diesmal schien kein Mond, aber Mason führte uns sicher durch die Wiesen, bis eine dunkle Masse vor uns auftauchte: die alte Kapelle. Wir betraten sie durch einen verfallenen Eingang, der einstmals eine Vorhalle gewesen sein mußte, und unser Führer, der zwischen Geröllhaufen herumstolperte, bahnte sich seinen Weg zu einer Ecke des Gebäudes, von der eine steile Treppe nach unten in das Grabgewölbe führte. Als er ein Streichholz angezündet hatte, konnten wir den melancholischen Ort erkennen: Es war ein schimmliges, brüchiges Gewölbe, das man in den rohen Stein ge-

hauen hatte. Särge, einige aus Blei, andere aus Stein, stapelten sich an der rechten Seite bis zu der gewölbten und mit Kreuzbögen versehenen Decke, die sich in dem Schatten über unseren Köpfen verlor. Holmes hatte seine Laterne angezündet, die nun einen winzigen Tunnel grellen Lichts auf die traurige Szenerie warf. Die Strahlen wurden von den Sargdeckeln reflektiert, von denen viele mit einem Greif oder einer Adelskrone der Familie geschmückt waren, so hatte man seine Ehrenzeichen selbst bis an das Tor des Todes mitgenommen.

„Sie sprachen von irgendwelchen Knochen, Mr. Mason. Könnten Sie uns die noch zeigen, bevor Sie gehen?“

„Die sind hier in dieser Ecke.“

Der Trainer machte einen Schritt nach vorn und blieb dann vor Überraschung stehen, als unser Licht über die Stelle glitt.

„Sie sind weg!“ sagte er.

„Das hatte ich erwartet“, meinte Holmes kichernd. „Ich vermute, die Asche wird man wohl auch in jenem Ofen finden, der schon einen Teil vernichtet hat.“

„Aber warum, um alles in der Welt, hat jemand Interesse daran, die Knochen eines Mannes zu verbrennen, der schon seit tausend Jahren tot ist?“ fragte John Mason.

„Um das herauszufinden, sind wir ja hergekommen“, erwiderte Holmes. „Es kann sein, daß wir lange suchen müssen, und wir wollen Sie deshalb nicht weiter aufhalten. Ich glaube, daß wir noch vor dem Morgen die Lösung kennen werden.“

Als John Mason uns verlassen hatte, machte sich Holmes an die Arbeit und untersuchte die Särge sehr sorgfältig; er begann bei den ältesten, die noch aus der Zeit der Angelsachsen zu stammen schienen; dann kam eine lange Reihe von normannischen Hugos und Odos dran, bis wir die Särge Sir William und Sir Denis Falders aus dem achtzehnten Jahrhundert erreichten. Eine Stunde oder mehr war vergangen, bevor Holmes zu einem Bleisarg kam, der in der Nähe des Eingangs zu dem Gewölbe stand. Ich hörte, daß er zufrieden grunzte, und merkte an seinen hastigen, aber entschlossenen Bewegungen, daß er einen Treffer gelandet hatte. Mit seiner Lupe untersuchte er gewissenhaft die Kanten des schweren Deckels. Dann zog er ein kurzes Brecheisen aus der Tasche, das er in eine Ritze stieß und mit dessen Hilfe er die ganze Vorderseite des Sarges, die nur mit ein paar Schellen festgemacht war, zurückschob. Ein berstendes, knirschendes Geräusch erklang, als der Deckel nachgab, aber kaum hatte er sich in seinen Scharnieren bewegt und teilweise einen Blick in das Innere gestattet, als wir plötzlich in unserem Tun unterbrochen wurden.

Irgend jemand war in der Kapelle über uns. Wir hörten den festen, schnellen Schritt eines Menschen, der zu einem bestimmten Zweck hergekommen war und den Ort, an dem er sich befand, sehr gut kannte. Licht strömte die Treppe herab, und einen Augenblick später waren die Umrisse des Mannes, der dieses Licht trug, in dem gotischen Türbogen zu erkennen. Es war eine Gestalt von riesiger Statur und ungestümen, furchteinflößenden Bewegungen. Eine große Stallaterne, die er in der Hand hielt, beleuchtete ein kräftiges, bärtiges Gesicht und zornige Augen, die in jeden Winkel der Gruft spähten, bis sie endlich an mir und meinem Freund haftenblieben.

„Wer, zum Teufel, sind Sie?" schrie er donnernd. „Und was treiben Sie hier auf meinem Besitz?" Dann, als Holmes keine Antwort gab, ging er auf ihn zu und erhob den schweren Knüppel, den er bei sich trug. „Hören Sie mich?" brüllte er. „Wer sind Sie? Was machen Sie hier?" Sein Knüppel zitterte in der Luft.

Aber anstatt zurückzuweichen, trat Holmes auf ihn zu.

„Ich muß Ihnen ebenfalls eine Frage stellen, Sir Robert", sagte er mit Grabesstimme. „Wer ist das? Und was hat er hier zu suchen?"

Er drehte sich um und riß den Sargdeckel hinter sich zur Seite. Im flakkernden Licht der Laterne erblickte ich einen von Kopf bis Fuß eingewikkelten Leichnam, Nase, Kinn und die trüben, glasigen Augen stachen aus dem fahlen, runzligen Gesicht hervor.

Mit einem Schrei wich der Baron zurück und fand Halt am Stein eines Sarkophags. „Wie haben Sie davon erfahren?" rief er. Und als er sich wieder seiner groben Manieren besonnen hatte: „Was geht Sie das Ganze überhaupt an?"

„Mein Name ist Sherlock Holmes", erwiderte mein Freund. „Kann sein, Sie haben ihn schon gehört. Meine Aufgabe ist die eines jeden guten Bürgers – das Gesetz aufrechtzuerhalten. Mir scheint, daß Sie in dieser Hinsicht viele Fragen zu beantworten haben werden."

Sir Robert blickte einen Augenblick starr vor sich hin, aber Holmes' ruhige Stimme und seine kühle, sichere Art verfehlten ihre Wirkung nicht.

„Bei Gott, Mr. Holmes, es ist alles in Ordnung", sagte er. „Die Situation spricht gegen mich, das will ich zugeben, aber ich mußte so handeln."

„Ich wollte, ich könnte Ihnen glauben, aber ich fürchte, Ihre Erklärungen müssen Sie vor der Polizei abgeben."

Sir Robert zuckte mit seinen breiten Schultern.

„Nun, was sein muß, muß sein. Kommen Sie mit ins Haus, und urteilen Sie selbst, wie die Sache steht."

Eine Viertelstunde später befanden wir uns in einem Raum, der seinem Aussehen nach das Waffenzimmer des alten Hauses sein mußte, denn eine Reihe blank geputzter Gewehrläufe stand hinter Glasverkleidungen. Das Zimmer war komfortabel eingerichtet. Sir Robert verließ uns für einige

Minuten. Als er zurückkam, hatte er zwei Begleiter bei sich, eine blühende junge Frau, die wir schon in der Kutsche gesehen hatten, und einen kleinen rattengesichtigen Mann von unangenehmer, devoter Erscheinung. Die beiden wirkten äußerst erregt, was nur heißen konnte, daß der Baron noch nicht die Zeit gehabt hatte, ihnen die Wende, die die Geschehnisse genommen hatten, mitzuteilen.

„Dies hier sind Mr. und Mrs. Norlett", sagte Sir Robert und machte eine ausladende Handbewegung. „Mrs. Norlett ist seit einigen Jahren unter ihrem Mädchennamen Evans die vertraute Zofe meiner Schwester gewesen. Ich habe sie hierhergebeten, weil ich fühle, daß es für mich am besten ist, wenn ich Ihnen offen meine Situation schildere, und diese beiden sind die einzigen Menschen auf der Welt, die das, was ich zu sagen habe, bezeugen können."

„Ist das wirklich notwendig, Sir Robert? Haben Sie überlegt, was Sie tun?" rief die Frau.

„Was mich betrifft, so weise ich entschieden jede Verantwortung von mir", sagte ihr Ehemann.

Sir Robert warf ihm einen verächtlichen Blick zu. „Ich nehme alle Verantwortung auf mich", sagte er. „Und nun, Mr. Holmes, hören Sie sich die Fakten an.

Sie haben schon einen ziemlich tiefen Einblick in mein Problem gewonnen, sonst hätte ich Sie nicht dort getroffen, wo wir uns begegnet sind. Deshalb wissen Sie wahrscheinlich schon, daß ich ein noch unbekanntes Pferd für das Derby gemeldet habe und daß alles von seinem Erfolg abhängt. Wenn ich gewinne, ist alles leicht. Wenn ich verliere – nun, ich wage nicht daran zu denken!"

„Ich verstehe Ihre Lage", sagte Holmes.

„Ich bin in allem von meiner Schwester, Lady Beatrice, abhängig. Aber es ist allgemein bekannt, daß ihre Rechte auf den Grundbesitz nur bestehen, solange sie lebt. Ich selbst bin bei den Gläubigern tief verschuldet. Ich weiß, daß sie sich wie eine Schar Geier auf meinen Besitz stürzen würden, falls meine Schwester sterben sollte. Alles würde beschlagnahmt werden – meine Ställe, meine Pferde, einfach alles. Nun, Mr. Holmes, meine Schwester *starb* genau vor einer Woche."

„Und Sie haben mit niemandem darüber gesprochen?"

„Wie konnte ich? Das hätte den absoluten Ruin bedeutet. Wenn ich die Dinge wenigstens drei Wochen lang hätte aufschieben können, wäre alles gut gewesen. Der Ehemann ihrer Zofe – dieser Mann hier – ist Schauspieler. Wir hatten die Idee – ich hatte die Idee –, daß er während dieser kurzen Zeit die Rolle meiner Schwester spielen sollte. Es ging nur darum, täglich in der Kutsche zu sitzen, denn keiner außer der Zofe brauchte ihr Zimmer zu betreten. Das war nicht schwer zu arrangieren. Meine Schwester starb an Wassersucht, unter der sie schon lange litt."

„Das wird der Leichenbeschauer festzustellen haben."

„Ihr Arzt wird bestätigen können, daß die Symptome seit Monaten auf dieses Ende hindeuteten."

„Ja und, was haben Sie gemacht?"

„Der Leichnam konnte nicht hierbleiben. In der ersten Nacht trugen Norlett und ich ihn zu dem alten Brunnenhaus, das jetzt nicht mehr benutzt wird. Ihr Lieblingsspaniel jedoch folgte uns und jaulte ständig vor der Tür, deshalb glaubte ich einen sichereren Platz finden zu müssen. Ich schaffte mir also den Hund vom Halse, und wir trugen die Leiche zur alten Familiengruft. Daran war nichts unwürdig, Mr. Holmes. Ich habe nicht das Gefühl, der Toten ein Unrecht zugefügt zu haben."

„Ihr Verhalten erscheint mir unverzeihlich, Sir Robert."

Der Baron schüttelte ungeduldig den Kopf. „Es ist leicht, Moralpredigten zu halten", sagte er. „Vielleicht würden Sie anders empfinden, wenn Sie in meiner Lage wären. Man kann nicht all seine Hoffnungen und Pläne im letzten Moment zusammenbrechen sehen und nichts unternehmen, um sie zu retten. Mir schien es kein unehrenhafter Ruheplatz zu sein, wenn wir sie für einige Zeit in einem der Särge der Vorfahren ihres Ehemannes ruhen ließen, denn dort liegt sie immerhin in geweihter Erde. Wir öffneten einen der Särge, entfernten den Inhalt und legten sie dort so hinein, wie Sie es gesehen haben. Was die Überreste angeht, die wir herausnahmen, wir konnten sie ja nicht einfach auf dem Boden der Gruft liegenlassen, Norlett und ich beseitigten sie, indem er sie nachts im Heizungskeller verbrannte. Das ist meine Geschichte, Mr. Holmes. Immerhin bin ich erleichtert, daß ich es mir von der Seele reden konnte."

Holmes überlegte einige Zeit.

„Es gibt da einen schwachen Punkt in Ihrem Bericht, Sir Robert", sagte er schließlich. „Ihre Wetten auf den Rennausgang und demzufolge Ihre Hoffnung auf die Zukunft würden sich doch trotzdem erfüllen, auch wenn Ihre Gläubiger Anspruch auf den Grundbesitz erheben sollten."

„Das Pferd würde als Teil des Gesamtbesitzes gelten. Was kümmern die sich um meine Wetten? Höchstwahrscheinlich würden sie ihn gar nicht erst starten lassen. Mein Hauptgläubiger ist unglücklicherweise mein erbittertster Feind, Sam Brewer, ein erbärmlicher Kerl, den ich in Newmarket Heath einmal mit der Reitpeitsche zu verprügeln gezwungen war. Glauben Sie etwa, er würde etwas unternehmen, um mich zu retten?"

„Nun, Sir Robert", entgegnete Holmes und erhob sich, „die Angelegenheit muß natürlich der Polizei übergeben werden. Es war meine Pflicht, die Tatsachen ans Licht zu befördern, dabei muß ich es bewenden lassen. Was die Moral und die Schicklichkeit Ihres Verhaltens betrifft, so bin ich nicht der geeignete Mann, um ein Urteil zu fällen. Es ist fast Mitternacht, Watson, und ich denke, wir sollten uns auf den Rückweg zu unserer bescheidenen Unterkunft machen.“

Inzwischen ist allgemein bekannt, daß diese ungewöhnliche Episode einen glücklicheren Ausgang nahm, als Sir Roberts Handlungsweise es verdient hätte. Shoscombe Prince gewann das Derby, sein Besitzer strich achtzigtausend Pfund Reingewinn von den Wettgeldern ein, und die Gläubiger verhielten sich still, bis das Rennen vorüber war. Als sie voll ausbezahlt worden waren, blieb noch genug übrig, so daß sich Sir Robert eine geachtete Position im Leben schaffen konnte. Sowohl die Polizei als auch der Leichenbeschauer betrachteten die Transaktion nachsichtig, und außer einem milden Tadel, daß er das Ableben der Lady nicht rechtzeitig gemeldet habe, kam der glückliche Besitzer von Shoscombe Prince unbehelligt aus dieser wohl ungewöhnlichsten Affäre, deren Schatten nun verblichen sind.

Der pensionierte Farbenhändler

An jenem Morgen befand sich Sherlock Holmes in teils melancholischer, teils philosophischer Stimmung. Als überwiegend hellwache und tatkräftige Natur war er anfällig dafür.

„Haben Sie ihn gesehen?" fragte er.

„Sie meinen den Alten, der eben gegangen ist?"

„Genau."

„Ja, ich bin ihm an der Tür begegnet."

„Was halten Sie von ihm?"

„Ein pathetischer, unbedeutender, gebrochener Mensch."

„Haargenau, Watson, pathetisch und unbedeutend. Aber ist nicht das ganze Leben pathetisch und unbedeutend? Müssen wir seine Geschichte nicht als einen Mikrokosmos für das Ganze ansehen? Wir streben, wir raffen. Und was bleibt uns am Ende? Ein Schatten. Oder schlimmer – das Elend."

„Kam er als Klient zu Ihnen?"

„Nun ja, der Yard hat ihn an mich verwiesen – so wie Mediziner manchmal ihre hoffnungslosen Fälle zum Quacksalber schicken. Sie meinen, da ohnehin nichts mehr zu retten sei, könne auch dieser die Lage des Patienten nicht weiter verschlimmern."

„Worum geht es?"

Holmes nahm eine ziemlich schmuddlige Visitenkarte vom Tisch. „Josiah Amberley, ehemals Juniorpartner von Brickfall und Amberley, der Herstellerfirma für künstlerische Bedarfsartikel. Sie finden diesen Namen auf Farbenbüchsen. Er kratzte ein bescheidenes Vermögen zusammen, zog sich mit einundsechzig Jahren vom Geschäft zurück, kaufte ein Haus in Levisham und setzte sich nach einem Leben pausenloser Plackerei zur Ruhe. Man müßte annehmen, daß wenigstens sein Lebensabend einigermaßen gesichert war."

„Ja, wirklich."

Holmes überflog einige Notizen, die er auf die Rückseite eines Briefumschlags geschrieben hatte.

„1896 ging er in Pension, Watson. Anfang 1897 heiratete er eine zwanzig Jahre jüngere Frau, sogar eine gutaussehende, wenn die Fotografie nicht schmeichelt. Ein Auskommen, eine Frau, Muße, vor ihm schien eine gerade Straße zu liegen. Und doch ist er, wie Sie gesehen haben, zwei Jahre darauf eins der gebrochensten und elendsten Geschöpfe, die unter der Sonne herumkriechen."

„Was ist denn geschehen?"

„Die alte Geschichte, Watson. Ein falscher Freund und eine wankelmütige Frau. Offenbar hat Amberley nur ein einziges Hobby, und das ist Schach. Nicht weit von ihm entfernt wohnte ein junger Arzt in Levisham, ebenfalls ein Schachspieler. Seinen Namen habe ich mir notiert: Dr. Ray Ernest. Ernest verkehrte ständig im Hause unseres Klienten, wobei eine intime Beziehung zwischen ihm und Mrs. Amberley entstand, denn Sie müssen zugeben, daß unser unglückseliger Pensionär wenige äußere Reize besitzt – was immer seine inneren Vorzüge auch sein mögen. Letzte Woche verschwand das Paar gemeinsam, mit welchem Ziel, konnte nicht ermittelt werden. Und schlimmer noch: Die treulose Gattin nahm als Handgepäck die Dokumentenkassette des alten Mannes mit, in der fast alle seine Ersparnisse lagen. Ob wir die Dame nicht finden und das Geld retten könnten. Ein durchschnittliches Problem, soweit es sich bis jetzt entwickelt hat, aber ein lebenswichtiges für Josiah Amberley."

„Was werden Sie tun?"

„Tja, mein lieber Watson, mir scheint, die Frage lautet augenblicklich: Was werden Sie tun? Das heißt, wenn Sie freundlicherweise bereit wären, für mich einzuspringen. Sie wissen, daß ich an dem Fall der zwei koptischen Patriarchen arbeite, dessen Entscheidung sich heute anbahnt. Ich habe wirklich nicht die Zeit, nach Levisham zu fahren, und dabei wäre die unverzügliche Besichtigung des Tatorts von besonderem Wert. Der Alte wollte unbedingt, daß ich komme, aber ich erklärte ihm meine Schwierigkeiten. Er ist mit einem Vertreter einverstanden."

„Aber gewiß übernehme ich das", antwortete ich. „Ich weiß zwar nicht, ob ich Ihnen besonders behilflich sein kann, aber ich will mein Bestes tun." Und so kam es, daß ich mich noch am selben Nachmittag nach Levisham aufmachte, nicht ahnend, daß die Affäre, auf die ich mich einließ, eine Woche später in aller Munde sein würde.

Es war später Abend, als ich in die Baker Street zurückkehrte und Holmes einen Bericht über meine Erkundung gab. Mein Freund lag bequem ausgestreckt in einem tiefen Sessel. Beizende Rauchschwaden ringelten sich bedächtig aus seiner Pfeife. Seine Lider sanken ihm so schwer über die Augen, daß man jeden Moment erwartete, er schlafe ein. Nur bei einer Pause oder fragwürdigen Stelle meines Berichts hoben sie sich, und dann fixierte mich ein forschender Blick aus grauen Augen, die wie scharfe Rapiere blitzten.

„Mr. Josiah Amberleys Haus heißt The Haven“, erklärte ich. „Ich denke, das dürfte Sie interessieren. Es wirkt wie ein geiziger Patrizier, der auf das Niveau seiner Untergebenen gesunken ist. Sie kennen diese Gegend: monotone Ziegelwege, langweilige vorstädtische Ausfallstraßen. Genau im Zentrum davon liegt wie eine Insel längst vergangener Kultur und Behaglichkeit dieses alte Haus, umgeben von einer hohen sonnengebleichten Mauer, die mit Flechten gesprenkelt und oben mit Moos bekränzt ist, eine Mauer wie ...“

„Lassen Sie die Poesie beiseite, Watson“, sagte Holmes scharf. „Ich verstehe: eine hohe Ziegelmauer.“

„Genau. Da ich nicht wußte, welches Haus The Haven war, fragte ich einen Müßiggänger, der auf der Straße rauchte. Ich erwähne ihn nicht ohne Grund. Es war ein großer dunkelhaariger, ziemlich militärisch aussehender

Mann mit mächtigem Schnauzbart. Er beantwortete meine Frage mit einem Kopfnicken und warf mir einen seltsam prüfenden Blick zu.

Ich war kaum durch das Tor auf das Grundstück gegangen, als Mr. Amberley auch schon aus dem Haus trat. Bei unserer flüchtigen Begegnung heute früh machte er bereits einen seltsamen Eindruck auf mich, aber als ich ihn im Tageslicht sah, fand ich sein Aussehen noch eigenartiger."

„Ich habe es natürlich studiert, doch interessiert mich Ihr Eindruck", sagte Holmes.

„Er kam mir vor wie ein Mann, der von Sorgen buchstäblich zu Boden gedrückt wird. Sein Rücken wirkte gebeugt, als trage er eine schwere Last. Dennoch ist er nicht der Schwächling, für den ich ihn auf den ersten Blick gehalten hatte, Schultern und Brustkorb sind kräftig, nur die Beine spindeldürr."

„Der linke Schuh runzlig, der rechte glatt."

„Das ist mir nicht aufgefallen."

„Natürlich nicht. Aber ich habe seine Beinprothese bemerkt. Doch fahren Sie fort."

„Mich beeindruckten seine schlangenartigen grauen Locken, die unter seinem alten Strohhut hervorquollen, dann sein Gesicht mit dem ungestümen, oft heftigen Ausdruck und den markanten Zügen."

„Sehr gut, Watson. Was sagte er?"

„Er begann seine Leidensgeschichte zu erzählen. Als wir die Zufahrt zum Haus hinaufgingen, sah ich mich natürlich gründlich um. Ich habe noch kein vernachlässigteres Anwesen gesehen. Der Garten war völlig verwildert und machte den Eindruck, als wollten die Pflanzen von ihrer kultivierten Bestimmung zur natürlichen zurückfinden. Wie eine anständige Frau einen solchen Zustand geduldet haben konnte, weiß ich nicht. Das Haus war ebenfalls äußerst verkommen, aber dem armen Mann schien das bewußt zu sein, denn er machte Anstrengungen, es zu renovieren. In der Halle stand ein großer Topf mit grüner Farbe. Vor meiner Ankunft war Amberley damit beschäftigt gewesen, die Holztäfelung zu streichen.

Er führte mich in sein schmuddliges Privatgemach, in dem wir eine lange Unterredung hatten. Natürlich war er enttäuscht, daß Sie nicht selbst kamen. ‚Ich habe ja auch kaum erwartet', sagte er, ‚daß ein so unbedeutendes Individuum wie ich, besonders nach meinem finanziellen Verlust, die volle Aufmerksamkeit eines so berühmten Mannes wie Sherlock Holmes finden würde.'

Ich versicherte ihm, daß seine finanzielle Lage keine Rolle spiele. ‚Nein, natürlich nicht, denn er betreibt seine Kunst ja um der Kunst willen', sagte er, ‚aber selbst hier hätte er so manchen künstlerischen Aspekt des Verbrechens studieren können und die menschliche Natur, Dr. Watson, den schwarzen Undank, der ihr innewohnt. Wann habe ich meiner Gattin je einen Wunsch abgeschlagen? Ist eine Frau jemals so verwöhnt worden? Und dieser junge Mann, er hätte mein eigener Sohn sein können. Er durfte bei mir ein und aus gehen, wann er wollte. Und doch, sehen Sie, wie sie mir mitgespielt haben! Oh, Dr. Watson, die Welt ist furchtbar, ganz furchtbar!'

In diesem Tenor klagte er eine Stunde oder länger. Von der Intrige hatte er offenbar nicht das geringste geahnt. Sie lebten allein, nur eine Aufwartefrau kam morgens und ging jeden Abend um sechs. An dem bewußten Tag wollte er seiner Frau eine Freude machen und kaufte zwei Karten für das Haymarket-Theater. Im letzten Augenblick klagte sie über Kopfschmerzen und ging nicht mit. So besuchte er allein die Vorstellung. An den Tatsachen besteht wohl kein Zweifel, denn er wies die verfallene Eintrittskarte seiner Frau vor."

„Das ist bemerkenswert – höchst bemerkenswert", sagte Holmes, dessen Interesse an dem Fall zu wachsen schien. „Bitte fahren Sie fort, Watson. Ich finde Ihre Darstellung äußerst fesselnd. Konnten Sie die Karte genau betrachten? Sie haben sich nicht zufällig die Nummer gemerkt?"

„Zufälligerweise doch", antwortete ich mit einigem Stolz. „Es war zufällig meine alte Schulnummer, einunddreißig, und deshalb ist sie mir im Gedächtnis haftengeblieben."

„Ausgezeichnet, Watson! Sein Platz war dann entweder dreißig oder zweiunddreißig."

„Ganz recht", antwortete ich und hielt ihn noch etwas hin. „Und auf dem Rang in einer B-Reihe."

„Ganze Arbeit, Watson! Was hat er Ihnen noch erzählt?"

„Er zeigte mir seinen sogenannten Tresorraum. Dieser sieht tatsächlich aus wie der in einer Bank, hat eine Eisentür und stählerne Fensterläden und ist einbruchssicher, wie Amberley behauptet. Trotzdem scheinen sich die Liebenden einen Nachschlüssel beschafft zu haben, denn sie ließen an die siebentausend Pfund in bar und Wertpapiere mitgehen."

„Wertpapiere! Was können sie mit denen anfangen?"

„Amberley sagt, daß er der Polizei eine Liste gegeben hat, und hofft, daß sie unverkäuflich sind. Er kehrte gegen Mitternacht vom Theater zurück und fand den Tresorraum ausgeplündert. Tür und Fenster standen offen, die Flüchtlinge waren verschwunden, ohne eine Nachricht oder einen Brief zu hinterlassen. Seitdem hat er nichts von ihnen gehört. Er alarmierte sofort die Polizei."

Holmes grübelte einige Minuten.

„Sie sagten, er war beim Streichen. Was strich er?"

„Den Korridor. Aber er hatte schon die Tür und die Holztäfelung des erwähnten Raumes gestrichen."

„Eine seltsame Beschäftigung in solch einer Lage, meinen Sie nicht auch?"
„‚Man muß etwas tun, um den Kummer zu vergessen', lautete seine Erklärung. Exzentrisch, kein Zweifel, aber er ist ja überhaupt ein ganz exzentrischer Mensch. Vor meinen Augen zerriß er ein Foto von seiner Frau, zerfetzte es wütend in einem heftigen Gefühlsausbruch. ‚Ich will ihr verdammtes Gesicht nie wieder sehen', brüllte er."
„Noch etwas, Watson?"
„Ja, die Sache, die mir am meisten aufgefallen ist. Ich fuhr zur Station Blackheath und bestieg dort den Zug nach London. Gerade als er anfuhr, sah ich einen Mann in den Waggon hinter mir springen. Sie wissen, daß ich ein gutes Gedächtnis für Gesichter habe, Holmes. Es war ohne Zweifel der große dunkle Mann, den ich auf der Straße angesprochen hatte. Ich sah ihn noch einmal an der London Bridge und verlor ihn dann in der Menge. Aber ich bin überzeugt, daß er mir gefolgt ist."
„Kein Zweifel! Gar kein Zweifel!" sagte Holmes. „Ein großer dunkler, schnauzbärtiger Mann, sagen Sie, mit graugetönter Sonnenbrille?"
„Holmes, Sie sind ein Hellseher! Ich habe es nicht erwähnt, aber er trug tatsächlich eine graugetönte Sonnenbrille."
„Und die Krawattennadel eines Freimaurers?"
„Ich bin sprachlos, Holmes!"
„Recht einfach, mein lieber Watson. Aber wenden wir uns dem Praktischen zu. Ich muß Ihnen gestehen, daß der Fall, der mir so lächerlich einfach und belanglos vorkam, zunehmend in einem ganz anderen Licht erscheint. Obwohl Sie bei Ihren Nachforschungen alles Wichtige übersehen haben, veranlassen doch schon die Dinge, die Ihnen ins Auge stachen, zu ernsthaftem Nachdenken."
„Was habe ich übersehen?"
„Seien Sie nicht beleidigt, mein lieber Freund. Sie wissen, ich sage das ganz unpersönlich. Niemand hätte es besser gemacht, mancher vielleicht nicht einmal so gut. Aber einige entscheidende Punkte haben Sie eindeutig außer acht gelassen. Wie denken die Nachbarn über diesen Amberley und seine Frau? Das ist unbedingt wichtig. Was hält man von Dr. Ernest? War er wirklich der draufgängerische Don Juan, wie man annehmen muß? Sie mit Ihren natürlichen Vorzügen, Watson, haben doch jedes weibliche Wesen zum Helfer und Verbündeten. Was meint das Fräulein vom Postamt oder die Frau des Gemüsehändlers? Hätten Sie beispielsweise der jungen Wirtin vom ‚Blauen Anker' unbedeutende Schmeicheleien zugeflüstert, dann wären Ihnen vielleicht bedeutende Informationen zuteil geworden. Alles das haben Sie versäumt."
„Man kann es noch nachholen."
„Das ist bereits geschehen. Dank dem Telefon und der Hilfe vom Yard

kann ich gewöhnlich alles Wesentliche erfahren, ohne dieses Zimmer zu verlassen. Tatsächlich bestätigen meine Informationen die Geschichte des Mannes. Er steht im Ruf, sowohl ein Geizhals als auch ein strenger und eifersüchtiger Ehemann zu sein. Daß er eine große Summe Geld in jenem Tresorraum aufbewahrte, stimmt. Ebenso, daß der junge Dr. Ernest, ein unverheirateter Mann, mit Amberley Schach und mit dessen Frau möglicherweise ein etwas anderes Spiel spielte. Alles paßt genau zusammen, und eigentlich brauchte man kein weiteres Wort drüber zu verlieren, aber trotzdem, aber trotzdem!“

„Wo liegt das Problem?“

„In meiner Imagination vielleicht. Nun, genug damit, Watson. Lassen Sie uns dieser prosaischen Alltagswelt durch die Hintertür der Musik entweichen. Carina singt heute abend in der Albert Hall. Wir haben gerade noch Zeit zum Umziehen, zum Essen und zum Genießen.“

Am nächsten Morgen war ich beizeiten auf den Beinen, aber einige Toastkrümel und zwei leere Eierschalen sagten mir, daß mein Gefährte noch eher aufgestanden war. Auf dem Tisch fand ich eine Nachricht von ihm:

> Lieber Watson!
> Es gibt da etliche Berührungspunkte, die ich überprüfen möchte. Danach können wir den Fall Amberley abschließen – oder nicht. Ich bitte Sie nur, sich gegen drei Uhr nachmittags bereit zu halten, da ich Sie möglicherweise brauche.
> S. H.

Ich hörte den ganzen Tag nichts von Holmes, aber zur angegebenen Zeit kam er zurück. Er wirkte ernst und geistesabwesend. In solchen Phasen ließ man ihn besser in Ruhe.

„War Amberley schon hier?“

„Nein.“

„Aha. Ich erwarte ihn.“

Er wurde nicht enttäuscht, denn soeben kam der Alte herein, mit einem besorgten und verwirrten Ausdruck auf seinem sonst so strengen Gesicht.

„Ich habe ein Telegramm bekommen, mit dem ich nichts anfangen kann, Mr. Holmes.“ Er überreichte es meinem Freund, und dieser las es halblaut:

> „Kommen Sie sofort. Kann Ihnen Informationen bezüglich Ihres jüngsten Verlustes geben.
>
> ELMAN
> Vikariat“

„Zwei Uhr zehn in Little Purlington aufgegeben“, sagte Holmes. „Der Ort liegt in Essex, glaube ich, in der Nähe von Frinton. Tja, Sie werden natürlich sofort fahren. Dies kommt offensichtlich von einer Respektsperson, dem Vikar des Ortes. Wo ist mein Crockford? Ja, hier haben wir ihn: ‚J. C. Elman, M. A.; wohnhaft in Moosmoor bei Little Purlington.' Sehen Sie die Züge nach, Watson."

„Einer fährt siebzehn Uhr zwanzig von Liverpool Street."

„Ausgezeichnet. Sie fahren am besten mit, Watson. Vielleicht kann er Rat oder Hilfe brauchen. Wir haben eindeutig den Wendepunkt der Affäre erreicht."

Aber unser Klient schien keineswegs zum Aufbrechen gesonnen zu sein.

„Es ist vollkommen absurd, Mr. Holmes", sagte er. „Was kann dieser Mann überhaupt von dem Vorgefallenen wissen? Wir verschwenden nur Zeit und Geld."

„Wenn er nichts wüßte, hätte er Ihnen kein Telegramm geschickt. Kabeln Sie sofort, daß Sie kommen."

„Ich denke nicht daran, zu fahren."

Holmes zeigte sich von seiner strengsten Seite.

„Es könnte den denkbar schlechtesten Eindruck sowohl auf die Polizei als auch auf mich machen, wenn Sie sich weigerten, einem derart wichtigen Hinweis nachzugehen. Wir müßten den Eindruck bekommen, daß Sie nicht ernsthaft an der Aufklärung interessiert sind."

Diese Vorstellung schien unseren Klienten zu erschrecken.

„Aber ja, selbstverständlich werde ich fahren, wenn Sie es so sehen", sagte er. „Auf den ersten Blick scheint es absurd, zu glauben, daß dieser Geistliche irgend etwas weiß, aber wenn Sie meinen..."

„Ich meine", sagte Holmes mit Nachdruck, und damit war die Reise beschlossen. Bevor wir das Zimmer verließen, nahm mich Holmes beiseite und gab mir eine Instruktion, die die Wichtigkeit der Sache verriet. „Tun Sie, was Sie wollen, aber sorgen Sie dafür, daß er wirklich fährt", sagte er. „Sollte er Ihnen entwischen oder umkehren, gehen Sie zum nächsten Postamt und geben ein einziges Wort durch: ‚Ausgerissen.' Ich werde veranlassen, daß mich die Nachricht zu jeder Zeit und an jedem Ort erreicht."

Die Ortschaft Little Purlington ist nicht leicht zu erreichen, denn sie liegt an einer Zweiglinie. Ich habe keine angenehme Erinnerung an die Reise, denn es war heiß, der Zug langsam und mein Begleiter mürrisch und schweigsam. Außer einigen bissigen Bemerkungen über die Nutzlosigkeit unseres Unterfangens gab er kaum ein Wort von sich. Als wir endlich die kleine Station erreichten, mußten wir noch zwei Meilen mit einer Droschke fahren, ehe wir beim Vikariat anlangten. Ein untersetzter, feierlich und recht pompös wirkender Geistlicher empfing uns in seinem Studierzimmer. Unser Telegramm lag vor ihm.

„Nun, Gentlemen", fragte er, „was kann ich für Sie tun?"

„Ihr Kabel", erklärte ich, „hat uns hergeführt."
„Mein Kabel? Ich weiß von keinem Kabel."
„Ich meine das Telegramm, welches Sie an Mr. Josiah Amberley wegen seiner Frau und des Geldes geschickt haben."
„Wenn das ein Scherz sein soll, Sir, dann ist es ein sehr fragwürdiger", sagte der Vikar aufgebracht. „Ich kenne den erwähnten Gentleman überhaupt nicht und habe niemandem ein Telegramm geschickt."
Amberley und ich sahen uns verblüfft an.
„Vielleicht liegt eine Verwechslung vor", sagte ich. „Gibt es im Ort vielleicht zwei Vikariate? Hier ist das bewußte Telegramm, unterschrieben mit Elman, Vikariat."
„Es gibt nur ein Vikariat, Sir, und nur einen Vikar, und dieses Kabel ist eine skandalöse Fälschung, deren Herkunft die Polizei nachgehen wird, verlassen Sie sich darauf! Unterdessen sehe ich keinen Grund, dieses Gespräch weiter fortzusetzen."
So fanden sich Mr. Amberley und ich auf der Straße eines Dorfes wieder, das mir wie das primitivste von ganz England vorkam. Wir liefen zum Telegrafenamt, aber dort war schon geschlossen. Immerhin gab es in dem kleinen Bahnwärterbüro ein Telefon, und ich konnte Holmes erreichen, der unsere Verblüffung über das Ergebnis der Reise teilte.
„Äußerst seltsam!" tönte die Stimme aus der Ferne. „Äußerst bemerkenswert! Ich fürchte, mein lieber Watson, es fährt heute abend kein Zug mehr zurück. Ich habe Sie unwissentlich zu den Schrecknissen eines Landgasthofes verurteilt. Aber Sie haben ja die Natur, Watson, die Natur und Josiah Amberley; beide können Sie in vollen Zügen genießen." Ich vernahm Holmes' trockenes Lachen, bevor er auflegte.
Mir war bald klar, daß mein Begleiter seinen Ruf als Geizkragen nicht grundlos genoß. Er hatte schon über die Fahrtkosten gemurrt und darauf bestanden, dritter Klasse zu reisen. Nun jammerte er lauthals über die Übernachtungsgebühren. Als wir am nächsten Morgen endlich wieder in London ankamen, war es schwer zu sagen, wer von uns beiden die üblere Laune hatte.
„Am besten, Sie schauen gleich auf einen Sprung bei uns in der Baker Street vorbei", sagte ich. „Mr. Holmes könnte einige neue Instruktionen haben."
„Wenn sie nicht mehr wert sind als die letzten, dann sind sie nicht viel wert", schnaubte Amberley verächtlich. Dennoch begleitete er mich. Obwohl ich Holmes telegrafisch unsere Ankunft angekündigt hatte, trafen wir ihn nicht an. Wir fanden statt dessen eine Nachricht vor, daß er in Levisham sei und uns dort erwarte. Das war die erste Überraschung, aber wir erlebten eine noch größere, als wir feststellten, daß er sich nicht allein im Wohnzimmer unseres Klienten befand. Ein ernster und unnachgiebig wirkender

Gentleman saß neben ihm – ein dunkelhaariger Mann mit graugetönter Sonnenbrille und einer großen Freimaurernadel, die auf seiner Krawatte prangte.

„Darf ich vorstellen: mein Freund Mr. Barker", sagte Holmes. „Auch er hat sich mit Ihrem Fall befaßt, Mr. Josiah Amberley, wenngleich wir unabhängig voneinander arbeiteten. Aber wir beide haben Ihnen dieselbe Frage zu stellen!"

Mr. Amberley setzte sich schwerfällig. Er spürte die drohende Gefahr, das konnte ich an seinen aufgerissenen Augen und an den verkrampften Gesichtszügen sehen.

„Wie lautet die Frage, Mr. Holmes?"

„Ganz einfach: Was haben Sie mit den Leichen gemacht?"

Der Mann stieß einen heiseren Schrei aus und sprang auf. Er ruderte mit seinen knochigen Pranken in der Luft herum. Sein Mund stand offen. Für einen Augenblick sah er aus wie ein gefährlicher Raubvogel: ein abgrundhäßlicher Dämon, dessen Seele ebenso mißgestaltet war wie sein Körper. Als er in den Sessel zurückfiel, schlug er die Hand vor den Mund, als wollte er einen Husten unterdrücken. Holmes sprang ihm wie ein Tiger an die Kehle und drückte sein Gesicht zu Boden. Aus seinem weitgeöffneten, nach Luft ringenden Mund fiel eine weiße Kapsel.

„Nicht so voreilig, Josiah Amberley. Wir regeln die Sache lieber vernünftig und der Reihe nach. Was meinen Sie, Barker?"

„Ich habe meine Droschke vor der Tür warten lassen", sagte der wortkarge Detektiv.

„Bis zur Polizeistation sind es nur ein paar hundert Yard. Wir bringen ihn gemeinsam hin. Sie können hierbleiben, Watson. In einer halben Stunde bin ich zurück."

Der alte Farbenhändler verfügte über die Kräfte eines Löwen, aber den Griffen der beiden erfahrenen Detektive gegenüber war er machtlos. Sein Sträuben und Aufbäumen fruchtete nichts. Er wurde zu der bereitstehenden Droschke geschafft. Ich blieb als einsamer Wächter in dem unheimlichen Haus zurück. Früher als angekündigt kehrte Holmes in Begleitung eines smarten jungen Polizeiinspektors zurück.

„Barker ist dort geblieben, um die Formalitäten zu erledigen", sagte Holmes. „Sie kennen Barker nicht, Watson. Ich betrachte ihn als meinen schärfsten Rivalen an der Küste von Surrey. Er hat einige glänzende Fälle vorzuweisen, nicht wahr, Inspektor?"

„Gewiß, er hat sich einige Male eingeschaltet", antwortete der Inspektor zurückhaltend.

„Seine Methoden sind zweifellos außerordentlich, wie die meinen auch. Das Außerordentliche ist manchmal nützlich, wissen Sie. Sie beispielsweise mit Ihrer obligaten Belehrung, daß alles, was er sagt, gegen ihn verwendet werden könnte, hätten diesen Schurken nicht so überrascht, daß er sich verrät."

„Vielleicht nicht. Aber wir kommen trotzdem zum Ziel, Mr. Holmes. Auch wir hatten uns bereits eine Meinung über den Fall gebildet. Denken Sie nicht, daß wir den Schuldigen hätten laufenlassen. Entschuldigen Sie, aber uns ist es gar nicht recht, wenn Sie sich mit Methoden einmischen, die wir nicht anwenden dürfen, und uns so des Erfolges berauben."

„Von einem solchen Raub ist keine Rede, McKinnon. Ich versichere Ihnen, daß ich von nun an im Hintergrund bleibe, und das gleiche gilt für Barker."

Der Inspektor schien beträchtlich erleichtert zu sein.

„Das ist sehr großzügig von Ihnen, Mr. Holmes. Lob oder Tadel bedeuten Ihnen wenig, aber bei uns sieht es anders aus, wenn die Zeitungen anfangen, Fragen zu stellen."

„Schon gut. Aber da sie ganz gewiß Fragen stellen werden, sollten Sie auch gleich Antworten parat haben. Was wollen Sie zum Beispiel sagen, wenn ein intelligenter und gewitzter Reporter Sie fragt, welches die genauen Anhaltspunkte waren, die Ihren Verdacht erregten und die es Ihnen schließlich ermöglichten, den wahren Sachverhalt aufzudecken?"

Der Inspektor schien verwirrt.

„Mir scheint, wir haben noch keine echten Anhaltspunkte, Mr. Holmes. Wie Sie sagen, hat der Gefangene durch seinen Selbstmordversuch vor drei Augenzeugen praktisch eingestanden, daß er seine Frau und deren Liebhaber ermordete. Welche anderen Anhaltspunkte besitzen Sie?"

„Haben Sie eine Hausdurchsuchung veranlaßt?"

„Drei Konstabler sind schon unterwegs."

„Dann dürften Sie bald einen sicheren Anhaltspunkt bekommen. Die Leichen können nicht weit weg sein. Suchen Sie im Keller und im Garten. An den in Frage kommenden Plätzen nachzugraben dauert nicht lange. Dieses Haus ist älter als die Wasserleitung darin. Es muß irgendwo einen stillgelegten Brunnen geben. Versuchen Sie dort ihr Glück."

„Aber wie kamen Sie dem Verbrechen auf die Spur, und wie ist es verübt worden?"

„Ich will Ihnen zuerst den Tathergang schildern, und dann komme ich zu der Erklärung, die ich Ihnen und besonders meinem gespannten Freund hier schulde, dessen Hilfe mir von unschätzbarem Wert war. Aber zunächst möchte ich Ihnen einen Einblick in die Mentalität des Mannes vermitteln. Sie ist ganz ungewöhnlich, so ungewöhnlich, daß ich Amberley eher in Bradmoor als auf dem Schafott landen sehe. Er läßt sich von einer Denkweise leiten, die man eher einem Italiener des Mittelalters als einem modernen

Briten zuschreiben würde. Er war ein schlimmer Geizhals, der seine Frau mit seiner kleinlichen Art so unglücklich machte, daß sie eine leichte Beute für jeden Abenteurer bildete. Ein solcher trat in Gestalt des schachspielenden Arztes auf den Plan. Amberley spielte meisterhaft Schach, ein Zeichen für seinen berechnenden Geist, Watson. Wie alle Pfennigfuchser war auch dieser Mann eifersüchtig, und seine Eifersucht wurde zur krankhaften Manie. Er witterte eine Intrige, ob zu Recht oder nicht, spielt keine Rolle. Er beschloß, Rache zu üben, und plante sie mit teuflischer Kunstfertigkeit. Kommen Sie!"

Holmes führte uns zielsicher durch den Flur, als wohnte er in dem Haus, und blieb vor der Tür des Tresorraumes stehen."

„Puh! Der Farbengestank ist wirklich scheußlich!" rief der Inspektor aus.

„Das war mein erster Anhaltspunkt", sagte Holmes. „Ich verdanke ihn Dr. Watsons Beobachtung, wenngleich er keine Schlußfolgerung daraus zog. Hier nahm ich die Fährte auf. Warum verpestete dieser Mann zu dieser Zeit sein Haus mit starken Gerüchen? Offenbar, um einen anderen Geruch zu kaschieren, den man nicht bemerken sollte, einen verräterischen Geruch, der Verdacht erregen könnte. Dann Watsons Beschreibung des Raumes, den Sie hier sehen: Stahltür, eiserne Fensterläden – ein hermetisch abgedichteter Raum. Verbinden Sie beide Fakten, und welcher Schluß ergibt sich? Ich mußte das nachprüfen, indem ich das Haus selbst untersuchte. Ich ahnte bereits, daß hier ein ernster Fall vorlag, denn dank einer weiteren scharfäugigen Beobachtung von Watson hatte ich in der Besucherstatistik an der Kasse des Haymarket-Theaters nachsehen und feststellen können, daß die Rangplätze B einunddreißig und B zweiunddreißig an jenem Abend nicht besetzt waren. Demzufolge konnte Amberley nicht im Theater gewesen sein, und sein Alibi wurde hinfällig. Er machte einen schlimmen Fehler, als er meinem umsichtigen Freund das Billett zeigte, das er angeblich für seine Frau gekauft hatte. Nun erhob sich die Frage, wie ich das Haus durchsuchen konnte. Ich schickte einen Boten in das entlegenste Dorf, das mir einfiel, und ließ Amberley zu einer Zeit dorthin locken, die seine Rückkehr am selben Tage ganz unmöglich machte. Um irgendwelche Pannen zu verhindern, begleitete Dr. Watson ihn. Den Namen des guten Vikars entnahm ich natürlich meinem Crockford. Können Sie mir folgen?"

„Das ist meisterhaft!" sagte der Inspektor in ehrfürchtigem Ton.

„Da nunmehr keine Gefahr des Überraschtwerdens bestand, machte ich mich daran, in das Haus einzubrechen. Einbrecher war schon immer mein zweiter Berufswunsch, und ich hege keinen Zweifel, daß ich es zu einem der besten gebracht hätte, wenn ich ihm nachgegangen wäre. Beachten Sie, was ich fand. Sie sehen die Gasleitung an diesem Sims hier? Sehr gut. Das Rohr führt in den Tresorraum, wie Sie erkennen können, und endet dort in jener Stuckrose in der Mitte der Decke, wo es von dem Ornament verborgen wird.

Am Ende ist das Rohr offen. Indem man den Hahn draußen aufdreht, kann man den Raum jederzeit mit Gas füllen. Sind Tür und Fensterläden geschlossen und der Hahn ganz aufgedreht, dann dauert es meiner Meinung nach keine zwei Minuten, und die in diese kleine Kammer Eingesperrten spüren nichts mehr. Mit welchem teuflischen Trick er die beiden dort hineingelockt hat, weiß ich nicht, aber befanden sie sich erst einmal drin, waren sie in seiner Gewalt."

Der Inspektor betrachtete die Gasleitung mit Interesse. „Einer unserer Beamten erwähnte den Gasgeruch", sagte er, „aber natürlich waren zu dem Zeitpunkt Tür und Fenster offen und die Farbe teilweise schon aufgetragen. Amberley behauptete, schon einen Tag zuvor mit dem Streichen begonnen zu haben. Aber wie ging es weiter, Mr. Holmes?"

„Tja, dann passierte ein Zwischenfall, der ziemlich überraschend für mich kam. In der frühen Abenddämmerung schlüpfte ich durch das Fenster der Speisekammer wieder nach draußen, als ich eine Hand an meinem Kragen fühlte, und eine Stimme sagte: ‚Na, du Schuft, was machst du hier?' Als ich meinen Kopf mühsam gewendet hatte, blickte ich in die getönten Brillengläser meines Freundes und Rivalen Mr. Barker. Es war ein komisches Zusammentreffen, und wir mußten beide herzlich lachen. Die Familie von Dr. Ray Ernest hatte ihn engagiert, und er war auch zu dem Schluß gekommen, daß etwas an der Sache nicht stimmte. Er hatte das Haus einige Tage beobachtet und Dr. Watson, der dort aufgetaucht war, als verdächtige Person ausgemacht. Er konnte Watson schwerlich festnehmen, aber als er einen Mann durch das Fenster steigen sah, überschritt das die Grenzen seiner Zurückhaltung. Natürlich erzählte ich ihm, wie die Dinge standen, und wir bearbeiteten den Fall gemeinsam weiter."

„Warum mit ihm und nicht mit uns?"

„Weil ich den kleinen Test beabsichtigte, der ja auch so wundervoll geklappt hat. Sie wären vermutlich nicht soweit gegangen."

Der Inspektor lächelte.

„Nun, vielleicht nicht. Also ich habe Ihr Wort, Mr. Holmes, daß Sie sich von nun an völlig von dem Fall zurückziehen und uns alle ihre Ergebnisse überlassen?"

„Gewiß, so pflege ich es stets zu halten."

„Ich danke Ihnen im Namen der Polizei. Wie Sie bereits sagten, der Fall ist klar, und mit den Leichen werden wir keine Schwierigkeiten haben."

„Zum Schluß zeige ich Ihnen noch ein hübsches kleines Indiz", sagte Holmes, „und ich bin sicher, selbst Amberley hat es nicht bemerkt. Man kommt zu Ergebnissen, indem man sich in die Lage des Verbrechers versetzt und überlegt, was man selbst tun würde. Man muß dazu etwas Vorstellungskraft aufbringen, Inspektor, aber es lohnt sich. Also nehmen wir einmal an,

Sie wären in diesen kleinen Raum eingesperrt und hätten kaum noch zwei Minuten zu leben, wollten sich aber an dem Schuft rächen, der vielleicht draußen vor der Tür steht und Sie verhöhnt. Was würden Sie tun?"

„Eine Nachricht schreiben."

„Genau. Sie würden anderen Menschen mitteilen wollen, wie Sie gestorben sind. Eine Nachricht auf einem Stück Papier wäre nutzlos. Die würde er finden. Aber wenn Sie sie an die Wand schrieben, könnte jemand zufällig darauf stoßen. Nun, sehen Sie her! Kurz über dem Sims steht mit rotem Kopierstift gekritzelt: ‚Wir wu'. Das ist alles."

„Was halten Sie davon?"

„Nun, es befindet sich nur einen Fuß über dem Boden. Der arme Teufel lag bereits, als der dies schrieb. Er verlor das Bewußtsein, ehe er den Satz beenden konnte."

„Er wollte schreiben: ‚Wir wurden ermordet.'"

„So verstehe ich es auch. Wenn Sie einen Kopierstift bei den Leichen finden..."

„Wir werden danach suchen, verlassen Sie sich darauf. Aber diese Wertpapiere? Offensichtlich sind sie überhaupt nicht gestohlen worden. Und doch hat er jene Policen besessen. Wir haben das überprüft."

„Die sind an einem sicheren Ort versteckt, darauf können Sie sich verlassen. Wenn über die ganze Sache Gras gewachsen wäre, hätte er sie hervorgeholt und behauptet, das flüchtige Paar habe ein Einsehen gehabt und den Plunder zurückgeschickt oder unterwegs weggeworfen."

„Sie haben offenbar alles bedacht", sagte der Inspektor. „Natürlich mußte er uns einschalten, aber weshalb er auch noch zu Ihnen gegangen ist, verstehe ich nicht."

„Das war reine Spiegelfechterei!" antwortete Holmes. „Er wähnte sich so schlau und so sicher, daß er meinte, niemand könne ihm auf die Schliche kommen. Er hätte zu jedem mißtrauischen Nachbarn sagen können: Sehen Sie, welche Schritte ich unternommen habe. Ich bin nicht nur zur Polizei, sondern sogar zu Sherlock Holmes gegangen!"

Der Inspektor lachte.

„Wir müssen Ihnen das ‚sogar' verzeihen, Mr. Holmes", sagte er. „Diese Aufklärung war ein Meisterstück, wie ich es noch nie erlebt habe."

Ein paar Tage später schob mir mein Freund die neueste Ausgabe des zweiwöchentlich erscheinenden „North Surrey Observer" über den Tisch. Unter einer Reihe schreiender Überschriften, die mit „Horror im ‚Haven'" begannen und mit „Brillante Aufklärung durch die Polizei" endeten, stand eine engbedruckte Spalte, die den ersten ausführlichen Bericht über den Fall gab. Der Schlußabschnitt war typisch für das Ganze. Er lautete folgendermaßen:

Der bemerkenswerte Scharfsinn, mit dem Inspektor McKinnon aus dem Farbengeruch schlußfolgerte, daß ein anderer Geruch – etwa der von Gas – verborgen werden sollte, der kühne Schluß, daß der Tresorraum die Todeskammer gewesen sein könnte, sowie die anschließende Suche, die zur Entdeckung der Leichen in dem stillgelegten Brunnen führte, der raffiniert durch eine Hundehütte getarnt worden war, dürften als leuchtende Beispiele für die Intelligenz unserer Detektive vom Scotland Yard in die Kriminalgeschichte eingehen.

„Schön, schön, McKinnon ist ein fähiger Bursche", sagte Holmes mit tolerantem Lächeln. „Sie können die Meldung in Ihr Archiv aufnehmen, Watson. Eines Tages wird vielleicht die wahre Geschichte erzählt."

DER SELTSAME BESUCH. Ein Nachspiel

An jenem denkwürdigen Morgen im Jahre 1927 tobte ein furioser Sturm, der sich heulend im Kamin fing und Regenböen prasselnd gegen unsere Fenster schleuderte, als wollten die ungebändigten Bestien der Natur den prominentesten Verteidiger der Zivilisation zu einem alles entscheidenden Kampf herausfordern. Wie zur Bestätigung meiner Vorahnung fand ich auf dem Frühstückstisch einen Zettel von Sherlock Holmes, auf dem er mir lakonisch mitteilte, er sei in einem Fall unterwegs, der sein und mein Sein oder Nichtsein betreffe. Schon seit einiger Zeit hatte ich an meinem Freund eine seltsame Veränderung beobachtet. Daß er neuerdings Interesse für seine alten Fälle bekundete, widersprach seiner praktischen, stets auf neue Aufgaben ausgerichteten Natur und machte mich mehr als besorgt. Gestern erst hatte er nach stundenlangem Grübeln plötzlich gefagt: „Wie viele meiner Abenteuer haben Sie bisher zu Papier gebracht, Watson?“

„Es waren vier Romane – ‚Eine Studie in Scharlachrot‘, ‚Das Zeichen der Vier‘, ‚Der Hund von Baskerville‘ und ‚Das Tal des Grauens‘ – sowie sechsundfünfzig Geschichten, die in fünf Zyklen zusammengefaßt sind: die ‚Abenteuer‘, die ‚Memoiren‘, die ‚Rückkehr‘, die ‚Abschiedsverbeugung‘ und schließlich ‚Das Fall-Buch des Sherlock Holmes‘, das dieser Tage erschien – alles in allem also sechzig.“

„Ein Schock, ein ganzes Schock!“ hatte er daraufhin ausgerufen und war wieder in Nachdenken versunken.

Gerade als ich mein Frühstücksei köpfte, kam mein Freund ins Zimmer gestürmt. Mit grimmiger Genugtuung warf er ein Päckchen auf den Tisch und ließ sich in einen Armstuhl fallen. „Beim Zeus, das Maß ist wirklich voll! Sehen Sie selbst“, rief er ächzend, während er sich eine Tasse Kaffee eingoß. Ich löste die Verschnürung, entfernte das Einschlagpapier und hielt eine druckfrische Ausgabe des „Fall-Buches“ in meinen Händen. Auf meinen fragenden Blick hin erklärte Holmes düster: „Das Vorwort, Watson!“

„Ich fürchte“, las ich, „daß Mr. Sherlock Holmes zu einem jener populären Tenöre wird, die ihre beste Zeit längst hinter sich haben, aber der Versuchung nicht widerstehen können, ihr nachsichtiges Publikum mit immer neuen Abschiedsvorstellungen zu strapazieren. Das muß aufhören und er den Weg allen Fleisches gehen ...“

Erschrocken blickte ich zu meinem Gefährten, der mit Grabesstimme murmelte: „Ich hatte es geahnt.“

„Es wäre eine verlockende Vorstellung“, hieß es im Text weiter, „daß es eine imaginäre Welt für die Geschöpfe der Phantasie gibt, einen Ort, wo Fieldings Männer die schönen Frauen aus der Feder von Richardson lieben, Scotts Helden herumstolzieren, Dickens' Cockney-Gestalten Heiterkeit hervorrufen und Thackerays Weltmänner noch immer an ihren tadelnswerten Karrieren arbeiten. Vielleicht würden in einer solchen Walhalla Sherlock und sein Watson in einer bescheidenen Ecke ihren Platz finden, während ein scharfsinnigerer Detektiv und sein begriffsstutzigerer Partner die Bühne betreten, die die beiden verlassen haben.“

„Aber das ist doch ...!“ rief ich fassungslos aus.

„Der Autor, der Ihnen die Feder geführt hat.“

Ich brauchte eine Weile, um mich zu sammeln. Es paßte zu dem alten Schauspieler Holmes, aus der Rolle zu fallen und mich auch dabei als den großen Naiven dastehn zu lassen. Einigermaßen bissig erwiderte ich: „Zu Ihrem Vorteil, Holmes, denn mit den beiden Geschichten, die Sie selbst erzählten, haben Sie sich keinen Gefallen getan. Die Leser scheinen den ‚Bleichen Soldaten‘ und ‚Des Löwen Mähne‘ nämlich nicht besonders zu mögen, weil ...“

„Aber, aber, Gentlemen, keinen Streit, schließlich waren wir doch alle Verbündete in dieser Angelegenheit“, ertönte plötzlich eine tiefe Stimme von der Tür her. Der hochgewachsene Fremde, der unbemerkt hereingekommen war, mochte die Siebzig fast erreicht haben. Er war grauhaarig, von kräftiger Figur, hielt sich jedoch militärisch straff. In seinem breiten Gesicht stand ein Lächeln, das nur an den Augen abzulesen war, da ein buschiger Schnauzbart seine Lippen vollständig bedeckte. Mit federnden, sportliches Training verratenden Schritten trat er näher und schüttelte uns herzlich die Hand. Schalkhaft zwinkernd meinte er dabei: „Wenn Mr. Holmes sein ‚Fall-Buch‘ kauft und Nachforschungen über seinen Schöpfer anstellt, sollte dieser wohl der Baker Street zweihunderteinundzwanzig B einen Besuch abstatten können, nicht wahr?“

Mich machte solche spitzfindige Logik immer sprachlos, doch Holmes pflichtete dem Fremden trocken bei: „Eine Erfindung ist der anderen wert. Darf ich vorstellen: Unser Autor – Arzt und Schriftsteller, Amateurkriminologe, Kriegshistoriker, Meisterboxer, Golfer, Skifahrer und Globetrotter.“

„Tja, wenn man Erfindung und Wirklichkeit bei Ihnen immer auseinanderhalten könnte, Sir!“ wandte ich aber dann doch ein, als wir vor dem prasselnden Kaminfeuer Platz genommen hatten. „Das fängt schon beim Einfachsten an. Zum Beispiel gibt es die Baker Street, aber eine Nummer zweihunderteinundzwanzig B nicht – noch nicht –, denn die Straße endet gegenwärtig mit einer achtziger Hausnummer ...“

„Bei vierundachtzig", präzisierte Holmes. „Dennoch schreiben viele Leser an die fiktive Adresse und bitten mich um Hilfe. Die Dead-letter section des Londoner Hauptpostamtes mußte für diese Masse von Briefen ein Extrafach einrichten."

„Ja, ein merkwürdiger Triumph der Phantasie über die Wirklichkeit", antwortete der Schriftsteller, wobei ein sardonischer Ausdruck in seine Züge kam, „und ich wage zu prophezeien, daß Sie beide in ein paar Jahrzehnten die berühmtesten Gestalten der englischen Literatur sein werden. Ihre Abenteuer wird man in mehr Sprachen und Dialekten lesen können als Shakespeares Werke. Vielleicht werden dann manche Leser Sherlock Holmes für den Verfasser halten oder Sie, Dr. Watson, mich aber für eine Ihrer Erfindungen, einen zufälligen Vorwortschreiber bestenfalls."

„Kommen Sie, kommen Sie, Sir!" widersprach mein Freund lebhaft. „Sie haben, wie ich im Britischen Museum feststellen konnte" – er zog einen mit Daten und Notizen bekritzelten Zettel aus der Tasche – „an die siebzig Bücher geschrieben: geschichtliche, militärstrategische, spiritistische und juristische Abhandlungen, Lyrik, Dramen, Erzählungen, Romane. Von einem so kolossalen Gesamtwerk sollte doch gewiß einiges mehr Bestand haben... Immerhin", setzte er nach einer Pause versonnen hinzu und begann seine Pfeife zu stopfen, „eine hübsche Mystifikation, diese fiktive Hausnummer. Spätere Generationen werden sie mit demselben Eifer diskutieren wie den Ort, an dem Noah die Arche bestieg. Doch ich revanchiere mich mit einer realen Adresse: Devonshire Place zwei."

„Oh, meine Augenarztpraxis, die ich nach Versuchen in Plymouth und Southsea schließlich 1891 in London eröffnete, war kein großer Erfolg – weder in professioneller, intellektueller noch finanzieller Hinsicht. Stellen Sie sich vor – im ersten Jahr meiner Selbständigkeit betrug mein Jahreseinkommen hundertvierundfünfzig Pfund. Damals kam meine Steuererklärung wegen unvollständiger Angaben mit dem behördlichen Vermerk ‚Unzureichend' zurück. Ich retournierte das Formular mit dem Zusatz ‚Bin völlig Ihrer Meinung!'."

„Vorsicht, Sir!" meinte Holmes scherzhaft. „Die Nachwelt wird diese Anekdote dahingehend deuten, daß am Devonshire Place zwei dem jungen Dr. Doyle, während er täglich von zehn bis sechzehn Uhr auf Patienten wartete, die nicht kamen, die monetären Möglichkeiten einer kriminalschriftstellerischen Karriere aufgingen."

Der Autor reagierte mit unvermuteter Schärfe: „Meiner Meinung ist Geld, so willkommen es sein mag, für jeden Mann, der nur einen Tropfen Künstlerblut in seinen Adern hat, das letzte, woran er denkt. War das nicht auch stets Ihre Maxime, Mr. Holmes?" Und etwas milder fügte er hinzu: „Nun ja, mit solchen Legenden muß man als Autor immer rechnen."

„Die Legende", nahm Holmes das Stichwort auf, „daß ich wirklich existiere, hat möglicherweise durch mein häufiges Erscheinen auf der Bühne zusätzliche Nahrung bekommen. Sie äußern diesen Gedanken selbst in Ihrer 1924 erschienenen Autobiographie."

„Ganz recht. Als ich zum Beispiel meine Theaterfassung von ‚Rodney Stone' zurückgezogen hatte – das Stück wurde vor leeren Bänken in einem Theater gespielt, das ich für ein halbes Jahr gemietet hatte –, schloß ich mich ein, um ein sensationelles Sherlock-Holmes-Drama zu schreiben. Nach einer Woche war das Stück fertig, und ich nannte es ‚Das gefleckte Band' nach der gleichnamigen Erzählung. Der Erfolg war bemerkenswert. Noch vor Saisonende hatte ich den Schuldenberg abgetragen, der durch das andere Stück entstanden war, ja, ich hatte sogar eine recht ansehnliche und dauerhafte Einnahmequelle geschaffen. Das Stück wurde ein Dauerbrenner und wird jetzt noch im ganzen Land gespielt."

„Kein Wunder in diesem Fall", versetzte Holmes, der sich im Sessel zurückgelehnt hatte und an seiner Tonpfeife sog. „Mord im geschlossenen Zimmer – an diesem Kabinettstückchen versuchen sich alle Kriminalautoren, die etwas auf sich halten, denn das Groteske des Problems fordert die Logik aufs schärfste heraus. Die Welt, auf kleinstem Raum undurchsichtig und unheimlich geworden, beunruhigt den Zuschauer so unmittelbar, daß er selbst nach Lösungen zu suchen beginnt. Da hätten wir das Hauptmotiv für das Interesse der Leser an meinen Abenteuern – die Freude am Kombinieren."

„Und Sie dürfen hinzufügen: am Betätigen des Gerechtigkeitsgefühls, das sich, nebenbei bemerkt, nicht unmittelbar von den Paragraphen des Bürgerlichen Gesetzbuches herleitet. Schließlich lassen Sie ja, wie im ‚Duell mit Charles August Milverton', manchen formal-juristisch Schuldigen laufen, Mr. Holmes. Nein, es geht um tiefer verinnerlichte ethische Werte wie etwa auch im Märchen: das Gute und das Böse."

„Vielleicht sollte man von poetischer Gerechtigkeit sprechen", sinnierte ich, „die die Bösewichter sogar dann noch bestraft, wenn sie davongekommen sind – wie etwa im Fall der ‚Fünf Apfelsinenkerne' und in dem des ‚Griechischen Dolmetschers' –, oder sie selbst die Missetat erleiden läßt, die sie ihrem Opfer zudachten, wie im ‚Gefleckten Band'."

„Um auf jenes Theaterstück zurückzukommen", sagte Holmes, „verwandten Sie eine echte Schlange auf der Bühne?"

„O ja", bestätigte der Autor lachend. „Die Titelrolle spielte eine hübsche Boa, die mein ganzer Stolz war. Man stelle sich meine Enttäuschung vor, als ich die geringschätzige Rezension eines Kritikers las, die mit den Worten endete: ‚Den Höhepunkt des Stücks bestritt eine offenkundig künstliche Schlange.' Ich hatte gute Lust, ihm eine ansehnliche Summe zu bieten, wenn er die ‚künstliche Schlange' mit in sein Bett nähme. Später beschäftigten wir noch diverse andere Schlangen, aber keine hatte das Zeug zum Schauspieler, entweder hingen sie aus dem Loch in der Wand so schlaff wie Klingelzüge, oder sie schnellten durch das Loch zurück, um mit dem Bühnenarbeiter abzurechnen, der sie in den Schwanz gekniffen hatte, um sie auf Trab zu bringen. Schließlich haben wir uns für künstliche Schlangen entschieden, und jeder einschließlich der Bühnenarbeiter war's zufrieden."

„Darf ich fragen, Sir", meldete ich mich wieder zu Wort, „ob Sie eine Detektivgeschichte immer schon fertig im Kopf haben und auch schon das Ende kennen, bevor Sie zu schreiben anfangen?"

„Selbstverständlich ist das der Fall, Dr. Watson. Man kann nicht einen Kurs steuern, wenn man das Ziel nicht kennt. Hat man erst mal die Grundidee entwickelt, muß man als nächstes danach trachten, den Leser auf falsche Fährten zu locken. Aber Holmes durchschaut die Schwächen aller alternativen Lösungen und klärt auf mehr oder weniger dramatische Weise den wahren Sachverhalt, wobei er Schritt für Schritt, alles logisch erklärend, sein Ziel erreicht. Er demonstriert seine Fähigkeiten durch die ‚Sherlockholmitos', wie man neuerdings in Südamerika sagt, also durch scharfsinnige Schlußfolgerungen, die oft auf den ersten Blick mit dem Fall nichts zu tun haben und dadurch dem Leser ein eindrucksvolleres Bild von Holmes' Fähigkeiten vermitteln. Der gleiche Effekt wird dadurch erzielt, daß Holmes beiläufig andere Fälle erwähnt..."

„Wie etwa den schockierenden Zwischenfall auf dem holländischen Dampfschiff ‚Friesland', der uns beiden um ein Haar das Leben gekostet hätte", warf ich ein, „oder den Fall des bekannten Kanarienvogeldresseurs Wilson, die widerwärtige Geschichte mit dem roten Blutegel, die schreckliche Sache mit der Riesenratte von Sumatra und die merkwürdigen Erlebnisse der Pattersons auf der Insel Uffa – um nur einige der unerzählten Geschichten zu nennen, deren Dokumente wohlverwahrt in den Tresorgewölben des Bankhauses Cox & Co. am Charing Cross lagern."

„Ganz recht, lieber Dr. Watson", sagte der Autor ironisch schmunzelnd und zwirbelte seine Bartspitzen. „Der Himmel weiß, wie viele Titel ich dergestalt einfach niedergeschrieben habe und wie mich dann viele Leser baten, ihre Neugier zu befriedigen und aufzuzeichnen, was es beispielsweise mit ‚Rigoletto und seiner gräflichen Frau' auf sich habe. Ein-, zweimal, wie bei dem ‚Abenteuer mit dem zweiten Blutfleck', habe ich den Titel Jahre zuvor an anderer Stelle verwandt, ehe ich die entsprechende Geschichte dazu schrieb."

„Zweifellos diente die Erwähnung noch nicht publizierter Abenteuer zugleich dem Zweck, den Anschein von Authentizität zu erzeugen, Sir", gab Holmes zu bedenken. „Sie lassen den guten Watson häufig am Erzählbeginn in gedrechselten Sätzen erklären, daß er viele Fälle nur deshalb nicht veröffentlicht, weil sonst den Interessen der Nation oder real existierender Persönlichkeiten Schaden zugefügt werde."

„Ein ganz legitimer literarischer Kunstgriff", schaltete ich mich ein und genoß einen kleinen Triumph, „aber davon verstehen Sie ja nicht viel."

„Meinen Sie!" erwiderte Holmes sarkastisch. „Ich habe schon ganz andere Kniffe durchschaut, wie Sie sich erinnern werden. Zum Beispiel ist Ihre Beschreibung des Wetters ganz durchsichtig: Sturm, Regen, klappernde Fensterläden – da kann ja nur ein Kapitalverbrechen folgen. Warum nicht ganz anders? Ich stelle mir vor, daß das Publikum künftiger Kriminalgeschichten mißtrauisch werden sollte, wenn es von blauem Himmel und strahlendem Sonnenschein liest. Überhaupt, Sie Schöngeist, Ihre poetischen Ergüsse, wenn es an die Naturschilderungen geht..."

„Ein ewiger, aber nicht zufälliger Streitpunkt zwischen Ihnen beiden", mischte sich der Autor ein, der unser Geplänkel amüsiert verfolgt hatte. „Sollte es wirklich so schwer sein, zu begreifen, daß Ihre Konzentration auf die reinen Tatfakten, Holmes, und die Abschweifungen Ihres Freundes – die ja oftmals philosophische Ausdeutungen des Falles im Gewand der Naturbetrachtung sind – als wechselnde Erzählpole sich gegenseitig bedingen? Dramaturgisch betrachtet, wäre keine Spannung ohne Phasen der Entspannung möglich. Sie beweisen das ja selbst mit ihrem exzentrischen Lebensstil, Holmes. Überdies lasse ich auf die etwas romantischen Naturpassagen schon aus ästhetischen Gründen nichts kommen. Gerade sie könnte man leicht in ein Werk der Weltliteratur verpflanzen, ohne daß das groß auffiele."

„Sie meinen, daß dadurch auch anspruchsvollere Leser in den Sherlock-Holmes-Geschichten auf ihre Kosten kommen?" vergewisserte sich mein Gefährte. „Ein interessanter Aspekt. Dann hätte ich Ihnen einiges abzubitten, Watson."

„Und ich Ihnen, Mr. Holmes", sagte der Autor mit belegter Stimme und räusperte sich, „schließlich habe ich Sie einmal, im Jahre 1900, umgebracht, weil ich der Meinung war, daß meine literarische Energie nicht zu sehr in eine Richtung gelenkt werden sollte."

„Der Sturz in den Reichenbachfall!" rief ich aus.

„Richtig. Der Mord gelang, aber glücklicherweise hatte kein Leichenbeschauer die sterblichen Überreste des Sherlock Holmes zu Gesicht bekommen, und so konnte ich nach dreijähriger Pause den schmeichelhaften Bitten der Leser nachgeben und mein Opfer im ‚Leeren Haus' wieder auferstehen lassen. Ich habe das nicht bereut, denn selbst wenn Holmes nie existiert hätte, hätte ich als Schriftsteller kaum mehr leisten können – obwohl er vielleicht der Anerkennung meiner ernsthafteren literarischen Arbeiten etwas im Wege stand."

Sherlock Holmes lächelte nachsichtig. Er warf einen raschen Seitenblick auf seinen Notizzettel. „Hätten Sie mich überhaupt aus der Welt schaffen können, ohne sich selbst zu einem Teil zu verleugnen? Schließlich haben Sie sich ständig als Amateurdetektiv und Anwalt von Justizopfern betätigt. Ich erinnere an den Fall George Edalji im Jahre 1907. Ihr bravouröses Eingreifen führte nicht nur dazu, daß man den wahren Täter ermittelte, sondern trug auch dazu bei, daß eine Berufungsinstanz am Kriminalgericht geschaffen wurde. Oder der Fall Oscar Slater, der auf Ihr hartnäckiges Betreiben hin nach fünfzehn Jahren wieder aufgerollt wurde und vor wenigen Tagen einen Freispruch für den unschuldig zu lebenslänglicher Haft Verurteilten erbrachte."

„An dem, was Sie sagen, ist sicher etwas dran", stimmte der Autor nachdenklich zu. „Ein paarmal bin ich sogar mit Fällen konfrontiert worden, die denen glichen, die ich erfunden habe, um Ihre Art der Beweisführung darzulegen. Dabei konnte ich die Lösung mit Hilfe der Holmesschen Methode finden und somit nachweisen, daß sie im großen und ganzen auch im praktischen Leben durchaus nützlich sein kann. Andererseits hat sie mitunter den Nachteil, daß sie nur langsam und umständlich zum Ziel führt, verglichen mit den Praktiken jener Beamten, die möglichst schnelle Ergebnisse vorweisen möchten und es deshalb mit der Ermittlungsarbeit nicht so genau nehmen. Als Beispiel dafür darf ich einen Diebstahl erwähnen, der in einer Kneipe in unmittelbarer Nähe meines Hauses stattfand. Der Dorfpolizist hatte, ohne viel nachzudenken, den Schuldigen fassen können, während ich in der Zwischenzeit nichts weiter feststellte, als daß der Täter Linkshänder war und genagelte Stiefel trug."

Es entstand eine Pause, in der jeder seinen Gedanken nachhing und in das glimmende Kaminfeuer starrte, während draußen noch immer der Sturm ums Haus fauchte. Ich spürte, daß sich jetzt der entscheidende Augenblick anbahnte, den wir mit unserer Unterhaltung so lange hinausgezögert hatten: das unerbittliche Ende. Feierlich erhob sich unser Besucher. Alarmiert blickte ich zu Holmes hinüber, doch dem war anzusehen, daß er den dramatischen Auftritt auf seine spöttische Art genoß. Mit einer gemessenen Bewegung, die Endgültigkeit ausdrückte, schlug der Autor das „Fall-Buch" auf und deklamierte, seinen Blick auf einen imaginären Punkt an der Zimmerdecke gerichtet: „Und damit, werter Leser, sagen wir Sherlock Holmes adieu! Ich danke für die Treue, die Sie mir in der Vergangenheit erwiesen haben, und kann nur hoffen, daß Ihnen als Gegengeschenk jene anregende Ablenkung von den Sorgen des Lebens zuteil wurde, die allein das Zauberreich der Phantasie bereithält."

Berlin, im Mai 1981 Reinhard Hillich

Anmerkung des Verfassers:

Die Äußerungen des *Autors* stützen sich weitgehend auf Aussagen von A. C. Doyle in seiner Autobiographie „Memoirs and Adventures“ und seinem Vorwort zu „The Case Book of Sherlock Holmes“.

Inhalt